吴芦洲　著

战士的使命

合肥工业大学出版社

图书在版编目(CIP)数据

战士的使命/吴芦洲著. —合肥:合肥工业大学出版社,2017.9
ISBN 978-7-5650-3598-2

Ⅰ.①战… Ⅱ.①吴… Ⅲ.①长篇小说—中国—当代 Ⅳ.①I247.5

中国版本图书馆 CIP 数据核字(2017)第 242577 号

战 士 的 使 命

吴芦洲 著   责任编辑 王钱超

出　版	合肥工业大学出版社	版　次	2017 年 9 月第 1 版
地　址	合肥市屯溪路 193 号	印　次	2017 年 12 月第 1 次印刷
邮　编	230009	开　本	710 毫米×1010 毫米　1/16
电　话	人文编辑部:0551-62903205	印　张	21.75
	市场营销部:0551-62903198	字　数	386 千字
网　址	www.hfutpress.com.cn	印　刷	安徽昶颉包装印务有限责任公司
E-mail	hfutpress@163.com	发　行	全国新华书店

ISBN 978-7-5650-3598-2   定价: 49.00 元

如果有影响阅读的印装质量问题,请与出版社市场营销部联系调换。

前　　言

　　小说以皖南地区抗日战争为背景，讲述了新四军青年战士在战斗中锻炼成长的故事。小说的主人公受命执行皖南战略支点计划，从此他离开了部队，与几位战友一起隐入山林，利用合法身份掩护，多方筹措资金，组建抗日武装，开辟秘密营地。在皖南特委领导下，他们频繁出击，与日伪顽军展开一系列生死搏斗，最终迎来了抗战胜利的曙光。

　　小说的主题十分鲜明，即：不忘历史苦难，追思前辈功绩，歌颂人民军队，弘扬铁军精神，力求激发我们爱国爱党爱军的热情，激励读者为实现中华民族伟大复兴的中国梦而砥砺前行。

　　笔者于 2012 年动笔写作，小说初稿经多次修改，直至今年 5 月才得以定稿，历时四年有余。其间，一直得到了诸多领导、战友和老同学的关心支持，得到了合肥工业大学出版社的精心指导和帮助，我深感荣幸，深表谢意。

　　人们都说开卷有益。我不敢存此奢望，只要能与读者沟通心灵，共享读书写作的愉悦，也就达成心愿了。

吴芦洲

写于 2017 年夏

目　录

第一卷
艰难使命

第一章 山 村

故事发生在抗日战争时期的皖南山区。

在县城西南的大山深处，有一个名叫小溪村的村落。周围都是高山深谷，长满了翠竹、葛藤、山茶和各种树木。村里的地势倒不是十分险峻，几片坡地散布其间，一条清澈的溪流从中穿越而过。按说这里是一个好地方，可是村民并不多，顶多只有七八户人家居住在这里。为何？

原来是这个山村过于闭塞，只有一条羊肠小道通向二十里外的集镇。山路崎岖不平，许多路段宽不足三尺，就连手推的独轮车也难以通过。搬运东西只能依靠村民背扛肩挑，进山出山一趟需要耗费大半天的工夫。由于道路实在难走，村民平时也懒得出山；偶尔出去一趟，也是带着家养的鸡鸭和鸡蛋鸭蛋，到集镇去换回一点油盐棉布什么的。

村里人少，最主要的原因还是这里耕地太少，养活不了多少人。经过历年开垦，全村也只开垦出了四十来亩水田旱地。旱地都在坡地上，只能种些耐旱的蔬菜。水田多数靠近溪边，正常年景还好，一亩地能打上三四百斤稻谷，碾出米来，也就两百来斤吧，不够一个成年汉子半年的口粮。

别忘了，村民每年秋季还要向乡里缴纳不少的公粮，还有柴草费、炭火费、丁夫费什么的，名目繁多。这些税费照例都按各家人头分摊，一个子儿都不能少。

这说的是正常年景。要是碰上多雨的年份，山洪暴涨，一夜之间就能把水田尽数冲毁，颗粒无收！遇到这样的年份，村民们只得举家外迁，投亲靠友；没有

去处的，只得结伴外出逃荒要饭；留在村里的，只能靠竹笋、葛根和野果子充饥，有一顿没一顿的，度日如年。

这些年来，陆续迁出了不少人家。当然，也有几户不明就里的人家陆续迁了进来，可没待上多长时间，见这里实在不是安身立命的地方，便又迁了出去。就这样，迁出去的多，迁进来的少，眼下也就剩下了七八户人家。村子里至今还有几间闲屋，关门闭户的，就是那些迁出去的人家留下的。

由于村子太小，乡里从来没把它放在眼里。除了春耕的时候派人过来查看一番，秋收以后来人催缴公粮之外，平常时节对村民几乎是不管不问。

既然上头不管，那就自己管。村民们推举了一个明白事理的老人出来主事，尊他为村老。凡牵涉到全村的大小事务都由这位村老说了算。上头来人了，也由村老出面应付，无须再与各户商议。

上头来人是要招待吃喝的，这也好办。各家都拿出一份平时舍不得吃的咸货，送到村老家里，村老再杀上一只鸡或鸭，很快就能凑成一桌像样的酒席。等来人走了，村老叫家人把剩余的饭菜重新蒸煮一遍，再把各家的当家人喊来坐了，一边吃着饭，一边议着事。饭吃完了，上边交下来的差事也就计议妥当了。多少年来都是如此，各家也都习惯了。

这年刚开春，家家便忙着准备春耕了。一天早上，七八个村民一起出了山。他们挑着筐子，或背着竹篓，里面装着活鸡活鸭和鸡蛋鸭蛋。他们这是要去集镇，把手里的禽蛋卖了，再买回自己家里需要的油盐布匹。

太阳快下山的时候，村民们回来了，仍旧挑着筐子，背着篓子，只不过此时筐里篓里装的是油盐酱醋，还有成捆的粗布。每人的脸上都挂着汗珠，后背也都湿了一大片。进村之后，这些人各回各家，忙着拾掇自己去了。

这时，一个年纪稍长、身背竹篓的村民停住脚步，转身对跟在后面的一个人说：“你先到我家去歇歇脚，吃点饭，我再领你去找村老，看他愿不愿意留你。”

身后的那个人点了点头，没有吭声，跟着这个村民进了他家；随后，又跟着村民来见村老。村老坐在堂屋中间的炭火盆旁边抽着黄烟，见有人进了门，便抬头看了过去，只见村民身后跟着一个人，中等个头，穿着肥大的褐色衣裤，看不出是男是女。这人还用一块杂色头巾，把自己的头脸包裹得严严实实的，看不清面孔。村老眉头不由得一皱，低下头继续抽他的烟。

村民进了屋，笑着打了个招呼：“村老，吃过饭了？”村老没有搭话，只是“唔”了一声。村民继续说：“村老，这个女伢子是来找她亲戚的。在路上我对她说了，我们村里没有你说的这个人，我劝她到别的地方去找，可她不听，还是一路跟来了。"

村老听了一愣，抬眼看着这个有些倔强的女伢子，问道："你家亲戚是哪个？叫什么名字？"女伢子低声答道："我是诳他的，我没有地方可去，就跟着他们进来了。"村老猛地咳嗽了一声，说道："你一个女伢子，怎能跟着不认识的人走呢？"

女伢子没有回话。村老又说："进了屋，就把头上的布巾解下来吧，又不是在外头。"女伢子听了，便伸手解下了头巾，露出了自己的面容。

此女长相倒是十分周正，只是脸色灰白，额头上有几处清晰可见的瘀青，左边腮帮子上还有几个伤口，像是给什么尖利的东西扎破的，腮边挂着淡淡的血迹。

村老吃了一惊，连忙起身走到女伢子近旁，说："伢子，把你胳膊伸出来。"女伢子慢慢捋起了衣袖，只见她两条胳膊处处青紫肿胀。再看看她的双手，手掌厚实，皮肤粗糙，手背上满是伤痕。

村老点了点头，心忖：这是一个吃了不少苦的女伢子，于是脸色便缓和了下来，叫村民和女伢子都坐下来说话，又叫家人倒两碗茶水送了过来。女伢子坐在炭火盆旁边的小凳上，接过茶碗，刚喝了一口，眼泪便扑簌簌地掉了下来。村老好言宽慰了她几句，便问起了她的名字，从哪里来的，家里还有什么人，想到哪里去啊什么的。

女伢子说她名叫何冬妹，今年十五岁，从小被父母卖给山外一户人家当粗使丫头，现因熬不过主人的打骂便逃了出来。父母卖她的时候她还小，父母叫什么名字，现在住在哪里，家里还有什么人，她全都记不清了。又说，她现在若是回去，主人非把她打死不可。

因为是对着长辈说话，她的声音一直都很轻柔，口齿却很清楚。村老看出来了，这是一个吃过苦、经历过不少事情，而且还是个聪明懂事的女伢子。既然她不愿意回去，那就先住下再说吧。

第二章　平　静

当晚，村老便安排何冬妹在自己家里歇息了。第二天，村老又叫两个村妇，领着她来到了村西头一个空屋子里，仔细清扫了一番。两个村妇从家里抱来了棉

被褥子，替她铺好了床，又抱来了一只刚生下来的小黑狗，叫她养着，长大了好帮她看家。

村老知道她不会种地，没有给何冬妹分水田，因为水田本来就少。就把她屋前的一块菜地给了她，村民已在地里撒上了菜籽，栽上了菜秧子，只要天天浇点水，过些日子就有蔬菜吃了。

村民们听说新来个单身女伢子，纷纷前来看望。见她家冷锅冷灶的，水缸也是空的，有人便回家拿来了一些柴米油盐，有的送来了一刀咸肉和一篮子蔬菜，有的帮她把水缸挑满，有的还送来了烤火盆和木炭。村老很是细心，叫人送来了一包药膏，说是能治外伤。何冬妹眼泪汪汪的，不住声地给村民们道谢。

晚上，何冬妹烧了热水洗了身子，抹上药膏以后，便早早地躺进了被窝。浑身伤痛让她一时难以入睡，自然也就想起了悲苦心酸的往事——

何冬妹五六岁的时候，当家婆娘便叫她跟在一个女佣后面干点杂活，学习洗刷烧煮的手艺，熟悉侍候主人的规矩。这一阵子倒没受什么大罪。可是到了十二三岁时，当家婆娘便辞了女佣，叫何冬妹一人承担了家里所有的活计。这个婆娘婚后一直没有生育，性情乖戾，平时稍不如意，便对何冬妹又是打又是骂的，百般虐待。何冬妹满腹苦水却无处倾诉，只得忍气吞声，时时赔着小心。

这家的男人对何冬妹从来就是不管不顾的。等到何冬妹渐渐长大了，尤其是最近一些日子，他倒是显得和善起来。他经常背着婆娘，偷偷塞给她一些零花钱，有时还给她几件金银首饰，叮嘱她仔细收好了，别让他婆娘知道。

何冬妹心思单纯，以为这男人待她不错，推托了几次没有推托掉，也就收下了。谁知，就在昨天夜里，这个男人摸黑爬上了何冬妹的床，她吓得连声尖叫，惊跑了男人，却引来了那个凶狠的婆娘。

那婆娘不问缘由，找了一个扫帚疙瘩，揪住何冬妹的头发，劈头盖脸地就是一顿毒打。打累了，仍未解气，婆娘又从针线筐里拿起一把锥子，狠命朝她脸上扎去，连扎几下，痛得何冬妹大哭不止。

第二天一早，何冬妹忍着伤痛去厨房做饭。走过主人卧房时，听到了里面的说话声。那婆娘说，这个下贱丫头留她不得，吃过饭，你就去找人把她卖了，再买个小丫头回来。

何冬妹听后吃了一惊，咬了咬牙，慢慢走进厨房，淘米洗菜生火做饭。等主人吃饭时，她折回自己的房间，很快收拾了几件衣服，打了一个包裹，再拎到厨房里，藏进了柴火堆里。

男人吃完早饭就出了门。何冬妹和往常一样，把剩下的饭菜端回厨房，很快就吃了个饱。然后她便清扫房间，再把主人换下来的衣裳泡了，便挎着菜篮要去菜地摘菜。婆娘说，你今天不要出门了，就在家里做事。

何冬妹应了一声，便洗衣去了。井台在后院，与厨房相通。她见时辰不早了，就拎着包裹想从后门出去。谁知后门早已锁上了。她转身从厨房搬来一个木梯，靠上院墙，把包裹系在腰间，手脚并用爬上了墙头，坐稳了，再弯腰把梯子抽上去，搭在外墙一边，顺梯而下，来到了院外的巷子里。幸好此时没有行人，她喘了口气，把梯子放倒，沿着小巷疾步向北走去。她知道北面就是大山，只要进了山，他们就找不到自己了。

就这样，何冬妹逃出了家门，又跟着村民来到了小溪村。看到这里的村民对她很好，让她感受到了从未有过的温情。不大一会困意袭来，她很快进入了梦乡。

次日起床，何冬妹觉得伤痛减轻了一些，熬了一锅稀粥，自己就着咸菜吃了，又喂了小黑狗。她给小狗起了名，叫小黑。她连着三天没有出门，天天在屋里抹药疗伤。

第四天伤情见好。吃过早饭，何冬妹挑了两桶水浇了菜地，然后牵着小黑出了门。她先是到村老家里向村老道了谢，接着来到一户村民家里串门子。这家男人不在家，下田干活去了，女人在家看孩子做家务。何冬妹先是帮她扫地抹桌，择菜洗菜，再陪她说说话。快到烧饭时间了，她便告辞回到自己的家。次日又换一家，天天如此，没有间断过。

过了清明，天气渐暖，地里的蔬菜长起来了。何冬妹掏钱托人从集镇上买回来几斤香油、半斤盐和十几斤面粉，还有一块油布、一把雨伞，以及几丈土布和不少的棉线、麻线。她从村民家里买了十几只半大的母鸡，还买了两箩筐用来喂鸡的米糠。

此后，何冬妹便一心忙起了自家的活计，很少出去串门子了。清晨早起，她先清扫鸡窝，再去菜地摘菜，挑上一担水把菜地浇上一遍；回来后洗菜，熬上一锅稀粥，拌饲料喂鸡。午后，她牵着小黑在附近转一圈，挖点竹笋，摘点山茶，采点野菜，拾点柴火。到了晚上，她点起油灯，找出几块布料摊在桌上，给自己裁剪缝制几件热天穿的衣服。

何冬妹没有忘记村民。她经常做些小孩穿的衣服给每家都送了几件。裁剪下来的布头都留着了，她用面粉调成糨糊，把布头碎片平整地粘贴在门板上，有三四层厚，再拿到外面晒成布锅巴。之后，她又到各家取来大人和小孩的鞋样，费了个把月的工夫做成了几十双布鞋，抽空给各家送了去。不多不少，全村男女老

少一人一双。

天渐渐热了起来，小母鸡开始下蛋了，多少没个准，每天至少有七八个蛋。除了自己吃的，剩下的她都托人拿到集镇上卖了。她从此衣食无忧，手头上也慢慢有了一点积蓄。

转眼到了秋天，今年的收成不错。秋粮登场之后，村民备足了公粮和税款并如期上缴，各家也都留了不少口粮和稻种。何冬妹也收获了几百斤山芋，再加上从村民手里买的稻谷和米糠，自己的口粮和鸡饲料也都有了着落。

不知不觉地，何冬妹在这里已经生活了半年。在这半年里，她心里舒坦，伤口已经好透，肤色变得滋润了起来，个头长高了，身体也丰满了不少。

那只小黑狗现在也长到了一尺高，性情有些凶猛，却很听话。它白天跟着何冬妹出门，回到家就睡；晚上不大睡觉，静静地趴在窝里，忠心守护着主人，守护着那些天天下蛋的母鸡。

她每天只为自己的生计忙碌，与邻居相处得也十分和睦，不用再担惊受怕地过日子了。由于经常陪村里大妈大婶们说话聊天，因此，何冬妹的性情变得活泼开朗多了，也渐渐有了自己的主心骨：这人啊，不是为别人活的，是为自己活的；只要不害人，不犯法，自己想做的事情就去做，想怎么活就怎么活，不要看别人的脸色行事，更不要受别人的摆布。

何冬妹很感满足，她只希望这种清淡平静的生活能够一直持续下去。可她怎么也没有想到，这种平静的生活很快就要结束了。

第三章　小　兵

过了春节，一支红军游击队悄悄地进了村。他们在附近的山林里已经活动了好几年，每年不定期地进村购买粮食，打探消息，顺便还帮村民干点活。全村的人都心知肚明，只有新来的何冬妹不知道。

这支游击队归皖南特委领导，全队只有二十来个人，队长姓郭，下辖两个小队，平时分散活动。郭队长最近接到特委送来的密信，说目前国共两党已结成抗日民族统一战线。上级命令各根据地的游击队迅速下山，向皖南岩寺集中，待国民政府点验后编入新四军，开赴抗日前线。

信中明确要求郭队长：自行选择一处隐蔽地点集结部队，由特委联络员引导下山，务必于明年（民国二十七年）三月底前抵达岩寺。下山之后，部队所需粮秣物资均由沿途乡镇供给。

郭队长拿着信翻来覆去看了几遍，一肚子不相信。可这确实是特委写来的信函，上面还盖着红彤彤的大印。送信人他也认识，信的内容应该没有错。他问送信人，特委派的联络员何时能到。送信人说一个月之内能到。他告诉送信人说，请联络员到小溪村来找我们。

郭队长熟悉这里的一草一木，他觉得小溪村交通闭塞，村民不多，平时进出人员很少，适合部队隐蔽集结。他即刻通知一小队秘密赶往小溪村集中。他自己随二小队先行赶往集结地。

两天后，郭队长和二小队来到了小溪村。他先派出哨兵控制住进山的道路，然后进村看望了村老，向他说明了来意。回来后，他和战士们一起动手，在村外山道两侧的树林里搭建窝棚，当作部队的宿营地。

几天后，窝棚搭建好了，一小队也赶到了这里。晚上，郭队长召集两个小队的队长、队副开会，向他们宣读了特委来信。信刚读完，顿时炸了锅——只见一小队的队副徐满仓猛地站了起来，大声嚷道："大队长，可要小心啊。我们和白狗子打了这些年的仗，死了多少人，结下了多大的冤仇，我们怎么能和他们尿到一个壶里去？"其他人听了，都忍不住笑了起来。

郭队长瞪了他一眼，训斥道："喊什么喊？给我坐下！还是这么毛毛糙糙的，你看叶志远，就比你有进步。"徐满仓摸了摸头，憨憨地笑了笑，重新坐了回去。郭队长瞅了瞅一小队的队长叶志远，问道："你有没有什么话要说？"叶志远马上站起来，回道："我听大队长的。"郭队长哼了一声："小滑头。坐下吧。"

郭队长从腰里摸出旱烟袋，咬在嘴里，掏出火柴点着了，深深地吸了一口。他说："特委得到了消息，说日本兵已经占领了长江沿岸的城市，现正在调兵进攻武汉。我们和国民党不是一路人，可现在大敌当前，国难当头，必须合作抗战。你们都听懂了没有？"大家都点了点头。

接下来，郭队长给大家布置了任务。在特委联络员来到之前，各小队要加强警戒，抓紧筹粮，坚持训练，剩下时间还要帮助老乡们干活。等联络员一到，即刻整队下山。

散会后，叶志远和徐满仓回到自己小队的窝棚里，向队员们传达了郭队长的命令，并叫大家早早睡觉。他出去查了一会哨，方才回来休息。

这个叶志远，今年十八岁，中等个头，宽肩细腰，浓眉大眼，面容清俊，长得十分精神。他本是农家子弟。十二岁那年，家乡突发大水，父母带他外出逃

荒，父亲中途坠崖而死。母亲带他沿路乞讨，每次讨来的饭都先给儿子吃，自己舍不得吃，后来因病饿交加死在荒郊。叶志远孤苦一人，只得四处流浪。

也就是在这个时候，他遇到了徐满仓，也是个小叫花子。两人年纪相仿，脾性相投，成了患难兄弟。有人做伴，胆气便壮了不少。从此，两人手持打狗棍，进村讨饭，口气竟然强硬了不少。人家给了便罢，若是不给，两人骂着脏话，还用棍子敲打人家的大门。住户不堪搅扰，只得给了了事。

有一回，两人来到一个大户人家的门口，还没骂上两句，从门内蹿出一条恶狗，张口就咬，吓得两人转身就跑。叶志远磕绊了一下，跌倒在地，那条恶狗猛扑上来正要撕咬，徐满仓瞧见了，转身挥棍朝狗打去，正好打中狗头，恶狗嗥了一声，退了几步。叶志远爬了起来，嘴里骂着，举起棍子朝狗狠狠打去，恶狗夹着尾巴逃了回去。

晚上，这户人家的两扇红漆大门，给人用猪屎人粪糊了个严严实实，院子里也扔进了不少污秽之物，熏得这家人两天没吃下东西。

几天后，叶志远和徐满仓又来到这户人家的门口，正要叫骂，门内突然跑出来一伙人，将两人捉住，端来一盆大粪，逼着他俩吃下去。叶志远一脚踢翻屎盆，倒扣在那人头上。这伙人一拥而上，将两人狠揍了一顿之后，拖进山里，分别绑在两棵树上，说是叫野兽晚上出来吃了他们。

夜里的山林阴森可怖，鸟兽的叫声此起彼伏，特别瘆人。两人一天滴水未进，又冷又饿。绳索绑得很紧，怎么也挣不开。又不敢喊叫，怕招来野兽。就在两人感到绝望之时，看见了一支打着火把的队伍从不远处经过，两人大声呼救。听到喊声，这支队伍马上停了下来。

只见三四个人走了过来，领头的正是郭队长。他举着火把看了看，什么也没问，便叫战士放了这两个孩子。他又塞给两人几个煮山芋，叫他俩赶紧回村，山里危险，说完便带着队伍走了。

叶志远和徐满仓认定眼前的这个大叔是个好人，村子是不能回了，只能跟他们走了。于是两人就跟在队伍后面，队伍到哪，他俩就跟到哪，一步不落。郭队长见他俩太小，说什么都不肯收下他们，直到打了一场遭遇战，才改了主意。

一天，游击队在行军途中，突然遇到一个连的白狗子进山清剿，双方猝不及防，立刻乱打了起来。郭队长见对方人多，武器又好，便指挥队员们边打边退，好不容易才摆脱了敌人。等到了安全地带，队伍清点人员，发现少了两个孩子。郭队长心里着急，正要派人去找，两个孩子一头大汗地跑了回来，叶志远扛着一支步枪，徐满仓肩上挂着一条子弹袋和一条手榴弹袋，袋里装着三颗手榴弹。

郭队长又惊又喜，接过枪一看，好家伙，还是一支七八成新的汉阳造哩，于是便问了事情经过。原来，他俩一开始就被这场战斗吓坏了，两腿发软，不知道往哪里跑，便一头钻进矮树丛里不敢动弹。近处的枪声震得耳朵生痛，远处的子弹嗖嗖地飞来，打得树枝树叶纷纷掉了下来。

他俩看见很多拿枪的人从身边跑了过去，一个人突然摔倒在他俩眼前，手里的枪扔到了一边，双腿死劲蹬了两下便再也不动了。等到周围没人了，两人才从树丛里钻了出来，战战兢兢地走到他跟前一看，只见那人胸口一片血迹，已经断了气。两人壮着胆子捡起了枪，又哆哆嗦嗦地解下了那人身上的弹带，转身就朝着响枪的方向跑去。

听完了两人的叙述，郭队长拍拍两人的头，说："干得不错，那就留下吧。"此后，这两个在苦水里泡大的孩子就当上了游击队员。他俩整天跟着战士们学军事，学文化，学打草鞋，学干农活，一年之后也就像模像样了。

更重要的是，他俩把郭队长看成是自己的救命恩人，把游击队当作是自己的家，因此，特别听话，郭队长叫干什么，他俩就干什么，绝不含糊。由于从小缺乏家人管束，他俩骨子里都有一股野性，因此，每逢战斗，能够不顾生死，猛打猛冲，立了不少功劳。几年后，郭队长见他俩已经长大成人了，便任命叶志远当了小队长，徐满仓当了队副。

第四章 情 分

第二天，郭队长领着队员们到村里买粮食。没费什么事便挑回来两千多斤稻米和山芋，几十斤腊肉，几筐蔬菜。这些粮食估计能吃到下山前了，眼下还需要筹集过冬的衣服。郭队长安排二小队全部出山，分散到邻近的集镇购买棉衣，顺便了解一下外面的动静。

一小队留在村里，每天抽一半人负责巡逻警戒；另一半人搞训练，上文化课，还要打草鞋。他们有了空闲就去村里帮乡亲干活。郭队长特地交代，要尽量帮助缺少劳力的村户多做点事。

这天轮到叶志远带几个队员去村里干活。这里他们不是头一次去，出于礼貌，还是先到村老家里坐了一会。村老对他们说："眼下没有多少活要干的，晚稻都割过了。要说哪家困难嘛，还是住在村西头的那个姓陈的人家，你们都认得

的。还有一个新来的姓何的女伢子家，你们不认得。这两家别的不缺，就是缺少柴火，平日里都是邻居帮他们砍好送去的。"

叶志远听懂了，辞别了村老，便带着队员来到村西头，很快就找到了这两家。山里人的习惯，白天只要家里有人，大门都是敞开的。叶志远先来到了早已认识的陈家，伸手拍了拍门板，问："陈大叔在家吗？我是小叶，叶志远啊。"

话音刚落，一个中年妇女急忙从屋里走了出来，笑着说："哎呀，是志远侄子来啦，快进屋来坐。"叶志远摆摆手，说："不坐了，郭队长叫我们来帮婶子做点事。陈叔身子好些了吗？"那个妇女回道："比去年好些了，你还惦记着啦。"叶志远走进厨房看了一下，柴火确是不多了，便借了他家的柴刀斧头，出了门，朝旁边新来的那户人家走去。

谁知这家大门关得紧紧的，屋里有只狗在不停地叫。叶志远笑笑，上前拍门，说道："屋里有人吗？不要害怕，我们是红军游击队，是来帮你家干活的。"过了好大一会，屋里有人说道："我家没有活让你们干，你们还是走吧。"说话的声音细细的，还打着颤音。

叶志远对身旁一个队员努了努嘴，队员会意，立刻走到柴房门口，推开门朝里面看了看，回来说："只有一些松树枝子。"山里人家的灶间就是柴房，通常开有两个门，一个门直通堂屋，便于端饭端菜；一个门通向外面，便于搬运柴火。

叶志远一挥手，带着队员们进了山。时间不长，叶志远他们扛回来两棵粗大的死树，还有几大捆树枝和松针，堆在陈家的门口；然后，把树干搭在三脚架上，先用柴锯把树干截成一节一节的，再用斧子劈成一根一根的木柴。

就这样，他们锯的锯，劈的劈，不大一会，两棵树就成了一大堆马上就能烧火做饭的干柴了。队员们把干柴搬进了陈家的灶房里，整整齐齐地靠墙码好；然后又给何冬妹家送去了几担。

陈家婶子见他们忙出了一身汗水，很是过意不去。可她知道游击队的规矩，不敢留他们吃饭，便烧开了一锅水，撒上一大把山茶，叫他们一个个都喝了个饱，这才让他们离去。

叶志远他们走到了小溪旁，脱去上衣，捧起冰凉的溪水就往身上浇。洗了之后，他们光着上身，就在溪边练起了掼跤。说是掼跤，其实就是近身打斗，是这支游击队传统训练项目之一，每天至少要练习一次。为何不穿衣服？这是郭队长立的规矩，说游击队困难，不准穿着衣服练习打斗，皮肉磕破了抹点草药自己能长好，衣服撕破了没钱买。因此，无论天热天冷，哪怕天上下着雪，队员们一律光着膀子练习打斗。

等叶志远他们走远了，何冬妹慢慢开了门，小黑蹿了出去，朝着远处叫了两声。何冬妹伸头朝外面看了看，见没有人了，这才折回去，打开堂屋通向灶间的门，进去一看，东墙边已经摆起了半人高的木柴，旁边还有一捆干松枝。

何冬妹急忙来到陈家，想问问是怎么一回事。陈家婶子对她说："刚才来的是山里的红军，每年都要来一两次。一来就帮乡亲们做事，是天底下少有的好人哪。今天那个领头的叫叶志远，别看他年纪不大，可懂事呐，是个好伢子。"

何冬妹还是不明白："他们帮我们做事岂是白做的?"陈家婶子说："他们就是白做。听小叶说，他们是穷人的军队，叫作子弟兵什么的，子弟兵给自己父老乡亲干活，当然是白做的喽。他们不单是白做，还从来没有留下来吃过我们一顿饭，顶多喝口水就走。这些年都是这样，真是死心眼。"何冬妹听了，笑了笑，坐了一会便回去了。

第二天，何冬妹敞开了屋门，想瞧瞧他们究竟是什么样的人。等了一天，他们没有来。第三天过了晌午，何冬妹坐在门口纳鞋底，小黑突然"汪汪"叫了两声。何冬妹抬头望去，只见几个穿着灰布衣服的人从东头走了过来，走到陈家门口时停了一会，向这边看了看，便直接进了陈家。

来人正是叶志远他们。和上次一样，他们先进山扛回来两棵死树，再在陈家门口锯开，劈成木柴，留给陈家的多一些，余下的都搬到了何冬妹的灶间里，一根一根地顺墙摆好。

在叶志远他们干活的时候，何冬妹躲在屋里没有露面。等到队员们把柴火送进自家的灶间码好，正要离去的时候，她突然走了出来，对叶志远说道："几位兵爷先不忙走，还有件事想请几位兵爷帮忙。"叶志远听这个女伢子叫他们兵爷，不由得笑了起来，纠正道："不要叫兵爷，叫我们兄弟就行了。"

何冬妹把他们让进了堂屋，又从灶间端来一盆热水，拿来一条干毛巾叫队员们洗脸擦手。等他们洗了脸，她又端来一盆煮熟的山芋，放在堂屋中间的饭桌上，顺手把四条长凳摆好，叫他们坐下来吃完再走。

队员们站在桌边，你看我，我看你，谁也没有伸手去拿。何冬妹见他们不吃，便走到门口当中站定，抿着嘴，两眼死盯着他们。小黑也蹲坐在门口，瞪着眼看着队员们，摆出了一副不听我家主人的话、谁也不许走的架势。

叶志远见何冬妹挡住了去路，先是一愣，再定睛看过去，只见她长相清秀，身材瘦削，年龄不大，看人的眼神却有些尖利。叶志远有些不习惯，便笑了笑，说："大嫂，哦，大姐，你说要我们帮忙，这个忙可帮不了。"何冬妹问："怎么

帮不了?"叶志远说:"我们队伍是有纪律的,从来不准吃乡亲家里的东西。"何冬妹又问:"什么叫纪律?"一个队员答道:"就是规矩。"

何冬妹笑了一下,说:"好啊,你们队伍有纪律,我们村里也有规矩。你们的纪律管不到我们村里的规矩。"说着,她走上前去,拿起山芋一个一个地朝队员们的手里塞去。队员们拿着山芋,谁也没有吃,只是怔怔地望着叶志远。

何冬妹瞧见了,便拿起一个最大的山芋塞到叶志远的手里,说:"你是头儿是吧,你先吃。这是在我的家里,得听我的。要是不吃,下次你们就不用来帮我做事了。"

叶志远摇了摇头,说道:"这要是吃了,就是犯了纪律,回去我们是要受罚的。"何冬妹笑道:"你还真怕啊?要是受罚,我去给你顶罪。"

叶志远长到这么大,极少跟女伢子说过话,更没有被一个女伢子当面顶撞过,觉得很难堪。他一咬牙,说:"吃就吃,都吃。"说完他就啃了一大口山芋。说实在的,干了半天的活,肚子早就咕咕叫了。看小队长带了头,几个队员也就吃了起来,一会儿就把一盆山芋吃了个精光。一直板着脸的何冬妹,这时才露出了笑容。

临走时,队员们向何冬妹道谢。这个说:"谢谢大姐。"那个说:"大妹子,谢了。"何冬妹笑着说:"别大姐大妹的了,以后叫我冬妹子就行了。"

叶志远他们走到了小溪边上,脱了衣服擦了一把澡,冰凉的溪水激得皮肤通红。然后,一个个光着上身,捉对"厮杀"起来,拳来脚往,拧胳膊踹腿的,打得难分难解。还有两人捡起树枝,练起了拼刺刀。今天他们练习的劲头,比往日似乎更足了一些。

半月后,外出采购棉衣的队员们陆续回来了。郭队长清点了一下,便发了下去。队员们都穿上了新棉袄和新夹裤,只是布色不一样,黑的灰的蓝的,很有些杂乱。

第五章　鸡　蛋

夜里起了风,还下起了雨。队员住的窝棚四处滴水,不少人的盖被都被打湿了,天又冷得厉害,没法睡觉,队员们只能相互靠坐在一起,头上顶着斗笠打瞌睡。

本来，队员们每人都有蓑衣和斗笠，或者是一把油布伞。后来，队员们嫌蓑衣笨重，背着行军很是吃力；又嫌雨伞碍事，遇到情况往往来不及收伞。因此，打了几仗以后，蓑衣和雨伞都丢得差不多了，只留下了斗笠。现在全队蓑衣只剩下了几件，是给雨天在外面站岗的队员披的。

天亮后仍然没有放晴的样子。吃过早饭，郭队长叼着黄烟杆，对叶志远和徐满仓说："一夜没睡好吧。今天不训练了，徐满仓，你带几个人到村里挑几担稻草回来，把这几个窝棚上面盖严实了。叶志远带几个人在家烤被子。"

两袋烟的工夫，徐满仓他们挑了稻草回来。大伙一齐动手，把稻草厚厚地铺在窝棚顶上，又搓了不少草绳，把稻草缠了好几道，防止被山风吹走。

徐满仓干完了活，找到了正在伙房那边烤被子的叶志远，正好郭队长也在，便说："刚才听村老说，村里有两家房子漏雨，想叫我们去帮个忙。"郭队长问："哪两家？"徐满仓答道："是老陈家和何冬妹家。"叶志远在旁边插话道："这两家都缺劳力。"郭队长说："哦，是困难户啊。那你们都去吧，这些湿被子我来烤。"

当叶志远等人走进老陈家的时候，外面的雨势越发大了起来。他们进门到各个房间查看了一下，住屋还好，就是堂屋有几处漏水，地上和桌上已经放了几个瓦盆在接水。

翻修屋顶不是一件容易的事，一般都在秋收之后入冬之前动工，屋主要请来几个壮劳力，提前晒好茅草或稻草。动工之时，先要将屋顶上的陈草清除干净，再铺上新草，还要用竹竿压住，用麻绳缚牢。

现在只能救急了。徐满仓从灶间搬来一个长梯，靠上屋檐，他和叶志远踩着梯子上到了屋顶。下面三个队员扛来了几捆稻草，送了上去，然后到村旁砍来几根粗竹竿，又赶忙搓起了草绳。叶志远两人找到了漏雨的位置，用手扒掉腐草，再把稻草铺上。下面的队员把竹竿和草绳递上去，两人把竹竿压在稻草之上，再用草绳拴好。

忙完之后，他们没喝陈家一口水，便急急忙忙地来到了何冬妹家，进屋一看，坏了，到处都在漏雨，地上已经积了一大摊水。何冬妹撑着雨伞，只管坐在凳子上发呆。叶志远进了门，喊了她一声，她才知道叶志远他们赶来了，惊喜万分地站了起来。

也顾不上说话，叶志远他们就架梯上屋，费了老大的劲才把屋漏堵住。等到从屋顶上下来时，叶志远和徐满仓脸上身上沾满了草皮和灰尘，用手一摸，马上成了大花脸。他们浑身被雨水淋得透湿，给寒风一吹，个个冻得直打战。

何冬妹已经在灶间烧起了炭盆，忙不迭地把队员们喊了进去，叫他们围着炭盆坐下来烤火烘衣。她还盛来滚热的姜汤，队员们喝了之后，觉得身上暖和了不少。叶志远问何冬妹为何不早点找人修屋。何冬妹说："这屋子原先没有人住，自然也就没人管了。我住进来以后，每到阴雨天也是漏的，只是觉得已经给乡亲们添了很多麻烦，不好再开口了，想过一阵子再说，谁知碰上了这场大雨。"

何冬妹说完，转身端来一个瓦盆。队员们以为还是山芋，便伸手去拿。谁知低头一看，竟是一盆子鸡蛋，一个个愣住了。山芋不稀罕，大家天天都吃两顿山芋饭。可这鸡蛋稀罕，一年到头吃不到一次。

叶志远也看见了，心里叹道：这冬妹子真是个实心人。山芋吃了也就罢了，这鸡蛋可是乡亲们的油盐钱，平日里他们自己也是舍不得吃的。叶志远双手直摇，说："不能吃。要是吃了，真要犯纪律了，大队长饶不了我们。"

何冬妹一听这话，很不高兴，说："瞧你这话说的，我家山芋能吃，鸡蛋怎么就不能吃？这鸡蛋有什么大不了的？今天你们为我冬妹子修屋吃苦了，别说请你们吃鸡蛋，就是杀鸡给你吃，我也情愿。今天有些忙乱，没工夫杀鸡煨汤罢了。下回你们来，我杀鸡给你们吃。"

叶志远双手摇得更加厉害，连声说："那就更不行了。"冬妹子有些生气了，厉声道："这是在我家里，你说了不算。你们到底是吃还是不吃？"说罢，她的眼死死盯着叶志远。徐满仓看到这番情景，心里直想笑，他咳嗽了一声，伸手从盆里抓起两个鸡蛋，说："冬妹子是诚心的，那就吃吧，下回干活多卖些力气就行了。"

叶志远叹了口气，说："那就吃吧，只准吃一个。"冬妹子说："吃一个做什么？都吃了。把蛋壳丢在盆里，我还要拿它喂鸡呢。"这次来了五个人，冬妹子也就煮了十个鸡蛋。吃过后，叶志远便要走。冬妹子把剩下的鸡蛋都塞进了他们的衣兜，叫他们带回去吃。

叶志远回到宿营地，把五个还有些温热的鸡蛋交给了郭队长。郭队长有些惊讶，问："哪来的？"叶志远答道："村里何冬妹给的，刚才我们去帮她修屋。"郭队长又问："既然给了，你们为何不吃？"叶志远说："吃了一个。"郭队长点点头，说："去把鸡蛋交给老范，再到我这里来一趟。"

老范是游击队的司务长兼炊事员。叶志远来到伙房，把鸡蛋交给了老范。老范问明了鸡蛋的来路，用手指着叶志远的鼻子说："有些胆量了，看老郭今天怎么收拾你，还不赶紧去认个错？傻小子。"

叶志远回到了郭队长的窝棚，郭队长指了指地上的一截树墩，让他坐下。郭队长在他对面坐下，掏出黄烟杆，自顾自地吸起了烟。过了一会，说："小叶啊，那个冬妹子对你不错吧？"叶志远一惊，说："大队长，乡亲们对我们都不错啊，你为何说这话？"郭队长笑了笑，说："你不想说是吧，那我问你，同样是去村里干活，其他人只有喝的没有吃的，你怎么又有吃又有喝的？"叶志远嘟囔了一句："这我哪里知道。"

郭队长又问："这个冬妹子是什么人，你清楚吗？"叶志远又是一惊，说："我问过她了，她说自己是穷苦人家的孩子。"郭队长在地上磕去烟灰，往烟杆里又按进去一撮烟丝，点着后，深深吸了一口，缓缓吐了出来，说："我叫人打听过了，她是山外集镇上的人，是一个富人家的养女。"

叶志远两眼瞪得老大，问："什么是养女？"郭队长说："何冬妹生身父母是穷苦人不错，因为家里兄妹多，怕养不活，就把她卖给了富人家，她是在富人家里长大的，都十几年了。你说，她是什么出身？"

叶志远对何冬妹心存好感，一听此话，心里觉得憋闷，想也不想，张口便说："大队长，不对吧，我听她说过，她只是那个人家的佣人，从小到大，成天干活，经常挨打受骂，没过上一天好日子。大队长，我看她是穷人家的孩子，绝不是地主家里的小姐。"

郭队长眉头一皱，大声训斥道："她说的话你都信啊？糊涂！不准你再去何冬妹的家，看见她就躲远远的。你们几个明天都给我打草鞋，每人打二十双。听到了没有？"

第六章　处　罚

这几天一直是阴雨绵绵的，何冬妹家里不再漏雨了，生活又恢复了往日的平静。可是一连几天没有见到叶志远的身影，其他队员来了也没有再进她的家门，何冬妹觉得很不对劲。

这天吃了午饭，何冬妹挎着一只竹篮，牵着小黑去找叶志远。走到游击队宿营地附近，便被一个持枪站岗的队员拦了下来。她认识这个队员，便对他说："我要找叶志远，他在这里吗？"队员点点头，伸着脖子，嘴里发出了两声奇怪的鸟叫声。

听到了鸟叫声，不远处的树丛动了一下，一个队员拎着枪钻了出来，快步朝

这边走来。两人低声说了几句，一个队员朝宿营地走去。不一会，叶志远跟着这个队员来了，一见是何冬妹，有些惊讶，问："你怎么来了，有事吗？"何冬妹尚未开口，小黑倒是摇头摆尾地抱住了叶志远的腿，显得很是亲热。

何冬妹拉住小黑，朝叶志远点点头，说了句："跟我来，有件事要问你。"说罢，她牵着小黑走进了林子里。叶志远对站岗的队员苦笑了一下，便跟着去了。没过多大一会，只见何冬妹两眼通红地走出了林子，拎着竹篮，疾步朝宿营地的方向走去。叶志远牵着小黑在后面喊道："你不能去，去了不好。"冬妹子朝身后摆摆手，头也不回地走了。

郭队长此时正在窝棚里打草鞋，忽听徐满仓在外面喊了一声"报告"，便说："进来。"徐满仓低头进了窝棚，说："大队长，村里的何冬妹要见你，她就在外面。"郭队长一瞪眼，说："她来做什么？那就让她进来吧。噢，你别走开。"

何冬妹听见让她进去，就进了窝棚。窝棚低矮狭小，里面有些潮湿，光线也很暗。何冬妹睁大眼睛看去，只见徐满仓的身边站着一个壮实的汉子，穿着和队员们一样的粗布夹袄。

何冬妹说："你就是大队长吧，我是何冬妹，谢谢你们帮我做了很多事情。"说罢，把竹篮递给了徐满仓。徐满仓接过篮子看了一眼，又递给了郭队长。郭队长一看，里面装了半篮子鸡蛋，用手摸了摸，还是温热的。旁边还有两双布袜子，挺厚实的。

郭队长沉吟了一下，说："帮乡亲们做事是我们的本分，你的好意我们心领了，可东西不能收，我们队伍是有纪律的。嗯，这样吧，就算是我们买的，行不行？"说着，他就从衣兜里掏出了一张票子放进了篮子里。何冬妹说："这钱我不稀罕，我只稀罕人。郭队长，我要参加你们的队伍。"

郭队长一愣，说："你说什么？你要参加我们的队伍？"何冬妹使劲点了点头。郭队长问："那你说说，你怎么想要参加队伍？"何冬妹说："我看你们都是好人，我要跟好人走。"郭队长问："你才多大岁数，知道我们是什么队伍吗？"何冬妹说："今年十六了。我知道你们是好人，是穷人的队伍，是穷苦人的子弟兵。"郭队长点点头，说："我们是红军，是工农的子弟兵，这是错不了的。可我们很苦，提着脑袋干革命，为穷苦人打天下，今天能站在这里说话，明天说不定就倒下了。你不怕苦，也不怕死吗？"

何冬妹咬了咬牙，说："我原本就是穷人家的，从小卖给富人家当丫头，这些年来我什么苦没吃过？我不怕吃苦。死我怕，若是能跟我喜欢的人一块去死，我就不怕！"

郭队长叹了口气，摇着头说："我们队伍从来不收女兵。你还是回去吧，安心在村里过日子。"何冬妹听了，伸手从郭队长手里夺过篮子，把鸡蛋、布袜还有那张纸票呼啦一下全都倒在郭队长睡觉的稻草垫子上，什么话也没说，拎着空篮子扭身走出了窝棚。

叶志远看见何冬妹回来了，着实松了口气，等到何冬妹走到近前，看她紧绷着脸，忙问："怎么啦？"何冬妹噘着嘴，说："大队长不肯收下我，这小老头不近人情。"叶志远笑道："这不能怪他，本来嘛，我们这里就是不收女的。"何冬妹瞪了他一眼，说："我想跟你走，你不愿意啊？我明天这个时候还来，等我。"说完，她从叶志远手里接过狗绳，牵着小黑走了。

望着何冬妹渐渐远去的背影，叶志远内心闹腾开了，一时不知如何是好。突然背后有人说话了："人都走远了，还看啊，魂都给勾走了吧。"叶志远知道谁在背后说话，便猛然回身，挥拳打去。徐满仓伸手架住，笑道："还有心思打架啊？这冬妹子分明是喜欢上你喽，你还是想想怎样对付她吧。嘻嘻。"

叶志远板着脸问他："她刚才真去找大队长了？说了什么？"徐满仓把冬妹子去见郭队长的情况一五一十地说了一遍。叶志远听了，搓起两掌，一言不发。徐满仓说："怎么不说话？冬妹子想跟你走，大队长不同意，你看怎么办吧？"叶志远说："大队长嫌她出身不好，不收她，我能怎么办？她明天还要来找我，我能说什么？"

徐满仓哈哈一笑，说："你明天不要来，让我来见她，怎么样？"叶志远瞪着他说："你见她做什么？"徐满仓说："别多心，我来给她出出主意，你胆子太小。"

第二天午后，果然是徐满仓代替叶志远去见了何冬妹。何冬妹见叶志远没来，很失望。徐满仓说："冬妹子不要乱想，志远今天有任务，叫我来见你，有话对你说。"接着，徐满仓把游击队何时出山、前往何处、去干什么等情况，都对何冬妹说了个大概，至于行军的路线，要等出发前才能知道。何冬妹听了，眉头舒展开了，塞给徐满仓两双布鞋，叫他自己留一双，另一双带给叶志远。她还说，后天此时还来，叫叶志远一定要来见她。

后天午后，叶志远在林子里见到了何冬妹。叶志远不赞成何冬妹去找部队，说孤身赶路很危险，劝她留在村里，等部队安稳下来以后，他会想办法来接她。何冬妹问他部队什么时候才能安稳下来，叶志远支支吾吾回答不上来。何冬妹此时也不知如何是好。

几天之后，两人又在此会面，不料，被前来查哨的郭队长撞了个正着。等何

冬妹一走，郭队长便将叶志远狠狠训斥了一顿，命令他马上回去写检查。叶志远很快写好了检查，只有几十个字，郭队长看了很不满意，叫他重写。第二份检查很快交了上来，一百来个字。郭队长还是不满意，说他态度不好，错误没有写全。等第三份检查交上去后，郭队长发火了，斥道："你根本就不认错，根本就不知道自己错误的严重性，你这个小队长不能干了。"

郭队长喊来徐满仓，对他说："叶志远犯了错误，还不认错，从现在起，你当第一小队的队长。"徐满仓有些着急了，说："大队长，我也有错误，跟他不是一样吗？"郭队长说："你跟他不一样，他的错误要比你严重得多。服从命令。"叶志远和徐满仓马上立正站好，大声回答："是！"

第七章　赌　气

叶志远原本就没把这个芝麻大的职务放在眼里，当了战士之后，反而觉得一身轻松。每天照常和队员们一起训练上课，巡逻放哨，该做什么做什么。不知是谁多嘴，把叶志远被撤职的消息告诉了何冬妹，何冬妹心里难受，便来找郭队长说理。郭队长板着脸，别的没说，只是叫她以后不要缠着叶志远，不要再惹他违反纪律。

何冬妹碰了一鼻子灰，心里恨死了这个古板狠心的大队长。她赌气地想：你不叫我找他，我就不找啦？我偏要去找他。她也没再去宿营地，怕给大队长知道了又要为难叶志远。她是隔三岔五地来哨位找叶志远，或是在叶志远巡逻的路上跟他见面。每次都要带上两个熟鸡蛋，只要旁边无人，就逼着他马上吃下去；若是有人，就偷偷塞进他的衣兜，叫他带回去吃。这鸡蛋还真是养人。没多久，叶志远脸色红润了不少，身体也变得结实起来。何冬妹看在眼里，喜在心头。

可惜，天下没有不透风的墙。此事很快被郭队长察觉，郭队长十分头痛，只得下令将叶志远调到老范的手下，当了"火头军"。他还交代老范，千万把他盯紧喽，不要让他单个外出，也不让何冬妹来见他。

当了"火头军"，叶志远不气不恼，只是离开了自己的小队，心中有些不舍。他每天不用训练了，只是跟着老范挑水洗菜，淘米做饭。白天围着锅台转，倒也轻松。晚上有些麻烦，他跟老范睡在一个稻草垫子上，一人睡一头。老范喜爱唠叨，尽说些叶志远不想听的事情。

　　这不，今晚刚睡下，老范又唠叨开了。老范说："你小子整天不说话，觉得委屈了是吧。其实，老郭是很看重你的，把你放到我这里来，是怕你犯大错误。你给我老实点。"那头老范正说着，这头已经响起了叶志远的鼾声。

　　刚刚安稳了一阵子，何冬妹又悄悄找到了伙房。她是走一条小道来的，知道的人不多；时间选得也不错，都是拣队员们训练上课的时候来。每次来她都要带上几个熟鸡蛋，当面看着叶志远吃下去。当然，每次也塞给老范一个鸡蛋，意思很明显，就是要堵住老范的嘴。起先老范还说了何冬妹几句，叫她不要来，见何冬妹不理，说了也是白说，只得作罢。

　　自从何冬妹来了之后，晚上老范的嘴巴就更啰唆了，颠来倒去说个没完："……这个女伢子长得不丑，还是一副旺夫相，和你挺般配的。……唉，只是时候不对，眼见队伍就要开拔了，这一去，不知什么时候才能回来，说不定也就回不来喽。

　　"……看她对你好的样子，你碰过她没有？噢，没碰就好，女人不是随便碰的。你小子不懂，这世上什么债都好还，就是情债不好还，欠了人家，是要遭人怨恨的。

　　"……想我老范当年，年轻力壮的，也是招女人喜欢。早早就娶妻成家了。家里穷，老婆生病没钱去瞧大夫，病死了……我没再娶，养不活啊。村里有几个女人偷偷和我好上了，后来她们的男人知道了，要和我拼命，我就跑到县里的民团当了伙夫。你不知道，那些长官一个个都是黑心的，拼命克扣士兵的粮饷。当兵的吃不饱，穿不暖，养不了家，一个个怒气冲天。他们不敢骂长官，只管冲着我撒气，真不是人过的日子。

　　"……一次，机会来了。我们民团跟老郭的队伍打上了，我就带着一支枪投奔了过来，老郭说我是弃暗投明，走对了路。

　　"……唉，我说了这半天的，你小子在不在听？你这傻小子，还没开窍呢……"

　　俗话说，好事不出门，坏事传千里。叶志远被撤职的消息很快就在村里传开了。村民纯朴善良，可也喜欢打抱不平。一时间，村里说什么的都有：

　　"志远那伢子多好啊，怎么就一撸到底了呢，究竟犯了什么错？"

　　"没听说他犯了什么错啊？怕是给冤枉了吧。"

　　"这倒说不准，怕是被人陷害喽。"

　　"陷害倒也未必。有人瞧见了，有个女伢子三天两头去找叶志远，还把叶志远往树林子里面拉，半天两人都不出来。"

"哎哟，有这事啊？这个女伢子是谁啊？"

"还能有谁？不就是那个新来的嘛。"

"啧啧，真是看不出来，老实本分的一个女伢子，才多大啊？怎能做出这种事？"

"我说嘛，志远这伢子本来好好的，硬是给狐狸精勾的，哎，不值得。"

"她还勾过谁了？"

"这倒没听说，反正啊，勾谁谁倒霉。"

村民说的这些闲话，也都传进了何冬妹的耳朵。何冬妹气得大哭了一场，哭完后，擦净泪水，揣上几个鸡蛋，牵着小黑，抄小道又去找了叶志远，还故意待了很长时间。以后天天如此，风雨无阻。

二月底，特委派来的联络员赶到了小溪村。

联络员名叫汪施才，三十岁不到，瘦高个子，是一个杂货店的小老板，真实身份是特委秘密交通员。他带来了特委的一封信函，是一张国民党县政府开具的《通行证》。特委交给他的任务是，引导这支游击队安全到达新四军集结地——岩寺。为了完成这次任务，汪施才特意蓄起了胡须，现在满脸胡子拉碴的，掩盖了他本来的容貌。

郭队长看了特委的信函后，仔细叠好，放进随身携带的帆布包里，这封信函是向新四军报到的凭证。他又和汪施才仔细研究了行军路线，并决定两天后出发。

晚上，郭队长集合全体队员，宣布了几条命令：明天全体打点行装，做好出发的准备；伙房赶制两天干粮，多余粮食全部送给村民；任何人不得私自外出；后天一早拆除窝棚，拆除之后立即出发。

第二天，天还没亮，老范就把叶志远喊了起来，现在伙房里的粗活累活都是叶志远在干。烧好了早饭，给队员们吃了，接着就是准备明天行军用的干粮。

叶志远挑了两筐山芋来到溪边，洗干净了，挑回去交给老范放进大锅里煮，煮熟了捞出来，放入筐里晾着；接着又挑了两担米去溪边淘净，再挑回来让老范煮饭，加上几把野菜，撒上一把盐，用大勺搅匀了，没用多久，两锅香喷喷的野菜米饭就做好了。

过了中午，何冬妹来了。叶志远吃完鸡蛋，便把队伍就要出发的消息告诉了她。何冬妹一听急了，拔腿就往回走。走到半道，突然下起了雨，何冬妹没带斗笠，也没带雨伞，浑身淋得透湿。到了夜里，全身发冷发抖，额头滚烫，力气全无，她蜷缩在被窝里昏昏沉沉地睡着了。

她竟然一连昏睡了两天两夜，要不是小黑拼命地嚎叫，乡亲们还不知道这里出了事。幸亏村老懂得一些医理，亲手采来一篮子草药，命家人熬成汤药叫何冬妹喝，这才慢慢见好。

一个月之后，何冬妹病愈。她先到了游击队的宿营地，希望能看到叶志远他们走后留下的痕迹。她很失望，什么都没有看到，只有寒风呼啸，枯叶满地。

回村后，她把家里的鸡都送到了村老家里，什么话也没说，只是趴在地上，给村老磕了一个头。村老知道她的意思，先叫她起身，又从衣兜里掏出两张纸票，塞到何冬妹手里，说："你想走就走吧，我也不留你。外面已成乱世，一路上处处都要小心，记得把狗带上。若是找不到他，你还是尽早回来吧。"

何冬妹双目含泪，点头应了下来。

第八章　雨　夜

遵照郭队长的命令，游击队于第三天早晨离开了小溪村，一路疾行，中午到达了山外的大坪镇。他们没有进镇，只在路边就地坐下，每人从土布挎包里掏出山芋和饭团便吃了起来。老范和叶志远从山涧抬来一桶泉水，队员们依次走上前来，扒着桶沿喝了几口，一顿饭也就算完事了。

吃了饭他们稍作停留，便继续向北行进。此时已过雨水节气，大约下午三点多钟的时候，天上飘起了小雨。队员们戴上了斗笠，顶风冒雨，一路前行。天黑之前，队伍到达了三十里外的柳树镇。

地上已经积水，湿气很重，队伍不能露营。郭队长命令队伍在镇外等候，自己和汪施才到镇里交涉晚上宿营之事。郭队长走了之后，队员们在原地不停地搓手跺脚，抱怨老天爷不帮忙。他们穿的都是草鞋，脚上尽管套上了一双厚实的布袜子，现在都已淋湿了，两脚冻得生疼。

徐满仓跑到队尾找到了叶志远，帮他卸下了背在肩上的铁锅架子，说："冬妹子没有跟着来，看来她还是听你话的。"叶志远抬头向来路看了看，说："我真怕她跟来，这一天走五十多里路，她走不下来。"徐满仓笑着说："她走不动，你就不能背她？"叶志远捶了他一拳，说："瞎讲，哪有背着女人行军的？还不给大队长骂死？"老范听了，摇着头说道："她不跟来才好，这一路上还不定会出什么事呢？你两个，可得放机灵点。"

正说着，从镇里出来了几个人，拿着手电筒，雪亮的光柱不停地朝这边扫来。来到近前，大家看清了，郭队长和汪施才两个走在前头，后面跟着几个身穿雨衣的人，他们肩上斜背着驳壳枪，手里拿着手电筒。

一个带着白手套的人向前走了两步，他的衣领子竖得很高，先向这边敬了个礼，然后打着官腔说道："弟兄们一路辛苦了，我是本县民团的副官，我代表我们团座前来迎接各位，现在就请各位随我进镇，我们团座将摆酒款待弟兄们。"

在这个自称是民团副官说话的时候，恰好一阵大风吹过，将此人的雨衣领子吹开了。叶志远借着旁边一个人手电的光线，看清了此人还佩戴着领章。尽管没有看清他的军衔，但也让叶志远吃了一惊：地方上的民团怎能佩戴领章？他们应当是国民党的正规军，可为何要说自己是民团？还说要请我们吃饭，他们想要干什么？

等这位副官说完了，郭队长也客套了一番，说："不必如此客气，我们现在都是友军嘛。既然这样，那我们就进镇吧。"那个副官点点头，做了一个请的手势，便带头朝镇子里走去。

叶志远听说要走，便弯腰去背锅。老范打了他一巴掌，悄声说道："傻小子，把锅扔了，拿上这个。"说着，老范把一只烧饭用的锅铲塞到他手上，还朝他挤挤眼。叶志远心头一震，没敢说话，便把锅铲头朝上斜着插进背后的腰带上。刚走了几步，又返身回来，把铁锅背上了肩。

叶志远急走几步追上了郭队长，低声说："他们不像是民团，小心有诈。"郭队长嗯了一声，说："你小子清醒啦，不再想那些七七八八的事啦？你现在就回一小队去吧。"叶志远没有回队，仍背着铁锅，紧跟在郭队长的身后，一步不离。

队伍刚刚走到一片空旷之地时，陡然生变。只听到一声刺耳的哨响，空地两侧竟然从地上站起来几十个士兵，一个个端着枪，缓缓地围了上来。走在前面的副官等几个人，也齐齐转身，右手举着驳壳枪，左手打着手电筒，直对着这边照过来，晃得队员们一时睁不开眼。

郭队长用手遮住手电筒的光柱，大声喊道："你们要干什么？这鸿门宴不是还没开场吗？你们也太性急了吧。"见对方没有答话，他便高举右手，喊道："同志们不要慌！没有我的命令，谁都不许开枪。"

对面的那位副官这时开了腔："郭队长很风趣，现在就请你下令，叫你们的兄弟都放下武器，我们要捉拿一个山贼。"郭队长大声回道："我们是红军队伍，哪来什么山贼？你这是污蔑！"

副官说："据可靠情报，大土匪胡四来就躲在你们这些人当中，他是皖南行署通缉多年的惯匪山贼，务必捉拿归案。请郭队长帮帮忙，抓到此人，立功受赏，善莫大焉。"

郭队长哈哈大笑，说："你这是欲加之罪啊，我再跟你说一遍，我们这里没这个人！"叶志远站在那里，猛然想起了一件往事，就是当年他和徐满仓把屎盆子扣在人家头顶上的事。他心计已定，便伸手解开了铁锅架子上的绳索，又顺手抓了一把锅灰抹在脸上，低声对郭队长说："我去对付他们，准备动手。"

说完，叶志远背着铁锅走出了队伍，一步一步逼近了对方。那个副官举枪指着他，喊道："给我站住！你是什么人？"叶志远说："老子是什么人？老子就是你们要抓的那个人，怎么，认不出来了？"

对面几支手电筒一齐照向了叶志远，叶志远伸出双手挡住光柱，继续朝他们走去。那个副官见他双手空空，身上还背着个铁锅，心里放松了警惕，然后还主动凑了上来，想仔细看清来人的面目。

等到挨近了对方，说时迟，那时快，叶志远两肩一抖，大铁锅"砰"的一声落地，他身形闪动，疾步蹿到那个副官身旁，未等他扣动扳机，伸手夺过了驳壳枪，左手揪住他的衣领，再把枪口死死抵在他的脑门上，大声命令："叫你们的人全部后退，把机枪留下，听到没有？快说！"

这个副官怎么也没想到，刚才还完全占据了主动，转眼之间竟然成了红军的俘虏。他脸色煞白，颤声说道："这位兄弟别开枪，……误会，全是误会……"叶志远说："少废话，快下命令！"副官咬紧牙关，就是不肯说。叶志远把枪口贴住他的帽檐，"嘭"的一声朝天开了一枪。副官全身颤抖了一下，举起双手，向后面摆了摆，喊道："都退了吧，都退回去。丢一挺机枪下来。"

听到副官的命令，对方的士兵缓缓退了回去，地上放了一挺轻机枪。郭队长喊道："先不要放开他，等我们走远了再放。"徐满仓见叶志远冒险逼退了敌兵，又缴获了机枪，高兴坏了，马上跑上前去，伸手就把机枪抱在怀里。郭队长又喊了一声："大家往回撤，快一点！"

大约往回撤了半里多路，郭队长见后面没有追兵，就叫叶志远放那个副官。叶志远松开手，用枪逼着他解下枪套和弹匣，扒了他身上穿的雨衣，撕下了他的胸章，又夺过了手电筒，这才放他回去。

叶志远把雨衣交给了郭队长，把手电筒给了汪施才，把胸章塞进衣兜。汪施才伸手接过手电筒，说了句："干得漂亮。"郭队长在人群里找到了老范，把雨衣披到他身上，说："你穿上吧，夜里冷。"随后他命令全队："再往前面走，找

个地方宿营。一小队警戒后面。"

　　还没走出多远，徐满仓在后面叫道："大队长，有人追上来了!"郭队长喊道："不要和他们纠缠，向北撤!"话音未落，背后猛然响起了一片枪声，子弹犹如蝗虫一般飞来。叶志远听到自己身后"铛"的一声脆响，似乎是被人推了一把，向前趔趄了几步;又听到旁边的汪施才惊叫了一声："老郭，你怎么啦?"

　　叶志远转身看去，只见郭队长倒在地上，两手撑地想站起来。叶志远弯腰跑到郭队长身边，一把将他抱起，看到他胸前有些潮湿。叶志远一把扯开郭队长的棉袄，看到他胸前有个弹洞，血流如注。叶志远用棉袄用力压住他的伤口，喊道："大队长，你要挺住啊!"

　　郭队长此时气息微弱，挣扎着说道："小叶，我……怕是不行了，……你带队伍，呃……"还未说完，郭队长头一偏，在叶志远的怀里咽了气。旁边的汪施才轻轻叹了口气。徐满仓见郭队长死了，气极，端着刚刚缴获的机枪，对着后面就是一阵扫射。

　　叶志远喊道："现在全队听我指挥，一小队断后，二小队进树林子，向北走。行进中不要喊叫，用暗号联络。"叶志远抽出背后的锅铲，把它插到前面的腰带里。他叫汪施才在前面带路，又叫几个队员把郭队长托起来，放到自己的背上。叶志远背着郭队长渐渐僵硬的身体，朝山林深处大步走去。

第九章　到　达

　　山林里雾气弥漫，漆黑一团。幸亏汪施才熟悉这里的地形，他打着手电筒，很快把队伍引上了一条小道。后面的枪声渐渐稀疏下来，鸟鸣声却此起彼伏。过了一会，徐满仓带着一小队赶了上来，对叶志远说："追兵没敢进来，都待在林子外面。"叶志远问："来了多少?"徐满仓说："五十多个。"

　　叶志远将郭队长轻轻放在地上，抽出别在腰里的锅铲，他想把郭队长就葬在这里。刚抽出锅铲，手指就摸到了铲子上面有一个深深的凹痕。他一惊，这是子弹打出来的，刚才是锅铲救了我一命。

　　老范挤了上来，把身上的雨衣塞给叶志远，说："把这个给老郭穿上，下面冷。"说着，他从叶志远手里拿过铲子，在小道旁边选了一块平地，往手掌上吐了一口唾沫，跪在地上用力挖了起来。没挖几下，队员们争着上前替换他，很快便挖出了一个长形的墓穴。

大家抬起郭队长，把他慢慢地放了进去，再铲土埋实了。徐满仓他们搬来几块石头，围着墓穴摆了一圈，算是墓碑。叶志远从一个队员手里接过一把刺刀，在一块石头上凿出了一个"大"字。大，是当地人对父亲的尊称，这里也是指郭大队长。队员们站在墓穴周围，举枪敬礼，低头默哀。

做完了这些，叶志远叫大家都吃点干粮，说："马上回去，他们要是没走，就狠狠揍他们一下，为郭队长报仇。"队员们听他这么一说，顾不上吃干粮，都开始整理起各人的武器来了。叶志远把徐满仓和二小队的队长喊到一起，约定以他的枪声为号，打几枪就走，不和敌人纠缠。

深夜，队员们摸回到了路边，拨开草丛看去，只见路面上站着不少扛着枪的人，不停地用手电筒向树林这边照射。有几个蹲在暗处抽着香烟，烟头的亮光一闪一闪的。还有几个人在一边燃起了一个火堆，像是在烤什么东西。借着火光，可以看清他们都穿着国民党的军服。

叶志远抽出驳壳枪，扳下机头，对着一个蹲着抽烟的人开了一枪。听到枪响，徐满仓立即扣动扳机，对着路面就是一阵猛扫，队员们也同时开火，对方瞬间被击倒了十几个人，其他人纷纷卧倒在地，举枪还击。叶志远见大仇已报，喊了一声："走！"队员们纷纷停止射击，转身撤出了战斗。

叶志远担心再次遭到暗算，便舍弃大路，不进乡镇，叫汪施才领着大家尽拣山路走，翻山越岭，忍饥受寒，一路向北行去。五天后，他们顺利抵达了岩寺。

当队伍开进集结地的时候，村头站着一群人像是在迎接他们。走到近前，几个身穿灰布军装的人迎了上来，询问是哪支部队。叶志远掏出皖南特委的信函交给来人。那人看了，收好信函，说："好，我们是军部军需处和留守处的，现在跟我们走。"那人把叶志远他们引进村里一间大屋子里，地上已经铺好了厚厚的草垫，草垫上放着崭新的棉被。那人说，伙房就在屋后，给你们烧热水用的，水井就在附近。吃饭是集中开伙，到时会有人来喊你们的。

晚上，军部来人了解队伍人员情况。叶志远把郭队长早已写好的一份人员名册交给了他们。在这份名册中，叶志远把自己的职务改成了炊事员。同时向他们报告了此次下山行军的经过，并将缴获的国民党军官的胸章交了出来，当作遭受敌人袭击的证据。他对缴获轻机枪和驳壳枪的事情一字未提。来人通知叶志远，说是近日战区长官要来点验部队，叫他做好准备。

与此同时，汪施才也向皖南特委作了汇报，重点报告了郭队长牺牲的经过和叶志远等人的表现。他对叶志远赞不绝口，说他临危不惧，机警善变，值得进一

步培养。可惜的是，他在小溪村只待了两天时间，不知道叶志远和何冬妹两人之间的瓜葛。他很不理解，郭队长怎么会把这个很能打仗的人放在伙房烧饭，这不是大材小用吗？在他眼里，叶志远是一个没有一点毛病的好战士。

第二天上午，军部司令部来人宣布：皖南游击队编成一个排，编入第三支队第五团一营作战序列，由原第二小队队长担任排长，叶志远、徐满仓分别任一班和二班的班长。

过了两天，全团在村头的平地上站队集合，接受第三战区长官的点验。说好了是九点钟开始点验，可是到了十点还没见着长官的人影。这天是晴日当空，老是站在太阳底下晒着，战士们觉得很不是滋味。

熬到了十点半，一群人终于出现在他们的面前。站在前面的是一个佩戴少将军衔的军官，旁边有两个我们的陪同人员。后面站着七八个小军官，手里拿着纸笔账册什么的。

那个少将军官问了一句："这是几团啊？有多少人？"我们的陪同人员答道："是三支队五团，共计一千二百六十人。"那个少将军官点点头，说："那就开始吧。"

我们的陪同人员朝这边挥了挥手，这边的一个指挥员大步走到他们面前，举手敬礼，然后转身面对队伍站好，大声喊道："听我口令，全体——立正。向右看——齐。"战士们按照口令，前后左右对齐，人人站得笔直。

看见队伍已经站好，指挥员又是一声大喊："最前面的一列听好了，报数！"队伍里立刻响起了报数的声音。等报数结束，负责点验的几个小军官们忙活开了，几个人跑到队前清点人数，几个人从队前走到队后检查人数，很快清点完毕，跑回去简单报告了几句。那个少将军官点点头，算是同意了。

返回驻地，叶志远他们刚吃罢午饭，便接到出发的命令，也没说到哪里去。走了两个小时到了地方，一问才知道，这里是六团的驻地。傍晚之前，他们五团的两个连参加了六团的点验。点验结束后，吃了晚饭，又连夜行军，赶回到自己的驻地。听人说，这样做是为了增加部队的员额，人多了，上面发的枪就多，枪多了，子弹自然也会多。

第二天，他们的连长到任，名叫徐锦城，原是闽北游击队的队长。看到了新连长，叶志远不由得想起了郭队长，很是难过了一阵子。又过了两天，叶志远所在的五团奉命离开岩寺，向北走了三天，到达太平县。团部驻扎在凤塘村，各营连分散驻扎在周围的村子里。

刚住下来没两天，团部命令到了，调叶志远和徐满仓去支队教导队受训两个月，不带武器。临行之前，徐连长找两人谈话，勉励他们遵守纪律，认真参训，多学点本事回来。

教导队驻扎在十里路之外的胡家村。次日，两人去教导队报了到，领到了一个笔记本、一支铅笔、一个布挎包。每人还领到了两套崭新的军服、一副绑腿和两双布鞋。

这次参训的学员共有一百多人，都是表现优秀、各有特长的年轻战士。叶志远、徐满仓和来自兄弟连队的邵家旺、陈水根、杨少良编在一个班，叶志远任班长。

集训从四月初开始，计划于五月底结束。时间不长，训练内容却不少，有步兵战术指挥、山地战和巷战技术，侦察常识，作战地图绘制，还有敌情通报等等。白天他们集中上课，由军部作训科的教官授课；晚上一般是分班讨论和个人复习。每隔六天休息一天，让学员们处理个人事务。每隔十天劳动一次，学员们轮流去附近的集镇搬运粮食给养一次。

每到休息天，学员们都抓紧时间洗澡洗衣晒被褥，忙完之后就相互串门，打听部队的各种消息。时间一长，各方面汇拢起来的情况很不少，他们不仅知道了当前战局形势的严峻，知道了新四军目前的艰难处境，更知道了国民政府是如何歧视刁难我们的。大家怒火中烧，愤愤不平。

第十章　群　殴

五月底的一天，轮到叶志远的班和另外一个班参加劳动，跟着司务长去三里之外的集镇挑米。

当他们挑着米往回走，来到一个街口时，几辆骡车堵住了去路。司务长上前一看，知是国民党144师的后勤车队，大概也是要进去拉粮食，现在是空车。司务长便主动打招呼："这位兄弟，你们的车不是还没有装东西吗，能不能往边上靠一靠，让我们先过去？"

对面一个赶车的人回道："凭什么让你们先过去？"司务长说："你没看见吗？我们都挑着东西，还请行个方便。"对面那人斜眼看着司务长，说："我没看见？你长眼了没有啊。知道我们是谁吗？也不打听打听，老子给谁让过路？"

徐满仓就在司务长身后，一听就来了火，骂道："你小子说谁不长眼？我看

你才瞎了狗眼，赶紧滚到一边去！"那人听了，也不搭话，抢起长鞭就打了过来，正巧打在司务长脸上，顿时鼓起了一道血痕。

就在刚才那人挥动鞭子打来之时，驾辕的骡子听到了鞭声，便用力拉车朝前走了过来。叶志远一看不好，赶紧丢下米袋，上前几步一把揪住骡子的笼头，死命向街边推去。可惜慢了一步，已经向前滚动的车轮，把司务长紧紧抵到了墙上。徐满仓急忙抱住司务长直往后面拖，只是后面都是我们挑粮的队伍，人挤人的，后退的空间很小。徐满仓急了，骂道："狗日的，你成心要伤人是吧。"说罢，他一步跳上车去，挥拳就朝那个驾车的士兵打去。

叶志远担心徐满仓吃亏，便大喊一声："都上，跟他们干了！"众人一齐扔下米袋，陈水根跑到骡车一侧，伸手按下了刹把。邵家旺跳上车，帮着徐满仓狠揍那个赶车的。杨少良走到司务长跟前，扶住手臂，查看他脸上的伤势。

后面的国民党士兵见前面打起来了，也都挤了过来加入了群殴。双方拳打脚踢，乱成一团。街旁开店铺的生怕他们打进来，纷纷关门歇业。此时，对方一个军官对空开了一枪，喝令："不准打了，双方都退后一步。"他拎着手枪，挤到前面问了一下情况，便骂了起来："你们是哪个部队的，怎么打人啊？简直就是土匪。"

徐满仓回骂："你讲不讲理啊？明明是你们先动手的，你们才是土匪。"那军官一听大怒，举枪欲射。叶志远怕他伤了徐满仓，急忙捡起一根扁担砸了过去，正中那个军官的手臂，手枪掉到了地上。

叶志远上前捡起手枪，朝天连开几枪，直到把子弹打光了，才把手枪塞回到那个军官的枪套里，还说了句："兄弟消消气，谁叫你们先动手的？"

就在双方互不相让之时，两个军官带人闯了进来。一个是教导队的殷良鉴队长，他闻讯后领着十几个学员携枪骑马赶了过来，见街口堵住了进不来，便下了马，叫两个学员守好，自己带人挤了进去。

144师也来了一个军官，领着十几个士兵，也是荷枪实弹的，枪口齐刷刷地对着这边。双方见了面，也不搭话，各自查看自己人的伤势，又仔细询问了情况。看完自己人的，又看了对方的。殷队长松了口气，双方都是些皮肉伤，伤势也不重，此事应当不难处理。

谁知，对方来的军官见自己这边受伤的人多，失了面子，边喊道："是谁领头打的？给我站出来！"叶志远看着殷队长，没有动，也没说话。对方被打的士兵指着徐满仓、叶志远几个人说："就是他们几个，凶得很呢。"那个军官喊道："来啊，把这几个都抓起来，送军事法庭！"

殷队长上前几步，把叶志远几人挡在身后，说："我已了解过了，今天的事情责任在于你们，空车不肯让道，还先骂人，先动手打人。做事总要讲些道理吧。你们有军事法庭，我们也有军法机关，不就是吵嘴打架嘛，我们自会惩处，无须你们费心。还是请你们让开道吧。"

见这边的人要走，那边的士兵哗啦一声推弹上膛。这边也不示弱，纷纷抽出枪，张开机头，枪口直指对方。殷队长笑了一声，说："奉劝兄弟一句，真要把事情闹大了，对你我都没有好处。请你们马上让道。"

对方那个军官见占不到便宜，便摆了摆手。士兵将几辆骡车赶到一边，让出了一条窄窄的通道。司务长招呼大家挑着米袋，迅速走出了街口。等我们的人都走了之后，殷队长朝对方敬了个礼，转身就走。那个军官没有回礼，只是狠狠地说道："你们等着吧，我要向战区长官控告你们。"

果然，三天后，团部来人了。先是找到了殷队长，殷队长跟他们争执了几句。随后，他们便将叶志远、徐满仓、邵家旺、陈水根带到了团部，不由分说，全部关进了禁闭室，而且是一人一间单独关押。禁闭室原是一间大屋子，用木板隔成了几个小间，因此，有的房间有窗户，有的则没有。

叶志远的禁闭室没有窗户，由于长期闲置，霉味很重，乍一进去让人喘不过气来。室内只有一张狭窄的木板铺，一条薄薄的军被。屋角放了一只尿桶。叶志远简单地清扫了房间，坐在铺上闭目养神，一声不吭。

午饭是团部警卫排的人送来的，满满一大碗粗粮米饭，饭上面盖了一层水煮蔬菜，一点油荤的味儿也闻不到。叶志远显然饿极了，不管饭菜的味道如何，端起大碗不费事地吃了个精光。

下午，警卫排的人将四人带到隔壁的一间屋内，里面已经坐着了三个人。叶志远一看，一个是自己的徐连长，另外两人不认识，其中一个像是国民党的军官，因为他佩戴着军衔，两杠一星，是个少校。叶志远向他们立正敬礼。徐连长他们端坐不动，并没有起身回礼，叶志远觉得很诧异。

徐连长坐着对四人说："我给你们介绍一下，这位是第三战区派驻我们支队的联络官，朱少校。这位是我们军法处的胡参谋。"他又对邵家旺、陈水根说："你们连长今天有事走不开，由我代表了。"

军法处的胡参谋站起身来，拿出一张纸，说："现在点名。叶志远——""到！""徐满仓——""到！""邵家旺——""到！""陈水根——""到！"

胡参谋接着宣布了军部命令，大意是：叶志远等四人因故与友军发生争执，殴伤友军若干人，此举损害了军人荣誉，在民众中造成不良影响。为严肃军纪，

兹决定立即革去四人军职，以儆效尤云云。

徐满仓一听急了，喊道："是他们先动手打人的，怎能怪到我们头上？这不公平。"胡参谋大声说道："不要辩解了，服从命令。你们都过来画押吧。"叶志远急忙朝徐连长看去，徐连长微微一笑，点了点头。

叶志远会意，拽了一下徐满仓的衣袖，便走上前去，在命令上签了自己的名字，一式两份，签了两次。徐满仓他们见叶志远签了字，都叹了口气，只好过去签了名字。胡参谋收起一份命令，将另一份交给了朱少校。朱少校点点头，说："好，兄弟我这就回去交差，恕不奉陪。"徐连长见事情已了，也起身告辞，回连队去了。

第十一章 任 务

等朱少校和徐连长出了门，胡参谋笑了一下，说："都坐下吧，等会有人找你们谈话。我先解释一下这个命令的意思。"胡参谋说，这次打架是他们无礼在先，但他们吃亏了，便纠缠不休，非要严惩你们几个不可。他们历来歧视、限制和刁难我们新四军。我们写给第三战区申领弹药的报告中，因为写错了一个字，一下子就被他们扣掉了五十万发子弹。你们都听说了吧。为了避免他们借打架一事大做文章，我们只好摆出姿态，宣布了这个命令。你们不要觉得委屈，其实也没把你们怎么样，只是革去军职，可你们现在并无军职啊？懂我的意思了吧。你们几个还是我们队伍的人，只是要换一种方式去干革命了。听了胡参谋的解释，四人有些迷惑。

这时从门外走进来两个人，一个穿军装，一个穿便服。听胡参谋介绍，穿军装的是作战科的秦科长，穿便服的是皖南特委负责民运工作的老李。胡参谋对两人说："前面的事情我都说过了，后面的事你们说吧。"

秦科长仔细看了看叶志远四人，说道："你们过去的表现我已了解过了，这次打架的事情我也看了材料。很不错，敢打能打，有头脑。因此上级看中了你们几个，打算叫你们脱离部队去执行一项秘密任务，你们愿不愿意去？"

四人听了，更是摸不着头脑，你看着我，我看着你，谁也没有表态。愣了一会，叶志远说："上级的命令我们当然服从，只要能继续当新四军，我们愿意去。"

秦科长赞许地点点头，对他们说起了任务："去年，各路红军游击队奉命下山改编，闽中莆田、闽南漳浦发生了诱骗包围、强行缴械、逮捕杀害我军人员的恶性事件。针对国民党反动派的阴谋，中央明确指示，南方各游击区是今后南方革命运动的战略支点，各游击区将来要求得发展，必须留下三分之一的武装，不要全部下山接受整编。

"上级已经研究过了，决定先从皖南入手，分批派出精干人员，直属皖南特委领导，秘密恢复包括建立工农武装根据地。你们的任务就是依靠当地群众，长期隐蔽下来，建立稳固根据地，独立自主地开展游击战，迎接革命高潮的到来。

"由于涉及抗日民族统一战线以及与第三战区的关系，上级一再强调要绝对保密。因此上级要求不能泄露我军机密，不能违反群众纪律，初期不能打出新四军旗号。

"你们是秘密行动，人员不超过五人，由叶志远负责，徐满仓协助。活动地域由你们自行决定。老李熟悉情况，可以多听听他的意见。以后的联络工作通过地下交通站进行。具体行动计划明天就要拿出来。"

秦科长问叶志远有何要求，叶志远提出需要增加一个人，还需要一份地图，另外要求把各人在教导队的听课笔记还给他们。秦科长笑了笑，叫他把想要的人名写给了他。秦科长说："这些事我现在就去办，你们先研究着吧。"说完他就起身走了。

不一会，作战科的一个参谋送来了一个油布袋子，说里面装有一份皖南作战地图。叶志远打开袋子，抽出了几张地图在桌上摊开。这是四张手工绘制的草图，比例是十万分之一的。四张图拼到一起，就能大致显示出以军部云岭为中心，北至长江、南至屯溪、东到天目山、西到青阳九华山一带的地形地貌。方圆几百里内的城镇乡村、山川河流、大路小道，包括山高河宽都有标记。更重要的是，图上还标有日军和国民党军队的番号和驻地。

地图显示，在我新四军防区的北面和西面都是日伪军；东侧的南陵，驻有东北军108师，西侧的青阳驻有川军144师和145师。再往南去，便是顾祝同第三战区的大部队。

几个人盯着地图看了半天，一时也找不到合适的地点。徐满仓嘟囔着说："我看不如回去得了，当初就不应该下山，费了老大的劲，折腾了几个月，现在又要上山打游击，这不明摆着又要我们白手起家吗？"

叶志远瞪了他一眼，说："别瞎说。回去？那个地方不符合这次任务的要求。现在要选的地点，必须靠近前线，周围没有敌人的大部队。既要能藏身，也要能

发展，要有足够的粮食和兵源。大家都想想办法吧。"

皖南特委的老李，名叫李维真，二十五六岁的样子，人很精干。听到叶志远说的话，很是赞同。他说："我倒是看中了一个地方，不知行不行？"说着，他在地图上指出了一个地方。

叶志远定睛看去，见他手指的是泾县、宣城和宁国交界的一个山区，名叫高凤山，方圆足有几百里，不少村落散布其间，周围还环绕着几条河流。叶志远抬头问他："你熟悉这里的情况吗？"老李点点头，说："我在这里打过几年游击，原来也是我们的根据地。更主要的是，这里符合这次任务的基本要求。"

叶志远叫徐满仓几个人都仔细地看看，几个人看过以后都表示赞成。陈水根皱着眉头说："高凤山可以去，只是怎么去，用什么身份去？"徐满仓说："老陈说得对，我们真要有一个身份掩护，总不能穿着这身军装到处跑吧。"

老李说："这个问题很重要。南边不远有个叫麻川的村子，那里有军部的一个兵站，还有几个工厂。他们天天跟地方打交道，跟各方人士都有联络。我们进山之前，不妨先到麻川走一趟，请他们帮着想想办法。"

吃过晚饭，教导队派人把四个人的布挎包送回来了。叶志远坐在煤油灯下，写出了一份简略的行动方案，送给几个人都看了一遍，大家没有提出新的意见。

临睡之前，老李来了一趟，特地询问了徐满仓等人的情况。叶志远知道他不是十分放心，便详细向他作了介绍。这次定的五个人，在教导队都是一个班的，徐满仓是和自己一起长大，也是一起参军的，是战友加兄弟，没有任何问题。其他三个人叶志远也都了解，毕竟在一起相处了两个月的时间。

头一个就是邵家旺，猎户出身，有一手好枪法。原是福建莆田游击大队的小队长，去年下山整编时被国民党军队围住了，要缴他们的枪，还诱杀了游击大队的大队长刘突军。在突围时，邵家旺凭着一杆老套筒，弹无虚发，枪枪见血，硬是打退了一个排敌军的进攻，成功掩护了战友们冲出了敌人的包围圈。

第二个是陈水根，铜陵人，从小就是孤儿，长江边上长大的。他当过船工，做过货栈的脚夫，挖过宣城的矿洞。沿江一带的水陆码头他几乎都走遍了。他成天风里来雨里去，直熬得二十来岁的汉子像个五十岁的小老头。直到有一回老板故意克扣工钱，陈水根带着工友们同他去理论，老板反说他们是共产党，叫县里的民团来抓他们。陈水根眼看没有活路可走了，心一横便喊："你妈的，你说我是共产党，老子就是共产党，老子就是要造你们的反！"他上前把老板痛揍了一顿，领着一帮工友投奔了游击队。由于他见多识广，脑筋活络，腿脚灵便，干起侦察来要比别人轻松得多，号称全团的"飞毛腿"。

第三个叫杨少良，团部通讯班班长，今年只有十七岁。别看他身矮体瘦，貌不惊人，但他喜欢琢磨新鲜东西。原先在游击队刚当通信员的时候，大字不认得几个。一年之后他竟能给大队长草拟作战命令，而且文通字顺，内容准确，喜得大队长眉开眼笑。他来到新四军后当了通讯班长，对如何选择地形、隐蔽架设线路等技能一学就会，后来甚至是电话机出了故障，只要不是太大的毛病，他也能很快捣鼓好。有一次他趁检查通信线路的机会，潜伏到太平县百穴山，用随身携带的话机窃听到国民党 23 集团军和第三战区司令部的通话。回来后他偷偷报告了连长，连长吓了一跳，急忙拉着他去报告营长，说是第三战区向日军占领区走私，由于分赃不均在吵架。结果被营长训了一顿。这件事在教导队传开了，让叶志远也记住了他的名字，因此这次指名道姓要他参加秘密行动。

第十二章 兵 站

第二天刚吃了早饭，秦科长带着杨少良就来了。他让大家都坐下，便叫叶志远报告情况，叶志远将行动方案交给了他。秦科长看了一遍，问道："为何选定这个地方？"

叶志远汇报了自己的看法。他说，目前皖南地区各种势力错综复杂，总体来讲是敌强我弱。我们的想法是，选择泾县、宁国、宣城交界的高风山作为我们的落脚点。理由如下：一是那里有深山老林，便于隐蔽，也不缺粮食和兵源，便于以后发展；二是那里是抗战前沿，政治上比较主动；三是红军游击队以前在那里活动过，有群众基础；四是此处位于军部驻地和西天目山之间，也靠近我军东进路线，方便我们机动策应；五是此地外来的移民多，我们去了以后不会引人注意，也容易和当地群众打成一片。

秦科长听完之后，看了看老李，老李说："我同意这个方案。我不能参加，但可以先派一个同志给你们当联络员，是当地人，很可靠，能随你们一起行动，还能配合你们在高风山一带建立地下交通联络站。"

秦科长说："好，这是一个方案，你们还要考虑第二个方案，懂我的意思吗？"说完，他便起身走了出去，估计是到团部打电话请示去了。半小时后，秦科长回来了。他说："上级同意这个计划。军部拨给你们五百元经费，五支驳壳枪和三百发子弹。中午之前准备好，下午你们就可以出发了。需要注意的是，在离开麻川兵站后，就要隐蔽行动。"

秦科长面向众人，满脸严肃地说："从现在起，由叶志远同志带领你们去执行一项任务，你们要服从命令，严格保密。能做到吗？"众人立正回答："坚决服从命令！"叶志远郑重地向秦科长和老李敬礼告辞，带着四人转身离去。

下午临走时，秦科长给了五百元钱，是国民政府发行的法币。叶志远只要了二百元，说军部现在十分困难，需要花钱的地方很多。秦科长见叶志远态度坚决，便收回了三百元钱，另给他们多发了三百发子弹。

离开了团部，叶志远一行直奔麻川兵站而去。途经自己连队驻地的时候，叶志远放慢了脚步，还有一件心事始终没有放下，他担心何冬妹跑来找他，想找个熟人交代一下。正在着急的时候，碰巧对面走过来两个流动哨兵，仔细一看，原来还是自己小队的队员。他马上叫一个队员去把老范请来，说有急事找他。这个队员拔腿就往村里跑去。

一会儿，老范急急忙忙地跟着队员来了，一见面就数落起来，说："什么急事啊，真是的。你们这几个小子真不省事，明明都受训完了，回来都是要当官的，这下好了，还当个屁的官啊！"徐满仓几个人一听此话，都忍不住笑了起来。

叶志远哪有心思听他说这个？把老范拉到一边，悄声说："范叔，托你件事，要是冬妹子找来了，你就告诉她，我到宣城去了，去宣城哪个地方现在还说不准。嗯，最好还是劝她回去，还回小溪村，不要找我了。等我安稳下来，一定回去接她。"老范狠瞪了他一眼，说："你还没忘掉她啊。行，范叔答应你，她若是真的找来了，我会对她说的。不过我马上也要走了，军部在麻川要建个留守处，调我去当管理员，也就这几天的事。再说吧，但愿她能遇到我。唉，不说了，你们走吧。"

告别老范后，叶志远觉得心里踏实了不少，于是便继续赶路。麻村离这里不远，也只有二十多里的路程，傍晚之前也就到了。找到了兵站，叶志远把团部开的介绍信交了上去，出面接待的是一个军需官，名叫张林秀。他很客气，给他们安排了住处，又领着他们去吃了晚饭。

睡觉之前，叶志远对大家宣布了几条纪律：从现在起，我们就要脱离部队单独行动了，今后所有行动听我指挥，我不在，由徐满仓接替指挥。为了保密，相互之间大家不要称呼以前的职务，直接叫"老叶""老徐""小杨"就行。徐满仓打趣道："叫你老叶，听起来像是叫'老爷'，你真会占便宜。"众人大笑。

军部发的钱是法币，叶志远全部交给杨少良贴身收好，叫他以后负责保管所有钱物，每笔开支需要经他批准，收支都要记账。杨少良点了点头。

第二天，叶志远找到了张林秀，说是要向他讨一个差事干干。张林秀没有听懂，问道："你们是作战部队的，我这里再忙，也不能随便抓你们的差啊。"叶志远用手指了指外面，解释道："我们这些弟兄在部队混不下去了，要另找个吃饭的地方。"张林秀眼睛一瞪，说："跟我开什么玩笑？"叶志远正色道："不敢瞒你，我奉命去执行一项秘密任务，需要找个合法身份做掩护。这事不可对外说啊。"张林秀又问："想找个什么样的差事？"叶志远说："只要能在皖南这一带自由走动的，都行。"

张林秀皱眉沉思了一会，问道："你认识太平龙门乡的刘若溪刘老板吗？"见叶志远摇头，他又说，"那这样吧，我写封信给你带上，你去找他，事情你自己跟他说，他会帮忙的。"叶志远笑笑说："好，那就谢谢张大站长了。"

张林秀此时想到刘若溪，自然有其道理。刘若溪，太平县龙门乡三门村人，少时经商，勤于钻研，名茶"太平猴魁"便由他亲手推出，沿江各大城市都开有他家的茶叶店铺，不到中年就成了皖南第一茶商。

发达以后，刘若溪善待乡邻，兴办学校，还兼任了当地的联保主任。新四军来后，他出面接待过许多重要领导人。他多年经商，自然也结识了不少国民党高官。两相比较，他有了自己的选择。他曾不止一次对家人说过这样的话："将来得天下的，必是共产党、新四军。"此后刘若溪的家便成了新四军的义务兵站。这次叶志远所求之事，张林秀首先就想到了刘若溪，新四军所托之事，他是不会随意推脱的。

兵站管理员带着叶志远等人进了军需品仓库，很快就挑出一堆东西放在一边。管理员在出库单上都登记好了，交给叶志远签字。

物品主要是些路上要用的东西，像粗布单衣裤、布鞋、胶底鞋、手电筒、电池、雨布还有油布伞什么的，每人还拿了一把短刀。叶志远叫大家换上便衣，把驳壳枪佩带在短裤里面。再捋起裤脚，把短刀连鞘绑在小腿外侧。把其他物品分为五份包裹好，由各人带在身边。

随后，张林秀送来了引荐信，还有一张盖有兵站大印的通行证，又递过来一个卷轴。张林秀说："刘先生很开明，真心实意地帮助我们新四军，从来没有要求我们为他做什么。前次向我索要笔墨，我也答应了他，这次正好烦你带去。"

叶志远正在为求人办事、两手空空而发愁。张林秀此举恰好解决了自己的难题。叶志远十分感动，又真心佩服他的细心周到。

中午，张林秀招待他们吃了一顿面条，粗瓷大碗里漂了一层油花和葱末，还卧了一个荷包蛋，香味扑鼻。大家还没吃，就直咽口水。叶志远端起碗，心想，

这是张站长为他们送行了，眼里顿时有些湿湿的。

第十三章　护　商

刘若溪先生的家乡三门村，位于黄山北麓，麻川河畔。这里群山连绵，陆路闭塞，大宗物品唯有通过麻川河道用船运进运出。

这里也是新四军太平兵站前往泾县军部的必经之地。这一年来，新四军来往人员成了刘家大院的常客。刘若溪对此毫不嫌烦，特地腾出两大间房子当作客栈，一宿两餐，每人只收一角钱，新四军干部战士内心感激，觉得很过意不去。

这天下午，刘若溪午休之后，擦了一把脸，慢慢穿过客厅踱进了东厢房，这是自己平时读书和接待重要客人之地。房门两边的门框上，镶了一副木刻对联："读书好营商好效好便好，创业难守成难知难不难。"房内迎面墙上挂了一幅黄山水墨画，山峰雄峙，乱云飞渡，笔力苍劲，气势雄浑。

刘若溪虽然年近花甲，但身体清瘦硬朗，精神矍铄。他在椅上坐定，翻开桌上的账册，看了几眼，不由得连声叹气。

自淞沪开战以来，东洋鬼子一路西进，沿江城市尽遭荼毒。他自己在上海、南京、扬州所开的茶铺也难逃厄运，货物资财损失倒也罢了，可怜茶铺的伙计也常有伤亡失踪的，让他痛惜不已。

眼下，战火已经烧到了皖南。安庆、铜陵、芜湖的茶铺开不下去，只得遣散伙计，撤回资金。渐渐地就连宣城、南陵、宁国也维持不下去。这一摊子是交给自己侄儿刘贤臣打理的，一直打理得不错。上个月刘贤臣花钱当上了一个乡的副乡长，其本意还是想保住茶叶生意。

刘贤臣最近传信过来，说不知哪来的几股溃兵，扮作难民模样干起了劫财害命的勾当，比土匪还要凶恶。国民党驻军不想管，县里民团不敢管，还需请叔父设法对付。这不，过两天就有五担"猴魁"茶叶急等着要送出去，价值近两万元，这是全村茶农大半年的心血，出不得任何差错。自己只是乡联保主任，顶多只能管管眼皮子底下的事情，对外可是鞭长莫及。刘若溪想来想去，也没想出个妥善之策来。

这时家人来报，说门外有人求见，还带了一封信。刘若溪接过信笺一看，抬脚就往外走。来到门口，刘若溪恭敬地将叶志远他们引至客厅坐下，并叫家人敬茶。

叶志远欠欠身子，说："晚辈冒昧打扰，还望刘先生见谅。"刘若溪回道："哪里哪里，叶先生既与张林秀长官以兄弟相称，那就是我的贵客。"此时家人手托一个圆盘，送上了茶水。

叶志远站起身来，取出卷轴双手交给刘若溪。刘若溪有些疑惑，只好起身接过，放到八仙桌上缓缓打开看去，见是件条幅，上用隶书写道："麻川福地，茶谷飘香。"八个字写得端庄大气，笔画刚劲。旁边一行小楷写的是："若溪先生苦心经营造福桑梓，闽西张林秀贺。"

刘若溪见是张林秀的手书，老怀大慰，朝叶志远连连拱手，道："张长官谬赞了，我一个小小茶商，实不敢当。"刘若溪小心将条幅交给家人收好，招待客人饮茶。

叶志远端起杯子，揭开杯盖，一股幽香扑鼻而来。向杯里看去，只见叶绿汤清，茶叶都是一芽双叶，竖立漂浮，煞是好看。饮上一口，先是觉得微涩，后是丝丝香甜，再饮上一口，更觉醇厚爽口，回味无穷。

叶志远正想夸赞几句，一旁的徐满仓先开了口："好茶，真是好茶。"叶志远有心想考考他，问道："好在哪里？"徐满仓将茶一口喝干，抹抹嘴说："真解渴，这一小杯子茶，能抵得上一大茶缸清水。"

众人一阵哄笑。刘若溪笑着说："这位兄弟也算是说到了点子上，这是毛峰茶，最能解渴提神。各位饮的还是夏茶，若是春茶味道更好。"

叶志远说："难得刘先生用好茶款待，我们都是粗人，只知喝茶解渴，哪能品出其中滋味。"说完他向刘若溪身后看了一眼。刘若溪知道有事要谈，便摆手让家人离开。

叶志远说："此次登门搅扰，实有一事相求。"刘若溪说："叶先生但说无妨。"叶志远说："我们兄弟五人原本在家务农，今年受灾，庄稼无收。现想外出做工糊口，不知先生能否帮忙？"

刘若溪问："你们想去何处做工，有无讲究？"叶志远答道："想去宁国宣城一带，并无讲究。搬运装卸、押送货品、守护场院都行。"刘若溪微微点头不语。其实，他早已看出了叶志远等人的真实身份，只是不便说破罢了。沉吟片刻，他说："眼下倒有个差事，不知叶先生肯不肯将就？"叶志远答道："请说。"

刘若溪说道："过两天村里有几担茶叶要送往宣城，多半是国军部队订购的。近来路上不很太平，若有你们随行照应，那是再好不过了。我已雇好了挑夫，你们跟随搬运，一路护送。交货时只要茶叶不丢不损，每人付给工钱50元。叶先

生你看可好，只怕是委屈众位了。"叶志远见目的达到，并不在意工钱多少，一口应承了下来。

晚间，刘若溪要设宴款待，叶志远执意推托。刘若溪只得安排他们在前院厨房搭伙，给每人额外添了一小碗米粉鲊肉。山区农家生活艰辛，一年到头难见几次荤腥。新四军每人每天伙食费只有一角二分钱，除一线主力部队外，其他部队平时很少能吃到肉。徐满仓边吃边说："这比在家里好多了，又有工钱拿，又有肉吃，真来劲。"大家会意地一笑。

晚上临睡前，叶志远把几个人喊到一起，提出要求："我们现在是太平茶商的雇工，大家讲话要小心，保管好枪支弹药，不得泄密。从现在起，夜里轮流放暗哨，对外保持警戒。"他还解释说："这次护送茶叶，主要是掩护身份，挣点工钱也是积累经费。要想在宁国那边站住脚跟，发展势力，没有钱不行。在家千日好，出门时时难啊。我们现在只能走一步看一步了，大家要互相提醒，处处小心。"

第二天中午，宣城的刘贤臣赶了过来。刘若溪将叶志远五人介绍给了刘贤臣，再三叮嘱，路上安全要听叶先生的。下午，麻川河边停着两条带篷的木船。叶志远他们捋起袖子裤脚，帮着把茶篓从仓库搬到了船上。刘贤臣站在岸边，熟练指挥着船工装船。

装好后，刘贤臣跑前跑后检查了一遍，就招呼着开船，说今晚要赶到章渡过夜。陈水根当过多年的船工，也算是老把式了。他手脚麻利地帮着解开缆绳，收起跳板，招呼大家回舱坐好。

船工撑船离开岸边，驶入河道，渐渐远去。叶志远挥手向岸上的刘若溪告别后，转身进到船舱，叫陈水根找到了舱内的夹层，把驳壳枪和子弹藏了进去，再用杂物掩盖住。忙完之后，各人都抓紧躺下休息。

第十四章　勒　索

货船顺流而下，不知不觉就到了小河口，驶进了青弋江。过了桃花潭以后，江面变宽，水流变缓，船工们不由得松了口气。

见江上有人捕鱼，陈水根玩心大起，对叶志远说了声："我下去洗把澡。"说完他利索地脱去衣裤，一个猛子扎到了江里，不见了动静。约莫过了半袋烟的工夫，陈水根竟从两丈开外的江面上蹿出了小半个身子，双手紧掐着一条大鱼。

众人见了大喊："老陈真能干啊，快把鱼送过来。"陈水根笑了笑，手抓着鱼，仰面朝天，两腿扑通扑通地打水，急速朝这边游来。到了近前，他将鱼甩上船来。徐满仓上前一步，稳稳地接住了鱼，大叫："一条不够，多抓几条上来。"两袋烟的工夫，陈水根又甩了三条尺把长的大鱼上来了。

黄昏时分，船到章渡。靠上码头，众人洗刷一番，有上岸到镇里采购的，有忙着整理船具的，有淘米烧饭的。叶志远走上码头，抬头向云岭的方向看去，脸上露出一丝不舍之情。

过了一会，他看见有两人朝这边走来，还不时地向他招手，他定睛看去，原来是皖南特委的老李来了。叶志远连忙迎了上去，拉住老李的手，问道："你怎么知道我在这里的？"

老李笑道："是张林秀站长叫我在这里等你的，他料定你要从此经过。"叶志远再看向同来的人，惊喜地说："怎么是你，老汪同志你好。"老李说："你们是熟人，这次就安排汪施才同志来给你们当联络员，相互也好有个照应。"

汪施才原是宁国游击特区的地下交通员，身份一直没有暴露。一九三六年游击队撤离时，老李给了他一笔经费，叫他在离特区二十里路外的葛顺乡开了一家杂货店，以店老板身份作掩护，秘密为特委工作。

叶志远握着汪施才的手，高兴地说："有你们帮助，我心里就踏实多了。"老李向叶志远告辞，说："等你们安顿下来了，特委给你们送一批人过去。"叶志远连声称谢。

叶志远领着汪施才回到船上，船舱里已经飘出饭菜的香味。船工早将活鱼宰杀洗净，配上竹笋鲜菇，炖了一大锅鱼汤。众人顾不上客气，端着饭碗，伸出筷子，眨眼工夫给吃得一干二净。

徐满仓咂巴着嘴，问起陈水根抓鱼的窍门。陈水根说，这里水流不急，水色泛浑，水里有鱼的可能性大。要说窍门嘛，浅水靠脚踩，深水靠嘴吹。

邵家旺不信，问道："嘴巴能把鱼吹过来？"陈水根笑笑，接着说道："浅水抓鱼就不说了。在深水里抓鱼啊，先要睁开眼睛看，人不能动，鼓着嘴吐泡泡，模仿鱼儿吐气。鱼儿听到声音以为是同伴叫它，傻乎乎地跑过来，你再猛然伸手抓鱼抠腮，赶快扔上岸就成啦。"众人哈哈一笑，似信非信。

临睡前安排好值夜顺序，叶志远走到江边冲洗了一把，浑身清爽地进入梦乡。

第二天，天色刚刚放亮，船就离岸启程，顺流向东北方向行去。中午到了泾县与南陵、宣城交界的马头镇。这里是皖南山区山货外运的必经之地，泾县茶税

局在这里设了个税卡，专门查验过往船只的货物，收缴税金。

趁刘贤臣上岸缴税的时候，叶志远他们抬眼欣赏起眼前的景致。只见一块巨大的岩石矗立在江边，石壁之上"泾川锁钥"四个大字清晰可辨。

再向镇上望去，此处不愧是千年古镇，镇上店铺林立，行人如织，不少身穿军服的人也混杂其间。徐满仓在旁边说道："大概是108师的人。"叶志远点点头，吩咐道："你带陈水根去看看，我和小杨去买些备用的药。老邵在船上守着，等我们回来。"

一个小时后，各人回到船上。小杨手里拎着个包，里面装的是万金油之类的常用药品。徐满仓回来说："镇上有108师、144师和145师的人，是出来采办军需的。听他们见面打招呼说，很快要换防了。"

正说着，刘贤臣满身是汗地回到船上，喊着船工开船。进了船舱，他先喝了杯茶，擦了把汗，对叶志远说："缴税的商家多，排了半天的队才缴上。我们早点走，先到弋江镇送货，晚上赶到文昌镇过夜。"

船还没有走出多远，就听得岸上有人大喊："停船，停船，靠过来检查。"刘贤臣脸色一变，急忙钻出船舱，向岸上看去。只见江左岸边搭有一个竹棚，几个背着长枪的人粗声大气地朝这边喊着，有个人还摘下长枪，对着他们比画起来。刘贤臣忙叫船工靠岸。叶志远几人钻出船舱，不动声色地将刘贤臣护在中间。

岸上有个像是头目的人喊道："你们是干什么的？船上装的什么东西？"刘贤臣答道："我们是过路的商人。老总要做什么？"那人指了指身后的木牌说："看不见吗，这是本县货场检查站，所有过路的货物都要检查。快点把跳板搭起来。"

船工刚搭好跳板，那几个人气势汹汹地上了船，指着茶篓问："这是什么东西，运到哪里去？"刘贤臣答道："这是南陵县国军定购的茶叶，一会要送到弋江镇去。"那人说："真的吗？有没有夹带违禁物品啊？来人，把茶篓全部打开，我们要一个个查看。"

刘贤臣大急："老总，不能这样啊！这茶篓子要是打开了，就装不回原样啦。"叶志远用手碰了碰刘贤臣，对那人说："我们是太平茶商，给前边108师的长官们送货，他们催得急，还请老总行个方便。"

说着，叶志远给刘贤臣递了个眼色，拉着那人走到船头。刘贤臣明白了他的意思，紧跟着走了过来，低声对那人说："老总执行公务，大热天的挺辛苦，这点钱拿去给老总们喝茶。"说着就把三块大洋悄悄塞到那人手里。那人将钱在手里掂量了一下，说："是这样的啊，没有违禁物品就好，那就放行吧。"那几个人走回岸上，又大呼小叫地去检查后面的货船去了。

货船继续向北行去。徐满仓等人气愤不过，狠狠地骂了几句。刘贤臣说："多亏叶先生出面周旋，才免去了一场折腾。"又说，"去年只有大集镇才有检查站，今年怎么小地方也要检查了？"

一路上很少说话的汪施才，此时开了口："宁国那边最近也多出了不少货物检查站，说是省政府下了文，命令各地严查物资流通，防止走私资敌。"刘贤臣啐了一口，骂道："官字下面两张嘴。沿江大码头都给日本人占去了，不去想法子夺回来，反而算计到商贩和百姓身上来了。这样处处勒索，层层盘剥，日子真的过不下去了。"

刘贤臣忽然又想到了什么，问道："汪先生在哪里发财啊，刚才怎么说到了宁国？"汪施才答道："这年头哪里能发财哟。我与亲戚合伙在宁国的葛顺乡开了一家杂货店，勉强糊口罢了。"

刘贤臣笑了起来："实不相瞒，兄弟我刚刚花钱弄了个副乡长的位子，正好就在葛顺。原本是为自家生意寻个护身符，现在看来只怕是一厢情愿喽。"

第十五章　夜　晚

汪施才感到惊讶，说道："天下还真有这般巧事，往后还得请乡长大人多多关照才是。"刘贤臣连忙摆手，说道："汪老板客气，彼此彼此。"

这时听到船工在舱外喊了一声："刘老板，弋江镇到了。"刘贤臣站起来就往外走，有两担茶叶要在弋江镇卸下来，108师在镇上有个军需站，直接送过去就行了。

叶志远等人忙着往岸上搬运茶篓，几个挑夫挑着茶篓，颤悠悠地跟着刘贤臣向镇里走去，徐满仓三人紧随其后。叶志远和小杨留在船上看守船上的茶篓。

刘贤臣一行人正走着，从岸边一间房子里突然钻出来几个人，斜背着枪，大声吆喝着："都给我站住了，干什么的？"刘贤臣一惊，忙答："是给镇上的国军送货的。"对方又问："送什么货，检查了没有？"刘贤臣说："是茶叶，刚才在前面就查过两次了。"对方蛮横地说："不行！到了这里也要检查。"刘贤臣苦笑着走过去，塞了几块大洋，说了一堆好话才算了事。

弋江镇离江边不远，刘贤臣、徐满仓一会就回来了。挑夫们已经拿了工钱，

另外找活干去了。船工们驾船向江对岸的文昌镇驶去。文昌镇属于宣城地界，刘贤臣对这边比较熟悉，三教九流都有认识之人。上岸时照例要检查，刘贤臣稍微打点一下便顺利过了关。

文昌镇到宣城全是旱路。刘贤臣和船工结清了运费工钱，另雇了三辆骡车，两辆装茶篓杂物，一辆坐人，来到了镇上，找了一家临街的客栈住了下来。

叶志远等人在临上岸时，将藏在船舱夹板里的枪支取了出来，塞进包裹带进了客栈。刘贤臣身上带有从弋江镇收来的茶叶款，叶志远便吩咐小杨陪刘贤臣住在一起，寸步不离，晚饭要客栈送到房间来吃。叶志远几个住隔壁一间大客房。

安顿下来以后，看看天色还早，叶志远召集几人说事。叶志远问汪施才："此地有没有我们的交通站？"汪施才说："没有。我倒是有个亲戚在这里开铁匠铺，原先在宣城，生意很好。去年宣城挨了鬼子飞机两次轰炸，前一次没事，后一次他带着儿子到乡下送货，回来一看，一大片的房子全炸塌了，遍地是死人，他家的铺子也找不着了，老婆也埋在了里面。听说鬼子要打宣城了，父子俩就往西跑，跑到文昌镇的江边上，搭个草棚子又打起了铁。上次见到他，他说这里人生地不熟的揽不到生意，想跟我去宁国。"

叶志远问："叫什么名字，会打什么铁器？"汪施才说："他家是祖传的手艺，擅长打刀剪农具，在宣城有点名气，都叫他'铁犁头'，时间久了，真名倒记不得了。"叶志远问："现在能找到他吗？"汪施才说："这时候应该在家。"

叶志远拍了一下手，对大家说："今夜有行动。留一人守在这里，其他人去江边码头查看情况，我和老汪现在去找铁犁头。"

镇外不远处，江堤下面有一块斜坡地，搭建了一长溜低矮的草棚，一条碎石板铺成的小路通向江边。走近草棚，可以看清有四五家铁匠铺，炉火不是很旺，偶尔传来一阵叮叮当当的敲打声。

汪施才领着叶志远走到北头一家草棚门口停了下来，喊了一声："铁犁头在吗？"棚内有人应道："是哪个啊？"话音未落，棚子里钻出一个精瘦小子，稍高个头，不到二十岁，上身穿了一件汗背心，肌肉鼓鼓的，腰间系着一条看不清颜色的粗布围裙。

汪施才拍着他的肩头，说："你是铁犁头的小子吧，你爸呢？"说着他就拉着叶志远钻进了棚子。棚子里黑乎乎的，叶志远眯缝着眼，打量着对面站立的一个汉子：中等个头，四十来岁的样子，方脸大眼，膀大腰圆，皮肤黑亮，因为长期打铁，左臂上布满了给铁屑灼伤的疤痕。

汉子见来人是汪施才，搓着手讷讷地说："是大兄弟来啦，坐，坐。"他儿子搬过来两个树墩。汪施才摆摆手说："就站着说吧。日子还能过吗？"铁犁头叹气道："过不下去了，这里人都在跑反，庄稼都快没人种了，谁还来打农具什么的？唉，五家铺子有四家炉子熄了火，镇里还要我们缴税。"汪施才说："你还想不想跟我去南边？"铁犁头苦着脸说："不去怎么办，总不能在这里饿死吧。"

汪施才看到叶志远对他点了点头，便说："这位是叶先生，他想雇你干活。你若愿意，今晚收拾家什，明天一早就跟我们走。"铁犁头很相信汪施才，点了点头。

叶志远掏出五元钱塞给铁犁头，说："你去买点粮食衣服，路上用得着。"说完，他看了看炉子边上的大风箱，轻轻踢了一脚，说："这只风箱有些年头了吧，也带上。"说完他拉着汪施才走了出去。

晚上，天空阴沉，青弋江上一片漆黑。半夜时分，一条小船从江边滑出，悄无声息地向对岸弋江镇驶去。此时，弋江镇货物检查站房门大开，里面摆了一张八仙桌，马灯的火头拧到最大，五个收税的兵丁围桌而坐，正在清点今天收缴来的税款。领头的打着酒嗝，笑眯眯地说："这些日子弟兄们都很卖力，今天奖赏大家，每人先发五十块钱。"

刚听到门外一阵轻响，几个人影闪了进来。再定神一看，大门紧闭，四个蒙脸大汉已将他们围住，冰凉的刀尖抵住了咽喉。领头的税丁向后缩了一下，颤声道："好汉，别，有话好说。"持刀汉子粗声道："要钱还是要命，你们自己选。把钱全都放到桌子上！"

旁边一个税丁刚想站起来，被身后的汉子一拳砸晕，栽倒在地。领头的税丁连声求饶："要命，要命，好汉饶命。"说着他就把桌上的大洋、纸币划拉到一起，又叫几个税丁都把兜里的钱掏出来。

蒙脸汉子看着差不多了，便一齐动手，将税丁全都打昏，捆紧手脚，堵住嘴巴，放倒在地；接着在房间里迅速搜了一遍，从床下拽出了一箱步枪子弹。他们又从屋里找出一块布料，将钱包好系在身后。拿上五支步枪，掩上大门，悄悄离去。

第十六章　宣　城

第二天一大早，刘贤臣便催着起身。众人打点好行李，坐进客栈饭堂，饱饱地吃了早饭。刘贤臣给每人又买了一斤米粉粑粑，充当路上的干粮。

徐满仓等人早将昨晚缴获的钱、枪和子弹分作几包捆好了，分散装在三辆骡

车上，各人将驳壳枪和短刀带在身上。刘贤臣特地在第一辆车上插上一面商旗，上写"刘仁和茶铺"，十分醒目。

众人出门，看到街对面停了两副担子，担子上装的是打铁的工具和衣被。铁犁头父子俩已经在此等候多时了。汪施才招招手，叫他们过来。大伙上前帮忙，七手八脚地将担子上的东西都装上了车，两副空担子也挂在骡车的后面。等众人都坐上车，车夫扬鞭吆喝，赶着车出了文昌镇，一路向东驶去。

节气已过芒种，阳光晒在身上有些燥热，大家都找出斗笠戴在了头上。刘贤臣靠在车帮上和叶志远说着话。刘贤臣比叶志远大三岁，一路上渐渐熟络，现在已经互称兄弟了。

刘贤臣说："南陵到宣城只有这条大路好走，太平年间人来车往，好不热闹。自从去年鬼子占了广德，后来又占了宣城，这条路上天天挤满了难民溃兵。国军前几个月夺回了宣城，说不准什么时候又要丢。看来生意是做不下去了。"

叶志远说："不必太过悲观，事在人为。我没有做过生意，但是趋利避害的道理都一样。就说这茶叶吧，现在到处打仗，地方横征暴敛，茶叶运输风险太大，得不偿失。最好能改变一下方法。"

刘贤臣闻言，坐直了身子，说："请贤弟指教。"叶志远摆摆手，说道："谈不上指教。依我看来，猴魁是名茶，量少价高，只要稳定供应现在的大客户就行了，他们都是有钱有势的，让他们自己到太平提货也不是什么难事。"

刘贤臣说："照老兄的意思，这边的生意不做了？"叶志远摇摇头，说："要做，只是变个法子做。我听说宁国那边也产茶，但做工不行。老兄精于制茶，这次去何不试试身手，也制个名茶出来，就近销售，想必风险也不会很大。你说是不是？"

经叶志远这么一说，刘贤臣心里一阵透亮，忙说："真是听弟一席话，胜读十年书啊。多谢老弟指点。哎老弟，你是有大才的人，家叔都很看重你，你到南边去，不会真的去做工讨生活吧？"

叶志远笑问："怎么，不想雇我们做事啦？"刘贤臣左右看了看，悄悄伸出四个手指，轻声说："老弟是那边的人吧。"叶志远按住他伸出的手指，问道："你看像吗？"刘贤臣说："家叔看人极有眼光，他说你们的首领胸怀远大，队伍纪律严明，爱护百姓，士兵打仗勇敢，将来能坐天下。"

叶志远笑道："先不说这个。眼下国难当头，我只想抗日打鬼子，让老百姓少遭点罪。"刘贤臣不住地点头，说："国家兴亡，匹夫有责。老弟不必见外，需要愚兄做什么，尽管说一声。"

　　叶志远说："我有个想法要和你商量。"刘贤臣点头，看到前面路边有个茶棚，对着众人喊道："大伙都乏了吧，到前面歇歇脚。"

　　众人颠簸了小半天，太阳晒得厉害，汗水已经打湿了后背。车停路边，大伙儿进到茶棚里坐下，端起茶水一阵痛饮，有的还掏出了米面粑粑啃了起来。

　　叶志远见铁犁头父子俩光是低头喝水，不吃东西，估摸是没带干粮。便拿出自己的那份米面粑粑递了过去，说："走了半天路，先垫垫肚子。"铁犁头站起身来说："叶老板，这怎么行？"叶志远说："都是出门讨生活的，不用客气，我这还有呢。"刘贤臣看在眼里，心想，此人热忱爽快，同情下人，值得交往。

　　歇息片刻，众人接着赶路。下午进了宣城，直接把两担茶叶送到了驻军军需处，点货付款，钱货两清。刘贤臣把骡车打发走了，再返身回来，塞给军需官一沓票子。那人满脸带笑，连说："刘老板发财啊，一路走好。"

　　从太平出来至今，五担茶叶已送出了四担，剩下一担原本是要带回宁国销售的。刘贤臣自从听了叶志远的一番话，现在改变了主意，便找回了原先的两个伙计，将铺里清扫一番，停业半年的茶铺又重新开张营业了。

　　茶铺位于县城中心鳌峰路中段，临街一间是茶馆，摆了桌椅柜台，是招待茶客们饮茶的场所。柜台有门通向后院，院里有一大一小两间房屋。大间置有货架床铺，可以存货住人；小间置有锅灶水缸，当作厨房。院子还留有一扇小门通往后街，进出十分方便。叶志远对汪施才说："这里可以作为地下联络站，用茶铺生意当作掩护。"

　　因为此趟生意十分顺利，再加上茶铺重新开了张，刘贤臣心里痛快，便叫两个伙计上街买来十几斤猪肉，放在大锅里炖上。自己出门转了一圈打听外面的消息。他回来说宣城的汽车站、火车站全给日本飞机炸毁了，现在去宁国只有走水路了；又听说最近水阳江上不太安宁，时常有水匪出没，心里不免又是一阵惶恐。

　　掌灯时分，茶铺里用两桌拼成一桌，两大盆菜和四瓶酒摆在桌子当中。刘贤臣先请叶志远坐了上席，再请同行的徐满仓、邵家旺、陈水根、杨少良、汪施才，还有铁犁头、铁蛋父子俩一起入了座。

　　众人坐定，刘贤臣叫伙计把四瓶酒全部打开。他先是给叶志远满满斟了一碗酒，再给自己也满上，然后对徐满仓说："各位一路劳累，吃不好睡不实的，刘某过意不去。今晚给大家道个乏，各位只管放开吃喝，尽兴为好。"

　　刘贤臣说完，双手端碗向叶志远敬酒。叶志远也不客气，端起碗来饮了一口，咂了咂嘴，咂出这酒有股淡淡的甜味，入了喉咙还是有些酒劲的，但不像普

通烧酒那样浓烈霸道。叶志远点头赞道："这酒不错。"刘贤臣说："此酒名叫老春酒，是宋朝太祖皇帝钦定的贡酒。来，干了这碗。"

两人在这边说着话，那边早已放开吃喝了。两大盆炖肉，味道鲜美真是没的说。在座的除了刘贤臣，其他人都没有吃过如此美味。众人吃得浑身冒汗，肚皮溜圆，连叫杀馋。

饭后，刘贤臣交给伙计二十斤茶叶和五十元钱，叮嘱他们看好茶铺，尽量维持好生意。若是日本人打来了，赶紧关门，跑到乡下躲上一阵子再说。

叶志远通过一路观察，觉得铁犁头是个老实本分的手艺人，又是汪施才的亲戚，不会有什么大问题。在整理行装时，他对铁犁头说："老铁，有一捆东西我们不好拿，能放你车上吗？"铁犁头一口答应："行。"

叶志远笑了笑，一招手，邵家旺和陈水根把捆着枪的麻袋抬了过来。铁犁头接过来掂了掂，再伸手一摸，朝叶志远看去，叶志远朝他点点头，没有说话。铁犁头说："东西交给我，叶老板你就放心吧。"

第十七章　水　匪

宣城到宁国只有一百多里地。水路走的是水阳江，是逆流而上，船家说路上要走两天一夜。刘贤臣雇了两条船，每条船有三个船工，两人划桨，一人摇橹，桨橹并举，船行得倒也稳当。

紧挨着江边的就是公路。路上都是挑担推车的，三五成群，扶老携幼，多数是往南走。徐满仓向船家问起缘由，船家叹了口气，说："看不见吗，都是从北边逃过来的，广德的、郎溪的、芜湖的，也有宣城本地的。你们是到宁国做生意的吧，听说那边也吃紧，县政府动员沿路的老百姓把大路都挖断了，桥也炸掉了。"

刘贤臣一听大惊，不由得看了叶志远一眼。叶志远凑了过去，轻声说："日军目前重点是西进武汉，暂时还顾不上这边。现在他们搞些动作，主要是要确保长江水道运输畅通。"

刘贤臣松了口气，说："到宁国后该如何行事，还望老弟指点一二。"叶志远昨晚已和徐满仓等人商量了一套办法，现在该是逐步落实的时候了。

叶志远问起刘贤臣与县里的关系。刘贤臣说，宁国县的县长姓黄，与行署专员是世交。去年战事紧张，县里开进了十几万国军，征粮拉夫，土地没人种，税收不上来，财政拿不出钱来，闹得汪县长焦头烂额。当时我见生意难做，也想另谋出路，就捐助一千元钱给了县里，解了他燃眉之急。汪县长说我是爱国商人，抗战模范，他为了表彰我，委任了一个副乡长，还说若干得好，就干正的。

叶志远说："如此乱世，没有实力，别说干事了，恐怕连脚跟都站不住。"刘贤臣毕竟在商海沉浮多年，为人处事自有一番计较。经叶志远一番点拨，明白了一个道理：如今这个世道，想做点事情没有门路不成，没有实力更不成。

徐满仓等人都在后面一条船上，气氛自然活跃得多。他们撺掇陈水根下水捉鱼，陈水根手痒难耐，也不推辞，三番五次地蹿入江中，再次展示了捉鱼神技，时间不长就甩上来几条活蹦乱跳的江鲫，看得船家目瞪口呆，连呼："小兄弟好本事。"晚上，众人连同船工都饱餐了一顿鱼汤泡饭。

晚上，众人照例用江水冲凉，安排好值夜，船家在船头船尾都熏了一把艾草，用来驱赶蚊虫。各人也早早歇息了，一夜无事。

次日继续赶路，傍晚在港口镇附近泊船休息。此处离宁国县城只有三十里路了，若是顺利的话，明天上午便可进城。连天赶路，大家都觉疲乏。吃过晚饭众人准备休息。

叶志远和邵家旺有些不放心，两人上了岸，走了一圈，见周围地势起伏，河汊纵横，心有警觉。回来后，要求船家将两船并拢停靠，并吩咐值夜人员提高警惕。

半夜时分，万籁俱寂。远处的一条河汊里，转出了一条尖头快船，四桨划动，行走如飞，直对这边驶来。眼看就要擦边而过的时候，船速立刻减慢。两条黑影纵身抓住船帮，翻身爬上大船，身手十分敏捷。

两人上了船，尚未站稳，耳旁便响起一声断喝："干什么的！"两个黑影一个哆嗦，不敢答话，伸手便向腰间掏去。未等掏出来，两人胸部遭受重击，"扑通""扑通"仰面跌入江中。

这时，大船上也飞起两个身影，直扑尖头快船，接着便传来凶狠的打斗声。打斗很快结束，惨哼声不绝。又听得小船上一声喊："手电筒。"大船上立刻亮起一道光柱，照向旁边的小船。

只见小船的船板上歪躺着三个水匪，上身赤裸，下身都穿着褐色长裤，一人背着驳壳枪，两人拿的是步枪，三人只是口鼻流血，伤得并不很重。

下船擒住他们的是徐满仓和邵家旺。大船上扔下一条麻绳，将三个水匪连串

捆住，枪和子弹扔上了大船。那两个跌到江里的水匪，这时已经漂浮在江上，被陈水根他们拖上了岸，早已没了气息。

这两个水匪穿戴和小船上的基本一样，身上背的是驳壳枪。他俩刚一登船，就被陈水根和铁犁头发现，两人脚踹拳砸，将两匪打落水中，情急之下出手很重，特别是铁犁头常年打铁的那双拳头，挥动起来犹如一对铁锤。两个水匪遭受重击，落水后再被江水憋闷，不死才怪。

叶志远指挥着众人将小船上的水匪押上江岸，分头审问。叶志远审问的是那个带驳壳枪的水匪。这帮水匪原是啸聚广德山中的草莽，广德沦陷后，跟日本人干了一仗，死伤过半，大头领也给鬼子的炮弹炸飞了。二头领带着剩余的弟兄一路逃过来，靠拦路抢劫过日子。前一阵子闹得太凶，宁国县政府出动民团围剿，二头领就带着队伍投靠了繁昌县伪军大队，当上了马坝镇伪军中队的中队长。

汪施才在一旁骂道："是汉奸。"说着踢了那人一脚。叶志远问："你怎么没去当汉奸？"那人说："那边经常打仗，再说我也怕别人骂我是汉奸。"汪施才又踢他一脚："当汉奸该杀，你不当汉奸当土匪也该杀！"

那人两腿一软，趴在地上，哀求道："好汉大爷，别杀我。"叶志远厉声问他："老实说，你干过多少坏事，害过几条人命？"那人忙说："好汉饶命，我说的都是实话。二头领是我亲哥哥，叫李大林，我叫李二林。我哥看我不想去，就给了我四个人，叫我先在这边混着，混不下去了再过去投靠他不迟。"

叶志远喝道："再问你一句，你杀过多少人？"那人说："没有，一个也没有，我们只是劫财，从不害人性命。"叶志远大喝："你很不老实，拉下去毙了！"李二林号叫道："不要杀我，我有情况报告。"叶志远说："快说实话。"李二林说："我带你们到我们藏钱的地方，把钱都交给你们，只求好汉能饶了我们的性命。"

叶志远想了一想，叫上邵家旺和陈水根，驾上快船，押着李二林他们朝着藏钱之处驶去。在一处河边的山洼里，隐藏着一个山洞。进了洞口拐了两道弯，李二林撬开一个石壁，掏出两个包裹。解开一看，小包裹里有十根金条，两块怀表，还有一些金银首饰和钱钞。另一个包裹里装的是几百发子弹。邵家旺陈水根在洞内摸索一周，没有发现其他可疑之处。

叶志远给李二林等人松了绑。李二林连说："多谢好汉不杀之恩。"叶志远对李二林说："我们不是江湖好汉，我们是抗日的队伍。"叶志远拿出几块银圆给了李二林，说："你现在就去投靠你哥哥，对你哥说，不要死心塌地当汉奸，不要祸害老百姓。日本鬼子长不了，帮日本人干坏事那是死路一条。"说完，他便叫邵陈两人拎起包裹，大步走了出去。

第十八章 邀 功

叶志远三人回到大船时，天际已露出了鱼肚白。刘贤臣刚才受了惊吓，后半夜一直未敢合眼。一见叶志远归来，心里一块石头落了地，忙问："没出什么事吧？"叶志远一脸平静地说："都很顺利。"接着他吩咐杨少良将两个包裹收好，吩咐陈水根将快船拴在大船后面，将水匪的尸体搬上快船，再拿两块雨布盖上；又检查了一下水匪的两支步枪，一看膛线都快磨没了，就放在了船舱内。

太阳渐渐升起，刘贤臣招呼船工开船。徐满仓问："那三个水匪呢？"叶志远笑道："看他们不是大奸大恶之人，放他们逃生去了。"接着轻声告诉他刚才的收获，以及叫李二林去找他哥的想法。徐满仓沉思一会，指着船后拖着的匪尸，说："到了县里要好好利用一下。"叶志远点了点头，便倚着船帮打起盹来。

水阳江在汪溪镇的南边分为两条河，一条叫西津河，一条叫中津河。船家现在走的是中津河，到了畈村靠了岸。刘贤臣上岸雇了三辆驴车拉货，说是骡车都给军队征用去了。

众人从船上搬下物品装了两辆车，剩下一辆要装匪尸，车主嫌晦气不干。陈水根机灵，解下大船后面的快船，划到码头边上，卖了六十块钱。再跑到骡马店买了两头小毛驴，笑嘻嘻地牵了回来。大家将匪尸横放在驴背上，用绳绑好。

刘贤臣带着众人先回到自家茶铺，将茶叶物品放置妥当。众人简单洗漱一番，啃了点干粮垫了肚子。刘贤臣穿上一身丝绸长衫在前引路，叶志远随后，徐满仓等人扛着缴获的两支枪，陈水根牵着小毛驴，大摇大摆地向县政府走去。

宁国县政府为了躲避鬼子飞机轰炸，已经搬迁了两次，这才刚刚安顿下来。黄县长年纪不到四十，一身长衫，书卷气十足。这时他正一脸愁苦，枯坐在桌前发呆。为了阻止日军南侵，小小的宁国县一下子涌入了二十万国军部队，比全县人口还多出了好几万人。

国军派人天天上门，催着要粮草要民夫。这下可好，征了民夫，荒了田地；修了工事，毁了城墙；破坏了公路，也断绝了对外交通。整日里兵荒马乱的，再加上盗贼出没，这过的是什么日子！更可恨的是，县府的不少职员贪生怕死，擅离岗位，有的跑到江西那边去了，有的躲到乡下去了。唉，真可怜，党国缺少忠心能干之人哪。

这时，秘书推门进来报告，说："茶商刘贤臣要见您，说是打死了两个土匪，还缴了他们的枪。"黄县长心里一喜，说："请他进来。噢不，我们出去看看。"黄县长走出大门，只见刘贤臣身着长衫，笑吟吟地站在那里。在他身后，有五六个人扛着枪，牵着驴，颇有点气势。

刘贤臣一见黄县长出来了，便双手抱拳，说："贤臣见过县太爷。"黄县长一摆手，说："无须客气。贤臣今天唱的是哪一出啊？"刘贤臣将事情经过叙述了一遍，又把他的"义弟"叶志远及一帮兄弟们向县长作了一番举荐，牵过来毛驴，献上长枪和水匪尸身请县长验看。

县府面朝大街，本来行人就不少。刘贤臣这么一来，路人纷纷驻足观看，人也越聚越多。黄县长觉得很有面子，满脸笑容地说："击毙土匪，为民除害，自是大功一件，本县应当好好表彰。来人，将土匪尸身拉到街头暴尸三天，贴出告示，叫苦主前来指认。"

黄县长请刘贤臣进去一叙。二人坐定，奉上清茶。刘贤臣拿出一套文房四宝，说："承蒙县长错爱，贤臣感激不尽。这是家叔的心意，不成敬意。"黄县长忙问："若溪先生近来可好，一年未见了。"刘贤臣答道："谢县长挂念，家叔身体尚好。"

黄县长点点头，说："眼下县里的情况你是知道的，兵荒马乱，焦头烂额。此次立功，我也拿不出什么来奖赏你，姑且记下。哎，对了，贤臣何时走马上任啊，现在战事吃紧，本县正是用人之际啊。"

刘贤臣面露难色，说："我正为此事犯愁。我才知道，葛顺乡不是什么好地方，紧靠大山，地少人稀，财力薄弱，民生十分艰难。我知道当个乡长不拿薪水，只是尽尽义务罢了，可是我手下之人却要养家糊口啊。贤臣势单力薄，恐怕不能胜任，就是去了，也难有什么作为。"

黄县长见他有退缩之意，便说："老弟年轻有为，正是为国出力之时，岂能知难而退？哈哈，不要和我兜圈子了，有什么要求说来听听。"

刘贤臣说："要我去干，一要能减免全乡三年税赋；二要有职有权；三要扩充乡丁。"黄县长说："这第一条不行，税赋决定之权在省，我说了没用。这第二条吗，问题不大。葛顺乡现任乡长身患重病，已经不能理事了，前日递来辞呈，因你未到，我还未批，这个倒是好办。第三条嘛，按照规定，一个乡只能配备两个乡丁，多了县里负担不起。"

刘贤臣说："如果不需要县里负担,你能给我多少乡丁名额?"黄县长问:"你要多少?"刘贤臣说:"不少于五十人。"黄县长疑惑地问:"你要那么多人干什么?"刘贤臣说:"去年我去仙霞送货,见了那里的乡长一回,几十个兵丁前呼后拥,人人手持快枪,你看看人家那个乡长当的。"

黄县长瞪了刘贤臣一眼,说道:"你怎能跟他们比?仙霞乡紧挨着天目山,浙江的共党分子三天两头潜入滋事,人少了行吗?"刘贤臣笑笑说:"县长大人你别忘了,前些年葛顺乡不也闹过红军嘛。后来说是剿灭了,我担心他们还会回来。共产党人不怕死,他们会拼命找我麻烦的,我还想多活几年呐。"

黄县长又好气又好笑,心想这个茶商还真有点滑头。于是他便说:"好了好了,别尽说丧气的话。你给我听好了,不要县里负担,也不从乡里开支,我准你招募二十个乡丁,武器粮草你自己筹措。你当头,副职和队员名单报给我备案。嗯,这次你缴的那两支枪你还是带走吧,以后也不要找我要了,要也没有。还有,该缴的税赋公粮不可拖欠。日后县里有事,你要听从我的调遣。"

刘贤臣起身拱手,朗声答道:"贤臣唯命是从。"黄县长也站起身,拍了拍刘贤臣肩膀,说:"国运艰难,你且好自为之吧。"

离开县府,刘贤臣领着叶志远等人先回到茶铺。考虑到要去葛顺赴任,就买了几辆胶轮手推车,装上各人的物品,将茶铺继续交给伙计打理,叮嘱了一番,就朝县城外的住处行去。

第十九章　收　留

西津河从宁国县城的旁边蜿蜒流过,两岸生长着茂密的竹林,一眼望不到头。在离县城两里多路,靠近西津渡的一片竹林深处,有一座四周扎着竹篱笆的农家小院。刘贤臣去年把南京的茶铺变卖了,回到宁国后便在这里买下一块地,雇了工匠建起这座房舍,还在地下修了一间密室,当作自己在宁国栖身藏物之地。

大伙儿推车牵驴进了院子,只见偌大的一幢房屋,山石砌墙,茅草盖顶,粗砖铺地。屋内用木板隔了七八间住房,十分宽敞。

刘贤臣领着叶志远、徐满仓沿着篱笆墙查看了一圈。屋前的空地上用毛竹搭了一排凉棚,栽了几棵枣树;屋后盖了一间厨房,挖了一眼水井,边上建有鸡笼

猪栏，还用篱笆围了两畦菜地，种了茄子、丝瓜、香葱等一些菜蔬，长势旺盛。

在院里操持的是一对中年夫妻，三十来岁，长相憨厚。男的缺了一只胳膊，正蹲在菜地里摆弄着什么。女的在厨房里忙着做饭，陈水根他们在一旁帮着择菜。

叶志远望了刘贤臣一眼，刘贤臣说了他们的来历。这一家子原是茶铺的邻居，男的姓田，别人喊他老田头，在城里靠送货挣钱养家；婆娘叫田嫂，平时帮街坊邻居缝补浆洗补贴家用。夫妻俩没有子女。上次鬼子轰炸县城，老田头被炸断了一条胳膊，治伤养伤花光了家里的钱不说，还欠了一屁股的债。等到老田头伤好之后，债主们天天上门讨债，夫妻俩百般哀求，境况很是凄惨。

此事被刘贤臣遇见了，心中不忍，便叫来债主，又叫来县里管事的，将老田头的旧屋作价抵了债；同时，收留两人料理家务，照看自己宅院。老田头夫妻俩感激涕零，尽心服侍。刘贤臣至今尚未娶亲，家中无人料理，这样一来倒也十分放心。

晚上，夜深人静，只有风吹竹林飒飒作响。叶志远召集五人开会，把今天刘贤臣与黄县长交涉的结果告诉了大家。叶志远说了，我们先当乡丁，再打着"葛顺乡民众抗日大队"的旗号开展活动。至于如何解决根据地建设、粮食供应、情报来源、交通联络等各种问题，现在大家都要提前考虑。等到了葛顺，要根据当地情况，很快拿出办法来。

等了七八天，过了大暑节气，刘贤臣拿到了黄县长签署的委任状，限定七日内到任。按照省府规定，乡镇长应由所在乡镇保长推荐几个人选，呈送县长选择委任。由于现在是战乱时期，便一切从简，由县长大笔一挥，直接委任了事，报省府备案即可。

刘贤臣与叶志远商定尽快赶到葛顺上任。刘贤臣出去约几个商家洽谈生意，顺便打听一下葛顺乡的情况。叶志远安排徐满仓等人去县城购买几匹骡马和鞍辔，安排铁犁头父子到街市上购买铁匠家什，以免到了葛顺有钱也买不着。

叶志远趁着空闲，坐在房内苦思下一步要做之事。忽然瞥见门口有两个脑袋闪动，不觉一笑，说："探头探脑地做什么？想进来就进来吧。"

杨少良和铁蛋慢慢走了进来。杨少良捅了捅铁蛋，铁蛋平时憨厚寡言，见杨少良捅他，只好开口说道："叶叔，我刚才跟父亲上街买东西，看到饭庄门口趴着好几个讨饭的小伢子，饿得快不行了。我找父亲要了点钱买了几碗粥给他们喝了。他们说我们是好人，要跟我们走，我和父亲没敢答应。叶叔你看……"

叶志远问道："你是想带着他们去葛顺？多大的伢子，哪里人，他们家的大人呢?"铁蛋张着嘴巴答不上来。叶志远笑着说:"下次碰到事情,要尽可能搞清所有情况。杨少良,你带铁蛋去一趟。人先不要往这里带。"两人答应了,转身离开。

叶志远看着两人的背影,不禁考虑起这两个小家伙的使用问题来。杨少良和铁蛋两人年龄相仿,性格相近,都喜欢琢磨新鲜东西。他知道这一路之上,杨少良从铁蛋那里学到了不少打铁的知识。铁蛋也不吃亏,他发现了父亲藏在风箱里的枪,好奇得不行,偷偷缠着杨少良教他打枪。杨少良没敢说出枪的来历,只是警告他不能向外乱说,更不能随便打枪闹着玩。

晚上,等铁犁头睡熟后,两人悄悄爬起来,从风箱里掏出枪来。杨少良给铁蛋讲解枪的构造,各个部件的作用,再教他怎样分解和组装枪支。铁蛋几个晚上就学会了。

叶志远正想得入神,杨少良进来回报情况。说这些伢子有七八个,都是十四五岁,是跟家人从广德、郎溪跑反过来的。现在盘缠用光了,没法养活他们,就把半大的女伢子卖了,男伢子没人要,就让他们自己讨食为生。

叶志远听后,不禁想起了自己悲惨的童年,便立即喊来汪施才,把情况一说。汪施才十分干脆,说:"这样吧,这些苦孩子就算是特委收养的,交给你们带走,培养出来都有用处。"叶志远点头同意,吩咐杨少良带上钱跟汪施才去办这件事。

不大一会,汪施才领回了七个男伢子,个个衣衫褴褛,面黄肌瘦,还都打着赤脚。叶志远仔细观察了一遍,看来确是贫苦人家的子弟。他微微叹了口气,好言安抚了一番,便叫杨少良和铁蛋带着他们去洗浴换衣,安排吃住,并交代临睡前将每人的姓名、岁数、籍贯、父母姓名一一登记造册,妥善保管。

晚上,刘贤臣从县里回来,将今天打听到的消息告诉了叶志远,说葛顺乡情况有些复杂。现在的乡长名叫葛尚德,是个地主,横行霸道,一手遮天,人称"狗丧德"。

叶志远听了笑道:"看来你这个强龙,真要和那个地头蛇斗一斗咧。"刘贤臣叹道:"原只想做个本分商人,像叔父那样为家乡做点善事,可世道不容。既然当了乡长,就要为民谋利,可又要触犯某些人的利益,难啊。"

叶志远笑道:"说得好,世道之所以混乱,做善事之所以艰难,就是因为人们习惯于逆来顺受,不愿去改变环境,不愿去改变这个世道。只要我们有了明确的目标,团结一心,踏实去做,就完全有可能实现自己的目标。"这一晚,两人深谈良久。

第二十章　劣　绅

葛顺乡位于泾（县）宣（城）宁（国）旌（德）四县边界，四周群山环抱，北面是海拔一千多米的高凤山，山高坡陡，森林密布，盛产各种山货。南面是西津河，河面宽阔，水路通畅，乘船从西津河顺流东去，不用一天就能到达宁国县城。这里均有山路连接四县，不通大车，平时有马帮运输货物。

葛顺乡建在紧靠西津河的一片狭长谷地里，这里地势平坦，靠近渡口，修有灌渠，田地肥沃，盛产稻谷菜蔬。葛顺乡人口不过六千，物产丰富，照说百姓生活应当过得去。其实不然，坏就坏在清朝同治年间本地出了一个名叫葛熙仁的恶人。

葛熙仁原本并非恶人，只是游手好闲惯了，吃不得农家劳作之苦，便跑到宁国县衙混上个小杂役，整天狐假虎威，混吃混喝。几年下来，别的本事没学会，投机钻营，巧取豪夺的勾当学得溜熟。

同治三年，太平军洪仁玕领军攻进宁国，葛熙仁一帮衙役被清军用刀枪顶着屁股赶上了战场。两军在桥头乡遭遇，激战月余，同去的衙役非死即伤，唯他侥幸，毫发无损，还从战场上救回了一名坠马的清将。

打退了太平军后，清将赏了葛熙仁五十两银子。他拿到银子后，辞了差事，在县城买下一家米铺，雇人从乡下收购稻谷运到芜湖米市卖掉，再买进油盐布匹运回乡下贩卖，赚取利润，不到两年便成了腰缠万贯的富翁，越发变得利欲熏心，无利不贪。

返乡定居以后，葛熙仁购地置业，蓄养家丁，为所欲为。饱暖思淫欲，四十岁的他已育有一子，仍连娶了三房姨太，还买来几个贫苦人家的女子供他淫乐。日日欢宴，夜夜笙歌，终于有一夜得了"马上风"，狂泻不止，横死在姨太太的肚皮上。

葛熙仁死后，家中二百亩水田、一百亩山地和几家商铺都由儿子葛尚德继承。葛尚德时年二十九岁，为人阴险贪婪，比他老爹是有过之而无不及。

民国十年和十一年，宁国连续遭受洪灾，庄稼房屋损毁无数。其他乡里的殷实人家均搭起粥棚，接济灾民。葛尚德却借机放贷，高利盘剥，秋后乡民无力还贷，只好拿田地山林相抵，全乡良田几乎尽数落入他的手中。

葛尚德将田地霸占到手以后，又租给佃农耕种，任意提高田租。乡民不服，告到乡里，老乡长上门调解，葛尚德闭门不见。葛尚德见触犯了众人，便叫大儿子葛金根买通县府官吏，在县长面前替他遮掩；又叫小儿子葛银根勾结北乡尖刀岭土匪，让其暗中助力。

秋收时节，葛银根请来了土匪，持刀带棍，挨家上门催要田租，一时间民怨沸腾，纷纷向老乡长哭诉求救。老乡长忍无可忍，便去县里告状，谁知半路上竟突然发病身亡。

乡民知道凶手是谁，但没有真凭实据，只得忍气吞声。老乡长亲属停尸县府申冤，县里派人缉拿真凶，土匪得手后早已远走高飞，最后只能不了了之。

老乡长一死，葛尚德四处活动，百般拉拢利诱保甲长，经大家推选如愿继任了乡长，俨然成了乡里一霸，"狗丧德"的恶名也传遍了四乡八邻。

天有不测风云。几年前，就在葛尚德刚刚做完六十大寿之时，高风山区来了一支红军游击队，乡民群起响应，纷纷参加游击队，忙着打土豪分田地，闹腾得可欢了。葛尚德情知大事不好，忙叫葛金根速到县里报信求援，这边赶忙收拾金银细软，带着大老婆和小儿子葛银根逃到南乡躲避。

两个月后，开来了三千多军队和保安团，进山清剿红军游击队，指挥部就设在葛尚德宅院。几十个大小军官吃喝拉撒都在他家，葛尚德两个小老婆跟军官们上了床，后来干脆带着私房钱去了县城不回来了。家里稍微年轻一点的女佣也给民团们糟蹋了，闹得他家鸡飞狗跳，终日不宁。

国民党大军封锁了高风山所有通道，实行拉网式清剿。游击队一开始还能依托有利地形进行抵抗，但时间一长就支撑不住了。由于敌人封锁得厉害，游击队缺粮缺盐，硬打下去对己不利，在消灭了几十个敌人之后，游击队钻出了包围圈，向西南方向转移而去。

好不容易把红军打跑了，葛宅又传来凶讯，说葛金根给国军"剿匪"带路，不小心中了埋伏，给红军游击队乱枪打死了。葛尚德当即晕倒在地，不省人事。经过随军医生救治，人是醒过来了，却落下了半身不遂的病症。葛尚德后来叫小儿子葛银根跟国军走，要他投笔从戎，替兄报仇。乡邻听说此事皆拍手相庆，都说葛尚德丧尽天良，坏事干尽，活该遭此报应。

第二十一章 赴 任

宁国至葛顺乡不到百里，沿着河边的大路，步行一天半就能到达。八月初的一天，刘贤臣领着众人起程上路。

刘贤臣骑着一匹高头骡子，走在队伍前头。昨夜与叶志远敞开心扉一番长谈，确定了他今后的人生走向，并主动要求参加队伍。促成他做出这一决定的主要因素，是他这一段时间与叶志远的深入交往，明白了救国救民的真谛所在。另一个因素是他叔父托人带信，告诉他堂兄刘寅已经参加了新四军，他岂能落后？他现在的心情，犹如眼前澄碧如洗的蓝天，格外澄明透亮，很是振奋。

跟在刘贤臣后面的人都牵着骡子步行，骡背上驮着各人的行装以及缴获来的枪支和财物。陈水根牵着两条毛驴，驮着自己的行装和昨天刚买的几匹棉布。铁犁头父子俩推着一车的工具材料走在后面，七个半大小子有的在前面拉车，有的在后面帮着推车。他们身上穿着有些肥大的衣裤，这是田嫂忙活了一夜，用大人的旧衣服改制出来的，又搓了七根布绳，给他们拦腰系上，才显得利索了一些。

叶志远安排杨少良当他们的头，要他首先抓好思想教育。因此他们一边赶路，一边说个不停。

杨少良问："我们穷人为什么穷？"孩子们回答："我们家没有钱，也没有地，爹妈说我们八字不好，生来就是穷命。"杨少良又问："那富人为什么富？"孩子们回答："他们家里什么都有，也不用干活，他们命好。"

杨少良说："你们说的不对。人生下来都一样，都是一个脑袋两条腿，没有命好命苦的区别。富人家里的地啊钱啊，都是慢慢从我们穷人手里夺过去的。"孩子们疑问："那我们怎么没看到他们来夺啊？我爹妈是自己往地主家里送粮食的，还感谢地主养活了我们全家。"

杨少良听到这里，有点头晕，这些孩子提出的问题，自己有点说不清楚。幸亏他以前听教员上课时说过，就照葫芦画瓢，把私有制的罪恶、雇工剥削的道理讲给他们听。自己讲得口干舌燥，孩子们还是听得似懂非懂。

刘贤臣在前面听他们说得有趣，便下了骡子凑过来问道："小杨啊，那我贩卖茶叶，算不算是剥削啊？"杨少良挠了挠头皮，说："这个嘛，我就说不好了，得问老叶。"

要是搁在以前，叶志远也回答不出这个问题，幸亏在教导队里听教员说过，于是便接过话头，说："物品流通买卖有另一种说道，和地主盘剥农民不是一回事。但只要是雇人干活，有了雇佣关系就会产生剥削，只不过是方式和程度不同罢了。"刘贤臣听了，沉思不语。

晌午，一路人马在河边停了下来，先是把物品卸下，让骡子自去啃草饮水。

各人掏出干粮填饱肚子，然后接着赶路。晚上他们在离葛顺三十里路的鱼湾村住宿，从村民家买来米粮蔬菜，自己烧火做饭。吃饱了后叫孩子们洗漱睡觉。徐满仓几个又买来草料喂了骡驴，安排好岗哨，也早早休息了。

第二天拂晓起身，叶志远命徐满仓、邵家旺全副武装，带上路条，骑着骡子先行赶往葛顺，控制乡公所，等候他们到来。两人领命驰去。

叶志远一行随后出发，中午到了葛顺乡。邵家旺在路口迎住，带着他们来到村里的一座高墙大屋前停了下来。大屋紧靠路边，屋前有一片空地，像是打谷场，当中一条青石板路直通大门。

走近大屋，只见门边挂有一个木牌，上写"葛顺乡乡公所"。推开屋门，众人走了进去，迎面是个宽敞的天井，檐下放着风车和升斗等物件。天井两边共有四间厢房，堆放着不少扁担箩筐麻袋。

正对着大门的是三间上房，桌椅柜架齐全，只有一人趴在桌上打盹。徐满仓介绍说："这里是葛尚德家的收租院，当了乡长以后也就成了乡公所，没有办事人员，平时无人值守，乡丁都在他家里站岗。"他指着打盹的人说："此人是他家账房的二先生，是专门收租的，平时在这里看房子。"

刘贤臣看到此番情景，有些哭笑不得。他喊醒了那人，掏出委任状朝桌上一放，说："起来，我是新任乡长，这房子由我接管了。你先去把乡公所的账册都交出来。"

那人站了起来，揉揉眼睛，仔细看了看，马上恭敬地说："是刘乡长驾到啊，真是失敬。刘乡长要什么账册？"刘贤臣说："全乡的人丁保甲簿籍、赋租缴纳账簿，还有办公文书大印。"

那人从裤腰里掏出一串钥匙，找出一把打开了身后的一个橱柜，抱出一摞簿籍放到桌上，说："这是全乡的人口登记和各保甲名册。田赋地租账册和文书印章没放在这里，都在我家老爷手上。"刘贤臣问："哪个老爷？"那人说："是葛尚德老爷。"

刘贤臣命他把所有的柜子全都打开。那人依命打开了柜门，里面空空如也。刘贤臣命他交出钥匙，再叫他领着察看了各个房间。

这时徐满仓等人已把屋前屋后检查了一遍，屋后还有三四间房子，是作为伙房柴房用的，也能住人。伙房里有粮食，炊具也是现成的。

杨少良掌管着钱物，领着几个小家伙跑到附近的农家买来不少菜蔬，还加上一束咸肉。这帮小家伙们很勤快，也很能干，不用大人吩咐，一齐动手洗锅刷盆，淘米洗菜，生火做饭，工夫不大就把饭菜做好了。

葛顺乡是个大村子，住着百十户村民，是宁国西部山区数一数二的重镇。村里有条十字街，连接着通向外县的大路。街口的北边有一座大宅院临街而建，粉墙黛瓦，朱漆大门，气势逼人。

大院内的东厢房，葛尚德此时正斜靠在躺椅之上，右手拿着一支用整块黄山玉石雕成的黄烟枪，眯缝着眼，嘴里哼哼唧唧的："新来了个乡长，哼，走着瞧吧。乡长就是鸡肋，丢了可惜，食之无味啊。"

这时家人进来传报，新来的刘乡长前来拜访。葛尚德摆摆手说："请到前厅叙话。"说罢他唤人伺候更衣。

刘贤臣、叶志远、汪施才三人刚刚落座，葛尚德在两个年轻女仆半搀半抱之下来到了客厅。刘贤臣起身拱手，说："听说老乡长贵体欠安，刘某特来探视。"说完，他从汪施才手里接过一盒点心送上。

葛尚德干瘪的脸上挤出一丝笑容，说："哎呀，刘乡长刚一上任，就来看望老朽，惶恐啊。"刘贤臣懒得跟他废话，便直接说明了来意。葛尚德一口答应，说："此事好办，公文印章现就奉上。至于那些账册嘛，待家人整理妥当后，即刻给刘乡长送去。"取了文书印章后，刘贤臣三人告辞。

第二十二章　清　查

盛夏之夜，月明星稀。乡公所外面布上了暗哨，屋里油灯闪亮。桌上堆了一大摞表册，刘贤臣、叶志远、徐满仓、汪施才正在翻看着，还不时用笔写着什么。

良久，刘贤臣合上表册，揉揉发酸的眼睛，调侃道："许久没有这样辛苦熬夜了，当个乡长也不容易唉。"众人皆笑。徐满仓说："我们也跟着受累，刘大乡长也不犒劳犒劳我们？"

刘贤臣笑着说："你不说我还真忘了。"转身走到床前，打开行李箱，拿出一盒点心放到桌上，说："现在就提前请大家吃月饼赏月，这是县城福来顺饭庄特制的。"

叶志远掰了半块放到嘴里，慢慢咀嚼着。其他人也都尝了半块，然后包好，放回了盒中。徐满仓舔了舔手上的饼渣，感叹道："当兵好几年了，头一回吃到这么香的饼子，等到胜利了，老徐天天请你们吃月饼。"众人大笑。叶志远说：

"等有条件了，我们也开个饭庄。大家都说说吧，我们下一步该怎么干？"

刘贤臣的打算是，先把全乡保甲跑一遍，掌握乡情民意，顺便察看茶叶生产情况。徐满仓说现在缺少人手，急需增强力量。汪施才说现在乡里情况不明，需要找到一个突破口，打开局面，才能赢得民心，站稳脚跟。

叶志远点点头，说："大家讲得很好。那就这么安排：第一，请老汪与特委联系，汇报我们目前的情况，尽快给我们输送力量；第二，贤臣带老徐到村民人多的保甲跑一遍，掌握乡里的情况，特别要注意收集葛尚德的罪证；第三，老邵带七个小家伙进山训练，熟悉地形。不去的人就在乡公所值守。外出的全部带枪，带通行证，打乡公所和葛顺乡民众抗日大队的旗号。"

第二天，叶志远和杨少良在乡里值班。邵家旺召集七个小家伙下达了进山训练的命令，他们带上三支步枪和几十发子弹，还有各人的干粮，高高兴兴地整队出发了。

杨少良去找村民，让他们编草鞋、做布鞋、做衣服，弹棉花做棉被，尽量多做一些，乡里按市价付钱。

叶志远带着铁犁头父子去建铁匠铺。铁犁头看好了西津河岸边的一块空地，问了村民，说是无主之地。叶志远到村里请来工匠，买来石料木料砖瓦，五天就建起了一座三间房的铁匠铺，还用竹竿围了院墙。又从西津河渡口拉来一船宣城产的煤炭。

十天后铁匠铺就开了张。当前正是夏忙季节，村民们见铁犁头手艺好，人实在，价钱又公道，纷纷来此定做柴刀镰刀镢头等各种农具，铺里的生意渐渐红火了起来。

半个月后，汪施才带着十个人回来了，说这是李维真从地方赤卫队里选出的上过战场的老队员，只是没有武器。还说过些日子再送一批人过来。叶志远十分高兴，说："欢迎同志们加入我们的队伍，以后这里就是你们的家了。没有枪不要紧，可以从敌人手里夺嘛。"

吃过午饭，叶志远拿出剩下的四支步枪，带着新来的十个人钻进山里，找到一个僻静之处停了下来。叶志远在五十米外的三颗树上，用刀刮下巴掌大的树皮，露出白生生的树干，然后对他们说："每人立姿打三枪。"

这些老队员熟练地装弹上膛，瞄准击发，"啪，啪，啪"很快就打完了，枪法都还不错，其中有四人既快又准，叶志远记下了他们的名字。接着，又演练了石块投远投准，双人空手打斗。叶志远心里有了数，天黑之前回到了乡里。

又过了几天，邵家旺带着七个小家伙回来了，都晒得黑黑的，精神十足。邵家旺报告了训练情况，这些小家伙都能吃苦，服从性好，训练积极性很高，这些天基本学会了枪支维护、瞄准射击、站岗警戒，懂得了简单的进攻防守、掩护配合等战术动作，只不过很生疏。叶志远鼓励他们要继续努力训练，每天晚上还要用一个小时来学习文化。

这天早上杨少良领着村民送来了第一批定做的衣被鞋袜，叶志远安排将被子鞋袜先分配下去。衣服是白粗布做的，需要染色。叶志远安排邵家旺做这件事，要求上衣颜色要统一，尽量接近山地丘陵的颜色，裤子颜色用暗灰色，便于以后化装侦察。怎么染色可向村民请教。

八月底，刘贤臣和徐满仓也回来了，两个人整整瘦了一圈，显然吃了不少的苦。叶志远先叫他俩吃饭睡觉，休息好了再说。

晚上，杨少良组织小家伙们在厢房里学文化。叶志远召集其他人员开会。刘贤臣等人跑了将近二十天，走访了七个保长、十五个甲长，还不到全乡保甲长数的一半。

两人一脸怒气地说了情况。葛尚德当了乡长以后，目无王法，变本加厉，盘剥乡民，保长甲长诉苦不迭，要求新任乡长主持公道。刘贤臣要求他们暗中收集证据，不要对外声张，尽快遣人将证据送到乡里来。

邵家旺补充了一个情况，他带小家伙在山里训练时，也听村民反映葛尚德横行霸道，还和北边的尖刀岭土匪有勾结。叶志远问："尖刀岭离这里多远？"邵家旺答道："山路五十里，大半天可到。"

叶志远环视一周，轻轻说道："我们这支队伍，是抗日的队伍，更是人民的子弟兵。谁要是当卖国贼当汉奸，谁要是欺压老百姓，我们就坚决打击谁，这跟国共合作统一战线并不矛盾。老汪给我们增加了十个人的力量，现在可以下决心了，立即设法铲除葛尚德这个恶霸，彻底把村民争取到我们这边来。"

众人听了此话，神情为之一振。接下来，大家你一言我一语，很快就凑成了一个完整的作战方案。

最后进行战斗分组：杨少良带小家伙从明天下午开始，负责暗中监视葛宅，并注意尖刀岭方向的动静，有情况立即报告；徐满仓带领新来的十个赤卫队员为战斗组，配足武器弹药，待控制葛宅后，向尖刀岭方向派出警戒，阻击并力争消灭尖刀岭来犯之敌；汪施才、陈水根负责看管乡公所；其余人陪同刘贤臣以讨要簿籍为借口去葛宅，估计葛尚德不会束手就擒，要随时准备动手。叶志远为此次行动总指挥，战斗以他的枪声为号。

第二十三章　追　寻

　　远在几百里外的小溪村，依然和往日一样平静。五月中旬的一天，何冬妹牵着小黑离开了小溪村，踏上了寻找叶志远的路程。她和来时一样，头上仍然蒙着布巾，让人难以看清容貌；身背一把雨伞和一个包袱，包袱里装着衣物和干粮，钱币首饰都已贴身藏好。

　　用了大半天的时间，她走到了山外的集镇，没敢进镇，就在路边的一家饭馆坐了下来，买了一碗米饭，一碗鲊肉，一碗菜汤，还有几个烧饼。她把烧饼掰成小块喂了小黑，自己再慢慢地吃完了饭菜。她见天色已暗，便在旁边找了一家客栈住了下来。洗过脸，泡了脚，早早安歇了。

　　第二天晨起，何冬妹洗漱了，牵着小黑又进了那家饭馆，要了十个烧饼和一碗米粥。等跑堂的伙计送来了，她问了一句："店家，两个月前，有没有一支队伍从这里路过？"那个伙计想了想，说："有啊，有二三十个人，没有进镇，就在前面路边歇了一会，下午又往北开走了。"

　　吃过饭，何冬妹来到路边，花了一点钱，搭上了北去拉货的骡车，颠簸了一天，傍晚到了三十里外的柳树镇。她还是在路边找了一家干净的饭馆，买了一根带肉的大骨头喂了小黑，自己买了饭菜吃了。晚上寻了客栈歇了下来。

　　次日一早，何冬妹收拾了东西，带着小黑进了饭馆，买了烧饼稀粥正吃着，忽听邻桌有人在聊天。一人问："镇上的那些大兵怎么住着就不走了呢？"另一个人答道："听说他们要进山剿匪，不抓住土匪怕交不了差。"这个人说："哪是什么土匪？人家从这里路过，是去参加新四军的。硬说人家是土匪，分明是想杀良冒功嘛。"那个人说："想想真是怕人，一个晚上死了十几个人，还有几个当官的也给打死了，啧啧。"

　　何冬妹一听慌了，连忙走了过去，说："两位大叔大伯，敢问这是哪天的事？死的是些什么人？"两位食客对视了一眼，一个说："休要管这些闲事。"另一个却说："说也无妨。是两个月前的事，死的都是大兵。"何冬妹又问："那边的人有多少，后来到哪里去了？"那人说："你是说新四军吗？他们人不多，二十几个吧。两边打起来之后，都钻山跑了。"

　　听他这么一说，何冬妹稍稍松了口气。回桌吃完了饭，匆匆走到路边，想赶

紧搭车向北追去。刚才两个食客说的话她都听懂了,叶志远他们在这里遇到了麻烦,他们和白狗子打了起来,后来钻进了山里。他们不会乱跑,一定是要去岩寺的,我只要到了岩寺,即便找不到他们,也会打听到他们的下落。

天色尚早,运货的大车迟迟没有出来。何冬妹四处张望,看见路边不远处有条河,岸边停着一条船。她急忙牵狗来到河边,开口问道:"船家,这船能渡人吗?"船舱里一人伸头问:"你去哪里?"何冬妹说:"去徽州岩寺。"船家说:"我们不去岩寺。你坐船先到屯溪,下了船再走旱路能到岩寺。"

何冬妹上了船,等了一会,又有几个挑着担子背着竹篓的人上了船。船家看差不多了,便开了船,顺着弯曲的河道向北行去。傍晚,船在屯溪靠了岸。交了船钱,何冬妹牵狗登上码头。抬眼望去,好大一个集镇!这一路走过来都没有见过这么大的地方。

走进一条老街,两边一间紧挨着一间的尽是商铺、茶馆和饭馆。她先走进一家商铺,买了两双布鞋。想到天气渐渐热了,她又进了一家药房,买了一小瓶人丹和两盒清凉油。再折返回去,就近找了一家客栈住下,向店里的伙计问清了去岩寺的走法。她没敢出门,就在这家客栈里的饭堂吃了饭,喂饱了小黑,便早早睡下了。

第二天,她在码头坐上了一条北去的渡船,下午在屯福镇下了船,住了一晚。次日她又搭上一辆骡车走山路,颠簸了两天到了岩寺。下车后天色已晚,何冬妹找了客栈住下,向店家问明了新四军的装束打扮。

第二天上街,何冬妹拦住了一个身穿灰布军装、臂带"抗敌"标记的人,问他:"你是新四军吗?"那人说:"是啊,你找谁?""我找叶志远,你认识他吗?""他是哪个部队的?""不知道。""他是从哪里过来的?""是从徽州府南边的山里过来的。"

说了半天毫无头绪,何冬妹有些着急了。那人对何冬妹说:"新四军的人很多,千军万马的,要是不知道单位真不好找。"他叫她去太平县北边找一找,那里的单位多。实在不行,干脆就去泾县,我们军部就在那里。问过这人后,何冬妹不放心,又一连问了好几个新四军的人,他们的说法大同小异。

在岩寺住了一晚,她第二天搭上了一辆北去的骡车,一路走的尽是山路,弯曲盘旋,十分费力。何冬妹白天赶路,晚上投宿,走了七八天,到了一个靠河的集镇。下了骡车再坐船,她又走了三天的水路才到了麻川。

麻川是个大村子,沿河而建。何冬妹牵着小黑往村里走去。这里到处都是新四军:有在河边忙着搬运货物的,有在草棚里叮叮当当打铁的。她还看到不少年纪和自己差不多的女伢子，胳膊上缠着红十字袖章，蹲在河边洗衣服，洗床单，洗一根根像是带血的白布条子。

何冬妹看得入神，不料，小黑猛然冲着一群人大叫起来，四脚蹬地想要跑过去。何冬妹吓了一跳，用力拉住狗绳，慢慢走了过去。走到近前，她看见了游击队的老范，他正在岸边指挥着一帮士兵从船上往下卸货。难怪小黑冲他叫唤呢，它天天跟着自己去老范的伙房，自然认识他。何冬妹高兴极了，大声喊道："范叔，范叔。"

老范听到有人喊他，便转过身来，一看是何冬妹，惊讶地说："是冬妹子啊，你真的找来了。好，你先等等，等我把这些货都卸了啊。"冬妹子笑着说："范叔，你忙你的，不急。"等货卸完了，老范又让他们都运进仓库去。

老范抄着河水洗了手，擦了把汗，就走了过来，问："是从小溪村来的？走了多少天？"何冬妹说："从村里来的，走了快一个月了。范叔，叶志远他们在这里吗？"老范摆摆手，说："我先给你找个住处，住下了再慢慢说。"

老范领着何冬妹来到一个农户家里，对农户说了几句，塞给他一张纸票。农户给何冬妹腾出了一间小屋。晚上，农户烧了几个菜，煮了几根肉骨头，还打来一斤老酒。

老范先把肉骨头扔给了小黑，又叫何冬妹坐下吃菜。他自己端着酒杯自斟自饮起来，一言不发。此时，何冬妹哪有心思吃饭，连声催问叶志远在哪里。老范笑道："不急，容我慢慢讲来。"

老范一边喝着酒，一边吃着菜，一边讲起了游击队出村以后的经历，只是没讲叶志远的去向。何冬妹实在忍不住了，说："范叔你说了半天，还没说他究竟在哪里，成心想急死我，是吧？"老范说："志远这小子早就猜到你要来找他，他临走前特意回来了一趟，向我交代了几句话，你想不想听？"何冬妹说："怎么不想听？快说啊。"

老范端起酒杯饮了一口，不慌不忙地说："冬妹子，你不辞辛苦地到处找他，到底是为了什么？"何冬妹低下了头，小声说："不瞒范叔，我想跟他，我喜欢他。"老范叹了口气，说："我跟你说实话吧，他到了新四军之后，跟国军打了一架，犯了纪律，新四军已经不要他了。他现在混得不好，说不定命都不一定能保得住，你还要跟他吗？"

何冬妹一听，泪珠子直往下掉。哭了一会，掏出手绢擦了擦，抬头说道："我还是要跟他，不管怎样，我都跟他。"老范点点头，说："真是痴心。志远临走时，让我捎句话给你，叫你不要去找他，他以后会去小溪村接你的。"何冬妹

眨了眨眼，问："他真是这么说的？他没有忘记我？"

老范掏出烟杆，点着了黄烟吸了一口，说："志远没有忘了你，他不让你去找他，是害怕你路上出什么事。听话啊，你还是回去吧，等他来接你。"何冬妹嘴巴一噘，说："我都出来了，怎好再回去？"老范皱着眉，想了一想，说："还有一个办法，你不如现在就参加新四军。你要是成了新四军的人，找他不是更容易一些吗？"何冬妹一听此话，觉得有理，便眉开眼笑地应了下来。

第二十四章　艰　辛

第二天，老范把手头上的事安排好了，就带着何冬妹来到兵站，找到了管理兵员的一个干部，说是要介绍一个女老乡参军。这个干部很客气，请他们坐下，并拿出一张表格叫何冬妹自己填写。

何冬妹以前读过几本书，认识不少字。那还是小时候，当家婆娘怕她不识字，以后出去买东西容易被人骗，便早早教她读《三字经》，读《百家姓》。读完之后就不教了，何冬妹自己又读了《千字文》。

何冬妹拿过表格看了一下，找那个干部要了一支钢笔，就认真写了起来。过了一会，她抬头问道："家庭出身怎么填？"干部说："你父母是干什么的，就填什么？"何冬妹说她父母很穷，从小把她卖给了人家，这又怎么填。干部问她在那个人家生活了多长时间。何冬妹说生活了十四年，十五岁逃出来的。干部说，你是在那个人家长大的，填他家就行。何冬妹说，他家是收租放债的，填什么。干部问，他家有多少田地。何冬妹说不知道，大概不会很多。干部说，那就填小地主吧。

何冬妹把填好的表格交给了干部，干部先请老范在"介绍人和证明人"的空格内签上了名，然后接过去，认真地看了起来。忽然，他抬头看了何冬妹一眼，又朝卧在她脚边的小黑看了一眼，问道："你写的技术特长是洗衣、烧饭、养鸡、喂狗。这条狗是你养的吧？"何冬妹答道："是啊。"干部对老范点点头，说："你这个小老乡很不错，可以收下。但是这条狗要处理掉。"

何冬妹听了一惊，忙问："什么叫处理？"干部说："把它送人，送不了就扔了，部队不准养猫养狗。"何冬妹心疼地说："我养它一年多了，怎么舍得扔掉？我要带着它参军。"干部板着脸说："不行，部队没这个规矩。"

老范一看势头不对，连忙劝道："冬妹子，我去找个好人家，把小黑送给他

去养，不会让它受罪的，你看行不行?"何冬妹说："范叔，不行。你们也太——太狠心了，我不参加了。"说完，站起身来，牵着小黑就走了出去。小黑似乎听出来了什么，临走时，竟然对着干部吼了两声。

干部摇了摇头，面带苦笑地看着老范。老范赔着笑脸说："这伢子不懂事，平时就挺倔的，我去劝劝她。"老范追上了何冬妹，说："你这伢子，刚才说了什么话。"何冬妹说："范叔，我现在才搞明白了，郭队长不收我，是嫌我出身不好，这里又嫌弃小黑，要扔了它。算了，我还是去找叶志远，他不会嫌弃我们的。"

老范叹了口气，说："既然你想找他，就去找吧。他说过他要去宣城，在宣城的哪个地方没有说。此事千万不可对别人说，听懂了没有?"何冬妹点了点头。老范把去宣城的走法详细告诉了何冬妹，又给了她几张纸币，还叫她歇息几天，恢复体力以后再上路。老范还再三叮嘱，叫她不要随便打听叶志远的消息，只有看到新四军的人才能问一问。

在农户家里歇息了好几天，何冬妹辞别了老范，乘船直往泾县而去。此时已经到了六月底，早已过了夏至节气，天气闷热难耐。从麻川到泾县走的是青弋江水路，由于沿途设了很多关卡，不到百里的路程竟然走了五天之久。她从泾县又乘船向北走，又走了六天到了泾县最北端的凉潭镇。从这里开始，就要改走旱路了。

连续坐了十几天的船，何冬妹腿脚酸痛，全身无力，便找了一家客栈好好睡了两天。第三天早起，她觉得身上好些了，吃了早饭，买了一点干粮，便上了路。到了路边等了半天，她始终没有看到来往的大车。一问行人，她才知道前面的路面已经挖断了，说是县政府下令，叫沿路的乡镇出动人力毁坏公路，说只有这样才能阻挡日本鬼子打过来。

没有车坐，只能步行了。何冬妹牵着小黑，顶着烈日向宣城方向走去，没走多远，果然看见公路给拦腰挖断了，一条五尺多宽的深沟横在面前，根本就跨不过去。何冬妹只得走下公路，从路边绕了过去，向前走了不到一里，又是一道深沟拦住了去路。就这样，走走绕绕，绕绕走走，半天只能走个五六里路，还累得精疲力竭。过了晌午，烈日当空，热气蒸腾。何冬妹实在走不动了，就走进路边的村子里，找了一家农户住了下来。

第二天何冬妹接着赶路。没到中午，天上乌云翻滚，雷电交加，倾盆大雨瞬时自天而降。等到何冬妹撑起雨伞，裤子已经湿透。再向四周看去，雨雾茫茫，昏天黑地。何冬妹害怕了，急忙拍拍小黑的头，说："小黑，不能走了，赶紧带我去找个村子住下。"

小黑使劲甩了甩身上的雨水，"汪汪"叫了两声，领着何冬妹朝路旁走去，

走了半里路的样子，前面出现了一个不小的村落。进村以后，何冬妹敲开了一家农户的门。这家农户很善良，见到一个浑身湿透的年轻女人进了门，什么话也没说，男人避开了。一个农妇把何冬妹让进了灶间，掩上门，点火烧起了热水，先叫何冬妹脱下湿衣服烤火，等水热了，舀到盆里叫她擦身。等到何冬妹换上了自带的干净衣服，农妇已经就着盆里的热水把她换下的湿衣服洗了，搭到衣竿上晾了起来。

何冬妹感激不尽。农妇憨憨地说了声："谁没有难处？出门在外的，能帮就帮，这不算什么事。"何冬妹掏出一点钱塞给了农妇，说："持家过日子不容易，这是我的伙食钱，你要是不收下，我马上就走。"

大雨一直下个不停。这家的男人回来了，披着蓑衣，赤着脚，手里拎着一个鱼篓子。他今天趁着下雨，在河沟里捞了不少的小鱼小虾。何冬妹帮着农妇拾掇了，将鱼放进锅里，添了半锅清水，放了一大块生姜煮鱼汤。等水开了，农妇揭开锅盖，在锅边贴了一圈的米粉粑粑，煮了小半个时辰，揭开锅盖，撒上盐和葱花，满屋都是香气。何冬妹一连吃了两个粑粑，喝了一大碗鱼汤，额头和脸上都渗出了细细的汗珠。

夜里雨止。天亮后吃了早饭，何冬妹急着就要上路。农妇说了，村里村外都是烂泥巴路，你要是穿鞋子走，给泥巴吸住了，拔都拔不出来，除非你赤脚走。看你的样子，也不像是赤脚走路的人。还是明天走吧，让太阳晒上一天，路就好走了。何冬妹听农妇这么一说，只得依了她。

第二天一大早，农妇就做好了饭。何冬妹吃饱之后，拿上几个米粉粑粑就上了路。越往东去，路面损毁得越厉害，向这边逃难的人也多了起来。何冬妹从难民的口中得知，宣城北面已经给日本兵占去了，成天打枪打炮，闹得人心惶惶。

何冬妹不管这些，只是一个劲地向东走，上午走路，下午就到路边的村子里投宿。住瓦屋的人家她不去，只到住茅草屋的人家去过夜。路上不是没有碰到过坏人，只不过是看到何冬妹带着一只强壮凶猛的大狗，才使得他们不得不打消了恶念罢了。

就这样，何冬妹在路上足足走了一个多月，直到走烂了第十双布鞋的时候，她看到前方出现了一个很大的集镇。当她问清了这就是宣城县城的时候，脸上现出了笑容。她在路边找了一块石头坐下，想歇一会再进城。

她远远望着县城，现在是中午时分，进城出城的行人很少，显得十分冷清。她觉得宣城县城没有一个县城的样子，她走过了屯溪和泾县，屯溪有高大的城墙，泾县有喧闹的街市，这里好像都没有。

第二十五章　幸　免

歇了一会，何冬妹牵着小黑进了城。她走得很慢，一边走，一边不断向四处张望。她看到了脚下有一大堆破碎的砖块，旁边露出了一长溜的墙基，她知道了，这里原先也是有城墙的，只是后来被人拆了。真是的，拆城墙做什么？要是留着城墙，日本兵来了还能靠它抵挡一阵子呢。

何冬妹边走边看，没走多远，便被一群拿枪的人拦住了。为首的一个人背着短枪，把帽子拿在手上当扇子扇，瞪着两只绿豆眼，上下打量了何冬妹一番，问道："干什么的，哪里来的？"

这伙人头戴军帽，上身穿着军装，下面穿的却是老百姓的裤子。何冬妹见他们左臂上没戴"抗敌"标记，知道他们不是新四军，便想从旁边绕过去。谁知那个背短枪的人喊道："给我站住！什么人，哪里来的？"何冬妹答道："乡下人，从屯溪过来的。"那人又问："来干什么？"何冬妹说："走亲戚的。"那人瞪着绿豆小眼，说："屯溪来的？走亲戚，你家亲戚叫什么名字？住在哪里？"

何冬妹不慌不忙地说："我家亲戚姓叶，听说刚搬了家，不知道住在哪里。"那人哼了一声，说："先说是走亲戚，又不知道住在哪里，我看你八成是奸细。弟兄们，搜她身。"几个士兵把枪背上了肩，上来就扭住何冬妹的胳膊，解下了她的包袱。何冬妹气极了，说道："你们是土匪啊，大白天敢抢人东西，来人啊，救命啊！"

一个士兵把包袱解开，摊在地上翻了一翻，向那人报告说："队长，都看过了，只有衣服鞋子。"那人上前，一把扯掉何冬妹的头巾，仔细看了看，说："你哪里是乡下人，老实说，谁派你来的？来干什么？"何冬妹说："我本来就是乡下人，快把东西还给我。"那人说："不说是吧？把她带回去，我要亲自审问。"

几个士兵抓住何冬妹拖着就走，何冬妹拼命挣扎，小黑此时猛地扑了上来，张口就咬住一个士兵的胳膊，士兵痛得大叫，旁边两个士兵挺枪便刺，两把刺刀戳进了小黑的肚子，再猛一划拉，小黑的肚子被割出了两道大口子，肚肠顿时就流了出来。小黑松了口，嚎叫一声，倒地气绝。

何冬妹"哇"的一声，奋力挣脱了士兵，扑到小黑的身上，哭喊起来："小黑，小黑，你不能死啊，是我……是我害了你，我不该带你出来，哇……"接着，何冬妹挺身站起，两眼通红，发疯似得向还在滴血的刺刀一头撞了过去，嘴里骂道："土匪！你们杀了小黑，我跟你们拼了！"那些士兵一见何冬妹冲了过来，纷纷收枪避让。那个头目大喊："快把她抓住，带回去！"

这帮人手忙脚乱地抓住了何冬妹，费尽力气将何冬妹拖进了民团营地。那个头目撵走了士兵，关上了门，点着一支香烟，深吸了一口，猛地喷到何冬妹的脸上，呛得何冬妹咳嗽不止。那个头目一个巴掌把何冬妹打倒在地，淫笑着说："小娘皮，放老实一点，不然，我也叫你像那条狗一样死去。"说着，他一把撕开了何冬妹的衣衫，伏身压了上去。

何冬妹惊恐万状，一边哭喊着，一边拼命用手推他，可怎么也推不动，又拼命扭动身子，想把他掀下来……就在此时，附近突然传来"啪""啪""啪"三声枪响，又听见有人敲锣大喊："日本人的飞机来啦，快点躲藏啊！"

那个头目一愣神，何冬妹用力一推，将那个头目推到了一边，何冬妹抽出腿来，一脚蹬在他的脸上，那个头目双手捂脸，哇哇大叫。何冬妹爬起来，打开门，拼命朝外面跑去。刚刚跑出院子，就听到耳畔"轰隆"一声巨响，身子一轻，便失去了知觉……

不知过了多久，何冬妹悠悠醒来。她发现自己睡在一间十分安静的屋子里，四周都是白色的：白色的墙壁，白色的木柜，白色的被单，就连自己身上穿的褂子裤子也是白色的。何冬妹一阵迷糊，这是什么地方？我怎么睡在这里？莫非自己已经死了，变成了鬼？

就在何冬妹胡思乱想的时候，"吱呀"一声轻响，屋门被人推开了，一个身穿白褂子的人走了进来，脸上捂着白纱口罩，手里托着一个白色的盘子。何冬妹心里害怕，赶紧闭上了眼睛。那人轻轻走到床边，俯下身子看了看，轻笑道："该醒了吧，还装睡啊？"何冬妹猛然睁开眼睛，问："你是阎王爷吗，我死了多久了？"那人说："傻话，你要是死了，还能开口说话吗？"何冬妹问："我怎么睡到这里来了，这是什么地方？"那人揭下口罩，露出一张极其秀美的脸庞。何冬妹一惊，原来是个女人，女大夫，好漂亮唉。

这位女大夫对何冬妹说，前天日本飞机在县城西门扔了两颗炸弹就飞走了，民团来人叫我们去抢救伤员。我们到了那里，他们的一个队长给炸塌的房子砸死了，没有抢救过来，倒是把你给抬了回来。何冬妹恨声说道："砸死的那人是个坏人，活该。我真的没死吗？"女大夫说："没有死，只受了几处外伤。你主要是身体虚弱，又受了惊吓。你不用担心，静养一段时间就好了。"

　　说完，女大夫给何冬妹检查了一下身体，又给她身上的伤口换了药。何冬妹这才知道自己胳膊和腿上缠着纱布，同时感受到了明显疼痛。换好药后，女大夫没有离去，而是坐在床头的一张椅子上，和何冬妹叙谈了起来。因为经历了不少事情，何冬妹的心眼也渐渐多了起来，她只说自己是来寻亲的，别的都没敢说。

　　过了几天，两人渐渐熟悉了，话题也多了起来。何冬妹知道了这家医院是教会出钱办的，这个女大夫是个助理医生，名叫倪裳衣，今年二十二岁，南京人。倪裳衣也知道了何冬妹是个孤女，今年十六岁，认得不少字，到宣城是来找亲戚的，可不知亲戚搬到何处去了，眼下孤苦无依，生活无着，很是可怜。倪裳衣便跟医院说了，等何冬妹伤好了，可以留在医院做护工，既能偿还所欠的医药费，还能养活自己。何冬妹听了感谢不已，心想，天底下长得好看的女人不少，但有着这样菩萨心肠的女人可不多。

　　因何冬妹伤势未好，一到天黑便昏昏入睡。这天夜里，不知到了什么时辰，何冬妹从梦中醒来，听到院子里有吵闹的声音，还有人恶声恶气地吼了几句。何冬妹以为是民团来抓她这个奸细的，吓得蒙头缩在被子里瑟瑟发抖。过了一阵子，吵闹声没有了，何冬妹才略微安静下来，迷迷糊糊地又睡了过去。

第二十六章　姐　妹

　　第二天上午，进来给何冬妹换药的不是倪大夫，而是一个男大夫。何冬妹有些不情愿，便问倪大夫怎么没来。男大夫支吾了一句，说倪大夫出门办事去了，过些日子才能回来。何冬妹半信半疑，只得让男大夫给她换了药。

　　半个月之后，何冬妹没等身体完全好透，便迫不及待地上了工。因何冬妹只会洗衣烧饭，医院便安排她先从厨娘干起，再抽空学习护理知识，以后最好能当个合格的护士。这个医院本来有七八个医生和十几个护士。后来日军步步进逼，战事吃紧，国军便动员他们全部入伍，组建战地医院。经县里反复交涉，最后留下了三个医生和三个护士。因此烧饭的任务不是很重。

　　每天早晨天不亮，何冬妹就早早来到伙房淘米煮粥，备好小菜。等天色大亮了，她拎着竹篮去街上的点心铺买回包子烧饼。等医生护士吃过了，她刷锅洗

碗，再烧开水给碗筷消毒；接着，再上街买菜，平时都是素菜，一个礼拜吃两次荤菜。菜买回来后择好洗净，搁在灶台上晾着，然后她穿上白褂子去帮护士清扫诊室病房。临近中午时，她再回到伙房烧饭烧菜；下午是帮着护士清理消毒，洗晒病房的床单被褥；再就是做晚饭，晚上还要帮护士照看病房。

何冬妹天天都是这样不停地忙碌着，尽管劳累，却很开心。她从来没有过过这样的日子：吃饭不用自己掏钱，穿衣也不用花钱去买，都是医院供应的；每个月还发给三元法币，说是生活津贴。何冬妹没处花销这些钱，便学着几个护士的样，上街买来牙粉、牙刷、镜子还有雪花膏什么的，天天早起后，对着镜子刷牙洗脸，再往脸上搽些雪花膏，香喷喷的。何冬妹心想，这是个好东西，下回要是找到了叶志远，我就多搽一些，准能迷倒他。

尽管天天忙个不停，何冬妹心里老是惦记着倪裳衣。她到处打听，终究知道了一些消息。就是在那天深夜，几个歹人闯进了医院，用枪逼着医生给一个同伙治伤。当晚正好是倪裳衣值班，她见此人受的是枪伤，便喊了一个男医生出来给他做了手术，倪裳衣给他包扎伤口。等包扎好了，那人一把扯掉倪裳衣脸上的口罩，瞅过之后，便一挥手，叫手下人架着倪裳衣就往外走。男医生上前阻拦，竟给他们打倒在地，眼看着这伙歹人扬长而去。男医生赶往民团报告，等到民团出动十几个人追到城外时，那伙人早已不见了踪影。

何冬妹得知倪医生遭难的消息后，心痛不已，天天嘴里念叨着老天爷保佑啊，保佑倪医生平安无事。也许是何冬妹的祈祷打动了上苍，一个月后，也就是中秋之前，倪裳衣回来了，是被一个瘦高个子、满脸胡须的人送回来的。那人只把倪裳衣送到医院门口，就告辞走了。倪裳衣对他一连说了几个谢字，站在门口目送那人离去。

倪裳衣正要转身进门，不料却被一人从后面拦腰抱住，那人哭着说道："裳衣姐，你到哪里去了，怎么不说一声？我都想死你了，呜，呜……"倪裳衣闻言，知道是何冬妹，尚未开口，两行清泪滚滚落下。两人相拥哭了一会，倪裳衣拍拍何冬妹的手，说："进去再说，好不好？"何冬妹说："回来就好，先不说了。裳衣姐还没有吃饭吧？我这就给姐姐做去。"

何冬妹知道倪裳衣口味清淡，进到伙房，立刻生火烧水，做了一碗丝瓜鸡蛋汤端了进屋。倪裳衣确实也饿了，见汤来了，顾不得烫嘴，拿起汤勺就吃了起来。刚吃完，何冬妹端来一盆热水，递上毛巾和一套干净的衣服，催促倪裳衣洗身换衣。

趁倪裳衣洗浴的时候，何冬妹偷眼打量了她的身体，见她浑身上下雪白如玉，竟没有一点伤痕。何冬妹有些疑惑，她明明给坏人掳走了一个月，应当受尽折磨才是，为何一点也看不出来？何冬妹想问却又不敢问，生怕惹她伤心。倪裳衣一会工夫洗完了，何冬妹见她满脸倦容，便催她上床睡了。自己去把水倒了，又把换下来的衣服洗了晾上。

从此，何冬妹就在医院安顿了下来，她见宣城没有新四军的人，不敢随便打听叶志远的消息，只能把这份念想深深埋进了心底。她白天照常忙碌，晚上便跟着倪裳衣学习医护知识。何冬妹年轻识字，又能吃苦，加上心思单纯，学习用功，因此进步很快。倪裳衣见何冬妹生性乖巧，聪明好学，所以也就认真细致，倾心传授。

两人相处的时间一长，便成了无话不说的好姐妹。何冬妹性格活泼，心直口快，她把自己从小被卖、当牛做马、挨打受骂的经历都说给了倪裳衣听，听得倪裳衣泪眼婆娑、叹息不止。可是在小溪村遇见叶志远，还有后来两人发生的事情她始终没有吐露一个字。

倪裳衣毕业于南京医学专科学校，文静内向而又执着，情感细腻而又丰富。一天晚上临睡之前，倪裳衣简略地说了自己的遭遇，说是被一伙山匪抢去了，又被一群好人救了出来，没受多大的罪。只是不知道这群好人是干什么的，也不知道他们的姓名，因为当时只听到他们用"老叶""老徐"相互称呼。

何冬妹听倪裳衣说得十分含糊，也不好深问。不过她对倪裳衣倒是真心佩服，一个女人能在虎狼窝里生存下来，还能安然脱险，该是多么勇敢，多么了不起。

其实，自从回到医院以后，倪裳衣始终没有忘记一个人。在她的记忆中，那段可怕的经历已经慢慢淡去，可是一个人的身影却像发酵的面团，渐渐膨胀了起来，渐渐占据了她的心。

解救自己的，是一个身材瘦削、面容清秀、行事果断的年轻人。他很凶残，下令杀掉土匪头子的时候，连眼睛都没有眨一下；他又很仁慈，把出身穷苦的又没干过多少坏事的土匪统统放了。他明明知道自己已经蒙受了屈辱，却始终没有表现出丝毫的鄙视，反而对自己体贴照顾，还派人将自己送回医院。此人岁数不大，但恩怨分明，心地善良，是个大好人，是个可以托付终身的人。可是自己却没有问清他的名字，只知道别人都叫他老叶，只知道他是葛顺乡乡丁的头目。而且在回宣城的路上，那个护送她的老汪一再提醒她，叫她不要对外人说出乡里的情况，不要说出他们的名字。唉，真是有点遗憾！

说来真是奇怪，何冬妹与倪裳衣亲如姐妹，平时什么话都说，可恰恰都隐瞒了自己的心事。何冬妹没有说出她到宣城来的真实目的，因为在离开麻川的时

候，范叔几次警告过她，叫她不要随便打听新四军和叶志远的消息，不然，害了自己，还要害了叶志远。倪裳衣倒是想说，她没有这些忌讳，可她却不知道叶志远的名字。

就这样，这两个亲如姐妹的人，尽管都认识叶志远，也都对叶志远心存好感，但始终都没有向对方说破，以至于后来发生的事情，竟让何冬妹左右为难，后悔不已。

第二十七章　行　动

今年的秋天姗姗来迟，马上就到中秋了，可这晨风吹在身上丝毫不觉凉意。今天一早，乡公所门前挂上了两块新牌子，一块上面写着"宁国县葛顺乡乡公所"，另一块写着"葛顺乡民众抗日大队"。

叶志远起床后，先到了小家伙们住的房间，看到他们早已洗漱完毕，正在跟杨少良复习昨晚学习的内容。靠墙是一排地铺，被子叠得很整齐，地面也扫得干干净净。叶志远满意地点点头，询问了他们的学习情况，并对他们说，等环境安稳了，各方面都要正规起来，每天的早操、训练、学习、班会、晚点名都要正常开展起来。

接着又来到铁匠铺，看到铁犁头父子两人身系围裙，站在铁砧旁抡锤敲击，忙个不停。铁犁头看见叶志远来了，紧敲了几下，夹住通红的铁件丢进凉水盆里，"吱啦"一声，盆中腾起了一串水汽。

铁犁头放下工具，笑问："叶老板来啦。"叶志远抬起小腿拔出短刀，在掌中一转，将刀递给了铁犁头，说等有了空闲，照这个样子打制一批出来。

铁犁头端详着短刀，用手指弹了一下刀身，说道："钢火差了一些。叶老板，我见过一种刀，比这刀好用，过两天我打一把给你瞅瞅。"

乡公所这边刚挂上新牌子，那边葛尚德就得到了消息。他挥手让给他揉捏的女仆退下去，眯缝着眼，心里寻思起来：前几天来了一帮子外乡人，还在山里打起了枪。今天又挂起牌子，莫非是要对我不利？想到此处，他惊出一身冷汗，立即唤来两个心腹，低声吩咐了几句。

两人立刻出了后门，就朝北边的山里狂奔而去。这两个人的去向被杨少良等人看得一清二楚，并立即派人回乡报告。叶志远喊来徐满仓，将情况告诉了他，要求战斗组抓紧细化作战方案，确保今晚的行动万无一失。

入夜，一轮明月挂在天际，十几个人肃然无声地朝葛尚德宅院走去。临近大门时，队伍突然分为两拨，一拨人紧贴大门向两边散开，一拨人快速绕向后门。

"开门啊。""谁啊，这么晚了，明天不能来吗？""是我，找大管家有急事。"大门缓缓开了一道缝，露出半张脸向外探视，这时门板猛地向里一撞，开门的家丁摔了个仰八叉，号叫不止。叶志远一个箭步就朝院里冲去，邵家旺护住刘贤臣紧紧跟在后面。

一个家丁听到了叫声，提着枪从里屋出来，迎面撞上叶志远。叶志远大喝一声："把枪放下！"家丁举枪欲射，叶志远抬手一枪，将其击倒在地，继续朝里屋冲去。

徐满仓听到枪响，率领战斗组冲了进来，向两边厢房扑去，嘴里大喊着："都不许动！谁动打死谁。"看守后门的战斗组也翻墙进院，打开了后门，留下两人守住后门，其他人散开搜索，并向前院推进。

叶志远冲进了内院，顺手抓住了一个佣人，用枪抵住他的脑袋，低声说："别叫唤，带我去找葛尚德，我不杀你。"佣人吓得直点头，哆哆嗦嗦地在前带路。走到一扇雕花木门前，佣人停住脚步，用手向里面指了指。

叶志远在他耳边说了几句，佣人颤声向屋里说："老爷，我给您送水来了。"里面有人问："刚才外面是什么声音？"叶志远飞脚踹门，闯了进去。屋里问话的人正是葛尚德，他这时斜靠在软榻上搭着眼皮向外瞅着，见有生人闯了进来，马上伸手摸向枕头。

叶志远上前抓住他的脚脖子向外一拉，"哎哟"一声，葛尚德已经摔下榻去。叶志远伸手从枕下摸出一把小手枪，随手插进兜里。

刘贤臣和邵家旺循声也冲了进来，邵家旺揪起葛尚德按倒在座椅上，撕下一条床单将他捆牢。刘贤臣对葛尚德喝道："你知罪吗？"葛尚德咧着嘴只顾喘气，一言不发。

刘贤臣怒道："说，你把地契田赋账册都放到哪里去了？为什么不交出来？"葛尚德翻了翻眼皮，把脸扭向一边，还是不吭声。

徐满仓走进来报告说，十个家丁死了两个，八个看押起来了，缴获十支长枪。叶志远问："账册找到没有？"徐满仓说："正在书房里搜嘞。"

叶志远点点头，手握驳壳枪一步一步地逼近葛尚德。葛尚德缩了缩身体，目光闪烁，一会儿瞅着叶志远，一会儿看向软榻。

徐满仓快步走到软榻前，掀起床单枕头，只见一串钥匙掉了下来。徐满仓抓

起钥匙扔了过来。叶志远留下两人在此看守，命徐满仓带领两人去北乡方向警戒，把杨少良替换回来，其余人跟他去书房搜查。

葛尚德的书房不大，两个灯架上点着玻璃罩油灯，亮得晃眼。一排书柜里摆了一些古书典籍，书桌抽屉里没有发现什么。

叶志远命人把账房先生带来，问他地契账册的下落。账房先生战战兢兢地说："平时都是葛尚德自己保管的。账本是他和二账房核算记账，记好了就放在这里，不给我们带走。"

叶志远突然问了一句："你可知房间暗道在哪里？"账房先生闻言一惊，颤巍巍地说："我只听说过，没见过。"叶志远挥了挥手，众人立刻搜了起来。

一会儿，有个战士叫了声："这里有点古怪。"大家循声看过去，这是一个一人多高的书柜，两边的格子里摆着书籍，当中却是空的，像是一扇门。叶志远叫人拿来油灯，贴近柜板仔细看去，发现左边有一道凹槽，叶志远抠住凹槽使劲晃动了一下，没有动静，再往右一拉，整个柜板向右移开，露出一块黑黢黢的铁板，上面有个锁眼。

叶志远掏出那串钥匙，找出一把差不多粗细的钥匙，插进锁眼一转，听到咯咯吱吱的响声，铁门朝里开了，一股阴凉之气散发了出来。

叶志远取过油灯，正要进去，邵家旺轻轻拽住他的衣角，左手接过油灯，右手握枪，一猫腰先钻了进去。叶志远命人在书房门口和洞口警戒，然后掏出枪，紧跟在邵家旺身后，顺着台阶走了下去。

台阶不多，只有十几级，很快就下到了地面。这里是一间用石块砌成的密室，四角有粗木支撑。靠墙竖着三只铁柜子，旁边摆了一张条桌、一把椅子。

邵家旺把油灯放在桌上，叶志远用钥匙打开柜门，第一个柜子里全是账册文书，第二个柜子装的是金银钱钞，第三个装的是十几枝长短枪和子弹。

叶志远将装钱和装枪的铁柜锁好，顺着阶梯回到书房，命人下去搬运文书，叫人通知汪施才、陈水根速来书房，通知杨少良撤离乡公所，将重要资料转移至葛宅。

第二十八章　伏　击

现在除了徐满仓带两人在北面警戒外，抗日大队人员全部集中到了葛宅。叶志远布置任务：刘贤臣、汪施才、杨少良带着账房先生清理从地下室搬上来的文书，收集葛尚德罪证，这是头等大事，至迟明天中午就要完成，人手不够可以再增加；邵家旺带六人负责葛宅内外警戒，重点看押葛尚德及其家人，确保不出意外；陈水根带两人替换徐满仓，继续监视北面的动静。安排三个小家伙在葛宅厨房烧饭，给在外警戒的人员送饭，宅内人员轮流吃饭。

叶志远严肃宣布了三条纪律：一切缴获要归公，不准打骂俘虏，不准擅自离开岗位。还特地交代书房人员不能停止工作，其他人员要注意轮流休息，保持战斗力。

明确任务后，各人都忙活起来。叶志远带了三个小家伙找到一间大厨房，里面柴米油盐都是现成的。叶志远仔细查看了一番，确定没有人做过手脚，便和小家伙一齐动手洗淘烧煮，用了半个时辰，一大锅米饭和半锅红烧肉就烧好了。

叶志远叫他们先吃，吃饱了就给在北面放哨的送饭。还再三交代厨房不能离人，要防止敌人破坏。叶志远三口两口扒下一碗饭后，来到关押葛宅家人的一处院落，查看了岗哨，叫出两个女仆模样的人，告诉她们只要老实听话，就不会伤害她们。要她们在院子里的厨房烧水做饭，不要出去。

后半夜，叶志远叫上杨少良、邵家旺，从葛宅找出几个结实的箱子，又带了四个人进到地下室，打开了装钱的铁柜，众人一看，惊愕得张大了嘴，简直不敢相信自己的眼睛。

叶志远看了他们一眼，吩咐他们抓紧时间清点装箱。杨少良一会就写出了清单，共有十两重的金条九十多根，一斤重的银锭一百五十块，纸钞十万元。

叶志远粗粗估计一下，按照眼下的价格，一两黄金可兑换三十元法币，那么这里光金条就值三万元。

叶志远在清单上签了字，又叫杨少良和邵家旺也签了字，让杨少良收好。叶志远沉思片刻，叫杨少良拿出十根金条、三十块银锭和两万元法币放回铁柜锁好，在清单上注明了。其他都装箱捆好，抬了上去。

叶志远拿出清单给刘贤臣、汪施才过目，交代他们按铁柜里现有的财物数目做账。邵家旺从葛宅牲口棚里牵出三头骡子，驮上箱子，带上了铁锹挖锄，几个人出了后门，向高风山走去。

紧张忙碌的一夜过去了。书房的账册清理在中午结束。按照已掌握的证据，葛尚德明显犯有以下罪孽：高利盘剥，霸占田地；私加田租，鱼肉乡民；伪造账册，贪污税赋；勾结土匪，杀人害命。

叶志远看过后，又加上一条：目无规制，败坏乡政。这样一共就是五条大罪，再把主要证据、账册附在后面，任谁都不会怀疑。

这时，一名在外警戒的战士来报，有三名保长要见刘乡长。刘贤臣连忙出去，将保长迎到客厅坐下。保长们拿出一沓状纸，说这是几十户乡民联名写的控诉状，控诉葛尚德为非作歹，欺压乡民。

刘贤臣大喜，说道："为民除害，在此一举。你们先安歇下来，明天随我一同去县府投状。"他又叮嘱不要外出行走，要防止葛尚德的爪牙们狗急跳墙，加害于他们。保长们听了点头称是。

下午，叶志远将地下室的枪支子弹取了上来，给在家的战士配足了子弹，还让四名枪法好的老战士自己挑选步枪。七个小家伙也都发到了枪，高兴得直跳。叶志远把小手枪给了刘贤臣防身，让杨少良教会刘贤臣使用方法。然后命令大家轮流睡觉，养足精神。安排好了之后，叶志远带着徐满仓、邵家旺、陈水根前往北乡察看地形。

从尖刀岭到此地，有东西两条路可走，都是狭窄崎岖的山路。走东边的路近一点，约五十里；西边的路远一点，有八十里。这次尖刀岭土匪要来，趁夜走东边近路的可能性要大一些，但也要防止土匪玩花招，从西边山路绕过来偷袭。

四人把两条山路都察看过了，决定同时在两条路设伏。东边的埋伏阵地距离葛顺五里路，西边的埋伏阵地距离葛顺三里路，两个阵地之间有小路相通，半小时可以赶到。

在天色黑透之后，叶志远和徐满仓各带六人，每人的左臂上都缠上一条白布，分头进入了伏击阵地。叶志远这一组是在东路，伏击阵地设在一个缓坡上，对面四十多米处是一座陡壁，陡壁下面就是尖刀岭通往葛顺乡的山路。

月亮隐入了厚厚的云层之中，天上寒星点点，没有月光。山里的秋夜冰凉似水，趴在山坡上时间一长，便觉得全身发冷。这次参战的都是老战士，他们裹紧身上的单衣，纹丝不动，静候敌人到来。

大约九点钟的光景，从山路的北头传来了脚步声。过了一会，山路上的声音变得嘈杂起来，还不时传来几句咒骂声："日妈的，晚上还叫老子赶路，赶去投胎啊。"叶志远借着星光数了一数，来了将近二十个人，一个带短枪，其他都是长枪。心想，能调动这些土匪给自己卖命，葛尚德还真有点能耐呢。

眼看走到了近前，伏击阵地上立刻响起了轻微的子弹上膛的声音。叶志远说了一句："分散瞄准，先打两头。"说完，瞄准那个带短枪的土匪扣动了扳机。"啪"，"啪啪啪"，一串枪声响过，山路上立刻栽倒了几个，很快又是一阵枪响，山路上的土匪乱成了一团。

叶志远大喊一声："缴枪不杀！"率先冲下山坡，他一边小跑，一边朝着企图往回逃窜的土匪开火，他知道绝不能放这些人回去。很快他们就冲到近前，大喊："放下武器！缴枪不杀！"

埋伏在西路的徐满仓正等得心焦，猛地听到东边响起了枪声，他马上命令三名战士原地坚守，发现敌人就鸣枪报警，坚决阻击，一小时后没有情况就赶到东路。布置好后，立即顺小路向东边赶去。

赶到东路伏击阵地，战斗已经结束了，共击毙十六个土匪，其中两人是葛尚德派去送信的家丁，活捉了四个。经过审问，知道尖刀岭共有三十个土匪，这次派了二十个人下山，声称要一举捣毁葛顺乡乡公所。事成之后葛尚德酬谢他们一万元，现在大头领正在山上等候他们的捷报呢。

第二十九章　除　恶

尖刀岭山势险峻，主峰高约千米，犹如一把利刃刺向天空，尖刀岭由此而得名。在主峰的半山腰，有一块罕见的平地，建有一座寨子，三面都是绝壁，只有一条小路弯弯曲曲地通向山下，十分陡峭，令人望而生畏。

凌晨时分，雾气弥漫。通向寨门的山路上，爬上来一队土匪打扮的人，个个直喘粗气。徐满仓押着一个土匪俘虏走在最前面，等到走近寨门，令他上前叫门。

土匪俘虏走近寨门，喘了口粗气，仰脖喊道："是哪个在站哨？给我开门。"寨门上响起了拉动枪栓的声音，上面有人问："哪个在叫唤？"下面的回道："你大爷在叫唤，快点开门！一晚没睡，腿都跑断喽。""噢，这么快就回来了，等着啊。"

寨门上的人答应着，拖着脚步走了下来，慢吞吞地拉开了门。徐满仓闪身进门，一把捏住这个土匪的脖子，见他作势要喊，一刀扎进了他的心窝。

叶志远押着土匪直扑匪首住处。土匪俘虏带着他们走进一间像是用来聚会的大厅，指着旁边的房间说："这是我们住的。没有下山的弟兄都在这里。"

徐满仓带人围了过去。土匪俘虏继续朝里走去，在最里面一间房的门口停下，门虚掩着，没有关死。叶志远侧耳听到了鼾声，便猛地推开门，直朝床铺扑去。床上似是并头睡了两人，叶志远掀开被单，挥拳打昏一人，再去抓另一人，那人浑身溜滑，竟然没有抓住。叶志远连忙用双手按住，低声喝道："不准出声。"

等后面的人点燃油灯，叶志远这才看清自己双手按住的竟是个全身赤裸的年轻女人。叶志远急忙松开手，抓起床单扔过去，说："穿上衣服。"

再看旁边被打昏的那个人，相貌狰狞，满身横肉，一丝不挂，脖子上有一条小指粗的金链子。叶志远对后面招了一下手，说："给他披件衣服，捆起来。"

叶志远来到大厅，此时火把和油灯已经全部点亮。徐满仓等人将十几个土匪捆成了一串，押在大厅当中跪下。叶志远大声说道："你们当中谁是心甘情愿当土匪的，给我站起来。"土匪们听了，没有一个人站起来。

叶志远又说："你们谁是穷苦人家的，给我站起来。"话音未落，一下站起来十几个人，只有两人犹豫着，想站又不敢站。

叶志远问那些站起来的人："这两个是什么人？"马上有人说："他们是大头领的亲戚，不是穷人。"徐满仓带人将他俩拖了出来，单独捆在一处。然后在屋里搜索起来。

叶志远回到里面，见匪首已醒，便问起话来："叫什么名字，这一行干多少年了？"那个匪首瞪着一双牛眼，凶相毕露，吼道："你是什么人，敢在我太岁爷头上动土？"

叶志远大喝："放肆！死到临头了，还敢这么猖狂。"匪首说："你到底是什么人？"叶志远说："我们是抗日的队伍。"匪首听了哈哈大笑："都说自己抗日，都他妈的在拉队伍，夺地盘，抢钱财，都他妈的是土匪。"

叶志远一脚将他踹倒在地，喊来徐满仓，低声说了几句。徐满仓转身出去，过来一会又返了回来，说："那些俘虏都交代了，正在画口供。此人是匪首，名叫胡四来，兵痞子出身，杀人劫财，老乡长就是他派人毒杀的。"叶志远一惊，看着徐满仓说："还真有这个人啊，我们在柳树镇遭到袭击，他们就是用他当作借口的。"

倒在地上的胡四来此时换了一副腔调，哀求道："我说这位兄弟，你要是放我一马，这寨子和钱财都归你。"叶志远问："钱财在哪？"胡四来用下巴指了指旁边一个小门说："都在那里。"

一个战士上前用枪托砸开了门锁，又进去了两人，很快抬出一个木箱，打开一看，是半箱子银圆钞票。叶志远问："都在这里了？"胡四来忙说："都在这里了，山上弟兄们人多，花销大。"

叶志远抬头观察房间，忽然看见坐在床上的女人朝他摇了摇头，又朝床下看了一眼。叶志远会意，命令将胡四来押出去继续审问。

叶志远先让女人下床，再喊来几个人移开床铺。女人没有说话，只是用手指了指当中的一块石板。一个战士拔出刺刀，上前用刀柄轻轻敲击，听到的是空声。战士用刺刀沿石缝撬动，石块慢慢地翘了起来，搬开一看，下面的坑里有一个一尺见方的铁盒。战士取出铁盒，揭开盖来，里面装满了黄灿灿的金条和珠宝。

女人见叶志远心存疑惑，便轻声对他说起了自己的来历。她叫倪裳衣，是南京医科学校的学生。去年日寇打进南京烧杀抢掠，她随父母逃往下关。过江避难的人太多，渡船太少，她父母拼命将她推上了船，父母却留在了岸上。

过江后她在江北等了两天两夜，未见父母过来。后来听同学说，那天聚集在下关江岸上的人全被日本鬼子杀害了。倪裳衣哭了一场之后，只得和同学一起逃难，后来在宣城教会医院当了医生。

匪首胡四来上个月在宣城抢劫时受了伤，恰好来到这家医院治疗。胡四来见倪裳衣年轻貌美，便抢来要她做压寨夫人，她执意不从。胡四来百般利诱，拿出这个盒子对她说，只要依了他，这个百宝盒就归她了。她还是不从，结果人被胡四来强行霸占了，百宝盒又埋入了床下。

叶志远听了她的这段叙述，不免叹了口气，说："等会你随我下山，我会安排人送你回宣城的。"叶志远从盒中拿出两根金条塞到倪裳衣手中，说："找出盒子是你的功劳。"倪裳衣将金条塞了回来，说："我拿这个没用，你们要抗日，比我更需要钱。"

叶志远闻言，不由得重新看向倪裳衣，只见她端庄白皙的脸上，透出了一股坚毅的神色。叶志远点点头，将金条放了回去，取出一沓法币给了她，说："这个必须拿着，路上好用。快去准备一下，马上我们就走。"

叶志远叫战士把百宝盒里的金条珠宝倒进一个布袋里扎好，要他们带下山后交给杨少良；又把百宝盒装满银圆，放入坑里用石块压上，再把床铺移回到原来的位置。叶志远命令战士将胡四来拖进小房间，朝他们做了个"杀"的动作。战士们手起刀落，胡四来号叫一声，命归西天。

叶志远大步走进大厅，对土匪俘虏宣布说："匪首胡四来作恶多端，拒不认罪，已被我们处死了。他的心腹爪牙也跑不了。"徐满仓指挥战士将两个匪首心腹拉到大厅外面，用刺刀结果了他们的性命。

大厅里的十几个俘虏吓得脸色苍白。叶志远说："你们当中有欺负过老百姓的吗？"俘虏们连忙说："没有没有。"叶志远说："我们是本地抗日大队的，你们有愿意抗日打鬼子的，可以跟我们走。想回家的，我们发给盘缠，放你们回去。"俘虏们一阵骚动，有十个人走过来，表示愿意加入抗日大队。叶志远挥了挥手，立即整队下山。

第三十章　队　伍

　　第二天日落之前，剿匪队伍凯旋归来，葛顺乡一片欢腾。安顿好土匪俘虏还有随队下山的倪裳衣之后，叶志远召集主要人员开会，商讨下一步怎么干。

　　连续三次行动都很顺利，大家情绪高涨。经过充分讨论，明确近期要做三件事：第一件是明天刘贤臣押送葛尚德去宁国县归案。因尖刀岭土匪猖獗，请求县保安团出动清剿；第二件是抗日大队整编，将现有的十名战士、十个土匪俘虏、七个大孩子编成三个中队，各有侧重；第三件是立即派人进山，寻找一个合适地点，建立自己的秘密营地。

　　叶志远着重讲了第一件事，他说，这件事做得好不好，直接关系到我们能不能在葛顺乡站住脚跟。要把葛尚德强占的田地归还给乡民，以赢得群众的支持。要把葛尚德贪污的税赋拿出一部分交给县里，以证明我们打击葛尚德的正确性，也显示了刘乡长公正无私，为民办事。要把县保安团笼络住，把剿匪的功劳让给他们，这对隐蔽我们的实力大有好处。经他这一说，大家恍然大悟，原来这件事里还有这么多的道道，大家一致赞成。

　　第二天一早，葛顺乡不少村民聚集在河边，朝着小码头那边指指点点。码头上停着两条船，前面的船上站着陈水根和三名荷枪实弹的战士，他们负责护送刘贤臣去县城。汪施才也在船上，他的任务是将倪裳衣经宁国护送回宣城，再去地方银行把金条兑成现钞带回来。

　　第二条船载的是刘贤臣和三名保长。半身不遂的葛尚德裹着一条床单躺在船舱里，一脸死灰，闭目不语。旁边有两名战士持枪看守。刘贤臣夹着一只牛皮公文包，满脸笑容地站在船头，朝岸上的人群招手告别。

　　送走了刘贤臣，叶志远立刻回到葛宅，召来徐满仓、邵家旺、杨少良议事。叶志远宣布整编方案，抗日大队大队长由叶志远担任。大队暂辖三个中队：一中队队长徐满仓，十个队员，老队员和土匪俘虏混编，主要承担作战任务；二中队队长邵家旺，十个队员，也是混编，主要协助一中队作战；三中队队长陈水根，七个队员，都是小家伙，主要承担侦察警戒任务。

　　叶志远命令，整编之后，一中队全部和二中队一部立即进入高风山，寻找建立秘密营地的合适地点，同时开展山林作战技能训练。二中队一部和三中队全部留在葛顺乡，担任警戒任务，并轮流开展军训。

几个村民扛着包袱走进了葛宅，说是邵家旺老板要染的衣服送来了，看看行不行。叶志远迎了出来。解开包袱，拿出了两套，裤子都是用灰色颜料染出来的，跟村民们穿的一样，可以用。上衣的颜色染了两种，一种是绿色，另一种是深灰色。

邵家旺看了半天，说："这两种颜色都不错，干脆都用。冬装用灰色，夏装用绿色，这和两个季节野外的颜色相近。"叶志远同意试试。

这边村民刚走，那边铁犁头带着铁蛋来了，铁蛋高兴地和杨少良打起招呼。铁犁头拿出一把刀来递给叶志远，说："看看这刀能不能用？"

叶志远接过刀，在手里掂了掂，大约有半斤重，刀的重心靠前，刀长约七寸，木把单刃，刀刃长四寸，宽一寸，十分锋利。令人惊奇的是，刀背上开有向后倾斜的锯齿。叶志远眼睛一亮，这要是用来切割绳索或铁丝网，肯定要比刀刃来得快。

邵家旺从柴堆里抽出一根手腕粗细的柴棍，叶志远接过来，挥刀砍去，柴棍应声断成两截。再看刀锋，闪亮如初。叶志远转身看向廊柱，挥手将短刀掷出，只听"嗖"的一声，短刀扎进廊柱，刀把"嘤嘤"颤动。

铁犁头赞道："叶老板好功夫。"杨少良跑过去，费力地拔出了刀，拿在手里反复地看，说："这刀归我了。"大家笑了起来。叶志远叫邵家旺看看刀，邵家旺说："这刀好用，先打十五把出来，我们这次想带到山里去。"

铁犁头告诉叶志远，他们铁匠铺生意红火，原先村里的两家铁匠自愿和铁犁头合在一起干，现在人手不缺了，铁蛋要我跟你说，他想参加队伍。

叶志远问："你舍得放铁蛋走？"铁犁头说："铁蛋不小了，随他吧。"叶志远又问铁蛋："你愿意参加队伍？"铁蛋答得嘣脆："早就想参加了。"叶志远对杨少良说："铁蛋暂时跟着你，要抓紧时间学习，多认些字。"

刘贤臣从葛顺乡乘船，顺流而下，中午就到了县里。黄县长端坐在桌前，脸色阴沉，他正在查看刘贤臣送来的控诉材料。几十户乡民包括保长、甲长联名书写的状纸，上面布满了猩红的手印，深深刺痛了他的眼睛。状词所列的五大罪状，证据确实。

黄县长看向三个保长，问："你们为何不早报告？"一个年纪大些的站起来，颤声答道："葛尚德一手遮天，爪牙很多，上次老乡长赴县告状，走到半路就被他害死了。"黄县长大怒："简直是无法无天。"

刘贤臣递上一张纸，说："这是乡里提出的善后办法，请县长过目。"黄县

长接过来看了一遍，说："还田还地于民，依规征收赋租，足额上缴县库，没收葛家房屋，兴办村民公学。好，好，准了。"

刘贤臣说："还有一事需要请示县长。"黄县长点了点头。刘贤臣便把葛顺乡现在危在旦夕，土匪随时要来报复等情况说了一遍，请县长派兵剿匪。黄县长迟疑起来，问道："真有这么严重？"

一个保长起身答道："昨夜就听到山里响起枪声，怕是土匪已经出动了。黄县长大惊，当即命人去把警署署长、财政科长和保安团长一起喊来。

片刻工夫，财政科长、保安团长和警署署长到齐。黄县长对警署夏署长说："葛顺乡葛尚德犯有大罪，这是控告材料，立刻把他关押起来审讯。"之后，他又吩咐财政科胡科长，立即派得力人员去葛顺乡，查清葛尚德究竟贪污了多少公粮税款。命令保安团的黄团长亲自带兵，跟刘乡长去葛顺乡剿匪，彻底解决匪患。

第三十一章　交　易

第二天下午，保安团一百多人开进了葛顺乡，惊得村里鸡飞狗跳，人心惶惶。刘贤臣派人贴出安民告示，说是黄县长关爱百姓，派来保安大军剿灭土匪，众位乡亲尽可照常生活，不必惊慌云云。

胡科长带来了四个税警，刘贤臣亲自接待，安排他们吃好喝好，就是不想让他们休息好。刘贤臣叫人搬来两尺多高的账册，请他们连夜查账。胡科长他们哪里吃过这般苦头，装模作样地翻了一遍，拿出刘贤臣和汪施才事先算好的总账，照样子誊写了一份，叫各人都签上字，就算完事了。

经核查，去年一年全乡应缴各种税款三千元，葛尚德只上缴了一千元，贪污两千元；应缴公粮五百担，只缴三百担，贪污两百担。按此推算，葛尚德任职五年，计贪污万元以上。鉴于贪污款多被其全家挥霍，还用于买通土匪，现只追缴了去年一年之税款钱粮。

次日一早，刘贤臣将补缴的税款装入木箱，由税警贴上封条，又给胡科长封了一百元的红包，给同来的四个税警也都有孝敬。五人高高兴兴地回县交差去了。

如何安顿黄团长带来的保安大队，确实费了不少心思。叶志远害怕他们骚扰村民，不敢安排团丁到村民家里住宿。于是就把黄团长和排长以上的军官安排到葛宅去住，把七十多名团丁集中在乡公所里睡地铺。

由于赶了整整一天的路，这帮人累得跟狗熊似的，吃过饭也就早早睡觉了，没有进村惹什么麻烦。晚上，叶志远派杨少良进山，叫他循着事先规定的行进标记，务必找到进山训练的徐满仓，告诉他如此这般。杨少良领命，带了两人急奔山里而去。

团丁平时懒散惯了，天光大亮才起了床。吃了早饭，保安团乱哄哄地集合好队伍，朝尖刀岭方向进发。因为要走山路，黄团长没有骑马，和叶志远一同走在队伍的中间，并派出一个二十人的小队远远地走在前面搜索前进。

山路难行，队伍走得很慢，黄昏时分方才抵达尖刀岭。黄团长打算夜里宿营，明早进攻。叶志远建议，土匪居高临下，枪法又准，白天进攻我们肯定吃亏，不如趁夜进攻，一举捣毁匪巢。黄团长别无良策，只得命令尖兵小队拉开队形向上进攻，后队跟上掩护。

今晚夜色阴沉，山风呼啸。团丁们弯着腰，喘着粗气，慢慢地接近了半山腰，前面的人已经能够看见寨墙的轮廓了。就在此时，寨墙上一声大喊："什么人？给老子站住！"

团丁不敢答话，对方"啪"的一声开了枪。团丁们立即趴下，没等还击，对方一阵排枪射来，子弹嗖嗖地从头顶掠过，吓得团丁们一片慌乱，相互拥挤推搡，混乱之中竟有几个团丁被挤下山去，传来一阵惨叫声。

叶志远急忙拉着黄团长躲到一块石头后面，朝团丁们大喊："快架上机枪射击，掩护弟兄们进攻。"团丁们手忙脚乱地架起机枪，朝着山上突突突地扫射起来，土匪的枪声顿时弱了下去。黄团长叫喊起来："往上冲啊，先冲上去的赏大洋五块。"

团丁们一阵号叫，冲啊杀啊，你推我搡地冲了上去，撞开寨门，蜂拥而入。经过搜索，只发现三具匪尸，几袋粮食，一堆破衣烂衫，其他什么都没有。

黄团长坐在匪巢大厅的椅子上，气呼呼地大叫："我就不信了，再给我搜。"叶志远也在旁边帮腔："仔细搜，旮旮旯旯的地方都不能放过。"

叶志远带了几个团丁由外向里慢慢搜去。突然，一个团丁叫了起来："团长，这里有东西。"黄团长猛地站起来，朝里面走去，只见房间里的大床移到了一边，床下出现了一个窟窿，里面藏着一个盒子。

黄团长眼睛一亮，说："快，快拿上来。"团丁跪到地上，双手拎出盒子，打开一看，满满一盒的现大洋。折腾了一天半宿，损失了几个弟兄，总算有点名

堂了。黄团长眯起眼睛，夸道："叶队长这回功劳不小啊。"

叶志远谦虚地回道："哪里，是团座指挥有方，再说这盒子还是这位兄弟发现的。我说团座，赶快叫弟兄们用家伙四处敲敲，说不定还有呐。"

黄团长说："对，对。咦，这里还有一个死人，是什么人啊？"叶志远也跟着上前打量着，疑惑地说："此人死在里间，不会是一般的土匪吧。"黄团长喊道："来人，把死尸抬到外面去。"

死尸搬出来了，黄团长又叫团丁们过来辨认。因为死的时间不长，相貌还没有走形。一会有几个团丁前来报告说，这人很有可能就是土匪头子胡四来，上次宣城发过悬赏布告，上面有画像，跟这人很相像。黄团长闻言大笑："好，弟兄们再搜上一遍，完了我们就班师下山。"

黄团长把叶志远叫到一边，问他对这次剿匪的事情怎么看。叶志远说："情况应当是这样的，前天匪首派了一伙人下山增援葛尚德，被我们乡丁拦住打死了几个，剩下的跑了回来。今夜黄团长进兵神速，将他们彻底包围了，土匪闹起内讧。黄团长果断带兵进攻，一举荡平匪巢，击毙匪首胡四来。土匪残余趁夜逃窜，我部现正在追击之中。"

黄团长听了哈哈大笑。叶志远趁热打铁，说道："听说宣城多年通缉胡四来，还折损了不少弟兄。这次黄团长亲自剿匪，再把匪尸送到宣城验明正身，这可是一件了不起的功劳啊。"

黄团长拍拍叶志远的肩膀，说："叶老弟出力甚多，老哥我可不能独占功劳。这样吧，缴获的大洋你拿一半，如何？"叶志远说："兄弟我怎敢与团座争功。兄弟有一个不情之请，还望团座相助。"黄团长说："说来听听。"

叶志远把葛顺乡人少枪少、匪患未绝的难处说了一通，提出想从保安团搞些枪弹。黄团长说："不瞒老弟，前阵子我是从溃兵手里买了一些枪弹，三十块钱一支汉阳造。"

叶志远装出惊愕的样子："这么贵啊。"黄团长说："都是七八成新的，还嫌贵啊？"叶志远一咬牙说："黄团长你开个价吧。"黄团长伸出一个巴掌："我卖给你五十块钱一支，再加上一百发子弹，怎么样？"

叶志远爽快地说："成交。兄弟我总不能让黄团长白忙一场吧。"黄团长说："就这么说定了，回去我就叫弟兄们给你送过来。"

下山后，天色已经大亮。回到乡里，胡乱吃了早饭，黄团长急不可耐地整起队伍，拖来几辆板车装上几具匪尸，匆匆返回县城去了。第二天，黄团长就派人送来了五十支步枪和五千发子弹。

084

第三十二章 会 议

这几天，秋高气爽，葛顺乡的村民人心欢畅。葛尚德关进警署后就不停地抽风，当天夜里就死翘翘的了。扳倒了葛尚德，尖刀岭土匪又给消灭了一大半，村民心里如同搬掉了一块沉甸甸的大石头。

新来的乡长把葛尚德强占去的田地发还给了村民，还降低了田赋地租，公粮也减了不少。村民们感激不尽，委托几十个保长甲长送来了一大堆鸡鱼肉蛋，还有不少青壮年找到乡里要求参加抗日大队。

刘贤臣这几天忙得脚不沾地。办好了分田减租这件大事后，又把葛尚德的老婆家人安置到一处空宅居住，把一群丫鬟仆人遣散回了家。实在无家可回的，或不愿回家的给了一点钱，让他们自谋生计。他还带着几个保长和老农，看了几处适合种茶的茶园，已经托人带信给叔父，请他明年开春派人过来帮忙。

汪施才风尘仆仆地回来了，还带来了十名地下党员。叶志远连忙把刘贤臣等人都喊了过来，一起听听情况。汪施才把倪裳衣送回宣城教会医院之后，就直接去省地方银行泾县办事处兑换现金，用的是刘贤臣茶铺的名义，二十根金条共兑了八千元法币。这时特委的人找到了汪施才，说李维真又选了十个人送了过来。

汪施才介绍说，里面有八个人是特委机关的，是转移到你们这里来工作。还有两人原是宣城工厂里的学徒，厂子被鬼子飞机炸了，他们要求参加新四军，给李维真拦了下来，说这里更需要人，就派过来了。大家一听笑了起来，说老李尽想着我们这边。

汪施才还说了一件事，新四军三支队从南陵进入芜湖宣城，沿青弋江设防，最近在红杨树和马家园一带消灭了鬼子三百多人。

听到这个消息，叶志远心里盘算开了：一支队早已开进苏南茅山；二支队在当涂芜湖一带活动，其中一部也将东进苏南；四支队主要在皖中活动；看来皖南这边主要是三支队在支撑局面了，我们能为他们做点什么呢。

大家正说笑着，带队训练的一中队徐满仓兴冲冲地走了进来，报告了一个好消息，他们无意中在高风山发现了一个好地方，只要动手改建一下，可以作为营地使用。

叶志远觉得人到得挺齐的，就招呼大家坐下，又叫二中队长邵家旺在开会的

房间外加派了一个岗哨，无关人员不准靠近。叶志远说："今天人到得比较齐，正好开个会。以后会议一般安排在乡公所召开，外面要安排双岗。"

刘贤臣、汪施才把情况又说了一遍。叶志远看大家都听清楚了，就开始讲话："先讲一下形势。今年是建立抗日民族统一战线的第二个年头，形势不错。但是我们要清醒地看到，国民党百般刁难限制我们，居心叵测。在座不少人不会忘记吧，当年他们是怎样对付我们的。去年在教导队学习的时候，听说中央一再提出要求，国共合作是有原则的合作，是两党合作抗日救国。统一战线也不是什么都听他的，要保持我们的独立性，要独立自主地开展游击战争，要放手发展人民抗日武装。我提醒大家，不管做什么工作，也不管身在何处，都要坚持这条原则，都要提高警惕，都要保守我们的秘密。"

叶志远看大家都很严肃地听讲，满意地点了点头，接着说道："再说现在吧，我们现在是打着乡公所的旗号，扛着刘大乡长的招牌。一旦动静闹大了，或者是斗争形势发生了变化，人家黄县长就不会欢迎我们喽，就要赶我们滚蛋了。"

众人都笑了起来。叶志远又说："依我看，乡公所和葛家大院并不是真正的好地方，真正的好地方还是老徐说的那个地方。所以从现在起，我们就要做好这方面的准备。根据刚才几个同志提供的情况，大家说说怎么干吧。"

会议讨论十分热烈：有的说要先建设能够长期坚守的武装据点；有的说要先扩大武装，没有人什么事也干不了；有的说山里人稀地少，钻进山里地形再好，没吃没穿的也坚持不了几天。

叶志远见大家讨论得差不多了，就请刘贤臣谈谈看法。刘贤臣说："现在必须有一个长远的打算。我的想法是，先以乡丁名义招兵，进山建设营地。以我们现有的财力暂时还能养得起。我们还可以鼓励乡民开垦荒地、贩卖山货、种植茶树来不断扩大财源。"

徐满仓说："那就先招收二百个新兵，全部进山，一半人训练，一半人建设，过一阵子轮换一次。"杨少良接着说："后勤保障一定要跟上，可以发动村里的妇女给我们做衣服做鞋袜做被褥，我们按件付钱。"

叶志远点点头，说了自己的意见："在全乡招兵三百人，年龄十八岁到三十岁，有恶习的，干过坏事的都不要。征来的兵每人发五元安家费。此事由陈水根负责。营地建设由徐满仓、邵家旺负责，建设方案等勘查后再定。后勤保障生产由刘贤臣负责，大家都要支持他。"

散会后，叶志远把汪施才、杨少良、陈水根留下，专门研究了几个问题。因为缺乏干部，这次招兵不能太多。现在任命十个游击队员为小队长，各带三十个新兵。要求陈水根从中挑选一批人培养成侦察员，明年开始单独执行侦察任务。

他安排杨少良带铁蛋还有汪施才这次带来的两个工厂学徒，立即去军部军械所学习，主要学习爆炸技术，回来后自己要能制造炸弹地雷。

七个小家伙都交给汪施才，加上特委那八个人，开始建立秘密交通联络站。叶志远拿出地图，指着几个地方说："我的想法是先远后近，年底前先在铜陵、繁昌、南陵、广德、歙县开设茶铺或杂货店，有条件的可以开小饭店。明年在榔桥镇、云乐镇再开两个店，加上现有的宣城、宁国两个茶铺，这样就构成了西起铜陵、东到广德的交通联络线。"

第三十三章　勘　查

葛顺乡征召乡丁没有张榜公告，只是由各保甲上门口头通知。尽管如此，从次日起，乡公所大门就给堵得水泄不通。门口的打谷场上，站满了前来应征的小伙子们，个个挺直了胸脯，满脸期待。

村民们围在旁边，一边看热闹，一边议论着，说当乡丁好啊，就在家门口转悠，又不是真上战场去拼命，乡里还管吃管穿，还有安家费拿，不当白不当啊。

陈水根听了眉头直皱，站到了凳子上大声喊道："都不要说话了。谁说当乡丁不要去打仗？土匪还没有消灭光，日本鬼子也要往这边打，当乡丁要保卫全乡，随时都要上战场去拼命。现在听我命令，不愿意上战场的，不敢杀鬼子打土匪的，家里没有劳力种地的，马上离开这里，不要在这里瞎凑热闹。"

这时全场安静了下来。站在场中的小伙子你看看我，我看看你，像是拿不定主意。过了一会，慢吞吞地走出来几个人，脸上红红的，对陈水根说："家里就我一个劳力，走不了。""我是独子，出不了远门。"

陈水根笑着说："没关系，你们就是要去，我还不准你们去呢。"村民们哄笑起来。陈水根又喊了一声："还有没有啦？好，现在开始登记，都排好队，一个一个来。"

两天时间初选了四百人，报名登记立即停止。陈水根请来保甲长，问明每个人的情况，剔除了家里孩子小，或是爹妈有病需要照顾的十几个人。然后他叫选上的人围着乡公所跑三圈，又剔除了身体瘦弱的十几个人，最后有三百六十个人

人选。

原定只招三百五十人，现在多出来十个人。这些小伙子说什么也不回家。陈水根实在没有办法，干脆自作主张全部收了下来。然后，给他们每人都写了一份盖有乡公所大印的证明，当场发了安家费，叫他们七天后拿着证明来乡公所报到集合。为何要他们七天后报到，这是给进山勘查营地的人留的时间。营地没有看好，建设方案定不下来，新兵集合起来也无处可去。

就在征召新丁那天，杨少良他们起程去了军部。叶志远给秦科长写了封信，汇报了自己来宁国开展工作的情况以及今后的打算，请军部安排杨少良他们学习爆炸技术，还捎上两斤茶叶请领导尝尝等等。

接着又送走了汪施才。临行时叶志远反复叮嘱，要尽量选择靠近山区、人口较多、不引人注意但又便于转移的地点设立交通站。要注意搞好群众关系，慎重发展人员，一旦暴露了身份要即刻转移。

送走了杨少良和汪施才，叶志远带着徐满仓、邵家旺动身进了山，身后五个队员牵着陈水根买来的两头小毛驴，驮着两包粮食、简单的炊具以及衣被等物品。每人后腰上都挂了一把柴刀，走起路来，柴刀与刀架不停地碰撞着，发出咔嗒咔嗒的响声。

高风山区位于葛顺乡通向宣城和泾县两条山路的中间，方圆几百里内全是高山深谷，森林密布，莽莽苍苍。叶志远他们先是顺着通向尖刀岭的大路，找到了上次伏击土匪的地点，然后西拐，沿着一条时隐时现的小径，渐渐走进了深山，不知不觉间，脚下的小径消失了。

众人抬眼望去，四周皆山，山山相连；看不见谷地，只有山沟，沟壑纵横。越往里走，林木越是密集，遮天蔽日，眼前一片昏暗，山林深处不时传来野兽的嘶吼声。随行的队员拔枪在手，不停地环顾四周。

邵家旺笑着说："皖南这里猛兽不多，顶多就是金钱豹、野猪什么的，不必紧张。"徐满仓抬头看见了上次留下的行进标记，前面一棵大树的树皮被人刮掉了一块。他走到这棵树前，再向左走了三步，那里也有一棵树，用手摸了摸背面，说："向右拐。"

他上前领路，直接朝右边走去。没走多远，眼前又是一棵刮了皮的树，徐满仓径直前行带路，翻过一道山梁，下到沟底，眼前出现了一条两米来宽的溪流，溪水清澈，溪边尽是裸露的山石。

叶志远掏出怀表看了时间，已是下午一点了，进山大概已经走了三十多里路了，便招呼大家休息。上次缴获土匪的两块怀表，叶志远给了刘贤臣一块，自己留了一块。

大伙儿坐在溪边，洗脸擦汗，一个队员牵着毛驴走到下游稍远一点的地方，给驴饮水。深秋季节，溪水清凉。邵家旺捧起溪水喝了一口，喊道："真凉快，还发甜哎。"

叶志远也喝了一口，咂咂嘴说："好水。这水通到哪里？"徐满仓说："溪水是从高风山淌下来的。沿着溪水再走十多里就到了营地。从这里翻山也行，要近一点，但路不好走。"

叶志远问："你们上次走的哪条路？"徐满仓说："两条路都走了一遍。"叶志远说："那我们就翻山，走近道。"

大家奋力爬上山脊，又顺着山坡下到了沟底，这里似乎从没有人来过，遍地枯枝腐叶。邵家旺走在最后，随手捡了不少的蘑菇木耳。

徐满仓按照标记所指，带着大家来到了一处山坳，领着两个队员抽出柴刀砍去一片灌木，露出一条阴暗的石缝。徐满仓带头钻了进去，后面的人跟着就往里钻。

石缝很窄，仅容一人通过，还是斜着向上走的，石缝壁上湿滑滑的，长满了青苔。叶志远问："这样的石缝有几条？"徐满仓答道："已经发现了三条。"

在石缝里钻了百多米，前面的光线渐渐亮了起来。钻出石缝，众人眼前出现了一片谷地，令人豁然开朗。谷地有几十亩大小，起伏不平，荆棘丛生，杂草遍地。

谷地四周群山环抱，北面的山峰最高，形状极像一个虎头，向东西两面环抱过来的山岗，就像虎的两条前腿，虎腿的尽头之处又隆起了两个山峰，如同猛虎扑食时伸出的两只巨爪。在虎头后面十几里之外，挺立着一座更高的山峰，那就是海拔一千多米的高风山了。

徐满仓介绍说，我们发现的三个山洞就在虎头和两个虎爪内。虎头高度有七百多米，两只虎爪只有四百米到五百米，南面的山要低一些。

叶志远兴奋地说："走，下去看看。"大伙儿高兴地走进谷地，没想到惊起了几只山鸡，扑棱棱地乱飞。一个队员要掏枪，叶志远伸手止住。他弯腰捡起一块石头，看也不看，"唰"的一声砸了过去。只见一只山鸡叫了一声，斜斜地栽落下来，不停地挣扎着。一个队员抢上前去，逮住山鸡一看，翅膀给打断了一根。众人都说今晚要加餐了。

徐满仓见状，笑道："一只山鸡不够，我再添上一只。"说罢，他大喊一声，草丛里又惊起了几只山鸡，徐满仓一石在手，飞掷过去，一只山鸡应声坠地。一

个队员上前捡起山鸡查看，见是鸡脖子被打断了。

邵家旺满脸佩服之色，忙问："你俩怎么都会这手绝技？"徐满仓答道："还不是给狗逼的？"接着便把他和叶志远结伴讨饭时的情景说了个大概。到村里讨饭时，由于经常被恶狗撵着咬，没办法，他俩只得用石头回击，几年下来便练成了一手飞石打狗的本领，十步之内，指哪打哪，从不落空。

邵家旺点点头，说："人都这样，不逼不长本事，也不能成事。我们现在不也是被逼无奈吗？如果有好日子过，谁愿意往这深山老林里面钻啊？"此话引起大家的一番感叹。

第三十四章　建　设

傍晚时候，叶志远他们来到了虎头洞。清除掉洞口的荆棘荒草，露出了一个一人多高的洞口，里面黑乎乎的什么也看不清。队员们砍了几根树枝，绑上村民们叫作"松明子"的松脂，点着了火，滋拉滋拉地燃起来，也还亮堂。

他们举着火把，小心翼翼地走了进去，仔细查看起来。洞口里面不大，地势逐渐抬高，等拐过一个弯，里面的洞体突然变得宽敞起来，足有几间房子那么大，地面平整干燥。

走到头，出现了两股岔道，分别通向一大一小两个洞体，互不相连。他们再顺着大洞向里走，洞壁下面有个水潭，有一张桌面大小，潭水很清，用火把照着看下去，深不见底。邵家旺蹲到潭边，捧起溪水尝了一口，点点头说："跟外面山溪一样。"叶志远高兴地说："有了水源就好办了。"

潭水缓缓溢出，顺着山壁向后流去。大家继续前行，走到尽头又是一个半人高的洞口，洞外是一个陡坡，一眼望不到谷底。

第二天，叶志远连续查看了两个虎爪洞，他们将这三个洞分别叫作"虎头洞""东爪洞""西爪洞"。因为地势高，三个洞都很干燥，可以住人、存粮。虎头洞和东爪洞内有山泉，西爪洞的水源在山脚下，平时需要在洞内贮水。

第三天，他们将三个洞周围的地形全部勘查了一遍，将进入谷地的三个石缝通道分别命名为一号、二号和三号通道，在地图上作了标记，并初步研究了建设方案。第四天晚上返回了乡里。

第五天上午，徐满仓和邵家旺拿出了营地建设方案，画出施工简图，要求：

在三个洞口修筑防御工事，留有机枪射击阵地，能形成交叉火力，防御工事要求能顶得住八二迫击炮弹的轰击。

在三个洞口之间的山坡外侧，修筑二十到三十个单兵掩体，并清理出射界。虎头洞北头出口凿出石阶路。三个洞内都建有伙房。西爪洞要有十个贮水缸，整个营地要能够一次安排四百到五百人的食宿。全部施工任务应于一九三九年春节前结束。

下午召开会议，大家同意这个建设方案。叶志远补充了一条意见：开垦谷地，挖出引水渠，抢种冬小麦。负责后勤保障的刘贤臣汇报说，已经备好了一百套铁锹、镢头、铁锤、钢钎、竹筐、扁担；采购了四百套冬衣棉被和八百双鞋；准备了四百副碗筷；按照每人每天消耗三斤粮食计算，已经备好六十担大米，能支撑五天；备好四百斤猪肉，每人每天能吃到二两肉。

一九三八年立冬日，天气阴冷。这天一早，葛顺乡三百六十名新丁冒着细细的雨丝，辞别了父母家人，背着米袋咸菜，扛着铁锹钢钎，跟随叶志远大队长翻山越岭，走进了虎头岭，走进了彻底改变他们人生道路的第一站。

因为施工任务重、工期短，叶志远决定将人员全部投入营地建设和开荒种麦，等完成施工后再开展军事训练。

新任命的十个小队长这次发挥了重要作用。这些久经考验、吃惯了粗粮野菜、从枪林弹雨中活过来的游击队老战士，带领新丁们白天干活，晚上学习认字，天天开展各种比赛，加上米饭管够，每天能吃上几块红烧肉，干起活来争先恐后，劲头十足。这些新丁都是在山里长大的苦孩子，干起活来既有力气，又会使巧劲。

在施工中消耗最快的是钢钎和镢头，还有脚上穿的鞋子。徐满仓急忙通知山下赶快采购补充。同时把铁犁头的铁匠铺也搬上山来，在紧靠山溪的山坳里安营扎寨，及时打造修理施工工具，从而保障了营地施工的进度。

山下的刘贤臣忙得昏天黑地，不时地派人采购粮食、麦种、菜种和工具，发动村民赶制衣服鞋子，并及时组织向山上运送各种物资。他还得趁着农闲，招呼着保长们兴办小学，开办村民夜校。还得找几个茶农，商量明年种茶的具体章程，年前还要把制茶作坊建好。

时间过得很快，转眼到了年底。虎头岭营地的大概模样已经出来了。现在走进虎头岭，变化最明显的就是那片谷地。昔日遍地荒草，已被一块块整齐的麦田所替代，几条灌溉水渠穿行其间，显得管理有序，生机勃勃。麦田四周留下了平地，平时用来训练乡丁，收获季节用作打谷场。

虎头岭的正面，修了一条羊肠小道，修路凿下的石块都垒在向外的一侧，具有掩体的作用。沿着小道可以登上虎头洞口，这里修筑了严密的防御阵地。

乡丁们懂得就地取材，工事先用石块垒起，里面用钢钎凿洞，立起粗木柱子，上面用元竹盖顶，就像扎竹筏子一样扎好，在元竹上面铺一层厚土压实，再盖上一层竹筏子，再压上一层土。

乡丁们聪明能干，大大加快了工程进度，让叶志远感叹不已。清理射界时砍倒了不少树木，乡丁们把大树用来修工事盖房子，用小树杂木烧炭，一共烧了两百多担，说冬天取暖，春天制茶，多余的还能挑到山外去卖钱。

洞内未作大的改动，只是在水潭边上修建了伙房和堆放粮食的米库。指挥所设在虎头洞，考虑到战场救护问题，还预留了治疗室和伤员疗伤休息的地方。在离铁匠铺半里路的地方，也是靠近溪边，叶志远指挥着大家盖了几间宽敞的竹屋，说是以后大有用处。

一九三九年一月，虎头岭一带北风呼啸，天寒地冻。叶志远见营地基本建成，便命人将六十支步枪和两千发子弹送上山。又叫乡丁自己动手做了一些木枪木刀，用一斤多重的条形石块代替手榴弹。做好之后，乡丁们全部转入了军事训练。

叶志远召集徐满仓、邵家旺、陈水根和十个小队长开会。他说："你们这些小队长已经是排级干部了，每人带三十多个人，对他们要严格要求，严格训练。要告诉新丁们，平时多流汗，战时少流血，现在不拼命，以后要送命。训练的要求是：路要跑得快，枪要打得准，弹要投得远，刺刀要拼得狠。"

叶志远还吩咐陈水根，在训练中要注意挑选三十个机灵的乡丁组成侦察队，完成基础训练后，再进行侦察训练。

一个月后，乡里突然来人请叶志远立即回乡，什么事没说。叶志远作了一番交代后，随来人下山。

第三十五章　民　夫

数九寒天，寒风凛冽，乡公所里一片嘈杂。叶志远推门进来时，刘贤臣正在苦苦劝说着几个村民，费尽口舌，好不容易才让他们止住哭泣。

劝走村民后，刘贤臣对叶志远说起喊他回来的缘由。十天前，县里征调葛顺乡二十个民夫给前线运送军粮，半路上给鬼子大炮炸死了三个，炸伤了四个。县里没钱抚恤，叫乡里给，刚才就是他们家人来找我要钱的。这事还没了结，县里又要我们再派五十人去。我担心还有下次，没完没了的，就把你喊回来拿个主意。

叶志远沉吟片刻，说："宣城已三次陷落敌手，反复争夺，宁国处于抗战前沿，派夫拉丁自然少不了。这次我带五十个人去，正好到前线去看看。不过，下次要想办法推脱掉。"

叶志远立即派人进山，要徐满仓带四十名乡丁，加上投诚的土匪俘虏十人立即回乡。并要求陈水根带十名侦察员也一起回来。

第二天晚上，叶志远召集刚刚回来的徐满仓、陈水根还有刘贤臣碰头。叶志远要求陈水根提前出发，以贩卖山货作掩护，对日军前线部队实施远距离侦察，接头地点就是宁国县城的茶铺。两天后，徐满仓带五十人随叶志远出发前往县城。

这天是腊月二十三，宁国县城丝毫没有过"小年"的气氛，满街都是匆匆而过的士兵，还有就是各乡派来的民夫，一个个挑担推车，浑身灰尘，疲惫不堪。

叶志远和徐满仓带着葛顺乡的民夫，混杂在人群中，慢吞吞地朝设在县府的军运代办所走去。军运代办所是给各乡派来的民夫分配运送任务的地方。

到了之后，一个挺着肚子的军官站在炸塌了的围墙边上，嘶声问道："你们是哪里来的？"徐满仓装着惧怕的样子，低头应道："我们是葛顺乡派来的。"军官又问："来了多少人啊？"徐满仓回道："四十个人。"

胖军官看看手上的几张纸，喊道："怎么来少啦，算啦算啦。你们到那边去推二十辆车，跟李副官到弹药库去拉弹药。"其实，这次葛顺乡来了五十个人，加上叶志远和徐满仓两人，一共来了五十二个人。为稳妥起见，进城之前，叶志远将十二个新丁留在刘贤臣在西津渡的宅院里，叫他们隐蔽待命。

叶志远他们跟着李副官来到了城北的弹药库，从里面搬出了几十个沉甸甸的木箱子。叶志远眼睛一亮，这是子弹箱和手榴弹箱，正是我们缺的东西啊。他连忙给徐满仓递了个眼色，徐满仓会意地喊了起来："乡亲们仔细点啊，别把国军的钱箱子给弄坏了！"

负责押运的李副官训斥道："别胡说，这是军火，都小心点，别磕着碰着了。"叶志远跑前跑后，招呼大家小心装车，每辆车各装两箱子弹和两箱手榴弹，用绳索捆紧。一人推，一人拉，跟着李副官向北边的前线走去。大家听得很清

楚，那边不时传来轰隆轰隆像是夏天打雷一样的声音。

国军的防御阵地设在宁国北部水阳江沿线。对面的日军在鸡头岭架起大炮，时不时地朝这边轰上几下子。宁国通往北边的大路早已挖断了，叶志远他们只能沿着路边走，慢慢推车前行。乡丁们呼哧呼哧地喘着大气，这是头一回上前线，不光是身子累，更多的是心里害怕，越是往北走，心里越是打鼓。

下午的时候，他们刚刚走出宁国县境，就听到远处突然响起了一阵"咚咚咚"的闷响，接着头上传来刺耳的呼啸声。叶志远猛地抬头望去，只见空中有几个小黑点急速向他们飞来，急忙大喊："快趴下。"幸亏乡丁们经过了个把月的训练，知道遇到了危险，立即丢下手推车，转身跳下路沿，紧贴着地面趴倒。

刚刚趴倒在地，一阵天崩地裂的爆炸声就在身边响起，热浪卷过，弹片嘶叫，烟尘弥漫，呛得人喘不过气来。几辆手推车被掀翻到了路下。爆炸声刚停，叶志远两耳轰鸣，胸口闷得难受，他晃了晃脑袋，慢慢爬起身来，抖了抖身上的泥土石块，看到十几米外出现了几个巨大的弹坑，正淡淡地向外冒着青烟。

徐满仓踉跄地站了起来，两手掏着耳朵，嘴里不停地向外吐着沙土，四下张望起来。乡丁们分散趴在路沿下，震昏了四个，崩伤了两人，幸好是皮肉伤，包扎一下就行。

众人在路沿外十几米的地方，找到了李副官血肉模糊的尸体，军服都给炸碎了。叶志远招呼大家砍来树枝，用绳子做成担架，将李副官尸体移到担架上。又叫来几个乡丁将翻下路沿的四辆车推进了树丛，用树枝遮盖起来。

这时一个乡丁喊道："大队长，那边来人了。"叶志远急忙走上大路，只见北面跑来一队士兵。来到近前，士兵们问："你们是来送弹药的吧，损失大不大？"

叶志远把情况说了一遍，士兵们说："快跟我们走。一会还要打炮。"叶志远留下两人看护伤员，其他人推起剩下的小车，抬着李副官的尸体，跟着士兵向阵地走去。

天黑以后，叶志远他们推着空车回来了。叶志远带伤员先回县城治疗，安排徐满仓带人将四辆弹药车立即转移到西津渡刘贤臣的住处，再叫在那里待命的十二个乡丁，连夜将弹药车送回葛顺乡，并叫陈水根一路护送。完成任务后，徐满仓速回县城。

后半夜叶志远回到了县里，敲开一家私人诊所的门，给两个伤员敷药包扎。没有地方安歇，他们就在军运代办所的走廊下，挤在一起迷糊到了天亮。起来后，他们胡乱啃了几块自带的干粮。徐满仓等人这时也回来了。

过了一会，胖军官带着几个军需人员过来了，对民夫们喊道："白天鬼子炮火太厉害了，昨天我们损失很大，今天白天不送了，改成晚上送，你们天黑前再赶到这里来集合。"

叶志远把乡丁们带回到西津渡刘宅，老田头和田嫂烧了一大锅的饭菜，让大家饱餐了一顿。吃饱后，众人都爬上床铺，整整睡了一天。

傍晚早早吃了饭，每人怀里揣了两个烧饼，慢吞吞地来到了军运所。今晚是给前线送粮食，因为路不好走，百把斤重的米包一车只装了一包。今晚运米的民夫很多，军运所派了好几个军需官押送，忙了一夜送上了阵地。天亮解散的时候，军需官说今晚还有任务，叫他们按时到军运所集合。

第三十六章　扰　敌

大家回到刘宅后，照旧是饱餐一顿，大睡一觉。下午陈水根回来了，报告说弹药车已经安全送到乡里，乡里马上再派人送上虎头岭。

叶志远问起日军情况。陈水根说，他们这几天化装成山货贩子，远远观察了日军的阵地。日军在鸡头岭一带修筑了半永久性防御工事，驻有约一千人的兵力。在几里外的山地建有炮兵阵地，附近山头设置了炮兵观察哨。叶志远想了一会，叫陈水根好好休息，等晚上送过物资后，顺便到日军阵地上溜一圈。

晚上往阵地上送的是军装被服。一个胖子军需官对大家说："送完这一趟你们就可以回家了。"快走到阵地时，鬼子炮兵突然朝这边开了几炮，准头比白天差了不少，但还是把民夫们吓出了一身冷汗。

凌晨时分，鸡头岭山脚下出现了十几个身影，慢慢地向山头运动。这是一天中最冷也是最黑暗的时候，寒风像刀子似的直往肉里钻，暗中潜行的这些人只穿着单薄的棉衣，浑身冷得直打战。

这些人正是叶志远、徐满仓、陈水根和十个土匪俘虏。叶志远想通过实战来看看这些土匪俘虏表现如何，再决定如何使用他们。快到山顶时，叶志远向下一摆手，十个土匪俘虏马上散开卧倒。

白天就听陈水根说过，北边山脚下驻有十几个鬼子。叶志远三人压低身子，避开北面，从东、南、西三面向山顶摸去。

山顶上原先长满了杂树，日军在山顶建立炮兵观察哨位的时候，一把火将树

林子烧了个干净，只剩下高高矮矮的树桩裸露在地面上。这时，叶志远从山顶边缘慢慢冒出脑袋，接着，从另外两个方向也慢慢冒出了两颗脑袋。

三人仔细观察，只见山顶中间隆起了一个半人高的土包，土包上有几个窟窿，能看出有微弱的灯光从里面透出。再向土包周围看去，只见一个鬼子兵背着枪，竖着大衣领，两手拢在袖筒里，不时地在原地跺着脚。叶志远反复查看，没有发现潜伏的暗哨，便果断地挥了一下手，三人紧贴地面，向鬼子哨兵爬了过去。

现在刮的是北风，鬼子哨兵怕冷，总是把背对着北方。叶志远是从南边爬上去的，见鬼子老是面朝自己，因此不敢乱动，这下可便宜了从东西两个方向爬上去的徐满仓和陈水根。两人迅速接近哨兵，同时蹿起，陈水根抢先出手，手中寒光一闪，鬼子哨兵一声未吭便软倒在地。

徐满仓抓过鬼子手里的步枪，直接冲进土包形状的观察阵地，叶志远和陈水根也紧跟着冲了进去，几声短促的号叫声之后，山顶重新归于沉寂。

陈水根向山下发出几声鸟叫，十个土匪俘虏很快摸了上来，立即开始打扫战场。这是鬼子的炮兵观察哨位，有两个观测兵，配备了两架望远镜、一部电话机、两支手枪，还有一幅地图，上面密密麻麻地画着看不清楚的数字和符号。另外三个鬼子兵是负责警戒的，除了有三支步枪外，还有一具掷弹筒，两个袋子里装了十六枚榴弹。

叶志远高兴了，这可是好东西啊，他连忙招呼大家赶快收拾。土匪俘虏对搜身十分熟练，都能把鬼子衣兜翻过来掏一遍，像怀表、日钞、银圆、戒指还有香烟都搜出来了不少。众人很快撤离下山，消失在茫茫黑夜中。

第二天刚过吃早饭，日军大炮突然开了火，发疯似的向这边倾泻炮弹，把国军防御阵地炸得七零八落。国军将领紧张万分，以为日军即将发动大规模进攻，便命令在阵地后面躲炮的部队，全部进入防御阵地。等到部队开了上去，原先的阵地早都炸没了影。

这下又害苦了宁国县府，他们赶快动员附近四乡的民夫连夜进城，把旧城墙拆了，把墙砖石块拉到前线去修理工事。这一番折腾下来，年关就到了跟前。

叶志远等人没等鬼子打炮，连夜就从鸡头岭撤往西津渡。天亮后，他们把缴获的武器藏在茶篓里，把步枪拆了，装入麻袋绑在推车下面，顺着公路大摇大摆地回到了乡里。

皖南村民很重情义。这些民夫回来后，受到了刘贤臣和众多乡民的夹道欢迎。大伙都知道，当民夫受累不说，弄不好还要搭上性命，上次不就死伤了六七个，县里一分钱没给，死得冤啦。可人家叶志远大队长不在乎这个，他一个外乡人，凭什么替我们葛顺乡卖命啊？可人家就是带着人去了，硬是顶着炮火把粮草送上了阵地，还没死一个人，这才叫英雄好汉啊。刘贤臣把这些乡丁们夸奖了一番，宣布让他们回家休息三天。

晚上，刘贤臣叫人在乡公所炖了一锅野猪肉，给叶志远、徐满仓、陈水根接风。吃饭的时候，大家很自然就说到了民夫的事情。叶志远的意思是，夫役是躲不掉的，现在新丁还没有训练好，要设法推脱一下；等训练差不多了，每次可以去一些人应付一下，但要尽量避免人员伤亡。

刘贤臣在一旁愁眉不展地说："拉夫不要紧，就怕拉壮丁，那就回不来了，谁愿意去啊？"徐满仓说："惹不起还躲不起啊，到时候叫乡丁都躲到山里去，叫他们一个也拉不到。"

陈水根说："真要到了那时候，县里就要派兵来抓丁喽。"徐满仓说："怕什么，逼急了老子就跟他们干。"叶志远说："这样一来，形同造反，他们就要派兵来剿。乡丁好办，村民怎么办？军部交给的任务怎么完成？我们现在处在夹缝当中，处境艰难又很微妙，一定要仔细想好应对之策。"

这时，房门轻轻推开，杨少良突然走了进来，笑嘻嘻地望着大家。叶志远站起身来，高兴地说："你们回来啦，快进来。"铁蛋和两个学徒也走进了门，他们个子都长高了不少，精神十足。

徐满仓一把拉过杨少良，说："你小子三个月未见，脸色变白了，吃什么好东西了？"刘贤臣说："还没吃饭吧，自己去拿碗盛饭，菜还热乎着呐。"

杨少良从怀里掏出一封信，郑重地交给叶志远，说："这是写给你的信。"叶志远连忙接了过来，拆开信封，凑着油灯看了起来。屋里立刻静了下来，大家默默地吃着饭。

这是秦科长写的信。信里说，听说你们发展很快，也很顺利，甚感欣慰。最近国民党已确定"溶共、防共、限共、反共"之方针，望你们在思想上要有所防备，积极稳妥发展力量，并与特委密切保持联系。

第三十七章　过　年

皖南过年历来隆重热闹。可自从鬼子打进来以后，兵荒马乱的，老百姓过年的心思便淡了不少。葛顺乡有些不同，今年人心欢畅，除了死了民夫的几户人家

之外，其他村民早已备好了年货，小伢子们都穿上了新衣新鞋，就等着放鞭炮吃年夜饭了。

皖南人家在进入腊月时，都喜欢腌制腊肉咸货。快到年根时，都要晒洗衣被，清扫房屋，叫作"扫尘"。辞过灶后，就炸肉圆子，做米粉粑粑，准备年夜饭的各种吃食。家境好的，要准备"八碗""八碟""一汤"，一汤就是老鸡汤，八碗八碟都是平时轻易舍不得吃的，像鸡鱼肉蛋，山珍水味什么的，不仅显示了自己持家有方，会过日子，更是体现了对传统礼俗的看重。

腊月二十九这天，叶志远来到乡公所，刚刚安排好虎头岭乡丁分批回家过年的事情，就看见汪施才风尘仆仆地进了门，还带来了一位贵客。刚开始叶志远没有认出是谁。等到客人脱去棉袍，摘掉瓜皮帽，解开围得严严实实的围巾以后，他才认出了来人竟是李维真。

叶志远哈哈大笑，紧紧握住李维真的手，说："贵客临门，欢迎欢迎。"李维真说："早就想来看看你们了，一直抽不出空来。"叶志远连忙将李维真让进厢房，往炭盆里添了几块炭，又去泡了一杯茶端了过来。

叶志远问："你是怎么安排的，在这待几天？"李维真笑着说："这次主要是来看看你们的营地，看完就走。"叶志远说："今晚把几个主要人员都叫来，给你接风，顺便请你给大伙儿讲讲外面的形势。"

除夕这天，叶志远陪同李维真进了虎头岭，巡视了整个营地建设情况，李维真十分满意，并询问还有什么困难。叶志远说，现在最大的困难就是缺少干部，要求特委能否支援一百个干部过来。

晚上李维真在虎头洞和留守队员们一起吃了年夜饭。白天队员们出去打了不少野味，满满地炖了几大锅。刘贤臣拿出了十瓶老春酒，给每人都倒上一小碗。大伙轮流向李维真和叶志远敬酒，两人也频频回敬。洞外大雪飞舞，寒风凛冽，洞内欢声笑语，暖意融融。

大年初一，李维真告辞走了。叶志远等人也下山回乡，给死伤的民夫家里送去了慰问金；年初二，又和刘贤臣专程去了宁国县城，给黄县长和黄团长拜年，黄团长硬拉着叶志远喝酒。

黄团长因剿匪有功，拿到了宣城县府给的赏金三百元，皖南行署又奖赏他三百元。此时的法币还很值钱，买条黄牛只要六十元，陈水根买两头毛驴也只用了四十元。

黄团长要是拿这些赏金做本钱，不费事就能当上一家大商铺的老板。黄团长知道这功劳是人家让给他的，今天确是真心请客。叶志远也不客气，这酒是越喝越痛快，话是越说越热乎。喝的结果是，叶志远用了三百元，从黄团长手里拿走了两挺捷克式轻机枪，外带两千发子弹。

回到乡里，叶志远与刘贤臣商量，趁着农闲时候组织村民赶制军需物品，像衣裤、单被、行军背囊什么的，还要安排铁犁头打制工兵锹。行军背囊是叶志远从鸡头岭缴获的鬼子装具中得到的启发。另外，他再派人外出大量采购胶底布鞋等。

年初五休息结束，全体乡丁返回虎头岭营地，开展冬季大练兵。那十个土匪俘虏因鸡头岭战斗表现不错，现在全部当上了副排长，协助排长管理乡丁。

这次训练，按照叶志远的安排，先是让乡丁们推选班长，由班长带领全班队员进行队列、行军、攀登以及瞄准、投弹、刺杀等基础训练。叶志远等人则对排级干部进行专项训练。由徐满仓讲授班排作战指挥要领，邵家旺讲授轻武器射击和警戒保卫要领，陈水根讲授作战侦察与反侦察基本知识，杨少良讲授炸药和地雷基本常识，尽管没有实物，但让队员们初步了解很有必要。叶志远主要抓督促检查、考核奖惩，隔天晚上给班以上干部上政治课和文化课。

这些排长们都有战斗经验，经过几个教员系统讲授，作战指挥能力提高很快。再由他们去训练班长们，很快就培养出来一批骨干，训练起来事半功倍，效果明显。

在这期间，叶志远又叫陈水根把三十名侦察员集中起来，单独拉了出去，整天钻山沟，急行军，练潜伏，抓舌头，绘草图。叶志远还把贴身打斗、飞刀绝技都传授给了他们，鼓励他们勤学苦练，以一当十。一个月后，叶志远把侦察员全部派了出去，要求陈水根着重对铜陵、繁昌的日军进行详细侦察，顺便摸一摸南陵地方走私情况。

虎头岭营地是立冬开始建设的，很多情况当时没有考虑到。现在大雪封山，粮食蔬菜送不进来，营地里的粮食急剧减少，蔬菜也断了顿，每天只能吃盐拌米饭。

叶志远立即调整训练计划，每天安排三个排下山背米背菜，为了防止滑倒摔伤，叫他们穿上了新买来的胶底布鞋，再用草绳捆紧。后勤供应困难一直持续到春暖化冻之后，山上的供应情况才得以好转。

一个半月后，叶志远主持训练考核比武大会，全体队员依次参加个人射击、投弹、对打和排行军、班刺杀五项比赛。个人比赛好理解，可这集体行军、窝在一起刺杀能比出什么来呢？叶志远解释说，我们今后主要是打游击，经常要化整为零，班排是基本作战单位，这种比赛是要增强团结一心、协同配合的精神。

考核比武那天，寒风怒号，细雨飘洒。叶志远站在一块大石头上，对着三百名队员作动员讲话。他大声说道："今天天气很好。"下面一阵哄笑。叶志远说："我说错了吗？没有！遇到这种天气，我们就不打仗了吗？敌人就不来进攻了吗？"下面不笑了。叶志远接着说："今天这种天气，正好能看看我们的真本事。比好了的，不要骄傲；比差了的，不要泄气，要找出原因。好了，我宣布，考核比武现在开始！"

三天后比赛结果出来了，参加人员三百三十人，考核成绩全部及格。获得优秀射手的有五十多人，优秀投弹手的有一百多人，对打高手的有四十多人。一中队第三排获集体行军第一名，二中队第八排获集体刺杀第一名。

第三十八章　侦　察

杨少良和铁蛋等人到军部学习了三个月，学会了爆炸技术，掌握了地雷的制作和使用方法。巧妇难为无米之炊，由于缺乏材料，只得等以后再说。

这段时间，杨少良除了承担培训任务外，还按照叶志远的要求，用了半个月时间，把他在军部了解到的新四军各支队对日作战经验，以及日军作战特点等全部回忆出来，写在本子上。叶志远又叫他和铁蛋一起选好地点，把制造炸弹地雷所需要的材料写一份清单交给他。

叶志远把从县保安团买来的两挺机枪交给了邵家旺，叫他挑几个队员当机枪手，教会他们打机枪，还要学会选择和构筑机枪阵地。

皖南春早，地里的麦苗已经返青。叶志远下山来到乡公所，找刘贤臣商量春耕生产的事情。今年要鼓励村民多种粮食蔬菜。还要接受冬天闹菜荒的教训，春季发动队员和村民摘野菜、挖葛根、挖竹笋晒干贮存。采茶季节临近，还要做好制作新茶的准备。

叶志远正要派人进山传达命令，陈水根带着两个侦察员走了进来，叶志远估计有新情况，先吩咐那名队员休息待命，然后带着陈水根进到了里屋。

陈水根带来了最新敌情。今年四月，新四军二支队在宣城狸头桥击退日军多路进攻。近半月来，日军每隔七八天，都要沿公路从铜陵港口向南陵以北方向运送弹药给养，每次汽车不超过五辆，押送的兵力乘一辆车，人数不会超过三十人，因为人多了也坐不下。有时鬼子还派出摩托车开道。

　　叶志远问："你怎么知道他们是运人还是运军火？"陈水根笑着说："我们看了好几次，运货的车重，开得慢，车厢捂得严实。运人的车轻，跑得快，车厢后面是敞开的，小鬼子也知道透气。"

　　叶志远又问："车队一般什么时候开到南陵？"陈水根答道："上午九点左右。"叶志远又询问了南陵以北现在的情况。陈水根说现在基本成了游击区，南陵县城被鬼子轰炸了几次，多半县民都躲到乡下去了。

　　叶志远说："你们先休息，晚上我们研究一下。"叶志远立即派人进山通知两件事，叫营地队员挖野菜，叫徐满仓等人立即回来议事。

　　晚上，大队主要领导齐聚乡公所，仔细研究了陈水根的侦察报告。叶志远最后做出了决定："这是我部首次对日军作战，务必做好充分准备。这次伏击日军运输车队，一中队担任主攻，现有的机枪步枪全部配发给你们。二中队没有武器，这次担任物资运输任务，队员带上扁担绳索，跟随一中队行动。我与陈水根明天出发，先去选择伏击阵地，战斗方案到时再定。你们何时出发等我的通知。回来的两个侦察员负责给你们带路。刘贤臣在家留守。"

　　杨少良见没他什么事，一急就站了起来，说："大队长，我们也要参战。"叶志远一看把他给忘了，哈哈一笑："行，你们暂时编入一中队，听徐满仓指挥。"杨少良胸脯一挺，说："坚决完成任务！"

　　第二天一早，叶志远将驳壳枪、望远镜、地图装进背篓，上面用干粮盖上，带上通行证，扮成村民模样，跟着陈水根就出发了。

　　从葛顺乡到南陵有一百六十里地。他们避开处处设有检查站的公路，尽量走行人很少的山路，向西翻山进入泾县，顺着蔡村河谷地北上，从泾县县城北边渡过青弋江。再走山路进入南陵，在县城找到了汪施才建立的秘密交通站。此行共用了两天时间。

　　交通站的两个队员看到大队长来了，惊喜异常，连忙端来热茶，生火做饭，生怕哪里招待不周。这个交通站的房屋结构与宣城类似，都是前面是茶铺、后面住人、带有后院的那种。

　　叶志远亲热地跟他们打着招呼，勉励道："你们是战斗在特殊岗位上的战士，你们的工作对大队来说非常重要，一定要注意保密，注意安全。"

　　第二天，叶志远和陈水根沿着公路从南陵走到了铜陵钟鸣镇，又爬上公路南侧的山坡，仔细观察周围的地形。从铜陵到繁昌和南陵的公路在这里分岔，要从单纯打伏击的角度看，这里非常合适，从铜陵出来的车队不管到哪里去，都必须经过这里，只要给我们卡住了，它就没地方跑。可是钟鸣镇就在旁边，周围还有

几个村子，我们打过就走了，鬼子报复心重，周围的老百姓就要遭殃。

走一路，看一路，也想了一路，最后，叶志远在一处人烟稀少的山坡上趴了下来，用望远镜看过来看过去，最后下了决心，站起来拍拍衣服上的灰尘，对陈水根说："就这里了。"

第五天夜里，第一、第二中队三百名队员全部到达了指定的战斗集结地点。这里是一片茂密的树林，前面一里路就是伏击阵地。队员们昼伏夜行，渴了就喝河水，饿了就啃干粮。现在他们十分麻利地从行军背囊里掏出被单，朝身上一裹，倒地就睡。

黎明时分，他们被人轻轻推醒，立刻起身收拾好背囊，带好枪支或者是扁担绳索，一个跟着一个走出树林，悄悄进入了伏击阵地。随着班排长的命令，他们拿出工兵铲，用力挖掘掩体。

天色大亮，除了警戒哨，其他队员都趴在掩体内休息，阵地上一片寂静。第一中队长徐满仓从掩体中探出半个脑袋，再一次细细查看着阵地。

这一片山麓名叫戴公山。铜陵到南陵的公路从山里穿过，南北两边的山坡都不高，距离公路都是一百米，而且是互相错开的，两边同时射击不会误伤对面的自己人。

选择这样的阵地很合老徐的脾气，冲击距离短，还没等敌人反应过来，我老徐已经冲到跟前啦。但是他也知道，日军武器装备优于我们，一旦让他们展开火力，那自己就够呛了。所以，昨天夜里到了之后，听叶志远一说地形，他马上就把自己的主攻部队一分为三：对面山头放了六十人，由叶志远指挥；这边山头也放了六十人，归自己指挥；还留了三十人当预备队。按照昨晚商量的计策，天亮前队员们还在公路上做了不少手脚。

第三十九章　弹　药

去年年底，日军130旅团进攻铜陵繁昌，纵兵劫掠，烧毁民宅一万余间，屠杀无辜居民一千五百多人。为掠夺铜矿石，日军还强迫中国军队战俘、矿工、民夫修筑了从码头到铜官山的小铁道。他们日夜劳作，挨打受饿，稍有不从鬼子马上就放狼狗咬，用刺刀捅，或者是活埋抛江，一时死者无数。

日军自从打进皖南以来，除了一开始在广德饶国华师长手里吃过亏以外，以后再没有遇到过像样的抵抗。可前一阵子在宣城北部，却被新四军打得头破血流，狼狈不堪。日军恼羞成怒，这段时间不断向宣城方向运送武器弹药，并伺机反扑。

今天早上，日军的一支运输车队又出发了。一共是三辆车，前面一辆装的是二十多个押送士兵，车顶上架着一挺歪把子轻机枪，后面两辆是弹药运输车。车队前面还有两辆带斗摩托车开道，车上都架着机枪。

运输车队以中等速度沿公路向东行驶，出了钟鸣镇进入戴公山以后，车速逐渐放慢。两辆开道的摩托车一左一右，紧贴着路边行驶，只要发觉有什么动静，马上就用机枪向两边山上的树丛里扫射。车队驶出山谷，看到山势平缓，前方只有几个低矮的山丘时，鬼子顿时放松了戒备心理，车队速度随之加快。

鬼子的摩托车经过山丘时，又朝两边扫射起来，看看没有动静，又继续向前驶去。后面的车队紧紧跟上，正走得好好的，只见第一辆汽车的车头"哐啷"一声猛地向下一栽，两只前轮陷入沟里动弹不得，车身向前一撞，车厢里传出叽哩呱啦的怪叫声。后面的两辆车见前面出了情况，都相继刹住了车。

这时南山坡响起枪声，前面开道的两辆摩托车突然偏离了路面，歪歪扭扭地撞向路边的山坡，一辆摩托还冒起火苗。紧接着又是一串枪响，三辆汽车的鬼子司机全都歪倒在方向盘上。

第一辆车上的鬼子兵听到枪响，知道遭遇了袭击，纷纷跳下车准备抵抗。此时，埋伏在南坡西侧的轻机枪猛烈开火，密集的弹雨扫向了刚刚下车的鬼子兵。

鬼子的战斗意识很强，他们迅速转移到车辆北侧，以车身为掩护，迅速举枪向南坡伏击部队还击。还有十几个鬼子扛着几挺机枪，拼命向北面山坡冲去，企图占领北坡，对南坡实施火力压制。这帮鬼子刚刚冲到半山坡，坡顶上就响起了更加猛烈的枪声，鬼子腹背受敌，被打得无处藏身，东倒西歪。

叶志远下令冲锋。一阵急促的哨声响起，南北两面的队员们纷纷跃出工事，挺起刺刀便向山下冲去。就连第二中队的队员们也挥动扁担，加入了冲锋的行列，公路两旁杀声震天，刺刀闪闪，战斗很快结束。

叶志远掏出怀表一看，整个伏击用了十分钟。再清点战果，共歼灭日军三十六人，其中少尉军官一人，击毁军车三辆，摩托车两辆。缴获的物资未来得及统计。我方三人牺牲，二十六人负伤。

按照预定方案，第一中队派出了一半队员清理战场，救护伤员，并向公路两头放出警戒；另一半队员协助第二中队卸车，搬运战利品。

半个小时后，第二中队的队员们抬的抬，挑的挑，在第一中队掩护下迅速离

开公路,沿着来时走过的小路朝南陵方向撤退。

陈水根命令五个侦察员担任尖兵在前引路,自己带十人殿后,随时清理队伍行进时留下的痕迹。当大队顺利通过泾县时,叶志远命令陈水根返回南陵,继续监视铜陵繁昌敌军的动向。

铜陵距离伏击地点不远,日军运输车队遇袭的消息很快就报到了日军133步兵联队司令部。联队长松谷铁青着脸,嘴唇上的仁丹胡子不停地颤抖着,一肚子的邪火不知如何发泄。

联队参谋长瞪圆了眼睛,在作战地图上来回寻找,嘴里嘟囔着:"奇怪呀,从来没有支那军的部队在这里活动啊。"松谷联队长一拳砸在桌子上,咆哮着:"命令板木大队全部出动,对铜南公路沿线村庄实行清剿。"

参谋长摇摇头说:"联队长,伏击地点附近根本没有村庄,只有一眼望不到边的山地。不如先派出骑兵小队进行侦察,确定支那军队行踪后再一举消灭。"

经过三天的艰苦行军,叶志远率领伏击部队从泾县昌桥渡过青弋江,沿着琴溪、蔡村山谷小道返回了虎头岭营地。五天来,队员们白天隐蔽休息,晚上行军,饿时啃干粮,渴时饮河水,没有吃过一顿热饭,没有喝过一口热水,却无人叫苦,无人掉队。皖南人民长期吃苦耐劳,以及大队半年来的刻苦训练都在此时发挥了巨大作用。

回到营地后,叶志远首先命令全体参战队员休息一天。第二天,安排邵家旺杨少良带人清点缴获物资,他自己和徐满仓带了三十个队员,爬上虎头岭旁边一块向阳的坡地,用了半天时间开辟出一块墓地。

两天后就是清明节,营地要举行祭奠仪式,隆重安葬牺牲的三名队员。叶志远派人请来几个石匠,要他们用心雕刻墓碑,让烈士的英名永存后世。

缴获的物资清点出来了,四十个长木箱里装有十挺九六式轻机枪,两百支三八式步枪。方形箱子里是六具掷弹筒。扁木箱子有一百多个,装的都是子弹、手榴弹和掷弹筒用的榴弹。鬼子运送弹药考虑很周到,步枪和机枪都是六点五毫米口径的,子弹通用。

大家看到这次收获如此巨大,高兴得欢呼起来。杨少良和铁蛋等人有点失望,不停地骂道:"狗日的小鬼子怎不送点炸药什么的过来。"

叶志远命令将三八式步枪配发给第二中队,由邵家旺带领训练。以现有的几个机枪手为基础,组建五十人的机炮训练小队,杨少良担任队长,要求会熟练使用机枪、掷弹筒,然后再训练所有队员,人人都要会使用这些武器。由于弹药宝贵,严格限制实弹射击的次数。

四月六日清明节。这天上午，除了在外侦察未回和在营地周围放哨的以外，虎头岭营地的全体队员身穿崭新的灰色军装，在班排长率领下，列队来到了新建的烈士墓地。

墓地四周松柏环抱，盛开的映山红点缀其间。叶志远、刘贤臣带领大队主要人员亲手将三具烈士棺木放入墓穴，铲土埋上。此时，天空阴沉了下来，绵绵不断地飘起了雨丝。

第四十章　再　战

日军攻占武汉以后，抗日战争进入战略相持阶段。但是驻扎在安庆的日军116师团司令部，为了保持长江运输畅通，巩固铜陵、芜湖占领区，进而为打通浙赣创造条件，不断督促所属各部，加紧向皖南地区发动进攻。

繁昌卡在铜陵芜湖占领区的中间，若不消灭繁昌的中国军队，巩固铜芜占领区就是一句空话。自从上次运输车队遭到袭击后，日军派出骑兵四处侦察，渐渐闻到了新四军的一点气味。

五月中旬，国民党144师开炮轰击获港日军军舰，新四军三支队出兵掩护，日军出动七百余人发疯似的向繁昌孙村三支队驻地扑来。三支队第五团分成两路，一路在铁矿山、一路在顺安沉着应战，先后将来犯之敌击退。第二天，日军出动两个中队反扑。战斗处于白热化状态之中。

在战斗打响的次日，叶志远得到了消息，立刻召集大队主要人员研究敌情。经反复考虑，叶志远决定利用日军后方兵力空虚之机，一举摧毁鬼子在铜陵经营的铜官山矿业公司。

叶志远也知道，没有获得三支队首长批准就直接参战，极有可能干扰我军主力部队的既定部署，帮倒忙。可再一想，鬼子的矿业公司作恶多端，危害很大，而且陈水根他们也侦察了一段时间，情况基本上都掌握了，我们在敌后这么一闹，至少能牵制日军的一部分兵力，对三支队也是有力的策应。

铜陵是中国千年铜都，由铜官山、狮子山、凤凰山等矿山组成，其中以铜官山最为有名，盛产铜金银硫，日军对此垂涎已久。

一九三八年十一月鬼子侵占铜陵后，很快成立了"华中矿业股份有限公司铜官山矿业所"，从国内派来技术人员进行勘探，收买汉奸充当工头，抓来民夫大

兴土木，还从沦陷区招来不少矿工，强迫他们下井采矿，急切要掠夺铜矿资源。

陈水根他们潜入这一带侦察，已经有一段时间了。他们注意到，每天晚上矿区都要开出一辆汽车，将死去的民夫和矿工的尸体拉到附近的一个乱葬岗里扔掉。

这又是一次长途奔袭，仍然是昼伏夜行。第二中队一百五十人和侦察队三十人全体出动。叶志远、陈水根带侦察队负责袭击，邵家旺带五十人掩护，徐满仓带一百人负责接应。杨少良和铁蛋他们也都跟来了。

奔袭队伍在侦察员引导下，经过两昼夜的山地行军，来到了南陵丫山以西的外郎坑，再往西去就是丘陵地带了，负责接应的一百人在此隐蔽了下来。

叶志远他们继续向铜官山急进。走了一段平坦的小路，过了朱村，又进入了山地，翻越了大尖山，铜官山就遥遥在望了。天已经黑透。乱葬岗一带荒芜凄凉，只有几只野狗的吠叫声，偶尔打破这里死一般的寂静。

晚上八点多钟，一辆汽车亮着车灯，慢吞吞地朝这边开来，开到近前掉了个头，将车尾对着乱葬岗。车厢里跳下来两个人，打开车厢后面的挡板，上面的人就朝坑里抛死尸。他们没有注意到，不远的暗处有十几个人影，正猫着腰向这边快速移动着。

也就几分钟的时间，车上的人干完了活。下面的人推上车厢板，正要向车上爬去，黑暗中突然冒出了十几个人来，有几个冲向车头，一把拽下司机，掐住他的脖子不让他出声。车厢后面的人也全都被活捉，捂住了嘴。

叶志远用刀抵住司机，轻声喝道："不准喊叫。说，你是什么人？"司机吓得直抖，颤声说道："我是给矿上开车的，不要杀我。"叶志远问："后面车上的是什么人？"司机答道"他们是矿上的工头，是替日本人做事的。"

叶志远朝后面轻轻喊了声："搜身，干掉他们。"邵家旺、陈水根已经把抓住的四个人搜了一遍，搜出了四支手枪，听叶志远这么一说，立即扒下四人的衣服，用刀结果了他们的性命，全都扔进了乱葬岗。

叶志远将司机推入驾驶室，自己坐在副驾驶位置上，用刀顶在他的腰部，命令他老实开车，现在就回矿上去。陈水根命令侦察员全部上车。汽车顺着来路慢慢开回了矿区。邵家旺带着五十名队员远远跟在车后。

铜官山矿业所的主办名叫富永俊治，是日本冶矿株式会社的一名董事。他昨天带着所里的日本技术员动身去了上海，向华中矿业公司总裁汇报铜官山开矿的准备情况，留下矿业所协办黑岛一雄在家主持。

黑岛一雄此时正在宿舍里和几个同事聚会，喊来几个从日本带来的艺伎。几个人吃着中式炒菜，喝着日本清酒，嘴里还唔里哇啦地唱着小曲，十分惬意。黑岛一雄喝得兴起，搂过一个艺伎朝她脸上乱啃一气，手还伸进艺伎的衣服里掏摸起来。艺伎不停地扭动身躯，黑岛一雄淫笑不止。

突然，门外站岗的日本兵大叫一声："什么人？"接着就响起了一阵震耳的枪声。黑岛一雄浑身一颤，马上推开了艺伎，伸手去摸桌上的手枪，几个同事也纷纷掏出枪来。

这些日本人刚把枪拿在手里，房门就被猛地撞开，冲进来几个人，一声不吭，对着他们举枪就打，"砰！砰！砰！"几个日本人栽倒在地，黑岛一雄右臂受伤，手枪掉在地上。

叶志远上前一脚将他踏住，喝问："会说中国话吧，告诉我，矿山资料放在什么地方？"黑岛一雄摇摇头，绝望地闭上眼睛。一旁的杨少良捡起地上的手枪，"砰"的一枪送他回了老家。

这时，陈水根带了一个人来见叶志远。那人三十来岁，长相文雅，见到叶志远也不害怕。他主动介绍自己说："我叫黄国全，是这个矿原来的技术员，后来给日本人抓住了，叫我给他们干活，我是被迫的。矿上的情况我熟悉，你们需要什么我可以带你们去找。"

叶志远说："抗日救国人人有责。好，你就给我们带路吧。"很快，黄国全带着队员们找到了矿山资料室、机电房和存放炸药的仓库。

叶志远问："鬼子要挖铜矿，有什么办法叫他们挖不成？"黄国全说："彻底破坏不可能，但可以毁掉资料，炸掉设备，封闭矿井，让他们短期内恢复不了生产。"叶志远点点头，命令队员："都听从黄技术员安排，现在分头行动。"

半小时后，两辆汽车从矿区开出，沿着公路向朱村、丫山方向驶去。又过了半个小时，矿区响起了惊天动地的爆炸声，火光映红了半个天空。

第四十一章　动　静

这回动静闹得有点大。日军133联队松谷联队长一脸死灰，呆坐在椅子上。刚才在电话里，他被三浦次郎旅团长骂得狗头喷血，说要是再有下次，你就剖腹向天皇陛下谢罪吧。

松谷吓得战战兢兢，不敢怠慢，立即打电话叫正在进攻新四军三支队的日军

板木大队赶紧撤军，回防铜陵。他也明白，迅速大量掠夺战略资源，像淮南的煤炭、马鞍山的铁矿和铜陵的铜矿，是日本陆军大本营"以战养战"战略的重点内容。这回铜官山矿区遭受严重破坏，勘探资料被毁，原定的采矿工期至少要向后推迟一年。这样大的纰漏，别说是旅团联队级别的军官，就是师团级的也承担不了责任。

在此之前，三支队五团集结主力向顺安日军发动反击，日军板木大队损失很大，已经支撑不住了。一接到松谷联队长的电话，板木马上命令部队放弃顺安，立即撤回铜官山一线。三支队五团衔尾猛追，缴获颇丰，他们觉得这仗打得比预计的要顺利得多。

叶志远可不知道这些事情。从矿区出来时，黄技术员开了一辆车，车上装的是缴获来的炸药箱。一个懂驾驶的工友开另一辆车，车上都是负责搬运炸药的队员。剩下的队员和被解救的一百多个矿工民夫，都由邵家旺带着走了山路，直奔集结地点外郎坑而去。陈水根和侦察员没有跟大队走，而是分散离开，又去执行别的任务了。

叶志远指挥着工友把车开到了朱村，前面已经没有公路了，便停下车，让坐在后面车厢里的队员们下车，一人扛着一箱炸药钻进了山里。

叶志远他们又将空车开走，尽量往远处开，一直开进了河沟里，把车头闷进水里为止。三人从河沟里爬上来，辨别了一下方向，急忙向集结地点奔去。

黄国全问："既然车子带不走，为什么不点火烧掉？"叶志远解释说："烧车的火光能暴露大队的行踪，鬼子很快就能追过来。再说了，跑得滚烫的车子一下浸到冷水里，用铁匠的话来说就是淬火，也就差不多了。"黄国全听了忍不住笑了起来。

天亮前，担任接应任务的徐满仓迎到了叶志远。叶志远叫他分出一部分干粮送给矿工和民夫充饥，然后命令全体隐蔽休息。

到了黄昏时分，叶志远等人去看望矿工民夫。在光线昏暗的树林里，一群人半躺在地上，多数人光着身子，只在腰间围了一圈麻袋片，干瘦的身躯上布满了伤痕。

叶志远十分吃惊，立刻脱下衣服披在一个矿工的身上，说："乡亲们，你们受苦了。"队员们见状，也纷纷脱下衣服送到矿工民夫的手上。人群里顿时发出一阵抽泣的声音。

叶志远稍稍提高了嗓音，说道："乡亲们，我们是皖南抗日游击队，不能在此地久留。你们想回家的，马上到我这里来拿路费。想跟我们走的，愿意和我们一起去打日本鬼子的，马上站到那边去。"

人群中响起嗡嗡的讲话声。黄技术员第一个站起来，大声说："我跟你们打鬼子去。"一个黑黑瘦瘦的年轻矿工也站了起来，对着人群说："工友们，我们都是死过几次的人了，是游击队救了我们的命。想想在矿上受的罪，想想那些被日本人害死的工友，我们不能回家，回家也没有好日子过。我不回家，我要跟游击队走，去打鬼子，去为死去的工友们报仇！"

一经这个矿工鼓动，埋在矿工民夫心里的怨恨一下子燃烧起来，他们相互搀扶着，慢慢走到了树林那边。

叶志远高兴地说："欢迎大家参加我们的队伍。"接着他清点了人数，察看各人的伤势。矿工民夫共计一百二十人，人人有伤，队员也有二十多人受了伤。叶志远命令队员们用随身携带的百宝丹给伤员上药包扎，又砍来树枝给他们当拐杖，整理好队伍后就出发了。

路上，叶志远找到了那个带头参军的矿工，问起他的名字。这个矿工叫李有田，广德人。半年前他和弟弟一起被抓来当矿工。有次他带着弟弟逃跑未成，抓回来被毒打了一顿。弟弟被当场打死，他咬牙挺了过来，他要留着一口气为惨死的弟弟报仇。因此刚才他态度非常坚决，一定要参加队伍打鬼子。

叶志远又找到了黄国全，问起他的情况。黄国全说他是铜陵人，铜陵工业学校毕业生，学的是采矿专业，一九三六年分配到铜官山矿当了技术员。他目睹日本人的种种暴行，一直想找机会逃走，昨晚游击队袭击矿区，正好救他出了苦海。

叶志远听了，暗自庆幸，这回可捡到宝了。立即喊来杨少良，让他们互相介绍了一下。叶志远对杨少良说："还不赶快拜见师傅？"杨少良懂得叶志远的心思，立刻痛快地叫了一声："黄老师好！"

黄国全连忙说："不可不可，以后有事我们可以在一起研究。"叶志远在一旁打趣道："研究归研究，这师生的名分不能马虎。"说得大家笑了起来。

三天以后队伍回到了虎头岭营地。首先把矿工民夫安置到东爪洞里歇息。几个稍懂中药的队员取来忍冬草、白花蛇舌草给他们内服外敷。还送来了衣服、被子，烧好了热水，端来了热饭，感动得矿工和民夫眼泪直往下掉。

虎头洞指挥部里，叶志远向黄国全、杨少良、铁蛋交代了一项任务。这次从铜官山缴获了将近一吨的炸药，一箱雷管和两箱导火索，可以动手自制武器了。

叶志远任命黄国全为兵工厂厂长，杨少良为副厂长。要求他们尽快试制地雷和手榴弹，需要多少人手，需要采购什么物资只管提出来。

黄国全思考了一会，谈了自己的想法。他说，炸弹他没有做过，但是爆炸物的原理应当是一样的。炸药是现成的，只要有了弹体和起爆装置，组装到一起也就成了。现在需要采购一些制造起爆装置的材料，最好能买个天平秤回来。另外，铸造弹体、制造起爆装置，装填炸药，还有最后总装的生产地点都要分开，不能窝在一起。叶志远拍板同意。

第二天叶志远回到了乡里，看到刘贤臣、汪施才都在这里。汪施才是要向他汇报交通联络站情况的，叶志远要他晚上单独谈。

刘贤臣向叶志远招招手叫他坐下。刘贤臣揭开桌上一个锡筒的盖子，用木夹子从筒中夹出一撮茶叶，放进一只细瓷杯里，推到叶志远的面前。叶志远端起茶杯看去，杯底卧了一层茶叶，叶条均匀，色泽碧绿，叶芽圆润，上面长着一层细细的白毫。叶志远赞了一句："好精致的长相。"

第四十二章　关　怀

听到叶志远的称赞，刘贤臣不无得意地说："再来尝尝味道。"说罢，他提起一壶热水冲进杯里，洗了一遍茶，再揭开盖冲上了热水。

这时，只见茶叶在杯中舒展翻腾，似在翩翩起舞。一根根在上半部慢慢地开出叉来。这时杯中的茶叶，就像春天归来的燕子，聚在一起，耳鬓厮磨，相互诉说着彼此的思念。

叶志远将杯子端到嘴边，一股兰花的香气扑鼻而来，慢慢喝上一口，涩甜香醇，叫人舍不得咽下。叶志远大赞："好茶，好香的味道。"

刘贤臣哈哈大笑："已经送给家叔品尝过了，他也说好。这是用雨前的茶尖子做的，只有五担。夏茶要多一些。"叶志远问："名字有了吗?"刘贤臣说："家叔给起了，叫作燕尾香尖"。

晚上，叶志远与汪施才、刘贤臣谈到深夜。经过半年努力，大队在宣城、宁国、南陵（籍山）、铜陵（天门）、繁昌（峨山）、歙县（徽城）、旌德（云乐）、泾县（榔桥）八地建立了秘密交通站。

汪施才汇报说，他还在泾县县城开了一家酒店，名叫"顺年饭庄"，经营皖南饭菜，后院很大，可以提供五十人住宿。开张半个月了，生意火爆，当地民团常来赊账吃喝，已经欠了百把块钱了。

叶志远笑笑说："不能老顺着他们，天下没有白吃的饭，早晚是要还的。"接着又问他俩，"我们在葛顺算是站住脚了，今后怎么办？就守着这一块地方？"刘贤臣说："葛顺这地方小了点，养不了多少人，没有回旋的余地。"

汪施才点点头，说："像葛顺这样的地方，要能再有三五个就好办了。"叶志远走到地图前看了半天，叹了口气说："发展并不困难，现在就是缺干部啊。"

按照叶志远的吩咐，陈水根离开铜官山以后，带着两个侦察员直往云岭军部而去。陈水根到了军部，不敢抛头露面乱闯，便掏出乡公所开的通行证，住进了招待所；再写一张便条，叫一个侦察员去军部找人。

一顿饭的工夫，侦察员领着秦科长来了。陈水根一个立正敬礼，说："秦科长好。"秦科长笑着叫他坐下，问道："出去快一年了吧，情况怎么样？"

陈水根从挎包里拿出了从鸡头岭缴获的一张日军炮兵地图，还有这次从铜官山缴获的十根金条一起放在桌上。然后把这几次袭击鬼子的事，简要向秦科长做了汇报。

秦科长拍了一下桌子，笑道："猜着就是你们干的。第三战区还有我们的首长都向我们查询，我们都替你们隐瞒了下来。说吧，叶志远叫你来，肯定有什么事。"

陈水根笑了一下说："我们那里现在急缺干部，叶队长请军部支援。"秦科长问："要多少人？"陈水根把要的人数增加了一点，说："最好能给二十个人。"秦科长考虑了一下，说："特务营已经开到江北去了，只能从其他部队抽人了。这样吧，你们先休息，我要向上级报告请示。"

过了大约半个小时，秦科长领着一个中年干部走了进来。此人中等个子，戴了一副圆框眼镜，脸上带着笑容，很是和蔼可亲。秦科长介绍说："这是我们首长，特地看望你们来了。"

陈水根迅速整理了一下衣服，很正规地敬了个军礼，大声说道："首长好。"首长走到陈水根面前，跟他亲切握手，并询问了陈水根的姓名、籍贯、原先的职务和现在的职务。

陈水根一一作了回答。首长笑着说："你看看，老五团的人派出去都能独当一面，都能领兵作战了，不简单哦。"陈水根谦虚地说："是首长教育得好。"

首长摇摇手说："是你们自己干得好。"转身对秦科长说："叶志远他们出去一年时间不到，从五个人发展到了五百人，看来军分会当初的决定是对的。来，坐下来谈。哦，对了，去请李维真同志也来听一下。"接着，首长细致地听了陈水根的汇报，不时还在本子上作着记录。

李维真现在跟随军部活动，离这里不远，一会儿就赶了过来。首长招呼李维真坐下，说："叶志远他们发展很快，现在需要干部，皖南特委也尽了很大的努力。这样吧，我来从教导总队抽调十个人过去，另外再从即将撤销的兵站抽人，再带些急需的物资过去。"

陈水根高兴地站了起来，大声说："谢谢首长。"首长笑着摆摆手："坐下，不客气。哎，你们队伍叫什么名字？"陈水根立刻作了回答。

首长微微皱眉，说："葛顺乡民众抗日大队，用这名字不方便向外发展。你们要是跑到别的乡里、县里去活动，人家就要问，你们葛顺乡跑到我们这里来干什么，抢地盘啊？"大家忍不住笑了起来。李维真解释说："这是宁国县长给起的名，他们不好改。"

首长说："迫于目前的形势，现在还不能打出新四军的旗号。维真同志你们研究一下，看看叫什么名字好，不要受地域的限制。要告诉叶志远，叫他不要背上思想包袱，上次是犯了错误，能深刻认识就好，军部并没有给他什么处分嘛，顶多不在老部队干就是了。你看现在多好，有了自己的地盘，比以前要威风多喽。"在座的都笑了起来。

麦收季节到了。虎头岭下的几十亩谷地里，麦浪翻滚，一片金黄。这块麦地就在队员们的眼皮子底下，他们一有空就跑过去锄草浇水施肥，精心侍弄。也难怪，庄稼汉视土地如同性命，视庄稼如同儿女。

开镰那天，全队就像过节一般喜气洋洋，那些民夫矿工经过这一段时间的治疗调养，身体好了不少，同队员们抢着干活，一天工夫就收割得干干净净，一百多担小麦归了仓。

麦收以后种什么，这倒引起了争执。有人说去年冬天缺菜，今年要多种菜。有人说现在人多了，粮食最要紧，要种红薯。叶志远在一边笑着不说话，其实他也没有想好种什么。结果还是徐满仓出来说了话："那就都种，都种一半。""哈哈…"谷地里笑声一片。

第四十三章　党　委

皖南六月进入了梅雨季节，前线的战事也渐渐停歇。一支队伍冒着大雨走在山路上，行进得十分艰难。几个打着油布伞的人走在前面领路，十几个穿蓑衣的或披着油布的人推拉着几辆独轮车，一步一滑地朝虎头岭方向走来。

接到哨兵报告，叶志远领着徐满仓等人快步迎了出去，一看是李维真、陈水根他们来了，身后还跟着十几个人。叶志远高兴地拉住老李的手，并肩走进了山洞。

进到洞内，队员们立刻端来热茶热水，拿来了干净衣服，烧起炭盆，热情得不得了。整理一番后，叶志远将他们领进伙房，每人一大碗米饭，一小碗新鲜野菜炖猪肉，大伙吃得十分香甜。

李维真感慨地说道："那年我在这里打游击，只在外围老百姓人多的地方活动，发动群众打土豪筹款，没有进到深山里来，也没建立稳定的根据地。后来敌人大军一封锁，就很被动。"叶志远点点头说："后勤保障非常重要，希望老李多多指点。"

饭后，李维真把军部调来的十二名干部逐个向叶志远作了介绍，这些都是八省红军游击队的老战士，刚从军部教导总队毕业的学员，年龄也都在二十岁以下。其中有：一支队一团的马云飞、王令朝，来自湘鄂赣游击队；一支队二团的吴捷生、谢俊胜是皖浙赣边区游击队的老兵；二支队三团的彭程远、张路扬来自闽西游击队；六团的彭戈、张照民、王三石来自闽东游击队，还有繁昌兵站的管理员张扶海。

繁昌兵站即将裁撤，库存物资原先都要就近移交给三支队，其中有一千双胶底布鞋。张扶海想到叶志远他们在山里最费的就是鞋子，他就请示总兵站同意，将这批布鞋带进了虎头岭。叶志远高兴地说："你真是雪中送炭啊。"

晚上，虎头洞指挥所，大家听取了李维真传达军部的指示，宣布了皖南特委的两项决定：第一项决定是，成立皖南抗日游击大队，叶志远担任大队长兼政委，徐满仓担任副大队长。游击大队的人数、编成和作战序列由大队长决定，大队以下干部由叶志远直接任免，上报特委备案。

第二项决定是成立游击大队党委，鉴于目前党员之间不熟悉，本届党委由特委指定，党委由叶志远、徐满仓、邵家旺、汪施才、张扶海五位同志组成，叶志远任党委书记，徐满仓为副书记。

叶志远代表新党委讲话，他表示绝不辜负军部的希望，在特委领导下，组织带领全队克服困难、不怕牺牲、英勇战斗，为实现皖南战略支点计划努力奋斗。

会后，叶志远先送李维真去休息，然后召开党委会进行分工。叶志远要求各委员都要根据军首长的指示，拿出具体行动方案。张扶海新来乍到，可以先熟悉一下这里的情况，五天后拿出具体意见。

第二天，邵家旺写出了游击大队编制及干部名单。大队下辖五个连级单位，

为便于今后扩编，连排干部均按照双人配备：

1连一百五十人，连长徐满仓，指导员王令朝，副连长彭程远，副指导员张路扬。下辖三个排。

2连一百五十人，连长邵家旺，指导员张照民，副连长王三石，副指导员谢俊胜。下辖三个排。

3连一百五十人，连长马云飞，指导员彭戈，副连长吴捷生，副指导员暂缺。下辖三个排。

侦察队五十人，队长陈水根。

后勤队三十人，队长张扶海。下辖兵工厂、被服厂、军需仓库等单位。建设所需的工匠和战时民夫由后勤队临时征用，不在编制人数内。

叶志远看了一遍，点头认可，等张扶海的发展计划拿出来以后，一并提交党委会研究决定。最近一段时间，叶志远对后勤保障和军工生产十分上心。他深知，部队战斗力的养成一要靠平时训练，要流汗；二要靠战时的锻炼，要流血。但要保持战斗力，关键在于军需后勤要能跟得上，不然这仗就打不下去。

这几天趁着雨小了点，叶志远就拉着张扶海去看营地。张扶海跑了一圈，看到了西津河两岸的竹林，西津河的各条支流，虎头岭奔流的溪水以及漫山遍野的树木茶林，不时地点点头。又查看了三个洞里战士的住处和伙房情况，最后来到了远离营地的兵工厂。

兵工厂建在一个偏僻的山谷里，沿着一条小溪盖起了四间石头房子，每间相距百米以上。黄国全陪同他们看了铸造、装药、引信和组装四个生产车间。

铸造车间十分宽敞，铁犁头带着七八个工匠正在忙活着，叶志远问他们在忙什么，铁犁头说在烧铁水做手榴弹的弹壳。黄国全汇报说他们先试制手榴弹，成功后再试制地雷。现在弹壳铸造已经摸到了门路，正在研制引爆装置。

他们说着就来到了引信车间，里面摆放了几张桌子，上面放着牛皮纸、硬纸板、细木杆、胶布、铁丝、尖嘴钳。靠墙还有不少玻璃瓶，瓶里盛着红色白色的粉末。

杨少良、铁蛋看到叶志远来了，立即放下手里的活，起身迎了上来。叶志远问："干得怎么样了？"杨少良说："拉火装置和延迟引爆装置已经研制出来了，现在正在解决组装固定的问题。"

叶志远夸奖道："进展不慢嘛，一定要注意安全。手榴弹消耗量很大，要想办法多生产。"张扶海与黄国全在一边商量着记录实验数据、工人上岗培训以及如何提高生产效率的问题。

第三天，叶志远主持召开游击大队党委会，讨论并做出了四项决议：第一，通过了游击大队战斗序列和干部任命；第二，入冬前，开辟泾旌宁宣边区抗日游击根据地；第三，在各根据地成立民兵队、农会和妇救会，实行全民皆兵；第四，扩大粮饷来源，努力生产粮食蔬菜，多渠道购买粮食，抓好军工生产。

党委会还研究了在葛顺乡以外活动的基本策略，叶志远会后征求了刘贤臣的意见，主要设想是：以考察茶园、合作生产名茶为名，联络失散的地下党和游击队员，秘密恢复活动，为开辟并巩固根据地打好基础。搜集购买紧缺物资，打击镇压土匪恶霸。

第四十四章　发　展

皖南七月，骄阳似火。游击大队三个连的老兵们都在整理自己的行装，今天晚上他们都要出发，去开辟新的游击根据地。各连的活动范围、任务和纪律，在昨天的排以上干部会议上，叶志远已经作了明确交代。

叶志远特地从陈水根侦察队抽调九名侦察员回来，给每连配了三名，保证每个排都能有一名侦察员带路，并保持与连部的联络。

汪施才向大家介绍了三年前各地建立党组织的情况，以及目前失散人员大致下落等。他还从交通联络站抽回了三名原特委工作人员跟随三个连行动，还带上了特委开出的联络信。为减轻当地群众负担，后勤队让每个连都带足了粮食，还给每个排长发了一百元的活动经费。

晚上，山野寂静，月明星稀。1连是朝泾县、南陵方向进发，任务是开辟西至昌桥、北至琴溪和蔡村的游击区。控制了这里，就能基本打通与新四军三支队的联络通道。

在连长徐满仓、指导员王令朝的率领下，1连的战士们身穿便衣，带着武器，沿着溪边小路向泾县蔡村行进。天亮前在距离蔡村一里多路的山林里隐蔽下来。休息至天亮，徐满仓命令部队原地待命，他和王令朝带着侦察员、特委联络员沿路向蔡村走去。

蔡村位于高凤山区北麓，地形复杂，山重水复，蔡村河穿流而过。他们一路查看地形，并在地图上做上标记。进了村子，特委联络员很快找到了当年村赤卫队的一个队员，他俩曾经一起打过游击。

当特委联络员亮出身份，告诉他游击队回来了的时候，那个赤卫队员激动得流

下眼泪。他什么话也没说，只是从米缸里舀出仅有的半碗米，要做饭给同志们吃。

王令朝一把拉住他，说："我们自己带了米，先不忙做饭。现在村里还有几个党员？"他说："还有三个。""可靠吗？""可靠。""那好，你现在就请他们过来吃饭，就说家里来亲戚了。"

当那人带了三个村民回来时，徐满仓他们已经煮好了一锅饭在等着了。饭后徐满仓仔细询问了情况，要求他们秘密成立农会，串联周围乡村把民兵组织起来，选择有利地形准备囤积粮草，这里暂时留下一个排的人帮助他们训练。秋收时部队还会过来。

第二天，徐满仓带着两个排继续向琴溪、昌桥方向进发。留在蔡村的一个排在农会的掩护下，分散住进了邻近的几个村里。白天帮助村民干活，四处查看地形，对特别困难的村民还经常买些粮食送去。晚上组织民兵学习军事技术，宣传穷人翻身求解放的道理。

用了一个多月的时间，1连在三个地方恢复了党组织活动，拉起了一支三百人的民兵队伍。一个月后，他们获得了一个消息，就是南陵县保安团向芜湖敌占区走私桐油，换回棉布出售牟取暴利。

徐满仓、王令朝带着一个排连夜赶往芜湖至南陵公路设伏。第二天他们冒充省政府缉私队，未费一枪一弹截下了五十匹棉布，缴获了十几支长短枪。枪都发给了三地的民兵队，棉布全部送回了虎头岭营地。

2连前往宣城方向，任务是开辟华阳、溪口、新田一带的游击区，控制游击根据地的北大门。连长邵家旺、指导员张照民下午就带着部队出发，顺虎头岭小路直接北上，后半夜就到了华阳乡，选了一块干燥的坡地宿营。

天色大亮后，由联络员带着进村找人，费了很大的劲才找到一个。一问才知道，三年前敌人反复清剿，党组织遭到严重破坏，当时公开活动的同志已经全部牺牲。邵家旺和张照民意识到情况的严重性，决定张照民带一个排留下，协助联络员寻找失散的党员。

两天后，邵家旺来到了溪口镇附近，这里群山耸立，森林密布，华阳河从边上流过，水陆交通十分便利。邵家旺命令部队分散活动，在联络员带领下，很快找到了五名潜伏下来的党员。邵家旺要求他们继续寻找其他同志，尽快恢复组织活动，成立民兵组织。

在以后的几天里，他们串联起将近一百多名老赤卫队员，还在附近的山里发现了不少溶洞，当地人根据洞内钟乳石的形状，叫作象山洞、狮山洞、蝙蝠洞、蚂蚁山洞。当晚邵家旺就安排部队住进了溶洞，发现这里可以屯兵藏粮，是个打游击的好地方，于是吩咐战士将溶洞一一标注到地图上。

又过了一天，张照民带着一个排赶了上来，说华阳那边已经联络上了十几个党员，现在已经开展活动了。休整一天后，2连继续向北行进，大半天时间便来到了新田镇。

新田镇是宣城南部的大镇，盛产煤炭、石灰石、高岭土，由于紧靠华阳河，水陆运输十分便利，很久以来便是商贾云集之地。

联络员带着一个船工模样的人来见邵家旺，说他是地下党员、华阳帮的副帮主王昌江。邵家旺和张照民听了一愣，王昌江赶紧说明了缘由。三年前党组织想控制水上交通，就派船工出身的党员王昌江加入了华阳帮。

华阳帮不是一般的江湖帮会，而是华阳河上跑船的商户自发组织起来的行会组织，做些协调运输、协商运价，调解内部纠纷，出面与官府谈判税赋的事情。

由于王昌江能吃苦、肯动脑，深得帮主器重，两年时间就坐上帮里的第二把交椅。听王昌江这么一说，邵家旺和张照民这才松了口气，又问了他帮里现在的情况。

王昌江说，帮会已经存在了几十年，现在的会员船工有一百多人，码头上当脚夫的还有二百多人，华阳河、水阳江的生意都做，北边做到了湾沚和当涂。邵家旺又问帮主是怎样的人。王昌江说，帮主是老船商，此人讲究义气，对国民党不敢得罪，对共产党怀有戒心，对日本人不合作。

第四十五章　出　气

王昌江叹了口气，又说了一件事。最近他们帮会遇到了麻烦，附近铁夹山来了一股土匪，派人威吓帮主，要帮里每年交给他们一万元的过河钱，不交钱他们就封堵河道，一条船都别想开过去。

张照民问："你们报官了没有？"王昌江说了，帮主派我去县里报告，县保安团说派兵剿匪可以，要先交两千元的开拔费，吃喝费用也要我们出。若是跟土匪交上了火，伤了一个团丁要给两百元的出血费。

帮主咬着牙答应了这些条件。上个月来了三百个团丁，攻了两天没有攻上去，反倒折了五个弟兄。就这样，连土匪的毛都没碰掉一根，帮里就花费了一大笔钱。土匪打了胜仗，变得更加嚣张，又派人来传话，限令帮主一月之内交足一万元，否则血洗华阳帮。

帮主又气又急，很快就病倒在床，传下话说，不管是谁，只要能消灭土匪，帮主立刻让位给他。再过三天就是大限之日了，情况很是紧急。邵家旺问了一下铁夹山土匪的情况，与张照民低声商量了一会，召来三个排长布置了任务。

下午，一条小船载着王昌江和三个侦察员慢慢靠近了铁夹山。王昌江大声喊道："我是华阳帮的副帮主，叫你们大头领出来说话。"山上土匪回道："有话就说，有屁就放。"

王昌江喊道："我们手上钱紧，让大头领宽限我们几日。"过了一会，山上响起了喊声："我们大头领说了，一天也不能拖延，后天午时不交钱，你们一大家子都把脖子洗干净，等着挨刀吧。"交涉无果，小船只得返回。

侦察员向邵家旺、张照民汇报了敌情。铁夹山一面临水，三面靠山，坡陡林密。临水的一面只有一条小路通向山顶，小路两边筑有工事。三面靠山的地方看不到有防御工事，估计设有陷阱机关。土匪人数不清，看铁夹山的面积，估计最多不会超过六十个人。

邵家旺立即下达命令，从三个排选出二十名善于攀爬、懂得布置陷阱的战士组成两个突击队，分别由自己和副连长王三石带领，从山坡两面开辟出进攻道路。张照民带领大队随后展开攻击。

拂晓前，华阳帮两艘快船驶到铁夹山两侧岸边，身上绑着树枝的突击队员下了船，悄悄向山脚下摸去，渐渐隐没在山林中。同时，另有两支队伍分别在张照民和副指导员谢俊胜带领下，从两边的山路向铁夹山迂回，天亮之前在距离山脚很近的山林中潜伏了下来。

天亮之后，华阳帮出动大批船队运送货物，有的船故意靠近铁夹山大声喧哗，有的干脆停船上岸，埋锅做饭。山上土匪有些疑惑，派了几个人下来要赶他们走。船工说："帮主叫我们多干些活，挣够了钱交给你们，你们就等着收钱吧。"土匪听了咧着嘴笑了，说："早这样不就没事了吗？"。

华阳帮的船队足足闹腾了一天，把土匪的注意力都吸引了过来。也就在这个白天，突击队员们钻进昏暗的山林里，悄悄排除了分布在攻击路线上的兽夹、吊杆、钉床、暗箭、滚木，并在每个陷阱的前方插上两根互相交叉的树枝。

晚上刮起了风，风卷山林，松涛阵阵。约定的攻击时间到了。张照民带领队伍沿着突击队开出的通道，顺利登山与突击队汇合。此时，每个战士的左臂都系有白毛巾。

邵家旺见进攻路线已经打通，便一挥手，说声："上！"战士们迅速散开，组成战斗队形向山顶摸去。站哨的土匪发现眼前有人影晃动，便号叫起来："干什么的，站住！"说着就"嘭"的一枪，土匪枪法很准，领头的突击队员应声倒下。后面的战士立即还击，一排手榴弹也砸了过去，震耳的爆炸声刚停，战士们就挺着刺刀冲了上去，很快与对面冲上来的战士们会了师。

2连装备的全是崭新的三八大盖，枪身长刺刀也长，那些习惯于拦路抢劫的土匪，哪里是战士们的对手，加上刚才土匪开枪击倒了自己的战友，战士们怒不可遏，三下两下全把土匪挑翻在地。匪首刚刚穿上衣服跑到门口，就被几把刺刀扎死在门板上。

邵家旺命令部队点燃火把，全面搜索。王昌江这时也带着几十个人赶到了，帮着清理战场。此次战斗消灭土匪四十人，我方牺牲一人，受伤十七人，缴获长短枪二十支，子弹数百发，金银财物折合法币一万元。

邵家旺将短枪留下，长枪全给了王昌江，要他在帮里发展民兵组织，建立一支皖南水上抗日游击队。缴获的钱财带走两千元，其余都给了王昌江，叫他设法采购炸药、枪弹、西药、缝纫机等紧缺物资。还交代王昌江让他带着几个土匪尸体去县里报功请赏。邵家旺布置妥当后，带领部队抬着牺牲战士的遗体，踏上了归途。

邵家旺在这边帮王昌江他们出了一口恶气，那边的3连也铲除了当地的一个恶霸。3连是开往旌德、泾县方向，去开辟包括云乐、西阳和榔桥在内的游击区，希望能够打通与军部的联系。

3连连长马云飞、指导员彭戈带着队伍先来到了泾县东部的汀溪，这里属于高风山区，群山连绵，溪水纵横，盛产稻米、茶叶和药材。联络员很顺利地找到了当年的游击队长，得知党组织还存在。马云飞给了他五十元经费，叫他抓紧联系其他党员，成立民兵组织。彭戈听说这里盛产金银花、六月雪等药材，便叫他发动村民大量采摘制作，游击队按市价收购。

汀溪的工作有了眉目之后，他们接着南下，来到了旌德县的云乐镇。云乐镇是当年泾县、旌德、宣城根据地的外围，也是民团重点清剿地区之一，党组织损失很大。在联络员的努力下，找到了一名幸存的党员，现在是当地煤窑的小头目。马云飞要求他秘密联系党员和赤卫队员，在村民和矿工中发展力量。听说这里产煤，又有云川河直通葛顺，他们便通过这个党员的关系，从煤窑低价购买了两船煤炭送回了葛顺乡。

七月底，3连从云乐出发，向西穿过黄子山，来到了徽河一条支流边上的黄田乡。这里处于大山的边缘，是云乐镇通向榔桥镇的必经之地。从榔桥镇往西再走七八十里路，就到了皖南很有名气的茂林镇了。

第四十六章　除　霸

　　特委联络员找到了黄田乡秘密农会会长的家，会长叫黄立秋，几年来一直没有暴露身份。联络员进家一问知道出了事，家人似乎认识联络员，便哭诉道，乡里的地主说黄立秋带头抗租抗税，几天前派人抓走了黄立秋，关在乡公所里拷打，还说过两天要送往县里法办。

　　马云飞与彭戈、吴捷生商量了一下，决定由吴捷生带一个班监视乡公所，但不要轻易动手，等进一步了解情况后再作决定。马云飞等人装扮成商贩，立即赶往十里路外的榔桥镇。

　　榔桥镇也是泾县的一个大镇，四周全是丘陵谷地，徽河水穿镇而过，周围尽是良田，可以称得上是鱼米之乡。街上店铺林立，由于战事一时还未影响到这里，因此生意兴隆一如往常。

　　侦察员带着马云飞他们走进镇里，找到了一家五金杂货店。这个店铺门面不大，货架上却摆得满满的。侦察员打起招呼：“掌柜的，生意还好吧。”掌柜抬头一看，知道是根据地来了人，连忙将他们迎到里间坐下，端上热茶，问明了来意后，便说起了情况。

　　黄田乡是有个叫黄灵轩的地主，和榔桥镇的镇长是拜把子兄弟。黄灵轩一贯依仗财势，欺压村民，仇视共产党和新四军，民愤很大。马云飞听交通联络站的人这么一说，情况也都清楚了，叮嘱了一番便起身告辞，立即赶回了黄田乡。

　　当晚，除霸行动开始。副连长吴捷生带一个班闯进了乡公所，大声喊道：“人呢，都给我滚出来！”两个背着枪的乡丁端着饭碗，从后院跑了出来，嘴里骂骂咧咧：“干什么的，你们也不看看这是什么地方？”

　　旁边的战士一个巴掌打过去，骂道：“混账东西，这是我们长官。”乡丁给打得发愣，吴捷生懒得跟他们废话，粗声问道：“你们抓的人呢，我们要带他走。”

　　战士上前缴了两个乡丁的枪，用枪顶着他们进去找人。乡丁来到柴房，掏出钥匙打开门锁，战士们一把将乡丁推了进去。柴房的柱子上绑了一个人，鼻青脸肿，满身都是血迹。战士用枪托砸了乡丁一下，问：“这个人是谁？”乡丁说：“他姓黄，是个共产党。”

战士们上前解开黄立秋身上的绳索，转身将一个乡丁推到柱子上绑了起来，又扯下他的帽子塞住了嘴。战士们什么也不说，架起黄立秋就朝外走。吴捷生命令几个人留下搜查乡公所，其他人押着另一个乡丁去黄灵轩的家。

马云飞、彭戈带着部队隐蔽在黄宅附近，见吴捷生押着乡丁过来了，朝他打了个手势。吴捷生用驳壳枪抵住乡丁，头向大门一摆，乡丁知道他的意思，便上前用力敲门。

门里有人问："谁在敲门，什么事啊？"乡丁答道："快点开门，有急事报告黄老爷。"大门"吱呀"一声打开，吴捷生推着乡丁将门撞开，后面的战士一拥而入，向两边厢房扑去。

吴捷生揪着乡丁冲进了黄灵轩的卧房，马云飞紧随其后，彭戈带人直奔后院。这时，外面的一个排已将黄宅围住；另一个排分出兵力，把出村的各条道路全部封死。

黄宅里的行动很顺利，黄灵轩被抓住以后，被迫交出了田契、房契和乡民立下的欠钱、欠租和欠粮的字据。彭戈领着战士们从地窖里搜出了好几箱子钱财，还起出了几条长枪。

马云飞叫来了黄灵轩的大老婆，抽出一张二十亩的地契，又找到一份房契交给了她，说："你男人干了不少坏事，民愤很大，我们要把他带走。这些东西你收着，足够养活家人了。你要告诉后代，永远不要欺负穷人。"说完，他命令将所有的地契房契烧掉，连夜押着黄灵轩，带上黄立秋一家子人离开了黄田乡。

走到一处偏僻的山谷，马云飞下令将黄灵轩押了过来，历数其罪状，明确告诉他，我们是共产党皖南抗日游击队，现在代表人民判处你死刑。宣判过后，旁边一个战士挥动刺刀，结果了黄灵轩的性命。随后，战士们在路边挖了个大坑将其掩埋。

叶志远把三个连送走以后，自己也没有闲着。他让刘贤臣把各保的保长喊来开了个会，说现在地方治安状况不好，土匪猖獗，要求各村成立民兵队以自保，青壮年都要轮流参加军事训练，乡里按照每人五元钱补贴给村里。

保长们心里一盘算，既能防范土匪袭扰，又有乡里的补助资金，这事干得。回去后他们很快布置了下去，几天工夫各村都成立了民兵队伍，加起来竟有五百多人。叶志远按照所在区域将其分成了五个队，集中到乡公所轮训。从此开始，打谷场上几乎天天人声喧腾，杀声震天，热闹异常。

上次铜官山解救出来的矿工民夫没有编入连队，而是留在营地继续休养，现在已经恢复得差不多了。这天早上，叶志远和张扶海、黄国全来到了虎头岭下的

打谷场，站到排成三列横队的矿工民夫的面前。

叶志远大声说道："同志们，你们现在已经是战士了。我问你们，我们的头一条纪律是什么？"矿工民夫们整齐地回答："听从上级的指挥。"叶志远说："回答得很好。你们当中以前用过炸药、点过炮眼的请举手。"

队伍里面的人似乎有些犹豫，过了一会有十几个人举起了手。叶志远说："好，听我命令，举手的人出列，向前三步——走。"十几个人走出队列，又自动排成了一列。

张扶海和黄国全走到近前，逐个询问了他们个人的一些情况，问完以后，对叶志远点了点头。叶志远对这十几个人说："你们都跟着张队长走。"

剩下的还有一百来人。叶志远把他们分成三队，让他们自己推选出三个队长来。叶志远看到了上次带头参军的矿工李有田也在其中，对他笑了一笑。

接着来了三个老队员，每人带领一个队当场开始了训练。现在全大队只有三百多支枪，勉强装备了三个连队，短枪也差得太多，不少连排级干部现在还是扛长枪，有一半的侦察员手中无枪。如此看来，这百十人只能装备大刀片子和手榴弹了。

叶志远告诉三个教员，这支队伍就叫大刀队，这些新兵学会了射击、投弹和刺杀后，着重练习大刀劈杀，练好各种姿势的手榴弹投掷，要特别注意在投准上面下功夫。

第四十七章　成　果

八月中旬，1连带着五十匹布最先回到了虎头岭。接着就是3连，他们杀了恶霸黄灵轩，带回了黄立秋，需要马上报告大队。过了几天2连也回来了。

叶志远召开党委扩大会，让副连级干部以及刘贤臣都列席了会议。三个连分别汇报了建立游击区的情况。党委会分析了目前的态势：一个月来，初步建立起包括九个乡镇在内的抗日游击根据地，在联系军部和三支队方面建立了自己的秘密通道，初步掌握了华阳帮，打通了芜湖、马鞍山的水上交通线。缴获和采购了一批急需的物资。

党委会决定：第一，各连要派出小股部队巩固游击区，并尽量向外发展；第二，各连开展大练兵，学会利用船筏夜间行军；第三，宣城打击土匪、南陵劫走布匹、黄田乡镇压恶霸之事，必定会引起上面的注意，要提防这几个县的民团对我们进行侦察，要尽量避免在葛顺乡境内发生交火。同时，党委会还通过了刘贤臣、杨少良两名同志的入党申请。

会后，叶志远对刘贤臣说："周围几个县都出了事，我们这里太平静了好不好？"刘贤臣笑着说："当然不好，说不定会怀疑到我们这里。这样吧，我马上派人去县里报告，就说葛顺乡近来出现匪情，土匪被我乡击退后向泾县方向逃窜。"

叶志远提醒他，还要考虑做好应付县里拉夫拉丁的准备。叶志远又与张扶海商量军需生产的事，安排黄田乡农会黄立秋夫妇组建被服厂，发动村里妇女缝制军衣。

正说着，杨少良兴冲冲地进来报告，说手榴弹试制出来了，请叶志远去现场观看实弹试验。叶志远连忙叫人通知三个连长都去兵工厂。

在兵工厂旁边的一处山谷里，竖起了一圈厚木板。二十米之外有一块大石，大石后面站着叶志远和徐满仓、邵家旺、马云飞一帮子连长们，他们一个个瞪大眼睛，像看自己伢子似的看着兵工厂刚刚做出来的手榴弹。

徐满仓抢先抓了一颗，细细看去，铁铸的弹体，上有交错的沟槽，弹体装着一根木柄，抛了光没有上漆，末端有一铁盖，旋开可见里面有一个拉环。拿在手里掂掂，大概有一斤来重，比缴获的要轻一点。

徐满仓对黄国全说："我的大厂长，我头一个扔喽。"黄国全说："可以扔了，扔到木板圈里去。"徐满仓捋起袖子，旋开盖子，拉掉拉环，手榴弹冒着青烟吱吱作响飞进了木板圈里。

只听得"轰"的一声闷响，大家伸出头看去，有一半的木板被炸倒在地。黄国全、杨少良和铁蛋他们快步走上去，指定几个工人查看木板上的弹着点。

过了一会，试验数字出来了：手榴弹拉弦后五秒钟爆炸，距离炸点五米的木板被弹片击穿，木板上的弹着点有四十多个。叶志远命令继续试验，一共投掷了五颗，全部炸响了，没有出现一颗哑弹。

叶志远这才高兴地宣布："试验完全成功，我们有了自己生产的手榴弹啦。"在场的人都高兴地跳了起来。他们都是久经战阵的老兵了，当年都是扛着梭镖拎着大刀参加游击队的。他们不怕白狗子人多枪多，只恨自己枪少弹缺。多少次战斗失利，多少同志的流血牺牲，不都是因为子弹打完了，手榴弹打光了吗？现在有了自己制造的武器，这就意味着我们能用猛烈的火力来杀伤敌人，从而减少自己的伤亡，这比单纯依靠缴获补充意义要大得多。

叶志远问到手榴弹的产量。黄国全说了，现在基本依靠手工生产，因为缺乏熟练工人，一天只能生产十颗。叶志远一摆手，说："带我们去看看。"

一行人来到兵工厂车间里，从头至尾观看了一遍生产过程。叶志远说："现在的条件是很落后，但可以发动群众想想办法。比如手榴弹木柄的外圆加工，可以叫木匠做一个简易车床，再做一个钻床就可以钻里面的孔。我上次去县里当民夫，看见过一个木匠铺里有这样的东西，是用脚踩着转的。"

黄国全一听就明白了，他兴奋地说："还是大队长水平高，一句话就解决了这个难题。"叶志远笑笑说："做事要靠大家，大家都来想办法，事情也就好办了。这次手榴弹研制成功，大队要给你们记功，有功人员每人奖励十元钱。"

大家都知道，这个时候的物价，一元钱能买十五斤白米，三斤猪肉。工人们听说能拿到这么多钱，个个高兴坏了。他们在铜官山给日本人当牛做马，天天吃霉米吃烂菜，随时都会被打得半死，说是每天发两毛钱的工钱，但都被工头克扣光了。自从来到这里参加了游击队，真正尝到了翻身解放的滋味。

叶志远把后勤队长张扶海叫到兵工厂的屋里，说起后勤保障的事。部队不可能窝在山沟里不出去，一出去就是长途行军，接着就是夜战近战，体力消耗很大，也会出现人员伤亡。要想办法解决长途行军战士吃得上饭的问题，解决伤病员能够得到及时救护治疗的问题。

张扶海说了，目前除了国民党的整编师之外，其他部队包括新四军都没有解决好这些问题，我们只能自己想办法了。叶志远鼓励他发动群众想办法。

杨少良进来报告，刘贤臣从山下派人送信说宣城来人了，请叶志远、邵家旺下山一见。叶志远问邵家旺："宣城来人？恐怕是找你的吧。"邵家旺想了一下，恍然大悟，说："可能是华阳帮的人。"叶志远便叫上张扶海一同下山看看。

来到乡公所，邵家旺一看，来人果然是王昌江。立即上前握手，向叶志远介绍说："这就是华阳帮的副帮主，地下党员王昌江同志。"接着，他又向王昌江介绍了叶志远、张扶海和刘贤臣。

众人坐下喝茶。王昌江首先代表帮主感谢游击大队出手相助，剿灭了土匪。为表谢意，这次送来了一批从上海秘密采购来的消炎药"磺胺嘧啶"，还有十台美国产的胜家牌手摇缝纫机，五百双胶底帆布靴。

张扶海听了十分高兴，但有些疑惑，便问："药品是禁运物资，路上没有人盘查吗？"王昌江说，现在日本人严禁贩运军火、粮食、药品和医疗器械，陆路是鬼子的岗哨，查得很严。水路是伪军的岗哨，查得松一些，只要藏得严实一点，再花点钱打点一下就能运出来。

　　叶志远一听，心里有了主意。他看着王昌江说："这仗还有的打，药品还有军火供应问题必须想办法解决。要是能有个稳定安全的供应渠道就好了。"

　　刘贤臣心里一动，说："药品军火只能花钱去买，上哪里去买？从日本人那里买，无异于与虎谋皮。从国民党那里去买，弄不好会暴露了我们自己。"

　　张扶海已经全面接手后勤工作，知道了自己的家底。他想了一下，说："你们看这样行不行。我们出资，刘贤臣当老板，华阳帮出人负责经营，设法在敌占区注册一家贸易公司，最好能跟外国商人搭上线，暗中采购药品、医疗器械，以后再逐步做军火生意，主要供应我们自己。"

　　叶志远心里一亮，说："这个主意好，可以试一试，那就到上海去吧，绕开日本人，直接跟洋人做生意。注意不要暴露了真实身份。"

第四十八章　团　丁

　　两天后，刘贤臣、张扶海在王昌江和两名队员的护送下，乘上华阳帮的一条客船，沿西津河、水阳江一路望西北而去，用了六天时间辗转进入了上海，在租界找了一家像样的旅馆住了下来。

　　第二天，他们租了一辆轿车，驶到了九江路外滩的美国花旗银行门口停下。花旗银行的雇员大都是上海本地人，他们看到两位商人模样的人走了进来，后面还跟着几个随员，便纷纷在柜台内起身相迎。

　　商人的一名随员将一个沉甸甸的小箱子拎上柜台，随手打开，满满一箱的金条和珠宝呈现在众人的眼前。银行雇员们惊愕地睁大了眼睛，刘贤臣一脸平淡地将一张通行证放在柜台上。雇员一看，哦，原来是安徽的财主来了，徽商后代有钱很正常。

　　张扶海慢悠悠地开了口："先兑换美元，再开个户。"雇员恭敬地说："你们请坐，这就去办。"

　　当前市面上流行的法币不断贬值，金价却不断上涨。雇员们忙乎一阵子，经银行鉴定师对金条珠宝鉴定估价，共折算成十五万美元，并以刘贤臣、张扶海名义存入了花旗银行。

　　这家银行的经理名叫约翰。一年多来，因日军占领上海以及华东的主要城市，到处炮火连天，兵荒马乱，既没有人来存款，更没有人来贷款，银行业务一

落千丈。要再这样下去，银行很快就得关门裁员，自己也要卷起铺盖回太平洋彼岸的老家去了。

正在约翰不停叹气的时候，女秘书打来了电话，说刚才有两个中国人在前台开了户头，存入了一笔巨款。约翰一听，心里一阵惊喜，便对着话筒说道："哦，是吗，这两个客户有没有提出什么要求？"女秘书说："别的要求倒是没有，他们只是想见您一面。"

由于吸揽了一大笔私人存款，约翰亲自出面，请刘贤臣和张扶海喝咖啡。三人坐定后，刘贤臣问："贵行能为我们开户一事保密吗？如果国民政府或者日本人来调查，你们允许吗？"

约翰耸了耸肩，用不很熟练的汉语说道："为客户保密，本来就是我们的义务，存款协议书上就有这个条款。请相信我们花旗银行的信誉，无论是谁都不会从我们这里得到任何资料的。你们是私人性质的存款，现在已经受到了美国法律的保护。"

刘贤臣说："那就好。"约翰又补充了一句："不仅是对存款一项保密，对其他业务也同样保密。你们还有什么业务需要我们帮助办理的吗？"

张扶海看了刘贤臣一眼，说："我们想在上海成立一家贸易公司，和贵国商人做一点生意，先生能否提供帮助？"约翰喜出望外，说："简直太好啦，这正是我们银行的主要业务。"接下来，双方在非常融洽的气氛中商谈了合作意向，并约定两天后签订贸易协约。

等客户走了之后，女秘书出来收拾杯具。女秘书嘟囔了一句："他们没怎么喝哎。"正在揉着眉头想事情的约翰听了，抬眼看了看桌上的杯子，自己的咖啡杯子是空的，两位客户的咖啡似乎没怎么动。

他想了一下，觉得今天来的两位客户有些不简单，不卑不亢的。不像其他中国人，见了自己就点头哈腰，嘴里尽说些令人肉麻的奉承话。但他明明看见两人喝了咖啡，哦，那是表示客气。但后来就一直没喝了，那是说明他们对咖啡根本就不感兴趣。嗯，对这样的客户可得要花点心思笼络住，说不定能给我带来意想不到的好处。

在葛顺乡的叶志远遇到了一件棘手的事，他连忙上山与徐满仓他们商量。最近，宁国县保安团向各乡发了公告，今冬抽丁大乡二十人，小乡十人，若是借故逃避，则严惩不贷云云。

叶志远问大家："去不去？"徐满仓问："不会是国民党征兵吧？"叶志远说："宁国现在有十几万军队，又没有打大仗，暂时不会征。"邵家旺说："如果不去，就是公开对抗，我们不怕他们来打。可这样一来，我们还怎么隐蔽发展，军部交给我们的任务怎么完成？”叶志远点点头：“说得对。还是去吧。小不忍则乱大谋。保安团成分复杂，环境恶劣，地痞流氓不少，需要派一名干部带队。”

在叶志远的头脑里，此时已经出现了两个人的身影，一个是2连副指导员谢俊胜，一个是3连副连长吴捷生，他俩都是皖浙赣边区出来的，是本地人，经历过斗争考验，有指挥能力，又能识几个字，遇事也能沉得住气。同时具备这几个优点的干部目前还不多。

再三考虑之后，叶志远作出安排，让徐满仓从完成训练任务的民兵里，挑出九个家里负担不重的，由谢俊胜带去加入保安团。下次再要抽丁，就由吴捷生带着去。

第二天一早，叶志远领着谢俊胜、吴捷生和九个团丁，再加上彭程远、王三石等一些副连级干部，开始了为期一周的突击训练。早饭前是越野行军，吃了早饭就练习射击、拼刺和格斗。下午讲授军事常识，对日军作战要领。晚上一个小时思想教育和集体讨论。

一周后，叶志远亲自将谢俊胜等十人送到县里，临行前乡里发给每人二十元的安家费。到了县里，叶志远宴请了黄团长和一帮子中队长，拜托黄团长关照谢俊胜等人。

县保安团属于地方武装，归省保安司令部管辖，专司缉拿盗匪、维护治安之职。宁国县保安团下辖四个中队，每个中队一百人左右。四个中队原先分别把守四个城门。城墙拆光了以后，就在四个路口设卡站岗。没有固定营房，就近征用民房住宿。

谢俊胜编入了四中队十班，谢俊胜当了班长，驻守西门并负责这一带的治安防卫和对空警戒。每人发了两套国军换下来的旧军上衣，军帽也是旧的，没有裤子。中队长说国军操练都把裤子磨烂了，发给你们也不能穿。

武器是每人一杆汉阳造，十发子弹，刺刀没有配齐。保安团纪律松散，每天出操训练都是装装样子走过场而已。

谢俊胜可不管这些，他对班里要求很严，对自己要求更严。每天早晨他是第一个起床，先是练习一下贴身打斗的基本动作，再带上班里的团丁全副武装在大街上跑上一个来回，天天如此，风雨无阻。有几次给黄团长瞧见了，心想这葛顺乡出来的还真有点当兵的样子。

过了一段时间，省里保安处派了一个高级参谋下来检查训练情况，算是对保安团长的年度考评。高参要来花名册，很随意地从四个中队各抽了一个班，命令

他们全部带上武器弹药，站队集合。

集合好了队伍，就往城外走去。高参和黄团长骑着马在前面走，叫四个中队长带四个班跟在后面走。黄团长不知这个高参要搞什么名堂，心里七上八下的。

等出了县城，高参打马跑了起来，黄团长只好策马跟上，高参朝后面看了一下，喊了声："全部跟上，不准掉队。"便一夹马肚快跑起来。

这下害苦了后面的团丁，心里直骂娘：你们当官的骑着马跑，叫我们当兵的跟在后面吃马屁。骂归骂，跑还是要跑的，就这样一直跑到了五里以外的一座山前，高参才勒马停了下来。这里已经提前布置好了一个靶场，五个半身靶竖在一百米外的山脚下。

高参向后面看去，不见一个团丁的影子，心里微微发凉。过了一会，谢俊胜带领一个班喘着气跑了过来，十个人基本保持着队形。

又过了很长时间，四个中队长满身大汗，跟跟跄跄地走了过来，后面稀稀拉拉地跟着三十个团丁，呼哧呼哧地直喘粗气。

高参脸色很不好看，也没让他们休息，命令谢俊胜班上去打靶，每人五枪。"啪啪啪"一阵枪响，成绩出来了，谢俊胜本人五枪五中，班里其他人最差的也是五枪三中。

再命令另外三个班上去打，很少有打中靶子的。高参脸色更加难看，又命令四个中队长上去打，两个五枪二中，两个是光头。站在一旁的黄团长实在看不下去，破口大骂："你们平时干什么吃的，一群废物！"

第四十九章　秋　收

高参指着谢俊胜问："你叫什么名字，当过兵吗？"谢俊胜昂首挺胸，大声回答："报告参谋长，我是保安团四中队十班班长谢俊胜，没有当过兵，只当过两年乡丁。"

他故意把高参说成了参谋长。高参满意地说："好，也算是老兵了嘛。"他侧身对黄团长说："兵熊熊一个，将熊熊一窝。宁国处在抗战前线，你们这个样子怎能去打仗，怎能守土保家啊？"

黄团长脸上红一块白一块的，结结巴巴地说："是，高参说的是，我一定严加整饬。"高参又说："不能一概而论，贵团也还是有能人的嘛。"

黄团长大悟，马上大声命令："谢俊胜出列！你练兵有方，现在任命你为保安团第4中队中队长。"谢俊胜朗声回答："感谢参谋长栽培，感谢黄团长提携。"黄团长又说："还有，你们班的弟兄全部都当4中队的班长，给我好好地把兵练出来。"这样一来，谢俊胜他们初步在保安团站住了脚。

半个月后，一家名叫"华盛药房"的私人公司在青浦县朱家角镇开了业，主要经营美国、德国以及上海产的各种药品和医疗器械。这里紧靠淀山湖，航运发达，交通十分便利。

周围的人们不知道这家药房的老板是谁，但看到在这里进进出出的大都是黄头发蓝眼睛的洋人之后，就知道这家药房后面，肯定有很厉害的靠山。

上海沦陷后，各方势力在此布下了大量的暗探眼线，不停地收集各种情报消息。华盛药房开业的消息很快传入了有心人的耳里，他们纷纷派人前来探查。

走进店里，看到货架上摆放的只是国内生产的常见药。但细问起来，这家药房还能搞到进口的消炎药品和医疗器械，只不过数量有限，价格有些贵，但质量绝对能够保证。过了一些日子，上门订货的客商渐渐多了起来，有三战区的、五战区的，自然也少不了新四军的人。

药房经理是王昌江的胞弟王连河，按照他兄长的再三交代，他对所有的客商都笑脸相迎、一视同仁。还有一条，就是打死不能透露老板的真实身份，不能说出进货渠道。

药品售价也早已商定好了，给新四军的略高于进价，并负责送货上门；给其他部队的一律加价一倍，像进口的盘尼西林针剂和片剂再加一倍，不要拉倒。尽管如此，生意竟然是出乎意料地火爆，开业不到一个月，药房净赚了五万元法币。

转眼又到了中秋节。今年葛顺乡风调雨顺，粮食丰收，就连虎头岭谷地里也是硕果累累。叶志远传令部队停止训练，留下站岗警戒的人，其他都放假回家帮家里秋收秋种。

张扶海的后勤队也有收获，他们做出了脚踏车床，提高了手榴弹木柄的加工质量和数量。同时还利用取之不尽的竹子资源，用脚踏车床加工出了供战士们吃饭用的竹碗、行军时用来烧饭的竹饭筒。

他们还走乡入户，动员村民编制竹席、竹篓、竹篮，用竹筏运到西津河沿岸码头兑给商铺，村民因此增加了一笔收入。另外，张扶海还请来猎户出身的邵家旺，叫他帮忙设计出竹弓、竹箭、竹钉床、竹吊索等防御利器，增强了虎头岭的防御能力，减少了站岗执勤的兵力。

兵工厂增加了人手，加上操作逐渐熟练，现在手榴弹的日产达到二十颗。由于引信制作和组装完全是手工操作，为确保人员安全，叶志远要求不得盲目增加产量。另外受原材料限制，生铁全部依靠外购，炸药、雷管、导火索均不能自产，有钱也买不到，缴获来的用一点就少一点。

在这段时间里，叶志远仔细阅读了杨少良的记录，对日军的战术有了了解。日军作战一上来就是飞机投弹大炮轰击，我们这边缺乏火力支援，守不住也攻不上，只能用人命往上堆，亏吃大了。

当然也有军事指挥、战术运用、士兵素质以及部队配合等方面的问题。但叶志远始终认为，缺乏压制火力和落后的后勤保障是作战屡次失利的重要原因。所以他一直在想办法改善装备，冒险袭击铜官山的主要目的就是搞炸药，到上海开药房也是出于这样的考虑。最近他对黄国全的兵工厂提出了试制地雷、石雷的要求。

刘贤臣从上海回来以后，顾不上休息，带着人在乡里各保甲检查秋收秋种情况，督促各村按时足额上缴田赋公粮。征齐以后亲自押送到县里，受到黄县长亲自接见。

刘贤臣又来到保安团，代表乡公所看望谢俊胜等人，送给每人一盒泾县顺年饭庄特制的"顺年"月饼。临走时他塞给谢俊胜一百元钱，说保安团经常克扣团丁粮饷，伙食不好，叫他经常请弟兄们加加餐。

刘贤臣现在成了名副其实的"徽商"。他在上海花旗银行有了十万美元的存款不说，华盛药房每月还有一万元法币的进项。他看法币这几年不断贬值，就指示王连河将收入的法币兑换成美元，后来干脆与客户全部用美元交易药品。

这次制作的"燕尾香尖"新茶也大获成功，在刘若溪老人家的大力推介下，很快打开了销路。刘贤臣把制作夏茶作为重点，夏茶产量比春茶高，茶味醇厚，价格便宜，一般人家也能喝得起。今年夏茶一共生产一百担，中秋之前已经售出了大半，获利两万余元。

华阳帮送来的十台手摇缝纫机已经投入了生产。黄立秋夫妇俩当上了被服厂的领导，他们从村里挑选了三十几个小媳妇和大女伢子，跟着黄国全、杨少良他们学会了操作缝纫机，又依样画葫芦，学会了剪裁军衣，这样被服厂就慢慢开始生产军衣。现在天转凉了，又开始生产棉军衣了，只要外购的棉花一回来，就能出成品了。

中秋节的晚上，一轮明月悬挂在虎头岭上，满山清辉，金风送爽。虎头洞内点起了松明子，到处显得亮堂堂的。游击大队多数人回家忙秋收去了，叶志远把连以上干部和留守的队员集中到一起，共同欢度中秋佳节。

伙房烧了猪肉蔬菜饭招待大家，众人吃得津津有味。搞军需出身的张扶海认为这种烧法适合部队行军作战，一锅煮省事省时，肉菜都有，能有效补充战士们的体力消耗。

汪施才一直在外忙于交通联络，昨天才赶了回来。饭后，他拿出泾县顺年饭庄生产的月饼给大家品尝。这是一种徽式月饼，饼子小巧，酥面菜馅，咬上一口，满嘴都是野菜的清香。别人两口就吞进了肚里，张扶海咬了一口慢慢咀嚼着，老是盯着手里的月饼在看，似乎在琢磨着什么事情。

第二卷
锋刃初现

第五十章　矿　山

立冬时节，寒风乍起。铜陵顺安镇上出现了一些山里人，有推车卖炭的，有挑担子卖山核桃的。他们三三两两地走街串巷，大声吆喝着推销山货。

他们似乎不害怕日本人，推着炭车就往日军133联队板本大队部里闯。站岗的日本兵连忙举枪喝住："什么的干活？"推车人嬉皮笑脸地说："太君，我们是来送货的。"说着还掏出香烟直往日本兵手里塞，日本兵高兴地说："腰西，腰西。"送货的几个人推着炭车进了门，在大队部里转了一圈，找到了伙房卸下木炭，推着空车出了兵营。

离这里不远的狮子山铜矿附近，也出现了三五成群的山里人，他们挑着担子溜进了矿区叫卖山货，但很快就被汉奸护矿队给赶了出来。

上次铜官山发生偷袭事件以后，日本人明显加强了对矿山的保护，在矿井升降设备四周和日本人居住的地方都装上了铁丝网，昼夜安排汉奸巡查。

铜陵到繁昌的公路沿线，都是连绵不断的丘陵地带。顺安镇的西边也有一片连在一起的小山头，当地人叫它燕儿坡。两天来，叶志远带着1连连长徐满仓、2连连长邵家旺、侦察队长陈水根还有汪施才，全都扮作卖山货的，把这里的地形仔细查看了一遍，并标在地图上。然后又来到钟鸣镇北边的丘陵地带，在一个叫汪冲的山头上上下下又看了一遍，这才回到了顺安镇上一家破旧的民房里。

晚上，汪施才领着铜陵县委的张东亮与叶志远他们见了面，告诉了他们繁昌保卫战的具体情况。三天前，驻芜湖的日军15师团川岛警备队出动六百余人，从峨桥、三山和横山分三路进犯繁昌。新四军三支队沉着应对，分兵御敌，依据有利地形打退了敌人的进攻。

今天，铜陵日军 116 师团 133 联队开始集结兵力，很有可能要去增援。在此之前，叶志远已经得到了陈水根的侦察报告，知道三支队目前只有四个营的兵力。如果日军增援赶到，三支队的处境将会变得十分困难。

叶志远渴望能与新四军战友并肩作战。但他知道，现在还不能直接参战，他担心三战区派到新四军各级的联络官，会发现自己这支部队的存在，从而泄露了军部的秘密计划。

若是依照他过去的脾性，他早就亮出了旗号，带着大队风风火火地杀奔繁昌而去。但自从犯了错误受到处罚之后，他的性情有了变化，变得沉稳了许多，凡事都要先在脑子里过一过。他再三考虑，决定在敌人背后狠狠插上一刀，给三支队的战友们减小一点压力。

叶志远问张东亮现在铜陵有多少抗日武装，张东亮说铜陵一带光猎户队就有两千多人，就是缺少武器。这次就有一千多人去繁昌给三支队助战。在场的人听了，都惊讶得张大了嘴巴。

叶志远说："如果他们愿意，我想带些人到虎头岭去。"张东亮很干脆地说："要不是军部那边另有考虑，很多小伙子早就参加新四军了。这样吧，我和汪施才去办这事，你就专心打好这一仗吧。"

叶志远下达命令：各侦察小队密切注意狮子山和燕儿坡的敌情，有情况立即报告。1 连、2 连、3 连开始向作战区域隐蔽运动。

3 连连长马云飞带领全连经过两天行军，天黑前在距离狮子山矿几十米外的山坳里潜伏了下来。他从上衣兜里掏出怀表瞅了一眼，表针指向了四点半。这怀表是叶志远给的，三个连长一人一块，还跟他们说了，指挥作战一定要有时间观念。

3 连这次接受的任务是：五点整对敌发起攻击，半个小时内解决战斗，再用半个小时打扫战场，然后撤到狮子山南面的山里。

前几天经过侦察，矿里有一支三十多人的汉奸护矿队，这个不难对付。难对付的主要是矿井边上新修的两个钢筋水泥碉堡，里面的机枪能够封住进出矿井的大路。因此，他们从营地带来了几个炸药包，交给了由副连长吴捷生带领的爆破组。

天色暗了下来，矿区应该到了开晚饭的时间。一直盯着怀表看的马云飞高高举起了手，队员们纷纷检查了自己左臂上扎的白毛巾和手中的武器。

攻击时间到了。马云飞手掌猛地向下一劈，两个爆破组夹着炸药包，弯着腰

朝鬼子碉堡跑去，火力掩护组的两挺轻机枪同时架了起来，枪口瞄准了碉堡的射击孔。

就在爆破组快要接近碉堡的时候，右边碉堡里突然发出了惊叫声，接着碉堡的射击孔里冒出耀眼的火花，同时响起了震耳的机枪声。正在向前跑动的爆破队员一头栽倒在地，炸药包掉落在一边。

掩护组的机枪迅速开火，一串串子弹飞向碉堡。枪声惊动了敌人，左边的碉堡几乎和掩护队的机枪同时打响。矿区里的护矿队这时也噼里啪啦地朝外打起枪来。掩护组的机枪打起了连射，打得碉堡射击孔周围火星四溅，碎石飞进，碉堡里的敌人哇哇乱叫。

趁此机会，吴捷生飞快地冲了上去，捡起前面队员掉下的炸药包，一会斜着疾跑几步，一会急停卧倒，不断避开碉堡机枪的射击。他迅速冲到了碉堡下面的射击死角，放稳炸药包，拉着了导火索，转身紧跑几步便扑倒在地，连续几个翻滚躲进了旁边的一个洼地。

"轰隆"一声巨响，碉堡被掀掉了一半。马云飞猛地站起，挥动驳壳枪，大喊："突击队跟我上！"由7排、8排和十几名原来是铜官山矿工组成的突击队跟着马云飞冲进了矿区，刚开始还响起了一阵枪声，很快也就沉寂了下来。

9排的一个班负责救援，他们首先抢救最先中弹倒地的爆破队员，可惜他已经没有了呼吸。他们又找到了趴在洼地里的吴捷生，看到副连长一动不动，可吓坏了，蹿上前去又喊又晃的，好半天吴捷生睁开了眼，原来是震昏了。队员们连忙将他搀扶起来，摇摇晃晃地向矿区走去。

第五十一章　阻　击

在全歼护矿队之后，突击队冲向日本矿主住地、矿井机房和炸药库。日本人的住处一片狼藉，没见一个人影，显然是趁乱逃走了。

指导员彭戈带着8排在矿山工棚里救出了二百多个遍体是伤的工人。马云飞命令他们带着工人先撤，9排用一个班救护伤员，其他队员抓紧清理矿区，搬运物资。

7排队员打开了矿区炸药仓库的铁门，里面一屋子都是码放得很整齐的炸药箱。大家正感到人手不够来不及搬运的时候，张东亮和汪施才带着五百多名铜陵猎户队员赶了过来，他们一人扛了一箱，跟着指导员彭戈迅速撤离了矿区。

这时吴捷生已经恢复了清醒，帮着突击队员在矿井升降机底座、机房里安放炸药包。点燃了导火索后，快步跑出了矿区。刚刚跑到山下，只觉得脚下猛地一抖，身后传来剧烈的爆炸声，一股气浪夹着沙石席卷过来，他们赶紧趴下躲避。等沙石从身上吹了过去之后，又爬起来向队伍撤退的方向追赶过去。

铜陵县日军133联队部，松谷联队长正在享用晚餐。惊天动地的爆炸声，把他手中的筷子震落到了桌上。他惊恐地从窗户向外看去，东面顺安镇方向火光闪亮。

他抓起桌上的电话，要通了驻顺安镇的板木大队。板木在电话里报告，刚刚听到狮子山一带发生了爆炸，具体情况不明。松谷命令板木大队立即出动，迅速查明情况。松谷打完电话，觉得板木现在兵力不足，又给驻钟鸣镇的山本大队打电话，命令出动一个中队增援顺安。

板木大队属于野战精锐部队，下辖四个步兵中队共一千余人，几天前抽调三个中队攻打繁昌的新四军，留守驻地的只有二百来人。接过电话后，板木留下一个小队防守驻地，亲自带领两个小队，加上四挺重机枪，迅速朝狮子山赶来。

十里以外的燕儿坡，1连和2连已经构筑好了阻击阵地。叶志远事前交代，狮子山必须在三十分钟以内拿下，再用三十分钟搬运撤离，六点以前进山。这边的阻击战也只打三十分钟，六点半前撤出战斗，转移到外郎坑一带与3连会合。说好之后，他便把战斗指挥权交给了徐满仓，自己带着陈水根一帮子侦察员抄小路奔向顺安镇去了。

徐满仓的战斗部署是：1连的1排、2排担任正面阻击，3排为预备队。2连的三个排一分为二，布置在东西两翼阵地，任务是打退迂回过来的日军，掩护一连阻击阵地。1连的阻击阵地离公路不到一百米，两侧阵地稍远一点。

由原来铜官山矿工民夫组成的大刀队这次也来了，其中一部分人支援三连攻打狮子山，还有九十多人都在这边打阻击。他们人人身背大刀，胸前和腰上的布袋里插满了手榴弹，分成三个小队，跟随1连、2连进入了阵地。

杨少良带领一个掷弹筒班在一连阻击阵地的后面，选了一个平缓坡地作为自己的发射阵地。这个班十二个人，四具掷弹筒，三个人管一具，其中一个是射手，一个是副射手兼观测员，一个弹药手。因为榴弹太少，平时训练没有舍得打过一次实弹，这回是头一次上阵，心中根本无数。

当听到狮子山传来爆炸声的时候，徐满仓看了一下时间是五点五十分，心想马云飞他们完成任务了，现在该看我们的了。过了二十多分钟，东面公路上出现

了几个细细的灯柱，伴随着轻微的轰鸣声，不断跳动着向这边移动。徐满仓轻声喊道："注意隐蔽，准备战斗。"

李有田这个铜陵矿工，现在已是大刀队的小队长了，这次是在二连的侧翼阵地上。他对趴在旁边的一个排长说："日本的电驴子过来了，我在矿上见过。这狗日东西光喝油不吃草，跑得挺快，肚子歪在一边，里面还能坐一个鬼子。晚上跑路也只睁着一只眼，贼亮。"

排长听了直想笑。2连指导员张照民听到这边有人说话，轻声斥责："那边是谁，不准说话。"李有田头一缩，闭上了嘴，眯着眼睛看向公路。

公路上来的正是增援顺安的两个鬼子小队。在前面开道的是两辆三轮摩托，车上架着歪把子轻机枪。板木骑着高头大马走在队伍中间。

摩托车驶上一个山坡，速度刚好慢了下来，就听到左侧山坡上响起了几声枪声，"啪！啪！"鬼子的两辆摩托应声翻倒。板木一惊，立刻侧身低头准备下马，这个动作救了他的命。这时至少有三颗子弹瞬间飞到，一颗打掉了他的军帽，一颗打空了，还有一颗钻进了他的左肩，从侧面贯穿而出。板木怪叫一声，摔落马下。

鬼子一阵慌乱，纷纷退至公路右侧，散开躲避子弹。毕竟是日军野战特设师团的部队，鬼子中队长立即接替了指挥，命令架起机枪向山坡还击。几个医护兵将板木拖到路边抢救。

片刻工夫，鬼子两挺重机枪吐出火舌，子弹像蝗虫一样飞向1连的阵地，几个战士中弹倒下。杨少良看清了鬼子的火力点，立即喊道："榴弹一发装填。"弹药手取出一颗榴弹，安装好引信，拔掉保险销，稳稳地放入筒口。

杨少良左手持筒瞄准，右手拉动击发机，"嘭"的一声巨响，榴弹直朝鬼子那边飞去。副手趴在石棱上，死死盯着飞出去的榴弹，"轰隆"一声榴弹炸响了，鬼子的机枪声停顿了一下，又发疯似得叫了起来。

副手报告："炸点偏远五米，偏左六米。"杨少良马上向右移动筒身，转动调节杆调整了发射距离，再次击发，"轰隆"一声过后，鬼子机枪哑巴了。

"转移阵地。"杨少良喊了一声，提起掷弹筒向另一个发射阵地跑去，还没有完全趴下，鬼子的掷弹筒就打了过来，把杨少良他们刚才待的地方炸出了一个坑。

掷弹筒发射时本来动静就大，晚上发射又有火光，很容易暴露射击位置，这时的鬼子掷弹兵都是老手，技术比杨少良他们要强了不少。

杨少良定了定神，把一个班的人叫在一起，将刚才的射击经过跟大家讲了一遍，告诉他们要专打对我威胁大的火力点，打过以后要及时转移射击阵地。

第五十二章 大 刀

鬼子中队长发现对方用小炮干掉了自己的两挺机枪，觉得对手不简单。他立即命令一个小队正面佯攻，牵制敌人火力，另一个小队从两边迂回攻击，尽快消灭当面之敌。

鬼子中队长一声令下，鬼子仅有的两挺重机枪又一齐开了火。杨少良他们和鬼子的掷弹兵玩起了捉迷藏，你来我往地缠斗起来，一时间，徐满仓的主阵地上枪声大作，硝烟弥漫。

侧翼阵地上一直没有动静。李有田趴在地上，急得直搓手，真想现在就跑到主阵地去，痛痛快快地杀几个鬼子为弟弟报仇。

这时耳边传来了指导员张照民的声音："注意，鬼子上来了。"李有田瞪大眼睛朝山下看去，六十米外的山脚下，隐约看到了一些黑影在晃动。再近些就看清了，几十个鬼子弯着腰撅着屁股，一声不吭地向这边慢慢逼了过来。等到再近些了，张照民喊了一声："打！"阵地两边的轻机枪"哒哒哒"地向鬼子扫射，鬼子急忙卧倒，纷纷开枪还击。

这里地形复杂，加上夜雾弥漫，双方射击都失去了准头。鬼子掷弹筒兵就在攻击队形之中，他们架起掷弹筒，对着山坡上的机枪轰了过来。张照民朝着机枪手大喊："快隐蔽。"

幸好是轻机枪，容易转移，机枪手抱着机枪刚刚缩进战壕，上面就炸响了榴弹，枪保住了，人却挂了彩。山坡下被机枪压得不敢动弹的鬼子兵，一听上面的机枪不响了，直起腰嗷嗷叫着向山上冲来。

只有三十米了，李有田大喝一声："打手榴弹，把小鬼子砸下去！"大刀队员掏出手榴弹，熟练地拧开盖，拉了弦，照着鬼子头顶就摔过去，"轰隆，轰隆"，炸得鬼子东倒西歪，号叫不止。

李有田又喊了一声："向后面再打一颗。"队员们都明白，这是要冲锋了。他们向鬼子后面又打了一排手榴弹，刚刚落地炸响，就抽出身后的大刀，跃出战壕，跟着李有田向鬼子冲去。

大刀队几个月的训练现在有了成果，因为是向下冲，他们跨着小步，稳住身

躯，一手举刀挡在胸前，三人一组，两人一伙，快速向鬼子压了过去。

李有田冲在前面，就在一个鬼子举枪向他刺来的瞬间，他双手握住刀柄，迅速用刀背磕开刺刀，不等鬼子收回枪刺，接着转动刀身，将刀刃朝前，连人带刀狠狠撞了过去，鬼子吓得踉跄后退，跟在旁边的一个队员乘势挥刀砍去，将鬼子砍翻在地。

李有田看都不看，继续挥刀向前冲撞，其他冲在前面的队员也是同样的打法，加上2连战士们赶来增援，很快就把鬼子的队形冲散了，形成了三打一和两打一的局面。鬼子拼刺刀再凶，也架不住这种力量悬殊的混战，一会工夫，这帮鬼子都被大刀队砍杀殆尽。

李有田正想乘胜追击，主阵地上突然响起了一长两短的哨音，这是事先规定的撤退信号。队员们赶紧打扫战场，迅速撤回了阵地。

迂回进攻的鬼子死伤惨重，剩下的都退回了公路。鬼子中队长听到山坡上的哨音，还没有搞明白是怎么回事，背后顺安镇方向却传来了剧烈的爆炸声，火光清晰可见。不好，大队部遭到袭击了。鬼子中队长这次反应挺快，他立即下令整理队伍，立即撤回顺安镇。

在徐满仓伏击战尚未打响之前，趁着天黑，叶志远和陈水根带着侦察员摸进了顺安镇。隔着一条街道，他们细致观察了板木大队部的情况，日军人数不多，但戒备十分严密，周围还有几户民居。

叶志远对陈水根说："这里不能打。鬼子要是吃了亏，肯定要报复老百姓的。"陈水根说："那就打鬼子的运输站，就在镇外。"

他们又摸到了镇外的运输站跟前，这是一座独立的院子，估计是哪个大户人家的住宅，后来被鬼子占用了，成了板木大队运输中队的驻地。日军的一个步兵大队，通常都配备一个大车骡马运输中队，编制有一百多人。

按照日军的作战规律，运输中队要随大队行动，以保证火炮弹药等作战物资的供应。叶志远判断，现在繁昌在打，顺安那边也在打，运输中队肯定是出动了，留守人员不会很多。想好之后，他叫大家都在左臂系上白毛巾就开始动手。

陈水根和两个侦察员冲到前门，对着站岗的鬼子兵就开了火，三下两下解下鬼子腰上的子弹带，捡起步枪冲进了院子，隐蔽在暗处，朝院内亮灯的地方不停地开枪。

叶志远带着二十几个侦察员从大院两边翻墙而入，在前院枪声的掩护下，迅速分散开来向各处扑去。鬼子辎重兵战斗力较弱，人又不多，加上事发突然，在如狼似虎的侦察员面前，只有挨宰的份。不到两袋烟的工夫，叶志远他们就控制住了军火仓库、军需仓库、骡马大棚和草料场。

打开仓库的门一看，所剩物资不是很多，估计都运到繁昌前线去了。侦察员们牵来了大棚里仅剩的六匹骡马，熟练地套上大车，专拣武器弹药往车上装，满满装了四大车。又把鬼子兵的大衣、毛毯、靴子装了两车。

陈水根叫侦察员搬来六个牲口驮架放到车上捆好，就赶车出了门，顺着公路朝钟鸣镇方向行去。后面的队员把喂牲口的草料搬到仓库里，点着火再关上门，不慌不忙地追赶车队去了。

天亮前，部队在南陵县丫山附近的山谷里汇合。马云飞的队伍人最多，五百人的猎户队，二百个狮子山矿的工人，加上3连自己的一百多名战士，个个肩扛木箱，浩浩荡荡的，看得徐满仓眼睛都红了。

徐满仓这次阻击战打得顺手，消灭鬼子三十多人，还重伤了板木大队长，心里高兴啊，忍不住上前打起了哈哈："马老弟，你这回可是人财两得啊，有了好处可别忘了老兄我啊。"马云飞笑了一笑："发什么财？都是些炸药，你想要啊？瞧，真正发财的来了。"

徐满仓顺着马云飞手指的方向看去，只见叶志远和陈水根他们赶着骡马大车过来了，上面装满了大大小小的木箱子，一看就知道是军火。

第五十三章　棉　袄

三个连的连长指导员汇集到叶志远的身边。叶志远说："先报告伤亡情况，战果回去再说。"三个连都报告了伤亡数字：此战共有二十五人受伤，十一人牺牲。叶志远心情有些沉重，说："把牺牲的同志全部带回去，各连写出战斗报告交给我。"

说完，他大步走到铜陵猎户队员的面前，大声说："同志们，我代表皖南游击大队欢迎你们参加队伍。现在我们有不少伤员需要救治，你们当中有懂医的没有？有的话就赶快到我这里来。"

叶志远刚说完，马上就有一个人走了出来，很爽快地自报家门："我叫李汇川，在家学过医术。"叶志远直点头，说："那就好，赶快去看护伤员。"

山谷里还有二百多人围坐在一起，他们就是跟着3连从狮子山矿区跑出来的工人，一个个面黄肌瘦，衣不蔽体，在寒风中瑟瑟发抖。

叶志远看到后，马上叫人找衣服来给他们穿。3连指导员彭戈在他耳边嘟噜了一句："这里不是营地，哪来多余的衣服？"叶志远一听，点了点头，也不说话，伸手掏出自己棉袄衣兜里的东西，塞进贴身褂子的口袋里，然后，脱下棉袄披在离他最近的一个工人的身上。

这个工人哪里见过这样的事情，连忙推让。叶志远说："穿上，别冻着。"彭戈他们见了，也都一声不响地脱下棉袄送给了工人。几个工人手里托着棉袄，走到叶志远跟前说："长官身体金贵，不能冻着，比不得我们，唉，生来就是吃苦挨饿的命。"

叶志远大声说："工友们，我们挨饿受冻，给别人欺负，不是我们命不好，而是这个世道不好。穷苦人要想改变自己的命运，就必须抱成团，拿起武器，跟压迫欺负我们的人去斗。现在听我说，你们想回家的，我们发给路费让你们回家。想以后不再被人欺负，不怕流血牺牲的，就跟我们走，去打鬼子汉奸。"

一个工人问："你们是不是国军保安团？"叶志远说："我们跟他们不一样，我们是共产党领导的游击队，是为穷苦人打仗的队伍。"工人们听懂了叶志远所讲的道理，身处这样的乱世，留给他们的选择并不多。结果，绝大多数工人都参加了游击队。

李汇川检查过伤员后，过来报告说有三个伤员是被弹片打伤的，伤势很重，需要尽快送附近的医院手术治疗。附近哪有什么医院？叶志远急速转开了脑子，这里是丫山，最近的应是南陵县，可那里形势混乱，伤员送过去不保险。事情紧急，顾不得许多了。

叶志远喊道："1连！"徐满仓、王令朝同时上前一步，答道："1连到！"叶志远说："王指导员，你带两个班送三个重伤员去军部医院抢救，要快。还有，你们到了军部，马上弄些臂章带上，不要对别人说出自己的身份。"

王令朝转身向部队跑去，大声命令："1班2班集合。"很快，两个班的战士用简易担架抬起了伤员，迅速朝云岭方向赶去。

先前是一路行军身上还冒汗，现在停了下来，再脱了棉袄给了工人，叶志远觉得身子发冷。陈水根一看大队长他们都穿着单衣，已经立过冬了，这可不行。他马上叫侦察员们把缴获来的帆布大包打开，找出鬼子的棉衣统统给大队长他们送过去，棉衣不够，再把军毯拆开送去。

可别说，鬼子被服质量还真不错，又轻又暖，真解决问题。不知什么时候，天上下起了雨，雨中还夹着雪花。皖南山区的冬天来了。

小雪节气那天，部队顶风冒雪回到了葛顺乡。考虑到虎头岭住不下这么多人，刘贤臣安排三个连分散住进了周围的村民家里。大队部要求，趁着这段雨雪天气，从班排开始，逐级开展战斗讲评。每个参战队员都要讲，讲自己，讲别人，讲成绩，讲缺点，一定要找出在战斗指挥、班排协同、火力配置、战术动作、后勤保障方面存在的问题，同时还要提出解决的办法。

叶志远、汪施才和陈水根带着五百名铜陵猎户队和一百八十名工人进了虎头岭营地，先是把牺牲的十一个队员安葬到烈士墓地，在墓碑上刻上了他们的姓名。叶志远手中有一本功劳簿，第一页记的就是牺牲烈士的名单，记录了他们的姓名、年龄、籍贯、牺牲的时间地点。从开辟营地到现在，已经有十四名战士安眠在这里了。

回到指挥所，叶志远安排陈水根和杨少良清点缴获的物品，将狮子山矿一千多公斤炸药和雷管、导火索运到兵工厂。一百支三八式步枪先集中放在洞里，等铜陵猎户队训练结束后，再装备给他们。鬼子军衣、毛毯先交后勤队保管，优先提供给伤病员使用。

还有几个木箱撬开一看，全是日军椭圆形手雷。杨少良拿起一颗仔细看了，高兴得叫了起来，这是日军91式手榴弹，我们习惯叫它甜瓜手雷，可以直接用掷弹筒发射。杨少良数了数，一共有一百五十颗，赶紧叫铁蛋他们小心翼翼地运了回去。

陈水根想逗逗他，说："哎哟，我和大队长忙活一夜，敢情都是在给你干活啊。不行，你小子今晚要请客，请我们侦察队喝酒。"杨少良也不含糊："请就请。上次大队长发给我的奖金还没用呢，正好请你喝酒。"大伙一听高兴了，从过年到现在都没尝过酒味，今晚可得好好地过一下酒瘾。

清点完物资后，叶志远和汪施才来到虎头洞看望铜陵猎户队。叶志远在军部就听说过铜陵猎户队。铜陵多山，狐兔獐雉之类的野兽不少。农家子弟喜欢在农闲时上山打猎，久而久之，代代相传，养成了一种勇武敢战的风气。

鬼子打进铜陵，在城里耀武扬威，横冲直撞，到了乡下却处处遭到鸟铳、红缨枪和大刀的袭击，他们在猎户队手里吃了不少的苦头。

猎户队这次是一百人编成一个队，一共来了五个队。汪施才拿出带队干部名单：1队队长严朝宗，2队队长王可树，3队队长高丰平，4队队长俞时新，5队队长张大力，都是猎户子弟，也是县委负责人张东亮亲手培养发展的党员。

叶志远对他们说了大队的安排，先休息两天，全体人员登记造册，抽调五十名年轻的最好能识点字的战士到大队部报到。保持现在五个队的建制不变，各队的班排长由队长指定。等大队党委研究后，统一参加整训。

第五十四章　整　训

　　按照大队党委的要求，今年秋收以来，刘贤臣组织人力大量收购粮食、菜油、中草药、布匹、煤油、煤炭和废钢铁。从上海订购的药品、电筒电池、帆布胶鞋马上也要运到。现在虎头岭营地储存的粮食，能保证一千人半年的消耗。

　　另外，在营地东北方向的宣城溪口、西北方向的泾县蔡村、西南方向的泾县黄田三个游击根据地，还各储存了三百担粮食和其他物资。叶志远对此非常满意，手中有粮，心中不慌，现在可以专心考虑部队和根据地的发展问题了。

　　三个连的战斗讲评报告送给了大队党委，五个委员加上列席的马云飞和刘贤臣用了一天时间，认真进行了讨论。报告上说，这次战斗的时机和地点选择正确，部队运动迅速隐蔽，作战指挥没有大的失误，战士们冒着枪林弹雨炸毁敌人碉堡，大刀队敢于同鬼子白刃格斗，队员之间配合密切，掷弹筒班成功压制了敌人的火力。

　　但据战士们反映，夜间射击心里没底，枪打不准。打碉堡只知道跑直线，躲避机枪射击的动作不熟练，3连一开始牺牲两人就是这个原因。阻击阵地石头多，战壕挖不下去，不少人挤在一起，鬼子重机枪晚上射击火焰不大，战士们以为是轻机枪，躲慢了一点，结果不少人受了伤。向山下冲锋时很多人因摔倒而受伤。作战单位之间联络费劲。人员受伤救护困难。后勤发的干粮过了两天就啃不动了，很多人是饿着肚子走回来的。

　　党委委员都认为这次战斗讲评开展得很好，提出了不少很重要的问题。叶志远感慨地说，看了战士们提出的意见，真比缴获了鬼子的战利品还要高兴。战士们说得很客气，实际上是在批评我们这些指挥员水平不怎么样。大家要冷静地想一想，我们从平时的部队训练，到战斗方案的提出，到战斗指挥，再到后勤供给，是不是还停留在过去打游击时候的样子？是不是光凭着一股不要命的狠劲就上战场了？

　　徐满仓首先做了检讨，他说，老叶说的没错，这次阻击是我指挥的，认为只要战前隐蔽好，打响后防守好就行了。没想到敌人火力很猛，压得我们不敢抬头，要不是杨少良的掷弹筒，这回损失还要大。他建议组织各连开展针对性训练，推广大刀队的战斗经验。

邵家旺说了，平时训练要求打得准、投得远、走得快，但没有在战术动作、战斗配合、夜间行动、构筑工事上狠下功夫，现在要抓紧补课。

张扶海说了，我们现在人多了，战斗规模也会越打越大，急需组织医疗队，改善作战供给。马云飞提出，过去我们打游击是打得赢就打，打不赢就跑。现在呢，游击战灵活机动的特点不能丢掉，但更要学习研究正规作战的规律。建议组建专业的火力支援队伍和通信保障队伍。

综合大家的意见，根据斗争需要和目前部队兵力，党委决定将大队战斗序列调整为三个营十一个连，并进一步加强后勤保障部门的力量。叶志远单独交代汪施才，立即将派到秘密交通站的七个小家伙都调回来，另有任务。

1940年元旦，天空彤云密布，山区雨雪交加。虎头洞内置起了炭火盆，大家倒不觉得阴冷潮湿。游击大队连以上干部聚集在这里，叶志远向大家宣布了大队整训的决定：

皖南抗日游击大队战斗序列

第1营　营长徐满仓　教导员王令朝

　第1连　连长彭程远　指导员张路扬

　第2连　连长严朝宗

　第3连　连长王可树

第2营　营长邵家旺　教导员张照民

　第4连　连长王三石　指导员谢俊胜

　第5连　连长高丰平

　第6连　连长俞时新

第3营　营长马云飞　教导员彭戈

　第7连　连长吴捷生

　第8连　连长赵大力

　大刀连　连长李有田

　侦察连（直属）连长陈水根

　机炮连（直属）连长杨少良

　营部通讯班　班长铁蛋

　后勤部　部长张扶海　副部长刘贤臣

　　兵工厂厂长黄国全　增加五十名狮子山矿工人

　　被服厂厂长黄立秋　增加五十名狮子山矿工人

　　运输队队长刘贤臣（兼）　增加八十名狮子山矿工人

　　医疗队暂由李汇川负责，从猎户队抽调四十人当救护员

　　天刚放晴，1营1连、2营4连、3营7连由各营教导员率领，分别开赴蔡村、溪口和黄田游击根据地，边训练边开展工作，继续巩固游击区。大刀连驻守葛顺乡训练。其他各连留在营地集中整训。

　　虎头洞里的指挥室。在靠墙的木凳上，端端正正地坐着十七个小伙子，其中十个是从猎户队抽来的，另外七个就是刚刚从外地秘密交通站返回的小家伙。

　　这些小家伙都穿着杂色衣服，满脸兴奋之色。离开葛顺乡有一年多了，没想到这里变化这么大，还有了这么多的部队。他们一直把这里当作自己的家，把叶志远、杨少良还有铁蛋看作是自己最亲近的亲人。一年多来，他们分散在各地，但心里一刻也没忘记这个家，没忘记临行之前叶志远对他们说的话，专心做事，用心学习，坚持锻炼身体，现在都长高长壮了，再不是当初那种瘦弱畏缩的样子了。

　　叶志远和汪施才、杨少良一同走了进来，小伙子们齐刷刷地起立，行注目礼。叶志远一眼就看到了这些小家伙，走到近前，摸了摸站在前面的小家伙的头，亲切地说："哟，长这么高啦，都认不出来喽。"

　　他挨个走过去，拍拍他们的头，问道："现在叫什么名字？还是叫拴柱、大头、双扣、石蛋啊？"屋里顿时一片笑声，小家伙们也跟着笑起来。

　　叶志远看着汪施才说："老汪有文化，还是给他们起个大号吧。"汪施才谦虚地摇摇手："还是大队长起吧，这是小家伙的荣幸。"

　　叶志远想了想，说，"小名还留着，那是父母留给你们的念想。姓也不能改，那是祖宗的姓氏。名字嘛，就依次叫作卫皖、卫南、卫山、卫河，合起来就是'保卫皖南山河好家乡'，你们看行不行？"

　　话音刚落，大家都鼓掌表示赞成。七个小家伙腰板挺得笔直，他们真心感谢大队长给他们起了大名，更感谢大队长领着他们走上了崭新的人生道路。

　　叶志远给他们的新任务是，明天由杨少良和铁蛋带队，前往军部学习通信联络技术，时间暂定两个月，人人都要学会吹号，熟悉号谱，回来当通讯员和司号员。

　　同去的还有四十个人，他们主要是学习战场救护知识，回来分到各连当救护兵。

第五十五章 风 起

这边刚刚忙结束，徐满仓就陪着一个人匆匆走了进来。来人头戴褐色毡帽，围了一条大围巾，叶志远立即站起身来，略微有些吃惊地说："老李，你怎么来了？"

来人正是李维真。他解开围巾，摘下毡帽，搓了搓冻得僵硬的双手说："无事不登三宝殿。"杨少良端来了热茶，李维真两手捂住杯子，缓缓说道："外面风向变了。"

去年秋，在湖北黄冈县活动的新四军独立游击大队，突然遭到国民党军队进攻，捕杀我后勤人员和伤病员一百多人。最近又派军队围攻确山竹沟新四军留守处，杀害我们伤病员、军属和当地群众二百余人。

叶志远双手紧紧攥在一起，徐满仓知道这是老叶愤怒时的动作。叶志远低声问道："日本鬼子就在跟前，他们怎敢对自己人下手？"李维真用手朝上指了指，说："根子在上面。"叶志远觉得事情重大，征得李维真同意，便马上通知党委委员前来开会。

李维真向大家通报了鄂东、竹沟两起惨案的情况，并分析了原因。抗战开始时，国民党的政策是"溶共、防共、限共"。两年多来我军深入敌后，发动群众开展游击战争，江北新四军已发展到十几万人，八路军发展得更快，这就引起了国民党顽固派的恐惧。去年召开的国民党五届六中全会将政策确定为"军事限共为主，政治限共为辅"。

安徽的情况也趋于复杂。两个月前省政府主席廖磊病逝。李品仙继任，他对廖磊评价不高，认为廖磊秉性单纯，不适应敌后复杂环境，不能遏制共产党兴风作浪。

李品仙一上台就积极实行反共政策，撤换了一批进步县长，皖南行署主任戴戟愤然辞职。李品仙最近调兵遣将，估计还会有新的反共摩擦行动。众人听了眼里都冒出了火光。

叶志远笑了笑说："李品仙打仗有一套，但理政不行。"他见大家疑惑地望着他，接着说道："我在教导队时就听说他驻扎寿县时，为了搞钱，叫士兵挖开

了田家庵楚怀王的陵墓，盗走了不少古代文物。他还不满足，还把墓穴里的沉香木圆木棺材拉回广西老家，用五百元一根的价格卖给了英国人。老百姓都用'刮地皮'来形容贪官搜刮民财，李品仙何止是刮地皮，他是掘地三尺啊。"听他说得有趣，大家忍不住笑了。

李维真说："李品仙属于桂系，三战区顾祝同是蒋的嫡系，但是在敌视共产党的问题上，他们是一致的。我们一定要提高警惕。"

叶志远说："多亏老李给我们送来了重要消息。一年多来，我们只顾埋头发展，忽视了外界的形势变化，责任在我。请老汪同志交代各地交通联络站，从现在起要注意收集这方面的消息，最好能弄到《新华日报》《抗敌报》和国民党的《中央日报》。"

叶志远十分郑重地对李维真说："我们大队成立以来，主动对日作战五次，十四人牺牲，二十五人受伤，大队从当初的六个人发展到今天的一千多人。今天，我就代表大队党委向特委表个态，我们是党领导的革命武装，肩负军部首长交给的光荣使命，如果国民党顽固派敢来招惹我们，我们手里的家伙绝不是吃素的。"

李维真点点头说："好，我现在就回去。我会把你的话转达给军部首长。我的意见是，立足皖南，隐蔽发展，长期坚持，团结抗日，坚决自卫。你们要好好研究一下，要有一个周密的安排。"

叶志远一直将李维真送到了山缝通道，回来后继续开会，对整训计划进行了完善。首先，1连、4连、7连开赴三个游击根据地，继续秘密发展和训练民兵队伍，挑选年轻力壮的农民充实队伍。其次，以不暴露身份为原则，逐步控制当地乡公所，向县保安团安插我方人员。控制当地重要资源，能运回的尽量运回，不能运回的就地储存。第三，在基本完成前两项任务后，1营向南陵繁昌敌后发展游击区，2营向华阳河两岸发展，3营向泾县南和旌德方向发展。第四，将国民党顽固派制造的两个惨案情况通报给全体党员。各单位应提高警惕，随时反击日寇进犯，随时镇压反动势力破坏，随时准备自卫作战。

散会后，各委员忙着回单位传达大队党委的会议精神，叶志远和张扶海到后勤检查军工生产。自上次缴获狮子山矿的物资后，生产手榴弹的原材料得到了保证，由于增加了人手，熟练程度逐步提高，现在手榴弹的日产达到二十至三十颗。

黄国全带领狮子山矿的几个工人正在研制地雷。黄国全汇报了他的思路，现在主要研制对付敌人步兵的拉发地雷和踩发地雷。

拉发地雷的引爆装置与手榴弹相似，只是去掉导火索，一拉就炸。由于生铁、黄色炸药主要用于手榴弹生产，他们已经成功制出了黑色火药，装入凿有孔洞的石块，爆炸威力相当大，就是怕震动，不便运输。

张扶海赞成他们的研制思路，地雷消耗炸药和钢铁要比手榴弹大得多，用黑火药和石头代替是对的。可以动员村民用山上的藤条编出小筐子，编上把手，把石雷装进去，这样搬运起来要安全一些。但要告诉大家，在研制、生产、存放以及搬运过程中，安全要始终放在第一位。

第五十六章　重　逢

离开军工厂，叶志远回到了葛顺乡，想和刘贤臣商量一些事情。走到村边，他驻足望去，只见夕阳斜照，一层薄雪覆盖了山丘田垄，村里家家户户的屋顶上都升起了袅袅炊烟，鸡鸣犬吠清晰可闻，真有一派恬静安适的田园景象。

叶志远走进乡公所，听到厢房里传出刘贤臣说话的声音，还不时响起了女伢子清脆的笑声，心里一阵疑惑。向屋里看去，屋里除了刘贤臣，还有两男两女四个年轻人。刘贤臣背对着门坐着，似乎正在说着什么有趣的事情。

叶志远咳嗽一声，走进屋里。四个年轻人都站起身来，其中一个是县保安团的谢俊胜，他和另一个身穿保安团服装的人向前一步，立正向叶志远敬礼："大队长好！"

叶志远见是小谢，面带笑容地还了一个礼，问："你怎么回来了？"谢俊胜回答："县里叫我回来带信给大队长。"叶志远点点头，目光看向两个女伢子，觉得都有些面熟。

一个年龄稍大点的，身材高挑，身穿紫红色镶边棉袍，梳着齐耳短发，白皙的鹅蛋脸微微有些发红，目光柔和地看过来，嘴角挂着笑意。咦，这不是一年未见的倪裳衣吗？

叶志远略感意外地说："怎么是你，你怎么到这里来了？"一旁的刘贤臣笑了笑，转身泡茶去了。倪裳衣大方地说："怎么，我就不能来看看你呀？"

当叶志远一走进门的时候，何冬妹就呆住了，她怎么也不敢相信，他们口口声声说的老叶，竟然就是自己苦苦寻找了一年多的叶志远，就是跟自己心头肉一

般的志远哥！此时，她再也控制不住自己了，几步跑到了叶志远面前，一把抱住了他的腰，伏在他怀里号啕大哭了起来。

何冬妹的举动，让大家全都愣住了，不知出了什么事。叶志远此时认出了何冬妹，他轻轻地扶住何冬妹的肩膀，说："冬妹子，你怎么找到这里来了？我不是叫你不要找我，等我去接你的吗？"何冬妹一听此话，哭得更凶了，一边哭，一边说："找你，找你，呜……找你找得好苦，呜……要不是裳衣姐姐救了我，我这辈子就看不到你了，呜……"

叶志远赔着笑脸，说："这不是找到了吗，不哭了哦，好好说话。"何冬妹勉强止住了哭，松开了紧抱着叶志远的手。倪裳衣走上前去，将何冬妹拉到一边，掏出手帕给她擦脸，悄悄地说起话来。

叶志远仔细看了看何冬妹，她的个头比在小溪村的时候又长高了不少，今天穿了一身剪裁合体的素色棉袄，衬托出玲珑的身段，很是俊俏。

刘贤臣已经看出了一点眉目，埋怨道："贤弟也是的，你从未提起过令妹的事情，叫我们失礼了，真是抱歉之至啊。"叶志远问："你们怎么走到一起来了？"刘贤臣递给叶志远一杯热茶，说："先坐下吧，我慢慢说给你听。"

年初的时候，日寇第三次攻打宣城，来势凶猛，教会医院显然是办不下去了。好在他们医院人不多，也就三名医生，几个护士，也没有什么笨重的医疗设备，他们就雇了几个挑夫，挑着药品器材，跟着城里逃难的人群来到了宁国。

宁国城里也是墙倒屋塌、兵马纷乱的，找不到一个合适的地方安身。他们接着就往城外走，恰好找到了西津渡刘贤臣的宅子，见这里环境清静，院大屋多，取水方便，很适合做诊所。

领头的医生名叫李济园，便询问老田头能否租借几间屋子让他们开诊所。老田头和田嫂心善，看是逃难过来的医生，还有几个护士小姐，想都没想就答应了下来。

安顿下来后，诊所很快就对外开业了。李济园学的是西医，另一个医生名叫钱绍宜，擅长中医，这中医和西医凑在一块，一般常见病都能对付着治疗。西津渡这里很少见到医生，一听说有了医院，诊费药费也不贵，周围来看病的村民络绎不绝。

谢俊胜中队负责西城这边的防务，还要担任对空警戒任务，所以经常路过刘宅，早就认识了老田头他们一家。诊所搬来后，他也时不时带中队的弟兄过来看病取药什么的，一来二去地跟倪裳衣她们混熟了。此时，倪裳衣还不知道这里就是刘贤臣的宅子。

刘贤臣在商海沉浮多年，是个小心惯了的人。去年他和汪施才送倪裳衣路过这里去宣城的时候，他没有进家停留，倪裳衣自然不知道西津渡这个地方。谢俊胜来得迟，没有赶上尖刀岭剿匪战斗，因此不认识倪裳衣，更不知道叶志远把倪裳衣从匪窝里救出来的这段经历。直到有一次倪裳衣帮老田头检查伤臂，问起他的身世，老田头才说起了刘贤臣收留他一家的经过，倪裳衣这才知道这个宅院的主人是刘贤臣。

倪裳衣的心思无人知晓。自从搬到宁国来了以后，知道这里离葛顺乡不远了，她心里时时涌动着一个想法，就是赶快找个机会到葛顺乡去一趟，到让她昼思夜想的那个年轻人的身边去，她要主动向他表白自己的思慕之情。可转念一想，他会不会嫌弃自己的身子不干净？他是否已经有了妻室？他会不会拒绝，那样岂不难堪？

冬妹子快十七岁了，已经不是懵懵懂懂的小伢子了。她和倪裳衣亲如姐妹，白天一起共事，夜里同处一室，倪裳衣神色有异，岂能瞒过何冬妹的眼睛？

一天晚上，在冬妹子一再追问下，倪裳衣对她说出了自己的心事。冬妹子在被窝里拍起手来，笑嘻嘻地贴着倪裳衣的耳边说："原来你喜欢上了那个叫老叶的人。嗯，照姐姐这么说，他应当是个好人，对土匪凶，对穷人好。姐姐这么漂亮，他肯定会喜欢的。"

倪裳衣轻叹一声，索性把土匪窝里发生的事情都告诉了冬妹子。冬妹子听了之后，瞪大了眼睛说："你的命真大唉，那可是虎穴狼窝啊。"

这句话让倪裳衣忆起了那段噩梦般的日子，眼泪夺眶而出。冬妹子吓了一跳，连忙抱住倪裳衣轻声安慰道："这不怪姐姐，都怪该死的土匪。裳衣姐姐不要难过，你的事情不难办。"

倪裳衣扑哧一笑，问："怎么不难办？"冬妹子说："你想啊，刘乡长肯定知道老叶这个人的，他们也不是一般的关系。我们只要去乡里找到刘乡长一问，不就清楚了吗？"倪裳衣沉吟了片刻，说："即便找到了刘乡长，这话又怎好说出口？"何冬妹大大咧咧地说："姐姐不好说，妹妹我好说啊。若老叶是个单身，若是刘乡长肯帮忙，那个老叶就不会不同意。若是他真不同意，我就是逼，也要逼着他娶了姐姐。"

说来也巧，谢俊胜要回葛顺乡办事，倪裳衣和冬妹子胡乱诌了个理由，就一路跟着来了。

第五十七章　说　亲

　　几个人进了乡公所，就见着了刘贤臣。谢俊胜把倪裳衣和何冬妹两人介绍给了刘贤臣。刘贤臣十分客气，立刻让座倒茶，叙谈起来。何冬妹别的都不关心，一上来就打听起老叶的情况。她问刘贤臣，你们这里有没有老叶这个人啊，他叫什么名字，多大年龄了，在乡里是干什么的，家住哪里，有没有娶妻等等。

　　刘贤臣对两人不熟，不敢对她俩说出叶志远的全部情况。他打着哈哈，说是确有老叶这个人，不到二十岁，虽然是个农民，却很精明能干，在乡里挂了个抗日大队长的头衔，有事就来张罗，没事就在山里种地。他家里很穷，至今尚未娶妻，就是想娶婆娘，恐怕也娶不起。

　　两人听他说得有趣，抿嘴笑了起来。何冬妹看了倪裳衣一眼，见她神色如常，便对刘贤臣说："你看我这个姐姐怎么样？"刘贤臣不知其意，说："你这个姐姐很好啊，我听人说了，你姐姐长相好，人品好，医术也好。"何冬妹说："既然刘乡长说好，那就是真的好。我想拜托刘乡长一件事，不知您肯不肯帮忙？"刘贤臣说："姑娘请说。"

　　何冬妹直截了当提出，想请刘乡长做媒，把倪裳衣说给老叶做婆娘。刘贤臣先是一愣，觉得此事有些突兀，便问倪裳衣："请问倪医生，这是你本人的意思吗？"倪裳衣很是羞涩，低头不语。何冬妹说："当然是我姐姐的意思喽，现在就看您肯不肯帮这个忙了？"

　　刘贤臣心想，倪裳衣这人倒是不错，又是个医生，她要是能嫁过来，能帮我们大忙。不过，她有过在匪巢里的一段经历，不知叶志远愿不愿意娶她。他沉吟片刻，说："既然两位诚心相托，那我姑且试试吧。"何冬妹说："什么姑且，什么试试，不行，一定要说成功。您要是把我姐姐的亲事说成了，我马上就烧一桌好菜谢您。"说得大家都笑了起来。

　　可是，当何冬妹认出了老叶就是叶志远的时候，真是百感交集：惊喜、委屈还有悔意突然涌上心头，一起化作泪水喷涌而出，因此便出现了开头的那一幕。

　　她惊喜的是终于找到了志远哥；她又觉得万般委屈，自己吃了千辛万苦，差点命都丢了，他倒躲在这里，就跟没事人似的；她现在感到了深深的后悔，后悔自己太粗心太大意，竟然没有问清老叶的名字就大包大揽了下来。现在倒好，自己糊里糊涂地把意中人拱手让给了别人，这叫什么事？她真想打自己几个嘴巴子，谁叫自己把话讲得那么快，讲得那么满？

大哭一场之后，当她看到倪裳衣关切而又错愕的眼神时，心肠顿时又软了下来，算了，话既出口，就不容反悔。何况又不是别人，她是自己的恩人，是老师，是姐姐。妹妹怎能和姐姐争抢男人呢？说出去还不给人笑死？她对倪裳衣说："叶志远是我表哥，姐姐放心，他听我的话。"

倪裳衣见叶志远他们要说正事，就拉着冬妹子离开了房间。临出门时，冬妹子朝刘贤臣挤挤眼，又指了指叶志远，看到刘贤臣笑了一下，才跟着倪裳衣出了门。

谢俊胜报告了几个情况。县里通知刘贤臣春节后去皖南行署培训三个月，学习乡镇农林生产经济。县里说了，今后不经培训不能担任乡镇长。另外，行署戴戟主任辞职后，李品仙委任黄绍耿接任行署主任。黄邵耿是桂系的人，跟三战区不是一条心。顾祝同以前畏惧戴戟，现在根本不把黄邵耿放在眼里，呼来喝去的，整天要粮要人，下面的县长也都成了他们的军需官。县长们向行署诉苦，黄绍耿就向李品仙告状，结果反被顾祝同骂得像龟孙子一样。县长也换了，新县长叫胡筱竹，日子也不好过。保安团兵饷欠了半年多没有发，弟兄们天天骂娘。黄团长愁得睡不着觉，叫我带弟兄们去走私，赚点钱回来好发饷。

叶志远仔细询问了事情缘由。顾祝同是江苏人，苏南沦陷后，冷欣的江南行署迁入广德。顾祝同委任冷欣当了苏皖边境游击挺进队的司令，将皖南农产品通过广德运到苏浙，再运回苏浙生产的工业品，赚取暴利分赃。

黄团长知道后，也动起了歪脑筋，撺掇胡县长也搞武装走私，胡县长出钱，他出兵护送，得了钱平分。头一次干这种事，一定要找个稳当可靠的人，于是黄团长就命令谢俊胜带领一个中队前往。

向敌占区输送物资，无异于资敌，叶志远觉得不妥。他看着刘贤臣，刘贤臣笑着说："又不是我们走私。再说了，小谢能违抗命令吗？"

叶志远想想也是。他嘱咐谢俊胜，广德是游击区，鬼子常来袭扰，那边国民党部队多，还有忠义救国军，势力很大。另外，胡县长既然出了钱，肯定会派人跟着，你更要小心。

叶志远又想了一会，说："回来时找个借口从天目山绕一下，看看那边的情况。"谢俊胜点点头，看看要到开晚饭的时间了，就跑到伙房里帮忙去了。

谢俊胜走了后，刘贤臣和叶志远闲聊了起来。他说："这段时间外面变化不小，省里县里的头头换了个遍，我这个乡长说不定哪天就不干了呢。"叶志远说：

"有这个可能。葛顺乡之所以比较平静，是因为这里偏僻闭塞，物少人稀，外来势力看不上这个地方。这也是当初我们选择这里的理由。这次去行署培训你有什么想法？"刘贤臣说："趁学习的机会，多结交一点关系，为我们大队捞点好处。"

叶志远笑笑说："以后的斗争形势会更加复杂，大队需要你全力操持。春节后要去培训，最近需要你到上海跑一趟。"刘贤臣问："有什么急事吗？"

叶志远掏出自己佩带的驳壳枪，放在刘贤臣的面前，说："这是原装德国造毛瑟手枪，我们军里的各级军官，还有特务营的人全都用它。这是首长夫人用自己的钱买的。我们现在缺乏武器，自己不能生产，那只有两个办法了，一个是夺，一个就是买。你这次去上海，要想办法从洋人那里多买些这种枪和子弹。"

刘贤臣说："德国人现在正和波兰打仗，他们还出口武器吗？"叶志远笑笑说："这种枪是他们淘汰下来的。另外，再设法买些小口径迫击炮，两个人能搬着跑的那种，德国不行就买美国的，多买些炮弹。"

刘贤臣说："行啊，这两天我就动身。我说老叶，你也不小了吧，说媳妇了没有？"叶志远笑了起来："这年月哪还有心思说这个。前面有日寇张牙舞爪，后面有人磨刀霍霍，我们处在夹缝当中，日子不好过啊。"

刘贤臣不以为然，说："既然日子难过，那就更需要有人照顾。愚兄我平时对你关心不够，今天冒昧给你说一个人。哎，你先别打岔，听我把话说完。"

叶志远闭上了嘴，听着刘贤臣把倪裳衣的出身，南京屠城时他父母的遭遇，还有她想带何冬妹一起参加队伍，以及对叶志远的爱慕之情细细说了一遍。

叶志远听了，心里隐隐有些不舒服，但一想起倪裳衣在匪巢中表现得沉着冷静，视金钱如同无物的气度，遭受屈辱后不但没有消沉，反而十分坚强地生活并能有所追求，心里又变得发烫起来。这样的女子的确值得敬重。

叶志远问："真是这样吗？她今年多大了？"刘贤臣说："今年二十二岁，医科刚毕业鬼子就打过来了。至于是不是真的，你自己去问问她本人不就知道了？"叶志远似乎有些为难，搓着手说："谢谢贤臣兄的关心，等等再说吧。"

其实，冬妹子根本没有走开，一直就在门外偷听两人的谈话。听到叶志远的答复很是含糊，知道他心里还在想着自己，便推门走了进去，也不避着刘贤臣，对叶志远说："我是你妹子，听我一句话，就答应了吧，是我请刘乡长给你们做这个媒的。"叶志远疑惑地看着何冬妹，何冬妹使劲点了点头。叶志远无法，轻叹一声，点头应了。

何冬妹一溜烟跑进伙房，搂住正在往碗里盛菜的倪裳衣，狠狠地朝她脸上亲了一口，差点碰掉了菜碗。倪裳衣吓了一跳，嗔道："你疯了你?"何冬妹把小嘴凑在倪裳衣耳边，叽里咕噜说了几句，倪裳衣的脸腾地红了起来，两滴泪珠滚了下来。这回轮到冬妹子惊讶了，问："裳衣姐姐怎么啦?"倪裳衣擦了擦泪，笑着说："没怎么，姐是给烟熏的。"

第五十八章　饮　酒

开饭啦! 何冬妹把饭菜端上了桌。叶志远、刘贤臣洗了手，坐了下来。桌上摆了三菜一汤: 一碗是滋滋冒着油气的红烧鸡，一碗是汤浓汁厚的山笋炖肉，一碗是清白分明的青菜豆腐，汤是冬菇鸡蛋汤。热腾腾的香味扑鼻。

刘贤臣夸道："好菜式，好手艺，没吃就知道好味道。"众人笑他这话说的不全对。刘贤臣转身拿来一瓶酒，对叶志远说："我们兄弟俩有一年多没在一起喝酒了，今天三喜临门，真要好好喝上一杯。"何冬妹连忙跑到伙房拿来了两个酒盅，放在叶志远和刘贤臣的面前。

叶志远说："大队平时禁止喝酒。今晚既然是乡长请客，大家都喝一点吧。"何冬妹笑着又拿来三个酒盅。谢俊胜有点疑惑: "刘乡长，今天有哪三喜啊?"何冬妹用胳膊碰了他一下，说："叫你喝你就喝，哪来这么多话。"

刘贤臣咳嗽了一声，说："小谢啊，你今天把倪医生和何冬妹请来了，她俩要参加队伍，我们以后就有了正儿八经的医生了，你说这是不是好事啊?"谢俊胜点点头，说："当然是好事。有医生跟着，战士们打仗没有了后怕，就更能放开手脚跟敌人干仗了。"

刘贤臣拿起酒瓶先给叶志远杯子倒满，接着要给倪裳衣倒酒。倪裳衣伸手捂住酒杯，说她不会喝酒。刘贤臣不依了，说："今天你是客人，入乡随俗嘛。哎，老叶，你今天还是沾了倪医生的光哎，是不是啊?"说着还对叶志远挤挤眼。

叶志远劝道："那就少喝一点吧，刘乡长是热心人，总得给点面子噢。"倪裳衣听他这么一说，只得松开捂住酒杯的手。刘贤臣"哗"的一下倒了满满的一杯，倪裳衣惊呼一声。坐在旁边的冬妹子马上端起来，朝自己杯里倒了一半。

刘贤臣笑道："这伢子干什么都帮着她老师。"倪裳衣听出话里有话，酒还没喝脸就红了起来。谢俊胜接过酒瓶先将刘贤臣杯子倒满，再给自己倒上，说："谢谢刘乡长，我只能喝一杯。"

叶志远举起杯子说:"感谢贤臣的好意,也是欢迎倪医生和冬妹子参军,同时也为贤臣和小谢送行,祝你们一路顺风,平安归来。"说完,他仰起脖子一饮而尽。

组建医疗救护队一直就是叶志远的一件心事,现在终于有了眉目,同时还有一个心志坚定又俊俏可人的女人喜欢上了自己,心里很是舒坦。只是不知道冬妹子到底是怎么想的,他可不想因为此事而伤了她的心。

刘贤臣喝干杯中的酒,便说开了:"老叶啊,你这一杯酒代表这么多意思可不行,一杯酒只能说一件事,刚才喝的不算。来,从头开始。"说着就给叶志远和自己又满上一杯,端起来说:"你是我的领路人,我可是真心感谢你。来,敬你一杯。"两人痛痛快快干了。

倪裳衣见两人只喝酒不动筷子,连忙劝道:"空腹饮酒有伤身体,快挟点菜吃。"冬妹子在一旁抿着嘴笑。倪裳衣瞪了她一眼,说:"笑什么,快吃呀。"冬妹子笑着说:"我笑裳衣姐姐现在就心疼我哥来着。"倪裳衣红着脸踩了冬妹子一脚,低声道:"让你瞎说。"

冬妹子问叶志远:"哥,菜好吃吗?"叶志远正挟了一块鸡肉放进嘴里,直点头,说:"好吃。"冬妹子哧哧笑道:"这可是裳衣姐姐的手艺,哥以后有口福了。"

倪裳衣嗔道:"就你多嘴。"叶志远端杯说道:"倪医生能加入我们的队伍,我真是求之不得啊。来,我敬你和冬妹子一杯。"

倪裳衣和冬妹子端起杯子饮了一口。酒刚入喉,倪裳衣呛得大咳,脸色憋得通红。冬妹子赶忙扶住,轻敲后背,又舀了一勺菜汤让她喝下。叶志远有些紧张地看着她,等到倪裳衣脸色平缓下来才放了心。叶志远接着敬了冬妹子一杯,说是庆贺兄妹团聚。冬妹子高高兴兴地一饮而尽。

第二天,刘贤臣和谢俊胜一道离开葛顺乡。叶志远叫谢俊胜带上了几个急救包。倪裳衣说最好能带上专用的急救箱,叶志远摇摇头说现在还没有。

倪裳衣的话提醒了刘贤臣,要倪裳衣把伤员急救必需的药品器材细细说了一遍,像现在营地里还没有的外科手术、血型检测以及采血输血器具等等,都一一记在本子上,说这次要尽量多采购一些带回来。

送走了刘贤臣和谢俊胜,倪裳衣提出要先去虎头岭营地看看。叶志远抬头看看天气尚好,回到房间找来一个行军背囊,领着倪裳衣和冬妹子就出发了。路过村子时,他喊了一个战士牵上两头小毛驴跟在后面。冬妹子问牵驴做什么,叶志远笑着说:"到时候你就知道了。"

大概是头一回走进深山的缘故，倪裳衣和冬妹子被眼前的景色深深吸引住了：高山绵亘，松杉挺拔，溪水潺潺，空气清新。各种不知名的鸟雀在林间穿越飞翔，还不停地鸣叫着，看得两人痴迷不已。偶而有只小兽从脚下窜过，吓得她俩躲避不迭，连声惊叫。看得叶志远和战士捧腹大笑。冬妹子直朝他俩翻白眼。

走了不过十几里，倪裳衣就气喘吁吁，额头冒汗了。叶志远见了就叫休息。他跑到溪边沾湿了毛巾，递给倪裳衣擦汗，倪裳衣也不客气，接过来擦去脸上的汗渍，又把毛巾翻了一个面，递给了冬妹子。

叶志远看她俩有些疲乏了，就牵过毛驴，把她俩一个一个抱上了驴背。倪裳衣长这么大还没骑过牲口，吓得身体乱晃，脸色发白。冬妹子也好不到哪里去。

那个战士从背囊里找出两条绑腿，递给叶志远一条，叶志远马上明白用法了。他先把绑腿打个结，搭在驴背上，按照倪裳衣两脚垂下的位置，一边打上一个结扣，把倪裳衣的双脚塞了进去，这样踩实了就能保持身体的平衡。

倪裳衣踩住结扣试了一下，果然稳当多了。那个战士同样也给冬妹子打好了结扣。然后，叶志远和战士牵着毛驴朝营地慢慢走去。

下午，他们在一条溪边停下来，从背囊里取出行军干粮，就着溪水填了肚子。在后面的行程里，倪裳衣和冬妹子都是在驴背上坐着的。因为长时间的摩擦，两条大腿内侧隐隐作痛，她俩不敢吱声，一是怕羞，二是怕叶志远他们笑话，只得咬牙坚持。傍晚时分，终于熬到了虎头岭营地。

进了营地，叶志远把倪裳衣和冬妹子带到虎头洞后面的服装厂，安排黄立秋的老婆黄嫂照顾她俩洗漱安歇，自己和黄立秋挤在一张铺上凑合了一晚。

第五十九章　内　行

第二天一早，睡梦中的倪裳衣被外面一阵接一阵的口令声和呼喊声惊醒。她忍着浑身酸痛从床上爬起来，打开房门，只见叶志远等在外面。叶志远轻声问道："给吵醒了吧，夜里睡得可好？"

倪裳衣点点头。冬妹子出来了，见到叶志远就问："哥啊，外面在干什么，声音这么吵？"叶志远笑着说："这是部队出早操，天天如此。快去洗脸吧。"

黄嫂见叶志远来了，就打招呼："大队长来啦，还没吃早饭吧，我这就端去。"黄嫂三十来岁，精明强干，服装厂的厂长说是黄立秋，实际上黄嫂管的事

情最多，里里外外搞得很利索。叶志远想着可以把黄立秋调到运输队去，服装厂就交给黄嫂来打理，刘贤臣也就不兼运输队长了，专管外卖外购，不过还没同张扶海商量。

一会儿黄嫂端着一个盘子走了进来，三碗白米粥、几个杂粮馒头，一碗咸菜。黄嫂又从棉袄兜里掏出三个热乎乎的煮鸡蛋，叫他们趁热吃。

叶志远一边吃着饭，一边和黄嫂聊起服装厂的事情来。黄嫂说了，上个月增加了五十个工人，她安排三十人加班做棉衣，要做一千多件；十个人加班做棉被，还有十个人做行军背囊和手榴弹袋。春节前能把棉衣赶出来，接着又要做春秋天穿的单军衣。人手还是不够用，要大队长给厂里加人，还要加一百人。叶志远答应想想办法。

吃过早饭，叶志远陪着倪裳衣、冬妹子来到虎头洞。部队都在操场训练，洞里的人不多。倪裳衣看到洞内通道的一边，竖立着许多粗壮的木架，上面分开堆放着粮袋、面袋、干菜、腊肉、咸货、红薯干。

靠近医务室的通道的一边，木架上摆放着成捆的中草药，像六月雪、金银花、白花蛇舌草什么的。倪裳衣见山洞宽敞，洞内干燥，点点头说："药材最怕受潮，这里条件不错。"

转了个弯，一个洞口出现在眼前，洞口上挂了一个白漆木牌，上面画着醒目的红十字，看来这就是医疗室了。进去后，只见靠着洞壁摆了一大溜单人病床，床上躺着二十多个伤病员。

李汇川看见叶志远来了，迎了上来。叶志远给他作了介绍。倪裳衣仔细询问了伤员情况，接着和冬妹子到溪边认真地洗了手，返回来逐个给伤员检查了伤情，看到伤口恢复得不错，便问李汇川的治疗措施。当听到他们一上来就使用"磺胺嘧啶"，再就是用中草药内服外敷的时候，倪裳衣有些惊讶，问道："你们有进口的消炎药？"叶志远笑着说："有啊，要是需要的话，我们还有盘尼西林呢。"

倪裳衣看了以后，提出不少建议，如在洞内隔出两间用作手术室，隔出一间用作医护人员值班休息室；在伙房里增加一个灶台，专门用于医疗器具高温消毒；还要单设几个妇女病床。此外，营地住地要定期消毒，注意人员粪便管理。叶志远叫李汇川一一记下，专门向后勤部汇报一次。

中午开饭时，叶志远安排2营营长邵家旺、3营营长马云飞和倪裳衣见了面。他俩非常高兴，都说营地现在就缺能做手术的医生，倪裳衣能来营地那真是雪中送炭。还说，要是1营长徐满仓在这里，肯定闹着要庆祝一番呢。1营教导员王令朝送三个重伤员去军部未回，徐满仓带部队去了游击区，现在不在营地。

晚上，叶志远喊来张扶海，和倪裳衣一起研究救护队的事。张扶海一口答应了下来，并问倪裳衣能带几个人过来。倪裳衣说，现在营地和部队的存在都还是秘密，不能公开说，我也没有把握能动员几个人来。但不管能来几个人，这里有那么多的部队人员，现在就需要增加十个护理人员。张扶海抓了抓头，觉得这事有些难办，说医疗队是在营地里面，从外面招人就怕不可靠。

旁边的冬妹子插话道："外面的人不可靠，那就招自己人啊。营地里有不少兵是本乡人吧，不如叫他们回家动员自家姐妹来报名，张叔去挑十个不就成了吗？"

叶志远和张扶海都笑了起来，觉得这倒是个办法。叶志远揉了揉冬妹子的头，夸道："还是我家妹子聪明。"冬妹子得意地昂起了头。叶志远赶紧敲打她几句："可不能骄傲，你要抓紧跟裳衣姐多学点本事。"冬妹子点点头，说："哥，你就放心吧。"

第二天一早，叶志远安排大刀连一个班护送倪裳衣和冬妹子回宁国。他见两人走路有些别扭，知道是骑驴子骑出来的问题，因此特意拿来两条薄褥子，细心披在驴背上，又结好了绑带。倪裳衣朝他感激地笑了笑。

叶志远回到洞内的指挥室，搬了一把椅子，对着墙上的皖南地图坐了下来，一看就是小半天。这段时间皖南看似平静，实际上是暗流涌动，随时都会有事情发生。

门外一声"报告"，将叶志远的沉思打断。叶志远转身看去，原来是1营的王令朝回来了。叶志远向他招手，说："快进来，伤员现在怎么样了？"

王令朝答道："都抢救过来了，再迟一点就危险了。不过，有两个伤势很重，治好后恐怕也不能归队了。"叶志远说："不要紧，他们是为国家受的伤，我们要给他们安排其他工作，不能工作的干脆就养起来。今后，这要作为一条规定，都这样办。"

叶志远问起了杨少良他们，王令朝说，都见到他们了。秦科长亲自安排的，杨少良他们十几个人已经学会号谱了，天天跑到山沟里练习吹号，嘴唇磨破了，就用胶布贴上吹。估计春节前能回来。那些学战场救护的可能时间要长一些。

第六十章　冬　训

一九四〇年春节快到了，雨雪下个不停。在虎头岭周围的深山里，几支队伍顶风冒雪行进在崎岖的山路上。这是留在营地的六个连队正在进行冬季训练。

按照叶志远的命令，春节前后，各连每天都要拉出去走三十里的山路，要从实战出发，全面锻炼部队在雨雪天气中行军作战的能力。

战士们人人头戴竹编斗笠，身上披着细帆布雨披，上身穿着统一的灰色粗布棉衣，下边是杂色裤子，脚蹬帆布胶鞋。他们没有装备枪支，只有大刀、梭镖和手榴弹。

这段时间后勤部门动了不少脑筋，采购了一批细帆布，做成雨披给战士遮挡雨雪，休息时还可以垫在身下阻挡湿气。胶鞋是供作战行军时穿的，平时都穿草鞋和布鞋。

后勤还学会了烤制月饼，战士外出训练时，根据时间长短每人发几个，都装在干净的竹筒里，系上绳子背在身上。月饼是咸肉野菜馅的，战士们说味道不错还顶饿。这是行军干粮，是在不能做饭，或者是在来不及做饭的情况下充饥用的。

后勤还给每个排级单位配了两个炊事员，粮食由战士们分开背着，炊事员只带铁锅饭铲水桶随军行动。到了地方，只要作战环境允许就埋锅做饭，环境不允许就啃月饼，尽量让战士们保持体力。

随着年关临近，带队去蔡村、黄田和溪口游击区的营级干部，陆续返回营地报告工作，部队都留在游击区和当地的民兵一起过年。

虎头岭指挥室里，汪施才、陈水根正在向叶志远汇报情况。叶志远见营长和教导员都来了，便叫他们坐下一起听。

汪施才从内线得到的消息，去年六月国民党制订了《限制异党活动办法》，年底又搞了一个《异党问题处理办法》，他们反共摩擦的步子在不断加快。

陈水根说，最近鬼子军舰在长江码头卸了不少货物，估计是给铜陵、芜湖日军输送弹药给养，目前还没有发现这两地的鬼子有调动的迹象。

叶志远点点头，说："你们讲的情况很重要，去年鬼子进攻繁昌吃了大亏，他们是不会甘心的，叫你的侦察员盯紧这些地方，估计他们很快就会有行动。"

1营营长徐满仓、2营教导员张照民、3营教导员彭戈分别报告了情况。目前，蔡村、溪口、黄田三地已经发展民兵一千余人，全都训练过了，只要发给武器就能参加战斗。

1营派了二十个民兵打进了泾县保安团，蔡村乡公所的乡丁都换成了我们的人。2营通过华阳帮控制了溪口镇的镇公所，华阳帮大部分成员都愿意听从王昌江的指挥。另外，在溪口附近的溶洞内已储存了三百担粮食。

3营在椰桥镇公所里已经安插了人员，在黄子山初步建立了游击营地，可进驻五百人的队伍。

叶志远说："照这么说，加上葛顺乡五百民兵和三地发展的一千民兵，我们现在的总兵力已达两千七百人，接近两个团的规模了，可就是没有枪啊。今年主要任务就是搞枪，要尽快把部队装备起来。"

正说着，外面传来一阵脚步声，接着就是一声响亮的"报告"。大家转身看去，原来是杨少良他们从军部回来了。叶志远迎了出去，只见十七个小伙子笔直地站成了两排，精神抖擞，很有军人的气概。

叶志远高兴地走上前去，看看这个，瞅瞅那个，嘴里说着："有点像样子了，你是卫皖吧，你是卫山。"小伙子回答："是，大队长。"叶志远问道："你们学得怎么样了？"杨少良答道："基本上掌握了，还需要进一步练习。"叶志远说："好，杨少良和铁蛋留下，其他人回去休息。"

叶志远问他们现在有几只军号，杨少良说军部给了四只。叶志远说暂时够用了，对他两人说，杨少良回去组织机炮连训练。铁蛋是通信班班长，负责下一阶段的训练。练习吹号要找一个山洞，不要在外面吹。还要培训各级指挥员，叫他们能听懂号声。全部训练好了后，每个连部、营部配备一个通讯员，剩余五个留在大队部。

陈水根匆匆地走了进来，附在叶志远耳边说了几句。叶志远问："现在人在哪儿？"陈水根说："关在乡里，没敢带进山。"叶志远点点头，喊来徐满仓交代了一番，自己随陈水根往乡里奔去。

入冬以后，李有田率领大刀连进驻葛顺乡。他的任务有两个，就是组织全乡民兵冬训，保卫乡公所安全。他把两个排分散到各村带领民兵训练，留一个排守在乡里。白天在各个路口设卡盘查过路行人，晚上轮班在村里巡查。如此一来，村里的秩序大为好转，做到了路不拾遗、夜不闭户。

这天，在路口放哨的队员抓住了两个形迹可疑的人，从身上还搜出了驳壳枪，便不容分说，扭送到了乡公所。李有田一问，两人只说是县党部的人，来干什么就是不说。李有田把两人关了起来，并派人上山报信。

叶志远和陈水根赶到乡公所，李有田把情况仔细说了一遍，还拿出了两人的驳壳枪。叶志远问清了两人的穿着打扮，又看了一下枪，说："这是国内仿造的驳壳枪，那边人用得多。"便叫陈水根和李有田再审一次。

过了一会，情况问出来了。这两人是宁国县党部招用的外勤人员，此次是奉县党部葛干事之命，来这里调查刘贤臣的行踪，要搞清他平时跟谁接触，都干了些什么。

他俩先是在县城茶铺门口盯了几天，没见到刘贤臣，便跑到乡里来找。他俩

不知道葛干事叫什么名字，也不知道葛干事叫他们调查刘贤臣的目的。

叶志远点点头说："你们大刀连警惕性很高，要表扬。这样吧，你派四个人不要带枪，只带大刀，把这两人押回县里交给保安团黄团长，就说抓到了土匪探子，然后就回来，哪里都不要去。"李有田转身出去安排此事。

叶志远对陈水根说："这个葛干事是什么来头，我们怎么会引起他的注意，县党部要干什么？"陈水根说："我马上安排两个侦察员盯住这个葛干事，尽快把事情搞清楚。"

第六十一章　敌　特

这个葛干事名叫葛应耿，正是葛顺乡恶霸地主葛尚德的二儿子葛银根。一年半前，他哥哥葛金根死于共产党游击队之手，他听从父命，跟着来乡剿共的粤军59师走了。他原想在军中混上个一官半职，好带兵回乡替父兄复仇。

谁知这兵不好当，一来这是杂牌部队，待遇很差，他自小骄奢惯了，吃不得清苦；二来没有军校资历，很难当上军官，更谈不上带兵打仗了。他自知没有本事考上军校，自己又是三十好几的人了，得赶紧另寻门路。

他找到了师部医院的军医，塞上一点钱，开了一张"身体有疾，建议退役"的假证明，领了三十元的退役金离开了军营。他没有直接回葛顺，而是来到离家不远的甲路镇打探家里的消息。

当得知他父亲获罪早已死在县狱，小老婆跑到县城避难，宅院充公，所有的家产都给一个叫刘贤臣的新任乡长分给了村民的时候，葛银根关上旅馆房间的门大哭一场，咬牙切齿诅咒发誓：不报此仇就不是人养的。同时把名字改为"葛应耿"，取报仇雪恨应当耿耿于怀之意。

葛应耿从另一条路进了宁国县城，费尽周折找到了他父亲的二姨太，一个名叫周嫩娘的女人。此女原是宁国县城的一个戏子，长得丰腴娇柔，戏唱得一般，但媚惑劲儿十足。一次葛尚德进园子看戏，戏文没有听明白，却被唱戏的人儿迷得神魂颠倒，二话不说，甩给班主一百块大洋，硬是把周嫩娘领回了家。

葛尚德年逾花甲，心有余而力不足。周嫩娘寂寞难耐，便与年轻风流的葛银根对上了眼，暗地里做成了好事。葛尚德装作不知，家丑不可外扬，随他俩胡闹去吧。

葛尚德一死，树倒猢狲散，周嫩娘携带私房钱来到县城，买了一处旧宅子住了下来。时间一长，积蓄越来越少，她正在苦思生财之计的时候，葛银根突然寻上门来。刚一见面，她很惊喜，可看到当年风流多金的二少爷，如今竟变得穷困潦倒，觉得并非可靠之人，心又凉了下来。

葛银根虽不学无术，但察言观色的本事还是有的，便上前一把搂住周嫩娘的细腰，对着她的耳孔吹了一口气，慢慢说道："我找到了一条进身之路，你先借给我一点钱，事成之后我十倍百倍奉还与你，怎么样？"

周嫩娘的腰肢软了下来。葛银根的手搂得更紧，继续说："我现在的名字叫葛应耿，你要记住。到时候你就跟我过，吃香喝辣都由着你。"周嫩娘嗲声道："我要一座大宅院。"葛银根笑着说："指不定还有金山银山等着你呢。"

周嫩娘上街买回了酒菜，葛银根在屋里洗了把热水澡。两人嚼着卤菜，把酒温热，吱吱地喝了起来。酒足菜饱，身上燥热，两人脱光衣服滚到了床上。这个女人想重温旧梦，那个男人是曲意奉承，两张嘴便迫不及待地咬在了一起。

第三天早上，葛应耿揣上了女人给的二百元钱，取道旌德、太平转到安庆渡江，最后来到了省府所在地立煌县。经他多方钻营，金钱开道，结交上了党务指导专员办事处的一个副主任。凭着这位副主任写的一封推荐信，葛应耿成了党政干部训练班的学员。

在以后的半年时间里，训练班的教官向他传授了刺探、暗杀、绑架等种种技术。每月都要完成一篇"作业"，主要是通过盯梢，抓捕中共地下党员，破坏他们的组织系统；或诱骗青年学生，建立特务外围组织。葛应耿干得十分卖力，深得特务教官的赏识。

结业实习时，他主动报名，参加了围攻新四军竹沟留守处的行动，亲手残杀了一名新四军伤员和两名军属，第一次体验到了杀人报仇的快感。

训练班给他的结业评语是：政治优等，技术一般，手段犀利。因他表现不错，按照他本人的意愿，结业后分配到宁国县党部当上了组织干事。

当上了小官之后，真实情况让他颇感失望。从职权上看，组织干事的差事只是对全县的党员进行训练、教育和考核，并发展党员。由于国民党禁止党部和党员干预地方政务，宁国地方管理他们根本就插不上手。也就是说，只管党务，不管政务。

再从收入来看，宁国县长每月薪水二百五十元，还有各种补贴。县党部的书记长薪水只有四十元，干事只有十元钱，活动经费基本上没有。此种状况离他报仇的愿望相差甚远，他决意先搞钱，没有钱什么事都干不成。

葛应耿借口发展党员，四处奔走，结交全县的商贾豪绅，筹集赞助费用。又

说服书记长同意，以支援抗战前线为幌子，鼓动成立了船运协会、竹木山产协会、马帮运输协会、青年教师协会、爱国青年协会等五花八门的民间组织，从中收取审批费、会员费还有杂七杂八的管理费。

这番折腾下来居然弄到了七八千元的款子，他一把送给书记长一千元，而且承诺以后每月都有孝敬，从而取得了书记长的信任。

手里有了钱，葛应耿就琢磨着怎样报仇了。今年年初，他花钱从驻军手里买了十几把仿造的驳壳枪。从街头混事的二流子里面挑了十几个喜欢打架滋事的，经过一番调教，成立了县党部外勤组，自己亲任组长，主要任务是监视异党非法活动。

葛应耿没有和刘贤臣、叶志远他们见过面，也不知道他们的底细。经过打探，摸到了刘贤臣的一些情况，葛应耿派出两个人监视茶铺，企图摸清刘贤臣的行踪。

宁国县政府搬迁了几次，现在迁到了城内南街宁阳小学办公。县党部也在隔壁的院子里办公。与县府那边一片嘈杂忙乱的景象相比，党部这边倒是十分清闲。此时，葛应耿掩上了门，坐在椅子上，泡了一壶茶，跷着二郎腿，嘴里叼着烟卷，正在等着外勤组回来报告刘贤臣的消息。

不一会，想起了敲门声，门外有人问道："葛干事在吗？"葛应耿问："谁啊？"话音未落，门就被人从外面推开了，走进来几个人。葛应耿抬眼看去，前面两个正是自己派去监视刘贤臣的特勤员，后面跟着的人都穿着保安团的服装，还背着枪。

葛应耿觉得不对劲，立刻站起身，冲着保安团的人问道："你们是什么人？把我的人怎样了？"保安团的人说："我们黄团长叫我们把这两个人给你送过来，你看看是不是你的人？"葛应耿看都没看，便说："是我的人啊，怎么弄到你们那里去了？"来的人也不解释，丢下那两人就走。

葛应耿阴沉着脸，叫两人报告了情况，然后臭骂了一通，叫两人滚蛋。葛应耿越想越觉得葛顺乡不简单，养了不少乡丁，背着大刀，还有手榴弹，防卫那么严密，当年的红军游击队不正是这个样子的吗？

第六十二章　热　闹

刘贤臣从上海回来了，他给大队带来了过年的礼物。第一件就是两百支德国造驳壳枪，还有十万发子弹。刘贤臣这次向德国军火商一共订购了一千支。上海库存只有这两百支，这次全都提回来了，那八百支要等到什么时候还不好说。

听约翰经理说，德国要在欧洲打大仗。买炮的事情德国人说最好拿东西交换，像钨、铜、铁、石油什么的，说我们中央政府就是拿这些东西跟他们换武器换装备的。

刘贤臣见此路不通，转而通过约翰经理找到了美国的军火商，经过一番讨价还价，最后以三百美元一门的价格谈妥，一共买五十门美制六〇迫击炮，再加一万颗炮弹，加上运费、保险费等，总价约四万美元，预计今年年底到货。

大家听到了一阵惊喜，都在想象着五十门炮同时发射，该是怎样一种壮观的景象。徐满仓拍了一下邵家旺的肩膀，问道："老伙计，六〇炮能打多远？"邵家旺眼一翻："我连见都没见过，我怎晓得？"大家听了一阵嗤笑。

刘贤臣带来的礼物还有：两千条薄毛毯，四千双帆布胶底鞋，全套德国造外科手术器械，采血输血器具，还有消炎止血药品，一百个急救药箱。这次可以说是满载而归。后勤部张扶海满脸喜色，连夜带着运输队下山搬运物资去了。

刘贤臣还带来了谢俊胜写的一份情况报告。谢俊胜在信中说，这次皖浙边界走私任务已完成，带去的是桐油和猪鬃，买方是驻安吉的伪军绥靖队。胡县长秘书拿到钱后，什么也没买就催着返回，估计是心虚。

他们去时走的是广德小路，县内驻军很多，忠义救国军总部驻在柏垫。32集团军司令部驻在凤桥，目前有转移南下的迹象。我们返回时走天目山西麓，地势险要，驻军很少。章树镇龙王山一带紧靠宁国，是建立游击根据地的好地方。

叶志远把信递给徐满仓，叫他们都传阅一下。自己走到地图前，找到了信中提到的几个地方，并作了标记。等几个营级干部都看过了，叶志远要他们认真考虑一下，年后要专门研究一次。

叶志远把刘贤臣、陈水根留了下来。叶志远对刘贤臣说："过年前你把后勤这摊子事都交给张扶海，把乡里的事交给汪施才，年后你就可以安心学习去了。"

陈水根报告了侦察县党部葛干事的情况。葛干事名叫葛应耿，是去年底从立煌县特务训练班分配过来的，现任县党部组织干事，兼外勤组组长。

他们又从葛顺乡了解到了一些情况。前年大队长、刘乡长为民除害，抓了葛尚德，他的二儿子叫葛银根，当时跟着国民党军队跑掉了。乡亲们猜测葛应耿和葛银根很有可能是同一个人。

叶志远看了刘贤臣一眼，对陈水根说："继续监视葛应耿。等过了年，带乡里认识他的人去县里辨认一下。"

叶志远转身对门口执勤的战士说了一声："去把铁蛋喊来。"一会铁蛋来了，叶志远吩咐："你去张部长那里领新枪，把你们通信员都装备起来。再把卫皖喊来，有新任务。"

卫皖喜滋滋地背着新枪来了。叶志远对他说："你从现在起，给刘乡长当警卫员，负责他的安全，放机灵点啊。"卫皖响亮地回答："是。"说完他就坐到角落里，埋头擦起他的新枪来了。

刘贤臣和叶志远聊起了华盛药房的生意。现在的客户多了不少，忠义救国军也找上门来了，药品供不应求。药房开业不到半年净赚了六七万，正好用来买下了这批枪炮。

刘贤臣掏出一个布包，里面是十几块手表，推到叶志远面前。刘贤臣说："有两块是花旗银行送的，说我们合作得很好。还给我发了一个邀请函，让我方便的时候去美国作商务考察，费用他们出。"

刘贤臣介绍说，手表是"天美时"牌子，还不错，当时就多买了几块。叶志远说："这东西有用，给营级干部都配上一块。"

刘贤臣从布包里拣出两块小一点的手表，单独放在一边，说："这两块是给倪裳衣和冬妹子留的，她俩搞医务也需要掌握时间。"叶志远直点头，说："对，对，还是贤臣想得周到。"两人对视，哈哈大笑。

这时，倪裳衣和何冬妹正在来葛顺乡的路上。雪下大了，道路湿滑，两人手里都拄着树枝做的拐杖，一步一滑，走得有些艰难。大刀连的战士牵着驮着她俩行李的小毛驴，紧紧地跟在后面。

本来是可以早一点来的，倪裳衣想到山里很多东西都没有，就在县里的刻印铺赶印了一批病历、处方单和检验单。等到印好后就到了腊月二十八，次日一早就动身前往葛顺。

走到半路，发现后面有人跟踪，大刀连的班长叫前面的人照常向前走，不要回头看。他带了几个人埋伏在路边石头后面，等到那两人走到近前，呼啦一声就围了上去，抽出大刀往两人的脖子上一架，大声喝道："做么事的?"

几个战士从他俩身上搜出来两把驳壳枪。见两人不吭声，班长恶声恶气地说："不讲是吧，那就到阎王殿去过年吧。"说着就抡起了大刀片。

那两人吓得尿了裤子，马上说了实话。原来还是县党部葛干事派来盯梢的。班长心想，把这些小混混抓回去没什么用，还要费事往回送，不如把他们吓回去算了。

他就喊了一声："把这两个不长眼的东西拉下去砍喽。"战士们架住两人就走，来到路边松手拔刀，两人以为大刀马上就要砍下，便把头一缩，狂叫一声向前窜去，跌跌撞撞，没命地朝县城方向逃去。

甩掉了尾巴以后，倪裳衣她们加快了行进速度，晚上在葛顺乡歇息了一夜，除夕夜上了虎头岭。

倪裳衣和何冬妹的到来，给营地增添了喜庆的气氛。尽管营地的年夜饭和往年一样简单，但是气氛要热闹得多。

徐满仓原本认识两人，也知道刘贤臣给叶志远说亲的事。他端着酒杯凑到叶志远和倪裳衣的跟前，笑呵呵地说："嫂子，什么时候喝你和叶大哥的喜酒啊？"冬妹子在一旁立刻笑了起来，倪裳衣臊得满脸通红。

叶志远埋怨道："你看你，酒喝多了是吧。"不说还好，一说徐满仓就来了劲。他大声问大家："同志们，大队长说我们喝多了，我们有没有喝多啊？"大伙儿齐声回答："没有，我们还没怎么喝呢。"徐满仓更来劲了："那我们都来敬嫂子一杯酒好不好啊？"大伙儿响亮地回答："好！"

营地平时严禁喝酒，年夜饭每人也不过两小杯酒。徐满仓今天心里痛快，只是想借个由头让大家热闹一下罢了。

第六十三章　布　置

葛应耿这个年过得十分丧气。他派去盯梢的人又一次丧魂落魄地跑了回来，什么情况都没摸到，还差点给葛顺乡的人砍了脑袋。他暴跳如雷，把两个笨蛋臭骂了一顿。

他越想越气，就给立煌县的特务教官打了个电话，检举葛顺乡刘贤臣有共党嫌疑。教官告诉他，光有嫌疑不行，必须掌握证据。有了证据，可直接向皖南行署五科报告。

葛应耿又打通了五科的电话，五科叫他直接向胡县长报告。他想想不对，绕过县党部书记长直接去找县长，书记长知道了肯定会不高兴的。

于是，他就借着拜年的机会，向书记长说了这事。书记长知道刘贤臣是全县有名的财主，心想这葛干事想钱想疯了，竟然把主意打到了刘贤臣头上；又一想，如真能把刘贤臣扳倒，那他的钱不就是我们县党部的钱了吗？

书记长马上要通了胡县长的电话，添油加醋地说了一通，胡县长在电话里哼啊哈地没有表态。

胡县长放下电话，想了又想，便把黄团长喊来问话："你是县里的老人了，葛顺乡刘贤臣是不是共产党？"黄团长问是谁说的。胡县长说是县党部的人说的。

黄团长冷笑道："县党部全是些吃人饭不拉人屎的家伙。刘贤臣是共产党？他在葛顺乡领头闹事，反对政府，抗租抗捐闹共产了吗？"

胡县长给黄团长的话呛得直咳嗽，说："虽说现在还是两党合作，可上面的调子变了，我们也得小心才是。"黄团长说："小心不为错，但不能胡乱猜疑，更不能像县党部那样别有用心，他们是想图财害命。"

这件事在胡县长那里暂时搁置了下来。后来谢俊胜知道了，心生警惕，立刻派人向叶志远报告了此事。还交代中队的弟兄们注意县党部的举动，暗中也对茶铺和西津渡刘宅加强了保护。

过年这几天，虎头岭营地没有闲着。回家过年的战士一说营地要招收女医护兵，一下子就有一百多个女伢子报了名。初五那天，下山招兵的张扶海、倪裳衣、何冬妹三人被这些女伢子团团包围，叽叽喳喳吵得头昏眼花。

要说体检吧，来报名的身体都不错。要说政治审查吧，乡里乡亲的，谁家不知道谁家的底细？要考文化吧，她们还都认识几个字。还真有点不好办了。

张扶海马上派人上山请示叶志远，叶志远说实在不行就都收下来吧，从中挑二十个识字的当护理员，其他到黄嫂被服厂当工人，原先的男工人都补充到运输队去。结果这次招了一百二十个女伢子上了山。

人招来了，住的地方就不够了。张扶海又带着后勤一帮人忙着调整住地。在医疗室旁边隔出了一大间屋子给二十个护理员住宿，兼作教室。又把被服厂车间整理一下，临时安排新来的女工人住下。等雨雪天过去了，再突击搭建一批营房，彻底解决新进人员的住宿问题。

倪裳衣先叫冬妹子把护理员安置好，再领着她们清扫整理手术室、值班室，对病房进行清理消毒。再就是排出病房值班表，每天定时给伤病员检查换药，这些事情做完后，再集中对新人进行培训。

皖南地区历来文风盛行，重视教育，即便是交通闭塞的葛顺乡，农家孩子多少都能识一点字，这就给护理培训提供了方便。再加上这些女伢子聪明心细，学习刻苦，每天除了吃饭睡觉，其他时间全部用于听课学习、背诵护理知识、各种药名药性、使用剂量等等，勤奋练习救护技术。过了一段时间后，渐渐就能顶岗值班了。

开春之后，派到军部学习的四十个战士返回营地，三个重伤员也一同回来了。经过倪裳衣检查，伤势见好，再有半年即可痊愈。

倪裳衣对四十个战场救护员进行了测验，认为他们基本掌握了救护技术，又教会了他们急救箱的使用方法。叶志远将其中的二十人分到了部队，保证每个连队能有两名救护员。剩下的暂留营地等待分配。

春耕季节已到。因刘贤臣已去行署轮训，副乡长汪施才坐镇乡公所，督促各保甲抓好春耕生产。今年继续减租减赋，开荒种粮的继续免租免赋，对茶农继续实行补贴政策。葛顺乡的人财物已经全部掌握在游击大队手里，租税田赋基本上由自己说了算，实际上具备了抗日民主根据地的雏形。

到了四月，叶志远命令将驻在游击区的 1 连、4 连、7 连调回营地休整，另派 3 连、6 连和 8 连接替，继续巩固发展三个游击区。同时将营地没有配枪的连队，尽量装备上大刀和手榴弹，按照大刀连的训练方法，抓紧进行操练。叶志远还叫大队部的几个通信员带领医护人员进行军训，要求医生和护理员都会使用驳壳枪、步枪，学会扔手榴弹。

四月下旬，陈水根匆匆回到营地，报告日军开始行动了。叶志远通知各营营长、教导员、张扶海和杨少良立即来指挥室开会。据侦察，日军驻安庆的 116 师团一部、驻芜湖的 15 师团一部，以及两地的伪军约一万人，已于前日集结完毕，估计经开始对青弋江沿线和繁昌、南陵的新四军展开了进攻。另外，侦察员还发现日伪军在繁昌横山一带有一个军火转运站，军火数量不详。

大家一面听情况报告，一面看着地图思索。叶志远问大家怎么办，这是他的老习惯，每次都先叫大家想办法。徐满仓说："这次鬼子出动上万人马，三支队压力肯定很大，我们要出兵帮他们一把。"邵家旺说："还是老办法，他打他的，我打我的，趁小鬼子后方空虚，抄他老窝去。"大伙儿笑着点头，表示赞成。

叶志远环顾一圈，看大家没有异议，便做出了决定："今天是四月二十五日。晚上我和各营营长前去繁昌、南陵一带查看敌情，陈水根带几个侦察员跟随，其余的侦察员分到三个营带路。"

"营地的六个连明天全部集合，由各营教导员带队并进行战斗动员，晚上出发，昼伏夜行，二十八日天亮前到达繁昌峨山镇南部山地隐蔽待命。到达后，各营教导员到峨山镇茶铺与我们汇合，商定作战计划。"

叶志远又补充了一点："运输队全部跟随部队行动。机炮连分成三部分配置给三个营使用。张扶海负责留守营地。"

第六十四章　智　取

　　峨山镇是繁昌南部的交通要冲，南陵至繁昌公路和铜陵至芜湖公路均从这里经过。路边的商业街里，一年前新开了一家茶铺，生意一直不温不火的。

　　今天不一样了，一大早就有茶客光顾，三三两两来了十几个人，各式打扮的都有。老板和小伙计忙不迭地端茶倒水，还买来了刚出笼的鲜肉包子招待客人。就着热茶，客人们饱餐了一顿，结了账就分散离开，各自找了客栈蒙头呼呼大睡。这些人就是刚刚赶了一夜山路的叶志远一行。

　　晚上，他们在镇外集合，潜行到十几里外的马坝进行侦察。繁昌县城以北包括繁阳镇都属于日伪控制区，县城以南是新四军的控制区。

　　据陈水根说，马坝驻扎了汪伪警察的一个分队，还有繁昌县反共自卫团的一个排，约有八十人枪。这里是丘陵山地，营房建在平地上，四周拉上了铁丝网。再往北面十里地就是横山，军火转运站就在那里，平时有一百多个伪军把守，现在不知有多少人。叶志远他们围着马坝转了一圈，把周围的地形道路都记了下来。

　　正要离去，从马坝营房里出来了三个人，领头的骑在马上，像是军官，后面跟着走的两个人背着短枪，估计是马弁。陈水根叫两名侦察员跟上他们，摸清这三人的底细。叶志远他们向北走去，要对横山再进行一次侦察。

　　两个侦察员跟着伪军军官进了繁阳镇，来到了一座宅院，门上挂着一盏红灯笼，上写"倚香居"三个字。一个马弁敲开了门，只见一个穿着艳丽的中年妇人迎了出来，脆声喊着："哎哟，是李大队长来啦，酒菜早就给您备好了，今晚要谁陪酒啊？"

　　那个军官嘟噜了几句。妇人笑道："包您满意，昨天刚买来的三个雏儿，一个个可嫩着啦。"军官又嘟噜了几句，那妇人说："那您可得来哦，连着三晚上都给您留着。"军官嘿嘿笑着进了门，马弁把门关上。

　　过了一会，两个侦察员翻入院子，一个悄悄地贴窗偷听，一个隐身在暗处监视。一间正房里亮着灯，窗户上晃动着一大一小两个身影。两个马弁不在这里，估计是在另一处饮酒作乐。

　　房内传出了说话声。一个公鸭嗓子问："今年多大啦？"一个细细的女伢子声音:"刚十六。"公鸭嗓子说:"别怕啊,解开给大爷看看。哎哟,啧啧,真水灵。来,让大爷好好疼疼你。"

房内传出撕扯衣服的声音。侦察员摆了一下手,悄悄翻出院子。两人狠狠地骂道:"狗日的汉奸王八蛋,不知糟蹋了多少良家女子,过两天有你好受的。"

第二天早上,繁昌南面传来激烈的枪炮声,一直响个不停。街上居民神色慌张,说是新四军在何家湾一带跟鬼子打起来了,鬼子兵人多,黑压压的一眼望不到头。

晚上,叶志远他们又摸出镇去,忙乎了大半夜。二十八日中午,茶铺里又来了不少茶客,吃过茶点就三三两两地走了。

根据两天侦察得知,驻扎在芜湖、湾沚一带的日军15师团一部已经南下,正在青阳一带与新四军一支队激战。三山、横山包括峨桥的敌人向繁昌以南地区进攻,正与新四军三支队交火。这一带日军兵力不足,因此,叶志远决定速战速决,一举拿下马坝、横山两处日军据点。

这天夜里,月亮隐进云中,四野一片昏暗。大队各个部队同时开始了行动。徐满仓、王令朝率1连、2连进至马坝西边的枫林一带构筑防御工事,任务是挡住荻港赶来增援马坝的日军。

邵家旺、张照民率4连、5连进至马坝东边的桂岗一带构筑工事,负责挡住从峨山桥过来的日伪增援之敌。叶志远带领3营的7连和大刀连,在马坝南边山地埋伏,伺机攻占马坝敌人据点。

晚上七点多钟,伪军官准时地从营房里出来了,两个马弁照例跟在后面。那军官骑在马背上颠儿颠的,嘴里哼起了小调:"花瓣子红来花心子嫩……湾里的妹子哎真水灵……水汪汪的眼睛瞅过来……一下子勾走了哥的魂。哎哟,哎哎哟。"

哼着哼着,马突然不走了,几个黑影拦住了去路。伪军官正想斥骂,一只手伸过来将他揪下马背,拖到了路边,一把短刀逼住咽喉。

叶志远低声问道:"不想死就说实话。你的姓名和职务。"伪军官哆嗦着回答:"好汉饶命,我叫李大林,是马坝警察分队的分队长。"叶志远问:"马坝据点里有多少人?"李大林回答:"我的分队五十人,还有自卫团三十人。"

叶志远猛然想起了一件事,又问:"李二林是你什么人?"李大林说:"是我兄弟,好汉认识他?""上次李二林从宣城回来对你说了什么没有?""有,有,说了,他对我说,新四军长官说了,叫你不要当汉奸,不要祸害老百姓。""那你是怎么做的?""好汉你听我说,我当汉奸也是没有办法,但从那以后我就再

没有祸害过老百姓了。""你现在带我们进据点，叫你手下人缴械投降。""那……好汉，你们是什么队伍？""我们是抗日的队伍，别问那么多。"

李大林站了起来，身上也不怎么哆嗦了，带着叶志远往马坝据点走去。通信员卫南、卫山装作马弁牵着马，护在叶志远两边。7连和大刀连远远跟在后面。

来到据点门口，李大林叫喊开门。哨兵马上打开铁丝网门放行，嘴里嘀咕着："队长今晚回来这么早，八成是没有快活上吧。"

李大林走到营房前面，从兜里掏出口哨狂吹了一通，大声喊道："全体集合，不要带武器。"喊了几遍，又把哨子吹了几次，营房里才稀稀拉拉跑出来一些人，个个衣服不整，呵欠连天。

一个军官亮着手电跑了过来，嘴里喊着："哥，出了什么事，这时候要集合？"跑到跟前，见他哥没吭声，他借着电筒的余光看清了叶志远的脸面，突然一哆嗦，手电掉在地上。他马上捡起手电，向叶志远一个立正，大声喊道："长官好，我是李二林。"叶志远说："难得你还认识我。好，你现在去清点集合的人数，不要漏掉一个人。"李二林回答："是，长官！"

足足等了十几分钟，警察分队和自卫团才把队伍集合好。叶志远心里鄙夷道：这样的兵白送给我都不要。李二林跑过来报告说，弟兄们应到八十人，九人请假回家未回，实到七十一人。

第六十五章　兄　弟

叶志远没有答话，转身命令门口的哨兵："你也过来集合。"等到哨兵离开了哨位，原先就留在门口的通信员卫南，对着外面打了一个呼哨，只见门外跑进来两支整齐的队伍：一队手持刺刀枪，迅速将集合的伪军围住；一队手拿明晃晃的大刀，跑进营房挨个地搜查，把枪支弹药都抱了出来。

伪军队伍一阵骚乱。叶志远大声喊道："都不许动！我们是新四军，你们已经被包围了，只要你们交出武器，我们绝不会伤害你们。"

李大林跟着喊道："委屈弟兄们了，伪军汉奸不是人干的，就是死了都进不了祖坟啊。我李大林现在就向新四军投诚，你们自己看着办吧。"

李二林接着喊道："我也投诚，我的弟兄们都站过来。"队伍里很快走出来二十来个人。李二林对叶志远说："长官，这些人跟了我许多年，很可靠。"叶志远点点头。

叶志远对 3 营长马云飞说："大刀连留一个排看押伪军，等完成任务后，都放他们回家。部队现在出发。"李大林忙问："长官现在去哪里?"叶志远说："去横山。"李大林说："我和二林带你们去，那里我们熟悉，也正好送给长官一个见面礼。"

叶志远大喜，说："好，你们前面领路。"同时，他命令通信员卫南吹号，通知 1 营和 2 营转移阵地。

"滴答……嗒嘀嗒……"嘹亮的军号划破夜空，传向远方。1 营和 2 营的通信员同时听到了号声，立即报告了各自的营长。徐满仓赶忙集合部队，用急行军的速度向横山方向赶去。在繁昌东边担任阻击任务的 2 营，教导员张照民带领 4 连继续坚守阵地，邵家旺带领 5 连赶往横山以东的江宕，构筑防御阵地，准备阻击从三山前来增援横山的敌人。

在赶往横山的路上，李大林告诉叶志远说，横山是日伪军的军火转运站，有十几辆骡车，平时有一个小队的鬼子守卫，前几天抽走了两个班，现在只有一个班十几个鬼子和五十个自卫团丁在看守，有三挺机枪，一支掷弹筒。

没用一个小时，部队到达了横山。军火转运站外面砌有砖石围墙，墙顶上缠着铁丝网。围墙里面竖着一个两层楼高的瞭望台，上面有两个伪军放哨，架了一挺机枪，枪口直冲着大门。

走近围墙大门，李大林上前叫门。瞭望台上亮起了强光手电，朝着李大林照过来。哨兵问道："什么人?"李大林用手挡住了手电光柱，大声说："我是马坝的李大林，你不认识啊?"

哨兵回答："噢，是李队长啊，这么晚了还来啊。"李大林不耐烦地说："快点开门，川岛大队长叫我们来领弹药，明天一早要赶去增援他们。"哨兵说："行啊，你等一下。"

叶志远怕被敌人识破，这次没有走在前面。他见敌人防守严密，便叫通信员向后面传令，全体做好战斗准备。这次是吴捷生的 7 连主攻，大刀连两个排助攻。

吴捷生接到了命令，马上就叫连里的优等射手暗中瞄准瞭望台上的机枪，还把这次配给连里的三挺机枪调到前面来，全体战士都做好了强攻的准备。

"吱呀"一声大门缓缓打开。还未开到一半，鬼子的一个曹长打着手电筒从门缝向外看去，发现不对劲，哪来的这么多人，后面人穿的衣服根本就不是警察。

鬼子曹长怪叫一声："八格牙鲁,开门的不要,快快射击。"连喊了两声,瞭望台上的机枪响了,"哒哒哒",站在前面的李大林几个人立刻栽倒在地。没等机枪继续扫射,下面"啪啪"几枪,瞭望台的机枪就哑了火。

叶志远大喝一声:"冲进去!"7连的三挺机枪对着半开的大门狂扫,把里面的鬼子扫倒了一片。机枪一停,马云飞和吴捷生带领战士一边开枪射击,一边冲进了大门。后面的大刀连蜂拥而入,见到鬼子挥刀便砍,很快就占领了整个转运站。

叶志远见战斗结束,立即回到大门口,见李大林李二林兄弟俩全都躺在地下。李二林受了重伤,救护员正在为他包扎止血。李大林身中数弹,满身是血,早已咽了气。叶志远蹲了下去,掏出毛巾擦去李大林脸上的血迹,替他整了整衣服,叫人把遗体抬走。

徐满仓的1营赶来了,顾不上喘气,就帮着3营打扫战场。营地的运输队原先就跟在部队的后面,现在正是他们大显身手的时候。

他们把鬼子的骡车牵了出来,从仓库里搬出一箱箱的军用物资,忙了一个小时,整整装了六辆大车。还有两辆大车拉伤员,一辆拉牺牲的战士遗体。

这次战斗包括李大林在内一共牺牲了一名排长、一名班长和七名战士,还有四十多人受伤。李二林伤势严重,需要立即送回救治。

叶志远命令通信员吹号,通知在横山以东担任阻击任务的2营向南转移。命令打扫战场的部队立即集合,带上伤员和缴获的物资向繁昌方向撤退。

路过马坝的时候,看守伪军的大刀连一个排归队,让伪军警察自行解散。天亮之前,所有部队在峨山镇南边的山地里会合。

这一晚部队着实疲劳,特别是2营5连,一夜连续两次构筑防御工事,在撤回来的路上,很多战士走着走着,拉着前面战士的行囊就睡着了,不知摔倒了多少次。这回到了宿营地,放出暗哨以后,战士们倒地就睡,鼾声大作。

各连炊事班趁大伙休息,赶紧搬出用半个汽油桶改制的炭火灶,塞进带来的木炭,点上火,架上铁锅兑上溪水,放入白米、干菜和猪肉块,盖上锅盖。时间不长,一锅香喷喷的菜肉米饭就熟了。这种炭火灶也是后勤部门的小发明,营地里的木炭多的是,用木炭烧饭火力很足,还不冒烟,有利于部队隐蔽。

部队休息到下午,体力恢复了不少。因为伤员不能耽搁,叶志远命令部队立刻出发,顺原路返回。1营担任前卫,2营和运输队居中,保护伤员。3营担任后卫,负责清除行军痕迹。叶志远跟随2营行动,他见躺在担架上的李二林脸色苍白,心里很是担心,不断催促部队加快行军速度。

第六十六章 拼 杀

白天行军速度自然快了不少，但是暴露行踪的危险性增大，各营不得不派出小股部队在周围搜索前进。行至一个山口，右前方忽然传来了枪声。叶志远命令2营继续行军，自己带着通信员卫南、卫山朝响枪的方向跑去。

这里已经到了山地的边缘，一里路之外似乎有个村子，正冒着滚滚的浓烟。1营徐满仓带了一个排隐蔽在树丛里，两个侦察员气喘吁吁地正在向他报告敌情。

看到叶志远来了，徐满仓简要报告了情况。前面的村庄叫汪冲村，大约有七十多个鬼子在那里抢粮食。叶志远取出望远镜观察起来，他看到大半个村子已经燃起了大火，鬼子不断驱赶村民向村中的一块空地上集中，枪声和哭叫声很清晰地传了过来，一股怒火在他胸中腾起。

叶志远知道鬼子凶残成性，这几年在皖南肆意屠杀老百姓，不知制造了多少起惨案，今天既然给我们碰上了，就不能放过这些个畜生。他马上命令卫南跑步通知3营赶到这里来；又命令徐满仓带领一个排，先从左侧绕过去，占据有利地形，等我们这边打响了，就猛往村里冲，尽量多救些乡亲出来。

徐满仓领着一个排向村子运动过去。一会儿，马云飞带着7连赶来了。叶志远叫马云飞从右边绕过去，那个方向背光，鬼子一发现你们，你们就开枪。叫战士们不要慌张，开枪时尽量瞄准点，不要伤到了老百姓。马云飞点点头，带着7连迅速绕向了村子。

叶志远回头看了看大刀连，他们现在不仅有大刀和手榴弹，还用缴获马坝伪军警察的枪支装备了自己。叶志远抽出驳壳枪，低声命令："散开队形，保持低姿，跟我上。"

说完，他弯腰跑了出去，两个通信员持枪在手，护在两边，大刀连紧随其后。大刀连长李有田还是老习惯，背着枪，手提大刀一声不吭地跟在后面，心想上次打鬼子是在晚上，没看真切，这回可要看清楚鬼子是怎样死在自己手里的。

今天刮的是东南风，村子里的浓烟飘向这边，反而遮蔽了鬼子的视线，直到两路人马冲到了离村子三四十米远的地方，才被鬼子发现。鬼子一阵乱叫，"啪勾，啪勾"开枪射击，歪把子跟着也朝两边扫射过来。

两支冲锋部队立即卧倒，只能低姿向前运动。因为要顾及村民的安全，战士们不敢往村里投掷手榴弹。鬼子却躲在屋角和矮墙后面，向两边扔来了手雷，炸伤了不少向前运动的战士，7连和大刀连的攻击一时受阻。

徐满仓带着战士已经接近了村子，听到村边枪声大作，就不顾一切地冲了进去。他们绕过烧着的房屋，看见被鬼子们围住的村民，徐满仓命令战士上刺刀，喊了一声："杀鬼子啊！"就带头冲向敌人，他抬手两枪，干掉了两个抱着机枪的鬼子兵。接着他大喊："乡亲们，快趴在地上！我们是新四军，救你们来了。"

鬼子发觉背后遭到攻击，连忙分兵抵抗。由于距离太近，双方纠缠在一起拼起了刺刀。徐满仓收起了驳壳枪，弯腰从地上捡起一支三八大盖，带头冲杀过去，迎面碰上了两个鬼子兵。

刚一交上手，徐满仓便知今天遇上了老鬼子，他们身体粗壮，侧身持枪，步法沉稳，没有退缩之意。这两个鬼子一左一右，很快就朝徐满仓逼了过来。徐满仓毫不畏惧，紧握步枪，两眼不看别的，只盯着越来越近的两个刺刀尖不放。

只听得"呀"的一声，两个鬼子同时举枪刺来，一个刺向徐满仓的胸部，一个刺向他的腹部。徐满仓冷笑一声，转身一个急闪，避开了刀尖，再抢前一步，挺枪刺入了左边鬼子的胸膛。没等这个鬼子倒下，他抖腕收臂，拔出刺刀，猛地划向右边鬼子的脖子，锋利的刀刃将鬼子的颈脖割开了一条口子，鲜血喷溅，顿时倒地不起。

干掉了两个鬼子之后，徐满仓环视周围，发现情况很不妙。到目前为止，全大队只有大刀连跟鬼子打过白刃战，他今天带的这个排还是头一回拼刺刀。他清楚地看到刚才跟自己冲进来的三十多个战士，已经倒下了好几个，而鬼子的人数却不见减少，眼看着又有十几个鬼子冲了过来。

徐满仓急了，大喊了一声："赶快向我靠拢，快！"一个鬼子见徐满仓是个指挥官，举枪就刺了过来。徐满仓猛地将他刺刀磕偏，鬼子一个趔趄，徐满仓抢上前去，一枪把他刺倒。

听到喊声，战士们一边抵挡一边退却，很快聚拢到了徐满仓周围。徐满仓又喊："大家不要慌，注意相互掩护，背靠背跟他们干，我们大部队马上就到了。"鬼子人多，从三面攻了过来，徐满仓他们以少对多，拼命厮杀起来。

就在千钧一发之际，叶志远带领大刀连消灭了村口的日军，强行突入村内。随后，马云飞率7连也冲了进来。叶志远捡起一支鬼子的步枪，指挥战士们围住鬼子，保护乡亲撤出村子。

大刀连的战士们手提大刀，三个一组、两个一伙向鬼子围了过去。现在游击大队这边是两个连加上一个不完整的排。鬼子那边是一个小队，刚才在战斗中已被打死了十几个，现在是我们的两百多人对上了鬼子五十多人，形成了三个打一个的局面。

马云飞、彭戈和吴捷生始终冲在队伍的前面。现在要是叫他们指挥打正规的攻坚战，或是防御战，可能火候还差了些。但叫他们搞偷袭打埋伏包括白刃格斗，心里一点都不怵。他们早就憋着一股劲要跟鬼子面对面地拼杀一场，看看究竟谁厉害。这回他们自然就使出了浑身解数，奋勇向前，成为冲阵杀敌的刀尖。

叶志远挥动步枪，不停地在阵中穿插，哪里危险了他就出现在哪里，哪个战士抵挡不住了他就上去帮一下忙。他接连干掉了两个老鬼子后，瞥见一个手握指挥刀的鬼子，正要向一名背对着他的战士砍去。他大喝一声："八格！"

鬼子一惊，举刀的手停顿了一下，叶志远跨步上前，大力突刺，鬼子挥刀格挡，"当"的一声脆响，鬼子被震得后退了一步，龇牙咧嘴怪叫一声，然后，双手握刀又斜劈了过来。

叶志远后退一步让过了刀锋，鬼子气势汹汹，上前又是一刀劈来。这次不客气了，叶志远挥动枪刺，猛力磕开了对方的战刀，见鬼子中门大开，迅速把刺刀送入鬼子的胸膛，双手一拧拔出。鬼子瞪大了死鱼般的眼睛，向后倒地气绝。

白刃战此时已经结束，遍地躺着尸体，空气中弥漫着浓烈的血腥味。徐满仓、马云飞带着战士清理战场，看到还没死透的鬼子马上就补上一刀。太可恨了，抢了粮食还杀人，村子一百多口人，现在只剩下四十余口，青壮年都被杀光了。清点我们这边，7连牺牲十人，伤二十人，大刀连牺牲三人，几乎人人带伤，1营一个排牺牲七人，伤十五人。

这边战场清理得很快，大刀连的战士们把鬼子的翻毛皮鞋全都脱下来带走，把六十几个鬼子尸体堆在一起放火烧了。李有田说了，这叫锉骨扬灰，谁叫小鬼子那么坏呢。战士们又把死难的村民尸体抬到村外安葬，没敢竖碑，怕鬼子回来糟蹋了。

忙完之后，他们又去动员村里的四十几个乡亲离开村子，叫他们投亲靠友去，因为鬼子肯定要回来报复。实在没有地方去的，就收拾东西跟我们走。结果有一半的村民要跟部队走。傍晚时分，部队用骡车拉着牺牲战友的遗体和重伤员，带上二十几个乡亲离开村子，向南追赶部队去了。

两天后，驻扎湾汕的日军发现出去征集粮草的龟田小队成建制地"失踪"了。马上派出一个中队过来寻找，搜索了半天没有结果，满村没见到一个人，连一只鸡鸭也没见着。根据村子焚烧过和厮杀过的痕迹，日军断定龟田小队已经全

体"玉碎"了。

三天后，部队回到葛顺乡。叶志远将汪冲村跟着来的村民留在乡里，交给汪施才安置。部队返回虎头岭休整，伤员全部送到医疗队救治。次日集合部队，给这次在战斗中牺牲的烈士举行了隆重的葬礼。李大林的名字也被端端正正地刻在了墓碑之上。

第六十七章　急　救

部队出征以后，倪裳衣就安排何冬妹带人给留守部队、兵工厂和服装厂的工人全部查验了血型，建立了血型档案。同时把手术器具、抽血输血器具以及消毒设备准备妥当，各种急救药品，以及纱布绷带胶布什么的都摆进了专用橱柜，分门别类，随手就可取用。

这天晚上部队回来了，听说打了胜仗。护理员们刚刚欢呼了两声，一下子看到抬进来许多浑身血污的伤员，吓得脸色发白，手足无措。

倪裳衣见识过血腥场面，此时还能沉得住气。她大声命令："都不要慌张，分头检查伤势，把最危险的伤员抬进手术室，马上抢救。"

何冬妹带着护理员很快检查了一遍，伤员里面有十五个是刀伤，都不在要害部位。四十个人被子弹击中或弹片擦伤，其中一名被两颗子弹击中胸部，伤势最为严重。

倪裳衣马上叫她们把这个重伤员抬进了手术室，剪开上衣，用煮开过的凉水擦洗一遍后，看清了伤员的右胸有两个弹眼。慢慢翻转身体，背后也有两个稍大一点的弹洞。

她轻轻舒出口气，还好，这是贯穿伤，子弹没有嵌顿在体内，创面也不是很大。但是伤员失血过多，心跳微弱。她命令："检测血型，马上输血。"两个护理员立刻操作起来。

叶志远很不放心李二林的伤势，把部队安置好了以后，就带着卫南、卫山来到医疗队看望伤员。他看到护理员们在给伤员清理伤口，上药包扎，动作比较麻利，满意地点点头。叶志远向护理员询问了每个伤员的伤势，并叮嘱伤员们安心养伤。

他来到手术室门口，掀开门帘朝里面望去，看到戴着口罩的倪裳衣正在给李二林的伤口缠绷带，手术台的边上支着一个输血瓶正在给他输血。

因为手术室是在山洞里，光线昏暗，一个护理员站在倪裳衣的旁边打着手电筒照亮。叶志远眉头皱了一下，心想这样可不行，要想办法解决手术室照明的问题。

叶志远叫卫南拿出自己的手电筒，递给一个护理员让她拿进去。何冬妹看到了手电筒，抬头望过来，看到了站在门口的叶志远，点了点头，带在脸上的口罩动了动，显然是笑了一下。叶志远也朝她笑了笑，挥了挥手，转身离开。

叶志远来到后勤部，想和张扶海商量解决手术室照明的问题。谁知张扶海被三个营长堵在了屋子里，吵吵嚷嚷地挺热闹。叶志远咳嗽一声，板着脸走了进去。

几个人看到叶志远来了，嗓门也就低了下来。"吵什么呢？"叶志远问。张扶海看了几个营长一眼，说："这次缴获了一千支步枪，三十挺歪把子机枪。我分给每营三百支步枪，五挺机枪，他们嫌少。"

叶志远问："你们哪个嫌少啊？跟我说。"三个营长你看我，我看你，都没有吱声。叶志远说："就按张部长说的办。剩下的步枪是要分配给大刀连和三个游击区的，还要加上葛顺乡的民兵，已经很少了。机枪交给机炮连。你们现在的主要精力，要放在怎样组织部队开展好战斗讲评，怎样开展好有针对性的训练。"

三个营长见叶志远这么说，想多要枪肯定是没戏了，也就告辞回去了。等他们走后，叶志远问张扶海能不能搞到发电机，不用烧油的那种。

张扶海问："哪里用？"叶志远说："急救室用。"张扶海说，过两天派人去上海买两台脚踏发电机，功率大一点的。今后要是有了电台，也能作电源用。叶志远又交代要注意改善伤员的伙食，保持足够的营养。

过了立夏，草长莺飞，满山的杜鹃花竞相绽放，虎头岭到处充溢花草树木的清香。在医疗队精心治疗护理下，加上营养充足，不少轻伤员已经痊愈归队了，李二林的伤势也有明显的好转。叶志远几乎隔几天就来看望一下，叫李二林感动不已。

何冬妹心里透亮，我哥来看你不假，恐怕主要是来看嫂子的吧。等看过了伤员，何冬妹就缠着叶志远教她打枪，连同倪裳衣一块儿教。等到会打枪了，她又缠着要枪。

叶志远想想也对，给她们配枪可以防身。就从张扶海那里要来了两支王八盒子给了倪裳衣和何冬妹。尽管枪支紧张，但游击大队的干部都不喜欢这种枪，放在后勤部里没人要。

枪拿来了，倪裳衣倒是没说什么。冬妹子的小嘴噘得老高，说："这枪是小鬼子用的吧，又丑又笨的，我不要。"倪裳衣在一边捂着嘴偷笑，心想，摊上这妹子有你受的了。

叶志远哄着冬妹子说："听话，先凑合着用，等下次缴获了小手枪先给你换，好不好？"冬妹子眼睛笑成一条缝，说："说话算数哦，别的枪我不要，就要刘乡长带的那种。也要给嫂子一支哦。"叶志远答得很干脆："没问题。"

这些日子，参加过汪冲村白刃战斗的战士们可神气了，回来后人人提升一级，战士当上了班长，班长当上了副排长或排长，排长提成了副连长。

营里还叫他们到其他连队去作报告，讲汪冲村战斗的经过，讲日军的凶狠残暴，讲自己跟鬼子拼刺刀的感受，讲怎样把敌人刺倒的技巧经验。哎呀，很多战士长这么大还是头一回上台给这么多人讲话，就连大队长也坐在下面听我讲话，真是光彩得不得了。

这是叶志远特意安排这么做的。部队开展汪冲村战斗讲评报告活动，激起了战士对日寇暴行的仇恨，激发了部队求战求胜的意志。这正是叶志远所期待的。叶志远认为，部队就是用来打仗的，打顺风仗不算本事，跟着别人一起冲锋不算英雄。要敢于打恶仗打硬仗。要像徐满仓那样，要敢于一马当先冲入敌阵；要像吴捷生那样，再困难再危险也要把敌人的碉堡给炸掉；要像7连、大刀连那样，要敢于跟凶残的日寇面对面地拼刺刀，临危不惧，死战不退。

现在看来，部队的战斗意志和战斗风格已经初步形成，要是再经过几次硬仗的磨砺，这把钢刀也许就会变得更加坚韧锋利。

第六十八章　交　换

五月下旬，李维真派特委群工部长白和义来到营地，传达特委的指示。最近，国民党顽固派连续向我军进攻：三月初，李品仙出动六千人进攻新四军江北指挥部，被第四、第五支队击退，歼灭其两千余人。三月底，江苏韩德勤出动一万人围攻半塔集五支队后方机关，江北新四军全线反击，苦战七昼夜，消灭顽军一千余人。四月下旬，李品仙出动五个营的兵力进攻新四军江北游击纵队，我方损失严重，纵队参谋长不幸牺牲。

鉴于这一形势，中央发出了"放手发展抗日力量，抵抗反共顽固派的进攻"

的指示。特委要求游击大队当前要抓住时机，巩固扩大游击根据地，积极发展民兵组织，通过各种渠道，运用各种方法改善武器装备，不断提高部队战斗力。为加强大队领导力量，熟悉皖南群众工作的白和义同志参加党委工作。

叶志远立即召开党委会，由白和义传达了特委的指示。会议做出以下决议：第一，由白和义同志主持，进一步加强游击根据地建设，扩大民兵队伍。各营部署在游击区的兵力应不少于两个连。第二，今后除急需的物资外，不再向虎头岭营地运送，转向黄田、蔡村、溪口根据地储存物资。第三，2营协助华阳帮尽快打通根据地经宣城东、南漪湖、石臼湖至溧水的交通线，与苏中新四军取得联系。第四，为防止敌顽封锁华阳河水道，运输队要打通溪口至蔡村的运输线。第五，3营在年底前，控制黄子山以东的西坑、林坦、桃岭地区，如环境允许，应着手建立小型兵站。

会后，张扶海陪白和义查看了虎头岭营地，白和义对营地建设啧啧称赞。到了后勤部，给白和义领了两套军装，配了一支王八盒子。休息一天后，白和义跟随一营前往蔡村游击区开展工作，过一段时间后再去2营和3营。

六月初，华阳帮将两台脚踏发电机运到了山里，同时还运来了照明灯具、电线、一批药品和两千双帆布胶鞋。

在一大帮子领导的关注下，杨少良和铁蛋带着几个通信员忙活半天，终于把手术室连同伤员病房的电线灯具都装好了。然后又仔细地对照说明书，接上了电源线。

这时，一个通信员坐到发电机的座椅上，双脚踩动了发电机的踏板。"呜……"发电机轻快地转动起来，杨少良请叶志远推闸送电。

叶志远笑笑，用手一推，合上了电闸。"唰"一声，吊在人们头顶上的灯泡发出了耀眼的白光，平时昏暗的洞内顿时亮如白昼。大家惊异地相视而笑，何冬妹和一群护理员情不自禁地欢呼起来。

过了几天，刘贤臣轮训结束，回到了乡里，第二天便进山找到叶志远。一见面叶志远就打趣道："哎哟，我们的大乡长学成归来了，有失远迎啊。"

两人坐到指挥室里聊了起来。刘贤臣讲了几个情况，原来想在轮训班的同学里找一个人来接任乡长，可没人愿意干，都嫌葛顺乡过于偏僻贫穷。再一个就是，他叔父刘若溪派人催他回家结婚。

此外，他在行署轮训班结识了一个人，是唐式遵军需处长的小舅子，他说他能搞到枪。叶志远一听来了精神，喊来张扶海一起听。

国民党军队历来就有吃空饷、倒卖军火的传统，现在风气更甚。他一个师一

万人的编制，实际只有六七千人，却拿一万人的军饷，多下来的都进了军官的腰包。每次打了仗，都要向上峰多报一些人员伤亡数字，凭此就能多领抚恤费。军火更能朝外卖，只要能弄到钱就行，上峰也追究不过来，过年过节多送点礼孝敬一下也就完事了。

刘贤臣说，对方缺粮，要求用粮换枪，说好了三担谷子换两支汉阳造，七八成新的。张扶海担心受骗。刘贤臣说，他知道我是做生意的，以为我想倒卖枪支从中赚钱。交换地点让我们定，一手交粮，一手交枪。

三人商量了一会，为保险起见，决定分两次换：一次在椰桥镇换，那里离黄田近；第二次在泾县换，离蔡村近。运输队负责搬运，出动部队暗中保护。两次共换一千支枪，还要送十万发子弹。

商议好后，刘贤臣动身下山联系。就这样，连头带尾忙活了一个月，粮食换枪的交易顺利完成，现在大队的每个战士基本上都有了武器。只不过部队粮食储存大为减少，今年秋季需要大量补充。

乡公所的工作有汪施才顶着，刘贤臣倒落了个清闲，这天又跑上山找叶志远闲聊起来："家里给我找的媳妇，是仙源镇一个茶商的女儿，听说容貌出众，贤惠温顺，还是个种茶的好手。"

叶志远听后很赞成："刘老先生看中的人还能差吗？"刘贤臣有些犯愁："现在到处打仗，自己居无定所。娶过来吧，怕委屈了人家；可要是不答应吧，又怕惹叔父生气。"因为在他心目中，刘若溪如同他的父亲一般。

叶志远说："男子汉做事就得干脆，你这次回去就把婚事给办了。我陪你回去，正好也去看看刘老先生，当初我们的饭碗还是他老人家给的呢。"

刘贤臣说："你也要关心下级。听冬妹子说，最近徐满仓、邵家旺三天两头往医疗队那边跑，问他们有什么事吧，又说不出有什么事，只是东张西望的，怕是看上了救护队的女伢子了吧。"

叶志远疑惑地看着他，问："这才几天工夫啊，他们就搭上了？本事不小唉。走，一起去看看。"说完他拉着刘贤臣去了医疗队。

医疗队的洞里十分安静，值班护理员有的在给伤员检查换药，有的搀着伤员在散步走动。叶志远看到了他们，都主动打招呼，询问他们伤势恢复的情况。

李二林的病床放在最里头，因为这里最安静。叶志远走近床铺，见他睡着了，脸上有了血色，呼吸也很平稳，就没惊醒他，直接走进了值班室。

倪裳衣和何冬妹站在一幅人体解剖图前，倪裳衣指着图正在给何冬妹说着什么，看样子是在教学，十分专心。

　　刘贤臣轻咳一声，倪裳衣和何冬妹转过身来，见是叶志远他们来了，何冬妹喜笑颜开地说："哥，你们怎么来了？"叶志远板着脸说："怎么，不欢迎啊？"何冬妹笑着说："哪能呢，请都请不来的，快坐下吧。"

第六十九章　奖　励

　　叶志远问了冬妹子的学习情况。冬妹子现在跟倪裳衣学习外科手术。白天工作，晚上看书，对于普通的外科手术，她已经能够独立操作了，难度大一点的还不行。叶志远鼓励她坚持学习，只要有铁杵磨成针的精神，一定能够学好。

　　刘贤臣问到徐满仓和邵家旺的事。倪裳衣看了冬妹子一眼，知道是她走漏了"风声"。冬妹子笑道："这有什么，我们这里的人谁不知道啊。正好她俩今天都当班，要不要叫她们进来给你们看看？"

　　叶志远问："是谁啊，她们都同意吗？"冬妹子说："徐大哥、邵大哥都是一表人才，她俩能有什么意见？"叶志远听了很高兴，他对战士们一贯很好，对一起出来的五个人更是情同手足，连忙点头应允，叫她带来见见。

　　冬妹子起身走了出去。一会儿就带着两个女伢子轻快地走了进来。两人都戴着口罩，看到大队长和刘乡长都在，连忙点头问好。冬妹子说："把口罩摘了吧。"两人顺从地摘了口罩，脸微微发红，似乎有些害羞。

　　冬妹子介绍说："这是薛桂花，徐大哥的对象。这是刘栗枝，跟邵大哥好。"两人的脸更红了，腰肢扭了一扭。叶志远瞪了冬妹子一眼，冬妹子"哧哧"一声笑了起来。

　　倪裳衣马上说："来，坐下吧，大队长来看看你们。"接着就把两个人的年龄、家庭和工作表现都介绍了一下。叶志远又问她俩在这里工作累不累，生活习惯不习惯，有没有困难什么的。

　　薛桂花、刘栗枝见事情已经说开了，便不再扭捏，低声作了回答。叶志远了解了大概后，便叫她俩回去工作。叶志远在离开前，单独和倪裳衣说了会话，说自己过几天要到游击区去检查工作，叫她注意身体，别累着了。还叫她留意给陈水根也找个合适的对象，还说杨少良和何冬妹年龄相仿，最好能把他俩凑成一对。倪裳衣答应试试。

　　叶志远拉着刘贤臣找到了张扶海，说了刘贤臣即将回家结婚，又说了徐满

仓、邵家旺已经找好了媳妇的事。张扶海对刘贤臣恭贺了一番，然后从墙角的铁柜里拿出了一个铁盒子，就是叶志远他们以前从尖刀岭缴获的那个珠宝盒。盒内的大部分珠宝首饰拿到上海兑换了现金，只留了十几件。

张扶海打开盒盖，推到刘贤臣面前，说："你自己挑两件给媳妇吧。"刘贤臣摇摇手说："这怎么行，不合适的。"张扶海说了，这是大队长定的规矩，最早来葛顺乡虎头岭的老同志都一样，结婚时都送两件首饰留作纪念。

见刘贤臣仍在犹疑，叶志远就说："怎么不合适啊？合适得很。这些同志不怕危险，离开了老部队，最早来到这里开辟新区，就冲这种坚定劲儿就应该得到奖励。准确地说，应该是大队党委委员一级的，和最早来开辟营地的老同志都有，包括张扶海同志也有一份。"

晚上，冬妹子陪着倪裳衣来到叶志远的住处，这是在指挥室内用木板隔出了一个小房间，只能放下一张单人床，一张木板桌和一把竹椅。

叶志远叫她俩自己找地方坐下。两人看了一下，实在没有地方可坐。冬妹子干脆拉着倪裳衣大大咧咧地坐到了床上。倪裳衣问："你什么时候走啊？"叶志远说："明天一早。"冬妹子说："哥，我和嫂子来帮你收拾一下行李。"说着就在床上翻检起衣服来了。叶志远连忙止住，说："我哪有什么行李，就这么一身，抬脚就走，不用费那个事。"

叶志远忽然想起了手表的事。他把冬妹子轻轻推到一边，伸手从当枕头用的行军背囊里找出了一个小布袋，掏出了两件小东西塞到两个人的手里。

冬妹子把东西拿到眼前一瞅，高兴坏了："这是小手表唉，可稀罕着呢。"她把手表托在掌心，这面看看，又翻过来看看，瞅了一会，突然发现了问题，说："哥哎，这手表怎么不走呢？怕是坏了吧。"

倪裳衣没戴过手表，可她见别人用过。她笑了笑，用手捏住表盘旁边凸出的一个小疙瘩，轻轻地转动了几下，又贴在耳边听了听，点了点头，说："老叶，对个时间。"叶志远抬起手腕看了一眼，说："七点二十一分。"倪裳衣又把小疙瘩拧了拧，就把手表递给冬妹子，说："我这只表是好的，你拿着吧。"

冬妹子有些疑惑，难道哥哥偏心眼，把好的给了裳衣姐，把坏的给了我？不会吧。不管了，拿过来再说。冬妹子接过手表，把自己的给了倪裳衣。倪裳衣接过来给表上了弦，对了时，也不说话，把表戴在手腕上。

冬妹子更加疑惑了，马上抓住倪裳衣的手腕，仔细一瞅："咦，手表的指针怎么走动啦，分明是好的耶。"冬妹子忽然醒过神来了，一手搂住倪裳衣，一手捶打着她的肩膀，说："姐姐坏，姐姐坏哎，尽作弄我。"

冬妹子瞥了叶志远一眼，看见他也在笑，就说："哥哥也是的，也不说话，就由着嫂子这样对我。"叶志远说："你还有理了是吧。你不懂，也不知道向人请教，只知道埋怨别人。"冬妹子"噢"了一声，想想也是的。

冬妹子拿着手表，贴着倪裳衣耳边问了几句，倪裳衣接过来，将上弦和对时的方法告诉冬妹子。冬妹子学会了，朝叶志远做了个鬼脸，很得意地把手表戴到手腕上，还故意朝他晃了晃。

叶志远又说："我们不懂的东西太多，这不要紧，但不可不懂装懂，要勤于问人，勤于学习，这样才能把别人的知识变成自己的东西。"

冬妹子点点头，说："哥哥说得是，妹子知道了。唉，哥啊，这表叫什么名字？是哪里出的？不会又是日本鬼子的吧。"叶志远说："美国造的，天美时表。这是刘乡长从上海带回来的，说你们搞医务的需要这个。"

冬妹子说："是哎，就是你和刘乡长想着我们。哥，你明天要走，好好陪嫂子说说话吧，我到外面转转去。"她把叶志远拉到倪裳衣身边坐好，跑出了门外，还关紧了门。

叶志远无奈地摇摇头，笑道："这妹子，拿她真没办法。"倪裳衣说："平时冬妹子在队里可严肃了，连玩笑话都不讲的，也只有对你这个哥哥才这样有说有笑的。"

叶志远父母双亡，孤单一人，因此他特别珍视战友之情，也特别羡慕和渴望亲人之间的温情。冬妹子的出现，使他过去装满仇恨的心里，灌注进了从未有过的亲情。

听倪裳衣这么一说，他点点头说："我也把她当亲妹子看待。哎，你跟她说杨少良了吗？"倪裳衣摇摇头，说："她说她还小，想跟我多学点东西，现在不想谈这些事情。"叶志远说："也对，她学好了，也能帮你多分担一些，这些日子辛苦你了。"

自从与父母诀别之后，倪裳衣还是头一次听到这种体贴关怀的话语，心里一酸，眼泪掉了下来。叶志远一惊，急忙扶住倪裳衣的肩膀，用手抚上她的脸庞，轻声问道："怎么了，哪里不舒服？"倪裳衣说："没什么，我只是想起了一些事。"

叶志远没有问下去，转了一个话题说："我这次送刘贤臣回去成亲，我想啊，今年过年的时候，如果不打仗，就给徐满仓、邵家旺他们把婚礼办了，让大伙儿热闹一下，你看好不好？"倪裳衣破涕为笑，说："当然好啦。"叶志远顿了一下，说："那我们是不是也……"

倪裳衣心里一紧，问："也什么？"叶志远摸摸头，笑着说："我俩干脆也一块儿结了吧。"倪裳衣盯住叶志远的眼睛，慢慢问道："你是真心的？"叶志远答道："当然真心。"倪裳衣说："冬妹子喜欢你，我早就看出来了，你如今怎么待她？"叶志远心里一惊，然后又是一疼，想了想说："她还小，不能过早考虑个人的事情。何况，她对我说了，说……"倪裳衣问道："她对你说了什么？"叶志远说："一个人要是真心喜欢一个人，那就不能让他难受，要让他高兴才对。"

倪裳衣听了，愣了一会，说："真是个懂事的妹子。"又问："你真的不在乎我……"叶志远坚定地说："别的我都不在意，只在意你是个好女人就行。"

叶志远的话犹如一瓢热水，浇得倪裳衣心头一阵滚烫，他终于当面向自己表白了，他真的没有嫌弃自己。倪裳衣觉得头有些晕，有些坐不住了，慢慢地依偎到了叶志远的怀里。

此时，叶志远感到有种第一次上战场时的紧张，双臂慢慢收紧，把胸前这柔软滚烫的身体抱住，轻轻地摇晃了起来。倪裳衣似乎被摇醒了，伸出双臂扣住叶志远的脖子，主动吻了上去，叶志远不知避让，也亲了下来，一时竟"啧啧"有声。

倪裳衣感觉到了两人口唇交接之处，好像出现了一个漩涡，猛地吸走了自己全身的力气，也吸走了自己往日所有的悲苦和屈辱。她感到头晕目眩，浑身舒坦。这种感觉很奇妙，也很令人陶醉。

第七十章　巡　查

皖南的雨季来临了，雨水淅淅沥沥地下个不停。叶志远、刘贤臣、汪施才和张扶海四人一同从乡里乘船出行。乡里的事情交给大刀连李有田打点。刘贤臣叫运输队往船上装了十担新茶，顺路给各个茶铺送去。同行的还有卫皖、卫南几个通信员。

下午到了宁国县，西津渡刘宅和县里的茶铺都没去，直接住到县城边上的一家客栈里。晚饭后，叶志远叫卫南通知谢俊胜过来一趟。

谢俊胜一来，就报告了葛应耿的事。葛顺乡来的团丁认识葛银根。有一次谢俊胜带着他们借故去了县党部，认出了葛应耿就是葛尚德的儿子葛银根。谢俊胜已经对西津渡刘宅采取了保护措施，但对茶铺却没有办法。

几人商量了一下，既然茶铺已经暴露，干脆撤销了这个联络站，安排华阳帮在苏南句容、丹阳建立交通联络站，沟通与苏南、苏中新四军的联系。叶志远叮嘱谢俊胜，现在形势越来越复杂，要提高警惕，一旦情况有变或身份暴露，要争取把你的中队安全地拉出去。

叶志远一行顺着水阳江北上，来到了宣城鳌峰路的茶铺。晚上，茶铺伙计烧了一大锅的肉菜饭，刘贤臣拿出三瓶老春酒招待大家，说是梅雨季节喝点酒，能祛湿暖体，有益健康。众人觉得近来宣城没有打仗，今晚也没事，就随意喝了起来。

喝着喝着，话就多了起来。刘贤臣说："抗战几年，只有人少枪少的新四军主动出击过，在皖西、皖北、苏南打了不少仗。国民党装备好，人又多，可从来都是被动防守，而且还守不好，宣城这地方就丢了三次，真不知道他们养那么多军队干啥用。"

汪施才说："国民党军也有真抗日的，像川军 145 师在广德就跟鬼子拼了命，师长饶国华宁死不退。"张扶海说："问题出在统兵的人身上。三战区既防日寇，又防新四军，一心二用，恐怕现在防共甚于防日。"叶志远也发了一通议论："有没有这种可能，他抗日没有什么战功，却想在反共上搞出点名堂来呢？有些人叫他打日本，总是畏首畏尾，怕这怕那的，可叫他打自己人，却是张牙舞爪，胆子大得很。"这番话说得大家心里沉甸甸的。

出了宣城，叶志远一行直接去了泾县。他们现在的身份又恢复到了以前，刘贤臣还是皖南茶商，其他人都是随从。傍晚时分，他们来到了县城街上的"顺年饭庄"，老远就看到店里食客盈门，生意兴隆。

他们在饭庄对面的客栈安歇下来，等客人少了的时候，跟着汪施才走进了饭庄。一个伙计将他们引进雅间，泡上了热茶，就传菜去了。

雅间布置得素净清雅，墙上挂了一幅字。叶志远仔细看去，只见上面写了一首诗，说的是皖江菜品："菜花甲鱼菊花蟹，鲥鱼游在刀鱼后。春笋蚕豆荷花藕，鹅鸭肥时在金秋。"

众人看了都说有些意思，问是谁的手笔，汪施才笑而不答。刘贤臣凑上去看了落款，笑着说："不是别人，正是我们汪先生的大作呢。"大家七嘴八舌恭维了一番。

饭菜上桌了，四菜一汤：臭鳜鱼、毛豆腐、清炒竹笋、回锅肉，一盆老鸭汤，一桶白米饭。对于平时吃惯了营地伙食的他们来说，这是难得一见的美味。众人连酒都顾不上喝了，鼓起腮帮子大吃大嚼，转眼工夫就见了盘底。

按照叶志远定下的规矩，营地平时严禁饮酒作乐。他认为酒能助兴，也能乱性，更能误事。大吃大喝必须绝对禁止。如果干部带头大吃大喝，助长奢靡风气，嘴巴吃刁了，还能吃得下粗茶淡饭吗？不过今天也是难得的一次，算是给大家改善一下伙食了吧，不必太过认真。

从泾县出来后几人就分了手，汪施才和张扶海要去蔡村和溪口检查游击区工作。叶志远要陪同刘贤臣去太平结婚，通信员卫皖、卫南随行。四人从泾县雇了一条快船，沿青弋江往南方驶去。

一路清闲，叶志远问起了刘贤臣的家事。刘贤臣的父母都是足不出户的庄稼人，这门亲事是叔父说合的。女方家长见过刘贤臣，知他精明能干，年纪不大就创下了一份家业，还是一个乡长，非常中意。

民国时期乡间女子结婚很早，超过十八岁不出嫁乡邻就会说闲话。刘贤臣比叶志远大四岁，今年二十三岁，老大不小的了，女伢子今年也二十了。女方家里数次催婚，原本婚期定在今年开春，刘贤臣去行署训练，才耽搁至今。

一天半的光景，刘贤臣回到了三门乡。刘贤臣领着叶志远先是回家看望了父母，接着就去拜访了叔父刘若溪。老人见侄儿遵命回来完婚，心情大好。他对刘贤臣说，新婚吉日已经选好了，就在后天，旧历六月初八。刘若溪要他婚后在家里多待些日子，好好陪陪父母。刘贤臣点头应允。

皖南山区的婚嫁十分讲究。刘贤臣的婚事早已定妥，双方换了庚帖，男方下聘礼、女家送嫁妆都已做过了，就等着迎娶新娘了。

六月初八这天一大早，刘家派出四个男丁，一顶花轿，两个儿女双全的妇人和一班吹鼓手，由媒人带领，吹吹打打地去十几里外的仙源镇迎接新娘去了。依照当地风俗，新郎只需在家等候就行，不必亲往迎娶。

中午时分，迎亲队伍返回村里。刘家这时点燃红烛，派出四个男丁将花轿引到门口，新娘坐在轿中连吃三杯"进门茶"。一对金童玉女走上前来，把蒙着盖头、身穿喜服的新娘子牵进了正堂，与胸佩红花的刘贤臣并排站立，三拜之礼行毕，搀扶新娘子踩着红袋子进入洞房。旁边司仪高声喊道：传口袋——一代胜一代，入洞房——一代更比一代旺。

吃完婚宴，叶志远便与刘贤臣辞行，约好秋收之前回葛顺主持乡政，卫皖留下来保护刘贤臣。

叶志远与卫南乘船当晚赶到了章渡，找着了张林秀聊到半夜。张林秀给叶志远透露了不少消息，六月份顽军四次进攻新四军，都被我们打退了。最近的一次是在苏北的郭村战斗，消灭顽军三个团。

叶志远问："形势如此紧张，首长们有何打算？"张林秀说："去年中央就提出了'向南巩固、向东作战、向北发展'的方针，看中央的意思，军部早晚是要转移的。"

第七十一章 位 置

离开章渡后，叶志远和卫南继续乘船而行，用一天时间赶到了泾县。休息一晚，第二天上午船在凉潭转入了蔡村河，下午到达了蔡村。

叶志远记得徐满仓说过，这里乡公所的乡丁都是自己人，便叫卫南拿着通行证去找乡丁问路。过了一会，卫南带了一个乡丁过来。那个乡丁见到叶志远就问："你们是从宁国葛顺来的？"叶志远说："是的。"那个乡丁说："跟我来吧。"

叶志远跟着乡丁来到了村里的一家杂货铺。乡丁对一个中年掌柜说了几句话。掌柜看了看叶志远，便喊来一个小伙计，说："带客人进山。"

小伙计二话没说，领着叶志远就往山里走。走了大约五六里路，前面出现了一条岔路。小伙计停下脚步，对着树林子喊了一声："家里来人喽。"话音刚落，树林里钻出来一个打柴的年轻人，朝小伙计摆摆手，小伙计转身回去了。打柴的朝着叶志远点点头，领着他朝岔路上走去。

刚进山时，坡地上满是菜地茶园。进到山里，山峦重叠，尽是树木竹林，溪流纵横，山路陡峭。走了五六里路，前面出现了一条峡谷，谷中有条小径盘桓而上。

打柴的对着山上又喊了一声："家里来人喽。"峡谷上方出现了两个带枪的人，看样子是执勤的哨兵。哨兵向他们挥了挥手，喊道："你们顺着谷底走上来。"叶志远和卫南便踏着碎石铺成的小路向上走去。

登上峡谷，汗水湿透了衣衫。两个哨兵迎了上来，敬了个持枪礼，说："大队长好！"叶志远回了礼，问："你们是那个连的，怎么会认识我？"

哨兵立正回答："报告大队长，我们是1营3连的，在虎头岭整训时见过大队长。"叶志远点点头，问："你们连长呢？"哨兵拔出插在腰间的绿色小旗，朝对面的山峰摇了几下，对面山峰也出现一面绿色小旗，也朝着这边摇了摇。

叶志远一边擦着汗，一边放眼望去，只见山峰连绵，林木茂盛，几块不大的谷地散布在群山之间。谷地上已经种上了蔬菜，菜地旁边搭建了一些窝棚，只是

看不见营房在哪里。

正看着，谷地后面转出了几个人，领头的正是徐满仓、王令朝和 3 连长王可树。他们一面快步跑着，一面不停地挥着手。叶志远大步迎了上去，相互握手问候。

徐满仓领着叶志远走到了山的背面，这时才看到眼前出现了一片开阔地，当中开垦出来种菜，四周是练兵场，营房都建在山坡上，被树林遮掩着，很隐蔽。营房旁边有个山洞，指挥所就设在那里。

进了指挥所，徐满仓招呼叶志远和卫南在树墩子上坐下，营部通信员卫山给叶志远端来了一碗热茶，便拉着卫南到一边说话去了。

徐满仓先是汇报了游击区的建设情况。蔡村这里是"八山一水一分田"，人口稀少，耕地更少，村民吃粮基本能够自给，但部队用粮主要依靠外运。

目前这里的民兵已经发展到了五百人，只有一百支枪。这里没有虎头岭和溪口那种天然洞穴，指挥所的山洞原是一个躲雨的小洞，我们硬是用人力挖出来的，可藏粮一千担。目前与溪口的交通道路已经打通了一小半，只能通行独轮车，年底可与二营那边接通，沿途都修有防御工事。

吃过简单的晚饭，叶志远叫徐满仓把连以上干部召集起来，他把章渡兵站张林秀讲话的意思传达给了大家。徐满仓说，军部脱离大部队绝非长久之计，应当向北或者向东转移，我军在苏皖边界留一至两个团的兵力坚持即可。

王令朝说，我们这里属于向南巩固的范围，如果军部转移，我们这边的压力就更大了。3 连长王可树说，执行战略支点计划的干部力量少了，皖南特委不能随军，应当跟铜陵县委一样，坚持地下斗争。

叶志远点点头，说："大家说得很有道理。我们现在要考虑的，就是军部转移后我们怎么办。两年来，我们在主力部队的掩护下打了几次胜仗，锻炼了部队，缴获了不少物资。如果主力转移了，我们就要单独应对强大的敌人。什么叫战略支点？就是要有一块群众基础好、有回旋机动余地的根据地，是一个能够独立作战的桥头堡，是一块迎接主力返回皖南的铺路石。按照现在的力量，还做不到这一点。我们要尽早做好这方面的准备。"

围绕叶志远的想法，几个人凑了几条措施：在山隘道口构筑必要的防御工事，训练民兵使之能够承担守卫蔡村根据地的任务。1 营各连都要全面熟悉根据地的山势地形，要能承担机动作战消灭来犯之敌的任务。还有一个重要的任务，就是今年秋收必须大量储备粮食。

王令朝看了徐满仓一眼，说："老徐不是有个想法吗，正好汇报一下吧。"

徐满仓说："是这样的，我和老王最近把皖南的战例分析了一下，发现一九三八年十月的青弋江之战、一九三九年十一月的繁昌之战都是日军主动发起的，时间都是在秋收之后。那么今年会不会也要来一次？"

叶志远大声称赞："好，作为指挥员，就是要这样善于从以往的战例中发现规律。再加上一条，就是在日军的攻势面前，国民党军队还是未战先逃，保存实力，有意把我们的侧翼或后背让给敌人。我们现在就要做好准备了。"

次日，叶志远和卫南离开蔡村，沿蔡村河南下，步行两天来到了泾县南端的黄田乡。号称"泾县第一峰"的黄子山已经成了3营的根据地。

马云飞、彭戈率领7连长吴捷生、8连长赵大力在指挥所门口迎接叶志远的到来。相互问候之后，叶志远又把军部可能转移的问题叫大家讨论了一次，要求做好充分准备。马云飞汇报说，黄子山地区梯田密布，物产丰富，粮食基本能够自给，只要秋后大量储粮，种好蔬菜，可以维持部队一年的生活需要。

第二天，叶志远和马云飞带领7连开赴十里外的西坑，仔细查看了周围的地形。这里人迹罕至，环境隐蔽，又是四条河流的发源地：涌溪河向西流过椰桥镇；泾川河向北通向泾县；蔡源河向北直通蔡村，也通向高风山营地；永村河向东流经葛顺乡。

要是在此建设一个兵站，非常有利于部队和物资的输送。叶志远带着战士们砍伐竹木，平整地面，先是修建宿营地，接着修建储粮仓库。又扎好了二百多只竹筏子，并藏进了竹林之中。这一干就是一个多月，直到秋风送爽，又一个收获季节的到来。

第三卷
血染战旗

第七十二章　储　粮

刘贤臣心里挂念着乡里，秋收前就赶了回来。新婚妻子秦思柳也跟来了，说是嫁鸡随鸡，嫁给老刘（牛）遍地走嘛。刘贤臣不喜葛尚德的宅子，觉得晦气，就在乡公所里收拾了一间厢房，夫妻俩就住了下来。平时也用不着自己烧饭，伙房里做什么就跟着吃什么，挺省事。

秋粮一上场，刘贤臣就先把今年的公粮如数交到了县里，这两天要进山和张扶海商量储藏粮食的事情，怕秦思柳一人孤单着急，就带着妻子进了虎头岭。他和张扶海谈事，就把秦思柳丢给了倪裳衣。

叶志远是九月底返回虎头岭的，秋收已经结束了。他听说刘贤臣在后勤部，就立刻赶了过来，正好听到两人在谈储粮的事情。

一进门，叶志远就打趣道："新郎官回来啦。哎哟，成亲没几天，怎么清减了不少，怕是晚上太辛苦了吧。"刘贤臣哈哈大笑，马上反击道："你不必笑话我，等你成了亲就尝到滋味了。"

张扶海与刘贤臣两人同年，却还是童子鸡，不知道他俩在打什么哑谜，忙问："尝到什么滋味？"叶志远和刘贤臣捧腹大笑。

笑够了就谈正经事。张扶海已经和刘贤臣算过一笔粮食账，按每人每天消耗三斤粮食计算，全大队一千二百人一年需要一万担粮食。由于民兵平时是自带口粮，没有计算在内，如果参加战斗了也要供应粮食。现在虎头岭已经储备了四千担，溪口和黄田能够自给，蔡村需要补充三千担粮食。

叶志远想了一下，说了自己的看法。他说，今明两年的形势现在还估摸不透，为保险起见，还是多储备一些粮食为好。另外，夜间和雨天作战需要的物资，像胶鞋、电筒、电池、雨布之类的也要大量采购，还有定购的驳壳枪也要催一下，就怕夜长梦多，发生什么变化。

倪裳衣那边很热闹，三个女人凑在一起有着说不完的话。秦思柳容颜清丽，谈吐文雅，让人觉得亲近。她家境殷实，自幼进城读的西学，和倪裳衣都是属于小家碧玉型的知识女性，因此一见如故，相谈甚欢。

秦思柳又是在山里长大的，性情爽快，心里藏不住话。这一点又对上了冬妹子的脾气，两人颇有相见恨晚的感觉。三人很快便以姐妹相称：倪裳衣二十二岁，是大姐，秦思柳二十岁，是二姐，冬妹子十七岁，自然成了小妹。

说着说着，冬妹子忽然问起秦思柳："结婚好不好啊？"秦思柳卖了个关子，说道："这个嘛，说好也好，说不好也不好。"冬妹子急了："二姐说话尽绕弯子。"秦思柳说："跟你这么说吧，跟喜欢的人结婚就好，反过来就不好。"

冬妹子"哦"了一声，有些明白了。冬妹子搂住倪裳衣的胳膊说："那大姐赶紧结婚啊，你结婚肯定好喽。"秦思柳忙问："大姐相好的是谁呀？"冬妹子摇着倪裳衣的胳膊，说："让大姐自己说嘛。"

秦思柳凑了过来，搂住了倪裳衣的另一只胳膊，说："大姐乖哦，自己招供吧，免得妹子动刑唉。"说着就动手呵痒，倪裳衣挣扎起来。三个姐妹嘻嘻哈哈闹成了一团。

经过半年的治疗调养，李二林的伤势明显好转，只是不能独自行走，倪裳衣说他再有半年就能痊愈。这天，叶志远来看他，他提出要去祭拜他哥。

叶志远把随同李二林一起投诚的十六个人都喊了过来，用担架将李二林抬到了烈士墓地。李二林挣扎着下了担架，在两个人的搀扶下走近墓碑，当他看到了刻在碑上的"李大林"三个字的时候，用手不住地抚摸着，泪如泉涌，久久说不出话来。

随行的人点燃纸烛，祭奠了一番。李二林跪倒在地，磕了三个响头。李二林说："哥啊，你现在是新四军的烈士了，兄弟我不难过。我和弟兄们要跟着叶大队长走正道了，就是上刀山下火海，也永不回头。今后不管是谁，如违此言，天地不容。"后面的人也跟着喊道："如违此言，天地不容。"

回到病房后，李二林向叶志远介绍了这十六人的情况，他们都是广德人，跟宣（城）郎（溪）广（德）一带的地方豪绅、三教九流都很熟悉，要求叶志远给他们分派任务。叶志远考虑再三，决定留下两个人照顾李二林，然后提笔给邵家旺写了一封信，叫他们带着信去溪口找邵营长分配工作。

邵家旺看了信后，逐个与十四个人谈话。然后，按照各人的想法和特长，给他们都安排了合适的去处：五个人枪法好，吸收进了部队。五个人进了华阳帮的秘密交通站，他们都曾经做过小生意，有经商的经验。两个人去当地的富商家当了保镖，他们以前曾经干过这个行当。还有两人混进了宣城保安团，他们打算以后拉出一支抗日队伍来。

临分手时，这十四人给自己确定了联络暗号，就是从溪口老一、老二、老三……一直排到溪口老十四。

兵工厂传来了好消息，地雷试制出来了。张扶海邀请叶志远、刘贤臣和留在虎头岭的二连长严朝宗、五连长高丰平观看地雷效果测试。

虎头岭背后的山谷里，一片寂静。众人先是观看了地雷的外形。触发地雷用生铁铸造，就像一个中等个头的西瓜，顶部有一块竹片做的踏板，下面连着一个压发装置。地雷需要预先埋入地下，当人或马匹经过踩下踏板时，触动起爆装置就能引爆地雷。

拉发雷的外表就是一个普通的石块，拉火装置嵌在石块表面，上面有一个铁制拉环，只要拉出铁环，地雷就会在瞬间爆炸。

待众人隐蔽到巨石后面，两个工人将一颗触发雷埋入地下，用土盖好，上面插了一面小旗。离埋雷三米处的周围插满了木板。

七八个工人抬来一个用粗毛竹捆扎的四脚架，有一个人那么高，十分结实。四脚架的顶端横着绑了一根竹竿，竹竿下面悬空吊着一根几十斤重的圆木，捆绑圆木的绳索中间绑着一个很小的炸药包。圆木的落点对准了地面上的小旗。

一切准备就绪。黄国全下达命令："开始！"一个工人点燃了炸药包上的导火索，转身藏进巨石后面。大家先是听到了一声轻微的爆炸声，紧接着就是"轰隆"一声巨响，脚下一阵抖动，爆炸激起的碎石和泥块，打得巨石噼啪作响。

过了一会，负责观察测试情况的工人朝这边大喊："爆炸成功了，我们成功了！"

第七十三章　扫　荡

一九四零年十月初，日军第15、17和116师团各一部，会同数千伪军向繁昌、南陵发动了大扫荡，来势十分迅猛。

　　驻铜陵天门镇和繁昌峨山镇的交通站立即派出交通员，向距离最近的蔡村一营送来了情报。徐满仓问明情况，发现日军兵锋直指南陵和泾县，便马上派出通信员向大队部报告敌情；另外，叫交通员通知泾县"顺年饭庄"做好转移准备；同时向部队下达战斗动员令，并派出一个排向泾县方向运动侦察。

　　十月七日，虎头岭指挥所。叶志远汇集了徐满仓和陈水根送来的敌情报告，并在作战地图上作了标记。现在的情况是：日伪军一万人进攻繁昌、南陵，在飞机、炮兵掩护下，进展很快，中路的五千日伪军现已绕过南陵，企图一举拿下汀潭，目前，正在汀潭北面的吕山与我新四军激战。

　　叶志远对围在地图旁边的张扶海、陈水根、刘贤臣等人提出疑问："小鬼子这次要干什么？"陈水根说："汀潭是云岭北面的门户，敌人这次是冲我们军部来的。"张扶海点点头，说："鬼子可能有两个目的：一是企图吃掉军部，二是占领泾县抢粮食。"

　　叶志远赞道："看得挺准。"又问陈水根："首长们在军部吗？"陈水根答道："都在。"叶志远舒了口气，说道："那就好。想吃掉军部，小鬼子还没有那么好的牙口。现在值得担心的不是军部，而是泾县，那里是52师的防区吧？"陈水根说："南陵和泾县都由他们防守。"

　　叶志远点点头，朝门外喊道："通信员！"卫南跑进了来。叶志远说："去把5连长喊来。"高丰平其实早已等在门外，听到要喊他，马上跨进门来报告说："5连连长高丰平奉命来到！"

　　叶志远笑着说："你早知道有事是吧，过来看看地图。"高丰平凑到地图前。叶志远指着地图对他下达了命令："你立刻带部队出发去溪口归建，向邵营长报告敌情。现命令你营向南陵方向隐蔽运动，争取在泾县和宣城之间打击鬼子一下，具体打法由你们自己决定。记住带上地雷。这次鬼子有飞机助战，要注意防空。"

　　叶志远转身对张扶海、刘贤臣说："我和老陈到1营去了，家里交给你们两个，叫大刀连加强警戒。"

　　当晚，叶志远、陈水根率领2连出发，乘坐竹筏沿蔡村河北上，第二天一早到达了蔡村。一见面，徐满仓就报告了最新敌情。

　　昨天，日伪军约五千人攻下三里店后，分几路进攻章家渡和吕山，企图包抄云岭。日伪军进攻章家渡的一路被打退，另一路下午攻占了吕山，然后几路合围汀潭，夜里反被新四军包围。据侦察员报告，鬼子正朝泾县扑来。

　　叶志远摊开地图看了一下，汀潭离泾县有三十多里地，当中隔着一条青弋

江，日军先头部队一个多小时就可到达。这里到泾县也就三十多里，有蔡村河横在当中。叶志远马上对徐满仓说："命令部队急行军赶往泾县，一定要抢在鬼子的前面。"

1营的三个连队接到命令后，只带着枪支弹药、干粮和工兵锹，甩开大步朝西边的泾县赶去。长期的山地行军训练提高了部队的耐力，战士们健步如飞，只用了一个小时就赶到了泾县附近。离得老远，就听到县城那边炮声隆隆，鬼子飞机在空中盘旋嘶吼，不停地朝地面扫射投弹。

早先派来的侦察部队看到大部队来了，立刻前来报告最新情况。昨天从早到晚，汀潭那边的枪炮声一直响个不停，而且离这里越来越近。国民党52师上午撤出了县城，他们只顾自己跑，县城的群众还有一半没有转移走。

徐满仓大骂："都是他妈的兔崽子。"叶志远说："要阻击一下，掩护群众撤退。老徐，这仗由你来指挥。"徐满仓大喊："3连长！"王可树应道："到。"徐满仓命令："你带两个排帮城里老乡转移，朝琴溪那边跑，不要暴露我们的番号，撤完了给我们一个信号。"王可树答道："是！7排留下，8排、9排跟我走。"说完，他转身带着部队朝县城方向跑去。

徐满仓继续下达命令："2连当预备队，跟我们保持一里路的距离，注意防空。1连和3连7排担任阻击，现在跟我上！"

泾县县城四周丘陵起伏，树丛密布，有利于部队隐蔽运动。到了县城西南部一个叫五里岗的地方，徐满仓命令部队停止前进，就地休息。

他和王令朝趴在山石后面观察地形。叶志远在一旁也用望远镜仔细看了起来。这里处于山丘边缘，再往前面去一点，部队就无法藏身了。前方二百米处就是进入县城的一条土路，估计鬼子要从这里经过。

徐满仓把连排长喊到一起，研究阻击战的打法。一会儿大家散开了，各自带着部队分头占领了制高点。一个排跑到前方的土路和两侧埋了地雷，回来时又在阵地前方也埋上了地雷，并标上只有自己人才能识别的标记。

由于时间紧张，不允许挖掘战壕。战士们散开以后，各自挖起了散兵坑，前后保持一定的纵深，左右不在一条直线上。遇到土层就尽量挖深挖大，能容下两三个人藏身。遇到岩石层挖不下去，就把周围的石块围拢起来，再培上厚土就成了一个掩体。工事修好后，战士们细心地用树枝草皮把周围的新土覆盖住，防止被敌机发现。

1营有三挺机枪和三具掷弹筒。机枪阵地设置在阵地两端，掷弹筒设置了好几个发射阵地以便随时转移。三个掷弹筒观测员散开守在制高点上，负责给主射手指示目标，修正弹着点。

战斗即将打响，连排长们在阵地上穿梭检查，不断提醒自己的战士。这个说："大个子，你的机枪备用阵地还要加固。看到骑兵冲锋打连射，步兵冲锋打点射，注意节约子弹。"那个说"你挖的掩体不行，太浅了，鬼子炮弹打过来你藏不住，再挖深一点。""各排要指定一个人对空观察，敌机来了赶快发信号，大家要注意隐蔽，不要朝敌机乱开枪。"

第七十四章　阻　敌

筑好阵地没一会，鬼子飞机就飞到了头顶上，转了两圈没发现什么，就朝县城飞去。又过了一会，鬼子兵排成两路纵队，沿着土路朝这边走来，速度不是很快。

叶志远从望远镜里看去，鬼子全身都是湿漉漉的，显然是刚从青弋江泅渡过来的，大炮和重机枪都没带上。叶志远心里好笑，鬼子攻打军部没捞到便宜，现在急于想占领县城，有你们好受的。

突然，在鬼子步兵纵队的两边，几十个鬼子骑兵跃马舞刀，哇呜哇呜地怪叫着，沿土路两侧向县城疾驶而来，很快接近了我方阵地。

对鬼子骑兵叶志远并不担心，骑兵在平地上冲击起来很有威力，但冲击山坡阵地那是出力不讨好。叶志远现在就是担心敌人的炮兵和飞机。他想看看徐满仓怎么指挥这场战斗，这几个营长都要逼着他们独立指挥作战。

就在鬼子骑兵即将从阵地前掠过之时，徐满仓大喝："机枪射击！""哒哒哒……"阵地上的三挺机枪同时喷出了火舌，冲在前面的几个骑兵摔下了马背，后面的急忙勒马，想从边上绕过，谁知踏响了地雷，"轰隆……，轰隆……"几声巨响，黑烟翻腾，几个鬼子连人带马摔倒在地，垂死的马匹横躺在地上挣扎哀鸣。

后面的鬼子骑兵停了下来，发现了山坡上的阵地，立即分开从左右两边包抄了过来。公路上的鬼子步兵这时加快了行进速度，企图强行通过这段道路。

徐满仓又大喝一声："机枪对付骑兵，步枪封锁道路。"阵地上立刻响起了密集的枪声，机枪的弹雨朝两边的鬼子骑兵卷去，逼得他们慌忙跳下马来，卧在地上，举枪向坡上射击。

鬼子的战马训练有素，十分听话，见到主人卧倒，它们也纷纷屈起四腿，趴

到主人身边，若无其事地吃起山坡上的草来，看得叶志远啧啧称奇。

在路上行进的鬼子步兵遭到步枪阻击，纷纷散开，又有几颗地雷被踩响，雷声隆隆，血肉横飞，鬼子队形大乱。过了片刻，鬼子惊魂稍定，架起五六挺机枪，疯狂向山坡上射击，打得阵地上土石乱飞，部队开始出现了伤亡。

1营的掷弹筒观测员迅速报告了敌人机枪位置，掷弹筒开始第一轮射击，经观测员校正，第二轮射击打哑了三个火力点。这时观测员大喊："赶快转移，快点。"战士搬起掷弹筒就往旁边跑去，刚刚趴下，鬼子打过来的榴弹接连爆炸，这边倒没事，伏在高处的观测员无处躲避，被弹片炸伤了一个，救护员立即跑上前来，掏出急救包给他包扎。

打仗很讲点运气。1营的阵地是背东朝西，太阳是在背后，敌人的动静能看得很清楚。掷弹筒的榴弹飞行速度不是很快，观测员看见几个黑点向这边飞来，就立刻报警，让掷弹兵躲过了一劫，情况惊险异常。

日军指挥官见夺占县城行动受阻，急忙呼唤火力支援。鬼子队伍后面的炮兵立刻架起九二步兵炮，向山坡阵地瞄准。日军飞机也从远处飞来助战。

恰在此时，县城方向传来了军号声："答……滴滴""答……滴滴"一长两短，正是县城老乡全部撤走的信号。徐满仓大喊一声："全部撤退！"

命令一下，通信员吹起紧急转移的号声。部队迅速跳出散兵坑，抬起伤员快速撤进了阵地后面的树丛中，再顺着山沟，与担任预备队的2连汇合，朝琴溪方向跑去。

刚走没多远，背后的阵地上传来猛烈的爆炸声，那是日军九二步兵炮正向我方阵地倾泻炮弹。空中的敌机不停地盘旋，观察炮兵的射击效果。幸亏有树丛掩护，部队撤退的行踪没被敌机发现，要是被敌机咬住了，处境就大大不妙了。

由于带着伤员，部队行进的速度不是很快。下午走到了离蔡村不到十里的马家山的时候，部队停下宿营。这里是一片丘陵山地，位于琴溪和蔡村的中间，北面不远就是泾县通往宣城的公路。现在敌情不明，为防止鬼子袭扰蔡村，徐满仓想在此处再阻击一次，叶志远赞同这一部署。

经救护员检查，此次战斗共有十九人受伤，五人伤势较重。徐满仓安排人员立即将伤员送回蔡村，再乘船走水路送回虎头岭营地救治。

晚上，3连的两个排回到了宿营地，王可树报告了最新情况。阻击部队撤出阵地后，日军占领了泾县，老乡已经撤退一空。鬼子正要挨家挨户搜查抢粮，恰好新四军追到了城下，从西、北两个方向攻城，鬼子抵挡不住，纵火烧城，现在正向琴溪这边逃窜。

叶志远问："鬼子还有多少人？"王可树答道："两千人。"叶志远又问："顺年饭庄的人都撤出来了吧。"王可树说："撤出来了，现在和老乡们在一起。"

叶志远看着徐满仓，徐满仓明白他的意思，马上下达命令："2连派出一个排对琴溪和北面公路方向进行侦察。其他部队占领马家山，连夜构筑阻击阵地。"

马家山只有两百米高，由几个大土坡连在一起，却挡在琴溪和蔡村的中间，能同时控制泾县通向宣城、琴溪通向蔡村的两条道路，位置十分重要。

徐满仓安排2连两个排向西防御琴溪方向，3连向北防御泾宣公路方向，1连充当预备队，驻守蔡村北面的山地，随时准备增援一线。等部队修好了防御阵地，已经到了半夜。派出了警戒哨，战士们从行军背囊里掏出薄毛毯或薄棉被，往身上一卷，倒在散兵坑里就睡了起来。

第二天一早，叶志远啃了一块干粮，喝了几口溪水，就辞别了徐满仓，带着卫南离开1营前往溪口。他俩先是走到蔡村，再顺着蔡村通向溪口的交通线，一直向东走去。

蔡村到溪口四十里地，沟壑纵横，山路崎岖。今年以来1营和2营为打通交通线，耗费大量人力修通了一半的道路，再有半年时间全部修通以后，可以通行手推车，这样运输效率将会大大提高。

第七十五章　守　候

走在路上，卫南始终将手按在枪把上，两眼不停地四下察看周围的动静。叶志远笑笑说："卫南啊，放松一点。"卫南说："大队长，你经常这样单独行动，就不怕出什么意外啊？"

叶志远哈哈一笑："不怕，人少目标小，不引人注意。再说我们带有通行证，都是大大的好人呐。遇到敌人实在糊弄不过去，那就打呗，打不过就跑呗。你说是不是啊。"

卫南给说得笑了起来，说："大队长，你这是艺高人胆大，别人可不敢这样。"叶志远说："卫南啊，当兵的要有两个本事，一要能打，二要能跑。"卫南说："我们在军部学习时，听说有一支游击队不愿下山整编，后来被国民党包围全部牺牲了。难道他们既不能打，也不能跑吗？"

叶志远心里一跳，说："小鬼，你这个问题提得好，说明你动脑筋了。我刚

才说的是一个人，如果是一支部队，像我们大队这样的，就远远没有这么简单了。看来，是要找个时间叫大家好好讨论一下了，要切实搞明白一支部队怎样才能生存下去。"

说着说着，两人就到了溪口，这已是十日下午了，到了2营驻地一问，说邵营长两天前就带着部队向北走了。问明了大概位置，叶志远和卫南便在周溪河里找了一条竹筏，两人一前一后撑着竹筏向北漂流而去。过了周王镇，再往前漂，漂到了杨柳镇时已到了深夜。两人上岸，找了一家小客栈，吃饱肚子后倒头就睡。

两天前，邵家旺率领2营沿周溪河向北运动，最后在泾县至宣城公路边上停了下来，派出侦察员打探消息，回来报告说没有发现敌情。

邵家旺心里很不踏实，便带着部队在杨柳镇和金坝之间一个叫古冲的山窝里驻扎了下来。然后又派出一个班向泾县方向运动侦察。

今天已经是第三天了。邵家旺趴在古冲山上的掩体里，举着望远镜朝山下不停地瞭望着。敌人究竟来不来？从何处来？何时来？这些问题如同走马灯似的，在邵家旺脑袋瓜里转悠个不停。

通信员前来报告说："大队长来了。"邵家旺走出掩体，看到叶志远弯着腰向这边走来，他急忙迎了上去。两人回到掩体内，叶志远说："着急了吧。"邵家旺点点头："都等了两天了"。叶志远说："去把几个连长都喊来。"

人到齐了，叶志远把1营阻敌进城，掩护老乡撤退，敌人扫荡失败的大致情况给大家说了一遍。接着，他又说："鬼子正在逃窜，他们一般不会钻山沟，只会走大路，估计要从这里经过。你们2营这次是守株待兔，至于兔子什么时候来，能来多少兔子，现在还说不准。"听叶志远这么一说，大家都放心地笑了起来。

邵家旺搓着双手，说："老叶你就下命令吧。"叶志远说："不，这次战斗由你指挥，你就放手干吧。"

邵家旺豪气顿生，捋起袖子说："行。我们原定计划不变，4连居中，打击逃窜之敌。5连居左，配合4连战斗，阻击敌人后续部队。6连居右，配合4连作战，阻击回援之敌。各连都留一个排当预备队。注意防空。"

十一日清晨，天空中的轰鸣声把战士们吵醒了，他们一个个从工事中探出头来，向天空张望，只见日军七八架飞机由北向南飞去，过了一会，又有七八架飞机飞过，前后一共过去了四批。

邵家旺催促各连全部进入阵地。派出侦察的一个班回来报告说，从泾县逃难过来的老乡说昨天泾县打了一整天，半个县城都烧着了火。昨晚又打了一夜，泾县城东边的山里到处都是枪声。

邵家旺看了一下手表，现在是上午七点半，泾县离这里有七八十里路，鬼子跑得再快，也得下午才能到。于是他命令部队轮流休息，养足精神。

下午三点多钟，从西边飞来日军五六架飞机。飞机贴着公路飞，不时对着路边的树林山坡一阵扫射，就这样折腾了几回。等敌机飞走了，邵家旺命令部队做好战斗准备。

傍晚，西边公路上扬起了尘土，叶志远和邵家旺趴在掩体里，用望远镜观察那边的动静。只见一长溜的鬼子排着两路纵队朝这边走来，浑身沾满了泥土，服装凌乱，神色颓丧，肩上扛着步枪和歪把子机枪，重机枪没有见着，也没有派出搜索尖兵，只是一个劲地向东赶路。这队鬼子至少有一千多人，足足过了一个多小时才走完。

天色渐渐暗了下来。半小时后，路上又过来一拨队伍。因为天黑，望远镜看不清楚是什么队伍。正好侦察员过来报告，说后面来的是伪军，有三四百人，没有重武器。邵家旺问："后面还有没有？"侦察员说："后面看不清。"

邵家旺把领口一解，袖子一捋，大声命令："准备战斗！"

等到伪军的先头部队走到右边6连阵地前面时，邵家旺大吼一声："打！"2营阵地上将近两百支步枪一起开火，子弹犹如风暴把一队队行进中的伪军瞬时击倒，没被击倒的正要四散逃命，阵地上的机枪又朝他们扫射起来。

这里是两山夹一路，两边都是山，前后道路都被机枪封死，躲没有地方躲，跑又跑不了，伪军在这突如其来的打击下彻底崩溃了，除少数人向两头逃窜被机枪打倒以外，其他人都扔掉手里的枪，抱着头坐在地上等着当俘虏。

战斗打了二十分钟结束，消灭伪军一个连，俘虏了两个连，缴获歪把子机枪二十挺，步枪三百支。我方三十人受伤，无人牺牲。

4连押着俘虏最先撤离，5连打扫完战场跟着撤退。6连要防备鬼子打回来，是最后撤下来的。6连长俞时新回来说："4连打响后，我以为鬼子要回来救这帮二鬼子呢，谁知鬼子一听到后面的枪声，跑得比兔子还快，根本就不管汉奸的死活，鬼子的胆子都在泾县给吓破了。"

第七十六章 底 细

一九四零年十一月，江西上饶，第三战区长官部情报室。情报室主任卢虚之正对着一份报告沉思。报告是52师参谋长黄家贞写来的。

报告上说，此次日军伪军出动万人扫荡，新四军以不足一师之兵力，轻松予以击退，并克复泾县，缴获甚巨，新四军之战力值得重视。另据报，战场上出现一股番号不明的部队，在泾县南面阻敌一小时，掩护县民撤退。又在泾县至宣城公路设伏歼敌一个营后消失。估计该部秘密活动于泾县宣城一带，我部拟派员侦察。望示。

对于前一个消息，卢虚之已经知晓。后一个消息嘛，若是放在平时，他也不会放在心上。不过现在时局动荡，根据军令部指示，战区正在拟定剿灭皖南新四军的作战计划，当前任何一种情况的出现，都可能会给计划的执行带来变数。卢虚之考虑再三，拿着报告走进了参谋长邹文化的办公室。

邹文化看过报告，用电话召来了参谋处长越辛来，让他也看看。越辛来看过后说："这次皖南新四军反击日军扫荡，暴露出了自己的实力，其可战之兵不会超过五个团。可是这支来历不明的部队，不知卢主任以前可曾知晓？"卢虚之摇摇头，说："派到新四军去的情报参谋陈淡如工作不力，有半年没有提供一份像样的情报了。"

邹文化敲敲桌子，对卢虚之说："新四军归32集团军管辖，你打电话给上官云相，叫他们再派一个搞情报的人过去，要能干一点的。"又问越辛来："顾长官让你搞的调兵计划弄好了没有？"

越辛来答道："初稿已经出来了，正在叫处里的参谋推敲。我的初步计划是，32集团军司令部移驻宁国，尽量靠前指挥。作战部队除了已在铜陵、青阳的144、145师，在繁昌、宣城的52师、108师之外，还拟调新7师、79师和62师增援，团团包围云岭。"

邹文化又敲了敲桌子，沉吟道："从兵力上看，我们占优。但是不要忘了，新四军的将领们通晓兵事，勇猛犀利，常有惊人之举。何况他们还深得民心，游击多年，狡如狐兔，不好对付啊。苏北黄桥一战，折损我万余人马，蒋委座痛心，顾长官震怒。这次若是再有什么差池，你我就不好交代喽。命令部队派出便衣，对新四军各部进行监视，要掌握他们的一举一动。还有，叫各县清查地方武装，尽快弄清那支部队的底细。"

卢虚之和越辛来两人嘴上称是，心里却不住地冷笑：共产党保密工作是出了名的严格，想掌握人家的一举一动，无异于痴人说梦。叫各地清查武装，这根本就不是我们的事。地方武装归政府保安处管，能听我们的？

这些日子，葛应耿一直处在焦躁不安的状态之中。尽管连续碰了两次钉子，他却仍不肯罢手，每天都把外勤组派出去，四下里打探有关葛顺乡的一切消息，也不管有无收获，每天都要叫他们汇报。我爹到底得罪了谁？刘贤臣到底是什么人？葛顺乡究竟藏有什么秘密？这些疑问和葛应耿一心复仇的念头，紧紧纠缠在一起，犹如一条嗜血的山蚂蟥，死叮着他那颗滴血的心不放。

这天刚到办公室，书记长把他喊了去，说是省党部有通知，各级不得私设小金库，要统一交给财务室管理，否则便以贪污私分公款论罪。书记长要他把上次私下弄到的款子连同账本马上交财务员保管。

葛应耿连忙表示照办。临走时，书记长问他："上次弄的那笔钱，你是……"葛应耿答道："请书记长放心，那笔钱全用在新党员培养教育上了，账目都很清楚。"书记长咧嘴一笑："嗨嗨，那就好，去忙吧。"

葛应耿快步走回办公室，插上了门，打开铁柜翻出账本，把开支的账目一笔一笔重新核对了一遍，确信看不出什么问题，这才定下心来。他又从柜子里拿出剩余的三千元的存单，迈着八字步走进了财务室。

县党部的财务员叫艾冬花，外号"矮冬瓜"，三十来岁，前年死了丈夫，没有再嫁。脸长得像盛菜用的圆盘，身子也长得圆滚滚的，幸亏肤白腰细，不然真的没什么看相了。艾冬花的父亲从贩卖生猪起家，起早贪黑，含辛茹苦，慢慢在县里挣了一份家业，从小就让女儿读书识字，后又花钱托人，通过县党部书记长的门路谋到了这份差事。

葛应耿进来的时候，艾冬花正跷着二郎腿，悠闲地嗑着瓜子。还别说，她嗑瓜籽真有一套，右手一扬，瓜子准确投进了微微张开的小嘴里，一声脆响，稍稍咀嚼，"扑"的一声，瓜子壳从嘴里飞出，落入事先放在桌子上的瓷盘里。

葛应耿斜眼看去，半盘的瓜子壳都一个样，不破不碎，个个都像张开的雀嘴。葛应耿心里诧异，还有这样吃瓜子的，真是林子一大，什么鸟都有。再看看艾冬花那张不停嚼动的小嘴，唇红齿白，肉乎乎的，一股子邪念顿时直往葛应耿下身窜去。

葛应耿嘻嘻笑着说："大妹子好本事啊。"艾冬花翻了个白眼："谁是你大妹子？想占老娘的便宜吗？说吧，什么事？"葛应耿把账本和存单朝桌上一丢，说："书记长叫我把账交给大妹子管，点点数吧。"艾冬花撇撇嘴，说道："才几个钱啊，还来烦劳老娘。"说着，把账本拿到面前，翻开来扫了几眼，往旁边一推，说："窟窿都堵上了？"葛应耿头皮一紧，忙问："什么意思？"艾冬花冷笑："葛家二少爷，你是真不明白还是假不明白？"

葛应耿头皮发麻，心想这个小寡妇怎会知道自己的底细？他眼露凶光，咬着牙问："你是什么人？你怎么认识我？"艾冬花抖了抖二郎腿，不屑地说："岂止

是认识你，你和你小妈过得还好吧？"

葛应耿大惊，如此私密的事情她怎会知道？葛应耿在特务训练班学了点拳脚功夫，他蹿上一步，伸手向艾冬花脖领抓去，谁知艾冬花细腰一扭，转到座椅后面，顺手把椅子推了过来，葛应耿没有防备，险些给椅子绊倒。

艾冬花双手抱臂，嘲弄道："就你这点三脚猫功夫还想在老娘面前显摆？唔，还有点火气嘛，看你整天像狗似的围着书记长转悠，葛顺乡的事情都弄清楚啦？"葛应耿又是一愣，自家的底细她摸得太清楚了，这小娘皮真不简单。葛应耿嘴上回道："你究竟知道多少？"艾冬花点点头，说："你要真想知道的话，晚上到我那里去一趟。"说着，塞给葛应耿一张小纸条。

第七十七章　勾　结

艾冬花是个很有来历的女人。她出身卑微，读书时便想寻找出人头地的机会。宁沪杭沦陷后，她报名参加了忠义救国军，在训练班学习了一年，结业后分配到太苏常别动队当上了少尉情报员。

由于敌后斗争环境险恶，不断听说有同事无声无息地消失了，连尸身都无处找寻，这使她终日惊恐不安。为寻求庇护，她索性做了别动队长的情妇。

也许是别动队长的情妇多了一些，一年后她被派往宁国工作，一来宁国是抗战前线，位置重要，需要安插眼线；二来艾冬花是宁国人，开展活动方便。她是去年进的县党部，所谓花钱托人找门路那只是掩人耳目的说法。

艾冬花接受的任务是：监视宁国县政府、县党部主要干部，搜集异党敌谍的情报，尤其是注意共产党新四军的活动，并直接与32集团军情报处联系。

艾冬花每月能拿到一百元的特务经费，手头阔绰。她家里有住房，但从工作方便和个人安全考虑，又在城西租了一个清静的小院，雇了一个女佣烧洗服侍，平时不大回家，家人也不清楚她的行踪。

艾冬花声称自己是个寡妇，平时不与男人结交，只和官员富商的妻妾们打得火热。她们隔个几天便聚会一次，借着打牌消遣，饮酒品茗的机会，探听官员的家事秘闻，收集各种有用的情报。据说，宁国境内的仙霞有共党分子活动，葛顺乡一带有可疑人员出没，只是无人前去探听核实。为此，艾冬花看上了葛应耿和他的外勤组，尽管都是些不上道的阿猫阿狗，但总比无人可用要强。

再说，自己已是三十来岁的妇人，又是久旷之身，这漫漫长夜确是难熬。艾冬花与周嫩娘是小时的玩伴，后来一个读书，一个学戏，分了手。艾冬花回来后，又和周嫩娘厮混到了一起。艾冬花三言两语便从她嘴里掏出了葛应耿的老底，还知道他的床上功夫也还凑合。

艾冬花盘算过了，葛应耿只是个破落户，痞气十足，上不得大台面，但毕竟正值壮年，光棍一条，利用他报仇心切，将他拴在自己的裤带上为自己所用，公私两利，不也是美事一桩吗？

冬夜降临，天空飘着雨点。按照纸条上写的地址，葛应耿敲响了艾冬花住处的小门。开门的是一个年轻女佣，她见葛应耿未带雨伞，头发淋得透湿，就拿来了一条干毛巾让他擦头，葛应耿感激地朝她笑了笑。

女佣领他走进正屋，艾冬花面带微笑地起身相迎。屋里生了炭盆，十分暖和，还熏了香，让人催情的那种。艾冬花让他脱去大衣，在小圆桌边上落座。

女佣端来茶水后退出了房间。葛应耿顾不上喝茶，他急于想知道这个小娘皮怎么会认识自己，葛顺乡的事她到底知道多少？为了这事，晚饭没吃饱他就往这边来了。

艾冬花慢悠悠地说："这有什么，我和嫩娘自幼相识，知道她跟葛顺乡一个姓葛的财主享福去了。后来葛家遭了难，葛家二少爷出去当了兵，就她独自回到城里来了。你跟她现在住在一起，你也姓葛，事情不就很清楚了吗？"

葛应耿点点头，说："大妹子真是个有心人啊。"他还想再问下去，不巧肚子发出了咕噜噜的声音。艾冬花止住了他，对着门口喊了声："小玲子，炒两个菜上来。"

女佣在门外应了一声。葛应耿也觉得饿了，但他更想知道葛顺乡的秘密。葛应耿说："我是来求大妹子的，怎能麻烦你呢。真不行我请大妹子到酒楼吃顿便饭吧。"艾冬花笑着说："外面说话不方便，还是在这里吧。"

小玲子很快端来了两盘炒菜，烫了一壶酒，摆好碗筷酒杯，又回伙房做汤去了。艾冬花斟满了酒，举起杯子说："二少爷，事情再急也得吃饭啊。来，这里没外人，干了。"说完"吱溜"一声把酒咽下了肚。葛应耿跟着干了杯。

吃了两口菜，葛应耿说："大妹子你不知道，葛顺乡的事情搞不清楚，我是吃不香睡不实的。"艾冬花喝了酒，脸蛋红扑扑的，脱掉棉袄，粉色衬衣外面只罩了件无袖坎肩，小半个胸脯露了出来，白生生的晃人眼。

艾冬花又喝了一杯，说："你一直在打听葛顺乡的事情，你究竟怀疑上了他们什么？"葛应耿说："我怀疑刘贤臣他们是共产党。"艾冬花说："光怀疑顶个

屁用，你就不用脑子想一想？"葛应耿问："怎么想？"

艾冬花又脱去坎肩，红扑扑的圆脸凑近了葛应耿，两人一问一答地说了起来："共产党想干什么？""那还用说吗？想夺老蒋的天下呗。""怎么夺？""当然是蛊惑民众，拉队伍，占地盘啊。""你想想看，他们要是拉起了队伍，最需要什么东西？"

葛应耿瞪着艾冬花的圆脸看了一会，似乎明白了："你问他们需要什么？既然要拉队伍嘛……哎哟喂，大妹子，你真是女中诸葛哎。你是说他们既然要拉队伍，就要养队伍，就要管他们吃喝穿用。我要是派人到城里的米店、布店还有四周的乡里一打听，就一定能发现什么。对呀，我怎么没往这上面想呢？来来，我敬诸葛妹子一杯。"

葛应耿一口喝干了酒，斜愣着眼，看见艾冬花那肉乎乎的小嘴就在跟前，他脑子一热，想也不想就张开大嘴猛地含住。小嘴也没有躲闪，任凭大嘴肆意吮吸。葛应耿欲火翻腾，左手圈住艾冬花的脖子，右手抓住她胀鼓鼓的胸脯就搓揉了起来。

两人正在意乱情迷之际，门外小玲子喊了一声："汤好了，现在要上吗？"葛应耿松开手，艾冬花坐正了身子，说："送上来吧。"小玲子推开门走了进来，轻手轻脚地把汤盆端上桌子。艾冬花说："打一盆热水来，你就歇着吧，菜碗就放在这里，明早再来收拾。"小玲子应了一声，转身端了一大盆热水放在脸盆架上，出去的时候带上了门。

艾冬花对着葛应耿暧昧地一笑。两人匆匆吃菜喝汤，胡乱用热水擦抹了身子。艾冬花拧小了油灯的芯子，屋里暗了下来。葛应耿早已憋得难受，此时一把将她箍住，摁倒在床，三下两下扯光了衣物，急吼吼地压了上去……

第七十八章　冬　至

反扫荡战斗结束后，1营和2营撤回到各自的根据地休整。陈水根把侦察连继续撒出去侦察敌情，要求他们把各个秘密交通站收集的情报迅速带回来。

这次战斗，2营缴获了二十挺歪把子，叶志远叫他们留下十挺，给1营和3营各送去了五挺。按照大队的统一部署，各个营安排一半的部队组织民兵开展冬训，一半部队协助营地运输队运送储备粮食和物资。接近年底的时候，营地已储存了五千担粮食，其他三个根据地的储粮加起来也达到了六千担以上。

冬至那天，天气晴朗。叶志远和张扶海来到医疗队看望伤病员。反扫荡战斗负伤的五十多个伤员都得到了及时治疗，五个重伤员保住了性命。

叶志远帮忙把轻伤员搀扶到背风的坡地上晒太阳，李二林的伤势好了不少，现在可以下地轻微走动了。叶志远嘱咐他们要多晒太阳，安心休养，配合治疗，争取早日返回部队。

去了医疗队，自然要去看看倪裳衣和何冬妹。这时冬妹子正在给一个腹部做过手术的重伤员换药，手术是倪裳衣做的，取出了两块弹片，止血和缝合是冬妹子做的。听倪裳衣说，只要冬妹子坚持钻研下去，很快就能独立主刀了。叶志远着实鼓励了冬妹子一番，冬妹子的脸蒙着口罩，看不见表情，但能清楚地看到她的眼睛笑成了一条缝。

离开了医疗队，叶志远忽然想起了铁犁头，很长时间没有见到这个少言寡语、只知道埋头干活的老匠人了。叶志远快步走到兵工厂铸铁车间，离老远就觉得热气逼人，车间里面炉火熊熊，工人们都在自己的岗位上忙碌着。

铁犁头蹲在地上，嘴里含着黄烟杆，眼睛瞅着手里的一个铁件，像是在专心致志地检查加工的质量。叶志远在他身旁蹲了下来，铁犁头转眼看是大队长来了，刚要起身，就被叶志远一把按住，说："你忙你的，我看看就走。"

铁犁头说："我给你看样东西。"铁犁头拉着叶志远走到一个工作台前，弯腰从下面掏出一个长方形的皮袋子，递给了叶志远。叶志远接过来一看，这是用鞣制的兽皮做成的刀鞘，一溜排的鞘里插着五把小刀。

叶志远拔出一把仔细看去，小刀只有五寸长，刀身乌黑，刀柄很短，没有护手。叶志远明白了这是铁犁头特地为他打制的飞刀。

他捏住刀柄，扬手向十步之外的木柱掷去，只听到"咄"的一声，三寸长的刀身没入柱子，深深钉在相当于一个人喉部的位置。叶志远上前拔出刀子，轻轻在袖口上来回蹭了一下，插回了鞘里。

铁犁头拿过刀鞘，将它紧紧系在叶志远的胸部，轻轻地拍了拍，说："上战场的时候带上它，早晚用得着。"叶志远点点头，说："半年没见，你的头发白了不少，平时在旁边指点一下就行了，自己不要太过劳累。"

铁犁头陪着叶志远走出了车间，闷声不语地蹲在地上，用火石打着纸媒子，抽起了黄烟。叶志远知道他有话要说，便一声不吭地等着他。

铁犁头抽完一袋烟，抬眼看看天，说："今年腊月里雨雪多哦。"叶志远有些诧异，问道："你怎么知道的?"铁犁头说："乡里人都说，干净冬至邋遢

年嘛。"

叶志远立即回到指挥所，叫卫南通知张扶海、刘贤臣来开会；另外又派出通信员通知汪施才、陈水根尽快返回营地。刘贤臣反扫荡以来一直住在营地，忙着给根据地购进粮食，调配物资，听到通知后就和张扶海一同来到了指挥所。

叶志远把铁犁头的话说给两人听了，刘贤臣问："你的意思是腊月里我们要打仗？"张扶海苦笑了一下，说："恐怕不是我们要打仗，而是别人要打我们。"

叶志远点点头，说："不管如何，我们都要早做准备。老刘，嫂子没去过上海吧？你最近陪她去一趟怎么样？"刘贤臣知道他不是在开玩笑，就说："听你安排。"

叶志远说："你明天动身去上海，设法把驳壳枪赶运回来，再采购一批药品、胶鞋、雨布，一定要快。你和嫂子不要回来，坐在那里催美国的迫击炮，看能不能快一点送过来。"刘贤臣什么话都没说，起身准备去了。

刘贤臣办事果然利索。到了上海后，就和秦思柳两人穿梭于德国商人、美国商人以及花旗银行之间，白天到公司拜访，晚上登门叙旧，弄得这些洋鬼子不胜其烦。

德国军火商给国内连发了几封电报，紧催慢催，终于把八百支驳壳枪连同子弹运到了上海。刘贤臣提到货后，担心在运回去的路上出事，就在十二月二十四日晚上，以夫人名义举办了一场"平安夜"私人酒会。

趁着酒酣耳热之际，约翰经理给刘贤臣开具了一份财产保险单，上面写着：美资商人刘贤臣已在本行购买了财产保险，保险期两年。保险期内，如若刘先生财物受损，本行将依据有关法律，保留向直接和间接责任人追索赔偿之权利。

拿到保险单后，刘贤臣连夜组织华阳帮装船，在一九四一年元旦到来之前，将八百支驳壳枪和一批急需物资运到了溪口根据地。

这时的营地指挥所，却是另一种气氛。一月四日，汪施才和陈水根回到了营地。汪施才带来一封秦科长写来的密信，陈水根则带回了国民党军队开始大规模调动的消息。叶志远立刻通知党委委员和各营营长速来虎头岭营地参加紧急会议。

两天后，大家齐聚在指挥所，传看着秦科长的信。信上说："军部即将奉命北移，日期和路线未定。你部任务不变，继续隐蔽发展，巩固皖南战略支点，切勿妄动。敌寇俯首之日，当是我军重返之时。祝大家顺利。"

看过秦科长的信，大家心里泛起了一种说不出来的复杂味道。叶志远又叫汪施才念了一份电报，是今年十月黄桥战役发生后，何应钦、白崇禧一个密电的手抄件。电报大意是：八路军、新四军不守战区范围擅自行动，不遵编制数量自行扩充，不服从中央命令破坏行政系统，不打敌人专事吞并友军。限于电到一个月内，全部开到黄河以北作战地域内。

第七十九章　风　雨

汪施才又拿出一张《中央日报》，上面刊登了一篇题为"命令重于生命"的社论，声称要严惩不服从国民政府命令的任何军队。

刚刚念完，指挥室里炸开了锅。徐满仓跳起来大骂："放他妈的狗屁！"邵家旺气愤地说："欲加之罪，何患无辞。"马云飞不屑地说："走不走在于我们自己，不必理他。"

叶志远一摆手，室内恢复了安静。叶志远看了陈水根一眼，陈水根向大家报告了一连串最新消息。叶志远走到铺着作战地图的桌前，用蓝色铅笔在图上逐一做了标记。

据侦察队报告，新7师和川军144师向云岭西部运动。广德、榔桥交通站报告，40师从溧阳和郎溪以北向南调动，现已开至榔桥，并向星潭茂林方向派出部队。

宁国交通站报告，62师已从浙江建德调来，64师也在开进途中，32集团军司令部迁至宁国万福村。歙县交通站报告，79师从浙江诸暨开至太平以北。

泾县交通站报告，中央军52师和东北军108师向西南方向移动。铜陵、繁昌交通站报告，友军到处散布消息说，新四军要从铜陵繁昌之间渡江北上，日军15师团向铜陵繁昌集结，几十艘船艇日夜在江面上梭巡。

华阳帮报告，近日宣城以南水陆交通增加了关卡，盘查严于往日。谢俊胜报告，各县受命监视和报告当地共产党新四军活动情况，葛顺乡列入了可疑待查地区。

陈水根报告完了，大家围到地图前一看，不禁倒吸一口凉气：红色铅笔标注的云岭，现在已经被四面八方的蓝色箭头围了个水泄不通。

一向沉稳的叶志远，现在也坐不住了，说："老汪，秦科长告诉你军部什么时候走，走哪条路线了吗？"汪施才摇摇头，说："秦科长没有说，大概还没有决定吧。"

叶志远看着众人，问："你们怎么看？"徐满仓这时反倒冷静了下来，说："他们调动了八个师三面包围，北面留给小鬼子，江北肯定还有桂系部队在那边拦截，这仗不好打。"邵家旺说："国民党是成心要把军部往北边赶，往其他方向走就是违抗军令，就有了围歼的借口。如果换成我，我就不走了，依托云岭的防御工事，跟他们耗下去。"

汪施才说："对方用心险恶。要走吧，只能向北走，日寇已经张网以待；往别的方向走吧，就是违令；待在皖南不走吧，更是违令。"

叶志远咬咬牙，说了下面一番话："顽军苦苦相逼，蓄谋已久，其目的就是不让军部与江北新四军汇合。我们近万名战友目前处境危险，我们不能袖手旁观。散会后大家立即返回岗位，给部队做好战斗动员。后勤部抓紧给各部队补充物资。"

现在我命令：最迟于后天，1营全部秘密向泾县运动，得知云岭打响后，立即渡过青弋江，沿江北展开，接应军部向北转移人员。汪施才随1营行动。

3营最迟于后天，全部隐蔽运动至榔桥一带，并沿芜屯公路展开，接应军部向东转移人员。我和陈水根随3营行动。

2营在得知云岭打响后，派出一部袭击32集团军司令部或军火库，摧毁顽军指挥系统。得手后向西天目山方向撤退，半途向西转移，再伺机返回溪口。2营其余部队加强对华阳河沿岸的控制，保证水路运输通畅。

叶志远再次强调说："这次战斗的目的在于接应军部转移人员，不在于消灭多少敌人、缴获多少物资。敌众我寡，切忌死打硬拼。进入战斗区域后，各部之间无法联络，你们要独立作战，灵活指挥。事前要加强侦察，多抓舌头，摸清当面顽军的番号、长官姓名、兵力部署，注意缴获他们的武器装具为我所用。要设法打乱仗，打乱敌人的作战部署。部队出发后，各根据地由民兵守卫。营地工作由张扶海主持，白和义协助。"

散会后，大家匆匆吃过饭就回去了。三个营长跑到后勤部那里补充物资，这三人一个比一个精明，都知道这次仗打不起来也就算了，打起来就了不得。因此都拼命找张扶海要东西，生怕自己部队吃了亏。张扶海端坐在椅子上，语气平淡地说："你们不是要领东西吗？赶快签字吧。"

三个营长拿过物资清单一看，十分不满意，怎么只有胶鞋、雨布、手电筒这些东西啊，没别的啦？张扶海说："弹药和急救包上次已经给你们补充过了。这次主要补充雨天行军用的东西，棉毯不是很多，主要是给战场上的伤病员准备的。"

　　下午，天空乌云翻腾，眼看就要下雨了。由于情况紧急，营长们顾不得留下来避雨，急匆匆带着运输队，装着领来的物资返回了根据地。汪施才跟着徐满仓去了1营。叶志远和陈水根说好明天去3营。

　　叶志远一个人在指挥室里待了一下午，眼睛盯着作战地图，把军部转移中可能遇到的情况都在脑子里过了一遍，头都想晕了，最后也没理出个头绪出来。

　　叶志远有个优点，就是无论遇到多大的事，饭照吃，觉照睡。因为他明白，战事无常，瞬息万变，想得太多也没用。等到肚子咕咕叫唤的时候，他就抬脚走出了指挥所。卫南等候在门口，他领着叶志远没有朝伙房走，而是直接回到了小卧室。

　　叶志远不解地推开门，只见倪裳衣和何冬妹坐在他的床铺上，笑吟吟地望着他。叶志远心头一阵轻松，笑着说："你们怎么来啦？吃饭了没有？"冬妹子嘴快："听说哥明天要出发，嫂子特意熬了粥给哥补一补。"

　　叶志远赶紧看了看倪裳衣，见倪裳衣依旧是笑嘻嘻的，这才放了心，便对冬妹子瞪了一眼。冬妹子噘着嘴说："就是这样的嘛，嫂子在熬粥时还发了几次呆，差点把粥给熬糊了。"

　　倪裳衣这下不愿意了，伸手就要拧冬妹子的腮帮，冬妹子躲过，故意惊叫道："嫂子还没过门，就欺负起小姑子来了，哥也不管管。"说完她就嘻嘻笑了起来。

　　叶志远赶忙岔开，问："烧的什么粥啊，很香唉。"冬妹子取来了三副碗筷，很麻利地盛了三碗粥。叶志远端起碗喝了一口，细细咀嚼，点点头说："有芝麻、核桃、花生，还有腊肉和菜，对不对？"

　　冬妹子说："哥啊，这次出去可要当心哦，听说那边开过来好多部队。"倪裳衣也一脸关切地看着叶志远。叶志远安慰她们说："哥不和他们拼命，他打他的，我打我的。不过你们在家要做好准备，这次伤员恐怕少不了。"

第八十章　穿　插

　　徐满仓冒着倾盆大雨，从营地沿着蔡村河，坐了半夜的竹筏子回到了蔡村。一觉睡到大天亮，胡乱吃了早饭，把三个连长和民兵营长叫到一起开了个会。

　　蔡村根据地的民兵现在发展了一千多人，只有两挺歪把子机枪和几十支步

枪。徐满仓把黄立秋从运输队要了回来，让他当了民兵营长。

徐满仓把顽军包围和新四军要转移的事，还有这次的战斗任务说了一遍，叫大家拿个办法出来。徐满仓是个直肠子，他带出来的兵也都是爽快人。

1连连长彭程远问："我说营长啊，军部现在什么位置，要从哪条路线转移？"2连连长严朝宗问："国民党军队到了哪里，云岭现在是什么情况？"3连连长王可树也有问题要问，徐满仓把手一摊，说："你们问我，我问谁去？"

黄立秋说："我们民兵营看家没有问题。看样子你们是要到青弋江北岸去，泾县保安团挡在中间，挺碍事的。"徐满仓眼睛一亮，伸手拍拍黄立秋肩膀，说："还是老黄点子多。"

徐满仓对他们说："只要顽军攻击军部，就说明老蒋翻了脸，我们也就没那么多顾忌了。你们现在都回连队进行战斗动员，下雨天气，准备更要充分。我们现在还没有军旗吧，那就带上几面红旗，叫各班都带点烧酒，大冷天的过河别冻坏了。老黄带上几百个人跟随我们行动，多带点独轮车。"

徐满仓派出十几名侦察员，往泾县方向摸了过去。过了一天，两个侦察员回来报告说，泾县和青弋江北岸昨天来了不少顽军，泾县这边是108师和52师，北岸那边是144师和新7师。今天泾县这边的都开往南边去了，听说昨天在球岭那个地方整整打了一天。徐满仓立即把顽军的番号和动向标在地图上，命令部队立即向泾县运动。

这几天连天阴雨，溪水猛涨，山路湿滑。战士们全都穿上了平时舍不得穿的帆布胶鞋，头戴斗笠，身上裹着雨布，排成两路纵队，顶风冒雨朝泾县急速开进。

三个小时后，队伍抵达县城东门。看守城门的恰好是打进泾县保安团的蔡村民兵，问都不问就放了行。徐满仓留下三连的一个班守门，叫民兵在前引路，直扑泾县保安团。

泾县保安团的团长姓万，今天早上接到省保安处的命令，要他们出动一半士兵前往云岭搜查捉拿新四军。万团长现在正在团部里发脾气，他给三个中队长打电话叫他们出动，结果都是推三推四的，没有一个听从他的命令。正在着急上火的时候，门外突然闯进来一帮身裹雨披的人，领头的壮汉一把将万团长搡到一边，自个儿一屁股坐在太师椅上。两个通信员抓住万团长，下了他的手枪。

万团长愣了半天，不知发生了什么事，说话也不利索了："你，你们是什么人？为何缴我的枪？"徐满仓跷起了二郎腿，斜着眼问他："你的姓名，职务。"万团长答道："鄙人姓万，本县保安团团长。"

徐满仓问："你刚才骂骂咧咧地说谁呐？"万团长反问："请问贵军是哪部分的？"徐满仓仰着脸说："老子是中央军，部队番号保密。"

万团长心里骂道，又是遭殃军，嘴上却说："那是那是，长官辛苦了。刚才我在打电话叫下面的弟兄们去云岭搜剿新四军，他们都说有困难，走不掉。"徐满仓问："真是这么说的吗？你现在再打电话叫他们过来。谁要是不来，就把他的中队长给我撸了。"

万团长走到桌前，拿起电话一个个打了过去。三个中队长听到团长说了撤职的狠话，不大工夫就陆续赶了过来，不料一进门就给枪口逼住当了俘虏，惊得目瞪口呆。徐满仓训斥道："你们抗命不遵，本军奉命查办，你们都放老实一点，如敢违令，立即枪毙。"

三个连押着几个中队长回到了他们各自驻地，不到一个小时，将保安团四百个团丁全部缴了械。泾县是个富县，保安团的装备很不差，三个中队有九挺轻机枪，三百多支步枪。战士们从仓库里又翻出了五挺新机枪、几万发子弹、几百颗手榴弹。

按照营部命令，缴获的步枪全部装备了民兵，黄立秋带领五百个民兵留守县城，看押俘虏，继续清理缴获物资，并维持城内治安。过了三天，民兵们带着缴获物资返回了蔡村，俘虏全部遣散回家。

仓库里还翻出了不少新棉袄，徐满仓命令战士和民兵全部换上新棉袄，带上保安团的军帽，裤子不换，仍然穿自己的。把换下来的旧棉袄打捆交给民兵带回去。徐满仓想了想，又叫通信员找来保安团的印章，盖了一百多张空白通行证，叫通信员贴身收好。然后，安排部队吃饭休息。

第二天吃了早饭，1营整队从西门出城。前面打着保安团的青天白日旗子，浩浩荡荡地开到了青弋江边。由于连天下雨，江面宽了不少，水流湍急，周围一条渡船也找不到。侦察员跑来报告，说几天前顽军就把渡船都收缴去了，新7师全部和144师一部过江后，把渡船都炸掉了。

徐满仓命令1连在江边掩护，2连3连涉水过江。战士们二话没说，每人从班长手里拿过酒瓶灌了两口烧酒，一个个脱了精光，用绑腿把衣服武器捆紧，顶在头上。再用绑带把过江的人拴成一串，慢慢走进江里。

寒冬腊月，江水刺骨。开始时大家只感到全身刺痛，时间一长犹如刀割，肌肉渐渐变得僵硬，战士们在江水冲击下不停地摇晃起来。徐满仓在岸上大喊："大家一定要坚持住，眼睛不要盯着江水看，要向对岸看，一直向前走，不要停。"

喊过了话，徐满仓也脱光了衣服，带着通信员走进了江里，毕竟自幼四处讨饭，忍饥受寒，跋山涉水，练就了一双铁脚板，寒冬涉水对他来说算不了什么。他见通信员脸色发白，身子发飘，便一手抓住顶在自己头上的衣服，一手托住通信员的手臂，稍稍用力，带着他加快了速度，很快就赶上了第一批下水的战士。战士们见到后来下水的营长反而超了上来，便咬牙憋劲，硬撑着走上了对岸。

1连在江边担任掩护，指导员张路扬见周围没有情况，就带了一个排跑到树林里砍竹子，扎了三个竹筏抬到江边，把机枪、掷弹筒、弹药箱和干粮都放到了筏子上，战士们赤身涉水，推着竹筏子过了江。

过了江之后，战士们找出毛巾擦干身子，抖抖索索地穿上了棉衣棉裤。然后就钻进了山林，因为冻僵了的腿脚还没有缓和过来，走路都是东倒西歪、踉踉跄跄的。等全部进了树林，徐满仓安排全营就地宿营。炊事班赶紧烧了几锅姜汤给大家驱寒，然后做饭，让大家饱餐一顿后休息。

第八十一章 夜 战

第二天，阴云密布，天气寒冷。徐满仓铺开地图，找到自己现在的位置是在曹坑，距云岭不到三十里，距章渡不到四十里。他又推算了日期，十一日是在泾县，昨天十二日过的江，今天应当是十三日。军部不知转移到了什么地方。

汪施才这时回来了。昨天过江后汪施才顾不上休息，带着两个侦察员沿着青弋江向西摸情况去了。他对这一带的村庄十分熟悉，夜里问了好几个老乡，现在情况基本清楚了。军部是在四日夜里离开云岭的，应当是走茂林—榔桥—宁国—天目山的转移路线。大概是七日在茂林东南遇到了顽军阻挡。老乡说现在山里山外到处都是顽军，围得像铁桶一般。

徐满仓听后大惊，急问："这边情况呢？"汪施才说："这一路顽军不是很多，云岭给144师的一个营占领了，章渡也有一个营。"徐满仓又问："现在哪里能找到渡船？"汪施才想了想说："要有也只有章渡有。"

徐满仓闭上眼睛想了一会，问："你说军部会打回来吗？"汪施才肯定地说："不会。就是回来也无船渡江，在山里被围住了可以钻山沟突围，要是在江边被围住了，那就……"汪施才不敢再说下去。

徐满仓咬咬牙说："军部不能打过来，那我们就打过去。通信员，传令部队集合出发。"

从泾县一直到章渡以下，青弋江北岸都是山区，山峦起伏，林木繁茂，南岸都是低山平地。站在北岸向南看去，南岸的动静可以一览无余。

今天是个难得的晴天，冬阳暖暖地照耀着青弋江两岸。一支队伍跋涉在北岸群山之中，一个尖兵排荷枪实弹地在前面搜索开路，大队在半里之外紧紧跟着。

他们沿途在顽军驻扎的村子附近，都留下了一支小部队，任务是：潜伏下来，切断顽军对外联系，掩护对岸的新四军过江，再掩护大队撤回泾县。这样一路走下来，3连的三个排就依次留在枫坑、丁渡和坝埂。

将近中午，徐满仓带着1连和2连行进到了章渡的东侧，侦察员四散活动，部队就地宿营。下午侦察员回来报告，顽军有两个连，营部设在新四军章渡兵站，有两个排保护，其他分散住在镇上老乡家里，渡口两岸没有发现船只。徐满仓要他们继续侦察，不要惊动敌人，半夜行动，打掉敌人的营部。

半夜时分，部队钻出山林，胳膊上缠着白布条和白毛巾，悄悄向章渡镇围了过去。1连直奔总兵站那座两层石头房子而去，2连两个排插入总兵站西侧，3连长王可树带着一个排和2连的一个排插入东侧，断开敌人营部和两边部队的联系。

徐满仓见部队已经部署就位，一挥手："进攻。"侦察员带着1连向总兵站摸去，不声不响地干掉了两个哨兵，点起火把冲进屋里，大声喝令缴枪不杀。一层的顽军士兵在睡梦中就糊里糊涂地当了俘虏。睡在二层的顽军被楼下的动静吵醒，纷纷爬起来拿枪，枪刚刚拿到手就被冲上来的战士开枪击倒，剩下的干脆放弃了抵抗，躺在地上装死。

二层几间小屋里连续响了几枪之后，兵站恢复了平静。两边这时却连续不断地开了火。2连和3连向两边压过去，嘴里大喊着："新四军主力打回来啦……你们被包围啦……川军弟兄们不要再给蒋介石卖命啦……缴枪不杀啊……新四军优待俘虏啊……"

一通喊话起了作用，缩在民居里的顽军不再朝外打枪。过了一阵子，顽军打开房门，拼命地朝镇外跑去。战士们也不开枪，跟在后面一边追一边喊，把顽军赶得远远的。

今天是腊月十五，月亮的清辉洒在江面上，波光粼粼。徐满仓趴在总兵站二层楼的窗台上，一会用望远镜向江对岸观察，一会低头看看手表，表盘上的夜光指针指向了凌晨三点。

为了不影响观察，他命令部队熄灭所有的火把，禁止大声说话。除站岗警戒的外，其余战士抓紧睡觉。

徐满仓喊来通信员，让他在江边准备一堆柴火，在柴火后面插上红旗，要稍微离开一点，点火以后不能烧到旗子。什么时候点火听他命令。

快到凌晨四点的时候，江对面传来一阵激烈的枪声。王令朝喊道："有情况！"靠墙打盹的徐满仓一骨碌跳了起来，伸头向窗外瞅去，只见在朦胧的月光下，江对岸出现了不少人影，江面上也浮动着很多黑点，正在朝这边移动。

徐满仓大喊："通信员。"三个通信员一齐跑了过来。徐满仓下令，叫2连、3连向渡口两侧警戒，保护过江部队，对面是我们的人。命令一连占领制高点，所有机枪都架起来，老王在这里指挥，1连1排跟我来。说完他带着1排向江边奔去。

对面确是我们的人，是新四军二纵队的一支突围部队，指挥员是一个姓魏的营长。夜里他们从石井坑冲出来时有八百人，经凤村向章家渡方向冲击，一路血战，冲到江边时只剩下了二三百人。三天没吃东西了，饥寒交迫，又困又累。

魏营长原想让部队喘喘气再过江，无奈后面追兵咬得太紧，只得亲率一个排的战士担任阻击，叫其他战士立即过江。

战士们脱掉棉裤，慢慢走进江水，一边涉水一边向对岸望去，对岸一片昏暗，看不见动静。但愿那边顽军不多，不然两边夹击，部队就完了。刚走到江心，后面顽军就追了上来，枪声和手榴弹爆炸声震耳欲聋。

魏营长心里一阵焦躁，不禁回头向对岸看去。蓦然间，眼前觉得一亮，对面的江岸上突然燃起了一堆篝火，起先只是浓烟裹着火星向上蹿去，后来越烧越旺，噼啪作响。火堆照亮了后面飘扬着的一面红旗。在这黑暗的夜色里，在火焰的映照下，红旗显得格外的鲜艳夺目。

这时，江对岸枪炮齐鸣，一串串曳光弹划破夜空向南岸倾泻，一颗颗红点也嘶叫着飞过江面，在后面的追兵当中炸响。

魏营长明白，这是我们的部队在对追兵实施拦阻射击。他激动地大喊："同志们，对面是我们的部队，现在停止阻击，全部过江。坚持啊，同志们，最困难的时刻过去了……"

第八十二章　炮　击

2营邵家旺离开虎头岭后，没有返回溪口，他带着两个通信员冒着大雨进了宁国县城。在一家小客栈里，谢俊胜画了一张32集团军司令部布防图交给了邵家旺，还把从宁国到西天目山的路径详细讲了一遍。邵家旺叮嘱他，一旦获得军部的消息立即派人送信过来。

邵家旺回到溪口，马上召来三个连长分配任务。在决定由谁留守的问题上，三个连长争得面红耳赤，谁都不想留下来。不畏强敌，主动请战，正是这支部队的作风。

邵家旺心里高兴，嘴上却说："你们都想去是吧，那都去吧，我一个人留下看家。"王三石笑着说："看营长说的，你决定不就行了嘛。"

邵家旺就等着这句话，说："好，就你王三石留下，你的任务可不轻，把河对面溪口镇的顽军盯紧喽，不能让他们轻易封锁华阳河。"

第三天，两个商贩模样的人找到溪口百尖山营地，带来谢俊胜的口信：四叔初十身感风寒寻医救治。邵家旺不动声色地将来人打发回去。

当晚，5 连 6 连从百尖山营地出发，沿青龙河谷向东开进，在牛坎渡过西津河，再从竹峰北渡过中津河，凌晨 3 点进入万福村东南边的木玉山。

邵家旺把 5 连留下，叫 6 连继续东进，找到公路后南下，在一个叫堆棚的地方隐蔽下来，明晚全部在那里会合。

天亮以后，部队在木玉山丛林里休息。邵家旺领着 5 连长高丰平和三个排长攀至半山腰，对万福村实施侦察。

万福村是个小村子，中津河从村西流过。村子通向县城和梅林的公路上停了不少车辆，路口竖起了路障，路边建有防御工事，岗哨林立。几支巡逻队来回穿梭警戒。

按照谢俊胜画的草图，邵家旺很快找到了 32 集团军司令部的所在位置。这是一户有钱人家的院落，房屋高大结实，院子里拉扯着十几根电线，屋旁的树上还架着天线。不少军人进进出出，十分忙碌。

邵家旺一边看一边嘀咕，这上官云相也太大意了吧，你的指挥部也不弄隐蔽一点，你就不怕鬼子飞机来炸？周围的山头也不派兵警戒？今天活该你要倒霉。

邵家旺目测了一下，那间屋子距离山脚将近四百米。他低声问趴在旁边的高丰平："我们的掷弹筒能打这么远吗？"高丰平说："我们带了二十颗榴弹，五百米以内没问题。"

今晚没有下雨，只有薄雾在山间飘荡。晚上九点，5 连的两具掷弹筒架设完毕，一个排散开在周围保护，另外两个排隐蔽在山脚下，五挺机枪对准了村子的出口。

邵家旺和一名观测员站在一块岩石后面，观测员正用他的望远镜观察目标，

嘴里报出了一串数字，后面的射手很快报告："射击准备完毕。"邵家旺盯着山下灯火通明的指挥所，咬着牙吐出了一个字："打！"

"嘭！嘭！"两声震耳的巨响，从望远镜里能够清楚地看到，山下指挥所的院子里腾起两团暗红色的烟尘，稍后传来了爆炸声。

观测员喊道："向正前方修正两米。""嘭！嘭！"又是两声，邵家旺没用望远镜也看清了，这两颗榴弹落在指挥所屋顶上炸开了，屋里的灯光随之熄灭，旁边房间里有人惊慌失措地跑了出来。

掷弹筒连续打出十颗榴弹后，迅速转移了阵地。等观测员报出目标诸元后，对着指挥所周围又发射了几颗。邵家旺看到村口涌出一群顽军，一边开枪一边朝这边冲了过来，马上命令停止射击，全体向山下转移。

顽军的炮兵反应有些迟钝，等到巡逻队发现敌情并冲出村子后，这才乒乒乓乓地向山上开起炮来。顽军逼近到两百多米处时，5连的机枪猛烈开火，顽军顿时倒下一片。后面的军官一阵吆喝，顽军架起机枪朝这边还击。5连长高丰平大喊："4排掩护，5排6排先撤，各排交替掩护。"

邵家旺是全大队有名的神枪手，他现在叫高丰平指挥部队撤退，自己隐蔽在山石后面，接过通信员递过来的三八大盖，推上子弹，对着顽军中间那个大喊大叫的家伙就是一枪，果然是枪一响人就倒，毫不含糊。

邵家旺推弹上膛，轻扣扳机，顽军的一挺机枪立刻哑了火；又一枪，又有一挺机枪闷了声。邵家旺看看差不多了，便带着通信员尾随5连而去。

5连先是钻进山沟向东南方向走，经杨村口到大冲，下半夜在堆棚与6连会合。这里紧靠宁国至中溪镇的公路，再往南去就是仙霞镇。6连在公路上堆了石头，山坡上构筑了机枪阵地，还派出了哨兵，现在就等着追兵来了。

两个小时后，公路上开始有了动静，派出的哨兵跑回来报告说，公路上来了两辆汽车，估计是宁国来的追兵。邵家旺命令全体进入阵地。

过了一会，公路上传来汽车的轰鸣声，车头的灯柱照得山谷一片雪亮，当车灯照到横躺在路当中的石头时，汽车猛然停下，架在车厢顶上的机枪朝着两边山上就是一通扫射。

邵家旺大喊："打！"5连6连的机枪居高临下，对着汽车猛烈开火，一排排手榴弹也在汽车周围炸响。两辆汽车相继起火燃烧，火势猛烈，车上的顽军纷纷跳下车来。邵家旺命令："打手榴弹。"几十颗手榴弹砸了过去，刚跳下车的顽军被炸得血肉横飞，乱成一团。

"哒嘀嗒，哒嘀嗒，哒哒哒……"冲锋号吹响了。机枪射击戛然而止。战士们一跃而起，端起刺刀就向山下扑去，杀声震耳。

高丰平和俞时新两人挥动驳壳枪，抢先登上公路，"啪啪啪"击毙了几个正在顽抗的敌人。战士们的冲锋队形犹如奔涌的浪潮，很快淹没了公路上所有的残敌。

五天后，他们翻山越岭回到了溪口根据地。谢俊胜派人告诉了他们这次的战果：炸毁32集团军司令部五部通讯电台，中断顽军电讯联络十个小时。炸死集团军副参谋长以下军官二十余人，歼灭卫士团两个排。为防止再次被袭，顽军调动溪口守军增援宁国，泾宣宁封锁线上出现了空隙。

第八十三章　公　路

大雨接连下了三天，河水暴涨，道路湿滑。叶志远带着十几个人行进在去3营黄田根据地的路上，他们都身披雨布，脚蹬帆布胶鞋。

叶志远历来看重部队的装备，他很明确地告诉张扶海和刘贤臣，部队的一大半战斗力来自后勤保障。这不，战士们都喜欢帆布胶鞋，冬季雨雪天穿上行军，不怕水浸泥陷，又跟脚又防滑，比草鞋布鞋强了太多。

杨少良和铁蛋硬缠着跟来了。铁蛋的通讯班有十七个通信员，可是分到营部连部以后，卫皖又跟了刘贤臣，他手下只剩下了三个。这次他带了一把军号，说这次肯定能用得上。

杨少良也是个光杆连长，全大队六十挺机枪全都分给了部队，七具掷弹筒给每个营两具，自己只留了一具用于平时教学。这次去三营他带了十二颗甜瓜手雷，副手背着掷弹筒，观测员背了八颗榴弹。

陈水根早早就把侦察员全都派了出去，可到现在没有一个人回来报信，他明白这回算是遇到大事了，心里隐隐有些担心。

整整走了一天，晚上到了黄田。刚刚吃了晚饭，马云飞和彭戈带着两个侦察员进来报告情况。两个侦察员浑身湿漉漉的，衣服刮破了多处，一个胳膊上还缠着绷带，显然是受了伤。叶志远叫两个侦察员先喝点水，再慢慢说。

侦察员报告说，他们是四日从椰桥越过芜屯公路朝西侦察的，进去了十二个人。顽军封锁了所有的路口，修有防御工事。山上架着重机枪，还有不少山炮和

迫击炮。

"看到山路不能走，我们分开钻进了山沟。昨天早上天没亮，丕岭、球岭方向就打响了，打得很厉害。中午我们想进去看看，在翻一座山时被顽军发现了，他们围了上来，想抓活的。我们四个人边打边退，他们人太多，我们俩滑下山崖跑了出来，小孙、小郑掩护我们，他俩没能走掉。在崖下我们先是听到枪声停了，后来响了两颗手榴弹，小孙和小郑他们……"两个侦察员哽咽起来，没有说下去。

听说自己的侦察员遇难了，坐在树墩上的陈水根马上蹦了起来："他妈的，是顽军哪支部队干的？"侦察员说："是40师和52师。"陈水根咬着牙说："好个狗日的，给我等着吧。"

叶志远摆了摆手，陈水根坐了回去，额头上青筋乱跳。叶志远安慰侦察员，说："不要难过，记住牺牲同志的名字。你们先下去休息，伤口不要沾水。"

叶志远摊开地图，叫大家过来看。卫南拿过油灯放在地图旁边。叶志远用红笔将云岭与球岭、丕岭分别连在一起，这下能看清了，军部从云岭出来后，分成两路向东略微偏南而来，前进方向正好对着3营所在位置——椰桥，跨过芜屯公路就是黄子山，准确点说，军部是朝宁国南部来的。

陈水根有点疑惑，说："军部怎么分成了两路，还分得这么开？"叶志远说："现在还看不准。老陈，你明天一早，不，现在就带几个人去抓个有用的舌头回来，搞清楚情况再说。"

第二天中午，陈水根他们押着一个俘虏回来了，一身泥水，捆着双手，嘴里堵着块破布。叶志远叫人松开绳索，俘虏扯去嘴里的破布，呆呆地看着面前的几个人。

叶志远对他说："我们是新四军，你现在是俘虏，必须老实回答我的问话，听懂了没有？"俘虏点了点头，接着就一五一十地说了起来。

俘虏是52师156团的一个班长，今早一个人跑到住地边上解手，被埋伏在这里一晚上的陈水根他们抓了个正着。156团是前天也就是七日下午进驻椰桥，接替40师的防务。昨天在高坦、里潭打了一天，新四军主力已经被七个师围在里面，上峰下令要全部消灭他们。

叶志远问："你说的都是实话？"俘虏说："要有半句假话你就枪毙我。"叶志远叫卫南带他下去吃点饭，再记下他们的番号、驻地和长官的姓名。

当晚，黄田根据地交给民兵守卫，3营冒着绵绵细雨全体出动。两个小时后从椰桥东北绕了过去，将大刀连留在杨家岗的山林里，负责阻击椰桥顽军北上，掩护大队回撤。

7连和8连越过芜屯公路，沿山路继续向北潜行。凌晨时分，他们走到一处山谷，隐约可见一条山路通向西边。这时西边的山里传来了炒豆般的枪声，还夹杂着打雷似的爆炸声。

叶志远向着枪响之处凝望了片刻，命令陈水根带一个班向西侦察，不要跑得太远。马云飞带7连沿山路向西展开，占领制高点，准备接应军部突围人员。彭戈带领8连守住路口两头，负责掩护7连。2营的两具掷弹筒和杨少良带来的一具集中使用，由杨少良指挥。

叶志远领着杨少良和铁蛋他们来到了7连最西边的一个阵地，看见连长吴捷生正守在机枪阵地上。杨少良和铁蛋在机枪阵地后面的山坡上，分散架起了掷弹筒。

叶志远在一块石头后面隐蔽下来，把吴捷生喊了过来，询问了连队的情况。吴捷生说："战士们听说军部被围，都骂三战区不是东西，打日本装狗熊，打自己人下狠手。"

叶志远又问："这次知道怎么打吗？"吴捷生说："我猜啊，按照昨天侦察员和俘虏说的那样，军部是在向这边突围。大队长安排我们在这里等，是要掩护军部安全通过。"叶志远点点头说："猜得差不多，等会一定要瞪大眼睛，看清楚了再动手。"

天色微明，阴雨渐止。战士们趴在靠近山路的石头上，被寒风吹得直打哆嗦。他们现在也顾不上寒冷，一个个裹紧棉袄，扎紧腰带，使劲搓着冻僵了的双手，眼睛直盯着山下那条弯曲的山路。

陈水根派了一个战士回来报告，说这条山路没有顽军把守，我们现在的位置是在大白华和三接水之间。

天亮了，满天乌云紧压着山头。西边的枪炮声渐渐稀疏下来。叶志远举起望远镜朝西边瞭望，陈水根他们向这边跑动的身影出现在视野里，他们一边跑还一边挥动着手。

叶志远对马云飞说："命令部队准备战斗，没有命令不准开枪！派人去通知8连，叫他们加强警戒。"

陈水根喘着粗气上来报告说，西边来了一支部队，不到一个连，后面有部队追赶，咬得很紧。叶志远点点头，继续向西观察。望远镜里很快出现了一支队伍，人数不足一个连，身上穿的是灰布军装，浑身泥污，队形散乱，脚步踉跄，跑得十分吃力。

第八十四章　接　应

那支部队离这里还远，看不清楚是什么人，因为顽军冬季军装和我们是一个颜色。我们的阵地设在路南，他们由西向东跑，即便真是新四军，他们左臂上戴的臂章这边也看不到。

在这支队伍后面几百米外，又出现了一支队伍，有二百多人，一边追赶一边朝前面开枪。这时，前面队伍里有几个人扭头观察后面的情况，就在他们向后转身的时候，叶志远在望远镜里看清了他们左臂上的白色臂章。叶志远大喊："跑在前面的是我们的人，注意掩护。"

山路上两支队伍的距离逐渐拉近，后面不停地射击，前面不断有人倒下。叶志远大喊："掷弹筒拦阻射击！"话音刚落，身后就发出了"嘭，嘭，嘭"三声闷响。叶志远在望远镜里看到，四百米外的顽军队伍里爆起了三团淡淡的烟雾，十几个追兵摔倒在山路两边，后面的人就地趴下，架起几挺机枪朝这边射击。不用叶志远再下命令，又有三颗榴弹飞了过去，刚刚吐出火舌的机枪被炸翻到了一边。

前面的队伍快要跑到近前了，叶志远把望远镜交给了马云飞，说："你在这里指挥，不要恋战，边打边撤。"叶志远掏出驳壳枪，对陈水根说："走，迎上去看看。"陈水根和卫南跟着叶志远向山下快步走去。

叶志远等三人隐蔽在路边，那支部队渐渐走近，陈水根悄声说："像是军部机关的人。"叶志远也认出来了，走在前面的，不就是军部作战科的秦科长吗？

叶志远露出半个身子朝他们招手："秦科长，快些过来。"秦科长名叫秦时月，他十分警觉，马上停下脚步，枪口对着叶志远喊道："什么人？慢慢走出来。"

叶志远哈哈一笑，慢慢走了出来说："一别两年，不认识了？"秦时月一惊，说："老叶，怎么是你？你怎么在这里？"叶志远说："后面是什么人？你们的人都在这里了？"秦时月说："后面是 52 师的追兵，我们人都打散了，剩下的全在这里了。"

一听说追兵是 52 师的，陈水根两眼冒火，说了声："我到阵地去看看。"说完，他转身就朝山头跑去，跑到机枪阵地，推开射手，操起机枪就朝顽军追兵打起了点射，边打边骂："好你狗日的，老子正要找你们算账，你们倒送上门来了。"陈水根的枪法比不上邵家旺，可也不算很差。他的一通点射，立即干掉了十几个顽军。

叶志远听到了山头上越打越激烈的枪声，对卫南说："快去通知马营长，阻击一会就往公路上撤。"说完，叶志远领着秦时月撤到了8连阵地，交代了彭戈一番，就领着秦时月他们穿过芜屯公路，直奔杨家岗而去。中午时分他们与大刀连会合。

也就在这时，榔桥顽军出动了一个团，沿公路两侧向北搜索前进，到处都是枪声和叫喊声。叶志远知道顽军是在虚张声势，便命令李有田带两个排将顽军引走，顺便给他们吃点苦头。

秦时月率领的是一纵老一团的一个连，也是最早突围的部队。从昨天下午起，两渡徽水河，冲破顽军的防线，一直打到现在，一百多人损失近半。叶志远带着他们跟大刀连会合后，大刀连的战士们马上拿出干粮给他们充饥，救护员主动给伤员检查包扎伤口。短暂休整后，他们立即向黄田转移，晚上进入了黄子山根据地。

经过一夜休息，秦时月的气色好了不少。他向叶志远讲述了这几天的经历："军部这次转移，时间拖得太久，天时地利尽被顽军占去，敌众我寡，缺乏补给，部队打得很苦，伤亡很大。部队是分三路走的，计划在星潭、榔桥河会合，后来都打散了。一纵是左路，我们军部机关跟二纵走中路，后来都被打散了，和军部失去了联系。估计二纵和军部在茂林被困住了。"

叶志远面色凝重，心想如果情况真是这样，那军部就危险了。他马上叫来陈水根，让他带人再去榔桥侦察一下，不要进去，晚上必须回来。

叶志远问秦时月如何打算。秦时月说："我的任务是往江北转移，剩下一个人也要过去。"叶志远赞道："好气概！不过要换个方式走，顽军在路上查得严。伤员就留下吧，带着伤员走路容易让人怀疑。秦科长啊，我这里缺少干部，伤员干脆都留下来算了。"秦时月问了游击大队的情况后，说："我和他们商量一下再定。"

晚上，3营的人回来了，他们把顽军引入山里转悠了一天。7连瞅准机会打了个埋伏，击溃了一个连的追兵。大刀连把一个排的顽军引到绝谷里，一顿手榴弹将其全歼。8连吃掉了顽军一支部队的"尾巴"，缴获了两挺机枪。叶志远叫他们抓紧休息，说后面还有仗要打。

半夜里陈水根回来了，说榔桥的顽军有一部分往西开，一部分向北开。下午

从泾县方向又开来不少部队，从大白华那里进了西边的山里。白天有十几架鬼子飞机在茂林东边转悠，我们离得远，看不清在干什么。

卫南取出地图，叶志远随口问了一句："今天几号了？"卫南答道："十一日。"叶志远俯身看图，心想，顽军都向西边赶去，日军飞机又在茂林东边侦察，这是什么用意？

他用红笔在茂林东部画了个圈，外潭仓、高坦、大康王、凤村都在红圈之内。叶志远这下有些明白了，二纵可能就在红圈之内，那么军部也就在这里。

七日开始交火，至今已经打了整整五天了。叶志远心里一阵慌乱。向来处事果决的他，现在却犯了难：军部危急，急需增援，可自己手上能用的部队太少。3营刚刚回来，战士们都很疲倦，不可能马上出动。1营和2营现在已经进入各自的作战区域，临时召回他们也来不及了。黄田这里有民兵队伍，可三四个人才有一支枪，帮不上忙啊。

叶志远用力搓了搓冻得冰凉的脸，一看陈水根还没走，就说："你累了一天，快休息去吧。"陈水根叹了口气，说："你不也一样，别熬坏了身子，先睡上一觉吧，说不定睡醒了办法也就来了。"叶志远苦笑了一下，点点头，深深地叹了口气。

第二天一早，叶志远钻出窝棚，抬头看了看天，风停雨止，云层缓缓向南移动。叶志远舒展手脚，练了一趟格斗拳，身上觉得暖和了不少。他走进3营伙房，和战士们挤在一起吃了早饭，将一大碗菜肉米饭送进了肚里。

走出伙房，他看见李有田和一群战士正在清理缴获的物品，里面有一堆顽军穿的棉袄棉裤还有鞋帽什么的，上面沾了不少泥土血渍，多数衣服上留有明显的弹洞和裂口。

叶志远上前询问，李有田说这是昨天掩埋顽军尸体时，看到顽军身上穿的衣服挺新的，埋了可惜，战士们就扒了下来。叶志远捡起一件棉袄，确是刚穿上身的新军装，胸章上有血迹，但能看出上面写的"陆军52师156团2营"的字样。

第八十五章　深　入

看到顽军的军装，叶志远脑子里突然冒出一个新的想法。他连忙叫战士们挑出四十套干净一点的，放在火堆边上烤干；又叫卫南去审问俘虏，把156团的团长营长的姓名统统记录下来。然后，他回到窝棚，召集连以上干部开会，也请秦科长参加会议。

叶志远对大家说了自己的想法。根据侦察，估计二纵现在被围在外潭仓、凤村和大康王一带，其南面和东面都是大山深沟，村庄稀少，得不到粮食补给。从七日开始，仗已打了五天，估计二纵的人员、弹药和粮食消耗很大，无法再去翻山越岭。按照正常推测，他们应该向西北方向的青弋江沿线突围，因为他们熟悉那里的地形和村庄，容易找到粮食。按照这样推测，叶志远打算今晚带一支部队进去接应。

秦科长打断了叶志远的话，问道："你能带多少人进去？人多你没有，人少不起作用，危险啊。"叶志远笑着说："秦科长，你不怕危险，能带一个连冲出来，我也学学你的样子，带半个连进去，不行吗？"

秦时月听他这么一说，不由得笑了起来。叶志远对大家说："军部遇险，我们不能坐视不管。你们现在都回去，从三个连挑四十个人出来，尽量挑选熟悉这一带村庄地形的，最好是本地人。

散会后，叶志远交给彭戈一个任务，要他带一个排护送秦科长他们去虎头岭营地，伤员留下治伤。请白和义尽快联系特委，派人护送秦科长他们去江北。如果联系不上，我们自己要设法护送他们过去。

下午选出来的人员集合，叶志远作战斗动员。叶志远一看，除教导员彭戈不在以外，从马云飞开始，三个连长、九个排长，还有陈水根、杨少良、卫南、铁蛋都在里面。

叶志远问："叫你们挑人，搞了半天挑的是你们自己啊。"大家都笑了起来。叶志远很严肃地说："不要笑，这次任务非常危险，进去了就不一定能出得来，你们想好了没有？"大家齐声回答："想好了！"

叶志远满意地点点头，又说："今晚我们出发，换上顽军的衣服，带足弹药干粮。大家都放机灵点，看见顽军就说顽军的番号，看见新四军就说我们自己的名字。你们回答我，我们是什么部队？"大家齐声高喊："皖南抗日游击大队！"

当晚是农历腊月十五。月光阴冷，寒风凛冽，山野呈现着一派肃杀萧条的景象。趁着满地月光，叶志远带领部队越过芜屯公路，从梓坑南边涉过徽河，向球岭方向直插而去。由于顽军的主力调到西边去了，开始走得很顺利。越往西走，顽军的部队越多。远处枪声密集，炮声响个不停。

到了球岭附近，大小山头上全是顽军，他们用机枪封锁了各个隘口，稍有动静就是一阵扫射。从上次抓到的俘虏口中得知，这次围剿新四军的顽军装备都不

错，每个营至少有重机枪六挺，轻机枪三十挺，迫击炮两门，还有枪榴弹若干。40 师还带上了德制山炮，弹药充足，补给及时，因此打起来火力很是凶猛。

叶志远知道不能硬闯，传令叫熟悉道路的人领着向北绕行。队伍钻进了一条山沟，脚下没有路，只有密集的树丛和遍地的荆棘。

李有田他们这次没敢带大刀，通常进山用的柴刀也没带，怕被顽军看出了破绽。现在遇有树丛荆棘挡路，大家只得抢起工兵锹轮流砍劈，艰难地向前推进。不大一会儿，人人脸上胳膊上都出现了划伤。

等到看到山沟的出口，天色已经大亮了。叶志远问清了位置，现在已经到了球岭北边的承流山下，西边不远就是大康王。原先响枪是在西边，现在转到了西南边。叶志远问响枪的是什么地方，战士回答大概在石井坑一带。

叶志远见战士们疲乏已极，便命令宿营。安排好岗哨，战士们相互挤在一起，裹起雨布沉沉入睡。叶志远、马云飞和陈水根三人站岗，轮换休息。

叶志远睡得最晚，一觉醒来觉得脸上很是清凉，站起一看，原来竟然下雪了。雪花漫天纷飞，地上已经铺了薄薄的一层，远处群山的轮廓显得有些模糊。他扑打着身上的积雪，看看手表，现在已是下午四点，转身命令部队出发。

出了山沟，队伍大摇大摆地向西南边响枪的地方走去。转过一处山坳，前面山头下来了一支部队，人数有一个连的样子，也是朝西南那边赶。走在前面的陈水根加快脚步，慢慢地追了上去。

陈水根对着他们喊道："弟兄们哪部分的？"那边有人反问："你是哪部分的？"陈水根答道："156 团 2 营的。"对方又问："你们 156 团怎么跑到这里来了？""哎哟，还不是前天追新四军追过来的。""追到没有？""没有，都跑散喽。你们是那个部队的？""我们是 155 团的，从榜山过来的，下雪天还叫老子跑这么远的路，他奶奶的熊。""南边打得差不多了吧？""快了，他们才一万人，我们十个打他一个。他们也够狠的，干掉了我们一千多个弟兄。40 师厉害不？营长连长让人家打死了好几个。""那你们现在过去干啥？""上边叫过去把路堵死，要活捉他们大头目。""他们大头目是谁啊？""这都不知道？白混到现在了。我告诉你吧，要活捉他们的军长。"

陈水根心里"咋"了一声，放慢了脚步。等到叶志远赶上来时，陈水根报告了刚才了解到的情况。叶志远说："跟上他们。"

黄昏时，这帮顽军爬上一个土坡不走了，分成三股，在上面挖起了战壕。这一带山坡上的树木不多，山沟里林木倒很茂密。在顽军后面二百米处，叶志远也将部队分开，占领了比顽军稍高一点的山坡，没有修筑工事，只派出几个人向两翼警戒。然后安排一半的战士钻到旁边的山沟里点火做饭。一天一夜没吃热饭了，他担心战士们体力跟不上。

后勤部这次给他们带了不少干粮，还带了一些竹筒饭，这可是后勤部的一项新发明。所谓竹筒饭，就是用毛竹筒装上生米、肉菜和盐，交给部队带上。开饭前只要拔掉竹筒塞子，灌进溪水，再塞紧了扔进火里烧，只要竹筒炸裂开了，里面的饭也就差不多烧熟了。

时间不长做饭的战士回来了，给每人发了一个竹筒，拿在手里还滚烫的。战士们掰开竹筒，抽出刺刀就扒拉着饭菜往嘴里送。

叶志远吃了一筒米饭，觉得味道很不错，比又凉又硬的干粮强多了。马云飞带着几个人前去给警戒的战士送竹筒子饭。回来时说，我们左右几百米外都有顽军，人数不是很多。

叶志远说："告诉警戒的战士，今晚一打响就往这里撤。我在中间阵地，你去左边，通知陈水根到右边，以我枪声为号，一举消灭前面的顽军，占领他们的阵地。"

第八十六章　受　伤

天黑透了以后，雪停风止。西南边的枪声猛然变得激烈起来，炮声轰隆隆地响个不停。叶志远趴在坡上，一会儿盯着前面顽军阵地的动静，一会儿朝西南方向望去。

铁蛋和卫南趴在叶志远的两边，杨少良左手抓着掷弹筒，右手摸在驳壳枪的枪壳上，摆出一副准备冲锋的架势。七连长吴捷生照例趴在机枪旁边，正在跟机枪手说着什么。

前面顽军阵地一阵骚动，一个沙哑嗓子喊叫了几声。叶志远拔枪在手，枪口朝上。战士们知道有了情况，纷纷上好刺刀，推弹上膛。

过了一会，顽军阵地前方的雪地里出现了一条黑线，逐渐在朝这边移动。等到黑线前端快要接近顽军阵地的时候，顽军阵地上的机枪响了，黑线马上疏散开来，变成了一个一个的黑点。

这时，叶志远的枪响了。我方四挺机枪对着顽军的后背猛烈射击。叶志远喊了声："冲上去！"自己率先向坡下跑去。机枪继续朝敌人射击，其他战士都跟

着朝前面冲去。

坡地上积了一层雪，泥泞湿滑，很多战士摔倒了，爬起来又摔倒。后来干脆把枪往怀里一抱，顺势往坡下滚去，滚到坡底滚不动了，就爬起来辨别一下方向，再向顽军阵地冲去。

叶志远冲在最前面，快到顽军战壕时，举枪朝天连打两枪，我们这边的机枪立即停止了射击。叶志远纵身飞跨，手中的快慢机"嘟嘟嘟"打出了连发。正缩在战壕里躲避机枪扫射的顽军，被这串子弹打得东倒西歪。后面的战士趁机冲了上来，连打带刺地全歼了阵地上的顽军。

铁蛋眼快，抢到顽军机枪跟前，一脚踢开顽军射手的尸体，把驳壳枪往后腰上一插，解开尸体身上的子弹袋套在自己的胸前，端起机枪走到了叶志远身旁。

叶志远正朝坡下观察。趴在坡下的那些人听见机枪不响了，不明白这边发生了什么事，从雪地上爬起来后，转了个弯向西边跑去。雪地上留下了几个黑影，一动不动地躺在那里。

他们跑的方向不对，西边也有顽军。叶志远命令："快追上去。铁蛋去看看那几个在雪地上不动的人。卫南去通知马营长向这边靠拢。"

叶志远带着战士们向西紧追过去。那些黑影看见有人在后面追赶，跑得更快了。经过西边阵地前方时，听到陈水根在向他们喊话："不能朝西边跑了，那边有敌人，往我们这里跑啊。"

黑影哪里肯信，继续朝西跑去，也许是跑不动了的缘故，黑影队伍越拉越长，渐渐地有人掉了队，在后面一步一步地向前挪动着。

叶志远迈开大步追了上去，落在后面的几个人马上转身，其中一个人举枪就打，叶志远急忙侧身躲闪，可惜再快也没子弹快，就听到"啪"的一声，叶志远摔倒在地。

紧跟在后面的吴捷生大急，抬手就朝天上连打两枪，大喊："都不许动！再乱开枪我们就不客气了。"说完他也顾不上他们，急忙蹲到叶志远跟前，边摇晃边喊道："大队长，你没事吧？"叶志远摇摇脑袋，一拧腰坐了起来，皱着眉头说："左臂挨了一枪。"

救护员闻声跑来，掏出了急救包。吴捷生撕开叶志远棉袄衣袖，露出了正在冒血的伤口，叶志远动了动左臂，右手捏住伤口周围的肌肉，一使劲，听得"扑滋"一声，一颗弹头给挤了出来，鲜血随之涌出，大颗大颗的汗珠也从叶志远的额头上滚落下来。

救护员在纱布上撒上半瓶百宝丹，紧紧按住伤口，再用绷带缠好，想了想，又让叶志远吞了一粒消炎药。

围在旁边的吴捷生、杨少良、铁蛋等人见叶志远伤得不是很重，都松了一大口气。不等叶志远开口问情况，杨少良主动报告："前面跑的人是新四军突围部队，陈水根已经追上去了。"铁蛋报告说："阵地前面躺着不动的几个新四军都牺牲了。"

叶志远捂着左胳膊站了起来，走到前面几个人的身边，看到他们左臂上都带有新四军的臂章，就问："你们是哪部分的？带队的是谁？"那几个人现在已经知道了他们的身份，马上回答："我们是军部教导总队的，是老五团徐营长带队。""哪个徐营长？""是徐锦城徐营长。"

叶志远说："是我们老连长啊，你们现在赶紧去把徐营长他们追回来，那边有顽军埋伏，快点去！"

两人刚走，东西两边都响起了枪声。远远听到陈水根在西边喊着："打什么打，老子是52师的，你们是那部分的？"西边传来问话声："你们是52师那个团的？"又是陈水根的声音："老子是52师156团的，你们是那个部队？""老子是108师的，刚才谁在打枪？""是我们新兵枪走火了，不要误会啊。"

西边平息下去了，东边的枪声却响成了一片。大家正在焦虑的时候，马云飞领着八九个战士跑过来了，一见面就说："大队长，南面和北面都有顽军朝我们这边追来，刚才我们朝两面都开了火，现在他们狗咬狗自己打起来了。"叶志远赞道："好，打得聪明。"

正说着，西面的陈水根把新四军追回来了。领头的是个大高个，一看到叶志远就上前伸手抱住，喊道："小叶，真是你啊。"叶志远碰到了臂伤，痛得直咧嘴。

大高个松开手，忙问："怎么，挂彩啦？"叶志远说："不小心给子弹咬了一口。"大高个正是老连长徐锦城。

叶志远知道现在不是拉呱叙旧的时候，对徐锦城说："这里危险，快跟我们转移。"徐锦城回头对突围出来的三十个人说："同志们，现在我们都听叶大队长的指挥。"

叶志远问他们有没有重伤员，他们说有十几个轻伤员。叶志远叫大家把新四军的臂章摘下来收好。徐锦城二话不说，带头将臂章摘下来塞进了口袋。有些人很不情愿，但身处险境，只好照做。

马云飞和吴捷生带着八九个人在前面引路，陈水根和铁蛋领着十几个人在后面掩护，三十个突围的新四军搀扶着伤员夹在中间，踏着满地积雪，向北边承流

山方向走去。

第八十七章　智　救

听徐锦城说，目前顽军主力都集中到了石井坑周围，除了占领球岭、丕岭以及星潭这些主要隘口之外，还分出兵力封锁了三溪、椰桥至白华的公路，真正用于外围搜索的部队不是很多。

大康王村处于南北走向的大山边缘，西边是低山丘陵，东边尽是高山深谷。顽军知道新四军不会往人烟稀少的深山里钻，冬天在深山里几乎找不到吃食，钻进去等于自投绝境；即便侥幸走了出来，东边公路上的守军也已张网以待。因此，顽军把搜索的重点放在西边低山地带和青弋江一线，搜索部队化整为零，大都以班排为单位，规定了联络信号，一旦发现新四军，马上就四面合围，聚而歼之。

对敌人的兵力部署，马云飞他们自然不会知道，却知道夜晚在敌人防区走路，躲躲藏藏的没用，还耽误时间。因此这次专拣好路走，大摇大摆地走，碰到顽军部队还主动打招呼，扯几句淡。就这样有惊无险的，半夜过后他们钻进了承流山下的深沟里，在一条溪水旁边停下来宿营。

叶志远受了伤，体力不支，便早早睡下了。马云飞和吴捷生忙着布置岗哨。陈水根、杨少良和李有田他们给徐锦城他们送去了干粮。新四军突围人员好几天没吃东西了，拿到干粮就狼吞虎咽地吃了起来。

杨少良来到一个新四军战士跟前，递上一个菜饼子，那人说了声谢谢。杨少良听出是女声，就"咦"了一声，借着地上雪光凑近看去，惊喜地叫道："你是施大姐！"对方也惊奇地看着他，说："你认识我？你是……"杨少良一把扯下了帽子，说："我是杨少良啊，三支队老五团通信班的。"

施大姐名叫施齐，是三支队机要科的报务员，今年二十来岁。施齐这时也认出了杨少良，紧紧拉住了他的手，向旁边小声叫着："汪启明、卢舒云，你们俩快点过来，小杨在这里。"

听到施齐在喊，两个女兵走了过来，看是杨少良，也不说话，只是抓住杨少良的袄袖不停地落泪。杨少良见她们这样，鼻子一酸，眼泪就在眼眶里打转。他强忍悲痛，轻轻拍拍她们的手，安慰道："不要哭，这次我们吃了大亏，以后我们再找回来就是了。新四军是打不垮的，大不了我们从头再来。我跟大队长这几年就是这么走过来的。"

徐锦城在旁边听到了，连声夸赞道："你这个小同志不简单呐，很会做思想工作啊，听得我心里都热乎乎的。"杨少良马上说："谢谢首长鼓励，我这都是听大队长说的。"

施齐悄声对徐锦城说："小杨是年轻的老战士，他跟我们小卢偷着好，你知道吗？"

徐锦城来了兴趣，瞌睡也没了，就听施齐说起了小杨和小卢的故事。卢舒云中学毕业参加了新四军，分在三支队机要科当了报务员。杨少良在老五团当通讯班长，两人同年，都是十七岁。杨少良性格温和，聪明能干，经常帮着机要科的女兵们跑跑腿，干干活，修这修那的，深得女兵喜爱。

卢舒云长相甜美，开朗活泼，她和杨少良不知不觉地好上了。施齐比他俩大上几岁，又是个热心肠的，看出两人彼此爱慕，就从中牵线，让他俩私订了终身。

后来杨少良突然离开部队，临行之前去和她们道别，也没说去哪里，去干什么，要去多长时间。卢舒云觉得委屈，哭得跟泪人似的，施齐怎么劝也劝不好。真没想到，这对小恋人分别三年后，竟然是在这种地方，而且是在这种情况下见了面。

施齐说到这里，抬头想看看杨少良和卢舒云他俩在干什么，这一看啊，不觉哑然失笑：这两个小家伙居然坐在地下，背靠背地睡着了。卢舒云身上裹着一件雨披，脸上挂着泪痕，嘴角微翘，像是带着笑意。

天色微明，大家默默地收拾行装。铁蛋平素与杨少良最要好，最先知道了消息，跑过来推了推杨少良，又朝卢舒云笑笑说："嫂子好。"卢舒云害羞得转过身去。吴捷生他们听说了，也都过来祝贺了一番。

大家啃了干粮后，叶志远左臂用绷带吊在脖子上，过来安排队伍出发。他要求三个女兵把头发扎紧塞进帽子里，不要露在外面；还叮嘱她们回到营地后最好把头发剪短。

这次行军还是马云飞、吴捷生在前引路，杨少良、铁蛋等人负责断后。队伍快要钻出山沟的时候，李有田从沟的那头跑过来报告，说是看到几个顽军押着两个人往南走，一男一女，男的好像受了伤，快要走到我们这里了。

叶志远转身对徐锦城说："你带队伍朝东走，我过去看看。"徐锦城说："我跟你去看看，说不定我认识他们。"徐锦城回头向队伍一摆手，说："你们往前

走，不要等我们。"

几个人跑到山沟西头，叶志远拿出望远镜看了过去，一队顽军从北边山道上向这边走来，中间夹着两个人，左臂上都带有臂章。男的用手按住腰部，女的在一旁搀扶着他，行走得很艰难，男的帽檐压得很低，看不清面孔。叶志远说了一句："想办法救人，实在不行就打。"

说完他就钻出树林，大步迎了上去。走到近前，叶志远和徐锦城看清了被抓之人的面容，心中一惊，这人竟是原来三支队教导队的殷良鉴殷队长。叶志远快走了几步，故意扯下了自己头上的帽子，在身上拍打了几下，想借此引起殷队长的注意，让他看清自己的面容。

"弟兄们，一大早辛苦啦！"叶志远大声向顽军打起了招呼。对面的顽军有些不客气，喊道："站住，那部分的？"叶志远大声回答："不要误会，自己人，156团的。"

顽军头目有些疑惑，问道："怎么眼生得很啊？"叶志远说："就怕再熟的人你也认不出来喽，这没日没夜打啊杀的，好好的人恐怕也变成鬼模样了。"

说着他就凑到那个头目跟前，说："兄弟也是156团的？像是在哪见过。"那人说："156团3营的。"叶志远问："你们抓的是什么人？""这你都看不出来？""我问他是多大的官？""能带女人出来的会是小官吗？"叶志远笑笑说："兄弟看走眼了吧，新四军大官怎会是这个样子，你见过我们这边哪个大官带自家婆娘上过前线？"

不容顽军头目细想，叶志远一把将他拽到了一边，徐锦城他们趁机向押解殷队长的顽军靠了过去。那头目问："你们要干什么？"叶志远低声说："把这两人让给我，我不会让你白忙的。"右手向背后一伸，杨少良见叶志远伸出两根手指头，马上从兜里掏出二百元钱递到顽军头目的手里，那头目攥住钞票一看，迅速塞进了口袋。

第八十八章　追　击

顽军头目收了钱，对手下人说："把这两个人交给他们，我们走。"说完乐颠颠地走了。徐锦城和殷队长对视，互相点了点头。叶志远领着他们先是向北走了一段路，等到看不见顽军的踪影时，才折回头钻进了山沟。

进了山沟，殷队长实在支撑不住了，两眼一黑就要栽倒，徐锦城急忙抱住他的身躯，将他慢慢放倒在地。叶志远叫杨少良立即给殷队长检查伤势。铁蛋和李有田砍来树枝，做成了一副担架。

先前搀扶殷队长行走的，是他的妻子李秀英，当她意识到她和丈夫已经获救了的时候，喜极而泣。她一边流着泪，一边讲述了这几天的遭遇。

殷队长率队突围时，部队被打散了，警卫员也牺牲了，他也被弹片击中了腰部。伤口的血顺着腿向下流，一时找不到急救药物，李秀英只好撕下自己棉袄衬布缠住伤口，扶着他继续向北走。几天没有吃东西了，又饥又冷。昨晚走到前面坡地里，两人都摔倒在地上昏了过去，今天早上就成了顽军的俘虏。

殷队长伤势严重，失血过多，现在昏迷不醒，需要尽快送回去救治。杨少良给他敷上了百宝丹，再仔细包扎好，几个人将他搬上担架。叶志远叫李有田、铁蛋带人在后面掩护，又叫两个战士抬起担架赶紧出发。因为已经走过了一趟，返回的时候要快了不少，中午已经接近了芜屯公路。叶志远安排队伍休息，叫陈水根带人先去公路一带探查情况。

顽军52师155团的一个连在大康王附近被新四军全歼。另一个连糊里糊涂和友军交火，双方死伤了几十个人，一支新四军队伍乘机向东逃出了包围圈。当这些情况陆续报到155团团部时，韩团长惊骇得差点晕死过去，继而跳脚大骂，命令将那个放跑新四军的笨蛋连长立即枪毙。

他知道昨天夜里驻扎茂林的144师师部遭袭，跑掉了不少新四军。刚刚恢复了电台联络的32集团军司令部获悉后，上官云相当即下令将144师的师长唐明昭革职逮捕，送交军事法庭审判。要不是看在他的胞兄是23集团军总司令唐式遵的面子上，说不定早就军法处置了。

韩团长冷汗涔涔，抓起电话下达了命令："各营出动三分之二兵力搜索新四军，拦截盘查所有向北、向东开进的队伍，抓捕一切可疑人员。凡追捕不力放跑新四军的，一律严惩不贷。"

做完部署后，韩团长壮着胆子向师部报告了情况。52师师长刘秉哲在电话里对他一通臭骂，说是再要出一点纰漏，无须报告，即刻用"中正剑"自裁了事。

叶志远听陈水根报告说，顽军大概嗅出了味道，现在公路两边顽军明显增多，盘查很严，白天很难通过。叶志远感到十分为难：殷队长伤势严重，不能拖延，必须尽快送回营地抢救。白天强行通过公路，实在冒险。路东是低山丘陵，不利于我隐蔽行军，一旦被顽军咬住则难以摆脱。

部队停止不前，徐锦城感觉不对劲，马上过来询问情况。李秀英也跟了过来，神色很是焦急。徐锦城很干脆地说："殷队长的伤势不能再拖了。小叶你路熟，你带殷队长先走，我留下掩护。"

叶志远一咬牙，喊道："全体注意了，检查武器，马上通过公路。"昨夜消灭了顽军将近一个连，缴获了不少枪械，光机枪就有六挺。现在就连施齐、卢舒云这些女兵，也都扛上了步枪，身上斜挂着鼓鼓的弹袋。

行军序列没有变，只是叶志远走在了最前面。钻出了山沟，大家发现天气阴沉得可怕。来到公路边上，叶志远足足观察了十几分钟，等到两头的顽军巡逻队走远了，便带着队伍快速跨越公路，直接向东跑步前进。

这时天上下起了雨，雨点噼里啪啦地落了下来，积雪加上雨水，道路更加泥泞难行，行军速度慢了下来。

占据椰桥一带的是顽军156团1营。按照上司的命令，他们向公路上派出了搜索队，还设立了瞭望哨，严密监视公路两边的动静。叶志远这支匆忙向东撤退的队伍，自然没能躲过他们的视线。

"咚咚咚……"一串重机枪子弹从队伍的上方掠过，叶志远知道椰桥的顽军发现了他们，这是警告性射击。他命令队伍不要停留，继续向东跑，再跑出去三里多路，钻进山里就好办了。

叶志远返回到了队尾，发现两里路外的顽军巡逻队，正从公路南北两头向这边包抄过来，速度明显快于我们。叶志远抓起帽子使劲向他们摇晃，同时命令李有田他们赶紧寻找有利地形阻击顽军。

马云飞带着三个战士跑了回来，吴捷生还扛了一挺机枪。马云飞说："大队长，你有伤，你带队伍撤，我们来阻击。"叶志远说："你们路熟，快带他们走。到了黄田，先把殷队长从水路送回营地抢救，再派人来接应我们。"

几个人都没有动。叶志远急了，说："还愣着干什么，快去啊!"马云飞见叶志远发火了，抓过吴捷生肩上的机枪，交给了战士，命令他们三人保护好大队长，说完就带着吴捷生追赶队伍去了。

雨下大了，天地之间一片迷茫。顽军追击的速度也慢了下来，十几挺机枪在行进中不断地朝这边射击，密集的"嘘嘘"声不断地从空中掠过。

叶志远他们急忙向东转移，在靠近黄子山两里多路的山地上，奋力爬上了一个陡峭的山崖。山崖的背后是深沟，难以攀越，面对顽军的三面都是陡坡，易守难攻。他们顾不上喘气，赶紧挖起了工事。

叶志远清点了人数武器：李有田带了两个战士，有两挺机枪；铁蛋有一挺机枪；马云飞派来的三个战士有一挺机枪，两支步枪；杨少良带了一具掷弹筒和两个战士，加上自己和卫南共有十二个人，另外还有不少的手榴弹。清点后，叶志远略微有些放心。

他一眼看到了陈水根，正趴在山崖边朝下观察，就喊道："老陈过来一下。"陈水根弯着腰跑到了近前，叶志远说："老陈啊，你不能留在这里，你是我们的'飞毛腿'，你现在赶快回虎头岭，告诉张扶海，就说这里的根据地已经暴露了，同时通知老徐和老邵他们，赶紧做好迎击顽军进攻的准备，要快。"

第八十九章　枫　崖

叶志远他们占据的这个山崖，到处怪石嶙峋，没有多少树木，唯独山脚下长满了枫树，密密匝匝的，当地人叫它枫崖。

顽军两路人马共二百多人，很快从三面将枫崖围住，机枪步枪一齐朝崖上开火。在一个军官的驱赶下，几十个顽军冒雨向上攀爬。叶志远没有急于还击，叫大家沉住气冷静观察。当他看到顽军分出一支部队准备向东追击时，便叫铁蛋用机枪封住他们的去路。

铁蛋力气大，机枪到他手里比步枪还要轻。他将机枪伸出岩石的缝隙，快速瞄准，"哒哒哒"就是一个点射，跑在前面的几个顽军顿时摔倒在地。

后面的顽军想一口气冲过去，铁蛋又打了一个点射，两个顽军又趴下不动了。顽军调来了两挺机枪，对着铁蛋这边猛扫，打得山石迸裂，树摇枝断。

崖顶到敌人机枪有一百米的样子，李有田眯起眼睛估摸了一下距离，扬手甩出一颗手榴弹，居高临下，恰好在一挺机枪的上方爆炸，敌人机枪射手翻倒在一边。

另一挺机枪正想转移，又有一颗手榴弹凌空炸响。消灭了敌人机枪后，铁蛋又从容不迫地打起了点射，企图向东追击的顽军丝毫不敢动弹，只能趴在地下淋雨。

经过两年的锻炼，游击大队的战士们渐渐摸到了打仗的门道。就拿这回来说吧，敌人是爬山仰攻，非常吃力，天又下雨，地面湿滑，爬三步退两步，枪打不准不说，手榴弹也投不远，弄不好滚回去还能炸了自己，因此三十米以外可以不管他。只要敌人不架起大炮朝上轰，只要我们不缺弹药，敌人休想攻上崖头。

　　敌人上来啦！这时三面都打响了。为了节省子弹，山崖上的机枪没有开火，顽军人多的地方就用手榴弹炸，人少的地方就用步枪驳壳枪打。几十个滚成泥猴子似的顽军，刚刚爬到崖顶附近便遭到迎面痛击，一个个咕噜咕噜地滚向山下。

　　在后面督战的顽军的一个营长，看到士兵狼狈退回，气得拔枪打死了逃在最前面的一个士兵，嘶声喊道："都给我听着，上面叛军人数不多，都给我冲上去，后退者死，上前者赏！打死一个赏钱一百，抓住一个赏钱三百，都给我上啊！"

　　一个小时后，顽军增援部队冒雨赶到了枫崖，他们架起重机枪和迫击炮，对着山上就是一顿猛打。崖顶上弹雨呼啸，弹片横飞，五个战士中弹倒在血泊之中。李有田的一只胳膊被炮弹炸飞，人也摔倒在地，在雨水里直抽搐。铁蛋左肩被子弹击穿，血流如注。叶志远和卫南急忙爬了过去，掏出急救包给他们包扎。

　　叶志远看看手表，现在是下午四点，已经阻击了一个小时了，马云飞他们应该回到了黄田。杨少良大喊："敌人上来了。"说着他抓起手榴弹扔向敌人。卫南抱过沾满李有田鲜血的机枪，对着崖下扣动了扳机。铁蛋忍着伤痛，单手握住机枪继续向崖下扫射。

　　旁边有重机枪迫击炮掩护，后面有督战队枪口相逼，一百多个顽军这次横下心来要攻上崖顶，在前面的拼着命低头向上爬，后面的拼命向崖顶开枪。

　　崖顶上的机枪仍在喷吐着火舌，手榴弹仍在向下摔落炸响。顽军仗着人多，前面的摔跌下去，后面的继续向上爬。茫茫雨雾中，山上山下展开了残酷血腥的厮杀。

　　崖顶只剩下了七个人了，李有田重伤昏迷，铁蛋带伤战斗，四挺机枪炸坏了两挺，子弹和手榴弹也不多了，杨少良把带来的日式香瓜手雷都扔光了，眼看着这仗已经打不下去了。叶志远收起驳壳枪，对大家说："我们阻击一个多小时了，准备撤退，现在都把绑腿解下来给我。"

　　李有田醒了过来，用没有受伤的手抓起一捆手榴弹，艰难地挪到了山崖边缘，身后拖着一串血迹。一轮炮弹又飞上崖头炸响，正朝山下射击的卫南和两个战士瞬间被炸翻。

　　趴在地上连接绑腿的叶志远，猛地觉得右腿给什么东西撞了一下，接着传来一阵剧痛。伸手摸去，棉裤被削去了一大块，大腿血肉模糊，湿漉漉的，稍微一动就痛得钻心。他赶紧掏出急救包，朝伤口撒药，用绷带缠好，再用绑腿将右腿根部扎紧。

　　杨少良见叶志远这边突然没了动静，迅速爬了过来，一看叶志远受伤了，急忙搀他起来。叶志远用左腿支撑住身体，摇晃着蹲在地上，对杨少良说："快叫大家转移。"

杨少良向铁蛋爬了过去。铁蛋的机枪子弹打光了，他抓起牺牲战士留下的手榴弹，张嘴咬掉后盖，再咬出拉绳，让手榴弹在手中停了一会，轻轻向下一扔，轰然炸响，近处顽军一片惨嚎。

杨少良爬到铁蛋跟前，叫他撤退。铁蛋说："你们先走，我还没打过瘾呐。"杨少良急了，说："大队长受伤了，我们俩架着他转移。"铁蛋一听慌了，说："那不快走。"说完就要站起来，一串机枪子弹"嗖嗖"地从头顶掠过，铁蛋急忙蹲下身子，弯着腰跑到叶志远身边。

顽军的炮火这时停了下来。崖下响起嘈杂的喊声："新四军的弟兄们，不要打啦，你们跑不了啦，赶紧投降吧，我们国军也优待俘虏。"

铁蛋"呸"了一口，伸手扔去一颗手榴弹。现在双方距离很近，顽军也朝崖上扔来了手榴弹，接二连三地炸响。杨少良急忙将叶志远扑倒在地，一颗手榴弹就在旁边爆炸，杨少良后背感到一阵刺痛。

李有田一直趴在崖顶边缘，断臂伤口不住地流血。他浑身颤抖，脸色煞白。眼看敌人围了上来，他用尽力气向这边喊道："大队长，我回不去了，你们快走，赶快走啊！"叶志远大喊："李有田快过来，要走我们一起走。"

李有田惨然一笑，摇了摇头，咬牙拽出了集束手榴弹的拉绳，只见他一只手撑着地，艰难地弓起身体，用头顶着哧哧冒烟的手榴弹，一点一点地向前挪动着。

在生命的最后时刻，李有田什么也没有想，只想把手榴弹顶得远一点，离大队长远一点，离自己的战友远一点，再远一点……

一声巨响，集束手榴弹爆炸了，震得山崖都颤动了一下。一团烈焰冲天而起，炸点的中心骤然卷起了一场风暴，刚刚爬上来的敌人被炸倒了一大片，一股强大的气浪，也把叶志远等三个人扫下了身后的崖沟。

第九十章　搜　救

从枫崖到黄子山全是山路，山高路窄，崎岖难行。下午四点进入山区后，马云飞便叫了两个战士跑步赶回根据地，叫8连和大刀连紧急赶往枫崖增援大队长。

一个小时后，山路迎面来了一支打着火把的队伍，一路小跑，行军速度很快。未等马云飞他们隐蔽好，队伍已经来到近前，仔细看去，领头的却是陈水根。

陈水根离开枫崖以后，迈开大步飞奔而去，下午四点就赶到了黄子山根据地。先派了四个侦察员分头去蔡村、溪口传达叶志远的命令，然后对八连长赵大力讲了叶志远亲自阻击顽军的事，两人决定立即叫8连和大刀连集合增援，叫7连留守。

两支队伍会面后，马云飞继续带队回根据地，陈水根带着部队赶往枫崖。快要走出山口的时候，陈水根命令战士们熄灭火把，整理武器。

这时大雨已止，夜雾弥漫，前方已经听不见枪声。队伍一分为二，赵大力率8连从南边向枫崖搜索前进，陈水根带大刀连从北面搜索。两人交代战士们，遇到顽军尽量将其围住，注意抓俘虏，务必问清大队长他们的下落。

大刀连的战士们听说大队长和李连长遇险，恨不得插翅飞过来揍他狗日的顽军。这次他们来了一百多人，带足了手榴弹，一半人还是用原来的大砍刀，一半人用三八大盖，刺刀明晃晃的。这还是李有田想出的战法：枪射远，弹炸近，大刀刺刀要他命。

陈水根带着大刀连到了枫崖跟前，叫战士们按照进攻队形散开，慢慢钻进崖后深沟里的枫树林中仔细搜索。他来过一次，对这里的地形还有个印象，枫崖的三面陡坡是顽军进攻的路线，叶志远他们人少，不会跟敌人死打硬拼，唯一能跑出去的只有这山脚下的枫树林。既然战斗已经结束，顽军肯定也要来搜索，就是不知道顽军搜过了没有。

树林里漆黑一团，伸手不见五指。大刀连战士们一开始不敢点火把，担心林子里藏有敌人。往里走了一段路，听听里面一点动静也没有，就点燃了一根，点燃以后也没有发现有什么情况。陈水根叫拿枪的战士子弹上膛，走在外围小心警戒，拿火把的负责搜索，这样一来速度快了不少。

陈水根抬头望望崖顶，估计着距离，举着一支火把，贴着山崖边缘一路搜寻。转过一棵树，脚下好像踩上了一个东西，软软的，他低头一看，是只鞋子。他急忙蹲下，抓在手里凑到火把跟前一看，是我们战士穿的帆布胶底鞋。他喊了一声："快过来，到这里来找，外围的人注意警戒。"

几个战士闻声跑了过来，举起火把四下里查看。一个战士忽然叫道："这里有人！"陈水根心里一阵激动，连忙走过去低头一看，哎哟，是杨少良！杨少良紧闭双眼，昏迷不醒，陈水根伸手试了试鼻息，还有呼吸。陈水根命令道："快，快用担架抬出去。"那边又有战士在喊："大队长在这里，铁蛋班长也在这里。"

当看到叶志远浑身血污，一副不省人事的模样，陈水根鼻头一酸。他用手指搭上叶志远的颈部，动脉微微跳动。陈水根大喊："快来两副担架，抬出去！"铁蛋的伤势也很沉重，战士们小心翼翼地将两人搬上了担架。陈水根叫大刀连一个排先把三人直接送到西坑，再用船送回虎头岭抢救，一刻也不能耽误。

赵大力带着8连过来了，他们把崖顶和山坡搜寻了一遍，只找到了八具残缺不全的烈士遗体，就是没有发现李有田的下落。

大刀连战士们一阵焦躁，陈水根的心猛地向下一沉，难道被顽军抓走了？依他宁折不弯的性子，战死倒有可能，被生擒活捉的可能性绝对没有。

陈水根安慰他们说："不要着急，大家再仔细搜索一遍，不要放过每一个角落。"到了深夜，搜索还是没有结果。陈水根不甘心地爬上崖顶，又搜查了一遍，最后叫战士们把找到的军装破片、鞋帽都收集在一起，带回去再仔细辨认。

临走时，陈水根又查看了阵地上遗留下来的痕迹，根据痕迹判断出了几个人打阻击的位置。最后走到中间山坡边缘上，他拔出短刀，挖了一大块暗红色的泥土，叫战士找来一块布，细心地包好，背在肩上。

马云飞回到根据地后，他们顾不上吃饭喝水，马上安排吴捷生带领一个排护送殷队长和徐锦城他们去西坑。下半夜到了西坑后，他们乘坐十只竹筏，沿蔡村河顺流而下，每个竹筏上都带上手电筒照亮河道。天亮前，他们到了虎头岭营地附近，中午将殷队长抬上了医疗队的手术台。

自从叶志远离开营地以后，倪裳衣终日心神不宁。晚上要不就在病房巡诊，要不就回房看书。冬妹子也有些呆呆的，沉默寡言，整天就知道默默地整理着药品器具。

十三日夜里，3营教导员彭戈突然送来了六十多个新四军，倪裳衣她们赶紧给伤员们处理伤口。听说他们在茂林跟顽军打了几天几夜，死了上千人，倪裳衣和何冬妹越发担心了起来。

十五日中午，救护队刚吃过饭，张扶海领着一头大汗的吴捷生走了进来，后面跟着一副担架。张扶海对倪裳衣说："这是新四军的一位领导，必须尽全力抢救。"倪裳衣点了点头，经检查发现是腰部受伤，伤员血压很低，呼吸微弱，已经处于昏睡状态。倪裳衣说了一句："手术！"

救护队顿时忙开了。殷队长被抬上了手术台，薛桂花剪开伤员衣服，露出伤口，用消毒盐水仔细清洗。刘栗枝采血查验了血型，外面立刻送来了一千毫升的新鲜血液。

倪裳衣和何冬妹消毒后，给伤员全身麻醉，切开伤口冲洗清理，用探查镊子从里面夹出了一块炮弹片。然后接通血管，再清理了一遍，缝合伤口包扎，注射盘尼西林。手术用了一个半小时，伤员的血压心跳慢慢恢复了正常，伤员原先煞白的脸，渐渐有了血色。

这边刚刚忙完，大刀连十几个战士抬着三副担架又冲了进来。张扶海问："是谁？"战士们回答："是大队长！"张扶海大惊。

倪裳衣听了，身子一晃，何冬妹连忙将她扶住。张扶海说："倪医生，可得挺住啊！"倪裳衣站稳了身子，拼命压住心中的慌乱，走近担架迅速检查起来。

第九十一章　疗　伤

叶志远在路上就已苏醒，自己头一次流这么多血，感到头晕心慌口渴，全身发冷，伤口痛得厉害。他懂得一些战场救护知识，一路之上，他不用战士帮忙，自己动手给捆扎右腿的绑带松了好几次。

他瞥见倪裳衣走了过来，便挣扎着仰起上身，咧着嘴说："我是轻伤，先检查别的伤员。"倪裳衣还未张嘴，何冬妹眼一瞪，说："你说轻伤就是轻伤？到了这里你说了不算，快给我躺下。"说着就走过来，轻轻按住叶志远的肩膀，让他重新躺好。

倪裳衣对冬妹子说："我来检查他，你去检查他们几个。"三个人当中，铁蛋左肩膀被机枪子弹击碎，伤势最重。叶志远右大腿被弹片削去一大片肌肉，左臂还有枪伤，失血很多，伤势较重。杨少良背后多处擦伤，肋骨摔断了两根，伤势不算很重。

这时，早先一步回来的徐锦城他们闻讯赶来了。徐锦城握住叶志远的手，感动地说："老叶，多亏了你们，殷队长已经抢救过来了，你的伤不要紧吧。"叶志远笑笑说："都是战友，还用说这个？我伤得不重。"

卢舒云挤到杨少良的担架旁，见他浑身血污地躺在那里，难过得哭了起来。正在给杨少良检查伤势的冬妹子，抬头斥道："你是谁呀，要哭到外面哭去。"

这一晚，倪裳衣和何冬妹同时主刀手术，对叶志远三人和突围出来的新四军伤员全部进行了救治。救护队的手摇发电机一直摇到了下半夜。手术结束时，倪裳衣和何冬妹累得走不动路，被护士们抬出了手术室。

宁国万福村，32 集团军司令部。十二日夜，司令部作战室被突如其来的炮火摧毁，不仅中断了与第三战区的联络，也和正在对茂林新四军发起总攻的各部失去了联系。遭遇炮火袭击时，上官云相拉着参谋长徐至茂在后院小厨房里吃夜宵，侥幸躲过了一劫。

爆炸声停歇了一段时间后，上官云相气急败坏地来到现场，眼前的景象一片狼藉：作战室坍塌了半间，浓烟呛人，通讯电台散落了一地。作战地图、电台密码、电话记录、作战日记等绝密文件损毁大半。副参谋长一帮人罹难，电台主任和报务员一个也没有活下来。这还是司令部吗，这不成了聋子瞎子了吗？还指挥个屁呀！

上官云相怒火攻心，狠狠甩了卫士团长两个耳光，骂道："是什么人干的，还不快去追？"徐至茂还有些冷静，立即命令第 32 分监部火速调运电台并派报务员过来，尽快恢复战场通信指挥；又命令手下赶快另找房子重建作战室。整个司令部乱糟糟的，一直忙到十三日中午，才勉强沟通了与第三战区和各部队的联系。

十五日夜，参谋长徐至茂弓着腰走到上官云相的桌前，向他报告围剿皖南新四军最后阶段的战况。自从十二日司令部挨炸以后，从前线传回的坏消息一个接着一个：十三日凌晨，144 师一个营在章渡被击溃，新四军一部突围而去，人数不详。十四日晨，52 师一个连在大康王附近被全歼，新四军一个大队向芜屯公路逃窜，52 师衔尾追击，激战一个半小时，歼敌一部，其余逃进了黄子山。

上官云相十分疑惑，问道："新四军有大队这种建制吗？"徐至茂解释说："作战部队倒是没有，但军部直属的可能有，其教导总队下面就设有大队，人数相当于一个连，都是排以上军官。"上官云相问："消息可靠吗？"徐至茂说："这是我军攻陷阵地时，听到新四军在撤退时喊出来的。"

上官云相眯起双眼，瞅了一会地图，又瞅着徐至茂说："叛军的指挥部在大康王一带，你说，这黄子山出现的新四军，会不会是他们故意布下的疑兵计啊？"

徐至茂点点头，说："有这个可能。叛军的主要首脑尚未落网，我们不可大意。"上官云相点点头，说道："蒋委座获悉我们已将叛军击溃，嘱咐我等务必克尽全功，全歼皖南新四军。好，给各部下达指令，集结主力于云岭、大康王和青弋江一线，全力围捕新四军残余部队。命 52 师继续封锁芜屯公路，并派一部追击黄子山逃窜之敌。"

十六日下午，虎头岭营地医疗队。叶志远忍着伤痛，躺在担架上看望了殷队长。炸伤殷队长腰部的弹片幸好没有伤到脊柱和内脏，只是流血过多。由于抢救

及时，护理精当，术后恢复得相当不错。

他从病床上握住叶志远的手，感激地说："小叶啊，这次多亏了你，不然我和秀英同志都要去见马克思喽。唉，听说这次牺牲了不少同志，请替我慰问他们的亲属。还有，这次茂林事件非常严重，部队损失很大，我想尽快赶到苏南，向华中局报告详细情况。你能不能安排一下。"

叶志远马上喊来了倪裳衣，想听听她的意见。倪裳衣坚决反对。殷队长说："谢谢小倪医生，你的医疗水平很高。小叶是头一回受伤，我已经伤了好几次喽，这次也应该没有什么大问题，路上给我带点换伤的药就行了。小叶，就这么定了，我明晚就走。"

见殷队长执意要走，叶志远叫人把自己抬回小屋，再移到铺上，对着门口喊道："通信员！"卫山应声跑了进来。叶志远说："你去把张部长、徐营长还有倪医生都喊来。"他知道白和义护送秦科长他们去了江北，现在不在营地。

徐锦城一进门就说："殷队长已经决定了，我和秀英同志也劝不住，他急于要向中央报告情况。"倪裳衣重申了不同意的理由，她说："殷队长在突围时拖了几天，伤口愈合比正常情况要慢一些，如果路上颠簸挣裂了伤口，就会发生危险。"叶志远问："走水路行不行？"倪裳衣说："那要好一些。"

徐锦城沉吟了一下，望着倪裳衣说："真不行的话，那就请……"他突然打住了话头，看了叶志远一眼，没有再说下去。

倪裳衣接过话头说："你的意思我明白，为保证殷队长的安全，我安排好队里的事，明天晚上跟你们队伍走。"叶志远和张扶海两人左思右想，也没想出一个更为妥善的办法来，最后只好同意。

叶志远喊来卫河，叫他带上一个战士立即去二营传达命令：从明天开始，对溪口镇的顽军做好攻击准备，确保华阳河水道畅通无阻；同时，备好船只，派出一个班听从卫河指挥，明晚护送重要客商去北边。

第九十二章　柔　情

护送殷队长的事情安排妥当以后，张扶海对叶志远说："明天安葬李有田、卫南他们，现在是否先去看一下？"叶志远拍了拍额头，说："要看，现在就去。"他正要喊人来抬担架，李二林正好带着两个小兄弟来了。

李二林伤势大好，精神十足。他一见叶志远就喊："大哥受伤了，小弟特来看望。"叶志远说："你不要哥啊弟地乱叫，新四军不兴这个。"

李二林笑着说："大哥这话说得不全对。新四军讲究官兵平等，上下一致，讲究战友情分，这战友不就是兄弟吗?"说到这里，李二林的声音低了下去，"我大哥不在了，我就把你看作是大哥。"

叶志远叹了口气，说："随你叫吧。你的伤好利索了没有?"李二林在地上蹦跳里几下，拍着胸脯说："托大哥的福，听倪队长说，再有几天我就能出队了。"

叶志远一愣，问："出什么队?"李二林嬉皮笑脸地说："我们这里没有医院，只有医疗队。所以，伤员们管伤好了出院叫作出队。"叶志远不禁笑了起来，点点头说："好，现在抬我去一个地方。"

他们抬着叶志远来到了烈士墓地，旁边盖有两间大房子，其中一间是烈士遗体停放地。房间的地上现在放着九副担架，八副上面都有裹着白布的遗体，有一个却是空的。陈水根和大刀连的几个战士正在一边翻检什么。

陈水根看见叶志远来了，就向他报告了情况：在枫崖阵地上下左右搜索了两遍，没有找到李有田的遗体。现场只有炸烂的鞋子和军装碎片，还有自己挖回来的一包带血的土块。

叶志远没有直接回答他们的问题，而是慢慢地向他们讲了枫崖阻击战斗的经过，讲了李有田牺牲前所在的位置，讲了他为了掩护战友撤退，怎样用牙齿咬掉手榴弹拉弦，趴在地上，用头顶着集束手榴弹，一步一步向敌人逼近，最后与冲上来的敌人同归于尽。

听完叶志远的讲述，大刀连的几个战士放声痛哭，抢着抱起了陈水根带回来的那个土块。陈水根这才向他们解释了为什么要把这块土带回来的原因。

陈水根了解李有田的脾气，每次进攻他都抢着打主攻，防守的时候他都争着在中间，因为当中承受的压力最大。刚才再听叶志远这么一说，战斗位置完全对得上，他确信，李有田牺牲时，身子就趴在这个地方，这个挖回来的土块上沾染的鲜血，正是从李有田烈士身上流出来的。

入夜，洞外寒风凛冽，滴水成冰。叶志远躺在小屋的铺上休息。徐锦城走了进来，他代表殷队长来看望他。殷队长说了，虎头岭根据地能发展到今天的规模，实属不易。但如果不注意引进专业人员，不改善军事技术装备，就无法适应现阶段战争环境。

殷队长考虑再三，这次给叶志远留下了三个人：军部教导总队战术教员李伟

民，军械教员张一阳，军部机要科报务员卢舒云。他还说以后设法送一部电台过来。

叶志远听了，高兴得差点从铺上跳起来，腿上和臂上的伤口受到了牵扯，痛得直歪嘴。徐锦城笑道："你要么不挂彩，一挂就是两个。殷队长对你这个学生可是另眼相看啊。好，不说了，早点休息吧。"

倪裳衣和何冬妹进来换药，手上还端着一大碗鸡汤。冬妹子把鸡汤放在小桌上，说："哥，先换药再喝汤。"叶志远现在是伤员，只能听从她们摆布。

冬妹子走到铺前，掀开被子，捂着鼻子就叫："哎哟，都臭了，也不洗洗。"叶志远瞪她一眼："瞎说什么？昨天不才洗过？"冬妹子对倪裳衣说："嫂子换药，我打水去。"

游击大队有个传统，就是干部战士一年四季都不穿短裤，也不发短裤，更不要说衬裤了。这不是节省，而是为行军打仗考虑的。你想啊，如果短裤肥了，穿着走路出了汗容易裹住双腿；如果短裤瘦了还容易磨破腿丫子，都可能影响行军速度。

关键还在于，万一打仗伤到了腹部、臀部或者是腿部，如果穿着短裤，抢救时就要多撕开一层布，多耽误一点急救的时间，这点时间往往就能要了一个重伤员的命。而且战场上很多情况下是伤员自救，就像叶志远这次，大腿受伤了，撕开棉裤就看见了伤口，方便自己上药包扎。

所以，倪裳衣她们只要掀开被子，叶志远的身体也就暴露无遗了。倪裳衣算是过来的人，倒没什么；冬妹子虽说是个大闺女，可也干了一段时间的医务，给伤员换药擦身见得多了，自然也不怎么当回事；可是刚过二十岁的叶志远本人从未给女人看过身子，臊得他老脸通红。

倪裳衣很麻利地换好了药，冬妹子打来了热水，拧干了毛巾就给叶志远擦身，擦得非常仔细。冬妹子说："嫂子明天出发，嫂子把你交给我管了，你可要听话哦。"

擦好了身子，冬妹子和倪裳衣扶着叶志远坐起，把被子盖好，喂了鸡汤。冬妹子说："哥，嫂子明天走，你陪嫂子说会话吧。"冬妹子收拾好汤碗便出了小屋。

屋里只剩下了两人，两人四目相对，凝视了许久。叶志远见倪裳衣这几天消瘦了不少，心疼地拉她坐在铺上，倪裳衣顺势偎进了他的怀里，闭上了眼睛。

叶志远说："这些日子辛苦你了。"倪裳衣抚摸着叶志远的脸，悄声说："这点辛苦算不了什么，听说新四军这次牺牲了不少人，连你也伤成了这样。我……

我有些害怕。"说着她就哽咽起来。

叶志远扳过她的脸，轻轻抹去倪裳衣脸上的泪水，安慰她说："打仗难免有死伤。我们这次牺牲了不少人，但救出的同志更多，值了。不用怕，马克思还没有叫我去报……"

正说着，一张湿漉漉的嘴堵住了他的话。半晌，两唇分开。倪裳衣帮着叶志远躺平，说这样对伤口好。倪裳衣两手伸进被子，解开叶志远上衣纽扣，轻轻抚摸着叶志远的胸膛，咬咬牙，像是做出了什么决定。她慢慢俯下身子，在他耳畔说："我还是觉得害怕，所以，我想要一个孩子。"

叶志远听了这话，如同一颗炸弹在耳边炸响，惊得张大了嘴巴："裳衣你，你……"倪裳衣刚才把话说了出来，此时反倒坦然了，说："你什么你，这事要听我的。"说着走到门口插上了门，拧小了马灯的灯芯，屋内顿时暗了下来。

叶志远不知所措地躺在铺上，心脏怦怦直跳，两眼直直地望着黑黢黢的洞顶，脑子里翻江倒海，不断闪现出一幕幕浴血拼杀的场景：顽军的枪口不停地喷吐着火舌，弹雨织成密集的火网。饥寒交迫、弹尽援绝的新四军战士拼尽最后的力气，挣扎着呐喊着向前冲锋，前面的倒下了，后面的继续向前。战场对决，两军搏杀，生死瞬间。可是，我在干什么？现在做这事合适吗？唉，倪裳衣她曾经受到过伤害，现在实在不忍心拒绝她。那就依着她吧。

昏暗中响起了窸窸窣窣的声音，叶志远感到被子掀开了，一个冰凉滑腻的身体贴了上来，微微哆嗦着，毫不犹豫地压在自己滚烫的身上。随后，一个颤抖的嘴唇也摸索着吻了过来。

这两个身世迥异却又情投意合的人，现在四肢相缠，紧紧搂抱在一起：他是血脉偾张，百般爱怜；她是敞开身心，柔情似水，就这样亲密无间地融合到了一块，久久不愿分开……

缠绵之后，叶志远伸手从背囊里摸出了两件东西塞到倪裳衣的手里，倪裳衣低头看去，是一串项链和一枚戒指。倪裳衣笑了，说："你给的，我要。"

第九十三章　回　击

第二天上午，徐锦城、倪裳衣和三十多名新四军突围人员抬着殷队长离开了虎头岭，前往溪口。这一段路由陈水根带两名侦察员护送。行军路线是：从虎头

岭出发，向东北方向步行至华阳河源头许家滩，再乘竹筏沿华阳河漂到一个叫上塌的地方，交由二营护送，乘坐华阳帮的快船直接北上。

叶志远坐在担架上与殷队长、徐锦城握手惜别。冬妹子此时紧挽着倪裳衣的手臂，两人贴得很近，不知在说些什么。叶志远再次叮嘱卫河，一路之上务必要保护好殷队长和倪医生的安全。

临别之际，叶志远对倪裳衣挥了挥手，说道："路上仔细些，速去速回。"倪裳衣的眼角似乎有些湿润，什么话也没说，只是紧抿嘴唇，使劲地点了点头。

送走了殷队长一行，叶志远吩咐将担架抬到指挥室，派人喊来了李伟民、张一阳和卢舒云，又请来了张扶海、黄国全。见面之后，相互作了一番介绍。

李伟民是军部参谋处的作战参谋，兼教导总队的战术教员。张一阳是军械教员，精通各种步兵武器。卢舒云不少人已经认识了，她是军部机要科报务员，杨少良的对象。

叶志远问卢舒云："一部电台需要几个人操作？"卢舒云回答："两个人就够了。"叶志远："我们现在没有电台，你先照顾杨少良。等过段时间，请张部长招收几个有文化的女伢子，你当教员，把她们训练成报务员。"卢舒云高兴地答应了。

接着安排张一阳的工作，叫黄国全领着他熟悉一下虎头岭营地的情况，先去兵工厂帮忙，看看在武器生产方面有没有需要改进的地方。

叶志远单独留下了李伟民，取出作战地图，向他介绍了几个根据地的位置和兵力分布情况，还说了近期顽军极有可能对黄田根据地实行清剿。李伟民问："大队长有什么想法吗？"

叶志远说："军部首长要我们隐蔽发展，可是现在出了这么大的事，黄田根据地也已暴露，我们一味地躲避也不是个办法。我想打他一下，减轻军部突围人员的压力，同时要尽力保住现有的根据地。"

李伟民说："我明白了。那我们就采取积极防御、守中有攻的办法，瞅准机会，要把敌人打痛，打出我们的气势来。我现在就去三营，请大队长调 1 营的一个连前去助阵。"

叶志远喊来通信员卫河，要他速去 1 营传达命令：调 1 营的一个连开赴黄田增援，限两天内到达。叶志远又派了两个战士送李伟民去 3 营，协助马云飞指挥。

这几天，顽军 156 团 1 营营长季达炳真是又悲又喜。悲的是前几天他在枫崖追上了新四军，损失了两挺机枪，伤亡了五十多个弟兄，只打死了几个新四军。尽管他虚报战果，说消灭了一百多个新四军，还是被李团长狠狠训斥了一通。

喜的是他所在的师因扣押下山谈判的新四军指挥官有功，师长刘秉哲一夜之间当上了军长，全师军官人人晋升一级，自己也荣升中校副团长兼1营营长，还分到了一千元的赏金。

一时间，榔桥镇里所有的酒铺饭店生意一片火爆。各种庆功宴、升官宴、校友宴、老乡宴，还有说不出名堂的宴席一场接着一场，就像开流水席一样。

此时，季达炳穿着一身簇新的校官军服，端坐在酒桌上席，满脸红光地接受弟兄们的祝贺。他手端酒杯，心里在想，打鬼子几年才升一级，打新四军几天就升一级，奶奶的，上面的人莫非得了失心疯？

就在觥筹交错、猜拳斗酒之时，团部一个传令兵跑来报告说，师部命令团座即刻率部进山追剿新四军。季达炳接过电报，掏出笔在上面签了字。等传令兵走了，他举杯向在座的说："今日有酒今朝醉。各位都使劲地往肚子里填啊。进山清剿，胜负难料。到了那个时候，咱弟兄们能吃上一顿热饭热菜就算万幸的了。"

十七日，季达炳用了一天时间整理部队，补充弹药。现在1营还有两个半步兵连，一个重机枪排，总共四百来人。武器有八二迫击炮两门、重机枪三挺，步兵连每个连还装备有二十七挺轻机枪。为防止部队进山迷路，师部特地从榔桥镇找来两个当地人给他们充当进山的向导。

十八日，季达炳率部进山。他派了一个尖兵排在前面探路，全营排成一路纵队紧随其后。重机枪排的位置是中间靠前，迫击炮排的位置放在最后。

季达炳领兵多年，知道山区作战十分凶险，他断然否决了属下提出的分兵进剿的建议。他认为这次新四军突围作战失利，其原因之一就是将不多的战斗部队分成了三路。开战之后，各路自顾不暇，又不能相互支援，是他们自己削弱了冲关夺隘的实力。

黄子山素有"泾县第一高山"之称，群山连绵耸立，山路弯曲陡峭。山上大树不是很多，但山路两边灌林密布，竹树茂盛。

进山没走多远，随着山势不断增高，季达炳的部队便渐渐拉开了距离，一路纵队断成了好几截。由于山路弯曲，丛林密布，因此行进中的队伍前面的看不到中间的，中间的看不到两头的。季达炳发现了这个问题，心里焦急，传令前队放慢行军速度，后面的重机枪排和炮排加紧往前赶路。

附近的一座山头上，马云飞、彭戈、徐满仓、李伟民伏在灌木丛中，将顽

军行军状态看得一清二楚。徐满仓亲自带领二连于昨天傍晚赶到了黄子山，当晚连以上干部开了"诸葛亮会"，根据叶志远的作战意图和椰桥杂货店送来的情报，决定坚决应战，速战速决，大造声势，极力搅乱敌人围剿新四军的部署。现在见敌人进山的队伍已经断成了好几截，时机已到，马云飞便命令部队按计划开始行动。

"滴滴嗒，滴滴嗒……"山间突然响起了嘹亮的军号声。季达炳浑身一震，急忙叫来司号兵，问他这号声在说什么。司号兵摇头说听不懂。季达炳骂了一句"蠢货"，便命令部队做好战斗准备。

不一会，前方响起了一阵稀稀拉拉的枪声。季达炳歪着头听了一会，听出只有十几支步枪在射击。他稍稍有些放心，便命令先头部队跑步前进，迅速占领前方山头，压制新四军的火力，掩护后续部队通过。

接到季达炳的命令后，前面的尖兵排一面开着枪，一面攻击前进；中间的部队也加快了行进速度。这样一来，却把走在后面的迫击炮排越甩越远。顽军装备的是重庆兵工厂生产的八二迫击炮，全重七十公斤，行军时须用骡马驮运，炮弹通常由炮手或挑夫肩挑背扛。黄子山坡陡路窄，迫击炮排现在负重行走，实在是非常吃力。

这次他们是雇了十个挑夫来挑炮弹的，谁知挑夫听见枪声，撂下挑子就往山下跑了。炮排排长气得朝天鸣枪，喝令挑夫们回来。不打枪还好，这枪声一响，挑夫跑得更快了，跟兔子似的，一眨眼就没了踪影。

炮排排长只得骂骂咧咧地命令炮手们挑起担子往前走，不料刚转过一个弯道，路边的树丛里突然钻出一百多人，将他们团团围住。领头的大声喝道："放下武器，新四军优待俘虏！"

炮排排长举枪要打，对面"砰"的一枪，将他击倒在地。炮排的士兵们见势不妙，纷纷扔下武器，举手投降。这支伏兵正是蔡村1营2连的严朝宗他们。

前面的枪声打打停停，季达炳的尖兵排循着枪声追进了深山，又听到噼里啪啦一阵枪响，就再也没了动静。季达炳心中焦急，不断催促部队向前追击。

部队紧追慢赶地追到了一个名叫乱石滩的地方，前面一里多长的山坡上不见道路，只有大小不一密密匝匝的石块，如同一大溜由石头组成的"瀑布"，从山顶垂悬而下。"瀑布"两边长满了树丛荆棘，要想上山只能从乱石堆里走过去。

季达炳急得冒汗，连忙询问向导，向导说你们前面的人跑得太快，我们喊都喊不住，只能跟着他们跑，这里也只有这一条上山的道了。

第九十四章　速　决

季达炳连声叹气，毫无办法，只得硬着头皮，命令部队快速通过乱石滩，抢占对面的山头。士兵们走进了乱石滩，扛步枪的还能跳跃着向上走，重机枪排的士兵可就遭了罪。

重机枪的枪身十分沉重，需要三个人同时扛着三脚枪架往前移动，在山路上还能勉强做到，可是要在这种乱石堆里同时向前走，还要保持枪身平衡几乎是不可能的。这不，两挺重机枪刚抬上肩膀没走两步全都摔倒了，还砸伤了几个抬枪的机枪手。

重机枪排的排长立刻叫士兵拆开重机枪，将枪身和枪架分开扛过去。这样做是可以保证安全通过乱石滩，却丧失了在行进中及时发挥重机枪火力的能力。

当季达炳的部队爬到乱石滩中部的时候，两百米以外的山坡上，十几挺轻机枪发出了怒吼，密集的弹雨横扫过来，顽军士兵进退不得，只能趴在乱石堆里，慌乱地开枪还击。重机枪排的士兵手忙脚乱地组装重机枪，四下里寻找适合架设机枪的阵地，可是已经来不及了。

随着对面山坡上冲锋号的吹响，事先埋伏在乱石滩附近的几百名新四军，突然钻出树林，向顽军发起了勇猛冲击。大刀连的战士们一个个臂缠黑纱，举着大刀最先冲上了乱石滩，别的连的战士都在喊"缴枪不杀"，可他们却是两眼赤红，紧咬牙关，一声不吭地冲入敌群，挥舞大刀，尽朝着敌人要害之处下手，横劈竖砍，刀锋过处，血肉纷飞，哀号遍地。

教导员彭戈看着不对劲，跟在后面一个劲地大喊："缴枪不要杀！""缴枪不能杀！"顽军士兵从未见过如此凶狠的对手，一个个吓得手脚酥软，魂飞魄散，纷纷跪地求饶。

战斗在半小时内结束。经过清点，此战共击毙顽军一百余人，俘虏副团长季达炳以下三百余人。他们带来的两门迫击炮、几十挺轻重机枪全都成了战利品。

现在教导员彭戈正在给俘虏们训话。他说："你们不去打日本鬼子，反而来袭击友军，前些日子还敢围攻我们军部，搜捕杀害我们的战友，真是反动透顶！你们这是汉奸行为，论罪都应当枪毙。"

顽军士兵纷纷叫屈喊冤，说这都是上峰命令，不能怪他们。彭戈边说边骂：

"什么混账命令！上官云相叫你们去杀自己的父母兄弟，你们也去杀？真是糊涂蛋。看在都是中国人的份上，这次暂且绕过你们一命。如果你们还是冥顽不化，一心想当汉奸的话，下次就没这么好的运气了。"

训话结束后，3营战士们给俘虏每人发了一块干粮，然后押送这三百个俘虏走出了黄子山。

捷报很快传回虎头岭。3营通信员将两个报告交给了叶志远：一个是徐满仓的报告，说1营于十四日凌晨在章渡成功接应四百人突围，由汪施才护送至铜陵，特委安排了几条渡船，已从沙洲渡江到达无为江北游击纵队。据汪施才报告，铜繁地方保安团出动搜捕突围的新四军，铜陵县委张东亮同志被捕遇害。

另一个是这次黄子山的战斗报告。叶志远看过后，立刻叫通信员回去传达命令：开展战斗讲评活动，表彰作战有功人员，做好迎击顽军再次清剿的准备。另外，这次缴获的迫击炮和重机枪放在3营不动，大队立即从各营抽调战士，集中学习射击和保养维护技术，由张一阳担任教员。

通信员离去后，叶志远想起了远在上海的刘贤臣，嘴里不停地念叨着，迫击炮，我们自己的迫击炮何时才能运回来啊。

一月八日，上海花旗银行经理办公室。刘贤臣斜靠在柔软舒适的沙发上，同约翰经理一起品尝着自己带来的新茶，悠闲地聊着生意经。

在上海这段时间，刘贤臣夫妇俩琢磨出了一种全新的制茶工艺，十分适合北美人的口味。打算今年春季制作一批，交给约翰销售到美国，生产费用对半摊，销售收入刘贤臣占六成，约翰占四成。

约翰一听高兴坏了，仿佛看见了数不清的美元正源源不断地流进了自己的腰包。当经理只是给董事长打工卖力，自己做生意当老板那才是正途。

高兴之余，约翰向刘贤臣透露了一个消息，说昨天皖南茂林发生了严重流血事件，新四军军部违抗命令，被第三战区八万部队包围，双方冲突激烈。

刘贤臣闻言大惊，手中的杯子差点掉到地上。他放下杯子，忙问："消息可靠吗？"约翰自信地说："这是我们情报人员刚刚送来的消息，绝对真实。"

刘贤臣又问："我订的那批货呢？"约翰耸了耸肩，说："听说已经报关，手续很麻烦。"刘贤臣问："还需要多久才能起运？"约翰又耸了耸肩，摊开双手，表示很难说。

刘贤臣心里凉了半截，越想越觉得不对劲。一向温文尔雅的他，此时勃然大怒，说："没完没了的报关审核，真是见鬼！约翰先生，你们美国人的工作效率真是令人无法容忍，我十分怀疑你们是否具有诚意。我决定，立刻终止与你们的生意往来，你们必须赔偿由此而产生的一切经济损失。"

约翰经理惊愕地看着刘贤臣，他不明白刘贤臣为何突然生气发火，并且作出了如此糟糕的决定。他急忙喊来女秘书，让她把茶水撤下去，新煮一壶上等咖啡来款待刘贤臣，好让他平息怒火。

约翰走进里面的房间，掩上门，急忙向国内打起了电话。过了一会，约翰走出来对刘贤臣说："国内已经装船了，十五天后到达上海港。"

刘贤臣又一次爆发了怒火："不行，十五天不行，黄花菜都凉了。"约翰疑惑地看着女秘书，问道："黄花菜是什么？"女秘书也不知道黄花菜是什么，但她很机灵，说："大概刘先生平时喜欢吃热菜，菜放凉了他不喜欢。"

刘贤臣一字一顿地说："叫他们空运，五天之内必须送过来，否则，我就从你这里撤走我的全部资金。"刘贤臣说完后，拂袖而去。

刘贤臣回到了旅馆，坐在椅上满脸愁云，长吁短叹。他现在除了担心货物不能按期送来之外，更担心在送回去的路上出岔子。

秦思柳上前问明了缘故，便说："对这些洋人真的不能太客气，给鼻子上脸的，这种时候是该强硬一点。现在最要紧的就是逼着洋人把货赶紧送过来。至于货到了怎么运回去嘛，这个倒是要费些心思。"

秦思柳在房里转了一圈，说："你是担心皖南那边盘查得紧是吧，这有何难？俗话不是说，'做人做到底，送佛送到西'嘛。既然洋人能送到这里，干脆就叫他们一直送到家不就得了？"

刘贤臣心里一喜，搂过秦思柳就亲起嘴来。一边亲一边夸道："还是我老婆聪明，脑袋瓜子好用。"

约翰经理深知刘贤臣是自己的摇钱树，只要能笼络住这个皖南财主，自己就会得到许多意想不到的好处。因此，当刘贤臣表示要中断双方的合作关系之后，令他惊恐不安。他连续打了几个电话，请求银行总部立即出面协调，尽快将这批货物空运中国。美商提出要这边的货主增加运费，约翰通知刘贤臣后，刘贤臣二话未说，马上汇去了一万美元。

一月十日，美国军火商租用一架运输机，将五十门六〇迫击炮和一万枚炮弹紧急运到了香港机场。十一日，一艘美国货轮从香港起程，十三日顺利抵达上海港。

接下来就好办了。第二天，刘贤臣将货物装上华阳帮等候已久的十只大船，同时，应邀前往皖南旅游观光的二十名美国水手，也兴高采烈地登上了船，并受到了刘贤臣夫妇的热情接待。船队于二十日安全抵达溪口根据地。几天后，货物

一件不少地运进了虎头岭营地的仓库。

第九十五章　年　关

游击大队这两年形成了一个习惯，每年春节前各部队负责人都要返回虎头岭，向大队党委报告工作，交流情况，研究下年的工作。这几天，党委委员、各营的营长教导员陆续返回虎头岭，各种消息也都汇拢到了一起。

3营报告了顽军投诚的消息。季达炳领着残兵败将退回榔桥以后，当即就被原来的156团团长、现在的52师副师长李寿元抓了起来，并报告了上司。

上官云相下令将季达炳就地枪毙，其他军官统统关押起来，一个个过堂审讯，凡有通共嫌疑的，一律军法处置。当晚，季达炳手下的副营长程永凯哗变，领着三百个弟兄砸开军械库，抢了枪支弹药，连夜跑进黄子山投奔了3营。

陈水根将殷队长他们送至溪口后，在当地摸到不少情况。一月十七日，国民政府军事委员会宣布新四军是"叛军"，撤销了番号。在路上他听殷队长说，军首长一直坚持在石井坑指挥战斗，最后才下令分散突围。军首长对大家说，只要火种在，不怕不燎原。

白和义给大家报告了一个好消息。他护送突围人员从繁昌县油嘴坊渡过了长江。听地下党的同志说，中共中央军委会针锋相对地发布命令，重建新四军军部。

谢俊胜也派人送来了消息，泾旌宁三县的县党部、县政府和县保安团最近成立了"联合清乡办事处"，32集团军正在给三县保安团更换武器，补充弹药，说是年后就要开展清乡，扬言要将新四军斩尽杀绝。

汪施才护送突围人员过江后，回到了葛顺乡主持乡政。他报告了一个新的情况，皖南行署最近下文，要求各乡镇清查户籍人口，凡是新四军的家属必须在春节前到乡镇自首登记，要他们"大义灭亲"，帮助政府捉拿漏网的新四军。

就在众人义愤填膺、骂声不绝的时候，听到外面一片欢腾。随即，一个通信员跑进来报告，说是刘副部长把迫击炮运回来了。众人一阵叫好，一溜烟地跑了出去，将靠在担架上的叶志远一个人丢在指挥室。叶志远摇摇头，感喟道："遇事还是沉不住气啊。"

稍许，众人像众星捧月一般，簇拥着刘贤臣走进了指挥室。刘贤臣看到叶志远靠坐在担架上，吃惊不小，连忙询问情况。叶志远笑着说："没什么，腿上擦破了点皮。"

叶志远是在3营的地盘上受的伤，1营和2营的人都有看法。马云飞一直没有找到机会解释，现在正好当着大家的面，把枫崖阻击战斗的经过详细说了一遍。

刘贤臣十分生气，说道："身为一军主帅，负有全面指挥之责，你却轻易犯险，你置这些营长连长于何地？你啊，是不是只相信自己，不相信别人？"

众人连连点头，心想，这话也只有刘贤臣敢说。徐满仓说道："老刘说得对，你根本没有必要亲自去打阻击嘛，当时马云飞和吴捷生要换你，你还不干，后来把陈水根也赶走了。你这种做法可要不得。"

刘贤臣和徐满仓说的话有些刺耳，但叶志远听了很是痛快。他摆摆手笑道："好，好，我接受大家的批评，斗争会就开到这里吧。"众人这才作罢。接下来就是党委扩大会。经过大家充分讨论，会议做出以下决定：

第一是整编部队。加上各地民兵，全大队已达五千人之众。现将原有的营和连全部扩编为团和营，共编成三团两营，即1团、2团和3团。每个团辖三个步兵营和一个侦察排，共一千五百人。原先的营级、连级和排级干部，全部晋升为团级、营级和连级干部。

成立大队侦察营，营长陈水根。原三营大刀连改编为大队警卫通讯营，营长杨少良，原大刀连副连长夏玉林任副营长。投诚过来的国民党军编入三营。

第二是训练炮兵。各团抽调三十人来虎头岭参加炮兵训练，由张一阳担任教官。练成后，每团装备十二门迫击炮。

第三是军事行动。叶志远强调了几点，马上就要过年了，顽固势力要斩草除根，不让我们过年，那就对不起喽，大家都不要过年。这次军部遭了罪，我们不能让军属亲人再受他们祸害。趁顽军主力集中在云岭之际，各团组织精干部队，从一月二十六日，也就是除夕之夜开始，对驻地周围新四军家属多的乡镇采取行动，夺取登记名册，解救新四军家属，并把他们转移到安全地带。

行动中尽量不要杀人，但对残害逼迫新四军家属的顽固分子，要坚决镇压，并在当地公布他们的罪行。这次行动结束后，各团要抓紧整编部队，做好年后反清乡战斗准备。

各营营长、教导员回到驻地后，把连长们喊到一起，没有提及整编晋级之事，而是集中精力商量确定了打击目标和具体办法。1营选择了青弋江南岸的琴溪、泾川和山口。2营确定的是宁国县的汪溪、青龙、竹峰。3营决定直捣榔桥

镇，震慑乡镇反动势力。凑巧的是，他们都选择在除夕晚上动手，理由是此时家家都在吃年夜饭，只要堵住了门，谁都跑不了。

腊月二十八的夜里，阴云密布。出击部队在夜幕掩护下，跋山涉水，天亮前赶到了目的地附近宿营。

3营大刀连副连长夏玉林带领一个排的战士，在榔桥镇外的荒草地里整整趴了一天。从中午开始，镇里稀稀拉拉地放起了过年的鞭炮，远不及往年那般热闹。天黑了下来，夏玉林他们摸进了镇内，两个身穿便衣的战士很快问到了镇长汪煜疏的家院。

这个汪煜疏正是两年前被3营镇压的恶霸黄灵轩的换帖子兄弟。这次顽军围攻新四军，他出力不小，主动向顽军提供情报，逼迫村民给顽军送粮带路。这回接到了行署文告，命令乡丁将四十多个新四军家属抓到镇公所，威逼他们参加搜山去捉拿新四军，不答应就捆绑吊打，不准回家过年。闹得榔桥镇哭声震天，人人自危，过年的气氛荡然无存。

镇公所就在镇长家隔壁。夏玉林路过时，听到里面一片哭喊声，便命令战士进去查看。几个战士进去以后，发现几个乡丁正在打骂捆绑新四军家属，便立即缴了乡丁的枪，给乡亲们松了绑。

夏玉林留下一个班保护新四军军属，带着两个班的战士冲进了汪煜疏家，不由分说，先将汪煜疏捆绑起来，搜出了军属名册，查抄了地契粮食钱物。再将汪煜疏拉到镇公所门口，一刀砍去了脑袋。

临走时，一张"处决汉奸令"贴到了镇公所的墙上，上写：汪贼煜疏勾结汉奸，破坏抗战，迫害抗属，欺压村民，罪大恶极，死有余辜。落款是：皖南新四军。

第九十六章　纷　乱

大年初二，各营报告了行动结果，此次共解救转移新四军家属四百余户共一千三百人，处死反动乡长两人，罪行轻微并写出悔过保证书的五人；查抄粮食八百余担，缴获金银钱币若干。粮食留下自用，钱币上缴后勤部。行动中还发现，顽军32分监处两个月前在竹峰、甲路新建了兵站，储存了大量军用物资，专供清剿新四军之用。

叶志远叫各团通信员带信回去，要求部队抓紧整编训练，随时准备反清乡反清剿。从大年初三开始，部队进行整编，各级干部到任履职，部队面貌焕然一新。

顽军副营长程永凯投诚过来以后，一直心怀忐忑，不知道新四军如何安排自己。整编时马团长宣布自己是3团9营的营长，带过来的弟兄们还都编在一起，没有被拆散，也没有受到歧视，武器配备和伙食供应一视同仁。他心中很是感慨，人家新四军到底厚道，不计前嫌，说话算数。

三个团共选送了一百五十名识字的战士参加炮兵集训。教官张一阳凭着记忆写出《炮兵简易教程》《迫击炮构造》两本教材，上理论课时先叫学员们每人抄写一份，不管懂不懂，用十天时间死记硬背。

等到学员都熟记了内容，张一阳再细致地讲解一遍，课后组织学员讨论交流，差不多也就入了门。十天后，拆开一门迫击炮开始实兵教学，学员们一见到真家伙，学习的积极性更加高涨，达到了废寝忘食的地步。

尤其让张一阳感动的是，刚任命的警通营营长杨少良、副营长铁蛋带伤参加了培训，两人和学员们坐在一起专心听课，积极参加学习讨论。他俩都在军部接受过培训，也都有打掷弹筒的实战经验，触类旁通，学起来自然要轻松不少。

卢舒云见炮兵学员们练得热火朝天的，心里发了急，催着张扶海招收报务员。张扶海心忖，这报务员天天跟电讯机密打交道，可不是随便招的。想来想去，便从黄嫂的被服厂里挑选了十五个家世清白、聪明稳重的女伢子交给了卢舒云，又安排了三间僻静的房子给她们训练和住宿之用。

被服厂一下子给挖走了十几个工人，黄嫂可不干了，天天来找张扶海吵着要人，直到张扶海从乡里招了人给她补上才算完事。

正月初三，陈水根拎了两只野兔子来给叶志远拜年，屁股刚坐下，就对叶志远说："老叶，顽军又是围攻又是清乡的，老是由着他们折腾不是个事。"叶志远说："是不能太被动，至于怎么办，我一时还没想好。"

正说着，冬妹子进来给叶志远换药。叶志远身体壮实，在倪裳衣和冬妹子两人精心护理下，腿伤愈合得很快，现在已经开始结疤了。冬妹子换完了药，开口问道："嫂子走了有些日子了，什么时候回来啊？"

叶志远算了算日子，说："快了吧。"又拍了拍额头说，"倪裳衣临走时对我说过，她担心西津渡诊所的安全。你要不说，我都忘了。"冬妹子噘着嘴说："上次裳衣姐叫他们一起过来，他们说要考虑考虑。有什么好考虑的？现在总不能派人去保护他们吧？"叶志远笑笑说："他们不清楚我们是什么队伍，怎会轻

易跟我们进山。这样吧，老陈你去把张扶海、刘贤臣喊过来，我们几个商量一下。"

张扶海、刘贤臣来了以后，先谈了对顽军清剿的看法。现在顽军对付我们，极有可能使出当年白狗子对付红军游击队的老办法，就是军事打击、经济封锁、清乡并村、特务破坏各种手段一起上，大搞白色恐怖。加上日寇在一旁虎视眈眈的，我们更要小心应对。当前除抓紧整编部队、开展军事训练、大量储存粮食物资以外，还要想办法打乱顽军的部署，不能让他们为所欲为。

听了他们的意见，叶志远决定，由张扶海和刘贤臣负责，抢在顽军实行封锁之前，加紧调运储存粮食药品。陈水根的侦察员全体出动，借着过年走亲戚的机会，对甲路兵站和铜陵、繁昌日军进行侦察，摸清其驻扎地点和兵力部署，要特别留意附近有无民房，民房与日军驻地的距离等。

还有一个具体问题，葛顺乡一旦暴露，就会危及西津渡的诊所。另外，顽军动用各县保安团清乡，谢俊胜他们怎么办，是否要给他考虑个退路？现在就应该拿个主意了。刘贤臣提出亲自去一趟西津渡，把这两件事办了。然后去溪口安排华阳帮调运物资。

刘贤臣是诊所的房东，他去当然合适。叶志远点头同意，并交代说，可以向他们表明一下身份，欢迎他们来这里工作，但不要勉强。通知谢俊胜做好向甲路镇与霞西镇附近山区撤退的准备。能策动保安团多少人投诚不重要，重要的是自己人员的安全，时机由他自己掌握。

李二林的伤已经好利索了，他带着两个小兄弟来看望叶志远。叶志远交给他一个任务，过几天把2营的五个人，也就是溪口老一、老二一直到老五都抽调回来，加上现在的两个人，都由李二林带领，进入繁昌、南陵一带侦察，摸清汉奸特务武装的人数、装备和驻地，把罪大恶极的找出来。另外试试利用伪军的老关系，看看能不能说服其中的一些人，做一点对抗日有益的事情。

葛应耿自从与艾冬花苟合后，运气似乎好了不少。按照艾冬花的指点，先是从县里的米铺布店老板那里，查访到了葛顺乡经常购进大宗粮食和布匹。然后又派人混入送粮队到过葛顺乡，回来报告说没有发现大部队，只看到十几个乡丁。葛应耿迷惑不解，此事也就拖了下来。

快要过年时，艾冬花向他透露了云岭新四军陷入灭顶之灾，首脑已被抓获的消息，葛应耿仰天大笑，连声叫道："变天了，变天了。"继而他追问消息来源，艾冬花支支吾吾不肯说，但架不住葛应耿狂热的床上攻势，便把底细告诉了他。葛应耿暗自庆幸，真没想到啊，这个女人后面竟有这样的靠山，自己真的要时来运转了。

不久，县里筹备成立清乡办，艾冬花多方活动，让葛应耿当上了清乡办的常务干事。这是个有权有利的肥差。葛应耿用行署拨给的清乡经费，搜罗地痞流氓，组建了一支三十人的侦缉队，整天挎着盒子炮，在城里城外窜来窜去，四处打探地下党和新四军的消息。当然，也少不了要干些作奸犯科、敲诈勒索、搜刮民财的勾当。

经过多方打探，他们知道了县保安团的谢俊胜是刘贤臣的人，于是就盯上了谢俊胜，发现了谢俊胜常去西津渡的一个诊所。葛应耿命令手下人昼夜监视，一旦发现刘贤臣的踪影，就要立即报告、立即抓捕。

第九十七章　敌　袭

正月初五，刘贤臣乘船来到西津渡，大刀连一个班随同保护。进了院门，老田头和田嫂都迎了上来。刘贤臣叫他们简单收拾一下衣物，今天就随他进山。

来到诊所，见到了李济园、钱绍宜四人，刘贤臣直截了当地说明了来意，欢迎他们去游击大队工作。李济园等人原本也是爱国热血青年，由于时局纷乱，一时不知何去何从。顽军围攻新四军的消息他们也有耳闻，对这种同室操戈、手足相残的行径深感气愤。先前倪裳衣已经提过此事，现在见刘贤臣专程前来相邀，便应允下来，各人当既回房收拾东西。

侦缉队将刘贤臣回来的消息立即报告了葛应耿。他立即带着侦缉队火速赶到西津渡，气势汹汹地闯进了刘宅。老田头一看情况不对，立刻上前拦阻，被侦缉队员一把推倒在地。刘贤臣听到外面有动静，大步走了出来，警卫员卫皖紧紧护在身边。

葛应耿见到了刘贤臣，狞笑着说："刘乡长，别来无恙啊。"刘贤臣斥道："你是什么人，为何强闯私宅，行凶打人？"葛应耿嗨嗨一笑："打人？还抓人啦。刘乡长，有人告发你是新四军，现在就跟我们走一趟吧。"

刘贤臣也是官场上的人，他知道国民党有一条规定，就是不准各级党部干预地方行政事务。刘贤臣嗤笑道："本乡长即便是新四军，也轮不到你县党部来管吧？"葛应耿摇晃着脑袋，得意地说："刘大乡长还不知道吧，鄙人已是县清乡办的官员了，专门负责捉拿你们新四军。"

葛应耿话音刚落，背后有人出言讽刺道："你算什么官员，清乡办哪有你说话的份？"葛应耿扭头看去，谢俊胜带着一帮保安团的人挤了进来，一个个荷枪实弹，竖眉瞪眼的。

谢俊胜先对刘贤臣敬了个礼，接着大声喊道："把他们都赶出去，不要妨碍刘乡长公干。"保安团的士兵们一拥而上，连推带搡地将葛应耿一伙轰出了院子。

这下热闹了。谢俊胜和葛应耿在院子外面互相指责，吵成了一团。民团的弟兄们仗着人多，竟然和侦缉队的人动起手来，几个人围着一个人拳打脚踢，打得侦缉队的人鬼哭狼嚎的。打归打，但都没有动枪。

葛应耿不是不想开枪，是他不敢开枪。他很清楚，今天他的人少，对方人多；而且对方明显是有备而来，人人眼中都带有一股暴戾之气。如果此时动手，简直就是老寿星上吊——嫌命长了。

趁此机会，卫皖保护着刘贤臣退到了后院，指挥战士将诊所的行李物品装船，又招呼李济园和老田头等人上了船，径直向葛顺乡驶去。

葛应耿一无所获，手下的人还给打伤了几个，越想越气，看来不下狠手是不行了。于是，他就和艾冬花去了万福村，找到了32集团军情报处，检举刘贤臣是新四军重要干部，葛顺乡是皖南新四军的重要据点，要求出兵剿灭。

情报处立即禀报徐参谋长。徐参谋长沉吟片刻，认为在茂林清剿作战没有完全结束前，不宜贸然分兵，但可派小部队进行抓捕。

当晚，集团军情报处派出卫士团的两个班，装备是清一色的仿制"花机关枪"，由葛应耿担任向导，乘坐一辆卡车驶往葛顺乡。半夜，卡车在离乡公所两里路以外停下，士兵们全部下车，跟着葛应耿向乡公所方向摸了过来。

葛顺乡公所。傍晚时，刘贤臣和李济园他们在这里歇息了一阵子，吃过晚饭后进了虎头岭。现在已是深夜，厢房里仍然亮着灯。汪施才伏案疾书，正在起草一份关于茂林事件以来，皖南地下党组织遭受破坏情况的报告。

随着笔尖的移动，他的心情越发沉重起来。报告中写道："特委李维真随同军部转移，至今生死不明。铜陵县委负责人张东亮在突围途中被捕遇害，泾旌太地区党组织损失严重，个别党员被捕后叛变自首，出卖组织机密。以葛顺乡为中心的宁宣根据地发展很快，但通信手段落后，消息闭塞，与外部联系困难，极易受敌封锁。"

报告的结尾，汪施才提出了几点建议："特委应以隐蔽斗争为主，当前主要任务应是联络事变中的失散党员，重建基层党组织，援救新四军突围人员，向游击根据地输送干部，壮大抗日武装力量。另外，如有可能应向皖南派遣……"

　　突然，窗外传来一阵急促的枪声，在这宁静的夜晚显得格外突兀惊心。汪施才皱了一下眉头，伸手从抽屉里取出驳壳枪，扳开机头放到了桌上。继而又埋头写了起来。

　　过了一会，枪声密集。大刀连一个班长跑进来报告，说有一股敌人围了上来，人数还不少，请汪副乡长赶快转移。

　　汪施才神色如常，迅速把没有写完的报告折叠好，装入贴身的衣袋。然后吹灭了油灯，抓起桌上的枪，拎起装有全乡户籍资料的皮箱朝屋外走去。

　　躲在暗处的葛应耿看见乡公所出来了两个人，其中拎着箱子的人与刘贤臣身形相似，便号叫起来："刘贤臣你跑不了啦，你们被包围了，快投降吧。"

　　汪施才抬手打过去两枪，由于距离稍远，又是在夜里，这两枪没有击中葛应耿，倒把旁边的一个顽军打倒在地。大刀连的战士也一起开枪射击。

　　埋伏在近处的顽军见对方开枪拒捕，便搂响了手里的花机关，一阵密集的弹雨呼啸而去，刚要卧倒躲避的汪施才和那个班长顿时被子弹扫中，双双倒在了地上。

　　正在屋外抵抗的战士一见汪施才两人中弹，迅速投出了几颗手榴弹，趁顽军纷纷趴下之时，冲到大门口，架起汪施才和班长退回到乡公所的院内，从里面关上大门，几个战士踩着木梯爬上屋顶，和顽军激烈对射起来。

　　游击大队平时在葛顺乡驻有一个排的兵力，分散在村子的四周，乡公所只有一个班守卫。村里原有的几百个民兵已经编入了战斗部队，都不在这里。现在这一个班的战士伤亡近半，班长又牺牲了，形势十分危急。

　　熟睡中的村民被枪声惊醒，知道出大事了。他们赶紧穿衣起床，点起火把，抄起锄头铁叉，一边敲锣报警，一边喊着："土匪来啦，乡亲们快出来啊，打土匪啊！"

　　呼声越来越大，村民越聚越多，纷纷向响着枪声的乡公所这边跑来。葛应耿看到无数的火把向他们涌来，忙喊："快撤，快撤。"顽军朝人群胡乱打了几梭子，便仓皇向来路撤退。

　　宁国县保安团。谢俊胜接到随时可以撤退的通知后，当晚召来4中队的十个班长，命令他们做好战斗准备，以两声枪响为号，全体向竹峰、甲路方向转移。

　　正月初六清早，谢俊胜带了一个班的团丁来到西津渡，将刘贤臣的宅院里里外外检查了一遍，再把所有的门窗仔细关好。

　　吃过午饭，谢俊胜带领两个班来到县城西门路口的哨卡，检查过往行人。不一会，从西边山路上过来了十几个士兵，像是顽军的一支押解队伍。谢俊胜命令

弟兄们小心戒备。待那帮顽军走到近前，谢俊胜命令他们站住，接受检查。

队伍中走出一个当官的，嘴里骂道："龟儿子的，叫哪个站住？"谢俊胜当即顶了回去："少废话，哪部分的？到哪里去？"当官的说："老子是144师的，押解叛军俘虏去司令部。"

谢俊胜上前一个一个地瞅过去，队伍中是有三个新四军装扮的人，其中一个有些面熟，像是军部的人。谢俊胜苦苦思索，哎哟，这不是李干事吗？军政治部的组织干事李子芳。

前年谢俊胜他们从云岭调来游击大队工作，临行前就是李干事跟他们挨个谈的话。真险唉，幸亏今天被我们碰上了。谢俊胜走到李干事的对面，朝他点点头，又朝另两个人挤了挤眼。李子芳也觉得此人有点面熟，但一时想不起来在哪里见过。

第九十八章　噩　耗

谢俊胜转身走到顽军军官的面前，冷哼一声，说："你说他们是叛军？我看你才是叛军哩。"说完挥拳朝他的太阳穴砸去，那当官的仰面倒下。

谢俊胜俯身上前，掏出那当官的手枪，朝天就是两枪，大喊："弟兄们动手，下了他们的枪！"两个班的团丁早有准备，听到谢俊胜的命令后，三下五除二，将十几个顽军统统打倒在地，缴了武器，抽出他们的裤腰带反捆了双手。

谢俊胜跑到李子芳跟前，轻声说道："李干事，我是一支队二团的谢俊胜啊，现在是叶志远大队长的部下，这里危险，快跟我们走。"李子芳连声说："好，好，快走。"

谢俊胜把缴获的手枪塞给李子芳，拉着他快步朝西津渡跑去，后面的弟兄们搀着另外两个新四军，跑步跟了上来。

来到西津渡口，众人迅速登上了两条船，谢俊胜命令船家立即开船。船家见是保安团的人，也不多话，立刻解缆撑篙，顺流而下，朝北边驶去。

没有外出执勤的4中队其他团丁，在听到西门传来两声枪响之后，立即带上武器行装，排着整齐的队伍离开了县城。他们的去向无人知道。

当晚，谢俊胜护送李子芳他们来到了百尖山根据地。邵家旺、张照民惊喜交加地迎了上去，连忙命人端来热茶，送来饭菜，然后再叫救护员给李子芳他们检查身体。

休息一天之后，邵家旺给李子芳三个人换了便衣，带上溪口镇开出的通行证，由5营营长高丰平护送，走水路前往新四军江南指挥部。

正月初八，虎头岭营地，整个山洞静寂无声。叶志远坐在桌前盯着一张纸在看，纸上密密麻麻地写满了字，纸的半边浸有血迹。这就是汪施才那份未写完的工作报告。

叶志远一脸悲痛，愤怒之余，他深深地陷入了自责。是自己疏忽大意了，只要事先稍加防范，敌人的偷袭就不会成功，汪施才同志就不会牺牲。

他把汪施才写的报告递给了张扶海，又对白和义和刘贤臣说：“你们都看看这份报告。汪施才同志的牺牲，我有很大的责任，真是血的教训啊。我的意见，汪施才的工作由白和义接替。立即撤销运输队，人员全部编入警通营，葛顺乡至少要派一个连过去驻守。还有，命令警通营切断所有通往葛顺乡的道路。敌人已经对我们动手了，我们无须再遮掩什么了。”

冬妹子走了进来，手里拿着药，轻轻对叶志远说：“哥，该换药了。”冬妹子搀扶着叶志远回到了小屋，换了药，又打来热水擦了身子，正要对叶志远说什么，门外传来了报告声。

谢俊胜走了进来。叶志远看见他来了，便问：“部队拉出来啦？”谢俊胜点点头，说：“是邵团长派我来的，有重要情况。”

叶志远叫谢俊胜把张扶海等人都喊了过来。谢俊胜向他们报告了解救李子芳以及保安团4中队起义的经过。李子芳临走前说，这次军部损失极大，军首长被扣，其他首长下落不明，部队基本上打散了。

叶志远、张扶海、白和义无比震惊，个个瞪大眼睛看着谢俊胜。谢俊胜摇摇头说：“这是李干事亲口对我说的，开始我也不相信。”

叶志远叹了口气，叫谢俊胜扶他起来，拄着拐杖，缓缓走出洞口。他朝着茂林方向挺身站好，脱了帽子，嘴里默默念叨着：请军部放心，你们交给的任务我们一定会完成。

回到小屋后，叶志远打开地图，叫谢俊胜先去黄子山传达他的命令，3团抽调一个连交给谢俊胜指挥，立即开赴甲路毛栗峰一带开辟新区，并做好夺取甲路兵站的准备。

冬妹子跑了进来，对叶志远说：“李医生他们来了好几天了，你也不去看看。”叶志远说：“好，现在就去看看。”医疗队里一下子来了两个医生，两个护士，都是个顶个的管用，伤员们都很开心。

叶志远来到医疗队，拄着拐杖走到李济园、钱绍宜他们面前，亲热地打着招呼，对他们说，这里条件很差，工作上生活上有什么困难，尽管提出来，我们会尽最大的努力帮你们解决。

离开医疗队，冬妹子又对叶志远嘟囔起来，说嫂子走了半个多月了，怎么还不回来啊？叶志远抬头向进山的路口望去，心里也嘀咕起来，按照路程和时间推算，倪裳衣她们也该回来了。可是，叶志远和何冬妹怎么也没有想到，他们日思夜想的倪裳衣，此时已经陷入了绝境。

一月十七日也就是腊月二十的夜里，倪裳衣和卫河护送殷队长等人在溪口乘上华阳帮的一只货船，舱面堆货，舱里藏人，沿华阳河驶入水阳江一直朝北行去。在溪口登船时，众人全部换上了便衣，身揣溪口镇开出的通行证和伪造的良民证，一路上有惊无险，腊月二十八便到了溧水。

在溧水停留了一天，徐锦城上岸与江南指挥部接上了关系。当晚，新四军派来部队接走了殷队长等人。卫河他们当即从原路返回。由于连日行船，又要照看伤员，倪裳衣疲倦已极，返回时一直蜷缩在舱里休息。

正月初五傍晚，船至新河口时，河岸上突然出现了一支日军清乡队。鬼子看到了这只船，便命令靠岸检查。卫河知道被鬼子抓住的后果，命令船工不要停船，硬闯过去。随行的十名战士登上舱面准备抵抗。

鬼子见船不但没有靠岸，反而快速离开，立刻架起轻机枪和掷弹筒猛烈射击，霎时间，打得木船千疮百孔，帆折桨断，加上战士们都趴在船的一侧开枪还击，重心偏移，木船很快歪斜倾覆。

正在睡梦中的倪裳衣被一阵钻心的疼痛惊醒，睁眼一看，船舱上布满了枪弹打穿的窟窿眼，江水喷涌而入，船身正朝一边歪斜。倪裳衣伸手朝腹部摸去，满手是血，她知道自己受伤了，想掏出急救包来包扎，可是全身没有了一丝力气，只感到身上冷得厉害，她大口喘着气，裹紧了被子。渐渐地，无力的身子漂浮了起来，外面的枪炮声听不见了，腹部伤口也不是那么痛了。

就在神思恍惚之间，她突然看见了扬子江的滚滚波涛中，慈祥的父母在向她招手，她放开嗓子呼喊："爸妈，你们在哪里？你们怎么不来看看女儿，女儿好想你们啊。"

转眼间，她又看见了不远的岸上，叶志远骑着高头大马来了，胸前戴着一朵大红花，喜气洋洋的，身后还跟着一顶插满了山花的彩轿。哦，他是来迎娶我的，是他亲口对我说的，等我这次回去了就和我成亲。倪裳衣满脸笑意，缓缓闭上了眼睛。

此生再无遗憾！

第九十九章　泪　水

在日军清乡队野蛮射击下，木船支离破碎，全船的人都沉入了江中，只有卫河一人死里逃生。坠江之时，卫河抓住了一块船板，拼着命向东岸游去。

此时天色已暗，日军没有追击。寒冬的江水冰冷刺骨，卫河身上的棉衣浸透了水，如同石头一样沉重，拉着他直向江底坠去。卫河不停地提醒自己，现在还不能死，大队长他们不知道我们出了事，我一定要把消息送回去。

卫河费尽力气脱去了棉衣，抱着那块船板拼命游到江边，挣扎着爬上了岸。幸好遇到一个捕鱼的村民从这里路过，他将浑身青紫、昏迷不醒的卫河背回了家中，换了干衣服，烧了一碗滚热的鱼汤给他灌了下去，这才救活过来。

两天后卫河回到了溪口。邵家旺闻讯大惊，急忙与张照民商量了，当即派出两个连前往新河口下游一带搜寻。想想还不放心，又派了两名侦察员潜入离新河口最近的湾沚，打探日军的动静。

第二天夜里，两个连回来报告，只找到一些破碎的船板，其他什么也没有发现。第三天，两名侦察员回来报告说，出事当天，是有一支湾沚日军清乡队在那里又是开枪又是开炮的，但没有抓到我们的人。邵家旺只好带着卫河赶往虎头岭报讯。

黄子山根据地。谢俊胜向马云飞传达了叶志远的命令。恰好陈水根也在这里，他俩正在商量着侦察甲路兵站的事情。马云飞想起了52师投诚过来的程永凯，他可能熟悉兵站的情况。叫来程永凯一问，他说前一阵去过兵站拉过几次弹药，那里平时有一个连守卫。

陈水根马上叫他画出兵站平面图。第二天，陈水根和谢俊胜摸到甲路兵站附近，进行实地侦察。第三天，谢俊胜独自去甲路镇东面的毛栗峰整理保安团部队。马云飞、陈水根和李伟民赶回虎头岭营地报告侦察情况。

虎头岭指挥所。叶志远一边看着地图，一边听着李伟民的汇报。甲路紧靠宁国至绩溪公路，交通十分便利。由于顽军主力目前集中在云岭和青弋江一带，甲路周围只有北面的宁国县和南面的胡乐镇驻有顽军。如果甲路打响后，胡乐镇的援兵可在一小时之内到达，宁国的援兵可在四小时之内到达。

作战计划是：二月十日，也就是元宵节傍晚五点发起战斗，半小时内结束，六点撤出。主攻由3团一个连和谢俊胜连担任。3团一个营进至胡乐镇以北阻击胡乐镇的援兵，六点过后自行撤出。2团两个营进至竹峰以南阻击宁国的援兵，五点半后自行撤出。阻击部队必须提前到达阻击阵地，并在公路上埋设地雷。

叶志远看了大家一眼，见他们都无异议，便补充了几点意见。他说战斗发起前要搞一点小动作，转移甲路兵站守军的注意力。叫1团派一个营参战，当预备队用，兵站打下来以后帮着搬东西。还要宣布纪律，所有的战利品都由张部长主持分配，不准争抢。大家笑着点头答应。

正要散会，邵家旺和卫河一声不吭地走了进来。叶志远看到邵家旺不请自来，有些诧异，但看到卫河跟在后面，便点点头说："卫河回来啦，任务完成得怎么样？"

卫河是七个小家伙中最小的一个，今年才十七岁。叶志远不问还好，这一问，小家伙满腹的愤恨、悲伤和愧疚，全都化作了泪水喷发了出来，哽咽着说不出话来。

叶志远头嗡的一声，忙问："殷队长他们出事了？"卫河摇了摇头，站在一边的邵家旺张嘴想说，被叶志远止住。听说卫河回来了，刘贤臣夫妇、冬妹子还有李济园他们也都来到了指挥所。

叶志远拄着拐杖走到卫河面前，缓缓地说："把眼泪擦干，革命军人不许哭。说吧，出了什么事？"卫河断断续续地把新河口遭遇鬼子的事情说了一遍。

叶志远心中一阵剧痛，身子摇晃起来，邵家旺赶紧上前扶住。叶志远问："去找过没有？"邵家旺说："派了两个连去找了，没有找到。"

冬妹子听说倪裳衣没了，惨叫一声昏厥过去，被两个护士一把托住。护士们痛哭流涕，嘴里不停地说："倪医生是个好人，日本鬼子作孽啊。"陈水根脸色铁青，走过来说："老叶，我再去一趟。"叶志远点点头，说："你去一趟也好，顺便把那边鬼子的情况都摸一下。"

叶志远走到卫河面前，摸了摸他的头，说："你这趟辛苦了，先去检查一下身体，休息好以后再到我这里来。"卫河含着泪水，点了点头。

叶志远回头对马云飞说："你们都回部队去吧，把队伍带好，一切按计划执行。"马云飞、李伟民等人表情凝重，纷纷向叶志远立正敬礼，然后缓缓转身离去。

刘贤臣夫妇走了过来，秦思柳两眼通红。刘贤臣叹了口气，扶住叶志远的胳膊说："老叶，挺住啊。"叶志远咬着牙，点了点头，眼泪夺眶而出。稍许，他猛地擦去泪水，伸手将拐杖狠狠地摔到了地上，瘸着腿走回了小屋。

傍晚，冬妹子照例来给叶志远换药，又给他仔细地擦了身子。叶志远看到冬妹子弯腰忙碌的侧影，不禁想起了温情脉脉的倪裳衣，鼻子一酸，泪珠子一颗接一颗地滚落下来，直接滴到了冬妹子的手背上。

冬妹子一看，哪里还受得住，扔下毛巾，扑到叶志远身上痛哭起来，嘴里喊着："裳衣姐姐就这么没了，连尸体也找不到了，呜……"

叶志远拍拍冬妹子的后背，说："不哭了，哭没有用，要想办法给你姐报仇，给你汪施才叔叔报仇。"冬妹子止住哭声，说："哥，我要跟你上战场。"叶志远拍了拍她的肩膀，说："你在医疗队干得好好的，怎么想起来要上战场？你已经是一个军人了，做事不能凭着性子来。"

冬妹子擦了一把眼泪，说："哥，我是说我要组织一个战地救护队，跟你上战场去救护伤员。"叶志远这才听明白了，瞪了她一眼，说："你这伢子说话怎么说一半留一半的？"冬妹子趴在他身上晃了晃，说："哥，你答不答应？"叶志远说："你的想法很好，我要和张部长商量一下才能定。"

第二天，叶志远在卫河搀扶下来到了后勤部，先向张扶海询问了作战物资储备情况，然后就提到了冬妹子的请求。张扶海十分赞成，他说，如果能有一支战场救护队，随同部队一起行动，将会大大降低伤员的死亡率，但这样却十分危险。

叶志远叫卫河喊来了冬妹子。张扶海问她："战场救护是要上战场的，你不害怕？"冬妹子说："战士们打仗都不怕，我怕什么？"张扶海又问："你要多少人？要什么条件的？"

冬妹子想了想，答道："先要二十个人吧，女的，要不怕死、不晕血、有一把力气的，人员我来挑。"张扶海很佩服冬妹子的勇气和魄力，点点头，说："除报务员以外，其他人随你挑。"

第一〇〇章　兵　站

骄兵必败的道理谁都明白。可往往有不少人，只会在事后才能品尝出这句话的苦涩。

甲路镇和皖南其他大的集镇一样，民众都有闹元宵的习俗。由于茂林的战火

没有波及这里，元宵节这天下午，镇里的富裕人家照例挂起了彩灯，镇里还有舞狮子、跑旱船、猜灯谜的，十分热闹。

镇子邻近公路处，有一座废旧粮仓，现在做了 32 分监处的兵站，有一个连的兵力看守军用物资。因为茂林战事已经接近尾声，弟兄们累死累活忙了一个多月，现在也该喘喘气了。今天是元宵佳节，连长准了一半弟兄的假，提前开了晚饭，让他们进镇看热闹去了。

约莫下午五点钟的时候，兵站门口来了一群民夫，几十辆手推车堵住了路口，吵吵嚷嚷，说是来讨要工钱的。站岗的士兵还没搞明白什么事，就被几个民夫夺走了枪，人也被捆起来扔到了一边。

民夫们迅速打开大门，从棉袄里抽出驳壳枪，一拥而入。这些民夫是 3 团 7 营营长吴捷生和一个排的战士装扮的，谢俊胜的一百多人跟在后面也冲进了兵站。

守卫连长听到门口乱哄哄的，伸头向外看去，只见几十个村民打扮的人正向库房冲来，心知不妙，急忙缩回房间，抓住电话狠命摇了起来，未来得及通上话，吴捷生他们已经冲了进来，黑洞洞的枪口对准了他，大喊："不许动，放下电话！"守卫连长慢慢放下话筒，右手就要掏枪，一个战士果断开枪将其击毙。

解决了顽军连长后，谢俊胜和吴捷生的二百多人包围了五十多个顽军。先是喊话："新四军大部队回来啦，新四军优待俘虏，中国人不打中国人啊。"

这时，镇子里的灯会刚刚进入高潮，爆竹声锣鼓声响成了一片。兵站里面的顽军士兵听见外面到处都响起了"噼里啪啦"的声音，以为新四军已经占领了整个镇子，只好纷纷缴枪投降。

只有十几个军官模样的，退缩到一间屋子里开枪顽抗。谢俊胜命令机枪封住屋子的门窗，一个战士弯着腰钻到了被机枪打得稀烂的窗口下面，扔进去两颗手榴弹，两声闷响过后，里面没了动静。兵站全部拿下。

甲路通向外部的电话线已被切断。制订作战计划的李伟民他们却忽略了一个细节，那就是，32 分监部规定各兵站每隔半小时必须互通一次电话，否则就是出了意外，邻近的部队必须派兵前去探查情况。

部队是在五点整发起攻击的，这也正是兵站向外联系的时间。32 分监部发现甲路兵站没有打来电话，便立即命令离甲路最近的胡乐镇的驻军紧急出动，命令宁国 64 师派一个营开赴竹峰兵站待命。

驻扎胡乐的是 62 师的一个营，接到命令后立刻派出了一个连，沿着公路向甲路赶来。借着淡淡的月光，这个连很快走到了距离甲路十几里的草鞋岭下。

刚转过弯，前面的尖兵连续踏响了地雷，浓烟腾起，雷声震耳，几个士兵躺在路边哀号不止。顽军连长大惊，难道中埋伏了？他急忙命令部队散开，从公路两边绕过去。谁知没走几步，地雷又轰然炸响，十几个士兵又倒地不起。

顽军连长趴在地上向两边看去，山里的公路本来就是依山而建，路面不宽，两边都是陡坡，不走公路就得爬山。若是爬山何时才能到达甲路？他灵机一动，叫士兵朝公路上扔手榴弹，看看能不能把地雷引爆。

士兵们向后退出一段距离，扔出几十颗手榴弹，果然引爆了几颗地雷。顽军连长大喜，命令士兵排成一路纵队，慢慢往前走，可是谁也不愿走在前面，用枪逼着没用，给赏钱也不行。连长摇头叹气，只得命令两个排长走在前头，说回去给他们请功，最少提升一级。

两个排长无奈之下只得走在前面探路。他俩都是老兵，如果是在白天，完全有把握发现埋雷的痕迹，可现在是夜里，又不敢亮着手电照路，只能踩着手榴弹炸过的地方走。走过了一截路，又朝前面扔出了几十颗手榴弹。

就这样走走炸炸，炸炸走走，他们足足用了两个小时才到达甲路兵站。进去一看，他们全都傻了眼，兵站的仓房坍塌了半边，里面空荡荡的，什么都没了。在仓房旁边的两间屋子里，兵站的军需官，还有守卫连的连长都躺在地下，早已死去多时了。

夺取兵站只用了二十分钟，搬运兵站里的物资却用了将近一个小时。谢俊胜和吴捷生带来的人全部上阵，用车推的，用扁担挑的，用肩膀扛的，天快亮时才回到毛栗峰营地，人人累得要死，可心里畅快。他们匆忙吃了早饭，开始清点战利品，战果很快就出来了。

此次共缴获：轻机枪八十挺，重机枪五十挺，八二迫击炮十八门，步枪一千支，驳壳枪和手枪三百支，电话机三十部，交换机四部，还有六个长方体的铁盒子和一大堆零部件。

战士们猜不准是什么东西，谢俊胜、吴捷生看到后，高兴得大笑起来。他们在老部队里见过的，这是军用收发报机，还有供电用的手摇发电机。咱们大队正缺这些东西。宝贝啊！另外还有迫击炮炮弹、子弹和成堆的棉军衣。

看了缴获物资清单，谢俊胜、吴捷生知道这些物资足够能装备一个步兵团。两人商量了一下，武器都不动，听从后勤部分配。电台和手摇发电机留下一套，电话机留下三部，其他都上缴大队部。由谁押送物资，两人谦让了起来，都想把功劳让给对方，结果抓阄决定，谢俊胜去送。

当晚，谢俊胜带了一个排，将电台和电话机送往虎头岭。他们不敢用手推车

推，怕在路上颠簸坏了，硬是用箩筐挑，走了一百多里山路，天亮后到达了大队部。

徐满仓、邵家旺和马云飞各自带了一个营到达指定的位置，结果只有马云飞打了一仗，用十几颗地雷挡住了胡乐的援兵。徐满仓和邵家旺一枪没捞到放。

六点以后，三个团长没有回去，都把部队开到了葛顺乡附近，派了通信员向叶志远报告了自己的位置。他们现在都怀着一个心思，等着分配战利品。

谢俊胜把缴获物资送到以后，向叶志远报告了战斗经过，把物资清单交给了张扶海，就带着战士们吃饭睡觉去了。张扶海看过清单，马上找来杨少良和卢舒云，经两人检查，缴获的是五瓦军用收发报机，在山区通信距离不超过五十公里，适用于团以下作战单位之间的通信联络。

第一〇一章 装 备

叶志远和张扶海简单商量后，叫通信员到葛顺乡传达命令：三个团去毛栗峰领取战利品，每团八二迫击炮五门，炮弹一千颗；重机枪十五挺，轻机枪二十五挺，步枪二百支，手枪五十支。

给每个团装备电台、手摇发电机各一部，电话机六部，交换机一部，由警通营派人安装调试。谢俊胜、吴捷生部比照营级单位领取。剩余物资全部上缴大队部。

卢舒云的报务训练班开课已有一段时间了，学员们初步掌握了无线电通信常识和收发报技术，以后就是熟练和准确的问题了。缴获了收发报机以后，卢舒云白天给学员们讲解机务知识和电台操作，晚上和杨少良一起编写密电码。两人熬了几个晚上，编成了两套简易密码，打算先用着，等以后有机会从江北军部搞来"伍豪密码"，再全部更换过来。

二月底，报务班学员结业，每个团包括谢俊胜他们都分到了两个报务员。一到部队，报务员立即架设通信天线，开通了电台。按照规定的波长和联络呼号，卢舒云迅速与四个电台取得了联系，并用密码发出了叶志远的命令："炮兵学员近日返队。各部抓紧整训，充分做好反清剿斗争准备。"

张一阳拿着炮兵考核成绩单，向叶志远汇报了炮兵学员训练成果。全体学员已经能够熟练操炮，会退出哑弹，会修正弹着点。但由于训练时间短，实弹射击次数过少，还不能做到首发命中，也不能解决连续射击时弹着点散乱的问题。

叶志远听了后，深感满意，相信他们在实战中会逐步成长的。叶志远问了迫击炮的最大射距，张一阳说六〇炮一千八百米，八二炮两千八百米。叶志远考虑了一下，便叫张一阳留下十个炮手，其余都分给三个团和谢俊胜部。

再说组建战场救护队的事。冬妹子做事确实干脆，第二天就向李济园请了假，跑到服装车间跟黄嫂打了个招呼，很快挑出了三十个身体结实的女工，问她们愿不愿意当救护兵，愿不愿意上战场救护伤兵。

当场就有几个女工走出来说，她们怕听枪声，怕见血。冬妹子哼了一声，手一摆说："不愿意就算了，你们回去吧。"她又问剩下来的人："你们怕不怕？"

有个女工说："谁不怕啊？可总不能见死不救吧，我们谁家没有兄弟在部队上干啊。姐妹们你们说，是不是这样啊？"大家都点头说是。冬妹子问这个女工叫什么名字，女工说叫孙来弟。冬妹子记住了她的名字。

冬妹子把这些女工带到营地办的养鸡场。她掏钱买了二十几只大公鸡，然后来到了伙房，借了两把菜刀，叫女工一人杀一只鸡，现在就杀，不许别人帮忙。大公鸡劲头大，气性长，不大容易杀死，胆小心软的人还真下不了手。

有的女工在家杀过鸡，找准了喉管一刀下去，拎起鸡腿放尽了血就成了。可是，大部分女工家境贫寒，一年到头吃不上几顿荤腥，平时家里哪有鸡给她们杀。

这下可就热闹了：有的人颤抖着手杀了几刀都不出血，有的闭上眼狠着心杀出了血，但鸡血没有放尽，扔到地上鸡又满地乱跑。有的把鸡杀痛了，挣脱了女工的手还跳起来啄人，吓得女工哇哇惊叫，四处避让。在旁边看热闹的炊事兵一个个笑得肚子痛。

冬妹子没有笑，她觉得这些女工都挺有勇气的，就把她们全部招进了救护队。这几天，医疗队的伤员们顿顿吃上了鸡肉菜饭，连叶志远也跟着沾了光。一个月后，战场救护队正式成立，大队的任命也同时下达：何冬妹任队长，孙来弟任副队长。

宁国县万福村，32集团军司令部。上官云相的心情十分沮丧。144师押送3个新四军干部来司令部，竟然在眼皮子底下被人劫走。32分监部报告甲路兵站遭袭，大量武器装备不翼而飞。如此看来，皖南新四军并不像自己所吹嘘的那样，什么激战七天"一鼓而荡之，"而是大有人在，根本没有剿灭。

上官云相考虑再三，命令参谋长调52师一个团从榔桥向西，调64师一个团从宁国向南，迅速包围合击甲路地区，彻底消灭新四军残余部队。

这一个月来，陈水根把侦察员分成三个连，用两个连侦察铜陵、繁昌、芜湖、湾沚的日伪军情况，用一个连监视顽军清剿动向。现在各方面的情报都汇集到了虎头岭营地。李二林这段时间四处奔走，十分辛苦，摸清了南陵、繁昌伪顽

势力的底细，这时也赶往营地汇报情况。

叶志远电令徐满仓、李伟民速回营地，1 团交由政委王令朝指挥。当晚，叶志远、张扶海、刘贤臣、白和义、陈水根以及刚刚回来的徐满仓、李伟民齐聚指挥所，将各类情报分析了一遍，决定分步应对：如果顽军只用两个团的兵力进攻，我们就分兵抵抗；如敌人继续增兵，则采取第二步行动，即叶志远根据侦察情报提出的"乱战"之计。

刘贤臣反映了一个情况：他叔父刘若溪托人带信说，茂林事件后，顽军大搞白色恐怖，抓了几百个新四军和休宁、歙县两地的赤色嫌疑分子，集中关押在休宁东乡的临溪镇，这些同志受尽折磨，听说很快就要押送别处。

叶志远忙问："刘老先生近来如何？"刘贤臣说："他是重点抓捕对象，幸亏太平商会出面担保，才免除了牢狱之灾。"叶志远与大家商量后，派陈水根带领侦察员赴休宁侦察。白和义说他认识休宁地下党的人，提出要一同前往。

接到营地作战命令后，1 团派出 3 营赶赴溪口与 2 团汇合，邵家旺率 3 营、5 营和 6 营，于二月二十八日凌晨对竹峰兵站实施突击，用迫击炮直接将兵站摧毁，破坏了顽军的后勤供应。然后退至竹峰以南的桑树坑，占据有利地形，挡住了 64 师一个团的轮番进攻。

3 团派出 8 营在甲路西边的草鞋岭与谢俊胜、吴捷生两个连汇合，构筑防御阵地。三月一日下午，52 师一个团的先头部队行至草鞋岭时，被地雷炸退。顽军派出工兵排雷，又被冷枪打退。夜间宿营时，屡遭对方彻夜袭扰，苦不堪言。

第二天顽军抢来附近村民的十几头耕牛，驱赶耕牛踩雷。结果是，走在前面的牛踩响了一颗地雷，被炸翻在地，哀号不止。走在后面的牛受了惊吓，有几头牛钻进了深山没了踪影，还有几头牛干脆调转回头，朝顽军队伍冲了过去。顽军士兵想上前阻拦，竟被撞倒了好几个。带队的军官见事情不妙，急忙命令士兵开枪射击，将耕牛全部击毙完事。

顽军团长恼羞成怒，喝令士兵强行通过，死伤了十几个士兵后，又被山上的重机枪封住了去路，顽军死伤惨重，寸步难行，士气几乎丧尽。

第一〇二章　惊　蛰

顽军两个团打了三天，未取得任何进展。他们向上面报告说，新四军拥有重型武器，火力非常凶猛，部队伤亡严重。上官云相着实吃惊不小，便命令正在休整的 40 师立即集结，带上德制山炮，于三月五日全力进攻甲路。

顽军精锐部队即将出动的消息很快传到了虎头岭，叶志远再次召集众人研究对策。一个月前，叶志远就有了袭击日军重要目标、激怒日军进攻青弋江沿线、缓解云岭军部压力的想法。因此早早派出了陈水根、李二林前往侦察。

据陈水根侦察，驻在大通镇的日军警备司令部、驻在铜陵县城的 133 联队部周围都有民宅或商铺，袭击时容易误伤群众。建议袭击芜湖湾里机场或湾沚日军 15 师团的联队部，他们还画出了这两个目标的位置图。

李二林他们查明，逮捕杀害铜陵县委负责人张东亮的，是南陵河湾保安队。另外，繁阳镇的反共自卫团积极参与抓捕新四军和地下党，血债累累。建议彻底消灭这两股反动顽固势力。

徐满仓认为，"乱战之计"可以缓解我军压力，但是一旦鬼子发起疯来，国民党军队必定溃败，局面有可能失去控制，将会给皖南群众带来血火之灾。

叶志远点点头，说："老徐的顾虑很有道理，我们再好好研究一下。"经过一整夜的反复研究和推演，一个代号为"惊蛰行动"的作战命令用电台发给了各个部队。

三月四日，杨少良、张一阳带了四名炮手和两名侦察员赶到蔡村 1 团驻地。1 团给他们准备了两条带有夹层的快船，船上的夹层里都藏有一门八二迫击炮和五发炮弹，还有一捆集束手榴弹。他们已经做了最坏的打算，如果途中被鬼子发现走不掉了，就拉响它和鬼子同归于尽。

三月五日夜，杨少良、张一阳各带两名炮手和一名侦察员，身揣通行证和伪造的良民证，驾起快船一前一后地驶入了蔡村河，又进入青弋江，一路向北而去。凌晨时分，他们到达湾沚南边的龙尾湖，在侦察员引导下，钻进了河汊隐蔽起来。

三月六日，这天正是惊蛰节气。夜幕降临之后，河上雾气弥漫，十步之外便看不清了人影。两条船悄悄穿过了湾沚镇，杨少良的船继续向西北行去。张一阳的船向东拐进了赵家河，在一个叫磨盘山的地方靠了岸。藏好船后，他们取出迫击炮，跟着侦察员摸到了狮子山的边上。

张一阳蹲在蒿草丛里，举起望远镜向日军驻地看去。这里是日军的一个联队部，四周拉了两道铁丝网，铁丝网之间估计是雷区。鬼子联队部的四个角上都建造了钢筋水泥碉堡，最里面是十几排营房，正中间有一座两层小楼。

张一阳在鬼子碉堡的射击死角选好了一处射击阵地。今晚微风有雾，能见度差，但是鬼子兵营都亮着灯，不影响他们精确测距。射击的准备工作完成后，张一阳低头看了一下手表，十点三十分。

此时，杨少良的船驶进了扁担河，在官陡门附近上了岸。在距离湾里机场两千米的山洼里，选好了射击阵地。杨少良趴在坡顶，举起望远镜仔细观察机场情况。

湾里机场是日军临时机场，平时的飞机数量并不固定，今晚停在跑道边上只有十几架。鬼子机场警卫十分严密，除了铁丝网、壕沟、碉堡以外，还有几支巡逻队牵着狼狗，在机场周围不停地梭巡。

杨少良借着机场里的灯光，找到了燃料车，再顺着燃料车找到了油库，油库边上堆放着许多汽油桶。又根据进出鬼子的服装，找到了鬼子飞行员的宿舍。好，就打这两个目标，炮手已经做好了射击准备。

按照事先的约定，机场这边是十二点整打响，张一阳是十二点十分打响。杨少良不时地看着腕上的手表，现在离十二点还有二十分钟。他觉得今晚时间过得很慢。

杨少良他们的阵地处在上风。鬼子巡逻队的狼狗似乎嗅到了陌生人的气味，突然朝着这边"汪汪"地叫了起来。鬼子兵十分警觉，立刻散开队形，端着枪慢慢向这边搜索过来。

杨少良"唰"的一声抽出驳壳枪，扳开了机头。他低头看了表，十一点五十分，不能等了。他当机立断，立即命令开炮。炮手抓起炮弹，轻轻地放入炮筒，"嘭"的一声巨响，炮弹出膛。杨少良死死盯着油库，只见堆在一起的汽油桶猛然晃动了一下，紧接着蹿起一股火苗，然后传来了一声沉闷的轰响。

打中了。杨少良挥手下令："两发连射！"

"嘭！""嘭！"两发炮弹飞向了油库，猛烈的爆炸引燃了油桶，油桶引发了一连串的爆炸，爆炸的气浪将燃烧的油桶掀到了空中，又重重地砸了下来。

油桶破裂了，燃烧的火焰向四周滚动蔓延，停在跑道边上的飞机很快被烈火吞没，飞机油箱也接二连三地爆炸燃烧，机场上火势越来越大。日军的号叫声、警笛声，还有朝天示警的枪声响成一片、乱作一团。

鬼子巡逻队发现了杨少良这边的射击阵地，他们一边开着枪，一边号叫着冲了过来。鬼子巡逻兵还松开了链条，一条狼狗嘶叫着，如同利箭一般向射击阵地蹿来。

杨少良是头一次遇到这种情况，起初确实有些慌乱。但他立刻提醒自己，慌什么！敌人上来了就干死他们，正好为李有田、倪裳衣他们报仇。杨少良猛吸一口气，拼命压住心头的悸动，大声命令炮手不要慌张，马上撤退。

炮手们的情绪马上稳定了下来，迅速卸开炮架炮身，扛在肩上拔腿就往河边跑去。杨少良没有撤退，他迅速将望远镜塞进盒内，手持驳壳枪，向前蹿出几步，扑倒在地，眼睛死死盯着鬼子追来的方向。好在机场燃起的大火，将眼前的景物映照得十分清晰。

眨眼工夫，鬼子的狼狗已蹿至眼前，龇牙咧嘴地上来扑咬。杨少良瞅得真切，就在狼狗腾身扑来的瞬间，稳稳地扣动扳机，"嘭嘭"两枪，将那畜生击倒在地。

杨少良一个侧翻，爬起来就往回跑。也就在此时，机场燃烧的火焰将弹药库引爆，震得地面连续抖动起来，整个机场几乎要给掀翻了。鬼子巡逻队见势不妙，立即停止了追捕，匆忙返回机场灭火去了。

狮子山麓。张一阳趴在草丛里又一次看了看手表，十一点五十五分，离攻击的时间还有十五分钟。旁边的炮手忽然戳戳他，向西北方向指了指。

张一阳抬头看去，几十公里外的天空已经烧红了一片。张一阳知道杨少良他们提前动手了，马上命令向1号目标连续射击。三发炮弹打了出去，张一阳清楚地看到，兵营当中的二层楼房已被炮弹削去了一层。

接着炮手又向2号目标连射两发，离他们最近的一排兵营在爆炸声中垮塌了一半。第五发炮弹刚刚出膛，两个炮手已经将炮身分解完毕，做好了撤退的准备。随即，他们的身影便消失在黑沉沉的夜幕之中。

遵照营地电令，六日傍晚，1团2营以一部进至南陵县河湾区，一部进至繁阳镇。参战部队的连排级干部都是当年铜陵猎户队的队员，听说县委张东亮就是被眼前这帮敌人杀害的，他们个个咬牙切齿，胸中复仇的怒火熊熊燃烧。

夜里十二点，对南陵河湾保安队和繁阳反共自卫团的攻击同时打响。炮火轰击刚刚结束，战士们就端起轻机枪一路狂扫，冲了上去。以往冲锋的时候，战士们都是高喊"缴枪不杀"。这次战斗不一样，从头到尾就是一个"杀"字，喊得惊天动地，震人心魄。半个小时后，敌人尽数被歼，无人逃脱。

在此之前，3团9营奉命开赴草鞋岭以西的山地，承担袭扰40师向甲路开进的任务。2团4营于7日进至周王、新田一线，承担阻滞日军南侵的任务。1团2营从繁阳、南陵撤回后，与1营汇合，奉命坚守琴溪、蔡村一线，阻滞日军南下。目前，大队一共出动了8个营的部队参战。这仗最后能打成什么样子，战局究竟向何处发展，恐怕现在谁都说不清楚了。

第一〇三章　报　复

芜湖，日军15师团仓桥联队部。仓桥联队长眼露凶光，牙齿咬得嘎嘣直响。昨夜湾里机场遇袭，日军蒙受巨大损失：几十吨的油料和弹药都被炸毁，十几架

飞机烧得只剩下了铁架子,飞行员全部玉碎,没有找到一具囫囵尸身。

同时,驻湾沚的一个中队也遭受攻击,吉田中队长和一个小队的日军统统毙命。消息报给了师团司令部,遭到师团长酒井次郎一顿痛斥,责令立即搜捕袭击者。

从昨夜开始,日军对机场周围的搜索一直就没有停止过,并派兵封锁了水陆要道严加盘查,但是毫无结果。参谋长认为,现在搜索没有任何意义。根据武器专家的现场检查,对方是用八十二毫米以上口径的火炮轰击机场的,这种火炮只有中国的政府军才有。参谋长断定,昨夜的袭击行动,十有八九是第三战区部队干的。

仓桥联队长很不理解顾祝同的作战目的。参谋长继续给他分析道:顾祝同年初派出重兵围剿新四军,国内舆论群起攻之,斥责顾祝同是抗战的狗熊、内战的英雄。美英苏等国也纷纷来电指责,重庆政府声望因此而下降,并直接影响了今年的对华军援。为扭转不利局面,顾祝同便一反常态,策划了这次军事行动,向外界表明他也是坚决抗战的。

仓桥若有所思地"唔"了一声,算是认可了他的分析,接着问现在怎么办。参谋长建议,目前大本营的态度是,对抗日根据地实行囚笼政策,要摧毁他们。对重庆则实行诱降政策,要逼他们屈服。我们可以比照大本营对重庆的做法,建议师团对第三战区实施空中轰炸,地面部队伴动,让他们知道冒犯皇军的后果。

鬼子的反应很快。七日中午,出动两架侦察机在南陵、宣城、泾县一带上空盘旋侦察;下午,从安庆机场起飞了十二架飞机,对青弋江沿线的国军阵地投弹轰炸;八日上午,又出动数十架次的飞机轰炸国军的驻地营房以及部队的集结地。同时,驻铜陵的 133 联队一部,沿铜陵南陵公路向泾县方向推进。驻芜湖的52 联队一部纠集大批伪军,沿水阳江南下,兵锋直指宣城水东地区。

全面抗战现在已经进入第五个年头了。说实话,皖南国军在对付鬼子空袭方面已经积累了不少的经验。因此,这次空袭尽管来势凶猛,但国军并未遭受多大的损失。然而鬼子地面部队的出动,则直接威胁到国军防线的安全,彻底打乱了他们围剿皖南新四军的作战部署。

闻知日军地面部队向南推进,顾祝同大惊失色。他用电话严厉斥责上官云相,追问是谁这么胆大妄为,这个时候跑去偷袭日军,这不是成心惹事,成心破坏剿共计划吗?他责令赶快查清,查出来就地枪毙。

上官云相对日军轰炸并不担心,这些年来哪天不炸上几回?但是真要出兵扫荡就不一样了。这几年日军扫荡了皖南十几次,每次都是人家新四军顶在前面打头阵。现在倒好，新四军给自己打垮了，没人在前面挡子弹，只有自己赤膊上阵去和鬼子拼命了。

上官云相越想越烦躁，叫来参谋长徐至茂商量了一会，口授命令如下：各部除留一部继续围剿新四军残余外，其余迅速撤回原先防区固守，粉碎日军南进企图。

各部遵令后撤，刚刚走上公路便遭日军飞机轰炸扫射，部队慌忙疏散隐蔽，溃不成军。白天不能走，就改成夜间撤退，谁知新四军又派出部队沿途骚扰，趁乱截获了不少物资粮草，弄得顽军昼夜不安，防不胜防，怨声载道。

徐至茂向顾祝同建言说："我们进攻甲路，是因为兵站被劫。上次万福村挨炸，黄子山进剿受挫，还有这次湾里机场的事情，其中很有些蹊跷。对手是什么人？有多少人？果真是新四军残余吗？我们不很清楚。用大军去进剿躲在暗处的敌人，自然是劳师费力，难以奏效。"

上官云相听得有些刺耳，憋着火气问道："那你说怎么办？"徐至茂侃侃而谈："不如动用地方武装分片进剿，只要泾旌宁宣这几个地方一齐动手，我们的对手在暗处就躲不住了，就会露出原形，到那时我们再出动大军，给他们雷霆一击。"

上官云相对扶持地方保安团一直心存顾虑，他说："这些乌合之众，成事不足，只会助长地方豪强势力，弄不好反被新四军所利用。"徐至茂说："司令官所虑极是。不过这也好办，我们可协调皖南行署，由我们派人去当团长，地方的人当副团长，这样保安团就能掌握在我们手里。"

几天以后，皖南行署一纸公文发到各县，将县保安团统一更名为"县抗日自卫大队"，下辖若干中队，兵员人数根据地方财力确定，从三百人至五百人不等。但是必须对原有人员进行整肃清理，凡是心志不坚、违反军纪、玩忽职守的，或者发生过士兵哗变、贪墨腐败的，军官一律革职拿问，士兵一律清除出队。

这又是一场轩然大波。首当其冲的就是宁国县保安团黄大山团长。县里不少人早就觊觎保安团长的位置，现在纷纷趁机发难。艾冬花指使葛应耿跑到万福村，检举黄大山治军不严，纵容属下哗变，包庇新四军，放走新四军重要干部。

上官云相派出宪兵逮捕黄大山，幸亏胡县长等人出面说情，送上重礼，才得以从轻发落。最后，县里行文上报行署，将黄大山革职了事。

这边的位置刚刚空出来，徐至茂便安插自己的卫士吕世印当上了县自卫大队的大队长。艾冬花用钱买通上层，让葛应耿当上了大队副。

吕世印是徐至茂的远房亲戚，为人粗鄙，贪酒好色，人赠外号"驴屎硬"。

吕世印来到自卫大队上任后，没说几句话，便发现葛应耿与自己气味相投，两人一拍即合。

当晚，葛应耿在县城酒店为吕世印摆酒接风。酒足饭饱之后，两人走进"翠香楼"，叫老鸨唤来一个年轻风骚的卖春女给吕世印陪寝。

葛应耿自己溜到了艾冬花的住处，竭力讨好表白了一番。然后，趁着酒劲，葛应耿自然又是将艾冬花搂倒在床，两人就像野地里打架的狗，疯狂纠缠在一起。

新官上任三把火。不过，吕世印烧的尽是邪火。他第一把火是命令各乡选送新兵，说要亲自加以操练。吕世印粗暴贪婪，对新兵百般苛求，动辄打骂责罚，还伙同葛应耿肆意克扣军饷菜金，供自己花天酒地，寻欢作乐。

以往黄团长在的时候，士兵们每天两餐干饭，基本上能吃饱。现在变成了一干一稀，饭不能吃饱，菜不见油荤，士兵们整日饥饿难耐，渐生恨意。

吕世印的第二把火是撤换干部，他借故撤掉了黄大山任命的两个中队长和不少班长，换上自己的一帮子酒朋嫖友，这下可激起了众怒。

当初谢俊胜撤退前，曾经打过这两个中队长的招呼，说是今后遇有难处，他可以帮忙另谋出路。现在他俩已经走投无路了，只得铤而走险。一天夜里，趁吕世印外出寻欢之机，两个中队长潜回营房，拉出两个中队，他们兵分两路：一路进了"翠香楼"，谎称给吕大队长报信，摸进厢房将吕世印用麻绳勒死，悬在梁上。

另一路闯进艾冬花住宅。此时艾冬花正和葛应耿搂在床上癫狂快活，忽见有人闯入，艾冬花尖叫一声，急忙推开压在身上的葛应耿，裹着床单，一个翻滚缩到了床铺的内侧。

葛应耿却不知死活，伸手想从枕下摸枪，士兵们一拥而上，将他乱刀捅死在床上。紧接着，几个士兵挥刀欲杀缩在床里的艾冬花，被中队长伸手阻止，说："一个姘妇而已，留她一命吧。"

事毕，这两个中队长带着两百多名全副武装的弟兄，连夜投奔毛栗峰而去。

第一〇四章　支　队

苏北盐城，新四军新军部。当"惊蛰行动"引发日寇报复的消息传到军部时，几位首长会心地一笑，料定此事就是那个胆大包天的叶志远干的。因为殷良鉴、秦时月、徐锦城和李子芳等人相继回到军部以后，都详细报告了各人的突围经过，同时都提到了叶志远和皖南游击大队。

参谋长拊掌赞道："好一个驱狼吞虎之计。叶志远这家伙胆子真够大的，他就不怕日寇这条恶狼也咬他一口？唉，当时军部从星潭突围遇阻之时，叶志远要能率部出击一下，他从外面向里打，二纵从里面向外打，两面夹攻，军部极有可能就冲出来了，可惜了喽。"

一位首长叹了口气，说："这是两方面的问题，不能光责怪叶志远他们。殷良鉴同志报告过此事，说他们通信手段落后，消息闭塞，希望军部能送一部电台给他们。"

另一位首长在一旁笑了笑，说："你们不知道吧，就是这个叶志远，当年跟友军打架，违反了军纪，硬是给赶出部队的。"这位首长先是有些诧异，在听了事情缘由之后，笑着说道："这就叫作'塞翁失马，焉知非福'，要不是把他撵到地方去，也不会形成今天这样的气候。不过，军部几年前就布下了这手暗棋，还是蛮有远见的嘛。我们现在需要研究一下，如何增强皖南斗争力量的问题。"

三月二十一日，春分。李维真在一个排新四军的护送下，风尘仆仆地来到了虎头岭营地，带来了军部首长的指示信和一部大功率电台。

叶志远臂伤和腿伤已经痊愈，一见到老李来了，满心喜悦，拉着李维真走进了指挥所。卫河送上了热茶，李维真端起浅饮一口，感慨地说："有两个月没喝到皖南的香茶了，这回啊，不走了。"叶志远闻言一愣。李维真笑笑，用手指了一下桌上的信。

叶志远急忙取信来看。信是一位首长亲笔书写的。信中写道：皖南及无、庐、桐一带，在战略上有重要意义，我党我军在此也有三年以上的工作历史，必须恢复坚持皖南阵地。你们要放手发展抗日武装，创立根据地，决不能轻言放弃。经报请中央军委同意，兹决定组建新四军宁宣支队（旅），叶志远同志任支队司令员，李维真同志任政治委员。望尽快上报你们的工作计划。

叶志远看到这里，一股暖意涌遍全身，同时也深感压力巨大。他征求老李的意见，需要召开一次党委扩大会，传达军部的指示，再研究一个完整的工作意见上报军部。

正说着，陈水根和白和义走了进来，步履踉跄，疲惫不堪。叶志远问："情况摸清楚了？"两人点点头。叶志远叫卫河通知徐满仓、张扶海等人来听情况。自己给陈水根和白和义端来了两杯热茶。

等人员到齐了，陈水根报告说，今年二月，第三战区在休宁县临溪镇建立了

"皖南特训处"，关押了我们二百多个被俘人员，天天逼着他们坦白自首。特训处的主任叫杜遇农，是个上校特务。那里平时有一个排的士兵守卫。

白和义说了一个情况，他和休宁县委地下组织联系上了，他们早已安排了两个同志打进了特训处，当了他们的伙夫和扫地工。这次我们都见了面，他们告诉我们不能硬打，特训处的士兵不多，但周围的顽军不少，防备很严。

陈水根继续汇报说，这里去休宁沿途顽军不多，但是休宁周围多，唐式遵的直属队有一千多人驻扎在徽城、岩寺、潜口等地。徽屯戒严司令部一百多人驻扎在屯溪，行署保安大队三百人驻扎在休宁。说完，陈水根把一张草图交给了叶志远。

叶志远对照地图看了一会，说："我的意见，不管有多大困难，必须捣毁这个特训处，救出我们的同志。地下党的同志已经提醒我们只能智取。老徐、老陈、老白还有李伟民你们尽快研究一下，拿出作战方案，抽调精干人员参战。"

临溪镇是皖南古镇，位于休宁县城东南五十里，北面距屯溪十里路。汊水河从镇子西边流过，向北注入新安江。

临溪街上有一座明代建造的大院子，粉墙黛瓦，门庭巍峨，楼阁参差，气势非凡。不过，在大院的两个对角上，现在却竖起了两座木质岗楼，岗楼上有一个哨兵站岗，还架着轻机枪，显得十分扎眼。

这里就是第三战区皖南特训处，里面囚禁着将近两百名新四军被俘官兵和当地的赤色嫌疑分子。这天上午，扫地工老王和往日一样，早早来到了院子里，佝偻着腰，默默清扫着地上的落叶和灰尘。他经过每间囚室门口时，总要有意弄出点声响，低头环顾一下四周，迅速从门缝底下塞进去一个纸片。

傍晚时分，送粮的大车进了院子，镇上米铺的几个小伙计跳下车来，把车上装载的米袋扛进了伙房，他们干得十分卖力。但谁也没有注意到，走的时候少了两个小伙计。

天黑了下来，汊水河驶来三条木船，不声不响地在镇边靠了岸。船上走下来三十来个人，领头的正是叶志远、陈水根和卫河。他们快速接近特训处的院墙，伏身躲进了暗处。

"该换岗啦！"岗楼上的哨兵朝院子里吼了一声。过了一会，一间房门打开了，走出两个懒洋洋的士兵，嘴里嘟囔着："站什么鸟岗，天天都睡不好觉，把这些叛军都拉出去枪毙拉倒。"

两人打着呵欠走到拐角处，停了下来，都从裤裆里向外掏什么，像是要解手的样子。不承想，黑暗中忽然扑出了两个黑影，只听到"扑哧、扑哧"两声后，就再没了声息。

过了一会，两人一边扣着衣扣，一边分头朝两边的岗楼走去，帽檐压得很低，嘴里仍然嘟嘟囔囔的。还没走到岗楼下面，上面的哨兵急不可耐地跑了下来，搓手跺脚，看也不看前来换岗的人，忙不迭地跑回了房间。

这两个换岗的哨兵是李二林和夏玉林，是在傍晚时分扮作送米的伙计混进来的。此时，他俩快速登上岗楼，抓起轻机枪溜了下来，悄悄打开院门，又打了一声呼哨，叶志远、陈水根领着大刀连战士们涌了进来。

这时，扫地工老王的腰杆挺得直直的，迅速和陈水根对上了暗号。接着，他昂首挺胸地领着叶志远朝内院走去，另一个地下党员领着大刀连直扑顽军营房。

大刀连这次来了五十多人，他们拎着大刀冲进了特训处守卫排的住地，正在洗漱准备睡觉的士兵，突然被寒光闪闪的大刀逼住，个个呆如木鸡，惊恐万状。

战士们并没有大开杀戒，只是将他们一个个扒得光溜溜的，衣裤扔得远远的，捆住手脚，用毛巾和袜子堵住嘴巴，再用被子给蒙上，反锁在房间里。战士们还在锁鼻上绑了手榴弹，威吓他们说，门上拴着炸弹，窗子外面埋有地雷，想死的就只管往外跑吧。

第一○五章　营　救

老王领着叶志远走到内院的一间屋子跟前。门口一个卫兵喊道："什么人？"叶志远也不答话，从胸前抽出一把短刀，急速靠近房门，未等卫兵抽出枪来，扬手掷出短刀扎进了卫兵的咽喉。卫兵嘶嘶地喘着气，两手捂着脖子瘫倒在地。叶志远上前拔出短刀，踹开房门冲了进去。

特训处主任杜遇农此时正趴在桌上看一份材料，见有人不经通报便闯了进来，心知有变。他伸手抓起桌上的电话，叶志远掷出短刀，将电话听筒击落。疾步上前揪住杜遇农的领口，将他按在椅子上动弹不得，低声命令道："不要乱动，乖乖地把我们送出去。"

几个战士散开搜查房间，翻箱倒柜，将新四军被俘人员名单、审讯记录、特训处来往电文信件等等，当然也包括钱财等物统统装进了麻袋，扛在肩上就往外走。

叶志远押着杜遇农走到院子里，李二林和夏玉林前来报告说，特训处共有一

百八十个我们的人，已经全部营救出来了。叶志远叫他们立即转移上船。

陈水根带着侦察员牵了六匹马走了过来，主动向叶志远解释说："这是特训处的战马，咱不要白不要。"

卫河看见杜遇农脸色阴沉，眼珠子乱转，不知他在打什么鬼主意，便扯开他的棉袄，掏出一颗手榴弹绑在他的后腰上，用刀在棉袄后腰上扎了个窟窿，将拉环从窟窿里穿出来，又给他扣上棉袄纽扣，将拉环攥在自己手里。

卫河轻声对杜遇农说："什么时候想死你就支应一声，让你尝尝炸断了脊梁骨的味道。"杜遇农浑身一抖，无力地低下了脑袋。

大刀连战士把缴获顽军的棉袄都套在身上，领着营救出来的人员登上了木船。等叶志远等人上船之后，三条木船缓缓离岸，向北驶去。不知陈水根从哪里又弄来了一条船，载上刚缴获的战马，让侦察员驾船跟在后面。

半小时后，在屯溪城边的新安江河口，遇到了徽屯戒严司令部的检查站。执勤的顽军拿着手电筒对着船一阵乱照，看到了杜遇农在船上，很客气地打招呼："哎哟，是杜主任啊，您这是上哪儿去啊？"

卫河用手捅了杜遇农一下，杜遇农清了清嗓子，面无表情地说："奉命押送叛军俘虏出城。"顽军检查站丝毫没有怀疑，马上放行。

船队驶入新安江后，速度明显快了起来。叶志远坐在船上，见周围都是被解救出来的人，便问起了他们的情况。这里面有一百五十多人是突围人员，其中连排级干部四十人，都是在石井坑突围战斗中，打光了子弹，又饿又累，昏倒在路上被顽军抓住的。在关押审讯期间他们都没有暴露自己的身份。另外的三十人都是地方上的党员和积极分子。

叶志远问他们有何打算，他们说只要不死，就要接着干下去，为牺牲的战友报仇。同志们还说杜遇农凶残狡诈，害死了我们不少同志，留他不得。

半夜时分，船队在深渡镇的北面河道上停了下来。再往北走就进入昌源河，因为是逆水，大船无法行驶，只能徒步行军了。

叶志远叮嘱大家行军时要尽量保持肃静，体力好的要帮助体力差的，不能丢下一个同志。陈水根叫侦察员驾船沿新安江继续前行，能走多远就走多远，天亮前弃船，带着马匹自行返回营地。

队伍稍事休息，吃了点干粮，就顺大障河谷向东北方向走去。天亮时，在杞梓镇附近的山沟里宿营。休息的时候，卫河解下了杜遇农身上的手榴弹，警告他不要逃跑。

天黑以后队伍继续行军，翻越了几道山梁，来到了绩溪县伏岭镇东边的山地。此时，天上下起了绵绵细雨。透过蒙蒙雨雾看去，前面群山逶迤，山路盘桓，一面是陡峭的山壁，一面是百丈深谷，叫人看了心惊。

陈水根走到叶志远面前说："老叶，从这里往西去就是徽杭古道，通向浙江清凉峰。我们现在要往北去，山路不好走。当地人说，伏岭山高路弯弯，白天爬山腿打战，晚上就是鬼门关。"叶志远笑笑说："那就先找个避雨的地方休息一下吧。"

第二天一早，雨仍下个不停。战士们把雨披让给了营救出来的人员用，自己脱下从顽军那里缴获来的棉袄，顶在头上，踩着险峻的山道上了山。下山的时候山路渐渐平缓，好走了不少。这里到宁国的胡乐镇五十里路，到毛栗峰有七十里路。根据上次侦察，这一路没有顽军部队驻防，因此营地命令毛栗峰的谢俊胜部赶到胡乐镇东边接应叶志远。

在深渡镇分手之后，几个侦察员驾船沿新安江顺流而下。次日夜里，到了皖浙边界的街口镇附近，将船托付给当地的几户渔民保管，说以后自然有人来取。然后牵马登岸，沿小路钻入茫茫深山，直接返回营地去了。

第三战区于次日上午获知特训处遭袭的消息，说杜遇农和两百名新四军俘虏一起失踪，去向不明。另据屯溪检查站报告，当晚看见杜遇农押解俘虏乘坐四条木船向东驶去。

顾祝同气得要吐血，恶狠狠地骂道："日他妈的，杜遇农竟敢叛变，新四军竟敢虎口劫人，这也太不把我第三战区放在眼里了吧。是可忍，孰不可忍！"

他命令唐式遵的23集团军、徽屯戒严司令部即刻出动部队追击，抓住以后全部就地正法。又电告皖南行署，令其督促休宁周边各县自卫大队出兵清剿新四军越狱人员。

叶志远率大刀连出发后，李维真心里总觉得有些不安。他在皖南工作了近十年，对这里的山川地形算是熟悉的。这次老叶为了解救被俘的新四军战士，不顾一切地率队奔袭三百里以外的休宁县，这来回就是六百多里，风险太大。

第二天，他交代徐满仓留守营地负责全面指挥，便带着两个警卫员赶到了毛栗峰，和谢俊胜、吴捷生仔细研究了接应方案。他们知道，救援部队从休宁返回，必须从胡乐镇附近经过，那里驻有顽军的一个营。上次增援甲路兵站的，就是胡乐镇的这个营。

李维真考虑再三，便对谢吴两人说了，既然胡乐镇的驻军威胁我们的救援部队，包括对毛栗峰营地也构成长期威胁，不如这次就打掉他们。谢俊胜、吴捷生点头赞成。于是他们修改了作战计划，并用电报发回了营地。

徐满仓接到电报后，认为很有必要。随即电令 3 团出动部队，于二十四日进至胡乐东部一带，掩护叶志远返回，并伺机歼灭胡乐镇守军。为防止意外情况发生，徐满仓要求各部携带电台行动，随时保持联络畅通。

何冬妹的战场救护队已经训练了一个多月，每天上午，队员学习战场救护知识，下午实兵操练，反复练习检查伤势、包扎伤口，练习怎样背伤员、抬担架、爬山路。她们训练十分刻苦，晴天一身汗，雨天一身泥，天天累得腰酸腿痛。即便如此，这些队员们没有一个叫苦叫累的，更没有一个退缩的，个个都咬牙坚持了下来，看得战士们敬佩不已。

冬妹子听说有仗要打，就和孙来弟一起找到了徐满仓，吵着要随队出征。徐满仓纠缠不过，只好答应她们去胡乐镇支援 3 团作战。答应之后，他又有些后悔，这些女队员从来没有上过战场，要是有什么闪失，大队长肯定要怪罪自己。想到这里，他命令大刀连派出一个班的战士，跟随救护队一起行动，务必保护好她们的安全。

第一〇六章　尾　巴

三月二十三日，李维真命令谢俊胜留在根据地，负责继续整训投诚过来的团丁，自己率吴捷生和两个连绕过胡乐镇，进至宁国与绩溪交界的横山，并向伏岭镇方向派出了侦察搜索部队。

二十四日，3 团马云飞率四个连开至胡乐镇以东山地，向胡乐镇周围派出部队进行侦察。部队宿营以后，架设电台与营地进行联系，并向徐满仓报告了自己的位置。傍晚，何冬妹带领救护队与马云飞的部队会合。

从伏岭山出来，有一条山路直通胡乐镇，再与绩溪至宁国的公路相接。陈水根和夏玉林率领三十名战士在前面开路，李二林带领二十个人殿后掩护。

快到中午的时候，从后面跟上来一支队伍，有一百多人，看样子是县自卫大队的，他们歪戴着帽子斜扛着枪，不少人手上拎着鸡鸭。李二林示意战士们做好战斗准备，自己叼上香烟，叉开双腿站在山路当中，等着他们走近。

后面来的是绩溪县自卫大队的一个中队。昨天接到大队长命令，叫他们出城搜查新四军越狱人员。昨天一天他们进了三个村子搜查，保长跑前跑后照应着，好吃好喝地侍候着，临走他们还抓上十几只鸡鸭。刚才又进了一个村子骚扰了半天，这一出来就碰上了李二林他们。

一个小队长走到跟前，看见李二林他们都穿着国军的棉袄，很客气地问："老总是哪部分的？"李二林指了指自己的胸章，斥道："你这是眼珠子掉到了裤裆里，混了球啊。"小队长赔着笑说："是的，是的，长官说的是。"李二林反问："你们是什么人，跑到这里干什么来啦？"小队长说："前几天有不少新四军从休宁县那边逃跑了，上峰命令我们出来搜查捉拿。"

李二林哼了一声，说："就凭你们这熊样，还去逮新四军？离我们远点，不准跟在后面。"小队长跑回去报告说，国军不让跟着走。中队长朝四下里看了看，这片山里只有这一条路可走，他只好命令弟兄们离国军远远的，慢慢地跟在后面。

听说后面有尾巴，大家稍微加快了步伐。中午在横山附近遇到了吴捷生派出来的侦察员。侦察员报告说，一个小时前，胡乐镇一个连的顽军朝这边开过来，给3团挡住了。叶志远问明3团来了两个营以后，放心不少，命令队伍继续前进。

下午，队伍与李维真在横山会合。队伍里走出不少地下党员，亲热地拉住李维真的手，感谢特委救了他们。李维真命令队伍停下休息，吃点干粮。这时，队伍后面突然传来卫河的喊声："站住！再跑就开枪啦。"

杜遇农跟着新四军走了一路，一路上他都在寻找逃跑的机会。现在看见前面又来了一队新四军，知道再不跑就真的没机会了。

他借口要解手，跑到了路边树丛里蹲下，顺地一滚，爬起来拼命朝山沟里窜去。旁边一个战士眼疾手快，马上推弹上膛，对准杜遇农的后背"砰"的一声开了枪，杜遇农一头栽倒。卫河跑上去查看，见他还在挣扎，随即朝他头部补了一枪，狠狠地说："狗特务，干了多少坏事，早就该死了。"

远远跟在后面的自卫大队听到前面响了枪，觉得有问题，就加快速度追了上来。叶志远命令吴捷生带一个连去解决这个尾巴。吴捷生跑到后面一看，就和李二林嘟囔了几句，李二林点点头。

李二林领着大刀连的战士迎了上去。等自卫大队走近了，李二林大喝一声："都给我站住！你们当中有谁围攻过新四军的？有谁抓过新四军的？有谁抓过共产党的？统统给我站出来！"

自卫大队那边有人问道："你们到底是什么人？"李二林伸手撕去棉袄上的顽军胸章，扔到地上，冷笑一声，说："什么人？你们睁大狗眼看看，老子就是你们要抓的新四军，你四大爷！"李二林身旁的战士们纷纷拉动枪栓，推弹上膛，

杀气毕露。

对面那帮人一听是新四军，大惊失色，慢慢向后退去。李二林逼了过去，嘴里喊着："缴枪投降，坦白认罪，现在还来得及。"话音未落，对面队伍里有人朝他开了一枪，子弹擦着李二林的头顶飞了过去。

"哒哒哒"，大刀连战士手里的机枪马上朝响枪位置的上方打了一个点射。自卫大队立时炸了窝，喊叫着四散奔逃。谁知从他们侧后出现了大批新四军，一个个挺着刺刀恶狠狠地围了上来。自卫大队的士兵见无路可逃，纷纷扔掉了手中武器，跪地投降。

大刀连的战士走进俘虏群中，叫他们指认刚才是谁开的枪。揪出来一看，原来是自卫大队的中队长，确认无误后，拉到路边一刀削去了他的脑袋。

战士们又叫他们检举围捕杀害过新四军的人，俘虏们都没有吱声。吴捷生走到李二林跟前低语了几句，李二林转身对俘虏们说："现在没时间跟你们磨牙，你们都老老实实地跟着我们走，今晚我们再一个一个地算账。干过坏事的人一个也别想跑。"说完，朝战士们使了个眼色，做了个杀头的动作。

尾巴解决了以后，队伍继续向北行进。快要靠近胡乐镇的时候，前方传来一阵激烈的枪声。李维真断定，这是3团和胡乐镇的顽军接上了火。这时俘虏队伍里起了骚动，有十几个人越走越慢，渐渐落在了队伍的后面，押送的战士装作没看见。

等前面的队伍走过一个弯道时，后面不知是谁发了一声喊，这些人一哄而散，四处奔逃。没跑几步，身后响起了机枪，将他们全部扫倒在地。战士们上去一个个地检查补枪，从他们身上搜出了几十个新四军佩戴的臂章，多数带有凝固了的血渍。

叶志远和李维真拿到这些臂章的时候，双手微微发抖，翻过来一看，每个臂章的后面都写有姓名、部队番号、职务及血型。李维真深深地叹了口气，轻轻将这些带血的臂章抚平，装进了公文包。

马云飞在胡乐镇东边的山里迎到了叶志远的队伍，把叶志远和李维真请进了自己的临时指挥部。两个报务员正埋头在电台前忙碌着。

马云飞报告说，首场战斗已经结束。上午十一点，胡乐顽军一个连沿公路南进，马云飞派出小部队将其引入预设的包围圈，击毙了三十多人，其他都抓了俘虏。他们还故意放跑了几个，好让他们回去报信。估计顽军还会再来，现在伏击阵地已经向前推进，准备再打他一个歼灭战。

叶志远同意他们的打法，要求打完这一仗后，趁势攻入胡乐镇，消灭镇内残余顽军，彻底铲除反动顽固势力，为今后建立抗日民主政府扫清障碍。报务员送来电报，说溪口 2 团昨天发动攻势，一口气端掉了华阳河沿岸五个顽军的检查站，今天继续清除其他据点。

第一〇七章　手　枪

冬妹子一溜烟跑进了指挥部，拉着叶志远的手，左瞧右看的，又让他在原地转了一个圈，上下打量了一番，说："哥你没事吧，你的伤还没好透哎。"叶志远有些惊讶，问道："你怎么跑到这里来了？"

冬妹子挺着胸脯说："哥，我们救护队头一次上火线，队员们可勇敢了，今天上午抢救了十几个伤员。"马云飞说："何队长她们一直跟在战斗部队后面，救护非常及时，对战士们鼓舞很大。"

李维真觉得这是个新鲜事，便问了救护队的情况，说："救护队作用很大，回去安排一下，最好能给每个团都配上一个。"冬妹子高兴地说："谢谢李大叔。"

叶志远爱怜地摸了摸冬妹子的头，说："老李现在是我们政委了。我和李政委有事先回去，你去告诉队员，上了战场要放机灵点，要学会躲子弹。"叶志远留下吴捷生的两个连为 3 团助战。

队伍继续向北行进。走到西津河的源头时，李二林带领战士们动手砍伐竹子，扎了许多竹筏。队伍乘上竹筏漂流而下，天黑后顺利到达了葛顺乡。

胡乐镇顽军营部。逃回去的顽军报告说，一个连都被新四军吃掉了。营长大惊，觉得眼前这股新四军不像是越狱人员，倒像是上次偷袭甲路兵站的那支部队，急忙报告师部请求增援。

62 师师长陶柳接到报告，立即命令出动两个营，一个营从榔桥镇直接进攻黄子山的新四军根据地；一个营从旌阳镇增援胡乐，务必全歼新四军流窜部队。陶柳告诫两个营长要稳扎稳打，不要贪功冒进，以免中了新四军的埋伏。

黄子山根据地现在只有程永凯带着两个连守卫。程永凯是中央军校毕业，作战稳健，不喜硬拼。他得知顽军一个营来犯，白天命令战士坚守，躲避敌人的炮火。晚上则分头出击，利用夜幕和地形掩护，摸到敌军近前，这里扔几颗手榴弹炸翻几个，那里打一阵子机枪消灭他几个，顽军疲于应付，防不胜防。顽军连续

攻了三天毫无进展，还死伤了几十人，只得悻悻而回。

　　胡乐镇的顽军得知一个营的援军已在路上，心中大定，派出一个连前往镇东，交代他们不要急于进攻，只要能拖住新四军就是大功一件。

　　马云飞已在镇东的小坞一带设下了埋伏，就等顽军钻进来。谁知这次顽军十分的小心，一有动静就停止前进，架起机枪向可疑目标射击。马云飞命令开炮摧毁顽军机枪，顽军也开炮还击，双方你来我往，相持不下。

　　侦察员报告说，又有一支顽军在向这边开进，马云飞命令吴捷生率部阻击。吴捷生进至胡乐西面的尚村，占据有利地形构筑工事。

　　从旌阳镇赶来得顽军行至尚村，遭遇地雷阻挡，便架起八二迫击炮向对方阵地轰击。吴捷生装备的是六〇迫击炮，射距相差三分之一。吴捷生命令一个班的战士掩护炮排接近敌人。炮排钻进山沟，潜行至顽军阵地附近，只用了几发炮弹就将敌炮摧毁。

　　小坞的战斗仍呈胶着状态。马云飞命令一个连佯攻吸引当面顽军，自己率三个连迂回到胡乐镇南门，利用夜色掩护突入镇内，战士们不惜伤亡，勇猛冲击，一鼓作气捣毁了顽军营部。马云飞留下一个连清理战场，接着率部向东出击，将小坞的顽军击溃。

　　解决胡乐顽军后，马云飞让部队稍作休整，又连夜行军二十余里，插到正在尚村与吴捷生对峙的顽军背后。黎明前突然发起攻击，顽军猝不及防，在马云飞和吴捷生两面夹击之下，溃不成军，仓皇退回了旌阳镇。战斗结束后，吴捷生率部返回甲路毛栗峰。马云飞回到胡乐镇，将缴获物资全部运走，对镇上的乡绅百姓秋毫无犯。

　　在小坞战斗打响后，冬妹子的救护队始终跟在部队后面收治伤员。下午的战斗打得十分激烈，救护队先后给二十多名伤员及时包扎伤口，并抬下了火线。

　　身处弹雨呼啸、血肉纷飞的战场，冬妹子和她的队员们什么都不想，也顾不上想。她们只想着一件事，那就是尽自己最大的努力，在枪林弹雨中救护战士，从死神手里夺回战士的生命。

　　几发炮弹在前面的山上爆炸，一个战士摔下了山坡。冬妹子喊了一声："再来一个人。"就顺着山坡滑到了坡底，胳膊和腿上都给锋利的茅草划开了好几道伤口。冬妹子全然不顾，伸手拨开草丛找到了那个摔下来的战士，发现他的胸部炸开了一个血窟窿，已经停止了呼吸。

　　冬妹子心里一阵难受，朝战士的伤口里塞上一大团纱布，再用绷带扎上。正想着怎样把战士拖回去的时候，孙来弟"哧溜"一声滑到了身边。冬妹子说来得正好，赶紧帮我把他抬上去。

山谷右边的树丛里，发出了一阵树枝摇动的声音。冬妹子一惊，喊道："什么人？"树丛里伸出一个脑袋，朝这边看了看，叫道："这里有两个女兵，真稀罕哎，抓活的，谁先抓住了让谁先干啊。"

冬妹子又羞又怒，气得说不出话来。孙来弟却很泼辣，张嘴就骂："狗东西，回去干你妈！"说着抓起伤员丢下的步枪，推弹上膛，对着那人就开了一枪。冬妹子也掏出腰间的王八盒子跟着开了火。

冬妹子她们抢救伤员那是不含糊，可是要说枪法还真不怎么样。两人打了几枪，不但没打倒敌人，反而召来了敌人的疯狂射击，子弹打进两人身边的泥土里"吱吱"直叫。

孙来弟枪里的子弹打光了，子弹带却留在伤员身上。冬妹子一边开枪还击，一边从伤员身上掏出弹夹扔给孙来弟。没等孙来弟装上子弹，冬妹子手里的王八盒子卡了壳，怎么扣扳机也打不响。冬妹子急喊："快跑！"两人扭腰就朝坡上跑去。顽军狞笑着，跟在后面紧追不舍。

就在这千钧一发之际，坡上有人喊道："何队长，快趴下！"冬妹子和孙来弟急忙卧倒在地，身子给地上的石块磕得生痛。刚刚趴下，"哒哒哒……"一串子弹从两人头顶上呼啸飞过，将追击的顽军撂倒了好几个。

看着十几个战士从旁边冲了下去，冬妹子这才爬起来，瘫坐在地上，大口喘起了粗气，冷汗顺着发梢直往下滴，她越想越是觉得后怕。

战斗结束后回了营地，冬妹子找到张扶海好一顿埋怨，说这支王八盒子不好用，差点害死了她，今天说什么都要给她换枪。张扶海没有吭声，打开了枪柜让她自己挑。冬妹子一眼就盯上了一支小手枪，抓在手里，从枪套里抽出来一看，正是勃朗宁。她笑着说："就是它了。"

张扶海也笑了，说这次缴获了几支小手枪，是专门配给支队首长用的。老叶说他用惯了驳壳枪，就把这枪给退了回来，还说自然有人来要这支枪。

冬妹子一听，笑得眼睛眯成了一条缝："我说嘛，今天张部长这么好说话，闹了半天还是我哥想着我。嘻嘻，那我就拿走了，谢谢张部长。"

李政委兑现了自己的承诺，督促后勤部从各团驻地招收了不少年轻女伢子交给了冬妹子，救护队一下子扩编了一百多人，原先的老队员全都成了小队长兼教官。张扶海还从部队调换了五十支小马枪和两百多颗甜瓜手雷配给了救护队，叫她们用来防身。

从生死关口走过一遭的冬妹子，深知战场血腥残酷，危险万分。为了增强救

护队员的生存能力，她和孙来弟就开始不要命地训练起这帮姐妹们。从此，在虎头岭周围的山地里，几乎天天都能看到新队员扛着担架奔跑训练的身影，还时不时听到"啪勾、啪勾"实弹射击的枪声。

第一〇八章　民　心

三年多来，游击大队相继铲除了葛尚德、黄灵轩、汪煜疏这些个恶霸地主，没收了他们的田产山林。后来，这几个乡的村民选出代表，找到了游击大队，要求将原先被地主霸占去的田地归还给村民。

叶志远由此产生了在根据地实行土地改革的念头。刘贤臣、汪施才和黄立秋他们做了一番调研，将收缴来的田产地契全部清理了一遍，还派出民兵对田地山林进行了丈量核对。后来因为战斗过于频繁才耽搁了下来。

汪施才牺牲后，白和义接管了乡里的工作。他到任后做的第一件事情，就是取出汪施才遗留下来的那只手提箱，打开一看，满满一箱子田契文书和户籍资料，放在最上面的是汪施才亲手书写的《田地山林分配意见》。

白和义在皖南特委一直从事群众工作，整天与农民打交道，对土地山林问题当然不陌生，他仔细看完汪施才提出的意见后，觉得可行性很强。

为慎重起见，他拉着黄立秋跑到黄田乡、蔡村和华阳乡走访农户，和当地村民一起干农活，拉家常，不仅掌握了土地现状，还了解到了农民迫切要求分得土地的愿望。回来后又将意见作了修改，趁着休宁营救战斗结束，部队都在休整的时候，上报给皖南特委并游击大队党委审核。

叶志远看完报告之后，将报告交给了李维真，说："这是一件大事，涉及党的土地政策问题，还是由特委决定为好。"李维真郑重地点了点头，说："我们恐怕也决定不了，不如先开个会，听听大家的意见再说。"

三天后，党委扩大会在虎头岭指挥部召开，党委成员、各团的团长政委还有刘贤臣、黄立秋等人参加了会议。

李维真首先传达了军部的指示，宣布成立新四军宁宣支队。今年的主要任务是，积极发展抗日武装，巩固扩大抗日根据地，力争明年成立抗日民主政府。

接着，白和义汇报了准备在葛顺乡、黄田乡、华阳乡、蔡村乡开展土地改革的意见。听说要分田分地，团长、政委们都使劲鼓起掌来，连声叫好。

邵家旺喊道："打土豪，分田地，早该这么干了！"叶志远一听这话不对味，朝邵家旺直摆手，说："别乱放炮，这不叫打土豪分田地，这叫物归原主，还田于民。"大家哄然大笑："说法不同，意思都差不多嘛。"

李维真要求大家充分发表自己的看法。大家你一言我一语，还真提出了不少问题。例如：杀了黄灵轩那几个地主以后，农民害怕受到报复，不敢耕种他们家的地，不少田地已经抛荒；山里田少地稀，肥瘦不均，应当搭配起来分配；恶霸地主已死，但直系亲属也要分地，要允许他们自食其力；中小地主多余的田地不能剥夺，只能用钱收买，再拿出来分配；营地占用的山林土地暂不分配，由部队管理；今年秋季不再向县里缴纳田赋公粮；各根据地的税收要以支定收，不搞苛捐杂税，能满足根据地的基本开支就行，努力减轻群众负担；军人参与土地分配，并免交一份赋税；烈属家庭赋税全免；鼓励村民开垦荒地，三年免交赋税；禁止乱砍滥伐，保护山林资源；土地一律由村民选举的农抗会主持分配，接受村民监督，严禁个人弄虚作假，以权谋私。

散会后，李维真亲自起草电报稿，第一项内容就是把汪施才那份未写完的工作报告一字不落地抄录上去。末尾还补充了一句话。此报告没有写完，但根据报告上下文的内容来看，汪施才同志的建议应当是：请上级向皖南派出精干部队，逐步改变皖南敌我力量之对比。

电报还报告了成功营救怀宁特训处被俘人员的情况，请求将这些人员留在宁宣支队工作。最后是汇报了宁宣支队今年的工作重点，并对根据地土地分配问题进行了请示。

叶志远和李维真在电文稿上签了名，交给了报务室，用新架设的大功率电台给军部发了过去。

出人意料的是，军部很快就回了电：来电悉。同意你支队提出的工作计划。休宁解救人员可就地妥善安排工作。另，华中局及军部已有部署，徐锦城率部已赴铜陵繁昌组建皖江支队。胡明亮、杨明生、刘奎武在太平泾县组建皖南支队。望沟通联系，互相呼应，开创皖南抗日游击战争新局面。

军部回电十分简短，叶志远和李维真没费事就看完了，回电答复了三件事，但对土地改革的事情却只字未提。两人将电文翻来覆去又看了一遍，还是没有。

叶志远向门外一招手，卫河大步跨进屋内。叶志远叫他去把报务主任喊来。转眼工夫，支队司令部报务主任卢舒云出现在两人的面前。

叶志远问道："军部的回电都在这里了？"卢舒云答道："都译出来了，就这些。"叶志远把电文递给卢舒云，说："你回去检查一下，看看有没有遗漏的。"

　　卢舒云答应了一声是，转身走了出去。十几分钟后，卢舒云手拿电报走了进来，说："报告司令员、政委，军部回电已再次核对，没有发现遗漏。如果看过了，就请首长在电报上签字。"卢舒云说得十分干脆，不容置辩。叶志远和李维真只得在电报上签了字，并将电报退给了卢舒云。

　　叶志远自言自语地说："这事啊，可能叫军部为难喽。"李维真闭目沉思，一声不吭，半晌拍了一下桌子，说："再发一个电报请示。"说着就从桌上拿过稿纸，低头写了几行字，递给了叶志远。

　　叶志远见他写的是：据查，葛顺乡及其他三乡多数田地原属村民所有，后被恶霸地主巧取豪夺占为己有，现已无主。经反复考虑，由各乡农抗会出面将田地发还村民耕种，此举既有利于稳定民心，及时春耕，防止抛荒，也可解决我支队部分粮饷来源。妥否，盼示。叶李

　　叶志远从不轻易夸人，这次却由衷地称赞道："还是政委有水平，写得有理有据，也确是这个情况。"说完，他立即叫卫河将电报送到报务室发了出去。三天后，华中局复电：同意将无主田地交给无地农民耕种，你们应防范敌对势力干扰破坏，切勿大意。

　　叶志远和李维真心情大畅，尽管电文回避了"分配田地"这个字眼，而是"交给农民"，但这就足以表明了态度，这就是尚方宝剑，我们可以放手大干了。

　　李维真立即喊来白和义和黄立秋，商量具体办法并作了分工，白和义去葛顺乡，黄立秋去黄田乡，李维真去蔡村乡和华阳乡，尽快把田地分到无地和少地村民的手上。

　　这几天，四个乡就像过年一般热闹。村民们扶老携幼聚集在乡公所门前，当他们拿到了盖有乡公所大红印章的田契，看到上面清清楚楚地写有自家户主的姓名时，不少人都流下了欢喜的眼泪。

　　山区田地有限，这次土改按照农户全部人口计算，人均摊不到一亩。但是他们都心怀感激，要不是新四军为他们做主，早年被恶霸地主强占去的田地又怎能回到自己的手中？要不是共产党体谅老百姓的苦处，又怎能把田赋公粮的标准定得如此之低。一亩中等水田，一年只要上缴十五斤谷的赋税和三十五斤谷的公粮，另外再交上二十斤干柴或五斤木炭就全结了。这要比外乡少了一半，比葛尚德当乡长的时候要少一大半。

　　村民们高兴啊，纷纷到驻地慰劳新四军，有送匾额的，有送活鸡活鸭的，有送咸鱼腊肉的。华阳乡和黄田乡更干脆，直接送了一百多个小伙子参了军。村民们心里敞亮得很，跟着新四军干，咱不吃亏。

第一〇九章 恶 妇

在李维真忙于分田分地的时候，叶志远也做出了一系列的部署，他命令各团整军备战，注意对敌警戒，保护土地改革顺利进行。命令侦察营加强对周边地区的敌情侦察。

陈水根从休宁缴获了六匹战马，不好意思独吞，便送给警通营三匹，自己留了三匹，说是以后要有了紧急情报，就用这四条腿来送。

命令发出以后，叶志远想了又想，觉得还有疏漏之处。在四个乡里面，葛顺乡人口最多，位置突出，而且已被偷袭过一次。现在只有运输队改编过来的六十人驻防，都没有打过仗。想到这里，叶志远便叫卫河通知杨少良以及休宁营救出来的连级干部前来开会。

不一会，杨少良领着十几个人来到了指挥室。叶志远招呼大家围着桌子坐下，笑着问道："来到我们这穷山窝，没有慢待大家吧？"同志们连忙回答："司令员客气了，支队的同志待我们很好，和在老部队里一样。"

叶志远仔细询问了他们的情况。在这批解救人员中，一大半人有伤有病，目前正在接受治疗。没伤没病的六十多人恢复得很好，要求分配工作，参军参战。

叶志远向他们介绍了当前的局势，给他们分派的任务是：临时将六十人与葛顺乡的新兵合编成一个连，由杨少良带领驻守葛顺乡，构筑防御工事，训练运输队的那帮新兵，若遇顽军袭击，则掩护村民向山里撤退。

第二天清晨，杨少良整装待发，叶志远亲自给他们送行。铁犁头和铁蛋匆匆赶来，铁蛋受伤的胳膊还是用纱带吊在脖子上。铁犁头走到叶志远面前，说："这边我已经安排妥了，我想到葛顺去待一阵子，顺便帮帮少良他们。你看……"

叶志远知道铁犁头的心思，他知道铁犁头一直没有忘记葛顺乡，没有忘记他的叔伯兄弟汪施才，是汪施才把他领进了葛顺乡，使他这个过去饱尝颠沛流离之苦的手艺人，从此过上了安稳舒心、受人尊敬的生活。

叶志远笑着说："怎么不行？老将出马，一个顶俩。"说着便吩咐卫河回去把他藏在铺下的两瓶"老春酒"拿来。又叮嘱铁犁头："别太过劳累，叫他们年轻人多干些。"说话间，卫河拿着两瓶酒跑了回来。叶志远接过来，塞进了铁犁头身上穿的背褡里，说："闲时就喝上两口，解解乏。"

　　虎头岭与各团现在都建立了电台联系，但是与葛顺乡的联系却停留在原始状态。这次杨少良带了三部电话机，一边行军，一边架设电话线，晚上到了葛顺乡，电话线也全都架设好了。第二天，杨少良、白和义加上几个连级干部一商量，将部队按新老战士打乱编组，共编成了三个排。

　　为防止顽军偷袭，他们将乡公所迁至葛家大院办公，乡公所腾出来当作营房，都装上了电话；还在葛宅门前的大树上，挂上一口不知哪辈子留下来的大钟，并挨户通知乡亲，只要听到钟声连续敲响，就赶紧往后山上转移。

　　现在唯一让杨少良不放心的，就是手里武器太少，一百二十人只有一具掷弹筒，两挺轻机枪，五十来支步枪，靠这样的装备，打起仗来肯定要吃亏。怎么办呢，好在带来了不少手榴弹和地雷，再请铁犁头帮忙打制了一批大刀。杨少良决定老兵用枪，新兵用刀；又打电话给铁蛋，叫他从警通营大刀连借调了几个惯于使刀的老战士过来传授刀法。

　　这样一来，那些从运输队过来的新战士们仿佛回到了红军游击队时代，每人一把大刀斜插在背后，走起路来，刀把上的红绸子随风飘舞，十分好看。杨少良没有想到，几天后的一场战斗，帮他解决了武器问题，不过，也为此付出了相当的代价。

　　宁国县城，艾冬花宅院。当团丁涌入房间挥刀杀掉葛应耿的时候，艾冬花裹着床单侥幸逃过一死。但是，那种利刀即将刺入身体的无比恐惧，吓得她抽搐着昏厥了过去。不大工夫，她又在抽搐中醒了过来。她哆嗦着从床单里探出头，瞅了一瞅，房内已经没有了人，只有满身是血的葛应耿一动不动地躺在旁边。

　　艾冬花尖叫一声，滚跌到了地下，抓起衣服胡乱套在身上，跑出了房间，嘴里喊着女佣的名字："小玲子，小玲子……"半天没人答应。

　　艾冬花推开小玲子睡觉的房门，里面黑黢黢的，只见一个黑影缩在角落里，两手抱在头上，浑身瑟瑟抖动。艾冬花走到跟前，小玲子猛然大声哭喊起来："不要杀我，我是她家佣人，我没做过坏事啊！"

　　艾冬花吓了一大跳，伸手揪住小玲子头发，噼里啪啦一阵耳刮子打了过去，边打边骂："死丫头，号什么丧，你没做坏事，姑奶奶我就做坏事了不成？那些人怎不把你也给宰了？"做特工的人一般生性多疑，艾冬花现在怀疑小玲子知道了她的不少秘密，顿时起了杀心。

　　艾冬花转身跑进内屋取枪，习惯性地伸手在枕下一摸，什么也没有，不用说，肯定是被那些团丁收缴了去。她跑进厨房，抓起灶台上的切菜刀，在水缸沿上使劲荡了几下，让刀口变得锋利一些，然后就拎着菜刀折返回来。

小玲子给打得头昏眼花，满嘴流血。她挣扎着站起身来，知道这里待不下去了，便摸索着点亮油灯，开始收拾自己的衣物。她现在不想知道艾冬花刚才打她的原因，只想尽快逃离这里，返回城外的老家。

就在此时，小玲子听到身后有动静，猛一回头，看到艾冬花恶狠狠地举刀向自己砍来。生死关头，小玲子一个激灵，急忙闪到一边，大声哭喊着："杀人啦！快来人啊，救命……"

左右街坊被小玲子凄厉的呼救声惊动，纷纷跑进艾冬花的院子。进屋一看，只见艾冬花将小玲子压在身下，左手掐住小玲子脖子，右手持刀狠命向下压去。小玲子惊恐万状，两手死死攥住艾冬花手腕不放，抖动不停，刀口离她的头越来越近。

邻居们见势不妙，抢上前去夺过菜刀，将两人撕扯开来。听了小玲子哭诉，大家只当是艾冬花一时发疯。谁想又有邻居跑过来说："不得了，葛队长光着身子死在床上啦。"

众人吓得腿软，连忙逼问艾冬花，艾冬花只说："把我放开，我要去县党部。"众人骂道："放你不得，你定是先杀了葛队长，又要杀小玲子灭口，好个恶妇！快去县政府报案。"

天亮后，县政府的人没来，却来了一辆汽车，从车上下来了一帮子带枪的国军，他们驱散了街坊邻居，草草看过现场，什么话也没说，只是将艾冬花带上车，并将葛应耿的尸体搬上车，迅速将车开走。这番动静，立即被我方侦察员侦知。

第一一〇章　虚　实

宁国县万福村，32集团军司令部。上官云相这几天肝火有些旺盛。昨天接到战区长官部的电话，说是根据侦察，休宁越狱新四军极有可能窜至泾县、宁国一带，要求尽快查明藏匿地点。

这边刚放下电话，那边皖南行署的电话又到了，说是受新四军游击队鼓动，宁国宣城几个乡镇杀死乡绅，私分土地，抗捐抗税，要求派兵弹压。

上官云相在心里骂道，弹压个屁！还不是你们地方惹出来的事？你们不是都有县大队吗，你们自己看着办吧。上官云相叫参谋长回电推托，就说目前防线吃

紧，我军无兵可调，请地方自行解决。

今天一早，上官云相刚到指挥所，桌上一部直通长官部的电话就响了起来。他拿起听筒一听，里面传来了熟悉的苏北口音："是纪青吗，我是顾祝同。"

上官云相马上恭敬地回答："顾长官好。"顾祝同在电话里不紧不慢地说："最近你那里有些热闹啊，你们要有所反应，不然，我不好向上面交代哦。"上官云相轻轻放下了听筒。他听得出来，尽管顾长官语气平淡，却隐隐透露出焦虑和不安，否则他是不会亲自打电话来的。

上官云相喊来参谋长徐至茂，向他复述了一遍顾祝同的话。徐至茂说："肯定是李品仙告的状。"上官云相哼了一声，说："那个姓吕的还不是你举荐的人？鲁莽贪婪之辈，自己丢了性命不说，还白白将二百人枪送给了新四军，闹得地方鸡犬不宁。你干的好事。"

徐至茂尴尬地笑了一下，说："是我用人失察，悔之莫及。至于清剿一事，还须全盘谋划，现在还不是时候。"上官云相敲了敲桌子，说："现在是上面逼着我们行动。"

徐至茂说："顾长官叫我们有所反应，这就给我们留了很大的余地。根据可靠情报，皖南特委建立了一支游击队，其巢穴就在葛顺乡一带。"

上官云相问道："哪来的情报，可靠吗？"徐至茂说："是一个长期潜伏的特工提供的，这次县大队集体哗变，估计就是皖南特委策划的。"徐至茂说的情报，正是艾冬花提供的。只不过她的职级太低，拿不到台面上来说。

上官云相对这种捕风捉影的所谓"情报"没有兴趣，只问参谋长有何打算。徐至茂沉吟了一会，想出了一个应对之策，叫作明修栈道、暗度陈仓。

徐至茂在调动部队时费了老大的劲。听说又要去攻打新四军，弟兄们都摇头甩手的，没人愿意干。一来是打新四军名声不好听，尽遭人唾骂；二来是新四军确实不好打，打过几次都没占到便宜；三是日本鬼子就在跟前，眼下还是打鬼子要紧。

徐至茂毕竟老奸巨猾，又是威逼又是利诱，好歹拼凑了两路人马：从司令部卫士团抽调十五个人隐蔽进入高风山，由一个姓宣的上尉连长率领。徐至茂对他们说，这次只要能摸清新四军藏匿地点，找到他们的指挥机关，就算为党国立了大功，回来必有重赏；从驻防万福村的 64 师抽调一个营组成了另一路，直接开赴葛顺乡清剿，要大张旗鼓地干，借此掩护宣上尉的秘密侦察行动。

这天一早，两路人马混合在一起，同时离开了万福村。中午抵达宁国县城，县政府出面慰劳部队，大鱼大肉地招待了一顿。

此番带兵军阶最高的是一个姓樊的营长，他对此次军事行动毫不掩饰，公开宣称是奉命进剿葛顺乡，一举捣毁游击队的巢穴。为了躲避日军飞机轰炸，吃过饭后，部队全体休息，直到傍晚才朝西开去，晚上宿营青龙乡。

顽军开拔的动静不小，早就被陈水根他们盯上了。等到顽军宿营后，他派出两人，连夜骑马将消息送往葛顺乡。然而，陈水根总觉得顽军这次有些反常，一时也想不明白。于是，陈水根和几个侦察员就分散守候，盯紧村子外出的道路，看看顽军到底要玩什么花样。

半夜时分，村里传出了一阵狗叫声。陈水根揉了揉眼，凝神望去，只见一支队伍走出村子，大约有二十来个人，都是轻装，顺着山路向华阳方向走去，走得还挺急。陈水根立刻用暗号召集侦察员，留下三个人继续盯住村子，自己带四个人跟上了那支埋头赶路的小部队。

三个小时后，那支小部队来到华阳乡附近停了下来。一个人命令道："散开休息，十分钟后出发。"队伍中亮起了微弱的手电光，几个人凑在一起似乎是在辨认方向。

过了一阵子，队伍重新集合，清点人数后，一个人压低声音说："报告宣长官，全体集合完毕。"另一人训斥道："不准叫长官，叫连长。"那人答道："是，宣连长。"这支队伍出发后没有进村，而是绕过村子向南走去。

这里的地形道路，陈水根可以说是了如指掌。从这里往北走十里，就进入了百尖山根据地的地盘。往南就是高风山，到虎头岭二十里，再往南边走就到了葛顺乡。他们是想对葛顺乡来个两路夹击？还有一种可能，就是要去偷袭虎头岭，打我们一个措手不及。营地现在部队不多，防守难免存在漏洞。

想到这里，陈水根心里一阵紧张，马上吩咐两个侦察员，火速赶往2团驻地，将顽军的动向和他的猜测向邵团长报告，并请邵团长用电报报告叶司令员，一刻不能耽误。陈水根目送侦察员走远后，便带着剩下的两名侦察员继续尾随那支小部队，一直向南走去。

天亮之前，他带着侦察员走小路跑到了顽军的前面，隐藏在路边的丛林里，一边休息，一边静候顽军到来。过了半个多小时，那队顽军呼哧呼哧地喘着粗气从他们面前走过。

此时天色已经大亮，陈水根看清了这些人的装扮：个个头戴军帽，身穿灰色粗布军装，左臂上都佩戴着"N4A"白色臂章，肩上挎着帆布包，每人的武器都是一长一短。

看到这里，陈水根的脑袋一阵眩晕，心想，我的小乖乖，幸亏一直跟在他们

后面，不然的话，还真以为是自己人呢。

再定睛看去，便发现了不少破绽。这些人穿的裤子也是灰色的，一律打着绑腿，脚上穿的都是崭新的黑色布鞋。这不是我们支队战士的打扮，也不是从江北过来的。江北新四军目前也不可能有这样好的装备，更不会在这个时候出现在这里。若是江北派人过来，一定会事先通知这边的。最重要的是陈水根亲眼所见，他们分明是半夜三更，从顽军宿营地青龙村里出来的。

顽军此举肯定有所图谋。陈水根吩咐两名侦察员："我先回营地报告情况，你们继续跟踪，不要把他们惊跑了。"说完他便悄悄钻进山林，甩开大步，急忙朝虎头岭奔去。

第一一一章　备　战

杨少良到了葛顺乡以后，先是发动乡亲在后山搭建窝棚，供紧急时刻乡亲们转移使用。再就是集中力量抢修工事。工事修好后，就全面投入了训练。

每天一早，起床的哨音吹响后，新兵背着大刀跟着老兵，快步跑到伙房门口站队集合。领到几个饭菜团子后，几口吞进肚里，随便抹抹嘴，便按部就班，该换防的去阵地换防，该巡逻的就去布哨巡逻。军事训练都在阵地上或巡逻途中进行，一个老兵教一个新兵，这叫单兵教练，效果当然没的说。

这些老兵可不一般，都是从石井坑包围圈里冲杀出来的，又在休宁"特训处"关押了一段时间，枪林弹雨，病饿交加，刑讯逼供，精神折磨，他们都硬是挺了过来，个个意志坚定，军事素养高，打仗都有一套。

杨少良心里清楚，这次叫他来领导他们，主要是因为他熟悉葛顺乡的情况，绝不是自己的本事比他们大。因此，杨少良非常尊重他们，遇事总爱跟他们商量，训练时也和战士们一样摸爬滚打，还真学到了不少东西。

这天上午，刚刚结束训练，两个侦察员飞马赶到。杨少良得知情况后，便派出三个战斗小组向宁国方向侦察，然后抓起电话，将敌情报告了叶志远。叶志远的命令很简单，就是守住阵地，尽量不让顽军进村，等援军赶到后，吃掉这股敌人。

旋即，叶志远给谢俊胜发报，命令他们全营出动，驰援葛顺乡。又给邵家旺发报，命令2团派出一个营，切断宁国至葛顺乡的道路，阻击顽军可能派往葛顺乡的后续部队。叶志远布置完了以后，给杨少良打了电话，叫他沉着应战，大胆指挥，只要能坚守两天就行。

葛顺乡处在河谷地带，村后三面都是高山峻岭，难以攀越。村子东边横亘着一道百米高的小山岭，南北走向，是高凤山延伸过来的余脉。从宁国过来的那条山路，就从山脚下蜿蜒通过。这道山岭，正是葛顺乡东南方向的唯一屏障，丢掉了这个制高点，村子就无险可守，敌人即可长驱直入。

由于村民常年砍伐，山上没有多少树木。去年乡里动员村民栽种茶树，现在到处都是一丛一丛的齐腰高的茶树。杨少良他们早有准备，在山梁上挖掘了不少半人深的散兵坑，形成了一条弯弯曲曲、前后错开的防守阵地。

根据老兵的建议，他们在山脊上垒起了几个石头碉堡，从远处看十分显眼，里面无人把守，主要作用是吸引敌人的重火力。而真正的机枪阵地以及备用阵地，则修建在山梁的两侧，都用巨石遮挡了一半。老兵说，我们只有两挺机枪，这样布置可以形成交叉火力，没有死角，能够封锁住敌人的进攻路线。

为防止敌人炮击，警通连又在山岭的背面构筑了坚固的掩体，供战士们躲避炮火之用。杨少良的指挥所修建在靠近村口的山崖上，是利用原先一个小山洞改建的，十分隐蔽。趴在洞口，能够俯瞰整个战场。

奉命进攻葛顺乡的樊营长，出发前已经打好了小算盘。这次不去肯定不行，不去就是抗命，抗命就要军法从事。参谋长说这话的时候，两眼喷火像是要吃人。去就去吧，只要第三天能在葛顺打响就行，尽量把声势弄得大一些。打得过就打，打不过就往回跑。听说刘贤臣当乡长这几年，葛顺乡挺富裕的，要是能打进村子，给弟兄们捞点浮财也是好的。

宁国到青龙只有十几里地，樊营长磨磨蹭蹭地走了一天，第二天从青龙出来，却突然加快了行进速度，连续赶了四十多里，晚上在西湾村宿营。葛顺乡已经遥遥在望了。杨少良这边已经得到消息，说是顽军到了西湾，来了三百多人，带了两门迫击炮和十挺机枪，气势汹汹的，声称要一举荡平葛顺乡。

"当……当……"村里报警的钟声敲响了，葛顺乡进入了临战状态。在乡长白和义的指挥下，全村妇孺老幼都向后山转移，住进了预先搭好的窝棚。青壮年负责将各家的存粮运进山里藏好，然后返回村里，分别把守所有的山隘路口，余下的人负责给部队送饭送弹药，还负责搬运伤员。

第三天上午，樊营长留下一个排在西湾村驻守警戒，便催动部队沿山路向葛顺乡进发。没走多远，他就发现通向葛顺乡的道路已经遭到了破坏，最宽的地方只能允许独轮车通过，行军速度大受影响，走到中午才隐约看见葛顺乡的轮廓。

此时士兵们肚中饥饿，不愿再走。樊营长只好命令停下，埋锅造饭。

吃罢午饭，樊营长命令一个班在前面搜索前进，后面的部队做好战斗准备。离葛顺乡渐渐近了，道路变得好走了起来，樊营长心里一阵轻松，正要命令部队加快速度，忽听前面报告说有地雷。樊营长的心向下一沉，心想，真是怕什么来什么。

上次友军派兵增援甲路兵站，硬是被地雷阻住的消息早已传遍全军。这次樊营长提前有所安排，从参谋长那里要来了一个工兵班，配备三具电磁探雷器，还准备了不少电启动炸药包。当听说前面有雷时，樊营长便领着工兵班前去探查。只见前方道路中间插着两个木牌，上写"地雷"两字。

一个头戴耳机的工兵小心翼翼地走上前去，两手拿着一根探雷器，将前端的圆环紧贴着路面慢慢地移动。一会儿工夫就将插着木牌的周围地面都探查了一遍。接着，这个工兵在木牌跟前趴了下来，从背后抽出一根细长的铁棒，斜着插入地面，随后又换了两个位置检查了一番。接着他站了起来，伸手拔掉木牌扔到一边。工兵又来到第二个木牌跟前，在重复了同样的动作后，又拔掉了木牌。

第一一二章　老　兵

樊营长松了口气，假地雷，搞什么名堂。他见天色不早了，便命令工兵班的三具探雷器一齐在前探查，要加快速度打通前进道路。部队出来三天了，今天一定要在葛顺乡打响。

打仗就怕瞎指挥。工兵探雷是个细活，三具探雷器挤在一起工作，看似快了不少，但容易相互干扰，反而坏事。这不，一个工兵没有探着地雷，反倒踩响了地雷，"轰隆"一声巨响，工兵炸翻在地，探雷器的金属杆也被炸得弯弯曲曲的，跌落在一边。由于靠得很近，旁边一个工兵也遭了殃，一只胳膊炸断了，鲜血直流，探雷器也给炸坏了。

樊营长这时傻了眼，探雷器还剩下一具。要命的是，工兵们都吓坏了，他们怎么也想不通，这一向都很灵光的探雷器，在葛顺乡这里竟然失灵了。他们即便想破了脑袋也想不通，因为他们不知道山里缺少铁料，虎头岭兵工厂现在只能制造石雷，铁制地雷早就停产了，仅有的铁料全部用来生产手榴弹。用电磁探雷器对付埋在地下的石头疙瘩，确实有些驴唇不对马嘴。

工兵班长不忍心看着手下弟兄再去送死，便拿出一个炸药包，放在刚才地雷炸点前面一米之处，接上了电线。招呼弟兄们退到安全距离之外，使劲按下启动器手柄，随着一声巨响，接连引爆了附近的两颗地雷，地面上崩出了三个深坑。樊营长转忧为喜，大喊："干得好，老子回去为你请功。"

工兵班长忙了一身大汗，终于炸出了一条勉强可行的通道。赶到离东岭大约两里路的时候，天色渐渐昏暗下来。要趁夜进攻吗，樊营长没这个胆量，因为近战夜战正是新四军的拿手好戏。

他站在一个高坡之上向西望去，葛顺乡成片的屋舍清晰可见，却见不到有人走动，见不到一盏灯光，也见不到屋顶上有炊烟升起。整个村子显得十分静寂，静寂得令人有些心慌。

估计新四军极有可能在夜间发动袭击，樊营长命令士兵构筑了环形防御阵地，保持一半人睡觉，一半人守在轻重机枪旁边，随时准备消灭来犯之敌。

然而，这一夜过得十分平静。只不过半夜下起了雨，士兵们都淋成了落汤鸡。早晨集合开饭的时候，个个浑身湿漉漉的，脸色发白，眼睛发红，神情呆滞。

樊营长不管这些，他从望远镜里看到，对面山上并没有多少防御工事。他催促士兵们架起迫击炮和重机枪，并命令一个排向村子试探进攻。士兵们排成散兵队形，弓腰端枪向村口逼近。因为害怕地雷，他们没敢走山路，只是拉开距离贴着路边向前走去。

离村口还很远，对面山上噼里啪啦地朝这边开了枪，子弹"咻咻"地从头顶上飞过。樊营长心里有些疑惑，新四军通常是在近距离开火，隔这么远就放枪不是新四军的打法，难道对面是游击队？想到这里，原先紧张的情绪稍稍有些松弛下来，他果断下达了命令：集中火力轰击对面山头，掩护部队冲锋。

两门八二迫击炮射出的十几发炮弹，接二连三地在山头爆炸，重机枪也"咚咚咚咚"地喷吐出火链，山头阵地顿时被爆炸的烟尘所笼罩。

稍许，樊营长用望远镜观察，山岭上的碉堡已被摧毁，刚才朝这边射击的枪声也听不见了，炮击的效果还是令人满意的。樊营长转身命令两个排发起正面进攻，迫击炮留在原地，重机枪向前转移，全力掩护士兵冲锋，中午之前一定要占领山头阵地。

在山顶防守的是警通连 1 排，他们远远地放了几枪后，就麻利地撤出了阵地，也不留观察哨，全部钻进了身后十几米外的掩体内。尽管迫击炮弹在身旁接连炸响，震得头昏胸闷，耳朵疼痛，尘土呛得人喘不过气来，但所幸无人受伤。

1 排的排长叫郑鸿鸣，原是老 3 团的一个排长。在茂林突围时，他奉命坚守东流山阵地，与顽军新 7 师血战了三昼夜，一个排拼光了，自己双手受伤被俘。

从休宁解救出来后，伤口还未全好，就来到了葛顺，正好赶上了这次战斗。

等炮火稍停，无须郑鸿鸣下令，老兵们就拎着枪钻出了掩体，迅速进入了阵地。那些初上战场的新兵，还撅着屁股趴在那里搓揉耳朵，也没发觉炮击已经停止，差别真不是一般的大。等到新兵来到山顶，伸头向下看去，乖乖，茶树丛中满是身穿黄绿色军装的敌人，冲得快的已经到了半山腰。

郑鸿鸣猫腰从战士们身后跑过，丢下一句话："一百米射击，打两边。"正在据枪瞄准的老兵都答了一句："明白。"新兵听不明白，问道："干吗不打中间，中间不是好打一些吗？"他们手里只有大刀，现在根本用不上，只能掏出手榴弹，旋开盖子，做好投弹准备。

敌人很快上来了，郑鸿鸣吼了声"打"，十几支步枪一齐开火，新兵们看得很清楚，冲锋队形两侧的敌人瞬时倒下了十几个。又是一轮射击，又倒下了十几个。如此一来，分散在两边的敌人纷纷向当中靠拢，原来分散的队形渐渐变得密集起来，有的甚至窝成了一团。

机不可失，郑排长这时大喊："打手榴弹！"新兵们稍微一愣神，便迅速拉弦投弹，十几个手榴弹在空中打着旋，远近不一地落了下来，"轰隆隆……"一阵闷响，正在冲锋的敌人被炸倒了一片。没被炸倒的见势不妙，赶紧钻到茶树后面躲藏，还有不少掉头往回跑。新兵们一阵欢呼，他们这下明白了：这仗还能这么打，老兵真是厉害啊。

在后面督战的樊营长一阵懊恼，原先以为炮击已将山上的游击队都消灭得差不多了，自己大意了。他急忙命令一个连长上去挡住溃兵，逼着他们继续往上冲。

等到这个连长驱赶着士兵冲到半山腰的时候，樊营长命令迫击炮和重机枪一齐向山顶射击。两挺重机枪立即开了火。迫击炮手有些迟疑，营长的命令明显违反了步兵战术条例，尤其是在山地仰攻作战的时候，这样做极易误伤自己人。

樊营长见炮手们不动，跳了起来大吼："赶紧开炮！"迫击炮手暗中调整射击仰角，让炮弹飞得稍远一点。他们知道要是炸了自家弟兄，同样吃罪不起。

第一一三章　复　仇

打退敌人第一次冲锋后，郑鸿鸣担心敌人炮火报复，就命令战士们撤下去躲炮，自己带了两个老兵留在阵地上监视敌情。他看到刚退下去的顽军又返了回来，慢慢吞吞地向上爬来，一边爬着，一边不停地朝山上放枪。

到了半山腰时，敌人架在山下的重机枪响了，密集的弹雨飞向山头。郑排长急忙低下脑袋，快速爬到另一块山石后面，慢慢伸头看去，发现敌人这时爬山的速度明显加快了。

他正要命令全排进入阵地时，远处传来了"嘭嘭嘭"的闷响，随即，一种异样的声音破空而至。隐蔽！郑鸿鸣大喊一声，没等卧倒在地，炮弹就在身边轰然炸响。他摔倒在地，想努力站起来，但是手脚已经不听使唤了。在失去知觉之前，郑鸿鸣觉得自己的身体一下子变得十分轻灵，就像西津河上凌空飞翔的春燕……

在炮火机枪的掩护下，顽军向山头步步逼近。在距离山顶几十米的地方，他们停了下来，顽军连长举手向山下乱摆，示意停止炮击。

等炮火一停，顽军一窝蜂地向上冲去，因为营长发话了，抢占山头的有重赏。就在此时，早先隐蔽在山岭两侧的轻机枪打响了，狂暴的弹雨交叉扫向毫无防备的顽军，紧接着，已经进入山头阵地的一排战士们，又连续甩出手榴弹，炸得顽军成片倒下，溃不成军。

刚才射向山头的炮弹，有几发擦着山头飞过，落到了村子里，炸塌了几间民房，还燃起了大火。留守的村民在白和义带领下，拎着水桶赶去扑救，人们大呼小叫的，村里一片忙乱。

听着山上枪声炮声响个不停，铁犁头在铁匠铺里待不住了。他吩咐徒弟胡双扣用炭泥封住炉火，自己从铁柜里取出一直舍不得喝的老春酒。拔开盖子，仰脖子灌了两口，眯缝着眼，咂咂嘴说了一声"够味"，又塞上盖子放进柜里，把柜门仔细关好。

铁犁头把裤腰带扎紧，换上一双麻耳草鞋。从墙上摘下两把大刀，刀鞘是用竹片做的，扔给了胡双扣一把，自己拿一把，用刀鞘上的麻索牢牢拴在后背。

铁犁头问徒弟："会打枪吗？"胡双扣说："会，跟铁蛋哥学的。师傅，我们没枪啊，问这个做什么？"铁犁头一瞪眼，说："没枪不能去夺啊，不开窍的东西。"

师徒俩刚一出门，就遇到了村里的担架队，两人随着担架队一同上了山。行至山脚，就见战士们背下来三个人。铁犁头上前抱过一个，这人双目紧闭，已经没了气息，浑身是血，还沾满了泥土石渣。

铁犁头忙问是谁。战士说："是我们郑排长。"铁犁头俯身将郑排长遗体抱上担架，闷着头，转身朝山顶走去。

山顶上的阵地已被炮火炸成了焦土，1排的二十多名战士们仍然坚守在这

里。这时，顽军的炮火正在轰击两侧的机枪阵地，重机枪不时地向山顶扫来一串串子弹。铁犁头伸头向山下看去，山坡上躺满了顽军的尸体，旁边的茶树也被炸得东倒西歪，有的已经连根拔起。

"咚咚咚……"一串子弹飞来，打得身前的石块火星四溅。铁犁头眯缝着眼向远处望去，大约在两三里路远的一块旱地上，有不少顽军，围成了几个圈子，几挺机枪就是从那里断断续续地向这边喷吐着火舌。

铁犁头喊了声："扣子，看见那边的人没有？现在跟我走。"师徒两人从阵地上捡了几颗手榴弹揣进怀里，弓着腰，沿着山脊向北跑去。这个胡双扣是铁犁头来葛顺以后新收的徒弟，本乡长大的孩子，熟悉这里的一草一木。

他领着师傅找到了一条山沟，钻出去就能绕到顽军阵地的侧后。师徒两人拽着葛藤下到沟底，深一脚浅一脚地向前摸去。不到一个小时就出了沟，两人趴在树丛里一边喘着气，一边观察着周围的动静。

他们现在趴的地方，已经远离山脚，身后是大片的灌木林。正前方两百多米处，就是敌人的机枪阵地。顽军用装了泥土的麻袋围成了几个半圆形的掩体，每个相隔十几米远，重机枪架在掩体中间，轮流向山上射击。旁边有十几个士兵持枪警戒。铁犁头抬头看看天，太阳有点偏西了，已是下午两点多钟的光景了。

就在铁犁头暗暗着急时，从机枪阵地里走出来一队顽军，其中三个人直接朝他们隐蔽的地点走来。扣子从没打过仗，现在紧张了，说："师傅，敌人看见我们了。"铁犁头摇摇头，说："准备好手榴弹，我叫扔你就扔，用巧劲，扔准一点，听见没有？"

铁犁头盯着渐渐走近的敌人，嘴里继续说着："扣子别怕，你越是怕死，越是死得快。等会钻树林子，要转着弯跑，别走直线，听懂了吗？"胡双扣咬咬牙，使劲点了点头。他掏出了一颗手榴弹，拧掉盖子，手微微颤抖，头上渗出了豆大的汗珠。

等到三个顽军走到十几米远的时候，见师傅一点头，扣子猛地拉掉弹弦，将手榴弹轻轻地从树丛中投到了敌人的脚下。当顽军发觉这颗吱吱作响的手榴弹时，为时已晚，手榴弹猝然爆炸。两个顽军当场炸死，一个倒地号叫挣扎。铁犁头抽出大刀，几步奔到跟前，挥刀斩了下去。

爆炸声惊动了其他顽军，马上有人朝这边跑来，边跑边喊："出什么情况啦，怎么不说话？"铁犁头将三支步枪塞给扣子，叫他快跑。自己用刀尖挑断顽军身上的子弹带，抓在手中跟着进了灌木林。后面传来了咋呼声："都给我站住！再跑老子就开枪啦。""砰砰砰"，顽军对着树林打了一阵子乱枪。

扣子记着师傅的话，进了树林后拼命转着弯跑，结果转了一圈，又跑回到原来扔手榴弹的地方。铁犁头哭笑不得，又不敢喊他，只好加快脚步跟着他跑。等到追上时，铁犁头一巴掌打在扣子的头上，轻声骂道："笨死你了，哪有你这样跑的？"扣子很委屈，不敢回嘴。铁犁头轻声教训了他几句，扣子点点头，说："师傅不生气，徒弟知道了。"

不过，这也算是出其不意吧。顽军万万没有想到，偷袭者又回到了原先的偷袭地点，而且还要再次发动偷袭。师徒俩现在有了三支枪，铁犁头叫扣子藏起来一支，在旁边做了记号。

两人将子弹带缠到腰上，再检查枪支，一看枪口，膛线很亮堂很清楚，这可是崭新的汉阳造，还没打过几枪呢。铁犁头用衣袖轻轻地擦了擦枪身，将枪栓拉开一看，膛内有子弹，好得很。

铁犁头带着扣子摸到了树林边上，将两支枪架在树杈上，分别瞄准正在射击的重机枪的主副射手。"砰砰"两枪，重机枪哑火了，两个射手栽倒在地，一个是胸部中弹，一个是肩膀中弹。铁犁头嘴里不住地念叨着："施才兄弟，老哥为你报仇了。"

由于重机枪是连续射击，声音很大，完全掩盖了铁犁头他们步枪单发射击的声音，因而这边还没有搞清楚子弹射来的方向，那边的机枪手还以为该轮到他们射击了，于是就接着向山上扫射起来。

铁犁头师徒俩移动枪口，屏气瞄准，再次扣动扳机，"砰砰"，又有两个机枪射手应声倒地。这次开火终于暴露了位置，顽军大喊："在那边，就是刚才出事的那个地方，快去抓他们！"一个顽军转动重机枪，对着铁犁头藏身之处开了火，"咚咚咚……"子弹将手臂粗细的树木拦腰截断，掉落地上。此时，铁犁头师徒俩早已跑得没了踪影。

十几分钟后，铁犁头和扣子换了一个位置，又是两次准确射击，打得敌人机枪手全都缩起了脑袋，不敢靠近重机枪。樊营长气急败坏，命令出动一个排搜查这片树林，一定要干掉这些该死的冷枪手。

第一一四章 布 网

陈水根不愧是老5团的"飞毛腿"，没用一个小时就跑完了二十多里的山路。走进虎头岭营地的时候，正赶上部队开早饭。他一头钻进伙房，抓起两个杂粮面

馒头，就着咸菜，几口吞进肚里。又从缸里舀起半瓢泉水，咕咚咕咚喝了个痛快。

虎头岭指挥所。叶志远听完陈水根的汇报，立即喊来卢舒云，让她给军部发一封加急电报，询问最近是否派出一支二十人的小部队来我支队防区。在等待回电的时候，卫河通知各部门负责人来指挥所参加紧急会议。

叶志远向大家通报了敌情，顽军已派一个营的兵力进攻葛顺乡，支队已有部署，目前尚未接到战斗报告。据侦察，敌人一支小部队正在向我营地方向赶来，目的不明。

这时，卢舒云送来了两封电报。一封是军部回电，上面说：军部未向你防区派遣人员。向皖江支队派遣的三十名干部已于五天前抵达繁昌，均携短枪，穿便装。

另一封电报是谢俊胜发来的，内容是：我部已急赴葛顺，电台随军行动，预计明日傍晚到达。请指示。

叶志远让卢舒云记录命令：给谢俊胜回电，明晚抵达葛顺附近后休整待命。卢舒云将电报稿交给叶志远签了字，便转身离去。

外出检查土改工作的李维真走了一夜的山路，刚刚返回营地。听说有紧急情况，他顾不上休息，便匆匆来到了指挥所。叶志远一见，连忙招呼他坐下，卫河端来了一杯热茶。

叶志远关心地问道："你一夜没睡吧，乡里的土改都结束了？"李维真点点头，说："都结束了，很顺利。说说这边的情况吧。"叶志远把部署葛顺乡防守、调兵增援阻击、顽军小部队来袭的情况具体说了一遍，又叫卫河取来了军部电报。

看完电报，李维真说："不要轻视这股敌人。虽然他们人数不多，一旦钻进来危害很大。老叶，你就安排吧。"叶志远对大家说："李政委说得很好，大家要记住，无论何时何地我们都不能轻视敌人。我的意见，由李政委坐镇指挥所，指挥协调葛顺乡防御战，李伟民协助。"说完他看着李维真，李维真猜出了他的心思，便笑着点了点头。

叶志远见李政委同意了，立即给各部门分派了任务，要大家回去后立即进行战斗动员，传达三条规定：随身携带武器；禁止人员外出；发现陌生人一律扣留缴械，不管他们穿什么服装，顽抗的可以当场击毙。

虎头岭营地的地形十分奇特，谷地属于中心地带，建有指挥所、兵工厂、军需仓库和医疗队。谷地四周全是高山峻岭，只有三条狭长的石缝通向外界，其中

"三号通道"通向北边，与华阳至葛顺的山路相接，正是这支顽军小部队进入营地的必经之路。

由于虎头岭地形险要，平时没有安排多少兵力防守。现在满打满算也只有警通营六十人，其中，真正能打仗的不到十人，他们是李有田大刀连的老兵。

医疗队里现在还有一百多个伤病员，不能参战。兵工厂、被服厂的人倒是不少，但都没有作战经验。最后就是冬妹子的救护队员了，不知现在她们枪打得怎么样了？

按照叶志远的命令，警通营与救护队暂时混编，统一调配使用。铁蛋伤势未好，这次带领三十个人守卫营地指挥所和军火仓库；张一阳率领三十个人携带三挺轻机枪封锁三条进山通道，营地人员一律禁止外出；张扶海和黄国全组织后勤人员守护兵工厂、被服厂；最后是叶志远带领五十个人前往三号通道拦截顽军，陈水根、李二林还有冬妹子、孙来弟等人都在其中。

从华阳村向南，就进入了高风山。宣上尉一路走来，表现得十分镇定，可是从现在开始，慢慢有些紧张了。山路曲折难走不要紧，要紧的是进山以后，没有看见一个村子，更没有见到过一个人影。沿途见到的只是高耸的山峰，无边的森林和令人恐惧的寂静。

这次行动说起来并不复杂，樊营长先在葛顺打响，吸引新四军的注意力，掩护宣上尉潜入高风山，只要查清了新四军游击队隐藏地点后就可返回。

昨天到宁国以后，他们四处寻找去高风山的向导，结果是一无所获，都说去高风山的路不好走，当地山民也很少出来。县政府告诉他们说，有一个人经常出入高风山，名叫刘贤臣，还给你们的人打死了。

宣上尉看了看手表，时针已指向了十点。他想，若是无人带路，像这样糊里糊涂钻进山里，就有可能再也出不来了。他向后一摆手，队伍停了下来。不一会，这些人分成了三组，宣上尉带一组继续前行，另两组分开进入山林向西南方向搜索，各组现在的首要任务，就是要找到进山的向导。

卫士团都是一帮骄兵悍将，平时跟随司令长官行动，出门尽是乘车，很少徒步行军。这次孤军深入，担惊受怕不说，又连续翻山越岭，弟兄们何时吃过这种苦头。士兵已经骂开了，都是徐至茂那个狗头军师出的馊主意，搞什么名堂。还重赏呢，重赏他妈的腿。

"不许出声！"宣上尉低声斥道。他似乎听到了什么动静，"布谷……布谷……"山林里传出一串鸟鸣声，由远到近，又由近到远，像是鸟儿在呼唤应答。前方不远处突然响起了"笃笃笃"的伐木声，很有节奏。宣上尉一阵窃喜，加

快步伐，循声找了过去。

越往前走，伐木的声音越发清晰可闻，山路也越发险峻起来。路的一边是杂树丛生的深谷；另一边是陡直的山壁，满是荆棘藤条。

走到一个看似山坳的地方，山路没有了，伐木声也消失了。宣上尉着急了，大声喊道："有人吗，有人没有？"过了一会，头顶上传来问话的声音："你们是做莫事的，喊莫的东西？"

宣上尉仰头看去，一丈多高的山崖上，有一个人伸出半个脑袋向他们张望。宣上尉一听是本地口音，忙说："老乡，我们是过路的，不要害怕。你能给我们带路吗？"那人问道："你们要到莫子地方去？"宣上尉说："带我们进山去找新四军。"那人答道："哪里有莫子新四军吧，几年前早给中央军打跑个蛋的了。"

宣上尉心里凉了半截，但又不甘心，问道："山里有扛枪的队伍吗？有没有游击队什么的？"那人说："有是有几个，我们庄稼人不敢招惹他们，你们自己去找吧。"说完，山崖上的半个脑袋不见了。宣上尉大急，喊道："哎，老乡别走啊，你不用害怕，我们会保护你的，你给我们带路还有赏钱拿的。"

第一一五章　擒　敌

大概是听说有赏钱的缘故，半个脑袋又从山崖上伸了出来，问："你们真要去找啊，那就上来吧，上面有路。"宣上尉四下一看，实在没有别的办法了，只好命令攀岩。

一个士兵朝掌心吐了一口唾沫，搓了搓手，抓住藤条使劲往下顿了一顿，看来挺牢固的，便攀了上去，没费多大劲就上了崖顶。

叶志远假扮樵夫，把一帮子顽军给骗住了。第一个顽军刚刚爬上崖顶，还未站稳，就被两个战士一把拽了过去，刚想张口叫喊，一人抓下他头上的帽子堵住了嘴，一把刺刀直指眉心。旁边一人低声命令："不要反抗，快，叫下面的人都上来。"俘虏点点头，拿开捂嘴的帽子，伸着脖子向下面喊道："宣上尉，快点上来吧，这里真的有路。"

就这样，第二个、第三个敌人也都乖乖地当了俘虏。宣上尉是第四个上的，这小子有些狡猾，快要爬上崖顶的时候，没见先上去的弟兄们伸手拽他，平时他们不会如此怠慢长官的，心中便起了疑惑。到了崖顶，他伸头看去，只见三四个村民打扮的人正拿刀拿枪对着他。宣上尉惊道："啊，你们是……"

他一见势头不对，马上松手向下滑去。下面还有一个敌兵，见情况不对，立即掏出了驳壳枪。说时迟，那时快，守在崖边的叶志远抽出胸前的短刀向他掷去，正中敌兵右臂，驳壳枪掉落地上。接着，叶志远抓住一根藤条，飞快地滑了下去，几乎与宣上尉同时到达了地面，趁宣上尉立足未稳，叶志远飞起一脚，将其踹倒在地。李二林和两个战士也紧跟着滑了下来，将宣上尉捆住，那个受伤的士兵没捆，还给他上药包扎。

叶志远在排兵布阵的时候，将五十个人分成了五个战斗小组，其中的三个小组沿着山路一字排开，各组之间相隔大约一百米的距离，两个小组稍微靠后，随时准备支援前面的小组。

最北边的就是大刀连副连长夏玉林小组，是他们最先发现了敌人，看见敌人分成三股以后，就用布谷鸟的叫声及时发出了信号。

然后，夏玉林带领战士跟上了北边的一股敌人，凭借对地形的熟悉，他们从四面慢慢围了上去。在一处山溪流过的坡地上，趁敌人放下长枪、饮水擦汗的时候，夏玉林他们一拥而上，兵不血刃，干脆利落地抓了俘虏。

位于中间的一组就没有这么顺利了。这一组是陈水根和何冬妹、孙来弟她们。陈水根是指挥员，包括何冬妹和孙来弟在内的所有人都必须服从他的指挥。但问题是，叶志远早先就有规定，陈水根在战斗中不得与敌人打照面，目的是便于他们深入敌后开展工作，保护侦察员的人身安全。按照这条规定，陈水根这次只能充当"幕后"指挥，而何冬妹和孙来弟这两个丝毫没有战斗经验的人，却走上了"前台"。

根据布谷鸟叫声的提醒，陈水根很快就发现了敌人，他命令战士们悄悄跟踪，选择合适的时机，突然进行抓捕。开始都很正常，可是跟了一段距离后，孙来弟贴在冬妹子耳边说了几句话，使得冬妹子想起了胡乐镇的战斗情形，想起了牺牲在敌人炮火下的战友，想起了自己遭受的惊吓和屈辱，心中燃起了怒火。冬妹子脑瓜子分了神，脚底一用力，"啪"的一声踩断了一根枯树枝。

顽军十分警觉，听到响声后猛地停下脚步，纷纷向四处张望起来。陈水根知道已经暴露，便果断命令："堵住他们!"冬妹子和孙来弟毫不含糊，指挥战士跑了上来，拦住顽军去路。冬妹子用枪口指着他们大喝："都不许动，把枪放下!"

顽军先是一阵慌乱，再仔细看去，哎哟，前面几个都是些娘儿们，心里很是鄙夷。便皮笑肉不笑地说："哎哎，别误会，我们是新四军，刚从江北过来的。"

冬妹子已经知道了这些人的来历，冷笑道："真是从江北过来的？我看你们是从万福村来的吧。"接着她又是一声大喊："宣上尉出来！"

冬妹子这声喊得十分聪明，无论宣上尉在不在这里，顽军都会有反应。果然，顽军四面乱瞅，个个惊愕不已：对方怎么知道宣长官的？是早已认识还是现在已经被俘了？宣长官现在何处？还冒充人家新四军呢，早就露馅啦！咱堂堂集团军卫士团的人，岂能被这些娘儿们吓住？

领头的吼了声："弟兄们动手！"说着就往前扑倒，在扑倒的过程中拔出驳壳枪。因为身上还背了步枪还有弹袋，动作有些迟缓。

藏身在大树后面的陈水根始终没敢放松警惕，他见情况危急，抢先开火，"砰砰"两枪，将那个领头的打死。听到"幕后"指挥的枪响了，冬妹子等人也都迅速卧倒开枪射击。

一阵对射之后，看看那边，五个顽军倒在地上没一个喘气的了。再看这边，四个人受了伤，孙来弟的左腿被顽军子弹击中，流了一地的血。陈水根和何冬妹两个人苦着脸，急忙将伤员抬往医疗队救治。

战斗结束后，李二林和夏玉林带队，将宣上尉一帮俘虏从原路押送到华阳村附近，给他们吃了干粮，又给伤员重新换了药，然后全部释放。

李二林今天酒气熏人，脸色发红，不停地打着酒嗝，说话有些前言不搭后语的。他对宣上尉说："把你们生擒活捉了，头领高兴，赏我们喝酒吃肉。呃……其实，也算上是什么功劳。你们刚出万福村，我们就得到了密报，你们的一举一动，在哪里吃喝拉撒睡，我们都一清二楚。你们早就给人卖了，还蒙在鼓里呢。"宣上尉听了，整个人如坠冰窖。

李二林又说："嘿嘿，呃……告诉你吧，你们不行，我们头领就行。我们头领相好的就藏在你们眼皮子底下。唉，你回去可别乱说。那个民团的团副，呃……叫什么名字来着，敢勾引我们头领的女人，找死不是？呃……"

几天之后，32集团军宪兵队奉命逮捕了艾冬花，随即将她秘密处死，罪名是：私通共军，泄露机密。

从早晨开始，虎头岭指挥所就进入了临战状态。上午十点，李维真要通了葛顺乡的电话。据杨少良报告，敌人一个营的兵力进攻葛顺，火力很猛，敌人第一次冲锋刚被打退，歼敌三十余人，我军暂无伤亡。

李维真知道葛顺乡防守兵力薄弱，武器也不行，杨少良他们处境艰难，必须尽快增援。便叫报务室立即联系谢俊胜，询问他们到了哪里。

半小时后，卢舒云进来报告说，估计谢俊胜部队正在行军，电台没有开机，联系不上。中午十二点，杨少良电话报告，刚刚打退敌人第二次冲锋，消灭敌人五十余人，我军受伤二十余人，郑鸿鸣等五人牺牲。另外敌军炮弹摧毁民房数十间，村民伤亡情况正在清点之中。

谢俊胜接到增援葛顺的命令后，安排吴捷生带领民兵看家，自己率全营5个连共六百余人紧急出动，战士们随身只带了枪支弹药和干粮，营部通讯班背着电台器材跟随部队行动。

毛栗峰距离葛顺只有五十里地，却有两道山岭横在中间。无奈山高谷深，根本找不到路径。谢俊胜无法，只好轮流派人在前面开辟道路，一路上披荆斩棘，走走停停，艰苦万分。短短五十里路竟用了十个小时才走完，下午五点到达西津河东岸。对岸不远就是葛顺乡，枪炮声已经清晰可闻。

第一一六章　逆　转

打退敌人第二次进攻后，杨少良命令2排接防山头，将伤亡过半的1排撤了下来。这时村里的大火已被扑灭，留守的乡亲们将米饭咸菜送上了阵地。村民们一声不吭地帮助战士清理掩体，搬运石块，他们想把阵地尽量修筑得牢固一些，能为战士们挡住敌人射来的子弹。

杨少良趴在指挥所洞口边，眼不眨地观察敌情。阵地前面的山坡上，躺着不少敌人的尸体，也散落着丢弃的枪支，由于始终处在敌人火力覆盖之下，战士们无法前去打扫战场。

敌人的重机枪对我们威胁太大，得想法把他打掉。就在这时，铁犁头带着扣子钻进了指挥所，铁犁头一脸兴奋地说："良子，扣子知道一条小路，能绕到顽军侧后。刚才我们就在那里打了一仗，干掉他们好几个人呢。"

杨少良看到铁犁头身上背了一杆步枪，扣子身上背了两杆，顿时也兴奋起来。他拉着扣子来到洞口，要扣子把山沟的出口位置指给他看，并随手标在地图上。

杨少良说："谢谢铁叔，真是帮我大忙了。现在抓紧时间休息，等会还要请扣子再跑一趟，给部队带路。"说完，他命令通信员叫排长们来领任务。

下午四点，沉寂多时的炮声又轰鸣了起来，顽军出动了一个整连，对山头阵地发起了第三次冲锋。樊营长嘴里骂骂咧咧的："他奶奶的，打了快一天了，死

307

了那么多弟兄，还没拿下这个山头，再攻他一次吧，攻不下就撤。"

顽军这次攻势十分凶猛，他们用重机枪压制山头的火力，用迫击炮不停地轰击两侧的机枪阵地。警通营的两挺轻机枪不知转移了多少次阵地，只要这边一开火，敌人的炮弹就会跟踪而来，弹片呼啸，尘土飞扬，炸得机枪手睁不开眼，就是睁开眼也看不清山下的射击目标。

山顶上的战士被敌人的重机枪压得不能抬头，2 排排长只能透过掩体石缝向山下观察，瞅着敌人进入投弹距离之内了，便大声呼喊，命令躲在掩体后面的战士们投出手榴弹，把敌人炸退。凭着这种打法，暂时挡住了敌人进攻的势头。

敌人机枪火力过于密集，有些新兵投弹姿势稍微高了一些，就被弹雨击中。有的手榴弹刚刚扔出手，竟被山下射来的机枪子弹扫中，滚落到战士背后炸响，不少战士因此挂了彩。战斗打了一个小时后，我们一挺轻机枪被炮弹击中，两名射手当场牺牲。战斗已经到了紧要关头。

杨少良和通信员来到了山头阵地，紧盯着山下，耐心等候一个机会的到来。突然，远处不停射击的重机枪哑火了，敌人机枪阵地上连续响起了掷弹筒榴弹爆炸的声音。

好，那边打响了。2 排的排长猛地站起，挺起刺刀大喊："同志们，为牺牲的战友报仇啊，跟我冲。"话音未落，他纵身跃出掩体，战士们紧紧跟上，朝山下扑去。

2 排突然反击，打垮了敌人的第三次进攻。天黑之后，2 排清扫战场，缴获来的枪支弹药堆满了山坡。杨少良通知 1 排还有担任预备队的 4 排来领武器。打了一天了，现在不论是老兵新兵，手里的武器都换了个遍，每个人都背上了两条子弹带。杨少良叫大家抓紧时间吃饭休息，准备对付敌人新的进攻。

回到指挥所，杨少良刚往嘴里扒了几口饭，3 排长派了一个战士回来报告说，他们炸毁了敌人重机枪阵地之后，又与顽军的部队交上了火，没打多长时间，敌人主动撤回。看样子，敌人有连夜退却的可能。

杨少良问："你们 3 排现在什么地方？"战士说："铁大叔带着扣子要去夺敌人的迫击炮，说是要给郑排长报仇，谁都劝不住，我们排长怕他出事，只好跟着他一起去了。"

杨少良先是一愣，随后又笑了起来，心里感叹，还是铁大叔厉害，他懂得击敌要害，还敢于连续出击，我不如他。杨少良又问："你还没吃饭吧？"看见战士点头，便拿起一个竹筒饭塞到他手里，说："我们一起吃。"

刚吃过饭，电话铃响了。杨少良抓起听筒，里面传来了李维真的声音："杨少良吗，情况怎么样?"杨少良简要地报告了战斗情况。李维真告诉他，谢俊胜率六百人已经到达西津河对岸，部队正在休整，他们带了电台。他想知道下一步是怎么样的打法。

杨少良报告说，敌人来了一个营，现在还剩下一半人，在西湾还有一个排看守军需物资。我的想法是……

放下电话，那个3排的战士已经吃完了饭。杨少良对他说，你现在就返回排里，告诉你们排长，如果夜里敌人要跑，就设法拖住他们。敌人不跑，就不要行动。我们援军已经到了，明早六点发起攻击。

当营地的战斗结束之后，叶志远不大放心葛顺乡，便和陈水根连夜赶路来到了葛顺。到了之后，他们先去查看了整个阵地的布防情况，又到村里慰问了受伤的战士和村民，最后来到了杨少良的指挥所。

叶志远对今天的作战指挥、战术运用和战斗意志等均给予了充分肯定，但指出指挥中也存在着明显问题，就是不能充分利用战场地形地物，或者说就是不熟悉战场的地形，因此一度形成了被敌人压着打的被动局面。

叶志远见杨少良和排长们脸色发红，便笑了一下，说:"都回去吧，等仗打完了再好好总结。明天你们继续指挥，我跟着你们跑就是了。"说完，他要来了三个竹筒饭，和陈水根、卫河一块吃了，吃了饭，裹了一条薄军毯，倒地便睡。

半夜时分，细雨绵绵。依照李政委的命令，谢俊胜全营渡过西津河，轻装疾进，插至顽军背后，切断了敌人退路。他还派出一个连赶到西湾村，包围了看守军需物资的顽军。

葛顺乡这边，杨少良留2排继续坚守山头，请陈水根坐镇指挥所，自己率4排向敌人驻地摸去，将敌人白天放弃的机枪阵地占据，利用现成的麻袋重新构筑了反击阵地。

因为天黑，战士们没有注意到，跟着他们一起埋头干活的，还有一个胡子拉碴的老兵。等到休息的时候，战士们凑近一看，哎哟，发现这个老兵竟然是叶司令员。战士们可高兴啦，司令员跟咱们一起修工事，等会还要跟咱们一起冲锋陷阵。嗨嗨，这仗打得带劲。

雨一直淅淅沥沥地下着。天色刚刚透亮，就在顽军准备开早饭的时候，东边的西湾村传来了激烈的枪声。紧接着，潜伏了一夜的3排，用掷弹筒抵近轰击顽军的迫击炮阵地，很快将其摧毁。葛顺乡反击战全面打响。

按照事前约定，为便于战场识别，我军所有的攻击部队都用红旗引导。此时，谢俊胜的部队打出了十几面红旗，用轻机枪开路，从北面和东面向顽军发起

了凌厉攻势。杨少良指挥4排打着两面红旗，从西面向敌人压了过去。敌人失去了重火力的掩护，战斗力大大减弱，根本抵挡不住数百名新四军的三面围攻，樊营长只得指挥部队向南仓皇撤退，因为此时只有南面没有红旗和枪声。

第一一七章 江 畔

南面没有红旗和枪声，却有河宽水深的西津河阻挡。因为下了半夜的雨，这时的西津河水流湍急，还打着漩涡。樊营长跑到河边一看，水深流急，两岸看不到一只渡船。

后面的追兵越来越近，喊杀声惊天动地。樊营长仰天长叹道："天亡我也！"说罢，他便一头栽进了河里。几个军官急忙跳下，从水里救起了樊营长，架着他顺流漂去。其他士兵见无路可走，想到自己平时与新四军并无深仇大恨，也就停止了抵抗。

杨少良和谢俊胜追到河边，既没有对河里开枪，也没有派人沿河追赶，跑就跑了吧。他们听叶志远说过了，这次奉命进攻葛顺乡的是64师的部队，他们没有参加围攻军部的行动，这次对他们不必下死手。如果这次是62师、144师、40师那帮兔崽子们来了，就没这么客气喽。

清明节这天，天空飘洒着绵绵细雨。虎头岭营地举行了隆重的祭奠仪式，悼念那些自创建根据地以来，在抗击日寇扫荡和顽军清剿的历次战斗中牺牲的烈士们。

一百多个烈士的名字都镌刻在赭色石碑之上，红底白字，笔画遒劲，分外醒目。望着石碑上的汪施才、李有田、倪裳衣、卫南、郑鸿鸣等人的名字，叶志远心里酸楚无比，站在一边的何冬妹早已泪流满面了。

时光荏苒，转眼到了丹桂飘香的季节。一个异常现象引起了叶志远的注意。过去经常飞临皖南上空狂轰滥炸的日军飞机，入秋以来渐渐失去了踪影。据陈水根报告说，芜湖湾里机场的飞机飞走以后就再没有回来过。

九月底的一天，卢舒云将一个电讯记录交到了叶志远的手里。这是苏联远东电台刚刚播发的一则电讯，上面说，日本御前会议通过《帝国国策实行纲要》，说日本抱定不惜对美英开战之决心，决定在十月下旬完成战争准备。

李维真看了后，立即致电军部，询问日美有无开战的可能。军部回电说，受德国侵苏以及美对日禁运石油等影响，日本有军事占领东南亚的企图，目的是要争夺东南亚的战略资源，同时切断外国援华渠道，迫使蒋介石投降。

消息得到初步证实后，叶志远和李维真召来刘贤臣、张扶海商量。他们都担心日美一旦开战，日本肯定会攻击美国的运输航线，我们的军火来源将会中断。现在要提前下手，急运一批炮弹药品回来。为此需要安排刘贤臣紧急赴沪采购。

叶志远提出要送刘贤臣一程，并对芜湖的日军进行一次侦察。何冬妹知道后，执意要跟着去，她说她早就想去看看倪裳衣牺牲的地方。第二天，叶志远将刘贤臣送至溪口，刘贤臣和卫皖去了上海。叶志远和何冬妹在陈水根、卫河的护送下，从陆路前往芜湖。

宣城以北都是日军占领区。他们都骑上了陈水根从休宁缴获来的战马，昼伏夜行。冬妹子以前骑过小毛驴，这次也像以前骑驴那样，把马鞍子向后移动了一下。骑上去没跑多远，颠得腰酸屁股疼的。何冬妹就对叶志远抱怨说："哥，这马欺生哎，我和你换一换吧。"

陈水根在一旁偷笑。冬妹子说："好啊你，不帮忙也就罢了，还看我的笑话。回去告诉孙来弟，有你受的。"陈水根常去救护队转悠，一来二去地看上了孙来弟。孙来弟长得丰满结实，人也直爽，陈水根很是中意。上次孙来弟受伤了，陈水根天天过去看她，替她打水送饭什么的，跑得比谁都勤快。冬妹子看出了苗头，便从中撮合，两人也就谈上了对象。

叶志远被冬妹子的话给逗笑了，对陈水根说："你看你，把救护队长给得罪了吧，还不想法子补救一下。"陈水根说："这不能怪马，我告诉你一个诀窍，只说一遍啊，马前驴后骡中间。"

冬妹子何等聪明，马上就知道问题出在哪里了。她不用叶志远帮忙，自己跳下了马，松开了系带，把马鞍朝前移动，移回到了原来的那个位置。

整理好了以后，冬妹子重新骑上了马背，尽量将身体重心靠前，跑起来一试，果然稳当多了。冬妹子一高兴，驱马跑到陈水根身旁，打趣道："陈大营长，什么时候喝你跟孙姐的喜酒啊？"陈水根瞥了叶志远一眼，说："光喝我和孙来弟的多没意思，要喝咱们就一起喝。"

第三天夜里，他们来到了水阳江新河口。叶志远伫立江边，放眼望去，只见昏暗的月色下，江水缓缓向北流去，四野空旷寂静，唯有秋风轻轻吹拂水面，发出了阵阵呜咽。

冬妹子疾走几步，跪在地上泣不成声。叶志远慢慢走到江边，蹲下身子，捧起江水注视良久，轻轻地洒在脸上，然后又捧起江水，满饮一口。临走时，叶志

311

远从江边挖了一块泥土，仔细用布包好，放进了行军背囊里。

由于悲伤加上劳累，在回去的路上，冬妹子生病了，浑身发烫，脸色通红，不能骑马赶路。这里是敌占区，常有鬼子巡逻队出没，投宿旅店也不安全。现在又是半夜，又不好去惊扰老乡，只能在野外的树林子里露营了。

安歇下来后，冬妹子掏出两片药吞了下去，浑身哆嗦，一个劲地喊冷，直往叶志远怀里钻。叶志远心疼地将冬妹子搂在怀里，披上了雨布，自己靠着树干坐好。陈水根和卫河在一旁轮流站岗警戒。

夜里，躺在叶志远怀里的冬妹子躁动不安，不停地说着梦话。第二天早晨高烧退去了一些，但仍昏睡不醒。陈水根出去查看情况去了，卫河打来泉水，叶志远不断地喂给冬妹子喝，下午病情好转，渐渐退了烧。

冬妹子稍微恢复了一点精神，趴在叶志远的怀里不愿起来。她悄悄趴在叶志远耳边说："哥，你老是抱着我，没睡好吧。"叶志远笑了笑，说："我一整夜抱着一个火炉子，一晚上热得直冒汗。"冬妹子扭了扭身子，娇声道："哥笑话我，我有件事要告诉哥。"叶志远点了点头。何冬妹从衣兜里掏出了一条项链放在叶志远的手里。叶志远看了一惊，说："这，这个是我给倪裳衣的，怎么到了你手里？"

冬妹子说："裳衣姐临走时对我说过，她要是回不来了，就把你交给我管，这条链子就是裳衣姐姐给我的。"叶志远疑惑地看着她，没有说话。冬妹子接着说："这是真的，卫河也听到了。哥，你愿不愿意？"叶志远叹了口气，说："我知道妹子对我好，只是……"

冬妹子正色道："只是什么？"叶志远说："只是你还小。"冬妹子急了："我都十八岁了，照新四军的规矩，我能嫁人了。哥不是讨厌我吧？"叶志远为难地说："你裳衣姐姐刚刚离去，我怎么能这样？别人也会说闲话的。"

冬妹子听了，十分不愿意。她说："你不要推托，这原本就是裳衣姐姐的意思。再说了，我一个女伢子都不怕，你怕什么？还司令呢。妹代姐嫁，我冬妹子愿意，管别人怎么说去。"

冬妹子心意已决，回到营地后便想找个媒人正式向叶志远提亲，要明媒正娶。找谁呢？她首先想到了二姐秦思柳。可转念一想，刘贤臣先前做过倪裳衣和叶志远的媒公，现在又要他老婆给自己当媒婆，恐怕不合适。想来想去，还是田嫂合适。一来是因为熟悉，田嫂人好；二来田嫂是长辈，她出面保媒也显得庄重。

这天，何冬妹找到了田嫂，两人坐在铺上，就你一言我一语地说了起来：

"大妈耶，我想嫁人呢。""哎哟，那好哇，说给大妈听听，你看上谁了？""就是叶大哥。""你，你看上了叶司令？慢点，叶司令能瞧得上你？""我喜欢他，他也喜欢我。""你怎晓得的？""我当然晓得，那天叶大哥抱着我睡了一个晚上。"

"什么，你说什么？"田嫂一惊，双眼瞪得跟鸡蛋一般大，指着冬妹子说，"你，你这个伢子，你怎么能……他真的把你睡了？"

冬妹子此时才听懂田嫂话中的含义，脸上一片飞红，嗔道："大妈，你想到哪里去了？是我生病发烧，没地方躺，就在叶大哥怀里睡着了，他自己坐了一夜没睡。"

田嫂拍拍胸脯，长长地吁了口气，责怪道："你这个伢子，说一句留半句的，差点把我给吓着了。冬妹子，既然你两个都中意，大妈就去找个保媒的，叫叶司令来我家提亲，你呢，就当是我的女儿，你看这样好不好？"

冬妹子抱住田嫂肩膀，悄悄说："那就辛苦大妈了。"说完她就走了出去。走到门外停住脚步，她听到田嫂在屋里自言自语："叶司令这人嘛，是没得说，只是……我家冬妹子，又聪明又漂亮，还能干，能娶她当婆娘，那是他的福气……"

"扑哧"一声，冬妹子听到这里忍不住笑，便一把捂住了嘴，踮着脚尖跑了出去。

第一一八章　好　事

秋收结束后，支队命令各部队加紧扩大武装，开展军政训练，保卫土改成果。十月中旬，各部报来了兵力扩充情况：1团徐满仓三千人编成了六个营；2团邵家旺两千五百人编成了五个营；3团马云飞一千八百人编成了四个营。

谢俊胜也报告他们发展到了一千人。叶志远和李维真决定组建第4团，任命谢俊胜为团长，吴捷生为政委，李伟民为参谋长。

葛顺乡是虎头岭的南大门，位置十分重要，而且已经引起了顽军的注意。支队特地在乡里新组建了三百人的民兵营，将伤已经痊愈的铁蛋调来当了营长，胡双扣当了副营长。原先驻防乡里的警通营的一个连撤回虎头岭营地归建。

十一月底，刘贤臣从上海满载而归，十艘大船运来了六〇炮弹一万枚、手摇发电机十台、信号枪二十支、高倍望远镜一百只，还有大批的药品和医疗器械。在采购计划之外，刘贤臣还买了三万双帆布胶鞋，还有整整一船的美国牛肉罐头。

　　叶志远和李维真手里拿着罐头盒，翻来覆去看了半天，不知罐头盒上印的洋文说了些什么。刘贤臣介绍说，这是供应给美国大兵吃的战地食品，叫"斯帕姆"罐头，名气很大。我这次买的全是牛肉的，味道不怎么样，但营养不错。

　　刘贤臣说着，便熟练地拧开了盒盖，随手从叶志远胸前抽出短刀，挑了一块牛肉塞进叶志远的嘴里，又挑了一块给了李维真。两人嚼了嚼咽下了肚，都说味道不错，就是没有熬到火候，嚼着费劲。

　　刘贤臣又给卫河他们尝了尝，卫河咂了咂嘴说，味道还行，只是比伙房烧的红烧猪肉差远了。叶志远问："这东西能放多久？"刘贤臣说："罐子上面说可以保存一年半。"李维真非常高兴，说："这是好东西，关键时候能救急。"

　　叶志远派出侦察员与皖江支队、皖南支队接上了头，支援了他们轻机枪各二十挺、手榴弹一千颗、地雷五百颗，还送去了一批罐头和战场急救药品。

　　有句话说得好，老天爷叫他灭亡，就先叫他疯狂。一九四一年年底，日寇按捺不住军事扩张的野心，终于对美英下了手。十二月七日，日本偷袭夏威夷群岛珍珠港，太平洋战争爆发。十二月八日，日军进攻香港，二十五日香港沦陷。一九四二年元旦，中美英苏共二十六国签署《联合国家宣言》，结成国际反法西斯统一战线。至此，战争局势发生重大变化。日本军国主义的一条腿，也就此踏入了坟墓。

　　一九四二年一月，华中局批准成立皖南山地中心县委，胡明亮任书记；成立宁宣中心县委，李维真任书记；成立沿江中心县委，黄跃南任书记。当年皖南特委撒下的革命火种，在抗日游击战争的推动下，终于形成了燎原之势。

　　一九四二年春节，虎头岭营地举行集体婚礼。司仪由刘贤臣担任。会场布置得简朴庄重，正中间悬挂着中国共产党党旗和宁宣支队的战旗。

　　两边的木柱上贴着李维真手书的大红喜联，上联是：抗日军民并肩开创宁宣芜根据地，下联是：革命夫妻携手造就新四军接班人。

　　下午六时，会场里的十八支火把一齐点燃，在刘贤臣指挥下，九对新人携手走进了会场。他们分别是：徐满仓和薛桂花、邵家旺和刘栗枝、陈水根和孙来弟、杨少良和卢舒云、张扶海和赵莉敏、黄国全和刘吟秋、李济园和杜心语、钱绍宜和萧真真，最后出场的是叶志远和何冬妹。

　　今天，这九对新人身穿簇新的军装，佩戴"N4A"臂章，胸挂红花。新郎人人威武精神，新娘个个妩媚俊俏，当这九对新人走到主席台上，一起转身亮相时，赢得了满场齐声喝彩，掌声雷动。

　　婚礼不摆宴席，不收贺礼。证婚人李维真代表宁宣支队向新郎新娘表示热烈祝贺，希望他们相亲相爱、共同进步、早生贵子、白头到老。

新人们向在场的战士们鞠躬致谢，还散发了糖果和香烟。婚礼结束后，战士们将新人一对一对地送进了临时搭建的新房。趁着热乎劲儿，大伙儿闹起了洞房。

秦思柳问何冬妹："冬妹子你给大家说说，李政委写的对联是什么意思啊？"冬妹子脸皮太嫩，听她问得刁钻古怪，脸憋得通红就是答不上话来。

救护队那帮姐妹们开了口："这有什么，不就是叫何队长多生几个小新四军出来吗？秦姐啊，你也不能光说别人，你肚子有动静没有啊，你也要响应李政委的号召哎。"洞房里喜气洋洋，笑声不断。

经过几年战斗生活的磨炼，受着叶志远他们的言传身教，铁蛋成熟了不少，现在居然也成了独当一面的指挥员了。临离开虎头岭时，叶志远问他需要什么，铁蛋说其他事情都好办，就是缺干部。

杨少良在一旁笑着说："你说的话，怎么跟司令员当年对军部说的一个样。"叶志远很爽快，调给他十五名葛顺籍的老战士，全部担任连排长。

民兵营的任务是平时种地，战时保卫家乡。现在春耕还没开始，正是训练备战的好时机。葛顺保卫战缴获了不少武器弹药，解决了民兵营的装备问题。但是能否承担起守土御敌的重任，铁蛋心里无底。

这天，铁蛋把连排长召集起开"诸葛亮会"，研究眼下要干好哪些事。最后，大家凑了几条：抓好基本训练，演练防守技术，筹集战备物资，提前做好反清剿准备。

从第二天开始，民兵营三个连全部换上了便装，分头忙活起来。1连开展军事训练，着重练习射击、拼刺和攀爬；2连进山，选择有利地形，构筑射击阵地，搭建隐蔽营地，作为安置部队和转移乡亲之用；3连化整为零，把乡里的木器竹编栗炭等山货卖出去，买回粮油盐布，送进隐蔽营地。同时还要打探周围敌情。十天轮换一次，一个月轮换一遍。

铁蛋和胡双扣两人跟随各连行动，一个月来，跑遍了葛顺周围的山林沟壑，在熟悉山势地形的基础上，研究出几种应对敌人清剿的战斗方案。

第一一九章 原 则

太平洋战争爆发以后，日本占领军兵力吃紧，皖南日军奉命撤回铜陵、芜湖驻守，青弋江一带的国军防线很快恢复了原状。一直念念不忘要消灭皖南新四军

残余力量的顾祝同，严令上官云相立即部署大规模的清剿计划。

一九四二年春，上官云相抽调40师和52师各一个团，共两千五百人进攻黄子山地区；抽调新7师、62师各一个团进攻葛顺地区。他汲取以往失败的教训，这次采取了"步步紧逼，稳扎稳打"的策略，使出了以往对付红军游击队的各种手段，包括保甲连坐、封锁道路、拉网搜山和反复清剿等等，企图通过长期围困，促使根据地发生内乱而自行崩溃。

顽军主力部队负责军事围剿，同时还出动泾县、旌德县自卫大队约一千余人封锁道路，断绝交通。这次没有动用宁国、宣城的地方力量，是因为宁国自卫大队的士兵早已跑光了，现在无兵可用。宣城自卫大队要用来防备北边日寇南进，不好动用。

四月末的一天，宣城茶栈两个伙计采购新茶，进山找到了邵家旺，报告了顽军即将开始清剿的消息。消息是宣城县自卫大队的人提供的，还说是李二林的兄弟，一个叫溪口老六，一个叫溪口老七。他们两年前奉命潜入宣城县民团，民团后来改叫自卫大队，现在一个已经混上了副大队长，一个混上了副官。

邵家旺派出侦察连核实消息后，给虎头岭发去急电。几乎是同一天，旌德县杂货店掌柜派人给黄子山送去了同样的消息，马云飞立即给叶志远发去了电报。两天后，陈水根的侦察员证实了顽军出动的消息。

据陈水根分析，截至目前，第三战区尚未掌握蔡村、溪口根据地的情况，因此，这次清剿主要是针对黄田乡和葛顺乡两地。侦察员报告说：敌40师一个团从宣城出发，沿宣城至榔桥公路向南运动。敌52师一个团正在榔桥一带集结。敌新7师一个团已从旌德出发，沿山间公路向葛顺乡西面的云乐乡推进。敌62师一个团已在胡乐镇集结完毕，暂无移动迹象。

虎头岭指挥所，敌情报告在众人手里传看了一遍。张扶海说："上官云相真是处心积虑啊，这次来的都是去年围剿军部的部队。"陈水根攥起拳头，说："就怕他不来，正好给在茂林牺牲的同志们报仇。"

李维真说："打肯定要打，还要坚决地打。但是有个问题需要考虑好，就是怎么打，打到什么程度？"叶志远点点头，说："不知大家想过没有，为什么顽军这次只打黄子山和葛顺，而不打蔡村，不打溪口？"

陈水根马上接上了话："这说明敌人还没有摸清我们的全部家底呗。"叶志远点了点头："是这个原因。上次他们派人进山侦察，又派兵攻打葛顺，就是想摸我们的老底，结果是竹篮打水。在皖南这个地方，现在还是敌强我弱，实力悬殊。刚才李政委已经提醒我们了，如果这次我们只想着报仇，把全部家底子都拿出来，跟顽军拼个你死我活，打他一个惊天动地，就算全部吃掉了这四个团，在战略全局上看，究竟对谁有利？"

陈水根马上笑了起来，说："敌人不就是想摸清我们的老底吗？我们偏不给他摸。仗要打，仇要报，就是不能让敌人太明白。"张扶海也说："敌人有十几个师的兵力，皖赣边界还有一个集团军，我们不能跟他们死打硬拼。"

刘贤臣说："顽军选择春播春种的时候进攻，对我们实行经济封锁，用意十分险恶。他是想困死我们，叫我们饿肚子，无法坚持下去。"李维真说："那好啊，我们以牙还牙，现在就叫他们吃不上饭，睡不好觉。"

叶志远和李维真联名向军部报告了顽军即将围剿的情况，还汇报了支队的反击措施。军部很快回电：顽军对皖南支队也欲发动进攻。你们想法甚妥，应充分运用游击战术予以反击，并以粉碎围剿、保卫根据地为原则。

叶志远迅速做出部署，他命令各根据地实行坚壁清野，乡民全部撤进核心地区，带走所有的粮食和家禽、家畜。各部除留精干部队坚守核心地区之外，1 团可沿泾县公路南下，袭扰进攻黄子山的敌 40 师；2 团可运动到云乐地区一带，伺机打击新 7 师，并增援葛顺；3 团跳至外线机动作战，阻滞袭扰敌军行动；4 团向胡乐方向运动，牵制袭扰敌 62 师。葛顺乡民兵营的任务是保护本乡村民。

各部应灵活运用游击战术，主动寻找战机，重点打击敌军指挥部、后勤运输部队以及重火力部队，破坏敌人的进攻能力。如果战斗持续时间较长，应组织部队轮换，全面提高我军的实战能力。

叶志远和李维真作了分工，叶志远坐镇营地，指挥各团反围剿。李维真动员各地党组织，转移村民百姓，督促坚壁清野，实行防奸反特。

接到支队命令后，黄田乡和葛顺乡全面进入备战状态，村民有序转移进山，带走了所有的粮食和家禽、家畜，各家各户已经空无一人。战士们用地雷石雷、滚木礌石封锁了山道，在顽军进攻路线上布置了大量的陷阱和捕兽夹。

1 团由政委王令朝带 1 营留守蔡村，徐满仓率 2 营、3 营南下增援黄子山。部队行至泾县以南的巧峰镇时，侦察连派人报告说，敌人大部队已经沿着公路南下，辎重队走得慢落在了后面。

徐满仓命令部队加速前进，在乌溪附近追上了这支辎重队，只见敌人的两架骡车拉了两门带橡胶轮子的炮，套着炮衣。后面还有一架骡车，用帆布盖得严严实实的，看不清装的是什么。车队前后大约有两个排的兵力保护。

徐满仓喊来炮兵连长，把望远镜塞到他手上，叫他看看是什么武器。炮兵连长仔细看去，满脸激动地说："好东西，像是山炮。"其实，这位连长也只是猜

出个大概，因为整个新四军从来没有装备过火炮。

徐满仓心想，管它是什么炮，夺过来再说。他命令 2 营严朝宗占领前面的山坡，挡住前面顽军回援的部队，阻挡个十分钟就往山里撤。命令 3 营散开，抢占公路一侧山地，准备夺炮。

第一二〇章 夺 炮

平时火炮行军是要用汽车拖拽的，因为这次是进山清剿，汽车开不进去，就改用骡车牵引。辎重队从出发到现在已经快一整天了，人困骡乏，这时就卸下骡子准备喂些草料再走。

这边刚开始喂食，3 营就突然发起了进攻。几挺轻机枪一齐开火，打得顽军向公路两头乱窜，几头骡子受到了惊吓，草料也顾不上吃了，撒开四蹄就朝来时的路上狂奔而去。

趁着敌人混乱，徐满仓带领 3 营冲下山坡，对着逃窜的敌人一阵猛射，用火力将敌人驱赶得远远的；接着就指挥战士前拉后推，将两门火炮拉进了山里。在前面掩护的 2 营这时也撤回来了，战士们纷纷上来帮忙，每人都扛着一箱炮弹，一路小跑跟着进了山。

正在前面赶路的顽军团长，听见后面传来激烈的枪声，传令部队停止前进。过了半个小时，天都快黑的时候，辎重队的队长一头大汗地跑来报告，说队伍突然遭到袭击，新四军把两门火炮都抢走了。团长气极，一个耳光甩到辎重队长脸上，指着鼻子骂道："赶快把炮夺回来，限你一天时间，不然军法从事。"

走到一处僻静的山林，天已经黑透了，部队停下来休息。徐满仓用手掀了掀火炮，很沉，大约有七八百斤的样子，心里犯起了愁：现在走的净是山路，许多地方没有路，这么重的家伙怎么弄走呢？

严朝宗和王可树见前面停下不走了，也都赶了上来问情况。见徐满仓正在为炮发愁，严朝宗说："这整块的搬不动，要想办法拆开来。"徐满仓直点头，叫来了炮兵连长，要他想办法拆炮。连长是头一次见到这种炮，连炮叫啥名都不知道，哪里知道如何拆呢？

王可树叫通信员用手电照着火炮，用手在炮身上摸索起来。看他摸炮，徐满仓猛然想起了一件事，对大家说："快，赶紧去找工具箱。大炮肯定是有工具箱的。"徐满仓想起了什么？他想起了刘贤臣从上海运回迫击炮的时候，每门炮都带有一个铁盒子，里面装了不少的修理工具。

听他这么一说，大家马上分头去找，果然，两个战士从弹药箱堆里拖出来两只挺大的黄绿色的铁皮箱。炮兵连长打开箱盖，掏出一套专用扳手、千斤顶、油锤等工具，叫战士在旁边用手电照亮，没用多长时间就摸到了窍门，领着战士们动手拆卸起火炮来。

这时侦察连跑过来报告说，后面有一股敌人追来了，天黑看不清人数，估计不少。徐满仓轻蔑地笑笑，说："想打夜战吗，他没那个本事。严朝宗你们去挡一下，等会我们就走。"

一个小时后，一门炮就被分解成了炮筒、炮身、炮架、护板和轮子。炮兵连长拿来防雨油布将炮筒、炮身小心裹好扎紧。又过了一会，另一门炮也拆好包好了。

这里离黄子山不到五十里，徐满仓决定今夜就将火炮送到黄子山去。他交给严朝宗一个任务，要他带两个连阻住敌人追击，天亮以后将敌人往公路西边引，最好能引到茂林和球岭的大山里，狠狠收拾他们一下，然后返回蔡村休整。

1团这回捡了个大便宜，开战第一天就缴获了两门火炮。后来经兵器教员张一阳辨认，这是仿造德国的37战防炮，最大射程四千米。在整个皖南，也只有国军精锐40师才装备了这种攻防利器。

邵家旺接到增援葛顺的命令后，立刻率领4营、5营赶往葛顺西边的云乐。支队发来的敌情通报说，前天从旌德出发的新7师211团，将在云乐镇这里休整一天，然后再开往葛顺清剿。

老天爷很不帮忙，行军途中下起了大雨。好在战士们都有斗笠雨披遮雨，下雨倒是不怕，只是山路难行，走了两天一夜，才赶到云乐镇附近。听侦察连报告，因为下雨，敌211团在云乐镇多住了一天，估计要等到明天雨停了再出发。

邵家旺稍稍有些放心，便命令部队宿营，自己带着王三石、高丰平查看地形去了。从云乐镇到葛顺十几里地，必须经过一条东西走向的狭长山谷，其中的姚亭、环潭、柏口的地势都很险要。邵家旺决定在当中的环潭伏击敌人，这里紧靠西津河的支流永村河，河对岸就是葛顺的地界。

天亮后雨势变小。4营5营一早就进入了阵地，十几挺轻机枪布置在阵地的两头。邵家旺自己是神枪手，当营长当团长这几年自己从未放松过训练，还不断地培养新手，使得每个班至少都有一个指哪打哪的神枪手。

早上九点，一群扛着枪、身穿杂色衣服的士兵进入了谷地，后面还跟着好几

辆平板车，车上拉着粗木钉成的拒马和铁丝网。他们每隔几里路便从车上搬下来一个拒马，横拦在山路中间，缠上铁丝网，留下几个士兵看守。这群士兵是旌德县自卫大队的人，他们奉命前来封锁道路，禁止人员和物资进入葛顺乡。

此时雨又下大了，那帮士兵无处躲雨，便跑到路边砍伐树枝，动手搭起了一座窝棚。正在忙乱之时，顽军大队开进了山谷。走在前面的是尖兵排，朝着自卫队问了几句什么，自卫队的士兵先是直点头，然后又直摆手。尖兵排士兵端起轻机枪，朝着山谷两边的山头一阵扫射。枪声惊起林中的飞鸟，叽叽喳喳乱叫。

尖兵排放下心来，继续前行。走到环潭的时候，又是一阵扫射，没有发现异常现象。此时，顽军一个团全部进入了山谷，队伍拉得很长。

邵家旺看见队伍中间有几个人骑着马，裹着雨衣，看不清面孔，也看不到领章上的军衔，但其中一匹马的嚼环被一个步行的士兵牢牢牵着。邵家旺心想，这个骑马人的身份肯定不简单。

猎户出身的邵家旺，就像看到了一只大兽渐渐走进了自己布置的陷阱。这是新7师的部队，是围攻军部的急先锋，是屠杀新四军将士的刽子手。偿还血债的时候到了。

邵家旺向后伸出了手，通信员马上递上一支上了膛的三八式步枪。他迅速出枪，稍稍瞄准，轻扣扳机，"啪勾"一声，只见那个骑马之人两腿猛地一顿，似乎想要从马背上站立起来，接着就直挺挺地摔下了马背。

团长首发命中，战士们一齐开火，轻机枪专打敌人的重机枪手和迫击炮手，步枪专打顽军行军队列里走在前面的军官，那几个骑马的军官顿时就被神枪手们打成了血葫芦。

两轮射击之后，又投出了手榴弹。等到顽军清醒过来，企图组织兵力反扑的时候，4营和5营早就泅水渡过了永村河，正向葛顺乡挺进。

被邵家旺一枪夺命的，原是新7师上校参谋长陈咸如。在皖南事变中，就是他亲临一线督战，指挥新7师发动十几次冲锋，反复拼杀，最后攻占了东流山阵地，不仅阻止了对方的突围，还抓获了数百名新四军官兵。战后，他晋升为副师长，授少将军衔。

陈咸如从围攻新四军之中尝到了甜头，他自以为找到了一条加官晋爵的捷径。这次清剿行动，他又主动请缨，亲自来给211团督战，欲再显身手。谁知，还没有看到新四军的影子，便饮弹身亡。陪着他一起送命的还有211团的上校团长，中校团副以及中校参谋长等人。

第一二一章　纵　横

4团是个小团，只有两个营的兵力。因此，叶志远给4团的任务只是袭扰牵制敌62师向葛顺开进，并未要求他们直接增援葛顺乡。

谢俊胜和吴捷生、李伟民商量，决定分头行动。谢俊胜先去胡乐袭击62师，引诱他们追击，尽量将他们吸引到葛顺南边的深山里去。若没有全部引走，吴捷生和李伟民再接着引诱。

旁边的李伟民开口说道："顽军62师是第三战区的主力部队，装备好，战斗力不弱，不可轻视。"他认为两个营一起出动为好，以便相互策应。李伟民的想法比较稳妥，谢吴两人同意。

在皖南事变中，62师在外围担任预备队，没有捞到什么仗打。战后看到主攻部队升官受赏，羡慕得不得了。这回接受进攻葛顺的任务，187团的军官们觉得机会来了。尽管天还在下雨，他们就迫不及待地向葛顺开进了。

胡乐到葛顺不通公路，187团团长决定沿着西津河谷地北上，一天之后来到了葛顺对岸的永村渡口。团长命令士兵砍伐竹木，立即渡河。

刚刚渡过去一个营，不料后面就响起了枪声。团长大惊，新四军怎么跑到我们后面去了？他连忙用望远镜观察，背后的山岭上人影闪现，枪声密集。这是新四军的大部队，来得正好，真是踏破铁鞋无觅处，你们自己倒送上门来了。

顽军团长命令部队停止渡河，已经渡过去的一个营直接向葛顺攻击前进。没有渡河的两个营反击后面的新四军，其中一个营正面进攻，架起迫击炮猛轰对面山岭；一个营轻装迂回，包抄新四军的后路。

在山岭上阻止顽军渡河的正是谢俊胜率领的第10营，他见敌人反扑过来了，就带着战士们撤下山来，绕了一个圈，在永村渡口的东边渡过了西津河。

稍微休整后，他们追上了正向葛顺行进的顽军，对着其后背就是一阵猛射；然后边打边撤，将顽军的这个营引到了葛顺至宁国县城公路一侧的山里，跟敌人玩起了捉迷藏。

顽军的一个营在迂回途中，与吴捷生、李伟民的第11营迎面相撞，一阵激烈交火，第11营退入了山林，不紧不慢地朝外打起了冷枪。

顽军老羞成怒，也钻进了山林。前面的枪声时疏时密，时远时近。顽军想追

吧追不上，想退吧，山林里到处都响着枪，往哪里退呢？于是，他们只好硬着头皮追。就这样，他们追过来追过去，到了傍晚转出山林一看，都傻了眼，怎么又转回胡乐镇来了？

真正傻眼的要数187团的团长了。他轻易占领了渡口背后的山岭，没有抓到一个新四军。他在山头上看到，渡过河的那个营没有按照命令去进攻葛顺，而是向东追击一股来路不明的敌人去了，他心里顿生不祥之感，自己的一个团已经被活生生地拆散了。团长着急了，急命下山渡河；渡过河之后，命令就地固守，等候两个营回来后再作计议。

一夜过去了，两个营都没有回来。团长命令全营出发占领葛顺，只要占领了葛顺乡，此行也就达到了目的。还好，部队进攻十分顺利，除了在村口踏响了几颗地雷之外，再没有遇到像样的抵抗。村里不见人畜，连狗猫都没见到一只。家家门窗紧闭，没有上锁。他们推开门一看，家徒四壁，空空荡荡，棉被、衣物甚至一粒粮食也找不到。

团长无奈，只好派出部队进山搜人搜粮，正好撞上了在此休整的徐满仓，结果是进来多少就收拾多少。几天后，剩下不足一个连，最后给铁蛋的民兵营团团包围。187团团长绝望之下，举枪自戕。剩余的顽军全部缴械投降。

解决了葛顺的敌人后，徐满仓率部西进黄子山，与留守黄子山根据地的彭戈汇合，日夜与顽军周旋在山野密林之中。

邵家旺的2团初战告捷之后，甩开敌人急速南下，与谢俊胜、吴捷生取得了联系，并合兵一处，紧紧缠上了62师187团的两个营。他们牵着敌人的鼻子在山林里转悠，最后引至浙江境内，在天目山大峡谷连续打了两场伏击，全歼一个营，击溃一个营。敌62师损失惨重，被迫停止了围剿行动。

马云飞率领3团主力向外穿插，从40师和52师的缝隙中运动到顽军侧后，集中兵力打击运粮车队，缴获或焚烧敌人的军需物资。顽军进入黄子山以后，村子里搜寻不到粮食，后面粮食又接济不上，不得不抽调部队往返运粮。正在周围活动的我军几支部队抓住战机，打了几场伏击，消灭了将近一个营的顽军，始终将运输路线死死卡住。

无奈之中，顽军只好加大进剿力度，督促部队冒险突进。叶志远指挥我方参战的各路部队全线展开，依据有利地形，对行进中的顽军拦腰痛击，对顽军指挥部实施炮火打击。

到了晚上，摸营偷袭抓舌头天天闹个不停，顽军防不胜防，彻底陷入了困境，战役的主动权渐渐掌握到了我军手里。

第三战区听说战事不利，又派出两个团专门给围剿部队运送给养。宁宣支队的三个团分出一部继续在山里与敌周旋，其他都在公路沿线撒开，灵活运用地雷战、麻雀战、破袭战等战法，阻滞疲惫敌军，并寻找战机，不断歼灭其有生力量。

由于这次是分头出击，各部队为了轻装上阵，都没有携带电台，虎头岭指挥所只能根据断断续续的报告，拼凑出战斗进展情况，新的作战命令也不能及时送达作战部队。叶志远在众人面前表现得气定神闲，可背地里却是提心吊胆，经常通宵难眠。

前方作战部队也遇到了很大的困难。天天行军打仗，时时要转移阵地，新组建的救护队无法随军行动，何冬妹便将救护队开到黄子山，坐等送回来的伤员。日常救治伤员只能依靠连队自己的救护员。临战前，后勤部给各团都补充了急救包，对付轻伤很有效，但重伤不行，不少重伤员因为得不到及时有效治疗而牺牲。

还有就是吃饭问题，白天在战场上不能生火做饭，只能挨到晚上。炊事员找到水源，拾来枯枝干柴，架火烧饭，烧得最多的是竹筒饭，每人要烧三四筒，一顿饭要烧两个小时。当晚吃一筒，其余装进战士背囊里，明天一天的伙食都在里面了。

就这样，从开春一直打到夏天，尽管仗打得十分艰苦，但整个部队在残酷的战斗中不断壮大，宁宣支队从战前的八千人发展到了一万五千人。

报经军部同意，叶志远与李维真将宁宣支队扩编成新1师、新2师和新3师共9个团，谢俊胜营改编为独立团。休宁营救出来的老战士全部充实到了一线部队，担任营连级干部。

也是这年的春天，美军派出远程战机轰炸了日本东京、横须贺、神户等重要城市，飞机返航时降落在中国浙江机场。为了打通浙赣铁路交通线，摧毁浙江空军机场，从五月中旬开始，日军出动9个师团发动了浙赣战役，

在日军突如其来的攻势面前，顾祝同的第三战区长官部被迫从江西上饶迁往福建崇安，所属部队奉命逐次抵抗，终因日寇攻势凌厉，纷纷向南撤退。顽军对宁宣支队发动的大规模围剿行动也因此草草收场，无果而终。

第一二二章　挺　近

历时四个多月的反围剿战斗结束了。各团进行休整，开展战斗讲评，同时还抽出兵力帮助驻地村民恢复农业生产。

徐满仓将缴获的两门战防炮送到了虎头岭，张一阳马上动手组装起了一门。叶志远叫杨少良从警通营抽调二十几名战士，跟着张一阳学习操炮。

趁着有空，叶志远和李维真待在指挥所里，盯着地图讨论起什么问题来了。然后召集众人开会，提出要抓住日寇发动浙赣战役、顽军南撤这一时机，迅速向北发展。他的想法得到了大家的支持。叶志远将营地以及各部交给李维真指挥。从各师抽调了部队组建了一个加强团，任命陈水根为团长。

一周后，叶志远率领加强团北上，将湾沚周围的伪军据点逐一拔除。湾沚日军现在只有一个中队，驻扎在县城北面的狮子山。叶志远命令用一个营将狮子山围住，时不时地朝里面打冷枪，摆出很快就要进攻的架势。

陈水根向芜湖方向派出小股侦察部队，用三个营在青弋江东岸布下了阵势。两天后，川岛警备队四百余人赶来增援湾沚。加强团趁着日军刚刚过江立足未稳之时，二十挺轻重机枪突然开火，部队随后发起攻击，干净利落地消灭了这股援军。然后回师东进，一举攻克狮子山日军据点，歼灭全部日军，俘虏伪军近两百人。

湾沚获得了解放。次日，湾沚县抗日民主政府宣告成立，白和义担任县长。湾沚地下党组织恢复公开活动，动员各界爱国人士拥军支前，湾沚人民群众热烈响应。他们为何如此拥戴抗日民主政府？据白和义了解，自一九三七年至今，日寇在芜湖以及湾沚、繁昌、南陵等地犯下了滔天罪行，屠杀无辜平民一万多人，杀伤致残五万多人，民众的财产损失估计至少有数十亿元之巨。当地民众对日寇切齿痛恨。没过几天，在原先湾沚猎户队、农民自卫军的基础上，很快便组建了一支两千人枪的抗日游击大队。

攻克湾沚时，除了缴获两门日军九二式步兵炮之外，还缴获了五辆载重汽车。在战斗间隙，叶志远挑选了十几个会开车懂修理的伪军俘虏当教员，把卫河等一批战士教会了开车和汽车修理。然后组建了支队第一支汽车运输连，卫河任连长。

刚安歇了一些日子，秋风乍起，形势又有新的变化。日寇出动两万兵力扫荡苏浙皖边，32集团军所属各部纷纷南撤。在李维真指挥下，溪口邵家旺的新2师向东挺进，与新四军16旅合兵一处，经过数次激战，收复了宣城、郎溪和广德部分沦陷区。白和义联络地下党发展民兵组织，李二林趁机策动溪口老六、老七等人哗变，抗日武装发展到了二千余人。

经支队党委研究，并报军部批准，湾沚的加强团和游击大队整编为宁宣支队新4师，陈水根任师长。李二林接替了陈水根的职务，担任侦察营营长。接着，又将宣郎广地区的抗日武装整编为新5师，杨少良任师长，谢俊胜任副师长；吴捷生任独立团团长。叶志远和李维真命令各师开展大整训、大练兵活动，努力提高部队的战斗力和正规化水平。

一九四二年年底，徐满仓主动请战，率领两个团开赴湾沚以西地区，逐步清除敌伪据点，大力发展抗日武装，成立基层抗日民主政权。同时派出部队对芜湖周围实施侦察，配合新4师、新5师做好了进攻芜湖日军的准备。

一九四三年春节期间，除李济园、杜心语和钱绍宜、肖真真这两对医生夫妻没有动静外，冬妹子、薛桂花、刘栗枝等七个新娘子先后临盆生产，而且生的都是胖头小子。根据李济园的解释，战争年代杀戮残酷，人们求生欲望增强，生男孩的概率要比和平时期大。

一九四四年夏，冬妹子又诞下一个女婴。去年生的男孩叫叶小冬，含有冬妹子名字中的一个字。这个女孩就取名叫叶小衣，寓纪念倪裳衣之意。

男孩长得酷似叶志远，虎头虎脑的，活泼可爱。女孩子眉眼清秀，腼腆文静，相貌神情越长越像倪裳衣。叶志远和冬妹子有些困惑，便去请教李济园。

李济园是这么说的，倪医生在叶志远和冬妹子心里占有重要的位置，经常有所思念，从遗传学的角度看，两人生下的后代与倪裳衣相像并不奇怪。叶志远深感医学之精深奥妙，决定让小衣以后学医。

自从有了叶小衣，来冬妹子家串门的人就多了起来。这天刚吃过晚饭，薛桂花和刘栗枝一前一后登了门。她俩都一个心思，就是要和冬妹子攀儿女亲家，给自己儿子跟叶小衣定下娃娃亲。

冬妹子问明了来意，不觉笑了起来。对她俩说，现在都是新四军了，哪还作兴这个。薛桂花撇撇嘴，说："新四军怎么啦，新四军也是要结婚生子、传宗接代的。"刘栗枝说："定娃娃亲有什么不好？两家大人熟悉，将来小夫妻俩更容易相处。"

三人正说着，秦思柳腆着肚子走了进来。一进门就问："哟，这么热闹，说什么呢？"冬妹子说她们是来定娃娃亲的。秦思柳一听，双手直摇，说："不行，不行，我早就定过了，叶小衣是我家的媳妇，你们不要和我争。"

薛桂花和刘栗枝"扑哧"笑了，说："你还没生下来怎么定亲？再说啦，你能肯定生个男孩？要是女孩呢？"秦思柳立刻声明，我的肚子尖，怀相就是男孩。薛桂花也不客气，说："就算你生的是男孩，也比叶小衣小，不般配。"

秦思柳慢悠悠地说："怎么不般配？女大三，抱金砖。小衣大一点更懂得体

贴照顾我家儿子。"刘栗枝说："看把你美的，先把儿子生下来再说。"

　　冬妹子在一旁笑够了，就说："你们不要白费口舌了，这事以后再说。想当我家女婿啊，必须好学上进，明白事理，孝顺父母，脾气和顺。"

　　秦思柳惊讶地看着冬妹子，说："看不出来哦，妹子现在说话都是左一套右一套的，是跟你哥学的，还是跟李政委学的？我才不管那么多呢，现在就说定了——我生的要是男孩呢，就做你家的上门女婿；若是生了女孩，就当小冬的媳妇儿。"

　　薛桂花和刘栗枝一听这话，气得两眼直翻，立即对着秦思柳开了火："你也太霸道了吧，好事情都让你一家占了，我们什么也捞不到，不行。"秦思柳两手掐腰，毫不畏惧地反击道："不行又能怎样，你们还敢抢亲不成？"冬妹子在一旁哭笑不得，说："你们越说越不像话了，哪还有姐妹的样子。"

　　就在双方剑拔弩张、相持不下的时候，张扶海和黄国全夫妇恰好也来串门。见到气氛不对，忙问缘由，冬妹子一说，四人笑得前仰后合。

　　赵莉敏和刘吟秋毫不客气地把几人数落了一顿，末了给她们出了个好主意，趁着现在都还年轻，各家再生几个娃子出来，还用得着这样争来抢去的吗？

第一二三章　光　复

　　一九四五年八月，饱受战火摧残的皖南人民，终于见到了抗战胜利的曙光。

　　八月十一日，新四军军部向全军官兵发出一号作战命令：我军各部均得依据《波茨坦宣言》规定，向附近各城镇之敌军送出通牒，限其于一定时间内向我缴械投降，我军当依规定给予生命安全之保护。

　　命令还宣称，如遇敌伪武装拒绝，应即予以坚决消灭。我军对敌伪所占城镇及交通要道，均有权占领并实行军事管制。如有任何破坏反抗者，均须以汉奸论罪。

　　接到军部电报后，李维真欣喜若狂，急忙将电报一字不漏地转发给湾沚的叶志远。半小时后，叶志远回电：我军应全面实行向南巩固、向北发展之战略。拟命，新3师马云飞部向南防御，反击顽军摩擦；新2师邵家旺部向东进至孙埠一线，壮大并巩固我现有根据地；我即率新1、新4、新5师开赴芜湖受降。李维真当即回电同意。

根据周密侦察，芜湖地区驻有日军的一个联队，其中，湾沚狮子山的一个大队已被我军消灭，剩余的两千人分别龟缩在赭山警备司令部和湾里机场两处。

湾里机场另有汪伪军第7团以及工兵团等武装两千余人。日军的宪兵中队、特务机关、铁道警备队则分散驻扎在芜湖县城内。

乡亲们对日寇恨之入骨。听说新四军要攻打芜湖，他们冒着烈日酷暑，踊跃报名参加支前。有自愿要给攻城部队带路的，有扛着自家的木梯要帮着战士们攀墙越沟的，有抬着门板要跟着上前线救护伤员的，也有拉着战士们去家里吃饭喝茶的，更多的人是拎着菜篮子给战士送饭送水，送来西瓜和绿豆汤给战士们消渴解暑的。

经过统计，叶志远参战部队五千余人，支前队伍竟达到三万余人。有了群众的大力支持，一天之内，攻击准备全部就绪。

当初攻下湾沚后，缴获了日军大量的武器装备，宁宣支队的战斗力又有了明显提升。在同等兵力的情况下，他们现在已经不畏惧同任何对手交战了。但是，为尽可能地减少战斗伤亡，叶志远给各部下达了一条死命令：发起攻坚战斗前，必须进行充分的炮火准备，不要节省弹药，不准盲目发动集群冲锋。

他还要求各级指挥员要克服急于求胜、焦躁轻敌的毛病，要充分发扬军事民主，精心制订战斗方案，并组织部队反复演练。既要敢打硬仗，更要会打巧仗，要学会打过去没有打过的仗。

八月十二日下午，新四军宁宣支队代表、侦察营营长李二林雄赳赳地走进了芜湖日军警备司令部。他向日军联队长仓桥大佐送交了通牒文告，命令芜湖全部日军于十二个小时之内无条件向新四军缴械投降。

仓桥看了一眼文告，没有用手去接，阴沉地说："我部不能向你们投降，你们不是政府军。"李二林说："我们是新四军，是跟你们交手以来从未败过的中国军队。"仓桥摇着头说："你们政府早就宣布你们是叛军，我们不能向叛军投降。"

李二林伸手将通牒拍在了仓桥的桌子上，像看一个死人一样地看着仓桥，一字一顿地说："你不投降是吧？我们叶司令说了，敌人不投降，就叫他灭亡。"

八月十三日晨，新1师包围了赭山日军联队部，新4师包围了湾里机场，均围而不打。新5师奉命进入芜湖城区，同时对日军宪兵队、特务机关、伪保安大队发起了进攻。

炮兵推着三七战防炮和九二式步兵炮进入了战场。在张一阳指挥下，炮兵们

熟练地将炮口对准目标，瞄准装弹，抵近射击，"轰隆"一声巨响，日寇的火力点瞬间就被摧毁。战士们一阵欢呼，都说："还是这家伙厉害，能够直射，指哪打哪，也不用我们跑上去送炸药包了。"

战至中午，伪军打出白旗投降，日军宪兵队和特务机关负隅顽抗，结果被全部消灭。战斗结束后，谢俊胜率领一个团向南进至桂花桥，阻击三山方向的来援之敌。

也是在中午，劝降通牒规定的时限已到，新1师突击队进入阵地。十二时整，三颗红色信号弹腾空而起，步兵炮、战防炮和三十门迫击炮同时开火，密集的炮弹呼啸着飞向赭山山顶，日军警备司令部立刻笼罩在一片浓浓的硝烟之中。在密集炮火轰击下，日军埋设的雷场被炮弹连续引爆，铁丝网连同水泥桩被掀上了半空，司令部的围墙碉楼纷纷土崩瓦解。

炮击持续了半个小时，嘹亮的冲锋号吹响了。在数十挺轻重机枪的掩护下，战士们跃出战壕，挺起刺刀，高声呐喊着向山顶发起了冲击，犹如排山倒海，惊天动地，不可阻挡。

面对新1师毁灭性的打击，孤立无援的日军彻底绝望，没有支撑多久便打出了白旗，仓桥大佐剖腹自杀。宁宣支队的战旗在赭山顶上高高飘扬。

机场那边的打法与这边不一样。湾里机场的日军有一个中队两百多个鬼子，还有伪军工兵团一千余人。新4师先是用铁皮话筒发动宣传攻势，公布日本鬼子在芜湖犯下的种种罪行，号召伪军调转枪口，实行战场起义。

刚开始，机场那边还向喊话的战士开枪，喊着喊着，机场里面打了起来，原来是驻机场的伪军工程兵反水，向拒绝投降的日军开了火。

陈水根趁势发动进攻，里应外合，十分顺利地解决了战斗。也就是从这天开始，宁宣支队有了自己正规的工程兵部队。

八月十三日夜，芜湖县城到处张灯结彩，数以万计的居民涌上街头，敲锣打鼓，燃放鞭炮，欢庆抗战胜利，欢庆芜湖解放。叶志远派出大批部队维持秩序，并宣布芜湖实行军事管制。

白和义和刘贤臣在两个团兵力的协助下，查封没收了日伪银行、店铺和厂矿的全部资产资金。叶志远征得李维真同意，从日伪搜刮的钱财中，拿出一千万元救济了因战争导致无家可归和生活极度困难的芜湖民众。

数日后，《新华日报》刊登了一则题为"我军光复皖江重镇芜湖"的电讯，还特意报道了新四军缴获日伪资财救济芜湖市民的做法。

八月十六日，32集团军两名副官赶到芜湖，递上一封由上官云相签署的命令，要求新四军立即退出芜湖地区，并向他们移交日伪军所有的军用和商用物资。

叶志远懒得和他们照面，叫李二林回话，就说本军只是奉令行事，尔等可以去找我们军长请示，我们军长说咋办我们就咋办。

副官回去如实禀报。上官云相气得双脚直跳，叫副官拿着军令部公函再去交涉。叶志远这回仍然没有出面，只是扫了公函一眼，上面写的是日伪军应向蒋委员长指定的部队投降等等，只字未提八路军、新四军。

叶志远冷笑一声，拿起笔就在公函上批了一行字：同室操戈，血迹未干，要战便战，不必扯淡。撵走了上官云相的副官，叶志远当即向军部报告，并命令各部提高警惕，做好战斗准备。如有敌人寻衅进犯，坚决予以回击。

第一二四章　北　撤

九月中旬，军部来电：按照国共重庆谈判的协议，皖南、皖中、浙东、苏南共八个解放区的部队，年底前撤往皖北、苏北及陇海路以北地区。

叶志远和李维真仔细研究了一番，给军部回电：遵照电令，我部由政委李维真率新 1 师徐满仓部、新 2 师邵家旺部、新 3 师马云飞部，新 4 师陈水根部共计两万余人枪，至迟于十月底之前开至江北地区。支队干部家属子女一百余人随同部队转移。

另外，叶志远率新 5 师坚守皖南，继续完成上级交付的皖南战略支点计划。为加强对北撤部队的领导，特报请任命徐满仓为支队副司令员兼新 1 师师长。

为何把杨少良他们留下？叶志远很是费了一番口舌，才做通了李维真的思想工作。他说，江北新四军是老牌子正规部队，资格老，功劳大，底子硬。如果把杨少良、谢俊胜、吴捷生这些新兵蛋子派过去，到了那边一旦要整编，他们的部队说不定就给整没了，师长团长的也就当不成了。因此，只能派徐满仓这些老家伙过去，他们兴许能扛得住，不会让咱们的人吃闷亏。

李维真批评他有"山头主义"思想。叶志远辩解说，他是担心年轻干部受不了委屈，要是他们一时想不开，做出什么违反军令的事情来，势必会影响部队的情绪，也有损宁宣支队的声誉。听他这么一说，李维真只得同意。叶志远再三叮嘱李维真，此事只能你知我知，不能对别人说。

另外，为何还将冬妹子、秦思柳这些大人小孩也一并转移过去？这却是李维真的细心体贴之处。他说，若是国共和谈成功，皖南这边的日子也许要好过一些；若是和谈破裂，双方必然又要兵戎相见，这里的根据地肯定会遭受反复清剿，家属小孩留在这里不安全，也会给我们过江北撤的干部造成后顾之忧。再说，军部条件比我们这里要好得多，对孩子们教育成长有利。

两天后军部回电：你部所请照准。盼即刻行动，不可拖延。北撤途中务必严防敌袭。

叶志远李维真收到军部回电后，又经过一番研究，立即命令全军：即刻收缩根据地，除葛顺、蔡村、溪口、黄田等易守难攻之地外，其余皆尽放弃。已经公开了身份的党员和干部皆应随军转移，未暴露的立即转入地下。已暴露的交通联络站全部关闭，人员撤回根据地，另行安排工作。

此外，他们又给各师发去了专电，对各部北撤的时间、行军序列、行军路线、行军方式以及到达芜湖后的集结地点等等，均给予明确的指示。因黄子山距离芜湖最远，便安排马云飞的新3师最先撤离，溪口的邵家旺新2师次之，蔡村的徐满仓新1师殿后。为保护根据地民众今后的安全，各部必须于夜间秘密撤出，禁止举行欢送告别仪式。同时将无法坚持长途行军的老弱病残留下，与杨少良部队会合，继续在本地区坚持斗争。

为确保渡江安全，叶志远又命令陈水根率新4师和工兵营先行渡江，占领江北渡口周边地区，构筑防御工事，掩护大部队安全过江。张扶海的后勤部所有人员也一同过江，负责北撤部队的后勤保障。

在以后的半个月里，李维真主要负责调动部队来芜湖集结北撤。叶志远则指挥杨少良的新5师，留一个团驻守芜湖，其余两个团分派兵力秘密接防黄子山、溪口、蔡村根据地。同时调动卫河的运输连，用十几辆日军卡车向虎头岭营地运送了大批物资，主要是铁锭铜材、钢筋水泥、枪支子弹、电台电话、爆破器材、黄色炸药、电线铁丝以及医疗药品器械等。

再说陈水根和张扶海。两人接受先行渡江的任务后，二话未说就回了驻地，召来三个团长和后勤部的一帮人商量了行动方案。随后，张扶海在芜湖各个码头紧急征调了数十条商船渔船。

当晚，陈水根携带一部电台并率一个营渡江，绕过江心的曹姑洲，直插对岸的裕溪口。登岸后，他们打掉了顽军的两个江防哨卡，将驻扎在镇上的一个排的顽军捉了俘虏，经过审讯，得知三十里外的沈巷镇驻有顽军的一个连部和两个排的兵力。

陈水根在派出警戒部队并封锁水陆交通之后，随即发电给江北的张扶海，请他督促全师包括工兵团立即趁夜渡江。又给叶志远和李维真报告了情况。

拂晓之前，张扶海率新4师的一个团还有工兵团登岸，并带来了李政委的口信：目前两党会谈正在进行，不宜大动干戈，只需把他们赶走便可。上午十点，另外两个团也顺利抵达裕溪口。稍事休整后，陈水根带着两个团直扑沈巷镇。

大概也是因为两党领袖正在会谈的缘故吧，顽军守备显得有些松懈，一路之上竟然没有遇到哨卡盘查。陈水根不敢大意，把便衣侦察员全部撒了出去，还远远地派出了尖兵连在前面探路。

中午时分，部队在离沈巷镇两里外停下，原地休息吃了干粮。侦察员回来报告说，附近十里之内，没有发现顽军其他部队。他们已将沈巷顽军通向外部的电话线剪断。尖兵连回来报告说，镇内守备不是很严，警惕性不高。陈水根命令尖刀连迅速堵住镇子西门，又派出两个连分别堵住东门和北门，并以军号为令，尽快把顽军赶走。

接着，陈水根带了两个通讯员和一部电话机，来到一根电线杆下，叫通讯员接通了电话。电话接通后，通讯员摇动手柄，对着话筒就说："喂，我们陈师长找你们长官说话，快一点啊。"陈水根接过话筒，听到对方在电话里问道："喂，我是一营三连的连长李祖贵啊。请问师座您是……"

陈水根打断了对方的问话，很不客气地说："你给我听好了，我是新四军新4师师长，我军奉命北移，路过此地。你们现在已被我军三面包围，为了避免冲突，请你们在半个小时之内从南门撤离此地，一直撤到裕溪河以南。"

对方停了一会，说："你们不能以多欺少啊，我要请示上峰。"陈水根说："哪来的废话。你现在没有时间请示了。现在是十二点半，一点钟之前不走，你也就走不掉了。"陈水根放下电话，命令通信员吹号。"滴答——滴答滴——滴答——"

号音刚停，镇外的田野里，忽然竖起了十几杆红旗，各种喊话声音此起彼伏，声势浩大。过了十几分钟，见镇子里的顽军没有撤退的迹象，陈水根便命令再次吹号。

这回就不是喊话了，而是喊打喊杀了。各部都派出了突击队，慢慢向镇子逼近。过了一会，只见一支顽军队伍从南门走了出来，慌慌张张地向南跑去。

下午，陈水根留下一个营驻守沈巷，率余部继续向西行军，夜里绕过铜闸镇，占领了镇子以西十里外的三岔路口。这里西通巢县，北通含山，是我军北上的必经之地，位置十分重要。

自打接受渡江先遣队的任务以来，部队连日行军转移，没有吃过一顿像样的饭菜，没有睡过一晚的囫囵觉，从干部到战士一个个眼圈熬得通红，疲惫不堪。尽管如此，陈水根仍然督促部队连夜构筑防御工事，直到拂晓前才让指战员们睡了个短觉。天亮后，陈水根自己带一个营把守路口，又派出一个营去占领周围几个村庄。命令剩下的一个团立即沿原路返回，占领铜闸镇。

这天早晨起了雾，四处灰蒙蒙的，远处的景物看得不很真切。一团尖刀排散开队形，以正常行军速度向铜闸镇走去。快接近镇子时，迎面来了一支顽军运送粮草的大车队。尖刀排的排长以为是自己的后勤部赶早送给养来了，运粮的顽军以为是接应自己的部队来了，因此，双方谁都没有在意。等到碰面的时候，才发现对方不是自己人。顽军仗着人多，气势汹汹地围了上来。排长见势不妙，朝天鸣枪示警。走在后面的几个战士扭头就往回跑，赶紧回去报信。

后面带队的陶团长听到前方枪声后，高高举起了手臂，部队立刻停止了行进，并做好了战斗准备。

等了片刻工夫，尖刀排的几个人气喘吁吁地跑了过来，报告前面遭遇了敌人的运输队，大约有六十多个人。陶团长果断下令："1营轻装，扔掉背包，跑步前进。2营向左右迂回，给我把镇子围起来。3营担任后卫，收拢1营的背包，跟在我们后面走。快！"

陶团长带队赶到，见双方只是相互撕扯在一起，还没有动刀动枪，顿时松了口气，便命令部队围上去，下了他们的枪。战士们"嗷"的一声，端着刺刀冲了上去，连打带拽地，硬是把顽军的枪械统统给缴了下来，连同运粮的十几辆骡马大车一起押回了铜闸镇。

镇内没有顽军驻军，只有十几个税丁，部队解除了他们的武装，与顽军俘虏关到了一处。等到陈水根来到镇里，全镇已经恢复了平静。经请示陈水根同意，陶团长没收了运粮大车和所有的弹药，只将空枪还给了顽军，还让他们吃了一顿饱饭。接着派出一个连，将顽军赶过了裕溪河。

第三天，李维真和马云飞率领新3师渡过了长江，顺利抵达铜闸镇，并接替了裕溪口、沈巷等地的防务。陈水根如释重负，向李政委汇报了先遣部队的情况，还报告了顽军已经觉察到了我军的意图，密令江北各地抢收抢运秋粮，企图切断我军的粮草供应。汇报完了，陈水根在指挥所里找了一张行军床，裹着一条毛毯倒头便睡。

李维真非常重视这一情况，与马云飞商量后，当即给军部发出电报。军部回电：对方很有可能趁我军北撤之时制造事端。望你部不要犹豫，加快行动，如遇挑衅则应坚决回击。另外，江南国民党军队已分三路逼近芜湖，我们已电告叶志远尽早撤回根据地为好。

陈水根一觉睡醒，已是次日中午，起床后洗漱了一下，跑到伙房吃了饭。回到指挥所后，他没有看到马云飞，只看到李维真守在电台旁边，全神贯注地看着手中的电文。见陈水根来了，李维真叫他坐下，给他看了刚收到的几份电报。

从几份电文中得知：新2师渡江完毕，邵家旺暂留芜湖，张照民政委率先头部队进驻沈巷。徐满仓的新1师已抵达芜湖，两天之内渡江。马云飞率新3师已离开这里，转向西北方向的巢湖挺进。

陈水根得知邵家旺、徐满仓都在芜湖，便向李政委请假，说这次一走，不知何时才能见到老叶，想回芜湖跟他道个别。李维真准了他的假，叫他速去速回，不可耽误部队北上的行程。

第一二五章　家　宴

陈水根将部队交给李维真代管，从指挥所牵出两匹马，和通讯员一人一匹，打马便向裕溪口奔去。太阳尚未落山，两人来到了江边，遇到新1师先头部队正在登岸集结。陈水根找到了带队的王令朝政委，相互问候了几句，便牵马登上了返回对岸的渡船。

这是一条单桅杆渔船，离岸后先是朝上游驶去，船速很慢。陈水根闲着无事，看到船上晾着的渔网，不觉手痒，便跑到船尾，跟正在掌舵的船老大说了几句，船老大笑呵呵地点点头。陈水根走到船边，俯身查看水情。

过了一会，陈水根整理好了渔网，双手拎起，一个转身，“唰”的一声撒网入水，然后喊通讯员过来，叫他抓紧网绳不要松手。没过多久，下垂的网绳渐渐变直了，通讯员有点吃不住劲了，喊了一声，陈水根赶紧上前帮忙。两人合力把渔网拽上了船，只见十几条大鱼在网里活蹦乱跳，每条都有尺把来长。陈水根拿了四条，其余都送给了船老大。

船到芜湖上岸，路边就是一个热闹的集市。陈水根和通讯员手里拎着鱼，牵马沿街慢行。看到街边有不少卖毛蟹的摊贩，陈水根就用两条鱼换了十几只毛蟹。走出集市，行人已经不多了，两人便翻身上马跑了起来。

来到支队司令部驻地时，两人勒马下鞍。陈水根没有进去，他接过通讯员手

里的鱼，让通讯员先把马牵进去叫人喂养，再去通知叶司令、徐师长、邵师长和刘贤臣晚上到他家里来吃饭。

陈水根拎着鱼蟹走进了司令部隔壁的一个大杂院，这里是一大帮子随军家属的临时居住地。这时，家家都已亮起了灯火，饭菜的香味扑鼻而来。陈水根咽了咽口水，敲了敲自家的门。孙来弟开了门，见是陈水根，先是一笑，后又板起了脸，说："回来得不是时候，没烧你的饭。"说完，也没有去接陈水根手里的东西，扭着腰回了屋。

陈水根笑了笑，将鱼蟹拎进了厨房，赔着笑说："你不也没吃吗，正好我带了菜回来，赶紧做了，等会老叶他们要过来吃饭。"孙来弟一听惊道："啊，几个人来吃饭啊？你怎么不早点说啊。"说着她又扭着腰走出屋，朝着对面喊道："冬妹子，快过来帮忙。哎，把你家的菜也带些过来啊。"

叶志远还没回来吃饭，冬妹子先把小冬小衣喂饱，又逗他们玩了一会消消食，再由田嫂哄着睡觉。冬妹子正要把饭菜温起来，好等老叶回来吃。听到孙来弟在喊，便应了一声，把饭菜盛到碗里端了过去。

稍晚一点的时候，叶志远、徐满仓、邵家旺、刘贤臣都进了门。刘贤臣还拎来了两瓶老春酒。待众人坐定，孙来弟冬妹子端菜上桌，有红烧鱼块、清蒸毛蟹、白菜豆腐，还有一大盆鲜菇鱼头汤。

刘贤臣招呼冬妹子、孙来弟也坐下，开了酒瓶给每人都斟上了酒。在座的人相互看了看，心里明白得很，今晚来的都是最早进入葛顺乡和虎头岭的，多少年来一直出生入死，患难与共，真的不容易。可刚刚打跑了小鬼子，还没过上几天安稳日子，这下又要分手了。大家百感交集，一时竟不知从何说起。

觉得气氛不对头，徐满仓开口说道："老陈今天客气了，特地从江北赶回来请大家吃饭。下面先请叶司令长官给我们训话，训完话之后咱们就开吃。"众人低声发笑。

叶志远拍了拍徐满仓的肩膀，说："这里只有战友和家人，没有长官。我也不是训话，而是道歉。今晚是家宴，应当由我和冬妹子请大家才对。只是不想打扰孩子们睡觉，便由老陈代劳了。好，不说了，请大家举杯，干了。"

邵家旺一向少言寡语，此时也开了口："明天我们就走了，老叶还有什么话要说的吗？"叶志远摆摆手，没有吭声。冬妹子接上话头，说："我哥这阵子心里不痛快，每天回家都很晚，到了家里也不爱说话，小衣叫他讲故事他也不耐烦，气得小衣抹眼泪。"

刘贤臣一听，用筷子使劲敲了敲桌子，说道："有这事？这可不行。小衣是我家的儿媳妇哎，你要是烦她，我马上把她接到我家去，我老刘什么事都不干了，天天给她讲故事听。"

叶志远摆摆手，说："你不要听到风就是雨，哪有这么严重。"刘贤臣不依不饶，说："我家那口子正在月子里，今天不能来——哼，她要是来啦，知道你如此慢待她的儿媳妇，有你好看的。"众人哈哈大笑起来。

陈水根赶忙给叶志远解围，说道："政委叫我明天就得回部队，有什么要交代的你现在就说说吧。"叶志远点点头。徐满仓双手举杯，对叶志远说："老叶，让我好好敬你一杯。要不是当年出了那件事，这些兄弟也不会走到了一起。今日一别，不知何时才能相见，还望保重。"叶志远一仰脖子，将满杯酒倒进了嘴里。

有人没有听懂老徐说的话，正想问个究竟，忽听到有人在叫门："老营长回来了吗?"话音未落，一个人便推门而入。大家看去，原来是李二林来了，手里还提着一个食盒。

李二林进门一看，不由得愣住了，说："哎哟，这么多首长都在啊。老营长也是的，回来了也不吱一声，我还是听营里兄弟们说的，说你匆匆忙忙回来了，只带了两条鱼。我就猜着老营长晚上要请客，怕家里菜不够，我就添了几样送了过来。"

李二林说着，打开食盒，把菜端了上去。众人看了，一盆香菇炖山鸡，一盆红烧野鸭，一盆凉拌香干笋丝。能看得出来，盛菜的盆子都是部队平时吃饭用的餐具。

叶志远问："你去买的? 哪来的钱?"李二林笑着说："哪还用得着去买啊，都是我们自己弄的。大哥还记得吧，这帮子侦察员不少都是猎户出身，三天两头就能弄点野味回来解解馋。要说钱嘛，我还有点，是我哥以前给我的。"说到这里，李二林的眼圈便红了起来。

冬妹子伸手拉了李二林一把，让他坐下，说："兄弟别在意啊，你哥就这人，不单单是对你。"又对叶志远说，"二林兄弟可懂事了，公私他能分得清。现在部队人多了，后勤有时顾不过来，二林他自己经常掏钱给侦察员买衣服买鞋子什么的。"

叶志远又问："你怎么知道得这么清楚?"孙来弟反问道："我们救护队什么事情不知道? 天天都有人对我们说这个讲那个的。就拿你叶司令来说吧，这些日子天天都往电讯室里跑，听广播，看电报。还时不时跑到江边上看部队过江，只知道举着镜子朝北岸那望，也顾不上回家，怪不得小衣都烦了你。"

陈水根瞪了孙来弟一眼，说："呣，你们怎能监视首长的行踪，这是不允许

的。"冬妹子笑道："谁监视啦？想不听都不行，除非把耳朵给塞上。你还少说了一句吧，陈大首长的行踪更不能监视，对不对？"李二林拍着手笑道："对，对。监视老营长就是企图刺探我军情报，可了不得。"众人也顾不得吃菜喝酒了，个个笑得连腰也直不起来了。

等众人笑够了，李二林举杯来到叶志远身边，说："大哥向来爱兵如子，小弟不过跟着学习罢了。我敬大哥一杯，我喝干，大哥随意。"叶志远饮了一口，问道："晚上没任务了？"李二林回道："都布置好了，重点监视东南方向。昨天上官云相进了湾沚，他们紧盯着我们不放。"

叶志远点点头，对徐满仓等人说："昨天杨少良从营地发来电报说，顽军抽调了一个师的兵力准备围困我们根据地。我估计江北的李品仙也会有动作，你们北撤时要小心提防。"李二林问道："现在不是和谈吗？他们敢动手？大哥，这芜湖、湾沚都是咱们从鬼子手里夺回来的，为啥要让给他们？"

叶志远环视众人，说："还有什么问题，都一起说出来吧。"孙来弟说："问题多着呢。你撤走了大部队，这里就危险了，为何不多留些人？还有，你自己为何不走，还把那些个嘴上没毛的也都留了下来？"

陈水根着急了，说："你怎么这样说话？很不尊重年轻同志的哎。"孙来弟立刻反击，说："我哪里说错了，我怎么不尊重人了，你说啊。"冬妹子用手捅了一下孙来弟，叫她不要再说了。

徐满仓咳嗽了一声，说道："主力部队北撤是中央的命令，必须执行。至于什么人撤，什么人留，这是老叶和李政委研究以后定下来的，我认为是合适的，妥当的。"说完，徐满仓和叶志远碰了一杯，又吃了一口菜，接着说："老叶，真舍不得跟你分手，你就给大家说几句，算是临别赠言吧。"

叶志远把酒瓶交给了冬妹子，叫她给每人的酒杯都斟满了，然后看了看大家，缓缓说道："刚才老徐叫我说点什么，是的，我是有一肚子的话要说。当年最早进葛顺，进虎头岭的，今晚也就杨少良和汪施才没有来，其他人都在这里了。唉，当年为何闹成了那样，也只有很少几个人清楚。"

听到这番话，众人都惊愕不已。徐满仓、邵家旺、陈水根也觉得有些意外，不知道老叶此时为何要重提旧事。冬妹子直愣愣地看着叶志远，也不知道他想要说什么。李二林跳了起来，连声问道："大哥，怎么啦，当初出了什么事？你倒是说呀。"

叶志远摆了摆手，叫他坐下，说："不着急，以后我会仔细说给你听的。"他看了一下大家，接着说了下去。我以前犯了不少错误，挨过几次处罚，最严重的就是和国民党兵打架那一次。当然是他们无礼在先，可我们下手也重了一些，伤了不少人。当时是我最先喊打的，罪责主要在我，没想到，后来却连累了他们几个，都成了有罪之人，也害得他们跟我一起吃苦受累了这么多年。好在他们都没有忘记红军的老传统，不怕委屈，不怕艰险，白手起家，现在也算是熬出来了，也都有了自己的家业。

说到这里，叶志远端杯浅饮了一口，接着说了下去。他说："我也想走，可我不能走，因为首长交给我的任务还没有完成。首长再三嘱咐我们，皖南战略支点绝不能轻易放弃。为了这个任务，我们已经牺牲了不少同志，我不能辜负了他们的信任，更不能让他们的鲜血白流。"

刘贤臣忍不住问道："你不走也就罢了，为何把老徐他们都派了过去，却把杨少良这些个年轻人留了下来？"

叶志远解释说，江北聚集了不少部队，涉及战略全局，任务很重，杨少良他们经验不足，资历太浅，很难应付得过来。老徐他们就不一样了，都有几把硬刷子。更重要的是，这次是由李政委带队，他很了解我们的干部情况，他又熟悉军部那边的人，他说话比我管用。由他撑着，咱们的人不会吃多大的亏。

刘贤臣笑道："哎哟，你绕了半天，原来是担心别人会欺负咱们的人啊，你就是这样袒护下级的？真有你的。"众人又笑了起来。冬妹子有些心神不定，问道："我也不想走，行吗？"徐满仓说："不行，凡是有孩子的干部家属这次必须过去。这是出于安全方面的考虑，另外，军部那边的条件要好一些，对孩子成长有好处。"冬妹子眼中含泪，默默地点了点头。

孙来弟见冬妹子不好受，急忙拉着她去厨房热菜去了。过了一会，两人把热好的菜端上了桌。叶志远看到冬妹子情绪还算稳定，便略微放下心来。陈水根招呼大家继续喝酒吃菜。徐满仓说："今晚的菜做得很好，咱们抓紧把它们消灭了，都早点回去收拾收拾，明天还有行动。"

第一二六章　战　旗

第二天上午，叶志远、刘贤臣在芜湖迎江码头为徐满仓最后一批渡江部队送行。几十条满载战士的木船升起风帆，依次起航，浩浩荡荡驶向江北。

叶志远心情复杂地看着他们离去，也看到了几乎在每一条船的船头上，都插

着一面鲜红的旗帜："李有田大刀队""汪冲英雄连""弋江阻击连""枫崖勇士排""狮子山突击营""赭山猛虎连""芜湖攻坚英雄团""神炮手排""穿插尖刀营"……

这一面面用烈士鲜血染红的战旗，迎着江风骄傲地飘扬，昭示着宁宣支队这些年取得的赫赫战功，展现了新四军战士愈挫愈勇、有我无敌、敢打必胜的英雄气概。

在最后一条帆船的船板上，站着一群随军转移的家属小孩。田嫂拉着小冬，冬妹子抱着小衣，恋恋不舍地注视着这边。小冬还算坚强，他学着大人的样子，不停地朝岸上挥手告别。小衣却不干了，两只小手向前伸出，眼泪哗哗的，张着小嘴不停地喊着："爸爸抱，小衣要爸爸抱……"

看到眼前的这一幕，叶志远鼻头一酸，一股热流从心头滚过。叶志远低头抹了一下眼角，挥手朝着她们大喊："好孩子，别哭……听妈的话，啊……"

帆船渐渐远去，船影渐渐消失在宽阔的江面之上。

迎江码头的这些动静，全部落入了上官云相的眼中。此时他正带着一帮幕僚，站在数里之外的山坡上，举着望远镜，冷眼关注着这里所发生的一切。

上官云相嘴角不停地抽搐着，脸色阴晴不定，内心五味杂陈：几年前费尽了心思，杀得他们血流成河，自以为得计。却怎么也没有想到，身边竟然藏了这么一只老虎。如此看来，日后逐鹿中原，鹿死谁手，就很难说喽。

当晚，上官云相整整灌了一瓶法国葡萄酒，餐桌上的饭菜一口未动。夜里遇梦，梦见一只背上插着几支箭镞的猛虎向他扑来，毫不留情地追逐撕咬。他张口呼救，却怎么也喊不出声来。

也就在这天晚上，叶志远、刘贤臣和李二林等人悄然离开了芜湖，踏着满地的月色，朝着虎头岭方向一路行去。一场新的战斗正等待着他们。